Ein Tausend Li:

Die dritte Dimension

Ein Xianxia-Roman über Kultivation
Buch 8 der Ein Tausend Li Reihe

Von

Tao Wong

Copyright

Dieses Werk ist Fiktion. Namen, Personen, Institutionen, Orte, Ereignisse und Vorkommnisse sind entweder der Fantasie des Autors entsprungen oder werden in einem fiktiven Rahmen verwendet. Jegliche Übereinstimmung mit realen Personen, lebendig oder verstorben, oder tatsächlichen Ereignissen ist rein zufällig.

Dieses eBook ist nur für den Privatgebrauch lizensiert. Dieses eBook darf nicht weiterverkauft oder an Dritte weitergegeben werden. Wenn Sie dieses Buch gemeinsam mit einer anderen Person nutzen wollen, so kaufen Sie sich bitte je ein zusätzliches Exemplar für jeden Rezipienten. Sollten Sie dieses Buch lesen, ohne es käuflich erworben zu haben oder wurde es nicht ausschließlich für Ihren Gebrauch erworben, so geben Sie es bitte an Ihren bevorzugten eBook-Verkäufer zurück und erwerben Sie ein eigenes Exemplar. Wir danken Ihnen, dass Sie auf diese Weise die harte Arbeit des Autors respektieren.

Ein Tausend Li: Die dritte Dimension

Copyright © 2024 Tao Wong. Alle Rechte vorbehalten.
Copyright © 2024 Sarah Anderson Cover Designer
Copyright © 2024 Felipe deBarros Cover Artist
Übersetzt von Tamara Lemke

Ein Starlit Publishing Buch
Herausgegeben von Starlit Publishing
PO Box 30035
High Park PO
Toronto, ON
M6P 3K0
Kanada

www.starlitpublishing.com

Ebook ISBN: 9781778551888
Taschenbuch ISBN: 9781778551871
Gebundene Ausgabe ISBN: 9781778551895

Inhalt

Kapitel 1 1
Kapitel 2 12
Kapitel 3 20
Kapitel 4 32
Kapitel 5 43
Kapitel 6 54
Kapitel 7 62
Kapitel 8 74
Kapitel 9 82
Kapitel 10 95
Kapitel 11 106
Kapitel 12 118
Kapitel 13 128
Kapitel 14 140
Kapitel 15 151
Kapitel 16 164
Kapitel 17 176
Kapitel 18 186
Kapitel 19 197
Kapitel 20 213
Kapitel 21 224
Kapitel 22 239
Kapitel 23 249
Kapitel 24 259
Kapitel 25 270
Kapitel 26 280

Kapitel 27	295
Kapitel 28	307
Kapitel 29	320
Kapitel 30	332
Kapitel 31	344
Kapitel 32	356
Kapitel 33	367
Kapitel 34	379
Kapitel 35	389
Kapitel 36	402
Kapitel 37	412
Kapitel 38	423
Kapitel 39	437
Kapitel 40	450
Kapitel 41	464
Nachwort	478
Über den Autor	479
Glossar	481

Was bisher geschah

Long Wu Ying wurde aus der Sekte des Sattgrünen Wassers verstoßen, weil er sich den Ältesten widersetzt und seine Kampfschwester, die Fee Yang, und andere Kultivatoren orthodoxer Sekten aus den Fängen der dunklen Sekte befreit hat. Er hat seine Verbannung wohlwollend akzeptiert und auf der Suche nach Wissen über seine Blutlinie und den Pfad, der vor ihm liegt, den Pixiu, der in der Nähe der Sekte haust, besucht.

Es vergehen Jahre, in denen Wu Ying durch das Königreich der Shen reist. Unter den ständigen Angriffen der Überbleibsel der dunklen Sekte verlässt er das Königreich und macht sich in unbekannte Lande auf, wo er sich entscheidet, nach Norden und Westen zu gehen. Während dieser Zeit vertieft er seine Kultivation und seinen eigenen Kampfstil für sein Schwert – den Wandernden Drachen.

Als Wu Ying das für ihn neue Königreich der Zhuan betritt, überkommt ihn ein Moment der Erleuchtung und findet somit den Weg seines Daos, aber auch einen himmlischen Segen für seine Winde und Seele. Er steigt in die Kernformung auf und trifft Gao Qiu sowie die Geschwister Liu Jin und Liu Ping.

Gemeinsam reist die Gruppe durch das neue Königreich zu einem kleinen Kampfkunstturnier. In einer Nation, die gerade erst damit begonnen hat, seine Einschränkungen gegenüber Kultivatoren, die nicht mit dem Königshaus in Verbindung stehen, zu lockern, gibt es Politik im Überfluss und die Kultivatoren suchen durch die Händlervereinigung der Sieben Pavillons nach Ruhm und Ehre.

Inmitten der Turnierkämpfe und seiner Beteiligung als Kultivator der Kernformung in diesem Turnier, das – überwiegend – von Kultivatoren der Energiespeicherung dominiert wird, kämpft Wu Ying mit der Frage nach seiner Einmischung und seinem neuen Ansehen.

Wie weit, wie sehr sollte sich ein dahintreibender, fahrender Kultivator in Welten einmischen, die nicht die seinen waren?

Im Turnier trifft er weitere Kultivatoren, darunter Außenseiter wie er selbst – die Zhuang-Schwestern aus einem kleinen, eigenständig verwalteten Klan aus diesem Königreich. Andere Aufeinandertreffen – auf die Kultivatoren der Kernformung aus den Sekten des Königreichs, die kaiserliche Guerillagenerälin Cao und die Mitglieder der Händlervereinigung der Sieben Pavillons – gibt es ebenfalls viele und öffnen Wu Yings ländliche Augen.

Als Morde und Feindseligkeiten unter den dunklen Wellen der Politik zwischen den Sekten, fahrenden Kultivatoren, Rebellen und selbst dem Königreich zu brodeln beginnen, sucht Wu Ying nach dem Mörder und seinem eigenen Weg. Nachdem alles darauf hindeutet, dass der Mörder einer der Kultivatoren der Kernformung ist, wird diese Frage immer dringlicher.

Wu Ying, der sowohl die Erleuchtung als auch den Mörder vor seiner Schwertspitze findet, wird in einen letzten, angespannten Kampf zwischen ihm selbst und drei weiteren Kultivatoren der Kernformung verwickelt. Zu ihrer aller Überraschung ist diejenige, die den Todesstoß ausführt, Liu Ping, die Rache für ihren getöteten Bruder nimmt.

Als Liu Ping erwacht, stellt sie fest, dass Gao Qiu und die Rebellen sie zurückgelassen haben und das Komplott der Regierung, die Wettkämpfe und Auktionen im Königreich in Verruf zu bringen, vollständig offenbart wurden. Ein Sturm aus Blut und Verrat braut sich im Königreich zusammen, während Sekten, Rebellen und loyale Untergebene über die Wahrhaftigkeit ihrer jeweiligen Wege debattieren.

Wu Ying, der in all das verwickelt wird, nimmt das Angebot, die Zhuang-Schwestern und ihren Klan, in dem sich ein Geheimnis verbirgt, das für seinen weiteren Fortschritt wichtig ist, zu besuchen, an.

Kapitel 1

Vor einem Tag hatten sie hügelige Landschaften mit zerklüfteten Höhlen, neuere Berge in der Ferne und die Überreste alter Bambuswälder hinter sich gelassen. Mitten am Tag wirbelten sich windende Überbleibsel des frühen Morgentaus um die Gruppe, während der Geruch von Teeblättern die dünne Bergluft durchdrang.

Die Hügel waren trügerisch und verbargen die Männer, die sich auf ihren zotteligen Ponys näherten, hinter ihren Erhöhungen und dem Nebel, der die Umgebung erfüllte. Das Grün und die Feuchte, der Duft von frischem Tee und die langsam trocknenden Blätter, die gepflückt worden waren, drangen von der Bergspitze nach unten.

Beeren und Schafe, Ponys und Reis und tosende Wasserfälle. Der Wind berichtete von ihnen allen. Er erzählte auch von tieferen Verletzungen in der Erde. Wunden, die Jahrhunderte zurücklagen, aber erst vor Kurzem begonnen hatten, zu verheilen. Altes Blut – altertümliches Blut – war in die Erde eingedrungen und in einer Ecke des Gebiets kreischte es noch immer.

"Euer Land ..." Wu Ying drehte leicht den Kopf und hörte den Winden zu, während sie die grünen Ärmel seiner Roben flattern ließen und an seinen Haaren zerrten. "Dieser Berg, diese Hügel ..."

"Ja?", fragte Pan Yin und lenkte ihr Pferd mit einem leichten Stups ihrer Füße gegen seine Flanken zu ihm. Das Pferd hörte gut auf sie. Sie blickte nach unten, als sie den Kultivator, der auf seinen eigenen Beinen stand, betrachtete. "Was ist mit unserem Land?"

Die Zhuang-Dame mit ihrem dreieckigen, schwarzen Hut und figurbetonenden Tunika und Hose, war neugierig. Praktisch und bequem, aber dennoch weiblich. Nicht, dass die ältere Kultivatorin – in ihren späten Zwanzigern oder vielleicht sogar Mittdreißigern – den Eindruck machte, dass sie sich besonders um diese Seite ihrer Persönlichkeit kümmerte. Zumindest nicht mehr als das notwendige, soziale Minimum.

"Hier gab es einen Kampf, oder?", fragte Wu Ying. "Unsterblich und noch etwas anderes. Das Land und die Winde sprechen immer noch darüber."

"In der Tat sensibel", bemerkte Pan Yin. "Es gibt hier eine Geschichte, wenn du sie hören möchtest."

Wu Ying blickte sich um und warf ihr dann ein schwaches Lächeln zu. "In Anbetracht des Sonnenstandes nehme ich an, dass wir keinen Halt machen?"

"Nein."

"Dann sprich. Das vertreibt die Zeit, während ich laufe", antwortete Wu Ying.

"Ich kann immer noch nicht glauben, dass du den ganzen Weg bis hierher gerannt bist", meldete sich Pan Shui, die jüngste Schwester unter den dreien, von ihrem Platz am Ende der Gruppe aus. Die Sechzehnjährige lehnte sich über ihr Sattelhorn und schielte mit verengten Augen zu Wu Ying. "Bist du sicher, dass du nicht wirr im Kopf bist? Der Kampf gegen Generälin Cao war ziemlich heftig. Ist das nicht ermüdend?"

"Ich bin weder das eine noch das andere. Und ich finde dieses Training nützlich", erklärte Wu Ying. "Wo ich hingehe, sind Pferde ein Hindernis und keine Hilfe."

Pan Shui verdrehte die Augen. "Richtig, richtig. Ich vergaß. *Ich bin ein berühmter, fahrender Kultivator.*" Beim letzten Satz ahmte sie seine Stimme nach, fügte dem allerdings einen aufdringlichen, arroganten Ton hinzu.

"So klinge ich nicht."

"Natürlich nicht", sagte Pan Shui mit weit aufgerissenen, unschuldigen Augen.

"Du weißt, dass ich älter bin als du, oder?", fragte Wu Ying etwas ernster.

Überwiegend war ihm das egal. Auf der wochenlangen Reise in dieser Gruppe, während der sie Ärger gemeinsam vermieden – oder auch gefunden – hatten, um den Klansitz der Zhuang-Schwestern zu erreichen, die sich ihnen in gemeinschaftlicher Bande angeschlossen hatten, hatten sie ihr Alter umgangen und Erfahrungen geteilt, anstatt sich durch ihre Kultivationslevel voneinander abzugrenzen. Es machte ihm Spaß, die Jugendliche aufzuziehen. Sie kam für ihn einer jüngeren Schwester am nächsten.

"Gewiss doch. Du bist ziemlich alt." Pan Shui nickte in stummer Zustimmung.

"Wie ich bereits sagte", unterbrach Pan Yin die beiden, bevor sie mit ihrem Gezänk fortfahren konnten, "hat unser Land eine Geschichte."

Die Gruppe bemerkte ihre Gereiztheit und verstummte. Sogar Liu Ping, aber das war nichts Ungewöhnliches. Schließlich hatte der Zwischenfall bei den Sieben Pavillons, der ihre Blutlinie verbessert hatte, nicht nur ihre Stärke erhöht, sondern ihr ebenfalls einige Eigenschaften eines Bären verschafft, mit dem sie blutsverwandt war, darunter eine mühselige, stille Vorsicht.

"Vor vierhundertachtundsiebzig Jahren –"

"Vierhundertneunundziebzig. Es ist ein Jahr vergangen", korrigierte ihre Schwester, Pan Mu, sie beiläufig.

"Vor vierhundertneunundsiebzig Jahren wütete eine große Bestie in diesem Land. Eine Weiß Maskierte Schlange, die sich von hunderten von dämonischen und spirituellen Bestien genährt, ihr Blut verstärkt und eine Aufkeimende Seele gebildet hatte. Sie hat jahrhundertelang diese Landschaft beherrscht und dafür gesorgt, dass niemand, bis auf einige Ausgewählte, in Ruhe in diesem Land leben konnten. Unser Klan gehörte zu diesen wenigen Auserwählten. Wir haben hier vor dem Eintreffen der Schlange gelebt und als sie mit ihren Verwüstungen begann, haben wir eine Abmachung mit ihr getroffen. Eine Abmachung mit wenig Ehre und großen Opfern."

Wu Ying kniff die Augen zusammen. Er wusste, was sie mit diesem letzten Satz meinte, denn diese Art von Verträgen war an den entferntesten Rändern der Zivilisation nicht unüblich. Man sagte, dass Bestien auf dem Level der Aufkeimenden Seele nur von Kultivatoren desselben Levels besiegt werden konnten und es brauchte oft mehrere Mitglieder von gleichwertiger Stärke. Denn die Unterschiede zwischen den Leveln der Aufkeimenden Seele und der Kernformung hatten größere Kluften, und Bestien dieser Stärke waren häufig stärker als Sterbliche.

Ein kleinerer Vorteil ihrer langen Kultivation und des langwierigen Prozesses der Verstärkung ihrer Blutlinie.

"Doch die Bestie wusste nicht, dass wir nur auf den richtigen Augenblick warteten." Pan Yins Stimme eignete sich gut zum Erzählen von Geschichten. Sie wusste, wann sie eine Pause machen und wann sie ihren Ton anpassen musste. Die gesamte Gruppe hörte ihr gespannt zu und Wu Ying konnte spüren, dass selbst ihre verborgenen Beobachter mit Freude zuhörten. "Noch hat das Königreich es bemerkt."

"Peinliche Tölpel, samt und sonders", flüsterte Pan Shui. "Ich hätte wissen müssen, dass sie sogar ein Turnier vermasseln ..."

Wu Ying bedachte ihr Grummeln nur mit einem schwachen Lächeln. Obwohl er die Taten der Regierung auf dem Turnier der Sieben Pavillons nicht gutheißen konnte, hatte er sich mehr als genug eingemischt, indem er die Älteste Cao erledigt hatte.

Aber ihr Tod geschah nicht durch seine Hand. Er konnte nicht anders, als zu Liu Ping zu schielen, die von der Geschichte gefesselt zu sein schien. Falls die Ermordung der Ältesten schwer auf ihrer Seele lastete, so zeigte sich das nicht. Das Flackern der noch nicht verheilten Trauer, das er in ihr erblickte, galt viel öfter ihrem getöteten Bruder, Liu Jin, denn ihren rachsüchtigen Handlungen.

"Sie haben sich damals entschlossen, die Stärke ihrer Elften Armee zu demonstrieren, ein weiteres politisches Spiel des königlichen Palastes. Es war der Vierte Prinz –"

"Der Sechste", sagte Pan Mu.

"– der als zweiter in der Thronfolge bevorzugt wurde, der sich zum Handeln entschlossen hat. Hunderte von Li und tausende von Menschen von den Verwüstungen einer Schlange auf dem Level der Aufkeimenden Seele zu befreien, würde viel für seinen Stand tun. Er hat die volle Stärke seiner Armee freigesetzt –"

"Ihm wurde der Arsch versohlt", erklärte Pan Shui schadenfroh. "Die gesamte Armee wurde ausgelöscht, der General der Aufkeimenden Seele und die zwei Vizegeneräle der Kernformung mit eingeschlossen. Ihr könnt seine letzte Ruhestätte sehen – sie ist genau dort." Ein Finger zeigte auf einen Hügel, der größer als gewöhnlich war und sich im Nordosten erstreckte. Auf seiner Spitze hatte er einen Teil, der abgeschlagen aussah. Eine kleine Hütte saß gemütlich auf der Spitze, aus der Rauch aufstieg. "Die Torheit des Prinzen. Wir hängen dort über die Wintermonate ein Licht auf, sodass jeder, wenn nötig, ein Licht zur Orientierung hat."

"Ein ziemlich bezeichnender Name", bemerkte Wu Ying.

"Das ist nicht der offizielle Name auf den Karten des Königreichs", korrigierte Pan Mu. "Sie haben es den Platz des Generals Mu genannt."

"Ah, das ergibt mehr Sinn", meinte Wu Ying.

"Ich finde unseren besser." Pan Shui streckte ihrer Schwester die Zunge heraus. Das rief nicht die gewünschte Reaktion hervor, aber Pan Yin unterbrach sie.

"Wie ich eben sagte, der Kampf zwischen der Armee des Sechsten Prinzen und der Seelenschlange hat zur Zerstörung des Landes geführt, hat die Erde aufgewühlt, Hügel zum Einsturz gebracht und tiefe Schluchten geschaffen. Einige dieser Kluften und Anhöhen, auf denen wir reiten, sind nach dem Kampf selbst und dieser Zeit benannt – vom Ansturm der Kavallerie bis zum Tod des Ersten, Zweiten und Sechsten Bataillons." Jedes Wort wurde dadurch unterstrichen, dass die Frau auf den jeweiligen Orientierungspunkt zeigte.

"Am Ende haben die Kultivatoren des Kerns und der Aufkeimenden Seele die Seelenschlange fortgelockt, nachdem die Armee zerschlagen und im vollen Rückzug war, wodurch Wälder zerstört wurden und sie ihr in einer letzten, klimatischen Handlung Flammenwälle, Chi-Schwerter und Blitze entgegengeworfen haben.

Alles umsonst, denn sie sind gestorben, auf dem Platz des Generals Mu. Die Seelenschlange hat sich in den Himmel erhoben, ihren Sieg mit einem Zischen kundgetan und Gift durch die Luft geschleudert, sodass sowohl der Wald als auch Wiesen verätzt wurden. Alle Hoffnung war verloren, so schien es.

Aber ihr Opfer war nicht umsonst."

"Ich liebe diesen Part", flüsterte Pan Shui Wu Ying zu, schrie aber auf, als Pan Mu in ihren Oberarm kniff.

"Denn der Unsterbliche Vorfahr des Pan-Klans trat endlich in Aktion, nachdem er von seinen Pflichten in den Himmeln befreit worden war, um den Hilferufen seiner Nachfahren zu antworten. Er hat sieben Tage und Nächte lang gegen die Seelenschlange gekämpft, die Erde hoch aufbäumen lassen und die Schlange darunter begraben, bis sie endlich verendet war."

Wu Ying hob seine Augenbrauen leicht, dann blickte er sich misstrauisch um. Er beäugte die Hügel, auf denen sie ritten und schickte sein Chi tief in die Gebeine der Erde, um sie zu untersuchen. Sein spiritueller Sinn war etwas verkürzt und hatte mit der dichten Erde zu kämpfen, aber es war immer noch der spirituelle Sinn einer Person, die ihn seit seinen Tagen der Körperkultivation trainiert hatte.

Mit eng zusammengezogenen Augenbrauen spürte er, wie sich das Chi der Erde wand und verdrehte, wie dicht es an bestimmten Stellen war und bemerkte die schillernden Schleier der Energie und massive Erde und Steine, die seinen Sinn daran hinderten, weiter zu forschen. Wu Ying drehte den Kopf von rechts nach links und fügte das Land nach dem, was seine Sinne ihm verrieten, in seinen Gedanken zusammen.

Und war das nicht eine kleine Offenbarung seiner selbst – dass ihm all das nicht aufgefallen war, obwohl seine Sinne ausgeweitet gewesen waren?

"Ihr könnt genauso gut auch nach oben gehen und nachschauen." Die Stimme, die etwas entfernt war, überraschte Wu Ying.

Seine Hand fiel auf das Jian an seiner Seite, während er sich umdrehte, und seine Augen aufriss, als er den Mann erblickte, der auf einem kleinen Pony saß. Er war ein unscheinbarer, älterer Onkel mit einem geschwärzten und geölten Schnauzer, der die traditionelle dunklere und figurbetonende Tunika und Hose der Zhuang trug.

Unscheinbar und unauffällig, wenn man den Kern in seinem Körper und die mit Bedacht kontrollierte Ausstrahlung von Macht und dessen Zügelung in seiner Aura, sodass nur eine sehr kleine Menge an Energie nach außen drang, nicht spüren konnte.

Neben dem Mann waren drei weitere Männer, deren Stärke von den frühen bis in die späten Stufen der Energiespeicherung reichten. Sie alle trugen Bögen und die Lieblingswaffe der Familie – den Speer – in einem Speerholster an ihren Satteln bei sich und hatten lange, gebogene Kampfmesser um ihre Hüften gebunden.

Sie rochen auch alle auf eine seltsame, beinahe schon beruhigende Art gleich wie die Pan-Schwestern. Der Geruch war jetzt, da sie in ihren Ländern waren, noch intensiver und umgab ihn vollständig. Ein Kitzeln in der Kehle und eine Spur von etwas anderem, das die Haare in seinem Nacken zu Berge stehen ließ.

"Vierter Onkel!", rief Pan Yin aus. Sie verbeugte sich vor ihm und drehte sich so schnell in ihrem Sattel um, dass das Pferd unter ihr unzufrieden stampfte und prustete. "Ich –"

"Du erzählst die Geschichte in dieser Sprache gut. Aber in unserer Sprache und als Gesang klingt sie immer noch besser", meinte der Vierte Onkel und lächelte Wu Ying an.

"Es wäre mir eine Ehre, sie eines Tages in ihrer Originalfassung zu hören", meldete sich Wu Ying zu Wort, der sein Stichwort erkannt hatte.

"Entspanne dich, Nichte. Du kannst später erklären, warum du darüber gesprochen hast. Ich vertraue darauf, dass es einen guten Grund gab", sagte der Vierte Onkel, der immer noch lächelte. "Es scheint, dass unser Gast in der Zwischenzeit bereits begonnen hat, sie zu verstehen." Er hob eine Augenbraue. "Ist es nicht so?"

"Ich denke schon ..." Wu Ying wies nach oben. "Mit Eurer Erlaubnis also."

Der Mann nickte und Wu Ying verlagerte sein Chi. Er zog die Technik der Himmlischen Seele und des Irdischen Körpers heran und verringerte sein Gewicht. Dann zupfte er an den Grenzen seiner Kultivation und borgte sich die Qinggong-Methode der Zwölf Orkane, um in den Himmel aufzusteigen.

Er schritt weiter nach oben, indem er feste Flächen aus Luft unter seinen Füßen bildete, wobei jeder Schritt ihn mehrere Meter weiter nach oben brachte. Der Wind verfing sich in seinen Roben und drückte ihn nach oben, während er ging. Seine Kontrolle war immer noch etwas schwankend. Sein verstärkter Windkern und die dichtere Energie darin verliehen ihm die Kraft, zu fliegen, aber Stärke war nicht mit Kontrolle gleichzusetzen.

Wieder einmal versprach Wu Ying sich selbst, zu üben. Falls er die Zeit dazu fand, würde er das tun. Aber die letzten Monate hatte er damit verbracht, mit Pan Shui und ihren Schwestern den Schwertkampf zu trainieren und hatte sich das Verständnis ihrer Waffen geliehen, um sein eigenes zu verbessern. Um die Barriere abzutragen, die ihn vom Herz des Schwertes trennte.

Obwohl sich die Barriere jeden Tag wieder zu erneuern schien, denn es hatte nie den Anschein, dass er sie überwand, egal wie nahe er sich der Erleuchtung fühlte.

Er schüttelte den Kopf und verwarf die Sorge und Frustration. Weder das eine noch das andere würde ihm im Moment helfen und er wollte dem

Vierten Onkel nicht ein solch ungebührliches Verhalten demonstrieren. Denn der Mann war ihm nach oben gefolgt, indem er eine traditionellere Art des Fliegens, auf seinem Speer, genutzt hatte. Es amüsierte Wu Ying etwas, weil der Vierte Onkel die Waffe mit einer Hand umklammerte und sie ihn nach oben ziehen ließ, was mehr wie ein Affe, der sich von einem Ast hangelte, als ein eleganter Kultivator auf seinem Schwert aussah.

Wu Ying blickte nach unten und sah die Gräben und Hügel, die der Kampf hinterlassen hatte. Er beäugte die sich windenden Hügel, die sich über das ansonsten – verhältnismäßig – flache Land erstreckten und verfolgte die Teile, die sich seinen suchenden Sinnen entzogen hatten. Wu Ying, der in der Luft stand und die kühle Luft in der Höhe auf der freiliegenden Haut seiner Wangen spürte, äußerte dem Vierten Onkel gegenüber sein Urteil.

"Einige dieser Hügel sind Teil des Körpers der Seelenschlange. Sie sind von ihren Knochen durchdrungen, halten spirituelle Sinne ab und verbergen den großartigen Schatz, der ihr Körper und ihre Schuppen sind", meinte Wu Ying. "Ein mächtiger Segen für euer Land, der aber Gefahren mit sich bringt."

"Sie hatte Recht. Ihr seid scharfsichtig", antwortete der Vierte Onkel. "Und begabt, da Ihr in so jungen Jahren aufgestiegen seid."

"Ihr müsst mir nicht schmeicheln, verehrter Ältester. Ich weiß, dass meine Stärke im Vergleich mit Euch nichts Großartiges ist", meinte Wu Ying.

Daran war keine falsche Bescheidenheit. Obwohl der Vierte Onkel kein Kultivator der Spitze der Kernformung war, so war er doch mindestens auf den mittleren Leveln. Viel stärker also als Wu Yings komprimierter, winziger Kern eines Anfängers und seinem sich noch entwickelnden Windkörper.

"Pan Hai." Er lächelte, als er Wu Yings Überraschung bemerkte. "Und natürlich weiß ich, dass Ihr Kultivator Long aus der Sekte des Sattgrünen Wassers seid. Der berüchtigte Sammler des Sattgrünen Wassers."

"Es schmeichelt mir, dass ein verehrter Ältester wie Ihr so viel über mich weiß." Im Gegensatz zu seinen Worten empfand Wu Ying keine wirkliche Überraschung darüber, dass sein Gegenüber über ihn Bescheid wusste. Ihr Ziel lag schon seit Monaten fest und Nachrichten über ihre

Ankunft waren bestimmt durch Seelenboten weitergegeben worden, während sie geritten waren.

"Pan Shui war mit ihrem Lob sehr ausgiebig", antwortete Pan Hai. Dann wies er mit seiner freien Hand nach unten. "Sollen wir ihnen Gesellschaft leisten? Die Kunde über eure Ankunft ist vorausgeschickt worden und ich bin mir sicher, dass die Köche enttäuscht sein werden, wenn wir zulassen, dass ihr Essen kalt wird."

"Wir sollten sie keinesfalls verärgern", antwortete Wu Ying weise. Er lockerte den Griff um seine Qinggong-Methode und ließ sich gemeinsam mit Pan Hai nach unten gleiten.

Und obwohl Wu Ying eine weitere, düsterere Vermutung hatte, dass im Körper der Schlange ein größeres Geheimnis verborgen lag, so entschied er sich, nichts zu sagen.

Schließlich gab es einige Geheimnisse, für die es sich zu töten lohnte.

***

Das Abendessen an diesem Tag war üppig. Die Zeremonien, die Lieder – oh, die Lieder, die sie bis spät in die Nacht sangen und sowohl gespenstisch als auch wunderschön waren – und die begleitenden Tänze würden Wu Ying noch lange in Erinnerung bleiben.

Ein saftiges Schwein, das am Stück über einem Feuer gebraten worden war, Reis und Fisch und Süßwassergarnelen, Bambussprossen und gebratenes Gemüse, wilde Pilze und frischer Knoblauch – und das alles von reizenden Bedienungen serviert, die Wu Ying in atemberaubenden Mengen mit Getränken und Essen versorgten.

Der Klan feierte bis spät in die Nacht und zelebrierte sowohl Pan Shuis Errungenschaften im Turnier als auch die sichere Rückkehr der Schwestern. Es gab zwar nüchterne und besorgte Überlegungen über die Geheimnisse, die enthüllt worden waren, aber dieser Abend diente nicht solchen Diskussionen.

Stattdessen erfreute Pan Shui den Klan mit ihren Erzählungen von den Turnierkämpfen. Das tat sie von ihrem Ehrenplatz aus und sprach mit aufgeregter, hoher Stimme, wobei sie oftmals stand, um die Kämpfe nachzuahmen. Sie erzählte ihren Klanmitgliedern in ihrer Muttersprache davon und Wu Ying erhielt eine kontinuierliche Übersetzung von dem jungen Diener, der ihm zugewiesen worden war.

Letztendlich aber fand die fröhliche Feier ein Ende. Männer und Frauen taumelten ins Bett, trugen schlafende Kinder mit sich oder gingen Hand in Hand mit ihren Liebsten. Wu Yings junger Diener war schon längst eingeschlafen und sein leise lachender, älterer Bruder hob das Kind mit einer murmelnden Entschuldigung hoch, die mit einfacher Gelassenheit abgewinkt wurde.

In seinem Zimmer, ein ganzes kleines Gästehaus, das nur für ihn freigehalten worden war – obwohl dort Spuren vorheriger Gäste, gemeinsam mit dem verweilenden Geruch eines alternden Körpers, Hinweise auf den letzten Bewohner gaben – setzte sich Wu Ying auf das Holzbett, das großzügig mit den Federn von Hühnern und Wildvögeln ausgestopft war, und entspannte sich.

Dann atmete er ein.

Luft füllte seine Lungen und rann durch seine Nasenlöcher, als sie kurz darauf seinen Körper verließ. Gerüche hingen in der Luft. Eine wahre Sage über vorangegangene Leben und getroffene Entscheidungen. Mit jedem Atemzug offenbarten sich weitere Geschichten, Gerüche und Geräusche, die von schlafenden Kindern, intensiver Kopulation und aufmerksamen Wachen zeugten.

Vertraute Gerüche von Nachtischen und Gerichten, der Kühle des tiefen Winters und der Umkehrung eines älteren Komposthaufens, der etwas zu kalt geworden war, als dass er wirklich kompostierte. Reis und spirituelle Kräuter, von denen einige in Steingefäßen aufbewahrt wurden und andere innerhalb sorgsam gepflegter Formationen wuchsen.

Die Teefelder, die in der Nähe gepflanzt worden waren, und die Schafe, die der Zhuang-Klan züchtete.

Das Heulen eines erwachenden Kindes und die leise geflüsterten, beruhigenden Worte einer Mutter, die das hungrige Kleinkind stillte. Erstickte Schreie, als andere von Albträumen – fantastisch und von der Vergangenheit – geplagt wurden und sanfte Hände über ihre verschwitzte Stirn streichelten.

Allzu bekannte Geräusche, Gerüche und Szenerien. Die Fasern der Zivilisation – rau und beruhigend –, wie die Bettdecke aus Hanf unter seinen Fingern.

Erinnerungen an vergangene Dinge, die ewig präsente Gegenwart und die mögliche Zukunft des Dorfes und der Menschheit selbst.

Der Wind wehte, Wu Ying atmete und lauschte, während das Geflüster des Himmels auf Erden seine Seele durchdrang.

Kapitel 2

Am nächsten Morgen durchstreifte Wu Ying mit einem neuen kindlichen Begleiter an seiner Seite, der immer dann übersetzte, wenn es nötig war, das Dorf. Überwiegend war aber nicht viel in der Siedlung zu tun, da es mitten im Winter war. Die Instandhaltung der Ländereien, Reparaturen an Gebäuden und Zäunen, das Stützen von Wassergräben und die Pflege der Teepflanzen, die sich im Winterschlaf befanden. Zum Glück waren sie nicht weit genug im Norden oder zu hoch gelegen, als dass bereits Schnee gefallen oder liegengeblieben wäre, sodass das Land zu großen Teilen in ein trübes Grün getaucht war.

Er wanderte umher, hörte den unverständlichen Unterhaltungen zu und wartete. Denn der Geruch und die unterbrochene Erklärung seines Dieners hatten ihm verraten, dass sich die Pan-Schwestern mit dem Oberhaupt des Dorfes und dem Rat der Ältesten trafen, um im Detail von den Geschehnissen zu erzählen, die sich während des Turniers ereignet hatten.

Wu Ying war nicht in Eile und kam an den Lagerhäusern vorbei, die den Marktplatz und den Ausbildungsplatz umgaben, auf dem kleinen Kindern von älteren Jugendlichen gezeigt wurde, wie man mit einem Speer umging. Viele bewegten sich durch die Formen, stießen, ächzten und wirbelten ihre Übungsspeere mit Metallspitzen herum, während sich angestrengte Konzentration auf ihren Gesichtern zeigte.

Andere trainierten, indem sie die erhöhten Pflaumenblütenpfeiler überquerten. Anstatt den üblichen fünf Pfeiler, die tief in die Erde gesteckt wurden und die Form einer Pflaumenblüte hatten, benutzte der Zhuang-Klan ein Dutzend solcher Pfeiler. Die jüngsten Kinder, die sich in Höhen begaben, die einen Menschen überragten, hüpften, sprangen und überquerten die Pfeiler, um ihre Balance und Koordination in gleichem Maße zu trainieren. Die älteren Kinder durchquerten den Parcours, während sie bewaffnete und unbewaffnete Formen durchführten. Es gab zwei dieser Aufstellungen mit einem Dutzend Pfeiler, daher gab es mehr als genug Platz für das halbe Dutzend erfahrener Schüler, um zu trainieren.

Er beobachtete ihr Training eine Zeit lang und bewunderte das Ausmaß an Koordination und der Ressourcen, die für sie aufgewendet wurden. Schlussendlich ging er aber weiter. Eine kurze Beobachtung war akzeptabel, aber hätte er das zu lange getan, wäre es als unhöflich aufgefasst worden. Dennoch überkam ihn ein Gefühl der Vertrautheit, als er ein weiteres halbes Dutzend Kinder passierte, von denen einige gerade einmal fünf Jahre alt waren und die alle im Schneidersitz dasaßen und meditierten.

Trotz all der Unterschiede in der Sprache, Architektur und Kleidung ähnelte der Zhuang-Klan seinem eigenen Dorf mehr, als es das gesamte Königreich der Zhao tat, indem sie lebten.

Beim Mittagessen saß Wu Ying alleine und ihm wurde nur ein Stück gebratener Fisch mit einer Menge Gemüse und der üblichen Schüssel Reis angeboten. Ein kurzer Blick um sich genügte, um den Grad an Privilegiertheit deutlich zu machen, der ihm zuteilwurde, da ganze Familien dieselbe Menge an Fisch miteinander teilten.

Dennoch wagte er es nicht, sich zu beschweren, und schwor sich im Stillen, zu einem späteren Zeitpunkt die Bezahlung und den Handel zu besprechen. Schließlich war er der gerühmte Sammler des Sattgrünen Wassers. Und ein paar Monate – auch Monate, in denen er mit einer Bürde wie den Pan-Schwestern reiste – bedeuteten, dass er sein Lager an Kräutern aufgefüllt hatte.

Insbesondere, da seine Fähigkeit, seine Sammlung zu teilen und zu verkaufen, beschnitten worden war. Dies war eher aus einem Gefühl des Unbehagens und der Vorsicht anstatt aus der Rückgabe seines hart verdienten Siegels als autorisierter Händler geschehen.

Er hatte gerade damit begonnen, sich auf seine Mahlzeit zu stürzen, als sich Liu Ping mit einem ganzen Teller Fisch und einer aufgehäuften Schüssel voller Reis neben ihn auf einen Stuhl plumpsen ließ. Wu Ying blickte die Frau, deren gestiegener Appetit und Schlafrhythmus dafür gesorgt hatten, dass sie noch weitere Muskelmasse zugelegt hatte, mit erhobener Augenbraue an. Eine offensichtlich weitere Veränderung durch ihre Blutlinie.

"In welchem Zimmer haben sie dich untergebracht?", fragte Liu Ping ohne Umschweife.

"In dem Haus, das zwei Gebäude vom zweiten Brunnen entfernt liegt", antwortete Wu Ying.

"Du hast ein ganzes Haus?", grummelte sie und stieß dann ein leises "hmpf" aus. "Verdammter Kernkultivator."

"Das scheint mir ein bisschen ..." Er stockte und überlegte, welches Wort er verwenden sollte.

"Wahrheitsgetreu?" Sie nahm einen ganzen Fisch in die Hand und biss in seinen Kopf.

Wu Ying hob in einem stummen Vorwurf eine Augenbraue, während die Menge die Mätzchen der Frau beobachtete.

Trotzdem grunzte Liu Ping, nachdem sie geschluckt hatte. "Was?"

"Du hast vielleicht Manieren", bemerkte Wu Ying.

"Wie auch immer." Liu Ping wedelte mit dem Fisch. "Er wurde lange genug gebraten, sodass die Knochen knusprig und schmackhaft geworden sind. So ist er gut."

"Und der Einsatz deiner Hände?"

"Stäbchen sind für mich etwas zu ... zerbrechlich geworden."

"Das klingt mir mehr nach fehlender Beherrschung deinerseits als nach der Schuld der Stäbchen."

"Das ist mir bewusst, in Ordnung? Unsterbliche im Himmel, du bist genauso schlimm wie mein Bruder!", antwortete Liu Ping mit einem leicht schmerzerfüllten Gesicht, dessen Züge sich nach einem kurzen Augenblick wieder glätteten. Die offene Wunde ihrer Trauer war verkrustet, aber immer noch frisch. "Es wäre nicht gut, wenn ich beim Üben all ihre Stäbchen zerbreche."

"Ah ..." Wu Ying zog entschuldigend den Kopf ein. Ihm war nicht klar gewesen, dass sie versuchte, rücksichtsvoll zu sein – auf ihre eigene Art. "Deine Blutlinie verstärkt sich weiter?"

"Zumindest verändert sie sich."

Er betrachtete die Frau lange. Wenn nicht glücklich, dann wirkte sie doch zumindest, als würde sie die Veränderungen, die ihr widerfuhren, akzeptieren. Die rauen Kanten ihrer Trauer hatten sich geglättet und die vielen Stunden spät in der Nacht, die sie damit verbracht hatte, ihren Verlust und das Verlassenwerden zu beweinen, wurden schwächer, als sowohl die Wunden auf ihrer Seele als auch in ihrem Herzen verheilten.

Mehr noch, die Veränderungen in ihrem Körperbau waren zwar sukzessive, aber erheblich. Wo sie einstmals eher schlank und elegant war, wie es für Kultivatoren üblich war, hatte sie jetzt einen sportlicheren Körperbau. Muskulös, aber nicht gewaltig, sondern nur kräftig. Als hätten alle Prüfungen und ihre Reise ihr eine solide Präsenz verliehen, die selbst Pan Shui und Pan Mu, die ähnlich alt wie sie waren, nicht hatten.

"Was?", nuschelte sie durch ihren Mund voller Fisch hindurch.

"Du hast dich wirklich verändert." Sie kniff die Augen zusammen, aber Wu Ying ignorierte das. Es machte Spaß, sie zu ärgern, war aber nicht notwendig. "Was sind deine Pläne, nun, da wir hier sind?"

"Hmm ..." Liu Ping schaute sich um und zeigte dann auf ihr Ziel. "Ich werde ein Nickerchen machen. Genau dort."

"Du bist gerade erst aufgestanden!", protestierte Wu Ying.

"Mh-hm. Und jetzt mache ich ein Schläfchen", erklärte Liu Ping. "Es war eine lange Reise."

Wu Ying musste zugeben, dass sie damit nicht falsch lag. Die Monate auf den Straßen, gefüllt mit einigen langen Wachstunden, hatten selbst ihn ausgelaugt. Und er war es – durch sein Temperament und seine Erfahrung – mehr als die anderen gewohnt, primitiv zu leben. Jedoch hatte die Angst, dass die Regierung sie finden und zum Schweigen bringen oder auf andere Weise Rache an ihnen nehmen würde, sie vorangetrieben und sie waren durch schnelle Bewegungen und wenig Schlaf vor den amtlichen Sanktionen geflüchtet.

Dennoch ...

Noch bevor Wu Ying weiter widersprechen konnte, erschien ein älterer Herr. Er verbeugte sich vor den beiden, um sie zu begrüßen, und sprach sie zögerlich in der gemeinen Sprache an. "Meister Long. Meisterin Liu. Meine Wenigkeit – Mo Heng – grüßt euch. Wir bieten euch unsere Entschuldigung dar, denn der Stammesrat ist weiterhin beschäftigt."

"Hmmmhmmmphhhfff ...", honorierte Liu Ping seine Worte mit einem Mund voller Reis. Ihre Backen waren bis zum Bersten gefüllt.

Wu Ying verdrehte die Augen, stand auf und verbeugte sich vor dem Mann. Allerdings war es mehr eine Neigung des Kopfes als eine richtige Verbeugung. Er begann langsam, den Unterschied der Ränge zu verstehen, so wie es sein neuer Stand verlangte. Obwohl er künftig vielleicht seinen höheren Rang verbergen würde, gab es dafür in diesem Dorf keinen Grund.

"Wir danken Euch für diese Information", sagte er.

"Ich bin der Leiter? Kopf? Aufseher der Gärten für spirituelles Gemüse." Mo Heng berührte seine Brust und sagte weiter: "Wie wir hörten, habt Ihr ebenfalls Gemüse, Meister Long? Aus der Wildnis gepflückt."

Wu Ying blinzelte, ehe er nickte. "Ja, ich habe einige wilde Kräuter gepflückt. Wenn es für Euch angenehmer ist, könnten wir über einen Übersetzer miteinander kommunizieren?" Er wies auf das Kind, das ehrerbietig an der Seite stand.

Mo Heng lächelte dankbar, dann stürzte ein Redeschwall auf den Übersetzer ein. Der Jüngling nickte eine Weile lang, bevor er für Wu Ying übersetzte.

"Der Älteste Mo kann die selteneren Gegenstände, die Ihr möglicherweise habt, nicht umtauschen. Dazu fehlt ihm das Recht. Allerdings ist er autorisiert, Eure gängigeren Kräuter zu kaufen. Außerdem ist ihm gestattet, Euch mit den Kräutern zu helfen, die Ihr einpflanzen müsst, damit sie nicht eingehen." Eine kurze Pause, dann fügte das Kind nach weiterem Geplapper von Mo Heng hinzu: "Er darf Euch auch Hinweise zur Aufzucht spiritueller Kräuter geben und Euch unsere Gewächshäuser zeigen."

"Ich würde mich freuen, sie zu sehen." Wu Ying blickte auf sein Essen, das er noch kaum angerührt hatte, und zögerte.

"Wir werden Euch an den Gewächshäusern treffen. Ich zeige Euch den Weg", übersetzte das Kind hastig, nachdem Mo Heng sein Zögern bemerkt hatte.

"Danke. Ich freue mich darauf."

Wu Ying beobachtete, wie sich Mo Heng zurückzog und das Kind weiter über die Gruppe wachte. In der Zwischenzeit hatte Liu Ping, die keine Pause gemacht hatte, ihr Essen aufgegessen.

Sie bemerkte Wu Yings Blick und fragte: "Was?"

"Willst du mitkommen?", bot er ihr an.

"Um zuzuhören, wie du über Gemüse schwadronierst?" Ihre Augen funkelten. "Nein. Ich werde schlafen."

Wu Ying schnaubte und beobachtete, wie sie aufstand und davonschlenderte. Nachdem sie ihren Teller und die Schüssel bei der Waschküche abgegeben hatte, setzte sie sich unter einen großen Baum und schloss ihre Augen. Er runzelte die Stirn und merkte sich, sie weiterhin über ihre Ziele zu befragen, nun, da sie hier angekommen waren.

Er hatte nicht vergessen, dass sie alles, was ihr vertraut gewesen war, zurückgelassen hatte. Und egal wie geschickt sie dem Thema aus dem Weg ging, wusste er, dass sie sich eines Tages der Welt stellen musste.

Doch für den Moment, mit einem Blick auf sein Essen, konzentrierte er sich darauf, dieses mit dem nötigen Respekt aufzuessen. Die Sorgen um seine Freunde, Kultivationsressourcen, Lehrstunden und Zukunftspläne konnten bis nach dem Essen warten.

Denn er hatte es nicht mehr mit einer Krise nach der anderen zu tun.

***

Der Gang durch die Teefelder und Gewächshäuser war für Wu Ying sowohl einleuchtend als auch faszinierend. Mo Heng arbeitete mit seinem Übersetzer zusammen und erzählte im Detail von der Arbeit, die der Klan erledigte. Er besprach alles, von der Bewässerung über das Jäten von Unkraut und der Ernte der Teepflanzen bis hin zu den Formationen, die ihre Ländereien umschlossen und in die mit Lehm ummantelten Gewächshäuser eingraviert waren, mit Freuden.

Wu Ying prüfte ihre Methoden, berührte die Erde und begutachtete ihre Komposthaufen, beurteilte ihre Schnitte und Rotation, während er den Fluss des Chis durch die Felder spürte. Er studierte ihre großen und kleinen Formationen und beobachtete, wie Gärtner Holz-, Wasser- und Erd-Chi durch Pflanzen und Erde fließen ließen und sich sorgfältig um jede Pflanze kümmerten.

Sie sprachen miteinander, tauschten Informationen aus und ein Experte gewährte dem anderen Experten Einblicke. Als sie zu Parzellen und Formationen kamen, die zu Wu Yings Waren passten, öffnete er die Tasche, die er bei sich trug, und holte die Pflanzen heraus, um die er sich vorsichtig gekümmert hatte und die in ihren Jadeboxen in einer Halbstasis aufbewahrt worden waren. Er pflanzte die spirituellen Kräuter wieder ein, um ihre Langlebigkeit zu gewährleisten.

Er bemerkte, dass die anderen ihn dabei beobachteten und auf die Methoden und Chi-Flüsse, den Kraftakt, das Vergraben von Energie und Bewässern der Pflanze achteten, die er verwendete. Es störte ihn nicht, dass Geflüster von Person zu Person weitergetragen wurde und sie sogar so weit gingen, seine Handlungen während der Arbeit zu erklären.

Schlussendlich zogen sie sich in ein kleines Gebäude zurück, das neben den Gewächshäusern lag. Es war voll von den Gerüchen der Trocknung, des Räucherns und der Fermentation von spirituellen Kräutern. Es wurde Tee gebracht und Handbücher und Schriftrollen wurden ausgetauscht. Die jeweiligen Parteien – der Älteste Mo Heng, seine Schüler und ein paar Ältere Sammler sowie Wu Ying – unterhielten sich über esoterische Handbücher und Pflanzen und entlockten einander das wohlgehütete Wissen, das sie besaßen. Man sprach von Fehlern in alten Handbüchern, die lokalisiert und korrigiert wurden, Methoden der Identifizierung von seltenen und unüblichen Kräutern, Mutationen und Fehlschlägen.

"Ich habe die Pfingstrose des weißen Sterns auf dieser Lichtung entdeckt, aber als ich sie sammeln wollte, ist mir ein bestimmter ... Geruch aufgefallen." Wu Ying zeigte mit der Tasse Tee in der Hand darauf. "Ein Kothaufen, von der dämonischen schwarzen Bergkatze. Natürlich wusste ich zu diesem Zeitpunkt nur, dass sie dämonischer Natur war – durch den üblen Gestank ihres Kots –, aber nichts über ihre Farbe oder Mutation.

Trotzdem stellte es gutes Düngemittel dar, weshalb die Lichtung voller Pfingstrosen war. Natürlich habe ich nach ihrer Präsenz gesucht, bevor ich meinen Teil geerntet habe. Was mir nicht aufgefallen ist, war, dass die dämonische Katze die Lichtung mit einem Geruch überzogen hatte, den ich nicht bemerkt hatte" – und welch demütigender Moment das für ihn gewesen war – "daher habe ich eine Spur hinterlassen, als ich gegangen bin."

"Hat sie Euch gefunden?", fragte einer der Schüler mit vor Staunen weit aufgerissenen Augen. Er erinnerte Wu Ying an sein eigenes, jüngeres Ich, das am Lagerfeuer in seinem Dorf den Geschichten zurückgekehrter Soldaten gelauscht hatte. Fasziniert von der Konzeption des Krieges, obwohl er wusste, dass er selbst nichts damit zu tun haben wollte.

"Oh ja. Spät in der Nacht, als ich geschlafen habe", antwortete Wu Ying und verzog das Gesicht. "Noch dazu eine schlaue Bestie. Sie hat die Formationsflaggen vermieden, die ich um den Baum herum aufgestellt hatte, und hat sich von oben heruntergestürzt. Wäre die Tatsache nicht gewesen, dass ich immer auch einige Talismane an den Ästen über mir befestige, dann hätte sie mich erwischt. Selbst so hat sie mich übel zugerichtet, bevor ich sie erledigt habe. Trotzdem hat das Fell eine gute Trophäe für die nächste Sekte abgegeben, die ich besucht habe."

Geschichten. Seine voller Tollkühnheit und den Gefahren, denen ein fahrender Kultivator ausgesetzt war. Ihre voller Frost und Wind, von Trockenheit und Feuer und dem Raub durch Horden von Seeleninsekten, des übermäßigen Regens und dessen Fehlen und natürlich voll der Gier der Händler.

Die Gruppe unterhielt sich, benutzte Handbücher und Schriftrollen zur bildlichen Darstellung, zeichnete neue Bilder und aß von Tellern voller Appetithäppchen, bis es spät in der Nacht war. Experten, die einander mit den Lasten des Ackerbaus und des Sammelns unterhielten. Zum ersten Mal seit langem fühlte sich Wu Ying wie beruhigt, denn auch in den Gesprächen über sterbliche Teesträucher und Felder fand er eine Spur von Vertrautheit und Wissen.

Das war sein Volk, wenn auch etwas entfernt. Und obwohl ihre Sorgen etwas weniger düster als seine eigenen sein mochten, machte das ihre Erfahrungen nicht weniger real und das Wissen, das aus jahrzehntelanger Mühe entstanden war, nicht weniger fundiert. Er lernte aus ihren Geschichten genauso viel, wie sie aus seinen lernten. Er lernte etwas über neue Pflanzen, die man sammeln konnte, über Eigenarten der Kultivation und der Vermischung und über die Hingabe, die ein spezialisierter Bauer aufbringen konnte.

Sie sprachen, während der Mond über ihnen aufging und verschwand. Die Geschichten, die Erinnerungen und das Wissen vermischte sich miteinander, während der Tee dem Wein wich und Knabbereien zu vollen Mahlzeiten wurden. Der Wind wehte, schlug gegen Fenster und überquerte Schwellen und flüsterte Wu Ying seine Geheimnisse zu.

Über Frieden und die Richtung und Zufriedenheit und Wissen. Über die rechte Ordnung der Dinge unter dem Himmel.

Und Wu Ying hörte zu und lernte.

Kapitel 3

Am nächsten Morgen wurde Wu Ying zum Oberhaupt und den Ältesten des Rats zitiert. Es überraschte ihn nicht, festzustellen, dass das Oberhaupt der Vater der Pan-Schwestern war. Solche kleineren Offenbarungen hatten sie schon längst auf ihrer Reise hinter sich gebracht.

Nach der traditionellen Vorstellung und einem kurzen Plausch, der sich um Wu Yings Tag im Dorf drehte, ging die Gruppe – die aus dem Oberhaupt Pan, Pan Yin, Pan Hai und einem anderen Ältesten des Rats bestand – zum eigentlichen Thema des Treffens über.

"Meine Tochter lobt Euch, Eure Fähigkeiten und, was am wichtigsten ist, Euren Charakter in den höchsten Tönen", meinte das Oberhaupt Pan einleitend. Wu Ying neigte den Kopf und ließ sich nichts anmerken, obwohl er sich wegen des Lobs innerlich etwas unruhig fühlte. "Es ist uns eine Ehre, Euch zum Gast zu haben, Meister Long."

"Und mir, euer Gast zu sein", erwiderte Wu Ying und verbeugte sich leicht auf seinem Platz. "Ihr habt ein wundervolles Dorf. Eines, das mich auf seine Weise an mein eigenes erinnert."

"Ja. Meine Töchter erwähnten, dass Ihr vor Eurem Aufstieg ein Reisbauer gewesen seid." Das Oberhaupt Pan neigte seinen Kopf. "Wie ich höre, ist das für Euer Königreich ein weiter Weg, den man erklimmen muss."

"Länger als in großen Teilen des Staates der Zhao", bestätigte Wu Ying. "Jedoch scheint es, dass ihr einer traditionelleren Praxis folgt."

"Der Gelbe Herrscher hat verordnet, dass sich jedes menschliche Wesen kultivieren sollte. Warum sollten wir so einem Befehl widersprechen?", fragte das Oberhaupt Pan rhetorisch.

"Insbesondere, wenn man ab und an Besuch von einem unsterblichen Vorfahren bekommt", fügte Wu Ying hinzu.

Der Blick des Oberhaupts Pan fiel auf Pan Yin, die sich überhaupt nichts anmerken ließ. "Unsere Vorfahren besuchen uns nicht häufig. Schließlich haben sie in den Himmeln über uns viele Verpflichtungen. Bis auf den letzten Zwischenfall, von dem Ihr gehört habt, versteht sich." Er lächelte leicht, als er weitersprach. "Aber es stimmt, dass wir von ihrer Leitung profitiert haben."

Wu Ying nickte. Er würde seinen Seelenring der Welt darauf verwetten, dass der letzte Unsterbliche, der sie besucht hatte, ein Speerkämpfer gewesen war.

"Also, es gibt viele Dinge, die wir gerne besprechen würden, aber vielleicht sollten wir uns zunächst um den kommerziellen Aspekt kümmern." Nachdem das Oberhaupt Pan Wu Yings Zustimmung erhalten hatte, wies er zur Seite. "Der Älteste Mo kümmert sich um die Einzelheiten, weil er sich besser mit unseren Bedürfnissen auskennt."

Natürlich war der Älteste Mo nicht derselbe Mo Heng vom Vortag, obwohl er vertraute, familiäre Merkmale hatte. Sicherlich Brüder, oder möglicherweise eng miteinander verwandte Cousins. Da sich beide nur auf der Stufe der Energiespeicherung – höchstens auf der Mitte – befanden, hätte keiner einen Vorteil durch einen verlangsamten Alterungsprozess des jeweils anderen gehabt.

"Ich danke Euch, Oberhaupt Pan." Der Älteste Mo lächelte Wu Ying zu. "Ich muss zugeben, dass ich meinen Bruder gebeten habe, Euch herumzuführen, sodass wir unsere Unterhaltung heute eventuell verkürzen können. Ihr habt ein grobes Verständnis dessen, was wir anbauen, und daher hoffe ich, dass wir uns vielleicht auf die Art von spirituellen Kräutern und Zusätzen konzentrieren können, auf die wir keinen Zugriff haben."

"Natürlich", antwortete Wu Ying. "Selbstverständlich wird das einfacher sein, wenn ich weiß, welche grundsätzlichen Gegenstände euer Dorf braucht, aber mir ist aufgefallen, dass feuer- und erdbasierte spirituelle Kräuter überwiegen und einige der selteneren wasserbasierten Pflanzen fehlen, wie zum Beispiel der Wässrige Sumpflotus und ..."

Kurz darauf zankten sich die beiden und verhandelten über Wu Yings unzählige spirituelle Kräuter, von denen er einige hervorgeholt hatte, um sie ihnen hier und jetzt zu zeigen. In Erwartung dieser Diskussion hatte er bereits vorsorglich diejenigen Kräuter aus seinem Seelenring der Welt geholt, die er eintauschen wollte, denn er wollte dessen Präsenz nicht einmal dem freundlich gesinnten Pan-Klan offenbaren.

Die Verhandlungen dauerten stundenlang an, während denen sich das Oberhaupt Pan hin und wieder entschuldigte, um sich um dringende Angelegenheiten des Dorfes zu kümmern. Es wurden Knabbereien und später Mittagessen serviert, die von einem ständigen Fluss verschiedener Teemischungen begleitet wurden, nachdem Wu Ying einen Weinkrug verschmäht hatte.

Zu dem Zeitpunkt, als der Klan die sechste Mischung serviert hatte, verlor Wu Ying komplett den Überblick und entschloss sich, das Spektakel zu genießen. Denn zu so etwas war die Verhandlung geworden. Es wurde auf Tische geschlagen, Armut bis in die fünfte Generation beteuert, und sogar Herausforderungen zu Ehrenduellen ausgesprochen.

Wu Ying konnte während der Prozedur nicht anders, als den belustigten Blick in Pan Yins Augen und die übertriebenen Gesten und schwülstigen Worte des Ältesten Mo zu bemerken. Nach kurzer Zeit verfiel auch er in seine Rolle in dem ganzen Schauspiel, traf skandalöse Aussagen und spottete bei jedem Angebot lauthals. Er ging sogar so weit, nach den verschiedenen Kräutern zu greifen und sich so zu bewegen, als würde er sie ihnen wegnehmen, tat das aber auf so übertriebene Weise und zu solch unpassenden Zeitpunkten, dass es eindeutig war, dass es sich um ein Schauspiel handelte.

Letztendlich aber kamen sie zu einer Übereinkunft und fast zwei Drittel der weitläufigen Sammlung von Wu Yings Kräutern, die er bereit war, abzugeben, wurden von dem Dorf beansprucht. Das größte Problem lag darin, wie man Wu Ying bezahlen sollte, weil die Überweisung von großen Geldmengen – selbst in Papierform – untragbar war.

Zum Glück war Wu Ying mehr an einem Tauschhandel interessiert und nahm sich seltenere Kräuter, die er für seine medizinischen Bäder benötigte, und wollte ihre Alchemisten in Anspruch nehmen dürfen, um einen Teil seines aktuellen und neu erworbenen Lagers in Pillen für die Kultivation und medizinisches Badepulver zu verwandeln.

Der wichtigste Punkt aber war, da er nun im Königreich der Zhao war, dass er gegen etwas tauschte, was sie im Überfluss hatten – jedenfalls relativ. Mächtige, verzauberte Gegenstände. Natürlich war das Problem beim Erwerb von Gegenständen auf Seelenlevel – auch im Staat der Zhao – der Preis. Der Klan hatte sogar nach hunderten von Jahren nur eine begrenzte Menge, die sie bereit waren, zu tauschen.

Dennoch schlossen sie schließlich einen Handel ab, während es dunkler wurde. Zumindest zaghaft.

"Nun, ich bin sicher, Pan Yin hat mich nicht hierher eingeladen, nur damit ihr all meine Kräuter kauft", sagte Wu Ying mit einem verschmitzten Lächeln. "Was hat euch noch vorgeschwebt?"

"Scharfsinnig", stimmte Pan Hai an. Seine Gesichtszüge zeigten einen widerwilligen Respekt. "Und ich nehme an, Ihr habt nicht um Zugang zu unserer Bibliothek gehandelt, weil ihr zumindest das erwartet?"

"Zum Teil", gab Wu Ying zu, fügte aber auch klärend hinzu: "Wegen meines einzigartigen Elements sind die Werke, die andere besitzen, für mich von geringerem Nutzen."

Das Oberhaupt Pan nickte. "Das ist durchaus richtig. Wir haben unsere Bibliothekare die Bibliothek durchsuchen lassen, nachdem Pan Yin zum ersten Mal Eure besondere ... Eigenart erwähnt hat. Leider scheint es uns an Dokumenten zu Eurem speziellen Element zu fehlen. Daher bleiben nur Kultivationsübungen und Kampftechniken ..." Er zuckte mit den Schultern. "Und natürlich Texte über das Apothekerhandwerk, Formationen und das Sammeln. Abgesehen davon haben wir Euch nur wenig zu bieten."

"Das spielt keine Rolle", sagte Wu Ying und winkte ab. "Eventuell möchte ich mich trotzdem in der Bibliothek umsehen. Man weiß nie, wann die Inspiration und die Erleuchtung zuschlagen. Abhängig davon, was wir ausdiskutieren und was ihr benötigt, versteht sich. Wenn wir letztlich dazu kommen."

Das Oberhaupt Pan lachte. "Es wird spät." Ein Blick fiel nach draußen auf das schwindende Licht, ein anderer auf die Kräuter, die Mitglieder seiner Familie weiterhin fortschafften, nun, da die Gruppe zu einer Abmachung gekommen war. "Meine Tochter hat nicht gelogen, als sie gesagt hat, dass sie Euch etwas Gutes tun wird. Aber wie Ihr vermutlich erkannt habt, hatte sie andere Beweggründe."

Wu Ying nickte. Es ermüdete ihn bereits, dass ständig Informationen, die er bereits kannte, wiederholt wurden.

"Zunächst einmal befindet sich ein Kind in unserer Obhut, das zu einer Zweigfamilie gehört, die einen gewissen Grad an Können mit dem Jian gezeigt hat, das wir gerne vertiefen möchten."

"Ich bin kein besonders guter Lehrer ...", sagte Wu Ying zaghaft.

"Verstanden. Wir möchten trotzdem, dass Ihr ihm den Familienstil der Long zeigt und lehrt", meinte das Oberhaupt Pan. "Das besagte Kind ist ... besonders."

Wu Ying runzelte die Stirn. "Ihr bittet mich, meinen Familienstil zu präsentieren?"

"Das ist eine große Bitte", gab das Oberhaupt Pan ohne jegliche Spur von Scham zu. "Dennoch glaube ich, dass Ihr feststellen werdet, dass es zu Eurem Vorteil sein wird." Das Oberhaupt Pan hob einen Finger. "Eine Lehrstunde. Wir verhandeln um eine Lehrstunde."

Wu Ying blinzelte. Er hatte Verständnis für dieses Volk, und die Tatsache, dass das Oberhaupt Pan sogar um nur eine Lehrstunde bat, nachdem er abgelehnt hatte, sprach Bände. Es gab zahlreiche solcher Geschichten, und diese hier ... "Er ist ein Wunderkind, oder?"

"Ich habe dir gesagt, dass das nicht funktionieren wird", sagte Pan Yin, die heute zum ersten Mal das Wort ergriff. Sie wandte sich Wu Ying zu und sprach weiter. "Mein Cousin ist ein wahrhaftiges Genie, das bereits das Herz des Schwertes erreicht hat."

"Was soll ich ihm dann noch beibringen?", fragte Wu Ying überrascht.

"Erfahrungswerte", antwortete Pan Hai, der Vierte Onkel, schroff. "Pan Chen ist eine Gewächshauspflanze, die unter perfekt kontrollierten Bedingungen gezüchtet wurde. Er ist stark und lebhaft – und musste sich noch nie wirklichen Schwierigkeiten stellen."

"Unwichtig. Dieser Punkt ist nicht relevant", schnauzte das Oberhaupt Pan ihn an. "Es liegt nicht an seiner fehlenden Erfahrung, dass wir Euch darum bitten, ihn zu trainieren." Eine kurze Pause. "Nun, vielleicht, wenn der Kultivator Long länger bei uns bliebe. Aber Ah Chen ist zu jung für das, was du dir vorstellst." Dann schüttelte er seinen Kopf. "Nein. Es ist jetzt für ihn nötig, die Basis seines Wissens zu erweitern und so viele Stile wie möglich zu studieren. Zu wachsen. Ihr wisst, was Großmutter gesagt hat."

Die Gruppe nickte reihum, als sie den Worten des Oberhaupts zustimmten.

Wu Ying sagte mit gerunzelter Stirn: "Ich weiß es nicht."

"Entschuldigt", antwortete das Oberhaupt Pan. Trotzdem machte er keine Anstalten, Wu Yings Frage zu beantworten.

Es war Pan Yin, die es mit rollenden Augen erklärte. "Großmutter Pan hat eine kleinere Begabung im Hellsehen. Sie kann die Fäden des Schicksals sehen, obwohl sie anfällig für Veränderungen sind. Und sie hat von Ah Chengs Chance gesprochen, die Seele des Schwertes zu erlangen, wenn ihm die nötige Führung zuteilwird."

Wu Ying war schockiert und versteckte dies nicht. Die verschiedenen Ebenen des Verständnisses und Wissens für eine Waffe zu begreifen, konnte einem helfen, Probleme mit der Erleuchtung zu umgehen und außerdem den Stärkeunterschied zwischen verschiedenen Kultivationsleveln zu überwinden.

Jemand, der ein Verständnis für das Gespür einer Waffe besaß, stand mit an der Spitze derer seiner Klasse. Und das Verständnis für das Herz erlaubte es jemandem, auf dem Level über ihm zu kämpfen – in den meisten Fällen. Und das legendäre Level der Seele des Schwertes? Nun, es war wegen des erwähnten Grundes legendär – von dem Grad an Stärke, den sie verlieh, sprach man nur in Märchen und Legenden der Vergangenheit. Dass man Berge zerschneiden und Kultivatoren der Aufkeimenden Seele mit einem einfachen Schwertstreich erledigen konnte, waren Teil solcher Märchen.

"Und ihr seid bereit, viel für ihn zu opfern, damit er solche Höhen erreicht." Wu Ying nickte verständnisvoll.

Solch ein Individuum Teil seines Klans nennen zu können, wäre eine großartige Versicherung, aber die Möglichkeit, dass jemand solche luftigen Höhen erreichte, konnte auch Gefahren mit sich bringen. Viele hatten das Gefühl, solche vielversprechenden Knospen beschneiden zu müssen, bevor sie vollständig erblühen konnten, anstatt zu riskieren, dass eine Waffe auf sie gerichtet wurde.

Das führte Wu Ying zu einem anderen Gedanken. "Es ist überraschend, dass man von zwei solchen Wunderkindern in einem solch kleinen Klan weiß." Den Rest ließ er unausgesprochen.

"Nicht so überraschend, wenn Ihr wisst, dass Pan Shuis Fortschritt auf Ah Chens Einfluss zurückzuführen ist", antwortete das Oberhaupt Pan und beantwortete so die im Raum stehende Frage.

"Ah ..." Wu Ying lehnte sich zurück und betrachtete die Gruppe.

Irgendetwas nagte an ihm, die Erinnerung an ein Gespräch. Er erinnerte sich an Liu Ping und daran, dass die Pan-Schwestern erwähnt hatten, dass sie ihr mit ihrer Blutlinie helfen konnten. Dann war da noch die Geschichte des Unsterblichen. Das Geständnis, dass es nicht nur einen Unsterblichen aus ihrem Klan gab. Die Anwesenheit zweier Wunderkinder auf dem Gebiet des Herzens.

Blutlinien. Unsterbliche. Wunderkinder.

"Das Blut des Unsterblichen fließt durch die Adern eures Volkes, oder?", fragte Wu Ying. "Deshalb habt ihr so viele Wunderkinder." Erst einen Moment später wurde ihm klar, dass er seine Vermutungen vielleicht nicht hätte laut aussprechen sollen.

"Schlau. Zu schlau", sagte Pan Hai. Seine Stimme war ernst und nicht einmal mehr ansatzweise amüsiert. Sein Blick fiel auf Pan Yin, die diesen mit einer kleinen Spur von Sorge erwiderte, weil sie die Tötungsabsicht spürte, die der Älteste ausstrahlte. "Wie viele Geheimnisse soll er noch aufdecken? Gib ihm noch eine Woche und die Hilfe deiner Tochter, dann wird er unsere Formationen durcheinanderbringen."

"Das reicht, Ah Hai", tadelte das Oberhaupt Pan ihn. "Meister Long befindet sich unter Freunden. Wir haben ihm das Gastrecht gewährt und werden unsere Ehre nicht verletzen. Meine Tochter hat Gründe für ihre Taten und Meister Long hat bereits bewiesen, dass er authentisch ist. In unserem Land und auch in seinem eigenen."

"Die Ehre ist nicht wichtig, wenn ein loses Mundwerk und die Klinge eines Folterknechts existieren", warf Pan Hai ein. "Das Königreich hat schon immer unsere Reichtümer begehrt."

"Und das ist der Grund, warum wir stärker werden müssen. Außerdem haben wir die Grenzen unserer eigenen Ressourcen erreicht", erklärte das Oberhaupt Pan.

"Des Weiteren werde ich nicht in Zhao bleiben", fügte Wu Ying hinzu. "Es gibt viel in dieser Welt zu sehen und mein Weg wird mich in weite Ferne führen." Ein rieselnder Wind, der an seinen Haaren entlangstriffe, erinnerte Wu Ying an sein Ziel und wonach er suchte.

"Siehst du?", antwortete das Oberhaupt Pan. "Meine Tochter trifft gute Entscheidungen. Etwas, das du dir künftig zu Herzen nehmen solltest."

Pan Hai presste die Lippen aufeinander und beugte widerwillig sein Haupt. Der Streit war beendet und das Oberhaupt Pan schaute zu Wu Ying, um sich bei ihm für die kurze Ablenkung und die unangemessene Diskussion zu entschuldigen. Wu Ying winkte die Angelegenheit selbstverständlich mit noch höflicheren Worten ab.

"Also, werdet Ihr es tun?", fragte das Oberhaupt Pan und kam zum eigentlichen Thema zurück.

"Und was springt für mich dabei heraus, mein Wissen über das Schwert an Euren Neffen weiterzugeben?", fragte Wu Ying und beugte sich vor. "Warum sollte ich meine Geheimnisse mit ihm teilen?" Und sich selbst in Gefahr bringen, was sich ohne Worte verstand.

"Lehrstunden. Ihr steht an der Schwelle zum Herz des Schwertes und doch ist es Euch nicht möglich, es zu erlangen. Wie Ihr gehört habt, hat Ah Chen eine Gabe, für Erleuchtung zu sorgen. Egal ob Schwert oder Speer, wenn der Funke in Euch ist, kann er ihn entzünden."

Hunger ergriff ihn und seine Kehle trocknete aus. Wu Ying griff nach seiner Teetasse und stellte beiläufig fest, dass seine Finger leicht zitterten, während er seine trockene Kehle benetzte. Der verzweifelte Wunsch war beinahe zu heftig, um ihn zurückzuhalten. Das Verlangen schoss durch ihn und wie sein pochendes Herz wartete Wu Ying ab.

Als er endlich die Kontrolle zurückerlangte, sagte Wu Ying: "Ein großzügiges Geschenk. Aber ich glaube, ich muss glauben, dass ich dasselbe mit der Zeit auch alleine erreiche."

Obwohl er seinen Kopf seit Jahren gegen dieselbe Wand geschlagen hatte. Andererseits konnte es Jahrzehnte dauern, um dieses Verständnis zu erlangen. Jahrzehnte, vielleicht sogar ein Jahrhundert. Möglicherweise nie. Aber wie er gesagt hatte, er musste daran glauben, dass er es aus eigener Kraft schaffen konnte. Wu Ying wusste, dass ein solcher Schritt ohne diesen Glauben niemals bewältigt werden konnte.

Die Beherrschung umfasste sowohl den Geist als auch den Körper.

"Was verlangt Ihr also stattdessen?", fragte das Oberhaupt Pan.

Wu Ying drehte die Teetasse mehrmals in der Hand herum und überlegte, was er noch brauchen könnte. Als er sprach, sprach er langsam und stockend, weil er laut in seinem Herzen suchte. "Informationen über Blutlinien. Nicht der euren im Besonderen, aber über eure Erfahrungen und die Veränderungen, die ihr gesehen habt. Wie ihr sie verbessert habt, falls das der Fall war, ohne spirituelle Kräuter und ähnliches einzusetzen, die euch geholfen haben könnten, sie zu konzentrieren oder zu entwickeln."

Die Gruppenmitglieder blickten sich gegenseitig an, Pan Hai schüttelte seinen Kopf und der andere Älteste nickte ihm zustimmend zu.

Das Oberhaupt Pan zögerte lange, ehe er seufzte. "Das kann ich nicht alleine genehmigen. Wir müssen als Rat darüber sprechen."

"Also gut." Wu Ying nickte dem Ältesten Mo zu. "Ich würde gerne mehr Zeit damit verbringen, mit Euren Sammlern als Partner zusammenzuarbeiten. Um weitere Hinweise auszutauschen."

"Für wie lange?", fragte das Oberhaupt Pan, das einen raschen Blick zum Ältesten Mo warf, der sich am Kinn rieb, aber kaum merklich nickte.

Wu Ying machte eine Pause und dachte nach. Der Jahreszeit und dem Zeitpunkt nach zu urteilen ... "Mindestens bis zum Anfang des Frühlings. Vielleicht bis zum Ende der ersten Pflanzperiode."

Das würde ihm viel theoretisches Training während derselbigen ermöglichen, wenn die Erde noch kalt war und außerhalb der Gewächshäuser nicht viel angepflanzt wurde und wenn die Pflanzsaison begann, sollten sie beidem zustimmen. Mehr als genug Zeit, um ihre Formationen zu studieren und neue Ideen zu erproben. Vielleicht sogar, um ihre Bibliothek zu durchstöbern.

Es war auch für sie ein guter Handel, denn die Formationen, von denen Wu Ying wusste, unterschieden sich von ihren eigenen. Bis zu einem gewissen Grad hatten sie natürlich dieselbe Funktion – aber jegliches Wissen war von Vorteil. Und seine ausgiebigen Notizen zu wilden Pflanzen konnten nützlich für sie sein.

"Wir möchten Eure Hilfe beim Pflanzen und Anbau einiger der wilden spirituellen Kräuter, die Ihr uns verkauft habt", erklärte der Älteste Mo.

"Welche?", fragte Wu Ying. "Euch ist bewusst, dass viele davon nicht so potent sein werden, wenn man sie kontrolliert anbaut?"

"Natürlich. Aber wir wollen dennoch experimentieren und den Prozess verstehen", antwortete der Älteste Mo.

Wu Ying nickte. Er konnte das verstehen. Auch wenn sie keinen Erfolg bei einer der Pflanzen hatten, die sie versuchten, anzubauen, konnte sich die erfolgreiche Zucht auch nur eines wilden spirituellen Krauts über Jahrzehnte, wenn nicht Jahrhunderte, für Experimente auszahlen.

Dass so etwas auf lange Sicht für Probleme für jemanden wie Wu Ying sorgen könnte, war eine Sorge, die noch weiter in der Zukunft lag. Und ehrlich gesagt würde das nach seinem Verständnis des Marktes niemals vollständig die Nachfrage nach Sammlern ersetzen. Solange diese bereit waren, tief in die Wildnis zu reisen.

"Dann haben wir scheinbar den groben Rahmen einer Vereinbarung für Euren Aufenthalt, Meister Long", schloss das Oberhaupt Pan mit einem leichten Lächeln.

"Das haben wir", bestätigte Wu Ying. Er vergaß nicht, dass sie nur eines der vielen Dinge erwähnt, die Diskussion nun aber abgebrochen hatten.

Was auch immer sie ihn hatten fragen wollen, das Oberhaupt hatte für den Moment beschlossen, das zu verwerfen. Vielleicht würde er das künftig zur Sprache bringen. Letztendlich machte es keinen großen Unterschied. Wu Ying konnte abwarten und sehen, was passierte. Schließlich war er nicht in Eile.

***

Fast eine Woche später, eine Woche voller langer und träger Tage, die er damit verbrachte, sich die Hügel und Schluchten der Ländereien zeigen zu lassen, kehrten das Oberhaupt und die anderen Ältesten zurück, um ihre Vereinbarung vollständig zu bestätigen. Ihre Aufzeichnungen und Experimente zu Blutlinien und sogar der Zugang zu ihren geheimen Arealen mit medizinischen Bädern wurden in ihrem Angebot mit eingeschlossen. Doch im Gegenzug musste er Pan Chen den Familienstil der Long in seiner Gänze lehren, während er sich ebenfalls von seiner Sammlung an Schwerthandbüchern trennen musste.

Es war ein kleines Opfer, das er erbringen musste, denn die Sammlung würde von Studenten und Gelehrten der Pan-Familie kopiert werden, ehe sie ihm wieder ausgehändigt wurde. Seine Reisen hatten Wu Ying ermöglicht, eine Vielzahl solcher Dokumente zu kaufen, aber keines davon war besonders geheim. Er hatte wie ein Eichhörnchen Handbücher von umherziehenden Händlern, Auktionshäusern und Buchhändlern gehortet, ohne zu beachten, woher sie kamen oder welche Qualität sie hatten.

Deswegen umfassten die Werke, die er angeschafft hatte, alles Mögliche von Handbüchern zu Kampfkünsten, die von Personen verfasst worden waren, die gerade einmal verstanden, welches das spitze Ende war, über Handbücher zu alltäglichen Kampfkünsten der Armee der Shen bis hin zu privaten Handbüchern aus aufgelösten Kampfkunstsekten und gefallenen Familien.

Es war zu einem Hobby geworden, sie bis spät in der Nacht zu lesen, während er dabei war, zu sammeln, und die ungenauen Darstellungen zu üben und über sie zu lachen. All das diente dem Versuch, sie miteinander zu verbinden oder dadurch, dass er anderen Stilen ausgesetzt war, Erleuchtung zu seinem eigenen Familienstil zu erhalten.

In der geheimen Kammer seines Herzens, wo der unausgesprochene Ehrgeiz wohnte, hegte Wu Ying die Hoffnung, seinen Stil in eine vollständige Schwertform einzuweben. Auf sein Verständnis des Familienstils der Long aufzubauen, um etwas Mächtiges zu kreieren, das über die Handbücher, die er gesammelt und geschenkt bekommen hatte, und die fünfte Form, die er erst seit kurzem praktizierte, hinausging.

Denn niemand aus seiner Familie hatte je die Höhen der Formation einer Aufkeimenden Seele erreicht, jedenfalls nicht in jüngster Zeit. Und die spärlichen Notizen, die die Formen des fünften Stils, den Fluss des Chis und die Projektion von Energie beschrieben, stammten allesamt von jenen, die die Kernformung erreicht hatten. Die Originalaufzeichnungen boten nur eine klägliche Leitung für jemanden auf seiner Stufe.

Sodass Wu Ying ... etwas geraubt wurde.

Und wenn vielleicht Inspiration oder Verständnis aus Werken entspringen würde, die ebenso fantastisch wie praktisch waren, dann sollte es so sein.

In der Zwischenzeit hatte Wu Ying die Rolle eines dankbaren Gastes gespielt, während er auf eine Antwort auf sein Anliegen gewartet hatte. Selbst für jemanden, der sich an die Strapazen einer Reise gewöhnt hatte, hatten die vielen Monate, in denen sie von der Residenz der Sieben Pavillons aus über die Landstraßen gereist waren und die sie in heruntergekommenen Gasthäusern verbracht hatten, ihren Tribut gefordert.

Eine Gelegenheit zur Pause und zu Spaziergängen über gepflegte Felder voller Tee und Wildwiesen für Schafe, um durch windiges Gelände zu klettern und sorglos durch die Wolken zu tanzen, nahm er dankend an. Zeit, um die Luft einzuatmen, die Seele zu entspannen und sich zu kultivieren.

Tage, in denen Wu Yings größtes Dilemma darin bestand, ob er es rechtzeitig zum Abendessen zurückschaffte. Stunden voller Kultivation auf einsamen Hügelspitzen und unter wolkigem Himmel, während der Wind tanzte und er in medizinischen Bädern badete, die dazu dienten, seinen Körper zu stärken und Unreinheiten herauszuwaschen.

All das, während er die Aufkeimende Seele in seinem Kern mit den flimmernden Funken der Erleuchtung fütterte und seinen Körper verbesserte, da er die Formen des Handbuchs der Sieben Winde im starken Westwind übte, während er durch den Himmel tanzte. Tage, an denen diese Aufkeimende Seele wuchs, weil die Kultivationsmethode des Formlosen Reichs sie mit einem Dao und Erleuchtung fütterte und Wu Ying nach seinem Dao suchte.

Kultivieren, seinen Dantian füllen und warten.

Denn auch in der Ruhe lag Wachstum.

Kapitel 4

Das Wunderkind war wirklich ein Kind. Er war nur knapp ein Meter vierzig groß, reichte Wu Ying gerade bis unter die Achsel und war ein wohlproportioniertes Kind, dessen Haar unter einer hohen Mütze versteckt war. Er hatte sich aufgeregt mit einem Mädchen unterhalten, bis Wu Ying und seine Eskorte, der Vierte Onkel, auf dem leeren Trainingshof eintrafen. Dieser lag etwas abseits des restlichen Dorfes und war der perfekte Ort, um an neuen Techniken zu arbeiten – abseits von spähenden und neugierigen Blicken.

Nachdem den Kindern klargeworden war, wer da angekommen war, wurde das kleine Mädchen fortgeschickt und das Wunderkind – Pan Chen – veränderte sich. Er wurde binnen Sekunden erwachsen, als er seinen Rücken gerade machte und eine ernsthafte Miene aufsetzte.

"Meister Long, ich Unwürdiger freue mich auf Eure Anweisungen", grüßte Pan Chen und verbeugte sich tief mit übereinander gefalteten Händen.

Wu Ying lächelte leicht und bemerkte den winzigen Pferdeschwanz, in den der Junge seine Haare zusammengebunden hatte, um sie aus dem Weg zu schaffen. "Nicht nötig, Kultivator Pan. Es ist mir eine Ehre, die Gelegenheit zu haben, jemand so talentiertes in jungem Alter kennenzulernen."

"Student. Oder Schüler", antwortete Pan Chen. "Falls Ihr jemanden so unwürdigen wie mich als Euren Schüler aufnehmen würdet, versteht sich."

Wu Ying machte eine Pause und dachte nach, was er darauf antworten konnte. Die Rollen und Verantwortlichkeiten von offiziellen Schülern und Lehrmeistern waren weitläufig. Es war nicht nur eine Form der Anrede, wie die Art, wie der Vierte Onkel sich angespannt hatte und dabei finster auf den Jüngling schaute, deutlich machte. Wie man so schön sagte: "Lehrer für einen Tag, Eltern ein Leben lang[1]."

---

[1] 一日为师，终身为父 - ein berühmtes Sprichwort über die Bedeutung von Lehrern und die Dankbarkeit, die man ihnen entgegenbringen sollte. Es gibt die Folgerung, dass man lange suchen muss, um einen guten Lehrer zu finden. Und der Lehrer braucht ebenso lange, um die Qualität seines Möchtegern-Schülers zu beurteilen.

Andererseits musste Wu Ying zugeben, dass es ihm viel Ansehen einbringen würde, wenn er einen Schüler hätte, der das Verständnis für die Seele des Schwertes erreichte. Und es würde Sicherheit bedeuten. Ein kleiner, gieriger Teil seiner selbst begehrte die Vorteile, die es mit sich bringen würde, wenn er die übertriebene Höflichkeit des Jünglings annehmen würde. Seine Naivität auszunutzen ...

Wu Ying begutachtete den kleinen und gemeinen und habgierigen Teil seines Bewusstseins. Die Zeit schien sich auszudehnen, während er über diesen Teil von sich nachdachte und ihn und seine eigenen Begierden beurteilte. Dann atmete er mit einem schnellen, mentalen Kick aus und schob diese Gier wieder in die hinterste Ecke seiner Seele, wo sie hingehörte.

Eine solche Handlung würde ihn entwürdigen. Sie würde sein Selbstwertgefühl und den harten Fels der Ehre, auf dem er sein Ego aufgebaut hatte, entwerten. Er würde sich nicht an solche kleinen Merkmale des Ansehens klammern und sich nicht unter dem unsicheren Schatten der Pflicht verkriechen.

Wenn seine Entscheidungen töricht waren, dann sollte es so sein. Die Reise zur Unsterblichkeit war ohnehin der Traum eines Narren. Und er war ein wahrhaftiger Narr.

Das waren Augenblicke, lange Augenblicke, in denen der Vierte Onkel immer weiter rot anlief und in den Fesseln der Gastfreundlichkeit und Höflichkeit verstrickt war, während ihm sich die Klingen künftiger Katastrophen und der Torheit näherten. Augenblicke, während derer Pan Chen sein Gewicht von einem Fuß auf den anderen verlagerte und auf eine Antwort wartete.

Und dann sprach Wu Ying. "Nein, Kultivator Pan, ich werde Euch nicht als Schüler aufnehmen. Denn ich bin noch nicht bereit, Schüler aufzunehmen. Noch habe ich Euch ausreichend eingeschätzt, um das zu tun." Er beugte sich nach unten und zerzauste das sorgfältig gepflegte Haar des Kindes. "Es sollte nicht aus einer Laune oder Höflichkeit heraus geschehen, dass man sich einen Lehrer aussucht, sondern nach gründlicher und sicherer Überlegung. Denn ein schlechter Lehrer kann Euch in eine falsche Richtung führen und Eure Füße auf einen fehlerhaften Pfad lenken.

Ob nun bewusst oder durch Misserfolge. Ich entscheide mich, Euch weder das eine noch das andere anzutun."

Pan Chen entfernte sich von Wu Yings Hand und blickte ihn für einen Moment böse an. Die Scham, abgewiesen worden zu sein, verschwand unter dem Jähzorn eines Kindes, der nur durch die hart erarbeitete Selbstbeherrschung durch die Kampfkünste und Kultivation erstickt wurde.

"Ich entschuldige mich dafür, Euch beunruhigt zu haben, Meister Long." Pan Chens Stimme war hoch und auch rau, weil die zurückgehaltenen Emotionen durch kleine Rillen sickerten.

Pan Hai hüstelte in seine Hand, trat vor und wies über den offenen Innenhof. "Vielleicht sollten wir jetzt anfangen?"

"Natürlich", stimmte Wu Ying zu und versteckte sein Lächeln vor dem finster dreinblickenden Kind. Die Wut würde verfliegen, aber Scham konnte Narben auf der Seele hinterlassen. "Gibt es eine Art, die Ihr zum Lernen bevorzugt, Kultivator Pan?"

Pan Chen schaute zu Pan Hai, um nach Bestätigung zu suchen. Als er diese erhielt, lächelte er Wu Ying schwach an. Es war ein Lächeln, das eine Spur von Schabernack enthielt.

"Würdet Ihr mir zuerst Euren Stil zeigen, Meister Long? In seiner Gänze?"

Ein recht guter Anfangspunkt. Schließlich lautete die Abmachung, ihn seinen vollständigen Stil zu lehren. "Selbstverständlich."

Wu Ying zog seine Klinge aus der Scheide und schritt zum Mittelpunkt des Innenhofes. Unter seinen Füßen lag weicher Pflasterstein und der nach oben hin offene Innenhof ermöglichte es den Winden, zum Spielen nach drinnen zu kommen. Sie flüsterten Geheimnisse über Liebschaften und eine schlummernde Bärentochter. Er nahm ihre Worte zur Kenntnis, bevor er sie aus seinem Kopf verbannte.

Ein langsames, sickerndes Ausatmen. Dann sagte er leise, aber laut genug, sodass die anderen es hören konnten: "Der Schwertstil der Familie Long – erste Form."

Regungslosigkeit.

Dann fiel die Hand auf den Griff seines Schwertes. *Der Drache fährt die Klauen aus.* Die erste Bewegung der Form war das Ziehen des Schwertes. Ein

Schritt nach vorn, um die Scheide und die Klinge zu drehen, als er sie zog. Ein Schnitt und das Schwert hielt auf einer hohen äußeren Linie an.

Ein Übergang nach vorne mit einem Stoß. Eine Drehung durch einen Schnitt, losreißen, blocken. Wu Ying floss durch die einzelnen Bewegungen der Form. Er entschloss sich, die ursprüngliche Form zu präsentieren, wie sie ihm von seinem Vater beigebracht worden war, ohne die Anpassungen der *Windschritte* oder der Zwölf Orkane, ohne den Trittstil der Shen oder irgendeine andere kleinere Variation hinzuzufügen, die er geschaffen hatte, um sie für ihn passender zu machen.

Es war einfach, in vertraute Muster zu verfallen, aber Wu Ying bemerkte auch die kleinsten Verzögerungen, als Bewegungen oder Übergänge, die er angepasst hatte, ihm Schwierigkeiten bereiteten. Als er fertig war, war er auf seine Anfangsposition zurückgekehrt und sein Schwert steckte in seiner Scheide.

"Wunderschön. Ihr seid wahrlich ein Experte des Jians, Meister Long", lobte Pan Hai.

Wu Ying lächelte und verbeugte sich kurz, aber ansonsten ignorierte er das Lob. Stattdessen beobachtete er, wie Pan Chen leicht die Stirn runzelte. Und wie ein guter Lehrer fragte er: "Was ist los, Kultivator Pan?"

"Er ist nicht besonders gut, oder?"

"Ah Chen!", ermahnte Pan Hai ihn mit empörter Stimme. Er hob eine Hand, um Pan Chen auf den Hinterkopf zu schlagen, aber stockte, als Wu Ying seinerseits eine Hand hob. Und erinnerte sich daran, dass er hier nur ein Beobachter war.

"Warum sagt Ihr so etwas?", fragte Wu Ying.

"Das ist nicht mehr der Stil, den Ihr verwendet. Das ist etwas, das Ihr gelernt habt, aber das ist nicht Euer Stil", erklärte Pan Chen. "Ich würde gerne Euren richtigen Stil sehen. Nicht das."

"Ihr seid wahrlich jemand mit dem Herzen des Jians", merkte Wu Ying an und warf dem Kind ein leichtes Lächeln zu, um ihm zu zeigen, dass er sich nicht beleidigt fühlte.

Wu Ying nahm wieder seine Position in der Mitte des Innenhofes ein und schloss halb seine Augen. Er atmete ein und aus. Beruhigte seine Nerven und seine Seele. Fand den Rhythmus des wehenden Windes.

Und bewegte sich.

***

Kein Zögern, keine Pausen, keine Lücken. Zumindest keine, von denen er nicht wusste – es gab immer noch Übergänge, die noch perfektioniert werden mussten. Während des Prozesses der Anpassung des Stils, um ihn an sein eigenes Wissen anzugleichen, gab es Lücken und Möglichkeiten, die Wu Ying ausprobierte und verwarf. Das waren natürlich nicht viele – in der gesamten ersten Form gab es zwei oder drei. Der Rest bestand aus flüssigen Bewegungen, Übergängen zwischen fliegenden Tritten, Ellbogen- und Faustschläge, die zu Stößen und Schnitten wurden.

Eleganz in jeder Bewegung und Effizienz in jeder Handlung. Eine unüberschaubare Vielfalt an Möglichkeiten, um Angriffsrichtungen zu öffnen und zu schließen und zur Defensive durch jede Hebung des Arms, Schnitte, Stöße oder durch das Senken eines Fußes oder die Drehung des Körpers. Winkel, die entstanden und verwehrt wurden, Finten und falsche Öffnungen in gleichem Maße, die sich zu anderen Bewegungen wandeln konnten.

Eine Form war nichts Statisches, nicht vor dem geistigen Auge eines Meisters. Jede Bewegung war nur der Auftakt von Dutzenden Reaktionen und jede Handlung eine Einladung für den Gegner. Das Endergebnis, ob nun eine Reihe von Schnitten wie die *Aufblitzenden Klauen vor dem Abendessen* bis hin zu kreisförmigen Blocks oder Loslösungen wie die *Wolkenhände*, hing allein von der Reaktion des Gegners ab.

Was einen guten Stil, der eine mittlere oder herausragende Kampftechnik darstellte, von einem schlechten Stil für Anfänger oder Novizen ausmachte, war das Spektrum an Optionen und Reaktionen, die jede Aktion zur Verfügung stellte – oder umgekehrt, das Spektrum an Optionen und Reaktionen, die dem Gegner verwehrt wurden.

Die Sonne stieg auf, die Wolken zogen dahin und Blätter tanzten im Wind, während Wu Ying ein Stückchen Frieden im Schwert und seinen Formen fand, die er als Kind nicht hatte ausfindig machen können. Die täglichen Stunden, die er für die Übung mit dem Jian aufgewandt hatte, lange bevor seine Freunde aufgestanden waren, um den Morgen zu begrüßen. Die frühen Stunden, wenn die Sonne noch kaum mehr als ein Schimmer war – denn sie waren Bauern und der Tag begann, wenn die Dämmerung gerade erst einsetzte.

Oh, wie er sich dagegen gewehrt, geschrien und beschwert hatte. Manchmal laut und später, nachdem er seine Lektion gelernt hatte, in seinem Inneren. Er hatte seinen Vater für seine harte Disziplin, für die unendlichen Stunden der Wiederholung jeder Bewegung und jeder Form, die er ihm vorgemacht hatte, gehasst. Talent, das durch Schweiß und Tränen ersetzt wurde, Blut und Blasen, bis er es richtig machte. Nur, um das gleich am nächsten Tag wieder zu tun.

Frieden durch die Gewissheit, dass er seine Arbeit gut machte. Nicht perfekt, obwohl er diesem flüchtigen Konzept nachjagte. Frieden durch die sich wiederholenden Handlungen, die ihm durch stundenlange Übung eingebläut worden waren. Frieden, der in die Legierung schöner Erinnerungen eingehüllt war.

Und dann war es vorbei und Wu Ying stand am selben Fleck, das Schwert in der Scheide. Sein Publikum war still, auch während er sich den beiden näherte.

Pan Chen, der sich auf die Unterlippe biss, schaute Pan Hai an, der, nachdem er sich etwas geschüttelt hatte, sanft sagte: "Ha. Ich entschuldige mich, Meister Long."

"Wofür?", fragte Wu Ying mit gerunzelter Stirn.

"Ich hatte meine Zweifel daran, ob es wirklich nötig sein würde, einen Fremden heranzuziehen, um Pan Chen seine Künste zu demonstrieren. Ich habe nicht geglaubt, dass es angemessen war, Euch unsere Geheimnisse preiszugeben. Und dennoch ..." Er machte eine Geste. "Es scheint, die Welt ist weitläufiger, als selbst ich erwartet hatte."

"Das war nur eine Kleinigkeit ...", meinte Wu Ying und winkte ab. "Eine kleine Anpassung meines Familienstils, damit er besser zu mir passt."

"Das mag sein, aber obwohl ich mich nicht gut mit dem Jian auskenne, kann auch ich erkennen, dass er sehr gut zu Euch passt. Ihr seid wirklich an dem Wendepunkt, das Herz des Schwertes zu erreichen, nicht wahr?" Die letzte Frage war mehr rhetorisch.

"So scheint es, aber trotzdem finde ich offenbar meinen Weg dorthin nicht."

Pan Chen, der sich auf der Stelle bewegte, ergriff das Wort: "Darf ich?"

"Dürft Ihr was?"

"Es versuchen?" Er wies auf den Übungsplatz. Seine Finger tanzten über den Griff des Jians, das er bei sich trug. Die Waffe war verkürzt worden, um sie an seine Größe anzupassen.

"Meinen Stil?" Wu Ying zögerte, dann zuckte er mit den Schultern. "Nur zu. Hört auf, wenn Ihr Euch unsicher seid. Versucht nicht, vorwärts zu drängen, sonst könntet Ihr Euch etwas Falsches angewöhnen."

Pan Chen hörte nicht zu, während er mit großen Schritten zur Mitte des Innenhofes ging. Wu Ying seufzte, wusste aber, dass es keinen Sinn haben würde, mit dem Jungen zu diskutieren. Letztendlich war er wortwörtlich immer noch ein Kind. Er sollte es besser lernen. Egal, ob Wunderkind oder nicht, Kinder neigten dazu, die Dinge zu überstürzen.

Pan Chen stand in der Mitte, schloss seine Augen für einen kurzen Moment und zentrierte sich selbst. Er atmete langsam ein und aus und ahmte sogar Wu Yings Auftakt nach, bevor er anfing.

Zunächst achtete Wu Ying bei Pan Chen auf die Grundlagen – seinen Sinn für Balance, die Verbindung zwischen Körper und Schwert, der Winkel seiner Schnitte und die Schnelligkeit seiner Stöße. Er verstand in Windeseile, dass solch grundlegende Lektionen – obwohl sie wichtig waren, um das Fundament für die Fähigkeiten eines Schwertkämpfers zu legen – an Pan Chen vergeudet waren.

Er war perfekt. Oder zumindest so nahe an der Perfektion, dass Wu Ying den Unterschied nicht sehen konnte. Jemand mit einem höheren Grad an Kampffähigkeiten, Erfahrung oder einem Gespür für die Waffe hätte das vielleicht erkennen können. Er konnte das letztendlich nicht.

Nein, sobald er die Idee aufgab, dass er dem Jungen irgendetwas so weltliches wie das beibringen könnte, beobachtete Wu Ying, wie Pan Chen durch den Jian-Stil der Familie Long floss. Durch den ersten Teil, den zweiten, den nächsten.

Er floss durch Wu Yings Variation der Form, ohne zu zögern, ohne anzuhalten. Eine Bewegung nach der anderen.

Bis er so plötzlich fertig war, wie er angefangen hatte.

"Gut gemacht, Ah Chen. Du hast den Stil perfekt nachgeahmt." Pan Hai klang nur ein bisschen selbstgefällig.

"Eigentlich hat er das nicht", flüsterte Wu Ying, der zu eingeschüchtert war, um sauer zu sein. Er hatte in seinem Leben viele Wunderkinder getroffen – Gao Chen, Li Yao, Tou He, sogar seine Kampfschwester, die Fee Yang. Aber diese Stufe an Genialität war auf einem ganz anderen Niveau. "In der Tat, der Abkömmling eines Unsterblichen."

"Was meint Ihr damit, er habe ihn nicht perfekt nachgeahmt?", fragte Pan Hai. Er klang aufgebracht.

"Das habe ich nicht, Vierter Onkel", antwortete Pan Chen. Er verbeugte sich vor ihm, dann drehte er sich mit einem nachdenklichen Blick zu Wu Ying. "Habt Ihr es gesehen?"

"Das habe ich. Ich habe es gesehen, aber ich bin mir nicht sicher, ob ich es verstanden habe."

"Ich habe es nicht gesehen." Der Vierte Onkel verschränkte seine Arme und wirkte leicht verärgert. Das war nicht seine Waffe, und obwohl er erwartet hatte, dass sein grundlegender Sinn für die Kampfkünste ihn leiten würde, sprachen die beiden von Dingen und beobachteten diese auf einem Niveau, das er nicht verstehen konnte.

"Er hat meine eigenen Variationen verbessert", erklärte Wu Ying, immer noch beeindruckt. Er hatte einiges, das verändert worden war, und warum es verändert worden war, verstanden. Einige Veränderungen hatten Ideen verdeutlicht, die er begonnen hatte, zu erkunden. Andere waren neue Konzeptionen, an die er nie gedacht hatte. "Er hat einiges davon in den Originalzustand zurückversetzt."

"Und war es gut?", fragte Pan Chen, der plötzlich so schüchtern war wie ein Kind, das einen Erwachsenen nach seiner Erlaubnis fragte.

"Größtenteils, glaube ich." So viel gab Wu Ying zu, obwohl ein Teil von ihm glaubte, dass das meiste davon richtig war. Er war einfach nur unsicher.

Und etwas beschämt, wenn er tief genug in seine eigenen Gefühle blickte. Sich von einem Kind so vorführen zu lassen …

"Lasst uns darüber reden, was Ihr verändert habt, ja?", meinte Wu Ying und lächelte dem Jungen leicht zu.

Wu Ying akzeptierte diese kleinlichen Gefühle und verbannte sie dann in dieselbe, schmähliche Höhle, in der die Gier lebte. Sollten sie doch verkümmern und sterben. Er hatte vieles, was Pan Chen nicht hatte.

Wie zum Beispiel seine Größe.

***

Gegen Ende des Tages, nachdem Wu Ying stundenlang mit Pan Chen debattiert hatte, holte er das Urumi aus seinem Seelenring. Pan Hai war kurz, nachdem deutlich geworden war, dass die beiden ihn ignorierten, von dannen gezogen. Sie hatten bereits das Wissen des Vierten Onkels über das Jian hinter sich gelassen und sich tief in Formen und Variationen gestürzt und sowohl Theorie und Praxis auf dem Innenhof erprobt. Die zwei bemerkten fast gar nicht, dass man sie alleingelassen hatte, und machten nur Pause, um etwas zu essen und sich zu dehnen.

Kaum trat das Urumi – das seltsame, flexible und peitschenähnliche Schwert, das Wu Ying gekauft hatte – in Erscheinung, kam Pan Chen schon beinahe an Wu Yings Seite geflogen. Er umfasste die Waffe vorsichtig, prüfte das Gewicht und die Schärfe der Klinge, untersuchte den Griff und die Elastizität des Stahls. Als Wu Ying ihm das Handbuch zeigte, tauschte Pan Chen die Waffe wortlos gegen das Dokument und blätterte durch die Bilder, wobei er die unbekannte Sprache, in der es verfasst war, überging.

Nur wenige Minuten später war er fertig und hatte Wu Ying die Waffe abgenommen, als er wieder auf den Trainingsplatz ging. Wu Ying bewegte sich hastig zurück, während das Kind die – für ihn – übergroße Waffe einige Male versuchsweise herumschwang.

Pan Chen fing mit kleinen Bewegungen an, führte seine Hand nach oben und unten und ließ die Klinge mit jeder Bewegung wie eine schläfrige Schlange schlängeln. Er machte mit verengten Augen die Bewegungen weiter und kühner und ließ die Waffe so schnalzen, dass die Klinge niemals den Boden berührte. Wieder einmal wartete er, bis er sich damit wohlfühlte, bevor er sich drehte, die Klinge zur Seite bewegte und dann die Angriffe anwinkelte.

Zunächst steif, dann wob sich ein defensives Netz aus wirbelndem Metall um seinen Körper. Es war irgendwie vertraut, denn ein Schnurpfeil bewegte sich ebenfalls in komischen Winkeln. Aber die Klinge des Urumis bestand aus scharfem, flexiblem Metall und tanzte mit jeder Bewegung in silberner, kantiger Trägheit.

Pan Chen lächelte inmitten des Netzes aus sich windendem Stahl. Er bewegte sich kurz darauf, trat aus dem Netz heraus, duckte sich und sprang, trat und boxte, während sich die flexible Klinge mit ihm bewegte. Wu Ying erkannte ein paar dieser Formen – Bilder aus dem Handbuch, denen Leben eingehaucht wurde –, während Pan Chen weiterging und sich immer schneller bewegte.

Die Luft schnalzte und zischte, als die Metallpeitsche durch die Luft säuselte. Winzige Windböen wurden aufgebrochen und auseinandergerissen, während neue entstanden. Inmitten des Wirbelsturms der Zerstörung schoss das Klingenende nach außen, um zuzuschlagen, und wurde kurz darauf wieder zurückgezogen, während die Holzpfeiler am anderen Ende des Innenhofes mehrmals getroffen wurden.

Wunderschöne Gewalt, ein Tanz der Vernichtung und Eleganz.

Etwas rührte sich in Wu Yings Innerem, während er beobachtete, wie ein Kind mit dem Herzen des Jians mit einer Waffe interagierte, die anders als das geradlinige Schwert war. Er erkannte in Pan Chens Bewegungen eine Schönheit, eine Eleganz, die Wu Ying aus seinen eigenen Überlegungen entfernt hatte. Die sein Vater ihm nie weitergegeben hatte.

Für sie war das Schwert eine Waffe, ein Werkzeug zum Töten und zur Verteidigung. Eine Last, in der man sich üben musste, um das Familienerbe weiterzuführen. Wu Ying fand in den Bewegungen Frieden und Ruhe und Sicherheit in seinem Wissen. Aber in der Art, wie sich das Kind bewegte, wie es Freude daran hatte, eine neue Waffe zu erkunden und mit ihr zu lernen, sah Wu Ying ein ungetrübtes Vergnügen und Unschuld. Er erkannte die Schönheit der Waffe.

Ja, das Jian war eine Waffe, ein Werkzeug der Gewalt. Schwerter waren keine Äxte oder Speere, die für einen anderen Zweck geschaffen wurden und schließlich zur Tötung von Mitmenschen genutzt wurden. Ein Schwert war dazu gedacht, zu töten, um sowohl Sterbliche als auch Kultivatoren aus ihrer sterblichen Hülle auszutreiben.

Aber dennoch war das kein Grund, dass die Waffe und die Formen selbst keine Schönheit besitzen konnten. Es gab keinen Grund, warum man im Akt der Übung nicht ihre elegante Verführungskraft wahrnehmen sollte.

In diesem Moment wurde Wu Ying klar, dass er seine Waffe nicht in seiner Gänze angenommen hatte. Dadurch hatte er sich selbst davon abgehalten, das Herz des Schwertes zu erreichen.

"Ihr habt also etwas erkannt, Meister Long?", fragte Pan Chen, als er vor ihm zum Stehen kam, während die Waffe an seiner Seite ruhte.

So ernsthaft, ganz anders als der Junge, der er war.

"Das habe ich. Und Ihr? Habt Ihr eine neue Liebe gefunden?" Wu Ying nickte zu der Waffe in Pan Chens Händen.

Das Kind blickte nach unten, schüttelte die Waffe leicht und zuckte dann mit den Schultern. "Nein. Es macht Spaß, damit zu spielen, aber es ist anders als das Jian." Er lächelte. "Aber letztendlich gibt es viel von unterschiedlichen Waffen zu lernen."

"Deshalb fange ich an, zu begreifen", meinte Wu Ying. Er streckte Pan Chen das Handbuch entgegen. "Ein Geschenk. Dafür, dass Ihr mir den Weg gezeigt habt."

Pan Chen grinste und nahm das Handbuch ohne Hemmungen entgegen. "Vielen Dank, Meister Long!"

"Nun, es scheint, das Abendessen wird bald serviert. Und Ihr seid noch jung genug, dass Ihr eine ausgedehnte Nachtruhe benötigt."

Ein ernstes Stirnrunzeln huschte über das Gesicht des Kindes, das sogar schmollte. Er seufzte tief, als er zusammenpackte. Nur einen Augenblick später kam Pan Yin zu ihnen, bereit, die beiden davon zu überzeugen, zum Abendessen zu kommen. Wie Wu Ying es gespürt hatte.

Er belächelte ihre schwache Überraschung und half dabei, das Trainingsgelände aufzuräumen, bevor sie gingen. Offenbar würde dieser Austausch an Fähigkeiten für ihn genauso nützlich sein, wie sie versprochen hatten.

Vielleicht sogar mehr, als er vermutet hatte.

Kapitel 5

Der nächste Tag war, zu Wu Yings und Pan Chens Enttäuschung, nicht weiteren Untersuchungen des Jians, sondern einer Einführung für Wu Ying in die Archive über Blutlinien des Dorfes gewidmet. Das Gebäude lag zu seiner Überraschung nicht im Dorf selbst, sondern nicht weit entfernt in einer Grotte, die hinter einer mächtigen Illusionsformation versteckt war.

Sie brauchten beinahe eine Stunde, um die Formation zu passieren und Wu Ying in die erste Grotte zu lassen, wo leuchtende Seelenlampen blanke Steintische erhellten. Mehrere Bücher und Schriftrollen waren in Erwartung auf Wu Yings Eintreffen ausgelegt worden. Alle davon erzählten von den Nachforschungen des Klans zu Blutlinien. Auf ihn wartete eine Angestellte, die damit fortfuhr, ihm die verschiedenen Werke vor ihm zu erklären, während die Türen, die tiefer in die Bibliothek führten, geschlossen blieben.

"Und dieser Teil" – die Angestellte, eine schrumpelige alte Dame, zeigte auf die entsprechenden Bücher – "umfasst unsere Handbücher über die Körperreinigung."

"Ich ... habe nicht nach diesen gefragt", meinte Wu Ying.

"Und doch sind sie hier." Die Angestellte wies Wu Ying zurück, bevor sie zur anderen Tür zurückstampfte und heftig an ihr klopfte. "Wenn Ihr Probleme habt ... ruft mich nicht!"

"Vielen Dank, Älteste", rief Wu Ying und beobachtete, wie die alte Frau durch die Tür verschwand.

Nach einem kurzen Augenblick lachte er vor sich hin und fing an, die Dokumente durchzuschauen. Zuerst diejenigen zu Blutlinien, weil er immer festgestellt hatte, dass die Informationen in diesem Bereich für seine spezielle Situation nicht besonders nützlich waren.

Es vergingen Stunden – eine Portion gedämpfter Brötchen half ihm dabei, gegen den Hunger anzukommen –, während er las. Eine Schriftrolle und ein Handbuch nach dem anderen, lange Diskussionen über die Unsterblichkeit, Überlegungen zu Veränderungen und trockene Aufzeichnungen dessen, was passiert war. All das war mit ausschweifenden Anmerkungen zu medizinischen Bädern, Variationen der spirituellen Kräuter, Pillen und sogar verschiedenen heißen Quellen, denen nachgesagt wurde und die dafür bekannt waren, verjüngende Eigenschaften zu besitzen, vermischt.

Zum größten Teil überflog Wu Ying die Texte, um einen Überblick zu erhalten. Bestimmte Handbücher und Schriftrollen mit Versuchen oder Variationen, die er sich möglicherweise genauer ansehen könnte, legte er mit einer gedanklichen Notiz beiseite. Eine Abweichung des Ortes, des Prozesses und der konzeptuellen Idee, die er aufnahm und seinem Verständnis von Blutlinien hinzufügte.

Es war ein esoterisches Thema. Zum Teil, weil Blutlinien selten waren und dazu neigten, durch eine Reihe von Umständen aufzutauchen, sich zu bilden oder auch zu verschwinden. Das Drachenblut, das er Tou He gegeben hatte, könnte für eine Veränderung der Blutlinie in seinem Freund gesorgt haben. Oder es könnte einfach nur seinen Körper und seine Kultivation verbessert haben, ohne die Art fundamentale Veränderung hervorgerufen zu haben, die es benötigte, um eine nachhaltige Blutlinie hervorzubringen.

Seelenbestien, die sich mit Menschen vermischten und ein Level an Transformation erlangt hatten, die ihnen ermöglichte, sich fortzupflanzen, sorgten fast immer garantiert dafür, dass sie einen Teil ihrer Erbschaft an ihre Kinder übertrugen. Es war beinahe sicher, dass es das war, was mit Liu Pings Vorfahren passiert war.

Jedoch verblassten Blutlinien und ihre Stärke nach dem ersten Nachkommen schnell. Die Enkel wiesen möglicherweise kleinere Abweichungen in ihrem Aussehen, der Ansammlung von Chi oder körperlicher Eigenschaften auf. Sobald die Urenkel auftauchten, war die Blutlinie häufig deutlich abgeschwächt und wurde nur durch bestimmte Umstände oder Alchemie weiter ausgelöst.

Der Prozess, eine Blutlinie zu aktivieren und ihre Entwicklung in den Abkömmlingen zu erzwingen, war ein interessantes Studienfeld und hier stellte Wu Ying fest, dass die Forschung des Klans besonders nützlich war. Offenbar kam der Prozess der Verstärkung der Blutlinie durch zwei verschiedene Vorgänge zustande.

Bei bestialischen Blutlinien wie der Liu Pings konnte sich eine Blutlinie entwickeln, sobald sie erweckt wurde, sodass das Individuum stärker wurde, ähnlich wie eine Seelenbestie durch den Prozess des Lebens, Kämpfens und des Konsums anderer stärker wurde. Der einfache Ablauf, die Kreatur zu sein, die sie waren, andere Kreaturen zu verschlingen und den Dao ihrer eigenen Existenz zu akzeptieren, führte dazu, dass sie sich entwickelten und mit der Zeit aufstiegen.

Wenn Personen eine solche Blutlinie besaßen, bestand das Ziel darin, eine Umgebung zu schaffen, um die schlummernde Blutlinie mit den nötigen spirituellen Kräutern zu füttern, um eine solche Entwicklung herbeizuführen. Mit dem Wissen, um welche Blutlinie es sich handelte und welche Bestie es betraf, würde man für ihren Fortschritt sorgen, was in etwa der Körperreinigung ähnelte. In vielerlei Hinsicht bildeten solche Praktiken eine Grenze zwischen der Körperreinigung und der Entwicklung der Blutlinie, da beide für die Entfaltung eines Individuums sorgen konnten und möglicherweise sogar zum Aufstieg zur Unsterblichkeit führen konnten.

Das unterschied sich komplett von der Entwicklung von Blutlinien, die bei unsterblichen Blutlinien oder jenen auftrat, die für sich genommen bereits hoch entwickelt waren und keine weitere Entwicklung benötigten. Menschen konnte man in vielen Aspekten zu solchen Lebewesen zählen – sie benötigten keine Entwicklung ihrer Blutlinie, um stärker zu werden. Oder zumindest konnte man so argumentieren. Andere stimmten dem nicht zu, denn was waren die Körperreinigung und die Entwicklung der Meridiane, wenn nicht eine Evolution des Körpers?

Wu Ying stellte solche wissenschaftlichen Argumente hinten an. Was für ihn wichtig war, war die Tatsache, dass man Drachen – allgemein – als Unsterbliche erachtete. Sie waren bereits hoch entwickelt oder standen am Gipfel der Unsterblichkeit und waren Kreaturen, die vom wahren Dao perfektioniert worden waren und daher nicht in der Lage waren, sich weiterzuentwickeln. Die Dokumente stellten die Theorie auf, dass die nächstbeste Sache wäre, nicht zu versuchen, die Blutlinie zu entwickeln, sondern stattdessen solche Blutlinien zusammenscharen sollte.

Bei Drachen oder Phönixen oder Unsterblichen musste man solches Blut sammeln und verfeinern. Das Dorf hatte sich natürlich um arrangierte Ehen zwischen verschiedenen Zweigfamilien bemüht, um das zu tun. Doch offensichtlich war dies nach so langer Zeit nicht ausreichend gewesen.

Stattdessen war das Ziel gewesen, dieses unsterbliche Blut mit spirituellen Kräutern, die im Blut von Unsterblichen getränkt worden oder ein Teil der Unsterblichkeit auf sie übertragen worden war, mit

Veränderungen der Körperkultivationstechniken und mit solch unsterblichem Blut – das dann letztendlich im Körper selbst reproduziert wurde – anzureichern. Das alles, um die Verstärkung des Geblüts im Körper und somit die Konzentration und den Anteil des unsterblichen Blutes zu fördern.

"Das ist also der Grund, warum die Körperkultivationstechniken hier sind", flüsterte Wu Ying und blickte zu dem anderen Haufen.

Weil die Körperkultivation erforderte, dass man Teile reinigte und ersetzte, während man den Körper stärkte, um ihn in einen Schatz oder ein Element zu verwandeln, konnten eben diese Prozesse und Techniken angewandt werden, um eine unsterbliche Blutlinie zu konzentrieren. Er musste nur herausfinden, welche davon bei ihm funktionierten und wie sie mit seiner Körperkultivationstechnik zusammenarbeiteten – was darauf basierte, eine Einheit mit der Luft selbst zu erlangen – und alles aufeinander abstimmen.

Theoretisch.

Wu Ying atmete aus und rieb sich die Augen. Weitere Studien, weitere Versuche, weiterer Schmerz. Weitere Ausgaben. Denn natürlich würde er auf jeden Fall Fehler machen. Und diese Fehler würden schmerzhaft sein. Für ihn und sein Geldsäckel.

In Wahrheit war er nicht sicher, für welchen der beiden es schmerzhafter werden würde.

***

Weitere Schwertübungen am nächsten Tag, um den Takt und Rhythmus der Bewegung zu finden, um die Schönheit und die Freude des Jians anstatt nur die elegante Einfachheit zu finden. Um die Waffe als mehr als nur eine Waffe zu sehen. Pan Chen Einzelheiten seines eigenen Stils zeigen und damit arbeiten, zusammen mit dem Kind daran feilen, beobachten, wie er ihn durch blind machende Momente der Brillanz überholte, während Wu Ying verzweifelt hinterhereilte.

Er hielt ihm zur Ablenkung Handbücher aus seinem Ring vor die Nase. Während das Kind die Bücher studierte, übte Wu Ying die neuen

Bewegungen und nahm die Dutzenden Optionen, die jede neue Veränderung mit sich brachte, wahr. Er übte verzweifelt und variierte jede Bewegung so, dass er die Unterhaltung mit dem jungen Genie fortsetzten konnte.

Er lernte mehr, als dass er lehrte, mit Ausnahme der seltenen Momente, in denen das Alter und die Erfahrung, der Unterschied in Fähigkeiten und Körpertypen und die hart erarbeitete Erfahrung Lücken in Pan Chens Wissen offenbarte. Eine Position, die zu einem Niederwurf führen konnte, ein Angriff mit der Schulter oder das Spucken ins Auge von jemandem, der einem zu nahe war.

Ein Tag voller Training und Lernen, und dann ...

Enthüllungen.

"Warum genau müssen wir beide das zur selben Zeit verwenden?", murrte Wu Ying.

Er schaute in der Steinhöhle um sich, die von blubbernden heißen Quellen in ihrer Mitte aufgeheizt wurde und an einer Seite der Senke abfiel. Das Wasser wurde in zwei runde Wannen aus Holz – die einzigen zwei von vier, die gerade genutzt wurden – gefüllt, die beide einfach ausgedrückt göttlich, erdig und moschusartig rochen.

"Das liegt an den Formationen", antwortete Liu Ping und hob einen trägen und äußerst muskulösen Arm, um auf die Flaggen und Verzauberungen zu zeigen, die überall in der Höhlendecke eingraviert waren. "Sie benötigen viele Seelensteine, um sie mit Energie zu versorgen."

Wu Ying seufzte, aber er musste zugeben, dass sie Recht hatte. Trotzdem war es ziemlich befremdlich, neben der Frau in der Wanne zu faulenzen. Insbesondere, wenn man daran dachte, dass sie beide knapp bekleidet waren. Jedenfalls nahm er das an. Er war es jedenfalls. Liu Ping war bereits in ihrer Wanne gewesen, als er angekommen war, und er hatte sich vergewissert, nicht allzu genau hinzusehen.

"Ein Kräuterbad also. Ist es das, was du immer genutzt hast?", fragte Wu Ying, der ein Gesprächsthema suchte.

"Größtenteils. Die meisten der Kräuter hatte ich zur Hand, aber ein paar haben gefehlt. Die Dorfbewohner waren so nett, mir ihren Vorrat zur Verfügung zu stellen und haben mir einige Kräuter als Ersatz vorgeschlagen." Sie fuhr mit den Fingern übers Wasser, hob eine dahintreibende Blume hoch und betrachtete sie in ihrer Hand. "Es fühlt sich ... gut an."

"Gut?"

"Es ist warm. Das entspannt mich und macht mich ... hungrig." In ihren Augen lag etwas Dunkles, als sie Wu Ying anstarrte. Er schluckte, weil er sich nicht sicher war, ob sie damit meinte, dass sie ihn essen wollte oder ... nun. Vernaschen wollte.

"Ich bin nicht Tou He. Ich habe nichts zu Essen für dich ..." Er erinnerte sich an das, was er in seinen Ringen der Aufbewahrung hatte. "Nun ja, abgesehen von Reiserationen."

Sie verzog das Gesicht. Reiserationen – getrocknete und geräucherte Wurst und Dörrfleisch, getrocknete Tofuhaut, gepresstes Fleisch und Fett und Sojabohnen oder hartes Brot – waren für Situationen gedacht, in denen man sie brauchte. Aber niemand wollte sie essen. Nicht, wenn man eine Wahl hatte. Besonders, nachdem man so eine lange Reise wie sie hinter sich hatte.

"Schon gut. Sie werden mir Essen bringen", meinte Liu Ping und wedelte müde mit der Hand.

Sie schwamm zu seiner Seite ihrer großen Badewanne, stand auf und fasste über den Rand. Wu Yings Augen weiteten sich etwas und er drehte sich weg, weil sie eine unziemliche Menge an nackter Haut zeigte.

"Und ich bringe immer selbst etwas mit." Als er nicht reagierte, fügte sie hinzu: "Fang!"

Der Wind teilte ihm mit, dass sich etwas schnell auf ihn zubewegte. Er hob eine Hand und schaute nicht zu ihr, denn der Wind hatte ihm auch verraten, dass sie aufgestanden war, um dieses Etwas zu werfen. Das Brötchen landete in seiner Hand, das leicht eingequetscht wurde, weil er die äußere, weiße Schicht zusammendrückte. Der Geruch von gedämpftem Mischmehl mit nur einer Spur von Bambus darin ließ in lächeln. Neben dem Geruch des gedämpften Mehls haftete dem Brötchen ein moschushaltigerer, weiblicher Geruch an, der verführerisch war für einen Mann, der ... seit einer Weile abstinent war.

Eine lange Weile.

"Danke", rief er.

"Du bist ein Spielverderber."

Ein Plätschern, als sie sich hinsetzte. Es half, sie nicht anzusehen, aber der Wind hatte seine Wege, um ihm ein Bild von Dingen zu vermitteln, die er nicht sah: Das fließende Nass und die Wärme, der aufsteigende Dampf von ihrem Körper, als sie aufstand. Die Kurven ihres Körpers, das Wasser, das von ihren langen Haaren tropfte ...

"Es macht Spaß, mich zu necken?", fragte Wu Ying und drehte sich um, um seinen Arm und seinen Kopf auf dem Rand der Wanne abzulegen, nun, da sie sittsam bedeckt war.

"Warum denn nicht?" Sie grinste. "Warum den Spaß verweigern, den wir haben können? Wenn unsere Leben morgen schon vorbei sein könnten?"

"Ist das also alles für dich? Essen, trinken, schlafen, baden, Spaß haben?"

"Was ist falsch daran?"

Er erinnerte sich an das, was er über ihre Blutlinie wusste und wie sie weiter aufsteigen könnte ... und an ihr eigens bekundetes Desinteresse an der Unsterblichkeit und stellte fest, dass er keine passende Antwort hatte. "Nichts. Aber das ist nichts für mich."

"Natürlich. Unsterblichkeit – oder die Reise dorthin. Warum?"

"Warum ich unsterblich sein möchte?" Er legte die Stirn in Falten und wurde nachdenklich. "Weißt du, das habe ich mich gefragt, als sich mir zum ersten Mal die Möglichkeit geboten hatte. Damals sollte es dazu dienen, zu erkunden. Um das Bestmöglichste aus der Gelegenheit zu machen, die mir gegeben wurde. Denn in Wirklichkeit war es nie etwas, auf das ich eine Chance hatte. Ein einfacher Bürger, der zu einem vollkommenen Unsterblichen wird? Was für ein Witz. Aber jetzt ..."

"Jetzt?" Jetzt war sie neugierig, neugieriger denn je. Ihre Stimme wurde leiser und heiser.

"Jetzt wäre ich gerne unsterblich, um weiter das zu machen, was ich bisher getan habe", sagte Wu Ying sanft.

"Sich in Angelegenheiten von Königreichen einmischen? Gegen Kultivatoren der Kernformung kämpfen?"

"Die Welt zu sehen." Wu Ying hob seine Hand und beobachtete das Wasser, das an ihr hinunter und in die Wanne tropfte. Er lauschte dem Wind, während dieser ihm von den Geheimnissen des Dorfes erzählte, von denen die Bewohner vermutlich niemals vermuteten, dass er von ihnen erfuhr. Geheimnisse, die sie vielleicht nicht einmal kannten, denn die Erde, das Holz und die Hitze, sie alle sprachen zu ihm. "Sie erleben. Es gibt so viel zu lernen und zu sehen und zu tun."

Sie stieß ein leises, zustimmendes Geräusch aus tiefster Kehle aus.

"Eine unsterbliche Blutlinie, versteckt im Dorf eines Klans und ..." Er entschied sich, nicht mit ihr darüber zu reden, was er glaubte, was noch hier war. "Fahrende Kultivatoren, eine Rebellion, Verschwörungen und verlassene Kloster ... Wunder. Groß und klein."

"Du lässt es beinahe unwiderstehlich klingen", flüsterte Liu Ping. Er hörte noch ein Plätschern und dann das Geräusch von sprudelndem Wasser aus der heißen Quelle, als sie es über ihr Gesicht fließen ließ, bevor sie sich nach oben drückte. "Aber Schlafen und Essen hört sich angenehmer und weniger nervenaufreibend an."

Wu Ying schnaubte, aber er konnte ein leichtes Lächeln nicht unterdrücken, das er dem Mädchen zuwarf. Zumindest war sie zu ihrer eigenen Einsicht darüber gekommen, was sie wollte. Auch wenn ein großer Teil ihrer neuen Persönlichkeit vielleicht durch ihre verstärkte Blutlinie zustande kam.

Doch womöglich war der Grund teilweise auch, weil sie nicht länger kämpfen, sich quälen und die Dinge verlieren wollte, die ihr wichtig waren. Denn die Fesseln der Trauer hatten sie immer noch fest im Griff und weigerten sich, sie gehen zu lassen.

"Weitaus weniger nervenaufreibend."

***

Tag um Tag, Schritt für Schritt. Wu Ying studierte, probierte aus, und badete. Er übte mit Pan Chen, während er seinen Stil dank der Hilfe des Wunderkindes erweiterte. Trat näher an das Herz seines Jians heran und grub seine Finger tief in die Erde, wenn er neue spirituelle Kräuter anpflanzte und andere erntete.

Alles, was er lernte, nutzte er, um seine Fähigkeiten und seine Welt auszuweiten. Neue Formationen, die die Sicherung von Gewächshäusern unterstützten, wurden seinem Seelenring der Welt hinzugefügt. Steinbrocken, die er mit einer der Pan-Schwestern bei seinen langen Aufenthalten auf den Hügeln mitnahm, wurden in den Ring geworfen und mit neuen Verzauberungen versehen. Und wurden abgesichert und so platziert, dass sie den Schatz im Inneren vermehrten.

Windkräuter, die er aus seinem Ring nahm, wurden seinen Kräuterbädern hinzugefügt, während er neue Mixturen für die Körperkultivation erprobte. Drachenknochen, die er von betrügerischen Händlern gekauft hatte, hundert Jahre alter Ginseng, Alraunenwurzeln ... sie alle sollten das Wachstum und die Entwicklung der unsterblichen Blutlinie in ihm verstärken. Dabei helfen, deren Eigenschaften zu konzentrieren und hervorzuheben.

Das war keine Garantie dafür, dass sich das Blut des Winddrachen in ihm erweitern und entwickeln würde. Tatsächlich war es unwahrscheinlich, dass es ihm helfen würde, wie der Pixiu erwähnt hatte. Aber er musste es versuchen.

Und während all dessen fuhr er mit seinen Übungen zur Körperkultivation fort. Obwohl die Kräuterbäder für den Moment nur einen geringen Nutzen hatten. Die Körperkultivation war in ihren Anfangsstadien mit ihren fehlenden Stärkeabstufungen und Entwicklungen anders als die Seelenkultivation.

Auf der ersten Stufe, um einen Elementarkörper zu erlangen – oder auf der ersten wesentlichen Stufe der Körperkultivation –, musste man Teile seines Körpers ersetzen, angefangen beim Blut, dem Magen und den Verdauungsorganen, über andere Organe, Haut, Muskeln, Knochen und schließlich den Nerven und Meridianen.

Danach würde man einen elementaren Körper erhalten, wenn man den kompletten Austausch geschafft hatte. Wu Ying hatte diesen Prozess größtenteils dank seiner Blutlinie und Verletzung übersprungen – und hatte alles auf einmal hinter sich gebracht und musste nur kleinere Teile verfeinern und bereinigen, die nicht ordentlich abgeschlossen worden waren.

Jetzt war sein Körper in Windenergie getränkt, jetzt war er gerüstet. Hatte den Windkörper erlangt. Danach beinhaltete jeder Schritt nach dem ersten großen Meilenstein ein Kleineres, Mittleres, Größeres und Vollendetes Level der Perfektion für jede Stufe und jeden Wind.

Der Grad an Entwicklung war unterschiedlich. Einfach nur einen perfektionierten Elementarkörper zu besitzen, bedeutete gar nichts, denn es machte einen für später nur empfänglich für die Entwicklung der Aspekte des Elements. Und welche Aspekte dies waren und wie sehr sie sich unterschieden, hing von der Art von Elementarkörper ab, auf den man aufbauen wollte.

Deshalb war ein gutes Körperkultivationshandbuch wichtig und so teuer. Weil die nächsten Schritte nicht nur beinhalteten, sicherzustellen, dass sich der Körper nicht zurückentwickelte, sondern auch die Elemente verstärkten. Die Integration der elementaren und spirituellen Kräuter in Bädern, Toniken und Lebensmitteln unterstützte die Entwicklung des Körpers zusätzlich, sodass er langsam immer mehr Aspekte des Elements aufnehmen konnte.

In seinem Fall brauchte er, weil Windformationen nun einmal das waren, was sie waren, eine Mischung aus holz- und feueraspektierten Kräutern, windaspektierte Kräuter und, was am wichtigsten war, die Bewegungstechniken, die ihm dabei halfen, ein besseres Verständnis für und eine bessere Vertiefung in die verschiedenen Wind-Chis zu erhalten.

Doch obwohl Wu Ying die fünf Winde erlangt hatte und sie für sich nutzen konnte, war es ihm bisher unmöglich gewesen, den sechsten und siebten Wind – des Himmels und der Hölle – anzurühren. Erst vor kurzem hatte er Spuren des himmlischen Windes gefunden und ihn dadurch aufgenommen und zu einem Teil seines Körpers gemacht.

Die Bewegungen des sechsten Windes waren anders – starr und doch ausgedehnt. Die Bewegungen benötigten den ganzen Raum, in dem er sich befand, als wäre der Wind des Himmels schon immer dazu bestimmt gewesen, sich auszubreiten, immer und immer weiter auszubreiten. Aber anders als die kreisförmigen Bewegungen des zentralen Windes oder die rauen, explosiven Angriffe des nördlichen Windes oder die dynamischen Bewegungen des östlichen Windes, der stark und sanft wehen konnte, war die Gesinnung des himmlischen Windes unnachgiebig.

Erst jetzt, da er das Himmlische auf Erden – die Ordnung, die nötig war, um den nötigen Regen zur Verfügung zu stellen, der Kreislauf der Sonne und der Wechsel der Jahreszeiten – erblickt hatte, dass die Menschheit wuchs und gedieh, begann Wu Ying diesen Dao zu verstehen. Durch die Verkörperung der himmlischen Bewegung und die Vermischung derer mit dem zentralen und westlichen Wind, die es hier in Hülle und Fülle gab, wuchs Wu Ying.

Die Veränderungen waren subtil, nun, da er das Element in seinen Körper integrieren konnte. Er wurde beweglicher und seine Angriffe wurden explosiver und durchschlagender. Leichter. Es wurde einfacher, die Methode der Himmlischen Seele und des Irdischen Körpers anzuwenden, je weiter er sich entwickelte.

Vielleicht wäre er eines Tages so leicht wie eine Feder, die zwischen den Wolken tanzte. Aber für den Moment ...

Für den Moment konnte er sich nur wie die Winde der Zwölf Orkane bewegen.

Tag um Tag, Schritt für Schritt wuchs Wu Yings Stärke, bis die Tage zu Wochen und schließlich die Wochen zu Monaten wurden. Die Welt bewegte sich außerhalb des Dorfes weiter und das Getöse von Aufständen und verlassenen oder zerstörten Armeeposten drang zu ihnen durch. Doch das Leben in ihrem Tal ging ohne Unterbrechung weiter.

Bis sich schließlich der Frühling ankündigte.

Und mit ihm die Zeit des Wachstums und der Reflexion endete und der größere Preis für die Hilfe des Zhuang-Klans fällig wurde.

Kapitel 6

Schnee auf dem Boden. Eine Seltenheit auf diesen Hügeln. Obwohl sie sich weiter nördlich befanden, war es nicht so weit, dass es regelmäßig Schnee gab, hatte man ihm erzählt. Anders als in den Geschichten über die nördlichen Länder, wo monatelang Schnee lag und es schwer war, etwas zu Essen zu bekommen. Dennoch erzählte der Wind von heranziehendem Wetter, das kälter war, und von Frost und aufgewühlten, mit Schnee gefüllten Wolken, die mehrere Tage bleiben würden. Selbst der Südwind konnte nicht viel dagegen ausrichten und nur der zentrale Wind milderte die heraufziehende Kälte ab, als diese eintraf.

Wu Ying lauschte den Elementen, während er ging. Das Brechen und Knarren des gefrorenen Grases unter seinen Füßen und der scharfe, frische Geruch der Nordluft vermischten sich mit dem Geruch von brennendem Holz, frischem Dung und den allgegenwärtigen Teeblättern. Er bahnte sich seinen Weg über plattgetretene Wege zum Marktplatz und den öffentlichen Küchen, wo man ihm die letzten Monate über Essen serviert hatte.

Oh, einige kochten und aßen Zuhause, aber das Dorf stellte während der Wintermonate regelmäßige Mahlzeiten für die Arbeiter zur Verfügung. Das vereinfachte das Kochen und Essen während dieser Zeit und stellte sicher, dass jeder – auch diejenigen, die möglicherweise ein schlechteres Jahr als sonst gehabt hatten – versorgt war.

Das war eine gemeinschaftliche Art, sich umeinander zu sorgen. Etwas, das Wu Yings Dorf mit Ausnahme von großen Ereignissen nicht getan hatte. Diejenigen, denen es schwerfiel, sich selbst durchzufüttern, würde man natürlich nicht verhungern lassen und andere, die mehr Glück hatten, gaben ihnen Mahlzeiten oder anderes wie ihren gefangenen Fisch, Vögel oder Sojabohnen. Aber zumindest wurde nichts organisiert – nicht offiziell.

Wu Ying wusste, dass sich die leise Kommunikation unter den Frauen oft auf eine Weise darum gekümmert hatte, mit der die Ehemänner und Söhne, die damit beschäftigt waren, sich um die Felder und Wälder zu kümmern, nicht behelligt werden konnten. Das war das Dorfleben, wo jeder den anderen kannte. Und wo die Auswirkungen von Hunger und der Ignoranz gegenüber kleineren Übeln nur allzu deutlich zu sehen waren.

So anders als die großen Städte, durch die Wu Ying gekommen und in denen er gelegentlich für einige Zeit geblieben war. Er war nie lange geblieben, weil er sich dort immer sehr schnell unwohl gefühlt hatte. Die Menschheit war dort so dicht Wange an Wange aneinandergedrängt, dass nicht einmal jeder sein eigenes Scheißhaus hatte.

Das Oberhaupt Pan suchte Wu Ying auf, nachdem dieser seine Mahlzeit verspeist hatte, und tauchte mit kaum einem Geräusch an seiner Seite auf. Natürlich hatte Wu Ying selbst jetzt auf den Fluss der Winde und darauf geachtet, wie sein ausgedehnter spiritueller Sinn ihm vom Standort jeder Person berichtet hatte. Das Eintreffen des Oberhauptes Pan war keine Überraschung für ihn.

Aber, vielleicht, der Inhalt des Gesprächs.

"Meister Long, war Euer Aufenthalt angenehm?", fragte das Oberhaupt Pan.

"Das war er", bestätigte Wu Ying. "Ich werde das Dorf vermissen, wenn ich im Frühling gehe."

"Ah, ja. Natürlich." Das Oberhaupt Pan nickte. "Pan Chen hat mir erzählt, dass er die Übungseinheiten mit Euch genießt. Er hat angemerkt, dass sie sein Verständnis des Jians für den Einsatz im Kampf und dank der Arbeit mit jemandem, der es schon so lange wie Ihr studiert habt, verbessert haben."

"Er ist zu großzügig mit seinem Lob. Pan Chen ist ein Wunderkind, das alle anderen übertrifft, die ich bisher getroffen habe", meinte Wu Ying mit ehrlicher Hochachtung in der Stimme. Es war hilfreich, dass der Junge so enthusiastisch und großzügig mit seinem eigenen Wissen und seiner Erleuchtung ihrer gemeinsamen Waffe war, sodass jegliche vorhandene Eifersucht unterdrückt worden war. "Ich bin mir sicher, dass er das Wenige, was ich anbieten konnte, letztendlich selbst gelernt hätte."

"Möglicherweise", bestätigte das Oberhaupt Pan. "Dennoch scheint es, dass unsere derzeitige Vereinbarung größtenteils an ihrem Ende angelangt ist."

"Das ist sie. Und wenn der Schnee geschmolzen ist und die Blumen erblüht sind, werde ich mich auf den Weg machen." Wu Ying hob eine Augenbraue. "Es sei denn ...?"

"Oh nein, wir sind mehr als dankbar, Euch hier bei uns zu haben." Das Oberhaupt Pan winkte Wu Yings Andeutung ab. "Eure Hilfe bei der Jagd auf einige der regionalen wilden Bestien als weiterer Kultivator der Kernformung hat unsere Sicherheit bedeutend erhöht. Besonders in solch turbulenten Zeiten."

"Gut, gut ...", sagte Wu Ying und verstummte dann.

Er wartete.

"Nun, es gibt da eine Sache, bei der wir vielleicht Eure Hilfe benötigen." Als Wu Ying eine ausholende Geste machte, um ihm zu bedeuten, fortzufahren, schenkte das Oberhaupt Pan ihm ein angespanntes und schwaches Lächeln. "Ihr habt vermutlich schon eine Ahnung. Das Land unter diesen Hügeln ist nicht normal."

Wu Ying nickte.

"In der Tat führt es in ein mystisches Reich, ein Ort voller Reichtum und Macht. Eine Dimension, die wir seit vielen Jahren behütet haben. Aber in letzter Zeit ..." Das Oberhaupt Pan wirkte beschämt. "Nun, wir haben festgestellt, dass wir es nicht in vollem Ausmaß betreten können."

"Wie das?", fragte Wu Ying.

"Evolution", antwortete das Oberhaupt Pan. "Ständige Evolution."

***

Einige Tage später stand Wu Ying vor dem Eingang zu diesem mystischen Reich. Der Eingang zu dieser Dimension befand sich im offenen Maul des Kadavers der Schlange. Anders als der nicht weiter überraschende Eingang lieferte die Umgebung allerhand Erkenntnisse.

Zunächst war da die komplexe und höchst entwickelte Formation, die nicht nur das Maul versteckte, sondern auch sicherstellte, dass jeder, der zufällig darauf stieß, niemals jemand anderem davon erzählte. Die erste Verteidigungsschicht war ein Teil der Illusionsformation, die den Eingang verbarg und ihn einfach wie einen weiteren Hang aussehen ließ. Selbst während dieses verhagelten Abends zeigte die Formation keine Anzeichen auf Schwäche und ahmte perfekt den Hagel und die Regentropfen nach, die an den grasbedeckten Hängen hinunterrannen. Sie erzeugte sogar imaginäres Wasser, sodass jemand, der seine Hand auf die feuchte Erde legte, glaubte, dass sie aufgeweicht und kalt war.

Eine wahrhaftige unsterbliche Formation war erstaunlich und angsteinflößend. Aber nicht einmal ansatzweise so furchterregend wie der defensive Teil der Illusion, denn es wurde Wu Ying erlaubt, die Verteidigung auf die Probe zu stellen, wodurch er sich in einem ein mal ein Meter großen Raum wiederfand und glaubte, während dieser Zeit in einem tiefer gelegenen und weiter entfernten Tal zu sein.

Die anderen Verteidigungsmaßnahmen – die Formationen des Blutvergießens und Tötens, die Fallen und Alarmpunkte – durfte er zu seiner eigenen Sicherheit selbstverständlich nicht am eigenen Leib erleben. Schließlich hatte er keine Chance, so eine mächtige Verzauberung zu brechen.

Nachdem die Gruppe die Formation durchquert hatte, hielt Wu Ying an, um seine Umgebung zu bewundern. Ein goldener Pfeiler, der das Maul offenhielt, stand in der Mitte des Raums und beherrschte die Höhle, dessen Tiefe sich weit erstreckte und in ihrer Gänze die Größe eines riesigen Anwesens hatte.

Die Wände der Höhle bestanden aus den ausgebleichten weißen Knochen des Schlangenschädels und das verhärtete Kalzium auf dem Boden unter ihnen wurde durch eine Schicht feuchter Erde abgefedert. Herunterhängende Seelenlampen, die durch das übrig gebliebene Chi des Schlangenkadavers am Brennen gehalten wurden, leuchteten und gaben ein weiches, gelb-weißes Licht ab, das die Umgebung, darunter auch die vier Wachen, die über Wu Ying und die anderen, denen es heute bestimmt war, einzutreten, erhellte.

"Seid Ihr zufrieden, Meister Long?", fragte Pan Hai, der Vierte Onkel, gereizt. Der Mann war noch ungeduldiger geworden, als Wu Ying gefragt hatte – und es ihm erlaubt worden war –, die Formation und die Leiche der Schlange zu untersuchen.

"Eine letzte Sache ...", flüsterte Wu Ying. Er bückte sich tief, fuhr mit den Fingern durch die Erde und ließ ein bisschen davon durch seine Finger rinnen, bevor er noch eine Handvoll nahm und daran schnüffelte. Er streckte kurz die Zunge heraus und schmeckte die Erde auch. Eine Handlung, die Einspruch der anderen erntete.

"Das ist widerlich! Haben deine Eltern dir keine Manieren beigebracht?", fragte Liu Ping und starrte auf Wu Yings Hand voller Erde.

"Das haben sie. Sie haben mir ebenfalls beigebracht, wie man guten Boden erkennt", antwortete Wu Ying, ließ seine Hand sinken und öffnete sie, um die Erde fallen zu lassen. Aber gleichzeitig drückte er auch seine Hand nach unten, während er aufstand, und schnappte sich heimlich eine Hand voll davon, um sie in seinen Seelenring der Welt zu verstauen.

Schade, dass er nicht mehr mitnehmen konnte, denn er wollte sie noch weiter prüfen. Aber wenn er mehr davon nehmen würde, wäre das glatter Diebstahl. Er verspürte ein bisschen Schuld, weil er die Grenzen der Gastfreundschaft so ausreizte, aber die Neugier trieb ihn an.

Schließlich wusste er durch den Geschmack und Geruch, dass die Erde in seinem Mund voll von einer unüblichen Art von Chi war. Moschusartig, animalisch – bestialisch. In gewisser Weise ähnlich wie der Geschmack von Liu Pings Chi, aber trockener und irgendwie weniger kraftvoll. Lag das daran, dass es totes Chi war oder weil es von einer Schlange und nicht einem Bären stammte?

Fragen, so viele Fragen.

"Schmeckt sie gut?", fragte Pan Chen, der seine Knie und die Brust leicht beugte und eine Hand auf den Boden legte.

"Ah Chen, hast du vor, das Schwert gegen die Hacke zu tauschen?", fragte Pan Yin, die an ihrer Seite stand. Das Kind wurde rot und schüttelte den Kopf. "Dann mach Meister Long nicht nach. Das ziemt sich nicht."

"Für dich", warf Wu Ying ein, drehte seinen Kopf und zwinkerte Pan Chen zu. "Ich andererseits bin nur ein fahrender Kultivator und Sammler."

"Siehst du. Ich habe dir gesagt, du sollst nicht so hart arbeiten", flüsterte Pan Shui, die auf der anderen Seite von Pan Chen stand, ihm zu, während sie zu ihrem Onkel schielte. "Ansonsten wirst du gar keinen Spaß haben. Schau dir meine Schwester an. Sie bekommt schon Falten, weil sie sich so viele Sorgen macht."

"Mei mei[2]!", blaffte Pan Yin ihre Schwester an.

---

[2] Mehr oder weniger kleine Schwester.

Pan Shui duckte sich in Erwartung einer Strafe weg, aber sie hatte ihr Ziel erreicht. Pan Chen, der bereits die Stirn gerunzelt hatte, weil er nicht tun durfte, was Wu Ying tat, wurde fröhlicher und erfreute sich immer mehr an den Mätzchen der Schwestern.

Pan Yin und Pan Shui, Liu Ping, das Wunderkind, der Vierte Onkel und zwei weitere Älteste gehörten alle zu der Gruppe, die mit dieser Expedition beauftragt worden waren. Sowohl Pan Chen als auch Pan Shui waren hier, um ihren Fortschritt und ihr Verständnis für die Kampfkünste zu unterstützen. Eine Möglichkeit, sich selbst in einer recht sicheren Umgebung zu testen, während sie dennoch ihre Leben aufs Spiel setzten.

Was Pan Hai und die beiden anderen Ältesten betraf, so stellten sie einen wichtigen Teil der Kampfkunstsparte des Dorfes dar, sodass nur wenige Wächter zurückblieben, um während ihrer Abwesenheit das Dorf zu beschützen. Inklusive Wu Ying konnte das Dorf insgesamt drei Kultivatoren der Kernformung zusammenstellen, wovon einer Pan Hai war. Die restlichen Mitglieder befanden sich auf der Spitze der Stufe der Energiespeicherung. Pan Yin war das einzige Mitglied, das deutlich schwächer war, aber ihre Aufgabe war es, Pan Chen zu schützen und sicherzustellen, dass er im Falle einer Katastrophe überlebte.

"Gute Erde", sagte Wu Ying. "Eure Kultivatoren sollten in Erwägung ziehen, sie zum Anbau von spirituellen Kräutern zu nutzen. Oder vielleicht sogar welche hier drinnen zu züchten." Er schaute sich auf dem kahlen Boden um und runzelte leicht die Stirn. "Aber etwas auf Yin ausgerichtetes. Die meisten Kräuter, die sich am Yang orientieren, würden hier nicht überleben." Er rieb die Finger aneinander, hob seine schmutzige Hand und murmelte nachdenklich vor sich hin: "Aber jedes Kraut, das überleben und gedeihen würde, wäre durch den Druck sogar noch stärker."

"Das wurde zuvor schon einmal diskutiert", antwortete Pan Hai stumpf. "Es wurde entschieden, das mystische Reich nicht für einen solch kleinen Zugewinn in Gefahr zu bringen."

"Klein?" Wu Ying hob eine Augenbraue.

Pan Hai zeigte nach vorn und deutete auf die gigantischen Doppeltüren aus Metall, die das andere Ende der Höhle dominierten. Im Metall waren Gravuren. Verzauberungen, die gestützt wurden und ein wesentlicher

Bestandteil der Formationen waren, die sie umgaben. Das Metall selbst hatte eine bedrohliche, kräftig schwarze Farbe, die nur wenig Licht reflektierte. Anzeichen auf sein Chi schwebten durch die Luft zu Wu Ying und erzählten von etwas Kaltem, Undurchdringlichem und Vertrautem. Nur, weil er neulich Spuren desselben Windes und derselben Energie wahrgenommen hatte.

"Dort hinten befindet sich der wahre Schatz", führte Pan Hai weiter aus. "Wenn Ihr also fertig seid ...?"

"Noch eine Sache. Bitte." Wu Ying warf ihm ein Lächeln zu und näherte sich den Türen. "Ich danke Euch für Eure Geduld. Aber dieses Metall, es ist seltsam. Ich spüre etwas Andersartiges daran. Etwas ... Ungewöhnliches."

Pan Shui schloss sich ihm an, dicht gefolgt von Pan Chen. Doch es war Pan Chen, der sich traute, das Metall zu berühren und seine Finger gedankenverloren über die erhöhten Kanten strich.

"Das ist kein irdisches Metall. Es leuchtet sanft und leicht wie das Mondlicht, das in der Hitze der Sonne gereinigt wird. Es ist hart und unnachgiebig, aber wird die Welt unter seiner Umarmung beschützen." Pan Chens Stimme war verträumt, als würde er Worte vortragen, die nicht aus seinem Kopf, sondern seinem Herzen stammten. Erwachsene Worte für einen Neunjährigen. "Dieses Metall wurde im –"

"Himmel geschmiedet." Wu Ying beendete den Gedanken des Kindes und nickte. "Das ist Himmelsmetall." Kurz darauf schüttelte er seinen Kopf und starrte auf die massiven Türen, die zweimal so groß wie er waren. "Selbst im Sattgrünen Wasser habe ich noch nie solchen Reichtum gesehen."

Er reckte den Kopf nach oben, las die Inschrift der Formation und folgte den Verzauberungen. Da war noch etwas anderes, ein anderer Aspekt der Formation neben dem Blutbad, der Illusion und der Falle. Etwas ...

"Ihr solltet nicht zu lange darauf schauen. Ihr werdet es nicht verstehen", erklärte Pan Hai, der zu den Dreien an die Treppe gekommen war. "Unserem Vorfahren wurde nur wegen dem, was Ihr nicht lesen könnt, erlaubt, so viel Sternmetall zu verwenden und so viel in unserer Obhut zu lassen. Es ist eine Anti-Nekromantie-Formation, um sicherzustellen, dass der Leichnam der Schlange nicht von anderen benutzt werden kann."

"War das eine mögliche Gefahr?", fragte Wu Ying überrascht. Wenn das eine Gefahr darstellen sollte, dann würde es doch sicherlich mehrere solche Formationen auf der ganzen Welt geben. Obwohl es selten für eine Bestie war, zur Unsterblichkeit aufzusteigen, hatte es im Laufe der Geschichte Tausende solcher Kadaver gegeben.

"Zu jener Zeit vielleicht." Pan Hai zuckte mit den Schultern. "Die Taten der Himmel über uns sollten nicht von uns in Frage gestellt werden."

Wu Ying ächzte, weil er ihm nicht direkt widersprechen wollte. Andererseits hätte er sicher auch mehr Ehrfurcht davor, die Himmel über ihnen in Frage zu stellen, wenn er ebenfalls einen direkten Vorfahren hätte, der alle paar Jahrhunderte auftauchte.

"Also, seid Ihr fertig?", fragte Pan Hai.

Wu Ying nickte, nahm einen tieferen Atemzug und versuchte, den Geruch, das Gefühl des Metalls, die Spur der Welt über ihnen im Gedächtnis zu behalten. Währenddessen begannen Pan Hai und die anderen Ältesten der Kernformung, die bei ihnen waren, nun, da sie das Startsignal erhalten hatten, die Tore zu aktivieren und zu öffnen. Wu Ying beobachtete die Prozedur still und prägte sich so viel wie möglich von dem ein, was sie taten, was er spürte und fühlte. Vielleicht könne das in Zukunft der Grundstein seiner Übung mit dem Himmlischen Wind werden.

Langwierige Minuten des Singsangs und der Bewegung, von Chi, das mit speziellen Methoden in die Formation kanalisiert wurde, bevor sich die Schlösser langsam entriegelten und die Kammern im Inneren preisgaben, als sich die Tore in ihren stillen Scharnieren öffneten. So perfekt ausbalanciert drückte die leichte Brise sie von innen auseinander und bewegte das ganze Hindernis aus Metall auf Wu Ying zu.

Während sich die Tore öffneten und das Licht nach draußen strahlte, nahm Wu Ying den Geruch wahr. Der Geruch einer anderen Dimension. Ein Geruch, der sich von demjenigen abhob, durch den sie sich bisher bewegt hatten.

Eine neue Dimension. Und mit ihr eine Spur der Gefahr darin.

Kapitel 7

Die Tore schwangen zu, als Wu Ying über die Schwelle trat und schlugen krachend hinter der Gruppe in die Angeln. Er war der letzte, der eintrat, weil er damit beschäftigt gewesen war, diesen Moment des kurzzeitigen Übergangs zwischen zwei Reichen zu verstehen und sich einzuprägen.

Seine Seele – diese winzige, neu geborene Seele, die in seinem Kern eingeschlossen und geschützt wurde – erzitterte bei dem Geruch, bei diesem Prozess, von einer Dimension in eine andere zu wechseln. Es war keine Erleuchtung, sondern sein enger Verwandter, die Erfahrung. Verständnis, Wachstum und Wissen wurden alle hineingefiltert und boten der aufkeimenden Seele Nahrung.

Nur die sich schließenden Türen und die – noch immer stummen – Wachen, die ihn angestupst hatten, hatten Wu Ying dazu veranlasst, eilig nach drinnen zu gehen. Schließlich waren seine Anwesenheit hier und sein Verständnis Teil der Abmachung und die Gegenleistung für seine Hilfe dabei, sich um das Monster zu kümmern, welches das mystische Reich übernommen hatte.

Die Welt, die sich im Inneren vor ihm erstreckte, war weiter und größer, als er es sich jemals hätte ausmalen können. Es erstreckte sich über Hunderte von Li und Wu Ying konnte die Grenzen des Reichs nur durch seinen Wind erspüren. Die Luft, die um ihn herum floss, brachte Eindrücke einer Welt zu ihm, die eine abrupte Grenze hatte. Hinter dieser Dimension befand sich nichts. Eine bedeutungslose Leere, die der Dao der Welt ablehnte und der sich die Erde und die Luft entzogen.

Es überraschte nicht, dass der Wind unglücklich war, der es gewöhnt war, überall hin zu wehen und sich zu bewegen, wann er wollte. Eingeengt zu werden, selbst in einem so weitläufigen Gebiet wie das mystische Reich, machte ihn gereizt, was dazu führte, dass Wu Yings Haare und Roben um ihn herumwirbelten.

"Irgendein Problem, Meister Long?" Pan Hai konnte nicht anders, als zu fragen, da er die Reaktion des Windes um den Kultivator herum sah.

"Nein, nicht im Geringsten." Er verspürte keinerlei Bedürfnis, die Einzelheiten seiner Kultivation und ihre Verbindung zu ihm und seinem Windkörper zu erklären.

Wu Ying atmete mit leicht erhobenem Kopf. Hier war noch ein weiterer Geruch, ein weiterer Wind, an den er nicht gewöhnt war. Allerdings nur Spuren davon, die zu gering für ihn waren, um ihn genau zu identifizieren. Er veränderte sich und wechselte vom einen zum anderen. Chaotisch und anpassungsfähig. Dem Ausschlussverfahren nach musste das der letzte Wind sein – der Wind der Hölle.

Es war seltsam, dass so ein schönes Land, das dem oberen so sehr ähnelte, die Winde der Hölle beheimatete. Andererseits standen sie – auch wenn es nicht danach aussah – im Kadaver einer fast unsterblichen Schlange. Obwohl hier abfallende Hügel mit Bambuswäldern und Schluchten, fließendes Wasser und hoch oben ein Himmel voller Wolken war, war dies nicht die Außenwelt. Es gab keine Sonne, die Licht spendete, aber die Knochen der Schlange leuchteten überall um sie herum.

"Gibt es keinen Tag-Nacht-Zyklus?", fragte Wu Ying.

Sicherlich musste es das geben, ansonsten würden die Pflanzen um ihn herum ganz anders aussehen. Mutiert, um im ständigen Sonnenlicht zu überleben. Und für seine Sinne fühlten sie sich normal an. Jedenfalls so normal wie jede Pflanze, die mit Yin und elementarem Chi übersättigt war und diese mystische Dimension durchdrang.

Das erklärte aber, warum der Klan sich dagegen entschlossen hatte, hier zu leben. Es konnte für die sterbliche Hülle nicht gut sein, über längere Zeit an solch einem Ort zu existieren. Insbesondere für Kinder und dergleichen. Selbst bei einem Kultivator würde es wahrscheinlich einen Einfluss auf seine Kultivationsbasis und seinen Dao haben.

"Das Leuchten der Knochen nimmt mit dem Lauf der Sonne irgendwann ab. Unsere Alchemisten glauben, dass die Knochen auf die Zufuhr der Yang-Energie durch die Sonne reagieren und gegen den Zerfall des Kadavers ankämpfen, indem sie Yin-Energie freisetzen", antwortete Pan Yin und deutete mit geschürzten Lippen zum Himmel. "Daher ist das Licht so viel sanfter als das der Sonne."

Wu Ying nickte und atmete noch einmal ein. Diese neue Dimension war anders und er gewöhnte sich langsam an sie. Es fühlte sich seltsam an, in einem Land zu sein, das dem vorherigen so ähnelte, doch trotzdem auf so vielen subtilen, aber wesentlichen Ebenen anders war.

Er war auch nicht der Einzige, der Probleme damit hatte – Liu Ping und Pan Chen blickten sich um und passten sich auf ihre Weise an die Welt an. Pan Chen ging mit der Hand auf seinem Schwert einfach umher. Seine Augen waren für sein junges Alter sehr angespannt. Es war erheiternd, ihn außerhalb des Trainingsgeländes zu sehen, so unsicher seiner selbst. Über das Schwert hinweg vergaß Wu Ying, wie jung und unerfahren Pan Chen in allem außer dem Jian war. Hier fiel es Wu Ying wieder einmal auf, dass Pan Chen trotz all seiner Fähigkeiten und seines Talents immer noch ein Kind war, das man darum bat, Verantwortung zu übernehmen und Dinge zu erleben, die von seinen Altersgenossen erst in frühestens einem Jahrzehnt verlangt wurden.

Liu Pings Reaktion war triebhafter. Sie duckte sich tief, fuhr mit den Fingern durch das Gras, riss Klumpen heraus und grub die Hände in die Erde. Sie spuckte auf den Boden, mischte ihre Spucke hinein und dann, als sie mit der Veränderung unzufrieden schien, bewegte sie sich leicht.

Die Frau schaute über ihre Schulter und grinste Wu Ying breit an, als sie sah, dass er sie beobachtete. Keine Spur der Schuld, nichts von der schüchternen oder zurückhaltenden Anmut einer Adelsfrau. Dennoch war er froh, dass sie sich entschied, das Land nicht noch weiter zu markieren.

"Kommt. Es gibt viel zu sehen und der Ort, an den wir müssen, ist noch weit entfernt", sagte Pan Hui und bedeutete der Gruppe, ihm zu folgen.

Einer der sonst stillen Gefährten ging los und der Gruppe voraus, um die Umgebung auszuspähen, während die übrige Gruppe in langsamerem Tempo folgte.

Es war an der Zeit, die neue, mystische Dimension zu erkunden.

***

Es war für Wu Ying seltsam, durch den Wald zu reisen. Zum Glück hatte er mehr als genug Zeit, um die Unterschiede festzustellen, da Pan Chen, der sich immer noch auf der Stufe der Körperreinigung befand, sie einschränkte. Er hielt mehrmals an, um Kräuter zu pflücken oder die Veränderungen der Pflanzen, die in dieser seltsamen Umgebung gewachsen waren, zu begutachten. Yin-aspektierter Sternanis, Gogo-Beeren, Fenchel und

Lotuswurzeln, dreiohrige schwarze Pilze und Blumen jeglicher Art fanden ihren Weg in seinen Ring oder Vorratsbehälter.

Doch er war nicht der Einzige, der die Pflanzen erntete. Die anderen sammelten ebenfalls ein bisschen ein, allerdings waren sie dabei etwas wählerischer.

"Wir haben eine Liste", antwortete Pan Yin, als er sie fragte. "Wenn wir Erfolg haben, werden wir mehr als genug Zeit haben, um den Rest zu sammeln. In der Zwischenzeit nehmen wir die Pflanzen mit, die wir am dringendsten benötigen oder die extrem selten sind."

"Ich werde nicht so höflich sein", meinte Wu Ying mit einem Grinsen.

"Das erwarten wir auch nicht von dir", entgegnete Pan Yin. Dann drehte sie ihren Kopf und blickte zu Pan Chen, dem ihre Schwester dicht folgte. "Beeilt euch, ihr beiden!"

"Ich. Tue. Mein. Bestes", antwortete Pan Chen laut keuchend. "Ich muss zweimal so viele Schritte machen wie du!"

"Hmm ... eher dreimal so viele", korrigierte Pan Shui.

"Das ist. Nicht hilfreich!"

Wu Ying prustete, nahm einen Atemzug und ließ seine Sinne noch weiter nach außen sickern. In der Ferne hörte er das Rumpeln von Macht und einer Bewegung, kurz bevor der Blitz aus Blut und Gewalt einschlug. Der Geruch einer der Angreifer war vertraut und moschusartig und feminin, während der zweite kälter und trockener war. Trotzdem haftete ihrem Geruch keine Eile an und der Kampf war binnen Sekunden beendet.

Sie brauchte zwei weitere Li, bevor sie bei ihnen war und etwas hinter sich herzog.

"Hab eine!", verkündete Liu Ping und warf den Kadaver neben sich zu Boden.

Die Schlange war irgendeine Art Würgeschlange, obwohl sich ihr Körper dadurch verändert hatte, dass sie so lange hier unten gelebt hatte. Jetzt war nur noch ein Hauch des Grüns ihrer ursprünglichen Schattierung zu sehen und die Haut und die Schuppen des Monsters hatten ein leichtes Jadegrün, das besser mit dem bleichen Blattwerk verschmolz.

"Eine Yin-aspektierte Schlange ..." Pan Hai nickte anerkennend. "Aber diese hier scheint jung zu sein. Und klein."

Knapp ein Meter lang war klein für ihn? Wu Ying schnaubte leicht, aber er zweifelte die Worte des Ältesten nicht an.

"Ihr Seelenstein ist auch seltsam", antwortete Liu Ping und hievte den erwähnten Kristall hoch.

Es war eine Kugel mit vielen Facetten, die in einem matten Licht anstatt der kräftigen Energie, die Wu Ying gewohnt war, schimmerten. Andererseits teilten ihm seine Sinne mit, dass sie voller Energie steckte und kurz davorstand, in das vorzudringen, was er als die Stufe der Energiespeicherung betrachten würde.

"Meinst du nicht, du solltest eine Waffe benutzen?", fragte Wu Ying, während er die unbewaffnete Kultivatorin beäugte.

"Nein. Das fühlt sich viel angenehmer an", meinte Liu Ping.

"Wie. Lange. Noch?", keuchte Pan Chen, der zur Gruppe aufgeschlossen hatte.

"Noch weitere zwei Tage in diesem Tempo bis zu der Stelle, an der wir sie gesehen haben", antwortete Pan Hai.

"Zwei Tage!", seufzte Pan Chen, während Wu Ying leicht grinste. Zwei Tage bedeuteten noch viel mehr Kräuter, die er einsammeln konnte.

***

Später am Abend schlief Pan Chen fast auf der Stelle ein. Gegen Ende des Tages hatten sich Liu Ping und Pan Yin damit abgewechselt, den Jungen zu tragen, um ihm eine Pause von der unaufhörlichen Wanderung zu geben. Egal ob Wunderkind oder nicht, letztendlich war er immer noch ein Kind.

Nach einer kurzen und einfachen Mahlzeit, die aus Reis, den gesammelten Kräutern und Pilzen und Wurzelgemüse, zusammen mit gegrillter Schlange – das Fleisch jener Schlange, gegen die sie an diesem Tag gekämpft hatten – bestand, hatten sich die übrigen Mitglieder der Gruppe zur Ruhe gelegt. Nur Wu Ying und Pan Shui blieben wach, um die erste Wache des Abends zu übernehmen.

"Also, du hast mich gemieden", sagte Pan Shui, legte eine Hand auf Wu Yings Ellbogen und überraschte diesen damit, der damit beschäftigt gewesen war, sich Notizen zu seinen Erlebnissen zu machen.

"Was?", fragte er.

"Du hast mich gemieden", wiederholte Pan Shui. "Was? Bist du mehr an meiner Schwester interessiert?" Sie legte einen Finger auf ihr Kinn, was beinahe spöttisch nachdenklich wirkte. "Stehst du mehr auf ältere Frauen?"

"Nein. Ich habe sie auch kaum gesehen!", widersprach er. Dann runzelte er die Stirn. "Warum verteidige ich mich überhaupt? Du bist ein Kind."

"Oh, also magst du doch ältere Frauen!"

Erinnerungen an einige der älteren, reiferen Frauen in seinem Leben schossen ihm in den Sinn. Die Fee Yang, Xiang Wen, die Fee Xi und ihre ernste Schwester, Liu Tsong ... fast alle davon waren älter als er. Wunderschön, streng, weise ...

"Oooh, da gibt es jemanden, oder?" Sie kicherte und beobachtete seine Gesichtszüge. "Wer ist sie? Vielleicht jemand, von dem du geträumt hast?"

"Nein, niemand", antwortete Wu Ying. "Ein paar ..." Er seufzte und dachte an Xiang Wen und Li Yao, die Tänzerin ... "Bei ein paar war da vielleicht mehr. Aber mein Pfad trägt mich weit in die Ferne und es wäre nicht gerecht, jemanden darum zu bitten, auf mich zu warten."

"Du bist ein Unsterblicher, oder? Oder auf dem Weg zur Unsterblichkeit?"

"Ja?"

"Was sind also ein oder zwei Jahrzehnte?"

Wu Ying öffnete den Mund, um es ihr zu erklären, stockte aber. Oberflächlich betrachtet lag sie nicht falsch. Aber natürlich war es komplizierter als das. Es ging nicht nur darum, zu warten. Da gab es verpasste Gelegenheiten und Herzschmerz und Verlangen, schmerzliche Abweisung und Augenblicke der glühenden Leidenschaft, die einen taumeln ließen. Da war ... das Leben, das an einem vorbeizog, egal, für welchen Weg er sich entschied.

Doch möglicherweise war es an der Zeit für ihn, aufzuhören, für andere zu entscheiden. Aufzuhören, die Andeutungen und subtilen Anspielungen zu ignorieren, die das Potential hatten, mehr als ein kurzer Flirt zu werden. Auch wenn das später größeren Herzschmerz bedeutete, wenn oder falls die Beziehung zu Bruch ging.

Aber ...

"Du könntest Recht haben." Seine Lippen kräuselten sich leicht. "Aber du bist trotzdem zu jung."

Pan Shui verdrehte die Augen. "Und was ist dann mit meiner Schwester?" Sie rümpfte ihre Nase. "Ich bin mir sicher, Vater würde es nichts ausmachen, dich zur Familie zu zählen, das wäre also ein großes Widerwort weniger."

"Warum bist du so bedacht darauf, deine Schwester zu verkuppeln?", fragte Wu Ying. Unter all den Frauen im Klan hatte Pan Yin das geringste Interesse an ihm gezeigt – zumindest im Hinblick auf einen potentiellen Partner.

"Sie ist über dreißig, weißt du?", statuierte sie mit einem Stirnrunzeln. "Und sie könnte es, wenn sie Glück hat, an die Spitze der Energiespeicherung schaffen. Du weißt, wie es ist, wenn man dieses Alter überschritten hat."

Das wusste Wu Ying. Die Wahrscheinlichkeit, dass Pan Yin zur Kernformung durchbrach, nahm ab, sobald sie dreißig Jahre alt war. Es hatte etwas mit der Verhärtung der Meridiane und der schwindenden Flexibilität des Dantians zu tun, die nötig waren, um die Energie zu verdichten, um den Kern zu formen. Vielleicht spielten mit dem Alter auch die Versteifung auf Meinungen und Unsicherheiten einer Person eine Rolle. Oder mit der Abhärtung ihrer Seele, sodass es schwieriger war, eine neue aufkeimende Seele in ihrem Inneren zu bilden.

Es gab viele Theorien, aber sicher war sich niemand. Nur, dass die Zahl derjenigen, die es schafften, einen Kern nach diesem Alter zu bilden, drastisch abnahm, war eine Tatsache.

"Ich verstehe allerdings nicht, wie das damit zusammenhängt, eine Beziehung mit mir einzugehen", meinte Wu Ying.

"Sie ist das älteste Kind unseres Vaters. Und eigentlich würde sie seinen Platz erben. Das nächste Klanoberhaupt werden. Aber sie ist nicht stark genug, nicht, wenn sie alleine ist. Wenn sie jemanden –"

"Mich."

"– jemanden mit Stärke bei sich hätte, dann würde das ihre Stellung untermauern."

"Und Liebe?", fragte Wu Ying.

Pan Shui kicherte und wurde dann wieder ernst, als sie bemerkte, dass Wu Ying keine Witze machte. "Was hat das denn damit zu tun?" Sie zuckte mit den Schultern. "Sie ist hübsch – zwar nicht so hübsch, wie man sich von deiner Kampfschwester erzählt, daher hast du womöglich eine verzerrte Vorstellung davon, was Schönheit bedeutet, aber sie ist schön. Sie wird eine pflichtbewusste Ehefrau sein. Und ..." Sie senkte ihre Stimme. "Es macht uns nichts aus, wenn sich die Augen und Hände ein bisschen verirren, wenn sie nicht zuhause sind."

Wu Yings Augen wurden groß. Er starrte die Sechzehnjährige an, die mit solcher Leichtigkeit von Affären und Fremdgehen sprach. Sie kicherte und dann, nach einem kurzen Augenblick, entspannte er sich, weil er glaubte, sie scherzte mit ihm. Aber dann versteifte er sich wieder, als sie ihm versicherte, dass sie das nicht tat.

Fremde Klans. Sie waren immer so anders.

"Es tut mir leid, aber wenn ich eines Tages heirate, dann wird das aus anderen Gründen als reine Notwendigkeit oder Sicherheit sein", lehnte Wu Ying ab. Denn das war es, was ihm hier angeboten wurde. Und eigentlich wäre es nichts Schlechtes, dieses Dorf und dieses Land als einen sicheren Hafen zu haben, zu dem er ... zurückkehren konnte.

"Das hätte ich auch nicht von dir erwartet." Pan Yins Stimme schreckte sie beide auf. Wu Ying etwas mehr, denn der Wind hatte darüber geschwiegen, dass sie aufgewacht und auf dem Weg zu ihnen war. Selbst seine spirituellen Sinne, die er normalerweise ausgeweitet hatte, um sich gegen Gefahren zu schützen, hatten sich nicht durch ihre Anwesenheit gerührt. Denn von ihr ging keine Gefahr aus. Nicht einmal jetzt, da eine Spur von Verärgerung in ihrer Stimme zu hören war. "Ich kann mich selbst um meine Angelegenheiten kümmern, Ah Shui."

Pan Shui grinste ungeniert. "Nein, kannst du nicht. Du hast um ein Haar diesen widerlichen Klumpen von einem Cui geheiratet, nur weil er der Sohn des Oberhauptes war." Sie grinste. "Ich habe dich davor bewahrt."

"So wie ich mich erinnere, war das eher Pan Mu."

Pan Shui fügte leise flüsternd hinzu: "Die Idee stammte von mir!"

"Ich entschuldige mich dafür, dass meine anstrengende jüngere Schwester dich damit behelligt hat", sagte Pan Yin. "Es war eindeutig, dass du weder interessiert warst, noch, dass du zustimmen würdest. Deswegen haben mein Vater und ich uns entschlossen, diese Möglichkeit nicht weiter zu verfolgen."

Wu Ying war wieder einmal etwas verwirrt. Natürlich konnte sie die Entscheidung nicht alleine treffen. Schließlich war sie die Tochter des Oberhauptes. Trotzdem ... "Und was wird dann mit dir passieren? Wenn du mit deiner Kultivation nicht weiterkommst oder einen passenden Mann heiratest?"

"Es ging noch nie rein um Stärke, um den Klan anzuführen –"

"Aber es ist hilfreich", murmelte Pan Shui.

"– sondern es geht auch um Weisheit und Voraussicht. Um Leistung." Sie wies um sich. "Schlussendlich werden die Ältesten das entscheiden, und ich werde ihrem Entschluss folgen. Ich kann – ich werde – jeden unterstützen, den sie auswählen. Selbst wenn diese Person zu jung und bisweilen töricht ist."

Er folgte ihrem Blick zu Pan Shui und eine weitere Blume der Erkenntnis erblühte in seinem Geist. "Deswegen bist du so nervös. Du versuchst, deiner Verantwortung zu entgehen!"

"Das tue ich nicht!", widersprach Pan Shui automatisch. Dann zuckte sie kurz darauf mit den Schultern. "Vielleicht ein bisschen. Ich wäre ein fürchterliches Oberhaupt."

"Vermutlich", stimmte er ihr zu.

"Ziemlich sicher", mischte sich ihre Schwester zur selben Zeit ein.

"Hey!" Pan Shui stemmte empört die Hände in die Hüften. Sie hatte aus Anstand und teilweise auch aus einer Selbsterkenntnis heraus gesprochen, aber es schmerzte sie trotzdem, dass die beiden so bereitwillig zustimmten.

Die zwei blickten sich gegenseitig an, bevor sie in Gelächter ausbrachen und das jüngere Mädchen damit noch weiter erzürnten. Dennoch war deutlich, dass die unangenehme Unterhaltung über Hochzeiten beendet war.

Aber in den darauffolgenden Stunden fragte sich Wu Ying, wie lange es dauern würde, bis Pan Chen als möglicher Ersatz vorgeschlagen werden würde.

***

Was hatte es mit Monstern auf sich, die aus der Ferne wie ein sterblicher Mensch aussahen, es bei näherer Betrachtung aber nicht waren, dass sich Wu Ying der Magen umdrehte? War es ihre blanke Verhöhnung der Menschheit und der Unsterblichen? Oder der Hohn der natürlichen Ordnung der Dinge, weil diese Existenzen sich oft zurückentwickelt hatten oder eine fehlgeschlagene Evolution einer Bestie waren?

Oder lag es einfach nur daran, dass eine jede solche Kreatur versucht hatte, ihre Fänge in sein Fleisch zu graben, ihn seines Lebens zu berauben und sich an seiner unsterblichen Seele zu laben? Das war definitiv Grund genug für ihn, solche Kreaturen als beunruhigend zu empfinden.

Wu Ying parierte ohne Probleme einen Schlag eines mit Klauen besetzten Fingers, holte zum Gegenschlag aus und vergrub seine Klinge in einer Kehle. Er zog sein Jian mit einer Drehung des Handgelenks heraus und nutzte seine größere Stärke und die herausragende Schärfe seiner Waffe, um den Hals der Kreatur mit verächtlicher Leichtigkeit aufzureißen. Als sein Schwert aus dem Hals des Monsters austrat, ließ er seine Aura und sein Chi pulsieren und hinterließ eine wirbelnde Kugel aus Luft, die sich durch die Aura des Monsters bohrte und die Wunde noch weiter öffnete.

Wu Ying trat zurück und beobachtete, wie das Blut durch die Luft spritzte und sie mit dem vertrauten Geruch von Rost und Moschus erfüllte. Kleinere Tröpfchen versuchten, ihn zu treffen, aber die Strudel aus Wind um seine Aura wehrten die Korruption ab.

Wie die anderen Ältesten der Kernformung hielt er sich zurück, während der übrige Tross gegen die blanke Verhöhnung kämpfte, die teils Schlange, teils Mensch war. Er hatte sich zunächst aus Instinkt zurückgehalten, aber nun hielt er sich wegen seines größeren Verständnisses im Hintergrund.

Führen, ohne zu führen.

Unter ihnen hatte Pan Chen die meisten Probleme, weil er nicht nur den absoluten Unterschied in der Stärke des Ranges, sondern auch der Größe wettmachen musste. Seinen Angriffen, die mit übernatürlicher Schärfe überzogen waren, fehlte immer noch der Schneid und die Tötungsabsicht eines erfahrenen Kämpfers und verletzte die Kreaturen oft nur, wo sie eigentlich hätten töten müssen.

Doch trotz alledem war das Kind, welches das Herz des Jians besaß, ein flüchtiger Geist, der Angriffe wahrnahm, bevor sie sich auch nur in Bewegung gesetzt hatten, und stellte sich und seine Waffe so auf, dass sich seine Gegner entweder für Schnelligkeit, Stärke oder den richtigen Zeitpunkt entscheiden mussten, um ihn zu erreichen.

Und auch wenn es zwei oder drei Schläge brauchte, bis er einen Gegner tötete, so war er doch so schwer fassbar und flexibel wie die Waffe, die er bei sich trug.

Liu Ping auf der anderen Seite charakterisierte das genaue Gegenteil seiner Taktik. Sie hatte sich dazu entschlossen, keine Waffe zu benutzen und raste zwischen den Monstern umher, wobei sie unzählige Verletzungen einsteckte und sich ein bräunlich-rotes Schimmern um sie bildete, als das Chi ihrer Blutlinie eine defensive Formation aus magischem Fell und Muskeln um sie bildete. Mit dreifacher und sogar vierfacher Stärke eines jeden Kultivators auf ihrer Stufe zerquetschte jeder ihrer Schläge die Schlangenmenschen unter ihren schwarzen Klauen aus bestialischer Energie. Sie wütete in einer Ecke der geschrumpften Diamantformation und schlug die Bestien mit jedem Schlag zur Seite.

Auf der gegenüberliegenden Seite kämpften die beiden Schwestern reibungslos zusammen und hatten die Monster im Griff, die auf sie zukamen. Die Speere stachen, schnitten und drängten die Schlangenmenschen zurück, erzwangen Abstand und stellten sicher, dass keiner von ihnen in ihre Nähe kam, ohne eine Wunde oder tödliche Verletzung zu riskieren. Obwohl ihre Schwester sie übertraf, hielt sich Pan Yin wacker und ihre gelegentlichen Ausrutscher wurden problemlos von Pan Shui ausgeglichen.

Mit einem Zucken von Wu Yings Hand flog ein Energiebogen auf einen Gegner zu, traf diesen und warf ihn zurück. Er führte sein Jian zurück in die Verteidigung, während er und Pan Hai die Spitzen und Seiten des

Diamanten aufrechterhielten und die Kreaturen dazu brachten, die anderen anzugreifen.

Allein oder zusammen hätten die Kultivatoren der Kernformung den Kriegstrupp eigenständig erledigen können. Eine Anstrengung des Willens, eine fokussierte Reihe von Schlägen. Doch damit hätten sie diejenigen unter ihnen der Chance beraubt, zu wachsen.

Im Zentrum des Strudels beobachtete Wu Ying, wie Chi und Blut und Tötungsabsicht umherschossen und ein Licht wurde auf seine früheren Reisen geworfen. Die Kämpfe während seiner ersten und darauffolgenden Expedition mit den Ältesten der Kernformung in ihrer Formation, ihren Handlungen und der Stärke, die sie demonstriert hatten.

Und nun seine eigene.

Wie sehr hatten sie sich zurückgehalten? Wie viel hatten sie gesehen, eingeschätzt und geschehen lassen, um ihren Rangniederen zu erlauben, selbst aufzusteigen oder zu fallen? Der Jianghu war eine brutale Welt, wo die Stärke laut sprach und die Schwachen gezwungen wurden, ihren Kopf zu senken. Ehre und Mut konnten einen weit bringen, aber im Dunkel der Nacht erhob sich die Stärke triumphierend.

Ohne Prüfungen konnten Kultivatoren niemals wachsen. Ohne ein Risiko verschwanden die Gelegenheiten zur Erleuchtung. Ohne Stärke würden die Schwachen blindlings wüten, bis das Karma sie zertrat.

Ein weiteres Monster, ein weiterer Gegner, ein weiterer Schlag. Zurückhalten, beobachten. Sie retten, wenn es nötig war und er sie erreichen konnte, sodass sie ihre Lektion lernten und in Zukunft anwenden konnten. Beobachten, wie sich die Sprösslinge abkämpften und reiften, stärker wurden und ihr Wachstum mit dem Blut ihrer Feinde düngten.

Und wenn das keine Verurteilung der Gesellschaft war, die der Himmel, der Jianghu und das Schicksal erschaffen hatten, dann wusste Wu Ying nicht, was es sonst sein könnte.

Kapitel 8

Der frühe Morgennebel war in dem mystischen Reich üblicher. Die Fäden aus Wasser waren unangenehm und sickerten mit lässiger Missachtung durch die Kleidung, sodass die Kultivatoren unter dem falschen Licht aus den Knochen zitterten. Den Unterhaltungen zufolge, die Wu Ying aufschnappte, war der Nebel ein neues Phänomen in der mystischen Dimension. Eine Veränderung, die in den letzten Jahrzehnten stattgefunden hatte. Das Grummeln über gestörte Kontrollformationen und einen Überfluss an Wasser-Chi war die Hauptquelle dieser Informationen, aber Wu Ying stellte fest, dass er überhaupt nichts mehr verstand, wenn die Ältesten weiter ins Detail gingen.

So sehr er sich auch abmühte, die Einzelheiten der Formationserschaffung zu verstehen, so waren die komplizierten Details ihres Gerüsts und die Verstärkung von Barrieren innerhalb eines mystischen Reiches auf einem ganz anderen Level an Komplexität. Es war wie der Unterschied, eine einstöckige Hütte mit Lehmwänden und einem einfachen Dach für einen gewöhnlichen Bürger oder eine mehrstöckige Pagode zu bauen, die Städte und Tempel dominierte.

Das eine benötigte ein Auge für grundlegende Physik und das andere für traditionelle Formen. Jeder Bauer hatte mindestens einmal in seinem Leben seinem Nachbarn oder seiner Familie geholfen, so ein Gebäude umzubauen oder zu errichten. An solch einer Arbeit war nichts allzu Kompliziertes.

Eine Pagode andererseits war eine mehrstöckige Angelegenheit, die genaue Maße und sorgfältig zugeschnittene Verbindungsstücke benötigte. Das Wissen um das zu verwendende Holz, die Stützbalken und die strukturellen Lasten war eine Kunstform, in die kein gewöhnlicher Bürger eingeweiht war.

Trotzdem konnte ein solcher ein oder zwei Dinge lernen, wenn er an der Konstruktion einer Pagode arbeitete. Und Wu Ying war schon immer gut im Zuhören und Lernen gewesen und darin, sich Teilwissen zu merken, das ihm in der Zukunft nützlich sein könnte. Er würde es sich dennoch nicht zutrauen, alleine eine Pagode zu errichten, aber zum Glück besaß er bereits eine.

Das hier war ein mystisches Reich, keine Pagode.

Er musste nur dabei helfen, ihren Fluss zu regulieren.

Spät in der Nacht, wenn die anderen schliefen, tauchte er in seinen Seelenring der Welt ein, prüfte die Grenzen und stimmte seine Sinne ab. Vielleicht bildeten Pagoden und Hütten eine schlechte Metapher. Denn wenn die mystische Dimension ein Gebilde aus Formationen war, das auf dem Kadaver einer halb unsterblichen Schlange erbaut worden war, dann war sein Seelenring der Welt ein aufblühender Palast.

Was er tat war nicht die Anpassung der Außenwälle und das Stützen und Verankern der mystischen Dimension, denn stattdessen riss er innere Wände ein und errichtete neue Trennwände. Er gab den Verkehr im Inneren vor und isolierte Bereiche für bestimmte Zwecke.

Innenarchitektur, wenn man so wollte.

Nach einer beinahe einwöchigen Reise erreichten sie endlich ihr Ziel und durchquerten sowohl wolkenverhangene Gebiete als auch dichtes Gestrüpp. Sie bewegten sich jetzt leiser, da ihre Beute nahe war. Während der letzten paar Tage hatten sie sie gespürt. Der Druck des Kerns eines Monsters auf der Stufe der Aufkeimenden Seele übte seine Kraft auf alle Anwesenden aus.

Entgegen der Grunderwartung, dass es weniger Monster geben würde, gegen die sie kämpfen mussten, wurden sie noch regelmäßiger von noch mehr Schlangenmenschen heimgesucht. Anstatt die Energie ihrer Mitglieder zu verschwenden, strengten sich die Kultivatoren der Kernformung mehr an und erschlugen mehr der Monster, als sie angriffen.

Doch schlussendlich bereitete ihnen die schiere Zahl der Schlangenmenschen solche Probleme, dass sie sich entschlossen, ihre Präsenz zu verbergen, indem die Ältesten und Wu Ying ihre Auren ausweiteten, um die Energie zu dämpfen, die die anderen Kultivatoren umgab. Gemeinsam mit Wu Yings Windtechniken vermieden sie bewusst Kämpfe und drangen weiter vor.

Endlich kamen sie auf einer kleinen Lichtung an und ihre Beute war nur noch wenige Li entfernt. Die Gruppe, die den Druck der Energie fühlte, aktivierte einige Verstummungstalismane, bevor sie sich unterhielt

"Sie ist irgendwo hier. Eine Schlange der Aufkeimenden Seele, dessen Geburt im mystischen Reich ihre Reise zur Unsterblichkeit rasant beschleunigt hat. Eine Mutation mit einer größeren Stärke, wie wir sie je erlebt haben", flüsterte der Älteste Pan Hai. Der Vierte Onkel versuchte ihre Moral zu stärken. "Es ist dieses Monster, das sich listig und getarnt in den Tiefen unseres Geburtsrechts versteckt hat, das ohne unser Wissen herangewachsen ist. Wir haben nur von ihr erfahren, als sie mit enormer Boshaftigkeit zugeschlagen und uns unter großen Opfern aus dieser mystischen Dimension getrieben hat.

Heute holen wir uns zurück, was uns gehört. Heute holen wir uns unser Erbe zurück. Heute erobern wir uns unser Land zurück!"

Die letzten Worte brachte er zischend hervor und in seinen Augen spiegelte sich die Wut und lange zurückgehaltene Ohnmacht.

Die Gruppe bedachte seine Worte mit Nicken und Stampfen der Füße. Schließlich war die Schlange der einzige Grund für ihre Reise hierher. Wenn sie mehr Zeit hätten, dann hätte der Klan wahrscheinlich auf Pan Chengs Durchbruch auf mindestens die Energiespeicherung abgewartet. Was war schon ein halbes Jahrzehnt, wenn sie ihr mystisches Reich bereits seit einem halben Jahrhundert verloren hatten? Aber die jüngsten Ereignisse, darunter das Turnier, hatten sie dazu getrieben und dank der Anwesenheit von Wu Ying konnte der Klan versuchen, sich ihre mystische Dimension zurückzuholen, während sie ihr Territorium in der realen Welt beschützten.

"Prüft eure Talismane der Einhundert Li. Wenn es zu gefährlich wird, zieht euch zurück." Pan Hais Blick fiel auf Pan Chen. "Bleib in Pan Yins Nähe. Wenn sie dir sagt, du sollst rennen, dann rennst du. Du unterstehst ihrem Kommando. Und denk daran, sie hat eine Formation des Schildes der Neun Laternen."

Pan Chen wirkte für einen kurzen Moment wütend, bevor er sich selbst beruhigte und zustimmend verbeugte. Pan Hai nickte und blickte dann Liu Ping mit gerunzelter Stirn an.

"Ich weiß. Ich versuche, vorsichtig zu sein und meine Blutlinie zu beherrschen." Die fahrende Kultivatorin grinste. "Aber wenn es in Wallung gerät, ist es schwer, es unter Kontrolle zu halten. Ein Bär, der einmal erzürnt wurde, kann nur schwer besänftigt werden."

Die Ältesten des Dorfes schnaubten bei dieser Antwort, aber niemand wagte es, ihr zu widersprechen. Sie hatte letzten Endes nicht nur Recht, sondern sie war zudem nur eine angeheuerte helfende Hand. Sie traf ihre eigenen Entscheidungen. Ihnen mochte zwar das Ergebnis nicht gefallen, wenn sie starb, aber das war ihr Weg. Denn sie gehörte nicht zur Familie.

Genau wie Wu Ying.

"Wir drei Kämpfer der Kernformung werden das Monster festsetzen. Es liegt dann am Rest von euch, die Formationsflaggen der Schlachtformation der Neun Himmlischen Speere anzubringen. Wir können zwar einen direkten Kampf gewinnen, aber dazu gibt es keinen Grund."

Es musste nichts weiter gesagt werden. Schließlich war das nur eine Erinnerung an das, was sie zuvor besprochen hatten.

Eine kurze Geste, mit der die Talismane der Verstummung abflauten. Wu Ying nickte der Gruppe ein letztes Mal zu, erhob sich dann in der Himmel und schwebte weit vor dem Team. Er zog am Wind und ließ ihn in alle Richtungen wehen. Zur selben Zeit lockerte er den Griff um seine Aura, während er suchte und die Nebelschwaden um sie alle herum verdrängt wurden, um das Land und das Monster unten zu enthüllen.

Und er den Köder für ihr Ziel spielte.

***

Es stieg aus dem Nebel empor. Ihr Kopf hatte die Größe eines großen Anwesens und ihr Körper war beinahe ein halbes Li breit und mehrere Li lang. Sie war kolossal und ihre weißen und gelben Schuppen verschmolzen mit dem Nebel und dem dumpfen Licht der Umgebung. Eine monströse, mächtige Kreatur, dessen Stärke mit jedem Jahrzehnt zugenommen hatte, und die vipernhaft schnell war.

Sie streckte ihren Kopf aus und öffnete das Maul weit, als sie sich zu Wu Ying reckte. Kein Gift – es war nicht diese Art von Schlange. Groß, lang, erdrückend. Sie würde ihn zur Seite schleudern und seinen Körper fixieren und ihn am Stück verschlingen, wenn sie nur konnte, aber sie würde ihn nicht vergiften.

Ein kleiner Trost.

Er flog nach hinten und nahm dabei die dadurch gestörte Luft zu Hilfe, während er sich zurückzog. Er konzentrierte mit dem Schwert in der Hand seinen Angriff und setzte die Projektion von Klingen, Wind und Tötungsintention frei, um das Monster zu treffen, als es seinen ersten Angriff beendete.

Schuppen zersplitterten und Blut floss, da Wu Yings Angriff eine lange Wunde auf der Spitze ihres Mauls hinterließ. Die Kreatur zuckte zurück und zischte und der Nebel unter ihnen quoll über, während er sich bewegte.

Wu Ying bereitete bereits einen weiteren, seitlichen Klingenschlag vor, während sich die Kreatur erholte. Das Ziel des Ganzen war nicht, sie zu töten, sondern sie zu verletzen und ihre Aufmerksamkeit zu beanspruchen. Noch drei weitere Male spielten die beiden Fliege und Fliegenklatsche, während sich der enorme Kopf bewegte und durch die Luft schoss. Bleiches, weiß-gelbes Blut sickerte aus Wunden und wurde in kleinen Regenschauern durch die Luft geschleudert, als Wu Yings Angriffe das Monster verletzten.

Dann hielt es an. Zog sich zurück.

Wu Ying stieg intuitiv weiter auf. Seine Schritte in der Luft waren immer noch etwas unsicher, aber stärker und um einiges stabiler als zuvor. Er tanzte auf Stufen aus Luft dahin, als sich sein leichterer Körper wie ein Blatt bewegte.

Lidlose Augen starrten ihn an. Eine Tötungsabsicht, die über Jahrhunderte geschärft worden war, schlug aus. Man konnte ihr nicht ausweichen, sie nicht vermeiden. Wu Ying wurde von dem geschliffenen Ego und der Seele der Kreatur getroffen, die durch ihren Blick projiziert wurden. Er erstarrte einen Augenblick, bevor er nach unten sank, weil sein Chi-Fluss gestört wurde.

Er konnte gelähmt nur beobachten, wie das Monster seinen Kopf anwinkelte und seinen Sturz verfolgte, während es darauf wartete, dass er nach unten kam. Durch seine Seele betäubt wartete er auf seinen Tod.

Die Schlange verschwamm, als sie zuschlug und ihr Kopf nach vorne schoss, um ihn zu verschlingen. Doch ihr ganzer Körper wurde zur Seite geschlagen, als ein Speer, der geradewegs nach oben geworfen worden war, ihren Kopf aufspießte. Die Schlange verfehlte Wu Ying um gute drei Meter – viel zu nahe für etwas so großes und schnelles –, als der Speer auf Heiligenlevel Schuppen durchbohrte und in den Körper des Monsters drang.

Da die Tötungsabsicht unterbrochen war, ließ Wu Ying sein Chi wirbeln und versuchte, seinen Fall abzufangen, sich selbst aufzurichten und seinen Körper leichter zu machen. Die Zeit reichte nicht aus, um seinen Körper davon abzuhalten, auf die Erde zu stürzen und sich Verletzungen zuzuziehen, während er über grasbedeckte Hügel kullerte. Aber genügend Zeit, um sicherzustellen, dass er nur leicht verletzt und nicht getötet wurde.

Ein weiterer Speer, der nach oben geworfen wurde, erwischte das Monster, während es sich drehte und wand und nach seiner neuen Beute suchte. Es fand Pan Hai, der einen dritten Speer hatte und ihn bereits nach vorne hin angewinkelt hatte, um ihn zu werfen. Die Schlange zuckte und der Speer traf sie knapp über ihrem Auge. Dann stieß sie zu, während Pan Hai eine vierte Waffe hervorholte. Wu Ying, nun auf den Beinen, rang damit, einen Angriff zu bilden, um den Ältesten zu retten.

Kurz bevor die Schlange zuschlug, erhob sich die Erde. Der dritte Älteste der Kernformung schuf eine lange Erhebung auf dem Boden, in die das Monster krachte, sich darin vergrub und locker zusammengepresste Erde verdichtete und mit jeder Sekunde langsamer wurde. Es hob seinen Kopf und drückte sich von der Erde ab, sodass Pan Hai einen weiteren Speer in seinen weichen Bauch bohren konnte.

Die aufgewirbelte Erde schoss noch weiter nach oben und schloss den Oberkörper des Monsters ein und verlangsamte ihn. Erde, die mit Wasser vermischt wurde, verwandelte sich in morastigen Schlamm, der an dem monströsen Reptil zerrte und saugte und es dadurch verlangsamte.

Wu Ying erhob sich wieder in die Luft und warf Angriffe aus seiner Waffe auf den Oberkörper des Monsters, während der schlammaspektierte Älteste der Kernformung die Kreatur in den Boden zog und gefangen hielt. Pan Hai trat zurück und schloss sich Wu Ying im Himmel an, während die beiden die Aufmerksamkeit der Schlange mit ihren Angriffen auf sich lenkten.

Jeder Angriff war nicht mehr als ein Nadelstich, aber ein schmerzvoller.

Da die Aufmerksamkeit ihnen galt, warfen sich die anderen Mitglieder der Gruppe in den Kampf und fokussierten sich auf die festgehaltenen Bereiche des Körpers. Sie schlugen gemeinsam zu, wobei Liu Ping schützende Schuppen mit ihrer gewaltigeren Stärke aufriss und die beiden anderen Ältesten auf der Spitze der Energiespeicherung und Pan Shui die Formationsflaggen an den freigelegten Stellen anbrachten. Und während alledem rannten Schlangenmenschen, die zur Verteidigung der Schlange herbeigerufen worden waren, auf das Team zu, die von Pan Yin und Pan Chen aufgehalten wurden.

Alles lief nach Plan.

Wu Ying schoss nach hinten und vorne und schwang sein Schwert. Er wich der Kreatur, die ihn angriff, wenige Zentimeter aus und landete mit einem Energiestoß auf den Schuppen des Monsters. Er rannte über den Körper, während ein rasanter Wind ihn nahe bei seinen Schuppen hielt, während er sein Schwert in es stieß, dessen Klinge er so verhärtete und schärfte, dass es gute zwei Meter in sein Fleisch schnitt.

Ein plötzliches, vehementes Schütteln warf ihn ab und zwang ihn dann in der Luft dazu, den peitschenden Körper mit seiner Waffe und einem Polster aus Wind abzublocken. Doch bevor die Schlange Wu Ying erneut angreifen konnte, war Pan Hai zur Stelle und stieß einen Speer so weit in ihren Körper, bis er seinen Handrücken, mit dem er die Schlange stillhielt, erreichte.

Noch ein Zischen und ein Schrei.

Die Schlange drehte sich wieder zu Wu Ying um, aber er war mit einem Windstoß nach oben geflogen, höher und immer höher. Noch ein Speer, der aus einem Seelenring gezogen wurde, bohrte sich durch eine weitere Schuppe. Da sie den Windkultivator nicht bekämpfen konnte und ihre Bewegungen eingeschränkt waren, wandte sie sich Pan Hai zu.

Sodass Wu Ying sich bereitmachen konnte. Er zog die Luft an seinen Körper und sammelte den Wind. Er warf sich nach unten und sein Schwert folgte hinter ihm, während er mit seiner ausgeweiteten Geistklinge und Energie über die untere Hälfte des Monsters schnitt, sodass seine Waffe nicht an mit Chi verhärteten Schuppen zerbrach.

Er passierte seine Freunde, die kämpften, ganz nahe, und zog sich nach oben, während Blut hinter ihm her schoss und der Sog seines Fluges Schlangenmenschen durch die Luft warf. Dann erlosch sein Impuls, er stürzte sich nach oben und prüfte die Energiespeicher seines Kerns.

Wu Ying verzog das Gesicht, weil er zu viel Energie für diesen protzigen – wenn auch effektiven – Angriff verbraucht hatte. Eine kurze Debatte, während der Immervolle Weinkrug wirbelte und Chi mit den Aspekten von Yin, Feuer, Wind, Holz und vielem anderen einsog und all das in sein eigenes verwandelte, als es durch seine Meridiane floss. Er schnitt den Energiefluss zum Wind und zu seiner Qinggong-Technik ab und kam auf dem Boden auf.

Schritte der Zwölf Orkane trugen ihn vorwärts, um sich dem Kampf für eine Weile anzuschließen. Es war Zeit, Energie zu sparen, denn dies war ein Kampf der Ausdauer und nicht der Angeberei.

Kapitel 9

Formationsflaggen in Gestalt von Speeren wurden im Körper der Schlange entlang ihrer kurvenreichen Länge verankert. Die Speere, die Energie und Intention aus dem Körper zogen, in dem sie steckten, leuchteten in göttlicher Sterblichkeit, angetrieben vom Chi der Schlange.

Pan Shui, die etwas entfernt von der kalten, schuppigen Gestalt stand, umklammerte einen gebrochenen Arm und schickte den letzten Rest ihres Chis in das Aktivierungsabzeichen, das um ihrem Hals hing. Zu ihren Füßen lag der zerrüttete Körper des vierten Ältesten aus dem Dorf, dessen Atmung rau und schmerzerfüllt war.

Durch den Verzauberten Trigrammschalter ausgelöst, stellte sich die Formation ruckartig auf. Weiße Linien aus Macht erblühten aus den Enden jeder herausragenden Formationsflagge und verbanden sich über der unteren Hälfte des Körpers der Kreatur, um ein starkes, energiegeladenes Netz aufzuspannen.

Wu Ying stand auf der Spitze der Nase des Monsters, in die er sein Schwert gerammt hatte, und beobachtete das Geschehen. Er atmete schwer und sein aufgewühlter Dantian zog Energie von allen Seiten zu sich, während er sich an dem einen Ort versteckte, den das Monster nicht gut sehen konnte.

Die Schlange hatte gelernt, ihn nicht anzugreifen – jedenfalls nicht mit ihrer Zunge. Das sich schnell bewegende, zuckende Anhängsel war abgeschnitten und gestutzt, von Schwertstrichen durchtrennt und beinahe mit einem Speer aufgespießt worden. Jetzt schenkte die Schlange ihren anderen Angreifern mehr Aufmerksamkeit, während Wu Ying dort stand und sich ausruhte.

Natürlich war sie in diesem Augenblick mehr auf das Netz konzentriert, das um ihren Torso gewickelt war, sie behinderte und brannte. Sie warf instinktiv ihren Geist gegen das gewobene Netz und ihr Chi pulsierte nach außen, als sie ihre Aura konzentrierte.

Aber die Speere steckten in dem Monster und umgingen Teile ihrer Verteidigung. Als sich die letzten Fäden der Macht miteinander verbanden, gruben sich die Speere der Formationsflaggen tiefer in das Monster und pulsierten, während sich das Netz verengte. Die Aura kämpfte gegen die Formation an und hielt das Netz aufgespannt.

"Rückzug!", schrie Pan Yin, ergriff den Ältesten, der am Boden lag, und ignorierte seine Schmerzensschreie.

Sie würden alle zermalmt werden, wenn sie so nahe bei dem Monster blieben, das um sich schlug. Pan Chen führte den Rückzug an. Der kleine Junge metzelte sich mit Eifer durch Schlangenmenschen und ließ all seine Chi-Reserven in den Angriff fließen.

Pan Hai zischte in der Ferne und warf einen weiteren Speer. Die Waffe schlug im Auge der Schlange ein, als diese abgelenkt war. Halb erblindet, da das Metall-Chi im Speer seinen Flug beschleunigt hatte, warf die Schlange ihren Kopf erzürnt in dem Versuch hin und her, den Speer zu lösen.

Ein Puls aus Energie aus der Formation sorgte dafür, dass der Speer noch weiter einsank, während die Kreatur abgelenkt war. Wu Ying verstand jetzt und handelte ebenfalls. Von nur einem Speer würde das gigantische Auge nicht vollständig erblinden. Trotzdem ließ sich Wu Ying, der auf dem ausschlagenden Monster ritt, zur Seite schleudern, bevor er sich von einer Plattform in der Luft abstieß. Er schwebte nicht mehr durch die Luft, weil es ihm nicht möglich war, die Menge an Chi aufzuwenden, die das Fliegen voraussetzte. Stattdessen verwendete er kurzzeitige Plattformen, um sich durch die Luft zu bugsieren.

Er stürzte sich in Richtung des verletzten Auges. Er sah, wie die Kreatur zuckte und warf sich nach oben und aus ihrer Reichweite. Mit einem weiteren Tritt änderte er seine Bahn zur Seite und weg von dem sich drehenden Kopf, dann folgte noch ein Tritt und er war bei ihrem Auge.

Sie zog den Kopf zurück, aber Wu Ying steckte sein Schwert in die Scheide. Er hatte nicht vor, dieses zu benutzen, sondern den Speer, der bereits im Auge steckte. Er griff nach dem Stiel und erlaubte seinem Körpergewicht und seinem Schwung, den Speer aus der Augenhöhle zu reißen, um die Wunde zu weiten.

Einige Augenblicke, bevor die Spitze austrat, schickte Wu Ying sein Wind-Chi tief in die Wunde und ließ die Verletzung explodieren. Das Monster zischte und schlug aus, während er die Waffe für einen weiteren Schlag benutzte und beobachtete, wie sich der Bambus bog und nachgab und ihn weit in die Ferne schleuderte, als die Schlange nach ihm ausholte und verfehlte.

Die Formationsflaggen, die immer schneller pulsierten, hatten sich tiefer und tiefer in den Körper verankert. Zwei andere Speere wurden in den gewundenen Körper der Schlange gerammt, während gigantische Schlammhände auf die Aura einhämmerten und sie und auch die Formationsflaggen zerschmetterten.

Dann ...

Endlich die Explosion.

Eine Formation der Schlachtung, die vom Fleisch und Blut einer Bestie auf der Stufe der Aufkeimenden Seele gestärkt wurde und tief in schuppiges Fleisch getrieben worden war. Die Formation zog Feuer- und Metall-Chi aus der Luft und bildete durch den Körper selbst Klingen aus dem Metall-Chi. Die Hitze nahm zu und verbrannte Fleisch, während sich die Formation immer tiefer grub und sich riesige Metallsplitter gegen bleiche grüne und gelbe Schuppen wehrten.

Als das Ausmaß ihrer eingeschlossenen Energien und die Widerstandsfähigkeit ihrer Bestandteile nachgaben, explodierten die metallischen Igelspeere der Formationsflaggen. Die Explosion trieb die durch Chi erschaffenen Metallklingen in den Körper des Monsters und rissen Fleisch und Muskeln auf, während Schuppen durch die Luft flogen.

Wu Ying landete auf einem Ast in der Nähe, duckte sich und schirmte seine Augen vor dem Splitt ab, der nach außen flog. Er entschloss sich, sein Chi nicht darauf zu verschwenden, die Angriffe abzuwehren, und lauschte den Schreien, den Explosionen und dem pulsierenden Blut auf dem Boden, dem platschenden Fleisch, das zu Boden fiel, und roch die Mischung aus Eisen und trockenem Moschus der Schlange.

"Benutz das Abzeichen, du Idiot!" Pan Yins Stimme aus der Ferne.

Wu Ying drehte seinen Kopf und erspähte die Gruppe, wie sie sich hinter einer Schanze aus Erde versteckten. Der verletzte Älteste des Dorfes war verschwunden und nur Pan Chen und Pan Shui standen noch. Sie beide sahen erschöpft aus. Monsterleichen der Schlangenmenschen übersäten die Umgebung, von denen sich einige noch regten, aber die meisten bewusstlos waren, nachdem die Explosion sie zurückgestoßen hatte. Liu Ping sprang zwischen ihnen umher und sah mitgenommen aus, aber konzentrierte sich darauf, ihre Feinde zu erledigen, ehe sie sich erholen konnten.

Gnadenlos.

"Warum? Wir können die anderen Schlangen auch erledigen!", protestierte Pan Chen, während seine Schwerthand zitterte.

Pan Shui nickte, obwohl sie ihr gesamtes Gewicht auf ihrer Waffe abstützte.

"Du hast ein Versprechen gegeben!", knurrte Pan Yin und stupste ihn mit dem Finger an. "Tu es, sonst werde ich es Vater sagen und er wird dir nie erlauben, das zu tun, bis du ... bis du ... achtzehn bist!"

Pan Chen zischte, nickte aber und holte das Abzeichen heraus. Pan Shui wirkte ebenso stur, machte es ihm aber nach. Ehe sie etwas weiteres tun konnten, drang ein zischendes Rauschen durch die Hügel. In seinem Echo pulsierte Furcht und Wut, sodass die beiden erstarrten und sich nicht mehr bewegen konnten.

Wu Ying wand seinen Kopf zurück in die Richtung, wo die Schlange vom Nebel verborgen gewesen war. Dann sah er sie, enthüllt und am Leben.

"Was braucht es noch, um dieses Ding zu töten?", beschwerte sich Pan Yin in der Ferne.

Liu Ping antwortete mit einem tiefen Knurren, aber Wu Yings Fokus lag nicht länger auf ihnen.

Das Monster war verletzt, so viel stand fest. Kerben im Fleisch, von denen manche so groß wie ein Schild und so tief wie ein Schwert waren, aus denen Blut drang. Überall waren Fleischfetzen und Schuppen verteilt. Sie war verletzt, aber die unnatürliche Lebenskraft einer Bestie auf der Stufe der Aufkeimenden Seele hielt sie am Leben und in Bewegung.

Sie schrie und ihre Tötungsabsicht legte sich über ihre Aura und traf sie alle. Selbst die Schlangenmenschen waren davon betroffen, fielen zu Boden und ihre Augen, Nasen und Ohren begannen zu bluten, als ihre Auren zermalmt wurden.

Die Kultivatoren unter Wu Ying wanden sich am Boden. Ihre Abzeichen waren ihnen aus den Händen gefallen. Pan Chen hustete und stöhnte, weil er tiefere Verletzungen als die anderen durch den Angriff davontrug. Wu Ying versuchte instinktiv, ihn zu schützen und bedeckte das Gebiet unter ihm mit seiner Aura.

Er kämpfte mit seiner eigenen Aura gegen die stärkere Aura an, wobei die jahrelange Übung hilfreich war. Der unbeugsame Druck konnte nicht vollkommen aufgehalten werden, aber dadurch, dass er ihn und seine Aura zusammenpresste, half er ihm auch dabei, seine Aura zu kräftigen, wodurch seine Verteidigung stärker wurde.

"Bewegung!", fauchte Wu Ying die Gruppe an. Seine Knöchel wurden weiß, weil er seine Waffe viel zu fest umklammerte. Energie quoll aus seinem Kern und sein Körper und seine Seele gaben nach, während er versuchte, sie alle zu beschützen. Ein Blutstropfen sickerte langsam aus einer seiner Nasenlöcher, aber er hatte keine Zeit, dem Beachtung zu schenken.

Pan Yin griff in ihre Roben und holte einige Formationsflaggen hervor. Sie warf sie weg, platzierte die Flaggen und aktivierte sie. Eine Sekunde später erwachte die schützende Verzauberung zum Leben. Die mächtige Formation zur einmaligen Anwendung wurde von mehreren Bestienkernen gespeist, die in die Flaggen eingelassen waren.

Nun, da der Druck von der Gruppe genommen worden war, konnten sie sich etwas weiter aufsetzen. Alle bis auf Pan Chen, dem sich Pan Shui näherte, um nach dem Kind zu sehen. Ihr Blick verfinsterte sich und sie hob den Kopf, um ihrer Schwester in die Augen zu sehen, während sie Heilpillen hervorholte, um sie ihm in den Mund zu stopfen.

"Wir können diesen Ort nicht verlassen", sagte Pan Shui furchtsam. "Er ist zu schwer verletzt. Wenn wir ihn bewegen, dann werden seine inneren Verletzungen ..."

"Dann bleiben wir und sorgen für seine Sicherheit", antwortete Pan Yin. Sie umklammerte ihren Speer fest und zeigte mit ihm dorthin, wo die Schlange war und sie mit hasserfülltem Blick anschaute.

Da ihr Angriff vereitelt worden war, schien sie nun ihre Taktik geändert zu haben und hatte vor, sie zu zerquetschen, indem sie sich aufbäumte.

"Gut ..." Liu Ping, die auf den Beinen war, grinste breit. Ihre bestialische Aura erwachte zum Leben und hüllte sie in ein künstlich rotes Fell, während sie ohne zu zögern aus der Formation trat und mit jeder Sekunde schneller wurde.

Wu Ying über ihnen knurrte, stieg weiter nach oben und verfluchte den Narr von einem Kind. Er verfluchte den Klanältesten dafür, dass er ihn in dem Gedanken hatte mitgehen lassen, dass es sicher sei. Es war eine verdammte Seelenbestie auf der Stufe der Aufkeimenden Seele, die in einer mystischen Dimension stark geworden war. Natürlich würde es Probleme geben.

Wu Ying fluchte vor sich hin, flog so schnell wie ein Pfeil vorwärts und überholte die voranstürmende Liu Ping binnen Augenblicken. Sie waren nicht die einzigen Kämpfer, die sich immer noch im Kampf befanden. Eine gigantische Steinsäule schoss nach oben und erwischte die Schlange, während sie nach unten flitzte. Ihr massiver Körper belegte die Gruppe mit einem Schatten, als sie fiel und die Säule war wie ein Stab, der mittig in einen Gegner gestoßen wurde.

Sie erwischte das Monster im Fall und der mit Chi verstärkte Granit und Lehm schlug tief in den Körper des Monsters ein. Der Angriff reichte aus, um das Monster nach oben und zur Seite zu werfen.

Von den Winden, die durch die Formation aufgewühlt worden waren, hin- und hergeworfen, wegen der Schlange und der plötzlich aufgetauchten Säule ritt Wu Ying auf den Winden und änderte mühelos seine Richtung. Liu Ping entschied, die sechs Meter lange Säule nach oben zu rennen, während sie zerbrach, um an einen höheren Punkt zu gelangen. Der Älteste in der Nähe, der sie geformt hatte, fiel nach hinten und zu Boden, während das Chi in seinem Kern abnahm.

Wu Ying schnellte vor und schoss auf das Monster zu. Er erblickte ein noch geöffnetes und nicht erblindetes Auge und visierte es an. Die Schlange, die immer noch durch den erdigen Angriff benommen war, reagierte zu langsam, als Wu Ying sie passierte, sein Schwert über die schimmernde Kugel zog und Luftschwaden in den Schnitt sandte, um sie platzen zu lassen.

Er drehte sich um, landete auf einer Säule aus fester Luft und warf sich auf ihren Körper, wo er nach einer offenen Wunde suchte, um den Angriff fortzusetzen. Während er vorwärts flog, hörte er von unten einen Schrei.

"Himmelsteilender Speer!" Der Älteste Pan Hai, der die Zeit und die Ablenkung genutzt hatte, flog nach oben und hielt sich an einer neuen Waffe fest. Er schlug auf eine offene Wunde und die angestaute Energie seines Speers versuchte, sich tief in die klaffende Verletzung zu stoßen und sie zu weiten, während sie sich weiter nach innen grub. Dann strengte Pan Hai mit einer Drehung der Waffe und des Körpers seine Energie an, um das Chi und das Fleisch nach außen hin explodieren zu lassen und riss Stücke von Haut und Schuppen von innen ab.

Die Schlange stieß noch ein verärgertes Zischen aus, zog sich ungleichmäßig auf ihrem schwer verletzten Rumpf nach hinten zurück wickelte kurz ihren Schwanz auf, um die Flanke des fallenden Ältesten zu treffen. Er wurde in die Ferne geschleudert und das Gleichgewicht der Schlange wurde kurz durch ihre Bewegung gestört.

Und für einen Augenblick entblößte sie für Wu Ying die klaffende, offene Wunde.

Es gab keine Wahl und keine anderen Beschützer für das Kind. Wu Ying wusste, dass er es tun musste, und entschloss, seinen letzten Angriff zu entfesseln, den er sich aufgespart hatte. Der erste Schnitt seines eigens kreierten Stils.

Ein Wandernder Drache.

Die erste Form war ein Schnitt, der zerteilen und Himmel von Erde trennen sollte, der die Wege, die das Vorüberziehen des Drachen, der reisen wollte, behinderten, verbannen sollte. Sie enthielt sein Verständnis über die Winde, ihre Stärke, ihren Zweck und ihre Wildheit.

Und selbst jetzt war sie unvollständig.

Der Schmerz plagte seinen Körper und sein nicht vervollständigter Dao und das fehlende Verständnis seiner eigenen Form bestraften ihn, als der Angriff mit dem übriggebliebenen Chi des Himmels ihn an seine Defizite erinnerte.

Dennoch, ob unvollständig oder nicht, der Angriff zeigte Wirkung.

Die Projektion von Dao und Schwertintention drang in den Großteil des weichen und verletzten Rumpfes ein. Tief im Inneren vergraben zerteilte sie die Wirbelsäule und Nerven, sodass die Schlange der Aufkeimenden Seele fiel und ihren Körper nicht mehr kontrollieren konnte. Sie blutete und ihr Unterkörper schlug instinktiv vor Schmerz aus. Ihr Kopf und der Oberkörper fielen zu Boden und ihre verletzten Augen konnten nichts sehen, während ihre lange Zunge in ohnmächtiger Wut zuckte.

Liu Ping sprang von der Säule, landete auf der oberen Hälfte der Schlange und brach ihre Nase, bevor sie auf den Schädel einhämmerte. Das

Monster, das nicht zurückschlagen konnte, konnte nur schwach um sich schlagen, während sie ihre Arbeit zu Ende brachte und die bereits im Sterben liegende Bestie tötete.

Wu Ying, der sich auf einem Baum niederließ und Liu Ping beobachtete, musste seine Meinung dazu kundtun. "Du Tötungsdieb. Sie war bereits erledigt, weißt du."

Natürlich gab Liu Ping ihm keine Antwort, schwelgte im Tod des Monsters und badete in seinem Blut. Es war überhaupt nicht verstörend, dass sie währenddessen tiefe, zufriedene Knurrgeräusche ausstieß.

Nicht im Geringsten.

***

Wu Ying landete nicht weit entfernt von den Talismanen auf dem Boden und blickte durch den schimmernden Vorhang aus Energie. Er konnte das schützende Hexagon nicht betreten, also musste er hilflos dabei zusehen, wie sich die Schwestern um den verletzten Pan Chen kümmerten. Sie pflegten seinen Körper und bewegten ihn vorsichtig, nachdem sie sich vergewissert hatten, dass ihn das nicht noch weiter verletzen würde. Sie brachten warme Tassen[3] auf seiner Haut an, um das üble Blut und das blockierte Chi an die Oberfläche zu ziehen und legten dann warme Wickel darauf, um es vollständig zu entfernen.

Die andere Älteste biss sich auf die Lippe und platzierte Akupunkturnadeln in seinem Körper, wobei sie sich immer wieder an einer Schriftrolle orientierte, die neben Pan Chen lag. Die Gruppe stieß manchmal Flüche aus, wenn Pan Chen ausschlug und das aufflammende Chi aus den Pillen, die ihm unter Zwang eingeflößt wurden, durch seinen verletzten Körper geschwemmt wurde und zur selben Zeit heilte als auch verletzte.

Der Junge, der sich nicht bewegen konnte und nur wenig Kraft hatte, wirkte wie das Kind, das er war. Tränen quollen ungehemmt aus seinen

---

[3] Ein Verweis auf das "Schröpfen", das Teil der Traditionellen Chinesischen Medizin ist. Hierbei werden warme Tassen aus Keramik oder Glas von innen erhitzt und dann auf die bloße Haut gesetzt. Die aufgewärmten Tassen erzeugen einen leichten Saugeffekt und ziehen "übles Blut" an die Oberfläche des Körpers und hinterlassen große rote Flecken.

Augen, während er schmerzerfülltes Stöhnen hinunterschluckte. Währenddessen flüsterten die Mädchen ihm aufmunternde Worte und Anweisungen zu, wie er die Pille kultivieren sollte.

Wu Ying, der von draußen hineinstarrte, tippte ungeduldig mit seinem Fuß auf den Boden. Er wollte dort drinnen sein, obwohl er in Wahrheit nichts weiter als seine Anwesenheit beitragen konnte. Schließlich war er kein Arzt.

Es dauerte mehrere Minuten, bevor Pan Hai an Wu Yings Seite erschien. Der Mann war voller Schmutz und Pflanzensaft und verlagerte sein Gewicht auf eine Seite, während er humpelte. Der Mann begutachtete den Schaden und zischte.

"Da Ge[4] wird mich töten, wenn er stirbt", murmelte Pan Hai. "Oder wenn seine Kultivation beschädigt wird."

Wu Ying drehte seinen Kopf und blickte den Mann angewidert an. Das Kind war verletzt und alles, woran Pan Hai denken konnte, war, wie es ihn beeinträchtigen könnte?

"Schaut mich nicht so an. Ihr wart ebenfalls glücklich, ihn hier zu haben."

Wu Ying kniff die Augen zusammen und zuckte mit den Schultern.

"Oder habt zumindest nicht besonders laut dagegen protestiert. Er musste verwundet werden. Und wir haben die Hilfe gebraucht."

"Haben wir das? Haben wir das wirklich?" Wu Ying zeigte nach hinten zu dem Kadaver. "Die Schlachtungsformation war eine große Hilfe, aber wenn wir drei weitere Kultivatoren der Energiespeicherung mitgenommen hätten, dann hätten sie die Frauen beschützen können, während wir die Flaggen platzieren."

"Ich denke, Ihr spielt seinen Beitrag zu sehr herunter", meinte Pan Hai. "Schaut Euch die Mädchen an. Sie sind erschöpft und sie zählen zu unseren besten. Jemand, der das Herz des Schwertes hat, braucht viel weniger Energie, um mit dem Schaden klarzukommen, als er." Eine weitere Geste zu den Leichen der Schlangenmänner um sie herum. Die paar, die überlebt

---

[4] Da Ge – Direkt übersetzt bedeutet es großer Bruder. Es bezeichnet generell einen älteren Bruder und ist eine formelle Art der Anrede für den ältesten Bruder. Manchmal wird dieser auch Laodage genannt.

hatten, hatten sich davongeschlichen und nur die schwer Verletzten und Toten waren zurückgeblieben. "Vielleicht, wenn wir ein halbes Dutzend andere mitgenommen hätten, aber Ihr wisst, warum wir das nicht getan haben."

Wu Ying seufzte, nickte aber. Die Wahrheit war, dass der Klan zutiefst besorgt gewesen war, dass sie angegriffen werden könnten. Es nützte nichts, die Zukunft zu sichern, wenn in der Gegenwart alles zerstört wurde.

Letztendlich war die Vergangenheit voller Reue. Er bündelte diese Reue, zog sie aus den Ecken seines Geistes und schnitt sie in Scheiben, bevor er sie mit seinem ausgestoßenen Atem in den Wind schleuderte. Bis er seine Gedanken beruhigt hatte, war der Erdkultivator zu ihnen gekommen und sah absolut erbärmlich aus, hielt sich aber wenigstens auf den Beinen.

Die Gruppe begrüßte sich kurz und knapp, während Wu Ying, der nichts Besseres zu tun hatte, den Wind manipulierte. Er nutzte seine Schwertintention und die Winde, um die Brustkörbe der toten Schlangenmenschen aufzureißen und ihre Seelensteine zu entfernen, die er in ungleichmäßigen Kugeln aus Wind bündelte.

Die Prozedur war langsam und schmerzhaft und hinsichtlich der Energie aufwändig, aber er entschloss sich, diesen Bereich noch nicht zu verlassen. Nicht, solange das Kind noch atmete und die Schwestern ihn behandelten. Nach einer gefühlten Ewigkeit kam Pan Yin an den Rand der Formation, während Wu Ying erkannte, dass eine sorgfältige Kontrolle und Leitung des Windes ein aussichtsloses Unterfangen war, jedenfalls mit seinem derzeitigen Level an Kultivation.

"Er ist stabil", sagte Pan Yin.

"Und seine Kultivationsbasis?", fragte Pan Hai.

"Sie scheint unbeschädigt zu sein", antwortete Pan Yin. "Aber wir sind keine Ärzte. Wir können uns nicht sicher sein, bis er aufwacht. Dennoch ... die Tatsache, dass er nur auf der Stufe der Körperreinigung ist, war vielleicht etwas Gutes."

Pan Hai hob eine Augenbraue.

Es war der andere Älteste, der nachdenklich nickte und etwas darauf sagte. "Hätte er einen Kern gehabt oder wäre er dabei gewesen, seinen Dantian heranwachsen zu lassen, dann hätte er möglicherweise beide beschädigt. Aber die Körperreinigung ist die unterste Stufe und es ist unwahrscheinlich, dass die Reinigung seiner Meridiane durch den spirituellen Druck, den uns unser Gegner aufgezwungen hat, beeinflusst wurde."

"Dann sind die einzig andere Sorge Dämonen des Geistes", meinte Wu Ying mit halb geschlossenen Augen.

Dämonen des Geistes, Alpträume, psychische Schäden. Man konnte es nennen, wie man wollte, aber er hatte ihre Auswirkungen im Laufe der Jahre gesehen, wenn einst vielversprechende Kultivatoren von Ereignissen so geschädigt wurden, dass sie es nicht länger wagten, auf diesem Pfad zu wandeln. Denn die Reise auf höhere Kultivationslevel bestand aus einem ständigen Kampf und Schmerzen.

"Pan Chen ist stark. Er wird keine haben", sagte Pan Hai abweisend.

Der andere Älteste nickte zustimmend. Pan Yin ihrerseits war niedergeschlagener. Eine Tatsache, die Wu Ying still zur Kenntnis nahm. Die Ältesten des Dorfes waren so aufgeregt und begeisterten sich so für die Idee eines potentiellen Schwertheiligen, dass sie allzu oft vergaßen, dass das Wunderkind immer noch ein Kind war.

"Ich könnte die Formation abreißen", schlug Pan Yin vor und beschloss, die beiden Ältesten zu ignorieren und wies zu den Flaggen, "aber wir sollten die Medizin und die Salben wirken lassen. Jetzt, da Pan Chen stabil ist, gibt es keinen Grund, ihn zu bewegen."

Die Gruppe nickte und aller Augen huschten zu den Flaggen, die immer noch leuchteten. Die Formation war mächtig genug, um sie vor einer Seelenbestie der Aufkeimenden Seele zu beschützen und sie wäre auch stark genug, um Schutz vor jeder anderen Bestie zu gewähren, die in diesem mystischen Reich lauerte.

Während ihre Gedanken diesen Punkt erreichten, schlenderte Liu Ping zu ihnen. Von den Ärmeln und Säumen ihrer Roben tropfte Blut und ihr Gesicht war mit einer dunkelroten, trocknenden Flüssigkeit und Spritzern aus weißer und grauer Masse überzogen. In einer Hand hielt sie eine glitzernde, facettenreiche und raue Kugel. Der Seelenstein der Schlange pulsierte, zog und verzerrte das Chi in der Umgebung, während es in ihrer Hand lag.

"Ich habe ihn herausgeholt. Aber wir sollten auch ein bisschen von ihrem Fleisch sammeln. Es ist ziemlich lecker", erklärte Liu Ping, die völlig blind für den Zustand war, in dem sie ihnen gegenüberstand. Sie warf den Stein spielerisch in die Luft. "Also, wer hat die Lagerbox dafür?"

"Ich habe sie", antwortete Wu Ying und holte den Aufbewahrungsbehälter aus Jade heraus. Er legte den Stein hinein und versiegelte seine Präsenz und ihren Einfluss auf die Welt.

Pan Hai suchte den Blick des anderen Ältesten. Die beiden kommunizierten wortlos durch ihr gegenseitiges Verständnis füreinander. Nach einigen weit aufgerissenen Augen, hin- und herhuschenden Blicken und dezenten Nicken drehte sich Pan Hai zu Wu Ying und Liu Ping. Er lächelte heiter.

"Scheinbar bleiben uns noch ein paar Stunden. Doch es gibt noch unzählige Kadaver, um die wir uns kümmern müssen", begann Pan Hai. "Und wir möchten nicht, dass die übrigen Monster noch stärker werden. Wenn ihr die Leichen der Erschlagenen weiterverarbeiten könnt, werden wir die übrigen Schlangenmenschen jagen."

Wu Ying konnte nicht anders, als in Gedanken zu schnauben. Er wusste, was sie da taten. Halbintelligente Kreaturen hatten oft einen Unterschlupf und einen Schatz, den sie hüteten. Wenn sie diesen – ohne Liu Ping oder Wu Ying – finden konnten, dann konnten sie diesen Schatz für sich alleine behalten.

Andererseits wiederum ...

"Natürlich", bestätigte Wu Ying und schaute zu Liu Ping, um ihre Bestätigung zu suchen.

Sie grinste. "Wenn mir jemand einen Ring der Aufbewahrung leiht, dann verarbeite ich die Schlange weiter. Auch wenn ihr große Löcher in ihr hinterlassen habt, bin ich sicher, dass wir noch einige ihrer Schuppen benutzen können. Und das Fleisch."

Wu Ying nickte und übergab ihr einen der vielen Ringe, die er über die Jahre angesammelt hatte. Einer der vielen Vorteile, die es hatte, dass die dunkle Sekte hinter ihm her war.

Liu Ping trottete zufrieden davon und hielt nur lange genug an, um schwarze Klauen zu bilden, um die Leichen aufzureißen und ihre

Seelensteine herauszuholen, nun, da sie einen passenden Platz hatte, um die Materialien aufzubewahren.

Die beiden Ältesten verschwanden, um nicht übertrumpft zu werden, und nickten Wu Ying zu, bevor sie gingen.

Pan Yin, die nun alleine war, sprach von innerhalb der Formation mit freudig glitzernden Augen. "Du bist sehr entgegenkommend."

"Meine Vereinbarung umfasst keine Schätze, außer die, die ich selbst sammle." Er grinste und zeigte auf die Leichen. "Und dort gibt es so einiges zu sammeln."

"Hey!", rief Pan Shui, kam herüber und fuchtelte mit den Händen. "Die habe ich getötet!"

"Ich?", hinterfragte Pan Yin bedrohlich.

"Wir. Wir ..." Pan Shui duckte sich weg, bevor ihre Schwester sie schlagen konnte. "Aber du stiehlst das nicht alles. Oder?" Sie hievte ihren Speer hoch und beäugte Wu Ying mit einem bösen Grinsen. Natürlich wusste er – genau wie sie –, dass sie die Drohung nicht ernst meinte. Schließlich war das Geheimnis um seine Kultivationsbasis schon lange gelüftet worden.

"Nicht alles." Er wies um sich. "Aber viele sind wegen der Schlange gestorben. Ich überlasse euch ... hmm ... die Hälfte?" Er grinste und nickte. "Ja. Ich sammle die Hälfte."

"Die Hälfte!", japste Pan Shui, trat vor und hielt an der Grenze zur Formation an. Sie hüpfte von einem Fuß auf den anderen und war hin- und hergerissen, über Pan Chen zu wachen und Wu Ying davon abzuhalten, ihre rechtmäßige Beute zu stehlen.

"Geh. Ich kann auf ihn aufpassen", sagte Pan Yin. "Es gibt im Moment ohnehin nicht viel zu tun."

Pan Shui brauchte keine weitere Aufforderung, sondern schoss sofort nach draußen, als der schillernde Vorhang aus Energie ihr erlaubte, hinauszutreten. Wu Ying lachte in sich hinein, ließ zu, dass der Wind ihn mit einem Dolch in der Hand zur ersten Leiche trug und begann mit der grausigen Arbeit, die Seelensteine zu extrahieren.

Und wenn er währenddessen den Kadaver des Monsters auseinandernahm und seinen Seelenring der Welt mit dem Blut, den Knochen und Eingeweiden einer Seelenbestie der Aufkeimenden Seele füllte, nun, dann musste das niemand wissen, oder?

Kapitel 10

Die Formationsflaggen erloschen, als der Tag schon weit vorangeschritten war und sich der Abend über die mystische Dimension legte. Anstatt weiterzugehen und um Pan Chen zu ermöglichen, sich zu erholen, stellte das Team stabilere – wenn auch schwächere – Formationen auf, um das Lager zu schützen. Die Bewohner des Dorfes wechselten sich damit ab, den rastenden Pan Chen zu beobachten. Das Kind wechselte zwischen Schlaf und Kultivation, um die verschiedenen Heiltoniken und Pillen, die man ihm gab, zu verdauen, hin und her.

Liu Ping hatte große Freude daran, die gigantische Schlange zu zerkleinern und nutzte zwei Kurzschwerter als Schlachtmesser, um Schuppen, Fleisch und Muskeln aufzuschneiden und die Wirbelsäule der Schlange freizulegen. Die Knochen und das Nervensystem, die sie herausholte, legte sie in riesige Tontöpfe, die mit ständig kochendem Wasser gefüllt waren, um die Überreste zu säubern. Das Wasser selbst wurde regelmäßig gewechselt und Lehmtöpfe mit den Abfallstoffen wurden beiseitegestellt, um sie später zu verwenden.

Die Leiche einer Bestie der Aufkeimenden Seele war von großem Nutzen, weshalb sich das Team die Zeit nahm, um alle möglichen Ressourcen zu entnehmen. In der Zwischenzeit war ein Bote mit einer Nachricht zum Dorf geschickt worden. Früher oder später würde Hilfe kommen.

Mit alledem hatte Wu Ying nicht viel zu tun. Er nutzte das mystische Reich voll aus und flog von Ort zu Ort, kämpfte manchmal gegen Seelenbestien und sammelte nach Herzenslust Kräuter – viele davon yinaspektiert, obwohl er auch stark konzentrierte und mächtige yangaspektierte Pflanzen fand. Er fand hin und wieder sogar etwas, das mit Mineralien oder Jade angereichert war, aber nur, wenn ihre Anwesenheit einen großen Einfluss auf seinen spirituellen Sinn hatte.

Erst, als einige Tage später ein Seelenbote durch die Luft schwebte und auf seiner Schulter landete, machte er sich auf den Weg zurück zum Lager. Dort traf er zu seiner Überraschung Pan Shui und Pan Chen sitzend an. Sie meditierten, während der Rest der Gruppe nicht anwesend war. Er nahm nicht weit entfernt Platz und wartete.

Kurze Zeit später öffnete Pan Chen seine Augen, nachdem er seinen derzeitigen Zyklus abgeschlossen hatte. Er fixierte Wu Ying mit einem nachdenklichen Blick und in seinen jugendlichen Augen lag nun ein gewisser Grad an Reife. Dieser erste Kontakt mit der Vergänglichkeit und Tage voller unablässiger Schmerzen und Heilung hatten den Jungen über sein Alter hinweg erwachsen werden lassen.

"Wie ich sehe, seid Ihr wohlauf", sagte Wu Ying, um die Stille zu durchbrechen. Das war Pan Chen nicht. Nicht wirklich. Aber er würde es sein, und das war das Wichtigste.

"Pan Shui hat mir Geschichten über Euch erzählt. Wie macht ihr das?", fragte Pan Chen.

"Wovon sprecht Ihr, Ah Chen?"

"Das Kämpfen. Töten. Euer Leben aufs Spiel setzen", erklärte Pan Chen, wobei er den letzten Teil leiser und nun zögerlicher aussprach.

Wu Ying drehte das Messer herum, das er in der Hand herumgetragen hatte, und fuhr mit der weicheren Seite seines Wetzsteines über die Klinge, um kleinere Kerben zu entfernen. Eine Tragödie, dass er mit seinem eigenen Chi nicht eine solch präzise Schnittfläche wie bei einer Metallklinge hinbekam. Jedenfalls jetzt noch nicht. Meistens machte das nichts aus – aber manchmal war der zusätzliche Schneid nötig, wenn es um mit Metall-Chi erfüllte Pflanzen ging.

"Ihr fragt mich, wie, aber ich frage Euch, gibt es einen Unterschied zwischen meinem Leben und dem Euren?", fragte Wu Ying. "Ihr sprecht, als wären solche Entscheidungen und Vorfälle einzigartig."

"Es ist einzigartig, gegen eine Bestie der Aufkeimenden Seele zu kämpfen!", beharrte Pan Chen.

"Aber ich habe bereits gegen vier gekämpft ... und stand noch vielen weiteren gegenüber." Wu Ying hob eine Hand, bevor das Kind auf seine Worte eingehen konnte, als würde es die Wahrheit zugeben. "Ihr hofft, dass ich Euch sage, dass die Gefahren, die ich durchlebt habe, ungewöhnlich sind. Doch Eure Familie hat mindestens einen Meister der Kernformung auf der Spitze in ihren Reihen. Wenn sie Euch den Tod wünschten, wäre das dann von Bedeutung?"

"Nein. Aber das würden sie nicht tun."

"Vielleicht", antwortete Wu Ying. "In diesem Moment könnte das Königreich eine Armee – oder einen Meuchelmörder – losschicken, um das Leben derer zu beenden, die sich im Dorf befinden, obwohl Eure Familie es nicht angegriffen oder auf andere Weise gegen es gearbeitet hat. Sie würden das Dorf und Eure Liebsten auslöschen. Und eurem Geschlecht ein Ende bereiten."

"Doch das werden sie nicht tun", meinte Pan Chen stur. "Wir sind nur vorsichtig. Das würden sie nicht wagen!"

"Aber sie haben das schon einmal getan. Und könnten es wieder tun", widersprach Wu Ying. "Vor einigen Jahren, als ich durch das Königreich der Shen gereist bin, gab es einen Kampf zwischen einem Unsterblichen und einem Drachen. Habt Ihr davon gehört?"

Pan Chen nickte. Solcherlei Nachrichten wanderten weit, obwohl sich die Details vielleicht verändert haben könnten.

"Ich war in der Nähe, als es losging und sie haben das Land umgebildet." Wu Ying legte den Wetzstein zur Seite und nahm einen Stein aus der Nähe zur Hand. Er warf ihn in die Luft und führte einen Schnitt aus, mit dem er den Stein leicht mit seiner frisch geschärften Klinge und einem Hauch seiner Schwertintention zerteilte. Während er beobachtete, wie der Stein in Stücke zerbrach, sprach er weiter: "Die Erde wurde so leicht geteilt, wie ich diesen Stein entzweigeschnitten habe. Die Stadt, die zwischen den beiden lag, wurde zerstört. Es haben sich neue Kanäle gebildet und die Äcker wurden durch das herabregnende Blut und die vergossenen Tränen fruchtbar."

"Eine Tragödie", meinte Pan Chen. "Ich bin nicht dumm. Ihr versucht, mir zu sagen, dass die Gefahr überall lauert. Dass es nichts ausmacht, wie man sich entscheidet, weil man trotzdem in Gefahr ist."

"Oh, die Wahl macht durchaus etwas aus. Entscheidungen sind wichtig." Wu Ying prüfte die Schneide seiner Klinge und zog eine Grimasse, als er feststellte, dass die Klinge wieder stumpf geworden war und schleifte sie erneut. "Aber es ist ein Narrenspiel, sich um die Zukunft Sorgen zu machen. Die schwerwiegendsten Entscheidungen, die Ihr zu treffen habt, sind meist die, die man am wenigsten erwartet."

"Ich verstehe das nicht!", beklagte sich Pan Chen deutlich frustriert. "Ihr seid so schlecht wie mein Vater. Warum sagt Ihr mir nicht einfach, was Ihr versucht, mir zu erklären!"

"Das tue ich", antwortete Wu Ying. Dann seufzte er, als er sah, dass er noch frustrierter wurde. "Ihr fragt mich, wie ich mich und meine Zukunft ständig weiter gefährde. Aber aus meiner Sicht ist das nicht so. Das Risiko liegt in der Vergangenheit. Mögliche künftige Risiken ergeben sich vielleicht nie. Ich existiere dazwischen. Und lebe das Leben, das ich leben möchte. Und wenn sich wieder Umstände ergeben, in denen mein Leben in Gefahr sein könnte ... dann soll es so sein. Ich werde meine Entscheidung dann treffen."

"Einfach existieren? Sich nicht um die Zukunft sorgen?", spottete Pan Chen. "Das wäre, als würde man etwas schneiden, ohne auf die Schneidrichtung zu achten."

"Aber wenn Ihr Euch durch Eure Formen bewegt, führt jede Bewegung zu einer nächsten und tausend anderen Bewegungen. Rückzug, Ansturm, Angriff, Verteidigung, Finte. Manche sind seltsam, manche sind beinahe unmöglich, abzuschließen. Jede Bewegung hat unzählige Möglichkeiten und Ihr würdet doch nie sagen, dass irgendeine einzelne Bewegung vollkommen unmöglich ist, oder?" Da Pan Chen zögerte, fuhr Wu Ying fort. "Die Möglichkeiten ergeben sich in dem Moment, in dem die Zeit kommt, da Ihr sie Wirklichkeit werden lassen müsst. Und erst, wenn ihr der Klinge Eures Gegners gegenübersteht, werdet Ihr eine Entscheidung fällen. Und zuschlagen.

Ohne zu zögern, mit vollem Einsatz. Auch eine Finte muss man vollständig umsetzen, sonst reicht sie nicht aus. Seid also wie die Form. Übt und trainiert, bis Ihr so geschmeidig und wandelbar wie der Wind seid, sodass Ihr Euch gut entscheiden könnt, wenn die Zeit kommt."

Stille legte sich eine Weile über das Lager, während Pan Chen über Wu Yings Worte nachdachte, und wurde nur von dem Geräusch des Wetzsteins, der über Stahl fuhr, durchbrochen. Als Wu Ying mit der Schneide der Klinge fertig war, schloss er seine Augen und meditierte, während Pan Shui ihre Kultivation beendete.

Er würde vielleicht später mit ihnen reden. Denn jetzt hatte etwas von dem, was er gesagt hatte – Gedanken und Konzepte, die er gekannt, aber erst jetzt in Worte gefasst hatte – eine Veränderung und eine Klarheit in ihm hervorgerufen. Er verfolgte die unstete Kerze der Erkenntnis bis tief in seinen Geist, meditierte, und suchte nach Erleuchtung.

***

Am nächsten Morgen reisten sie mit einer deutlich reduzierten Gruppe zum Ausgang der mystischen Dimension. Hilfe aus dem Dorf war in ihrem Lager eingetroffen, um die Extraktion der Ressourcen aus der Schlange abzuschließen, sodass das ursprüngliche Team – ohne den Elementarältesten der Erde – ins Dorf hatte zurückkehren können. Die Rückreise war schneller und bedeutend weniger gefährlich, da beide Kultivatoren der Kernformung ihre Auren in stiller Warnung für mögliche Raubtiere über die Umgebung erstreckten.

Ihre Rückkehr wurde mit einem enormen Festmahl gefeiert. Das Fleisch der Schlange der Aufkeimenden Seele wurde zu mehreren Gerichten verarbeitet, die von Eintöpfen bis hin zu Steaks reichten. Die Portionen wurden nur mit einem Mindestmaß an Vorsicht ausgegeben, obwohl Wu Ying mehrmals die Anwesenheit des himmlischen Chis bemerkte, das sich durch die Versammlung schlängelte, als Jünglinge dank der Chi-haltigen Nahrung aus spirituellem Fleisch durchbrachen.

Um den Appetit nicht zu verderben, wurden kleinere Wälle errichtet, die den Gestank von Kultivatoren der Körperreinigung, die ihre zweiten, dritten oder vierten Meridiane reinigten, abhielten. Große, hölzerne Wannen wurden hervorgeholt, etwas entfernt mit heißem Wasser befüllt und die glücklichen und neu gestärkten Kultivatoren wurden losgeschickt, um sich ausgiebiger zu säubern.

Inmitten all der Festlichkeiten und des Essens erklangen Gesänge, die von Flöten und Streichinstrumenten begleitet wurden, das Klingen von umgedrehten Töpfen und einfachen Handtrommeln. Pan Shui und Pan Yin waren die Glanzlichter dieser Kreise. Sie sangen, tanzten und gaben zur

Freude ihres Dorfes mit ihren sich anhäufenden Errungenschaften mit dem Speer an.

Wu Ying, als Ehrengast, saß neben dem Oberhaupt Pan und sprach bis spät in die Nacht mit dem Mann. Er wiederholte die Geschichte über ihren Kampf in verschiedenen Abständen mehrere Male und achtete jedes Mal darauf, die Dorfbewohner für ihren Mut und ihre Fähigkeiten zu loben, während er seine eigene Rolle herunterspielte. Neuigkeiten zu diesem Königreich und dem Königreich der Shen wurden ihm abwechselnd mitgeteilt.

"Die Rebellen haben sich in der Grafschaft Meitan erhoben und haben den Verwaltungskommandanten und seinen militärischen Berater getötet. Angeblich wurde der zuständige Armeemajor des Nächtens von seinem Stellvertreter erdolcht", erzählte das Oberhaupt Pan und schüttelte seinen Kopf. Sie haben sich aus dem Staub gemacht, bevor die Armee Verstärkung schicken konnte, und sind in der Wildnis verschwunden."

Das Oberhaupt Pan blickte sich automatisch leicht um und sprach dann weiter. "Sie konnten die Rädelsführer nicht finden, also haben sie die Anführer der Stadt, die dort geblieben sind, und den Unterrichter, der die Führung übernommen hatte, erhängt, um ein Exempel zu statuieren. Sie haben ihnen ihre Köpfe und Gliedmaßen abgehackt und sie an den Stadtmauern ausgehängt."

Wu Ying zuckte zusammen. Er benötigte den gewichtigen und wissenden Blick des Oberhauptes Pan nicht, um zu verstehen, wie schlecht diese Entscheidung gewesen war. Das mochte zwar jeden unmittelbaren Gedanken an eine Rebellion unterdrücken, aber es würde tiefen Groll unter der Bevölkerung hervorrufen, insbesondere unter denjenigen, die die Unschuldigen gekannt hatten.

"Überall schlechte Nachrichten. Offenbar gab es noch zwei weitere Versuche. Gescheiterte. Aber diese Gerüchte sind ..." Das Oberhaupt Pan suchte nach einem Wort. "Nun, unbekannter. Die Informationen dazu sind rar und widersprüchlich."

Wu Ying nickte verständnisvoll.

"Aber gute Neuigkeiten für Euch! Die Königreiche der Wei und Shen wollen sich scheinbar zusammensetzen und einen Waffenstillstand aushandeln. Nun, vermutlich verhandeln sie just in diesem Moment – denn die Verhandlungen sollten im Frühling beginnen. Wie ich höre, sollen ein Austausch von Prinzessinnen und einige weitere Vermählungen zwischen adeligen Häusern stattfinden."

"Das sind gute Vorzeichen." Wu Ying lächelte. Die einzigen Gewinner in einem Krieg waren die Waffenhändler und Krähen. "Aber werden die Sekten auch an den Verhandlungstischen anwesend sein?"

Das Oberhaupt konnte auf diese Frage hin nur mit den Schultern zucken. Sie erhielten zwar Nachrichten, aber es dauerte. Die Verhandlungen über die Verhandlung hatten sicherlich schon im Herbst des letzten Jahres begonnen, vielleicht auch erst im Winter, wenn es schnell vorangegangen war.

Trotzdem waren das gute Neuigkeiten. Ein Ende des Krieges bedeutete weniger verlorene Leben und mehr Zeit, um sich auf wichtigere Dinge zu konzentrieren, wie zum Beispiel der Aufstieg zur Unsterblichkeit.

Für einen Augenblick dachte Wu Ying an seine Freunde. An seine Schwester. Tou He, die Fee Yang, Liu Tsong, Li Yao, selbst Yin Xue und die anderen, die er auf dem Weg getroffen hatte. Er hoffte, dass es ihnen gut ging. Seinen Eltern auch, obwohl er sich weniger Sorgen machte, dass sie in einen Kampf verwickelt wurden.

Dann noch ein Ruf, ein anderes Lied, und Pan Shui stand vor ihm. Sie streckte eine Hand aus und lud ihn zu ihren Tänzen ein. Wu Ying entschloss sich, seine Gedanken beiseitezuschieben, und sich daran zu erfreuen, dass er nach einem weiteren knappen Kampf noch am Leben war. Er sollte sich freuen, dass er unter Menschen war, die ihn so sehr an sein eigenes Dorf erinnerten, obwohl sie auf ihre Weise stärker und eigenartiger waren.

Und die ganze Zeit über hinterließ der süße, scharfe, kalte Geruch des Himmels seine Spuren, berührte einige Glückliche und verband das Dorf miteinander.

***

Die Feuer waren erloschen und die Instrumente verstummt. Der letzte Musiker war eingeschlafen, zupfte immer noch auf seiner Guzheng[5] und war von einem amüsierten Wu Ying vom Feuer weggezogen worden, bevor er hineinfiel. Pan Shui, die neben Wu Ying saß, löschte das Feuer und ließ die Kohlen glühen und die schlafenden Dorfbewohner wärmen, die um das erlöschende Feuer lagen.

Nach einem letzten Blick umher, um sicherzustellen, dass keines der Kinder – zu jung und zu verletzlich, als dass man sie draußen in der beißenden Kälte schlafen lassen konnte – mehr anwesend war, sah sie Wu Ying nachdenklich an. Dann funkelten ihre Augen neckisch und sie deutete ihm an, ihr zu folgen.

Wu Ying hob eine Augenbraue, lief aber hinter der Frau her, die den Kreis um das Feuer schnell verließ. Sie gingen durch schlummernde Menschen und Tische, die draußen für das Fest aufgestellt worden waren, und auf die Häuser zu, die die Hügelhänge sprenkelten, an denen das Dorf lag. Als er versuchte, etwas zu sagen, hob Pan Shui mit leuchtenden Augen einen Finger an ihre Lippen.

Nachdem sie durch kleine Gassen und hinter Gebäude gegangen waren, während die dahinziehenden Geräusche von schlafenden Tieren und denjenigen, die das Tier mit zwei Rücken machten, ihren stummen Ausflug begleiteten, hielten sie vor einer Hütte an. Das Gebäude ähnelte so vielen anderen Gebäuden im Dorf und war für Gäste und diejenigen, die Alleinstehend waren, aber etwas Privatsphäre benötigten, gebaut worden. Sie waren nicht mit den Hauptheimen der Familien verbunden, sondern befanden sich für die Unabhängigen oder diejenigen, die nach einer solchen Unabhängigkeit suchten, etwas abseits.

Pan Shui hielt vor der Tür an und lächelte in Wu Yings Richtung.

Er schaute auf das Gebäude, dann auf sie, und schüttelte seinen Kopf. "Kultivatorin Pan, ich schätze dich sehr –"

"Oh Götter! Nein!" Pan Shui erschauderte sichtlich. "Das wäre als ... schliefe ich mit meinem Dritten Onkel." Wieder ein theatralisches

---

[5] Chinesische Zither – wenn man sie waagerecht hinlegt, ist sie etwa 1,63 m lang und hat zwischen 21 und 26 Saiten, die vom Spieler gezupft werden. Sie wird oft von Frauen gespielt, aber nicht ausschließlich.

Schaudern. Dann beruhigte sie schnell ihre Nerven wieder und klopfte an der Tür, bevor sie davonhüpfte.

Ihre Handlung verwirrte Wu Ying und er starrte der schnell verschwindenden Gestalt hinterher. Die Frau benutzte sogar eine Bewegungsfähigkeit. Bis er seine Überraschung abgeschüttelt hatte, war Pan Shui zu weit weg, als dass er hinterherrufen konnte, ohne andere zu wecken – jedenfalls nicht, solange er keine Kommunikationsfähigkeiten benutzte.

Wichtiger war, dass sich die Tür, an der sie geklopft hatte, geöffnet hatte, und Pan Yin nach draußen blickte und sprach, bevor sich die Tür vollständig geöffnet hatte. "Ah Shui, ich schwöre, wenn das einer deiner Streiche ist ... Kultivator Long!"

"Kultivatorin Pan." Wu Ying verbeugte sich automatisch. Als er seine Begrüßung vollendet hatte und wieder aufrichtete, konnte er nicht verhindern, dass sein Blick über ihren Körper streifte, der in dünne Schlafroben gekleidet war und von der Seelenlampe in ihrer Hütte in Licht getaucht wurde. "Ich entschuldige mich. Ich wusste nicht, dass du, dass dies hier ..." Er zeigte in die Richtung, in der Pan Shui verschwunden war.

"Also war es wirklich ihre Stimme, die ich gehört habe. Ich habe mich nicht geirrt", stellte Pan Yin mit zusammengekniffenen Augen fest. "Dieses verdammte Teufelchen."

"Ich überlasse dich deinem Schlaf ...", sagte Wu Ying und trat zurück. "Entschuldige die Störung."

"Es ist in Ordnung", meinte Pan Yin. "Keine große Sache." Sie lächelte leicht und lehnte sich gegen die Tür, während sie zusah, wie sich Wu Ying zurückzog.

"Einen schönen Abend. Erneut", verabschiedete Wu Ying sich.

"Nun, Kultivator Long, wo du schon einmal hier bist ...", warf Pan Yin ein und öffnete demonstrativ die Tür.

"Kultivatorin Pan ..." Wu Ying hielt inne und zögerte. Sein Blick huschte über ihren Körper, der so hervorgehoben wurde, bevor er ihn wieder auf ihr Gesicht zwang. "Das ist nicht ..."

"Politisch. Keineswegs. Ich weiß, dass du gehen wirst. Genau wie mein Vater es weiß", schloss Pan Yin. "Mit diesem Wissen und da ich nichts ..."

"Angemessenes verlange", hob Wu Ying hervor.

"In deinem Königreich vielleicht." Sie lächelte. "Aber du bist nicht dort. Du bist hier. Ein Kernkultivator mit den Winden und einem spirituellen Sinn. Du hättest wissen können, wohin du gehst, wenn du es nur gewollt hättest. Aber das hast du nicht. Oder du behauptest jedenfalls, dass es so ist." Als er versuchte, auf seiner Unschuld zu beharren, schüttelte sie ihren Kopf. "Das ist unwichtig. Du bist hier. Und ich bin willig." Sie nahm einen tieferen Atemzug und ihr Körper drückte gegen den dünnen Seidenstoff. "Ich werde nicht noch einmal fragen."

Wu Ying zögerte noch einen Augenblick. Es gab viele Gründe, es nicht zu tun. Mitternächtliche Verausgabungen – selbst in solch liberalen Klans wie dem der Zhuang – waren immer mit dem Politischen und Persönlichen verworren. Er war deutlich stärker als Pan Yin, wodurch sich eine weitere Sorge ergab. Und natürlich verhinderte die Tatsache, dass er einen Ort immer verließ, dass solche Liebeleien je zu etwas Ernstes wurden.

Unzählige Gründe, ihr eine Abfuhr zu erteilen. Aber nach alledem war er immer noch ein Mann.

Er trat vor, überschritt die Türschwelle, griff nach ihrer Taille und gab ihr einen leidenschaftlichen Kuss. Er schob sie wieder nach drinnen, schloss die Tür mit einem Tritt und ließ die größeren Sorgen hinter sich. Jedenfalls für diese Nacht.

***

Die Betroffenen sprachen nie wieder von dieser Nacht. Es war nur ein Abend voller Leidenschaft und Energie, bevor sich die beiden wieder voneinander entfernten. Doch als wäre der Abend ein Vorreiter, konnte Wu Ying spüren, dass sich seine Zeit mit dem Zhuang-Klan zu Ende neigte. Die Pflanzsaison des Frühlings war beinahe vorbei und was er durch das Dorf lernen konnte, war fast erschöpft.

Pan Chen, der gezwungen war, sich langsam zu erholen, konnte nicht mehr mit ihm trainieren. Wu Ying bewegte sich in der Trainingsarena durch seine Formen und fand eine Geschmeidigkeit und Vollständigkeit in den Bewegungen, die ihm zuvor gefehlt hatte.

Wenn die Erleuchtung kam, erschien sie nicht mit einem donnernden Schrei oder dem Aufprall von himmlischem Chi, sondern mit der sanften Brechung der Kraft und der Herauskristallisierung von stundenlanger Übung. Er musste nicht anhalten, er musste nicht weiter darüber nachdenken, denn diese Arbeit hatte er bereits erledigt. Und nun sang das Schwert in seiner Hand, während er seine wahre Stimme und sein Begehren hörte.

Ein Schwert war eine Waffe, ein Tötungsinstrument. Eine Waffe des Krieges und des Kampfes und des Todes. Es war nie entworfen worden, um wie eine Axt ein Werkzeug zu sein, und diente nicht der Jagd, um eine Familie zu ernähren. Es war eine Waffe, um Bestien und andere Menschen zu töten.

Er hatte das gewusst und hatte den Teil, was ein Schwert war, verstanden. Für Wu Ying war es ein Werkzeug und eine Waffe gewesen, immer. Was er übersehen hatte, was ihm offenbart worden war, war, dass ein Schwert nicht nur aus seinem letzten Zweck bestand.

Ein Schwert wurde von einem Schmied gefertigt. Manchmal müßig, manchmal wütend, aber im Falle der Waffen, die er bei sich führte, oftmals mit großer Sorgfalt, Liebe und Präzision. Ein Schwert war nicht nur ein Werkzeug. Es konnte ein Kunststück sein. Es konnte genutzt werden, um durch den Tanz, an einer Wand oder in den Formen, durch die er sich bewegte, Schönheit zu schaffen.

Es konnte töten, aber es konnte auch danach streben, mehr als das zu sein. Eine Waffe konnte Leben nehmen, aber in den richtigen Händen konnte sie diese auch retten.

Wu Ying fand in der Bewegung seiner Klinge das Herz des Schwertes und brach endlich durch. Eine Reise, die er vor so langer Zeit angetreten hatte, und vielleicht war dies nun die letzte Stufe.

Kapitel 11

Trotz all seiner Vorbereitungen kam seinem geplanten Aufbruch der Fluss des Lebens und der Politik zuvor. Das Oberhaupt Pan traf Wu Ying bei der Arbeit auf den Feldern an, wo er den Reisanbau abschloss, den das Dorf benötigte. Sie hatten keine weitläufigen Felder, nicht wie sein Dorf. Die Teeblätter, die die Hügel bedeckten, nahmen das meiste ihrer Zeit ein, aber trotzdem konnte kein Dorf ohne Reis überleben.

Wu Ying dehnte seinen Rücken und spürte den Fluss des Windes über seinem Körper. Er lächelte dem Oberhaupt entgegen, als dieses näherkam. Dann verflog sein Lächeln, als er das Auftreten des anderen Mannes sah. Wu Ying verlagerte seinen Stand, sprang leichtfüßig auf den Erddeich, der das tiefer liegende, überschwemmte Feld umgab, und ging auf den Mann zu, um ihn zu begrüßen und sich höflich zu verbeugen.

"Ihr seid – wart – wirklich ein Reisbauer", merkte Pan Hai, der hinter dem Oberhaupt folgte, an.

"So ist es", bestätigte Wu Ying. "Aber ich fürchte, ihr seid nicht hier, um darüber zu sprechen."

"Nein", antwortete das Oberhaupt Pan, dessen Blick schwer und bedauernd war. "Ihr müsst gehen. Jetzt."

"Ärger?", fragte Wu Ying, dessen Hand an seine Seite fiel, wo sein Schwert normalerweise sein würde. Da dort nichts war, drehte und öffnete er seine Hand. Der Wind folgte seinen Befehlen und beschwor das Schwert in seine Hand.

"Nicht die Art, die mit einem Schwert gelöst werden kann", antwortete das Oberhaupt Pan. "Die Regierung hat einen Repräsentanten geschickt, um die Ereignisse auf dem Turnier zu besprechen. Es wäre ... einfacher ... wenn Ihr nicht hier wärt, um mit ihm zu reden. Es wäre besser, wenn Ihr überhaupt nicht hier wärt."

Wu Ying hob eine Augenbraue auf diese offensichtliche Lüge, nickte aber. "So soll es sein."

Er dehnte seine Aura und drückte sie von seiner Haut aus nach außen. Das war der neueste Trick, den er erlernt hatte, und als er das tat, bewegte sich der Schlamm, der sich an seine Beine und Hosen klammerte, und fiel zu Boden. Das entfernte weder das Wasser, das sich in seine Hosen gesogen hatte, noch die Erde, die in seine Schuhe gepresst worden war, aber zumindest hielt das seine Haut überwiegend sauber.

"Vielen Dank", murmelte das Oberhaupt Pan und verbeugte sich vor Wu Ying. "Ich bedauere die Umstände unseres Abschieds. Ich hatte gehofft ..."

Wu Ying schüttelte seinen Kopf und unterbrach das Oberhaupt. "Mit der Gastfreundschaft, die ihr mir entgegengebracht habt, und der Gesellschaft, die ich genossen habe, habt ihr mir mehr als nötig gegeben."

Nachdem er sich ein letztes Mal vor dem Mann verbeugt hatte und Pan Hai kurze Abschiedsworte zugeflüstert hatte, drückte sich Wu Ying vom Boden ab und flitzte schnell durch die Luft. Er entschloss, sich nicht zu weit zu erheben, bewegte sich aber viel schneller, weil er sich in einer direkten Linie zum Dorf und seinem vorübergehenden Wohnsitz bewegte.

Es würde kein Gespräch darüber geben, wo er hingehen würde. Derlei Fragen waren gefährlich – sowohl für das Oberhaupt, das gezwungen werden könnte, zu lügen und dabei erwischt werden konnte, als auch für Wu Ying, wenn sie beschlossen, ihn zu verfolgen.

Es war eine Kleinigkeit, zu packen, weil er nur ein paar Schriftrollen und seine Handbücher, einige Kleidungsstücke und eine Handvoll Schwerter hatte, die er in seinen Seelenringen verstaute. Er begutachtete seine temporäre Residenz und suchte überall nach Dingen, die er vergessen haben könnte. Man hatte ihm einige Erinnerungsstücke angeboten, aber diese hatte er bereits eingepackt – die kleinen, einfachen Dinge, die die Wertschätzung einer Person stärker prägten als die Tiefe ihres Geldsäckels. Eine Holzschnitzerei eines Pferdes von einem Kind, eine Girlande, ein detailliertes Familienrezept für geschmorten Schweinebauch mit Sojasauce.

Er blickte ein letztes Mal in dem Wissen, dass er ihn nie wieder sehen würde, in den Raum. Er nahm seinen Rucksack, den er für die Aufbewahrung von spirituellen Kräutern und anderen, weltlichen Gegenständen verwendete, schwang ihn sich über den Rücken und verlagerte das Gewicht mit einem einfachen Schulterzucken. Er könnte ihn in seinem Ring der Aufbewahrung mitnehmen, aber er sah dazu keinen Grund. Nicht im Moment.

Da er nun fertig war, ging er nach draußen, bereit, das Dorf zu verlassen. Nur, um von einer Schar Jugendlicher aufgehalten zu werden, die mit verschränkten Armen vor ihm standen.

"Versuchst du, zu gehen, ohne Lebewohl zu sagen?", fragte Pan Shui und sah dabei gekränkt aus. "Wer hat dir solche Manieren beigebracht?"

"Meine Eltern. Aber sie würden dir mit Freuden sagen, dass ich ihnen mit derlei Dingen sowieso ständig Schande bringe", antwortete Wu Ying mit einem Lächeln. "Aber es tut gut, euch alle zu sehen."

"Vater hat uns Bescheid gegeben", erklärte Pan Yin und verbeugte sich vor Wu Ying. "Wir wollten uns von dir verabschieden. Wir werden ebenfalls bald in das mystische Reich aufbrechen."

"Oh?"

"Ich bin unliebsam", flüsterte Pan Shui niedergeschlagen. "Ich habe mit meinem Sieg zu viel Aufruhr verursacht. Jetzt wollen sie sicher mit mir reden."

"Und ich muss ihr folgen." Pan Mu schnaubte.

Pan Yin beruhigte ihre Schwestern mit düsterem Blick. "Wenn es angemessen ist ..."

"Angemessen?", fragte Wu Ying, durch den eine zitternde Vorahnung fuhr.

"Sie will deine Erlaubnis, um zu sagen, dass wir mit dir gehen", erklärte Pan Shui und zeigte auf sich und Liu Ping. "Wenn sie fragen."

"Aber das werdet ihr nicht", sagte Wu Ying mit der Spur einer Frage am Ende des Satzes.

"Nein", bestätigte Liu Ping zwiegespalten. Sie blickte ihn unter ihren Wimpern hinweg an und stieß nach einer Weile ein kurzes Knurren aus. "Immerhin wirst du nicht die Hauptstraßen nehmen. Wo du hingehst ... das ist kein Ort für den Rest von uns, oder?"

Wu Ying zögerte, weil er wusste, dass sie damit indirekt fragte, ob sie sich ihm anschließen konnte. Er wollte ihre Bitte instinktiv ablehnen. Aber bevor er etwas sagte, wollte er seine Reaktion und seine Gründe dafür überdenken.

Mochte er Liu Ping nicht? Nein. Sie war etwas waghalsig und durch ihre frisch erweckte Blutlinie vielleicht ein bisschen gefährlich. Sie trauerte immer noch um ihren Bruder, obwohl die langen Monate der Genesung und des Trainings ihre Trauer gelindert hatten.

Sie war eher eine gute Freundin. Verlässlich in einem Kampf. Sie könnte womöglich nützlich sein ...

Aber sie hatte nicht unrecht. Wo er hinging, wo er vorhatte, hinzureisen, wäre es eine Belastung, jemanden mitzunehmen, der nicht einmal auf der Stufe der Kernformung war. Außerdem war ihre Aurakontrolle nicht einmal für normale Regionen ausreichend, durch die er reiste: Die Grenzen der abgrundtiefen Wildnis.

Jemand anderen mit sich zu nehmen ...

"Es würde euren Tod bedeuten. Und meinen ebenso", sagte Wu Ying und drückte seine Gedanken in Worten aus.

"Das habe ich mir gedacht." Liu Ping verbeugte sich vor Wu Ying. "Danke. Dass du mich gerettet hast. Dass du mich zu einem neuen Ort geleitet hast. Und dass du mir einen höheren Pfad aufgezeigt hast."

"Du wirst versuchen, aufzusteigen?", fragte Wu Ying überrascht.

"Das werde ich." Liu Ping zuckte mit ihren breiten Schultern. "Er wird eines Tages wiedergeboren werden. Und vielleicht kann ich ihn retten, wenn ich dann stärker bin."

Es gab keinen Grund, zu fragen, wen sie damit meinte. Die Gruppe verstummte und erinnerte sich gemeinsam an ihn, bis Pan Chen, der bis jetzt geduldig gewesen war, vortrat. Das Kind blickte zu Wu Ying auf und bot ihm eine Schriftrolle in seinen Händen dar.

Wu Ying nahm sie mit beiden Händen entgegen und verbeugte sich vor dem Jungen, während Pan Chen sagte: "Ich habe einige Gedanken aufgeschrieben. Zu Eurem Angriff. Den Ihr gegen die Schlange eingesetzt habt." Er zögerte und errötete leicht. "Es tut mir leid, dass es so lange gedauert hat. Ich hatte ... nun, es hat eine Weile gedauert, bis ich mich richtig an alles erinnert habe."

"Mir war nicht klar, dass Ihr überhaupt bei Bewusstsein wart", gab Wu Ying zu.

Pan Chen zuckte peinlich berührt mit den Schultern und trat zurück. Dann sprang er ebenso plötzlich nach vorn und schloss Wu Ying in die Arme, während er sein Gesicht in seinen Roben vergrub. Seine Worte, die er in den Stoff murmelte, waren gedämpft und voller Gefühle. "Kommt wieder, Dage[6], versprochen? Die anderen sind alle miserabel mit der Klinge."

Wu Ying blinzelte und erwiderte dann die Umarmung. Der Tonfall des Kindes und die Art, wie er Wu Ying fest umklammert hielt, lösten Erinnerungen an seine eigene Kindheit aus. Eine Zeit, in der er sich ebenfalls ein wenig allein gefühlt hatte, weil die Stunden, die er hatte mit Spielen verbringen wollen, vom Schwert vereinnahmt worden waren. Er war etwas einsam gewesen, so ganz ohne Bruder oder Schwester, ohne einen Freund, der ihn verstanden hatte. Und er hatte wenigstens ein bisschen Zeit gehabt, um mit anderen zu spielen.

Wie viel schlimmer musste es für Pan Chen sein, der keine Gefährten in seinem Alter hatte? Dessen Freude sich in einer Kunst zeigte, die keiner der anderen nachvollziehen konnte? Selbst Wu Ying konnte kaum die Höhen begreifen, auf die dieses Kind aufsteigen würde. Er fühlte mit ihm, da ihm das klar wurde.

Also sagte Wu Ying, um ihm das Fünkchen Zuversicht zu geben, das er konnte: "Eines Tages. Versprochen. Es wird womöglich viele Jahre dauern …" Die Winde kitzelten sein Gesicht und flüsterten Versprechen über ferne Lande und weitere Abenteuer. "Aber ich werde zurückkehren. Eines Tages." Jetzt funkelten seine Augen. "Und dann habt Ihr besser Eure Kultivation verbessert. Ansonsten wird es keine Herausforderung für mich sein, Euch zu schlagen."

"Ihr wisst, dass die Kompetenz die Stärke immer besiegen wird, richtig, Ranghöherer?", fragte Pan Chen und löste sich aus der Umarmung.

Wu Ying ließ ihn los und belächelte seinen neckischen Tonfall. "Das wird sich zeigen."

"Haben wir eine Übereinkunft?", fragte Pan Yin und meldete sich damit wieder zu Wort.

"Euer Vater hat nie etwas davon erwähnt", merkte Wu Ying an.

"Er hätte niemals gefragt. Das wäre eine zu große Zumutung für ihn", meinte Pan Yin.

---

[6] Pan Chen nennt Wu Ying hier 'Dage' oder auch 'älterer Bruder', nicht, weil er tatsächlich sein älterer Bruder ist, sondern weil er ihn als Teil seiner Familie akzeptiert hat. Es deutet auf die Verbundenheit zwischen den beiden hin.

Jetzt verstand Wu Ying. Das war politischer und machte es ihm leichter, Pan Yin abzuweisen. Doch als er die Frau beäugte, fragte er sich, ob dieser Plan nicht vollständig von ihr und ohne das Wissen ihres Vaters ausging, um das Dorf zu beschützen. Pan Yin hatte ein ums andere Mal das Dorf vor ihre eigenen Bedürfnisse gestellt. Ein Dorf, das sich bereits entschlossen hatte, sie zu umgehen. Alles wegen ihres mangelnden Erfolgs in der Kultivation.

Was für eine dumme Welt, in der Weisheit und Pflicht für die Stärke weggeworfen wurden.

"Ich wünsche dir alles Gute, Kultivatorin Pan. Mit deinem Aufstieg und allem, was du dir wünschst", antwortete Wu Ying. Als sie die Stirn runzelte, machte er eine sanfte Geste. "Wenn du es als nötig empfindest, dann tu es. Ich bezweifle, dass es mich arg belasten wird."

"Danke noch einmal, Meister Long. Wir – ich – stehe in deiner Schuld", sagte Pan Yin.

"Es gibt keine Schuld unter Freunden."

"Und das sind wir, Freunde?", fragte sie.

Noch ehe Wu Ying antworten konnte, stürzte sich Pan Shui dazwischen und fügte hinzu: "Oder mehr als Freunde?"

Pan Shui grinste zweideutig und jaulte, als Pan Mu ihre jüngere Schwester schnappte und sie an der Haut neben ihrer Taille nach hinten zog. Pan Chen, der den ganzen Zwischenfall beobachtete, wirkte einfach nur verwirrt.

Liu Ping andererseits flüsterte: "Zu spät, hm? Ich hätte ihn markieren sollen ..."

Wu Ying warf Liu Ping einen bösen Blick zu. Er war kein Stück Fleisch, das man herumreichen konnte. Oder ein Baum, an dem man hochklettern konnte. Aber bevor er darauf reagieren konnte, erschien Pan Hai und wirkte verstimmt.

"Ältester Pan?" Wu Ying drehte sich zu ihm.

"Wie ich sehe ... seid Ihr noch hier."

"Ich entschuldige mich. Ich habe mich gerade verabschiedet."

"Nicht nötig. Aber der Gesandte wird in weniger als einer Stunde hier sein. Und es wird einige Zeit brauchen, um die Präsenz Eures Chis aus der Umgebung zu entfernen", führte der Älteste Pan an.

"Nochmals danke, Meister Long", wiederholte Pan Yin und verbeugte sich tief.

Diesmal folgte keine Unterbrechung, während die anderen es ihr nachmachten.

Wu Ying verbeugte sich ebenfalls, nickte dem Ältesten Pan zum Abschied zu, drehte sich um und ging schnell. Da er wusste, dass sie ihn loswerden wollten, aktivierte er die Zwölf Orkane und nutzte diese Bewegungstechnik, um das Dorf zu verlassen und einen Hügel hinaufzugehen.

Der Wind heulte im Süden und Osten und nahm ihn mit sich, als er nach Norden und Westen weiterzog. Und ließ Freunde und Erinnerungen zurück. Und obwohl er die Trennung bedauerte, lebte ein Teil von ihm bei dem Gedanken, neue Länder, neue Horizonte und neue Menschen zu sehen, auf.

***

Ein Tag und ein Dutzend Li zogen an ihm vorbei, während er durch Hügellandschaften und sprießende Wälder reiste und tiefer dort hineinging, indem er auf den Zwölf Orkanen tanzte. Er bewegte sich schneller denn je, war aber dennoch auf der Hut, sein Chi nicht zu überstrapazieren. Er würde auf der Reise zum ersten Mal die Gelegenheit haben, das volle Ausmaß seines Kerns zu erproben, ohne von anderen gehindert zu werden. Er würde es langsam angehen lassen, wie es sich gehörte.

Die Anzeichen der Zivilisation ließen nach, weil ehemalige bestellte und bebaute Ländereien verlassen worden waren und sich die Zivilisation zurückgezogen hatte. Er kam an den Ruinen eines Dorfes vorbei, das einen Tagesritt vom Klan der Zhuang entfernt lag. Vielleicht ein Zweigdorf, vielleicht auch nur ein konkurrierendes Dorf. Das war egal, denn durch den jahrzehntelangen Verfall waren Häuser und Wände eingestürzt und die Straßen überwuchert.

Spuren von Bestien, die riesig und voller Chi waren, zeugten von umherziehenden Dämonengeistern. Dann hielt er an, begutachtete die Größe und Breite und bemerkte die unterschiedliche Anzahl – eine Rotte von dämonischen Ebern konnte gefährlich sein. Er zog in Erwägung, sie wegen ihrer Kerne und zur Sicherheit des Dorfes zu jagen. Und zur Übung.

Wu Ying nahm einen tiefen Atemzug und stupste die Überreste mit einem Finger an. Er berührte seine Ringe, die recht leer waren, weil er inzwischen seit Monaten nicht mehr richtig dem Sammeln nachgegangen war. Das Bisschen, was er im mystischen Reich angesammelt hatte, waren abweichende Arten von den spirituellen Kräutern, die es normalerweise hier draußen gab. Und obwohl sein Seelenring der Welt unaufhaltsam wuchs, war es besser, die meisten dieser Kräuter reifen zu lassen.

Und außerdem ... erinnerte er sich an die allererste Dämonenbestie, gegen die er gekämpft hatte. Er erinnerte sich an den Kampf, die Gefahr, die Angst. Er dachte einen Moment darüber nach, dann entschloss er, sich in Bewegung zu setzen.

Es war leicht, die Spur zu finden, und noch einfacher, ihr zu folgen. Dämoneneber waren nicht gerade unauffällige Kreaturen. Sie hinterließen ihren Kot und wühlten die Erde um, wenn irgendein Busch oder Kraut ihre Aufmerksamkeit erregte. Oder sie entdeckten manchmal eine glücklose Kreatur, die sie zerfetzten und größtenteils aufaßen. Blutspritzer, Unrat und harte Hörner oder Hufe waren die einzigen Anzeichen auf die Eber.

Nach einer zweistündigen Reise, während der er durch die weite Graslandschaft und Gebüsch huschte, fand er sie. Der Wind warnte ihn schon lange vor, bevor er seine Beute erblickte, und mit einer einfachen Ausdehnung seines Kerns und der Herbeilockung der Winde flog er in den Himmel.

Die Rotte war recht groß. Zwei Drittel davon waren ausgewachsene Tiere, während die Ferkel, die jeweils die Größe eines normalen Ebers hatten, zwischen ihnen umherrannten. Die Dämonenwildschweine hatten je die Größe und Breite des Hauses eines gewöhnlichen Bürgers und die gesamte Gruppe war eine Katastrophe auf vier Beinen. Das größte dämonische Wildschwein strahlte die Stärke einer Kreatur auf der Spitze der Energiespeicherung aus, die an der Schwelle war, zur Kernformung durchzubrechen.

Obwohl Wu Yings Präsenz verborgen war, er seine Aura zurückgezogen hatte und die Winde seinen Geruch von ihnen fernhielten, bemerkte der Anführer der Wildschweine ihn. Er drehte seinen massiven Kopf und seine Stoßzähne leuchteten in einem dunklen, gelb-grünen und bösartigen Licht, das Wu Ying die Haare zu Berge stehen ließ.

"Also, wie hast du mich erspürt?", fragte sich Wu Ying laut.

Sein Gegner gab ihm keine Antwort, stattdessen stieß er ein triumphierendes und herausforderndes Grunzen aus. Er stellte sich leicht auf die Hinterbeine und atmete mit einem lauten Schnauben aus. Giftige Gase traten aus seinem Maul. Die Farbe des Giftgases war dieselbe wie die seines Horns. Sowie er auf den Boden aufstieß, wurde das Grün um seine Hufe kränklich und starb ab und nur die anderen Mitglieder seiner Rotte schienen davon nicht beeinträchtigt zu werden.

"Ein wahrhaftiger Dämon." Wu Ying fuchtelte mit seiner Hand und ließ Energie in die Winde um ihn herum fließen. Sie wirbelten um die Rotte herum und hielten die Bestien und ausgestoßenen Dämpfe in Schach. Damit wäre sicher, dass ihr Kampf nicht nach außen drang.

Als nächstes zog er sein Heiligen-Jian. Wu Ying war zwar stark, aber er besaß nicht die Stärke, um die Monster nur mit seiner Kontrolle über die Winde zu töten. Nicht, ohne zu viel seines Chis zu verschwenden, sodass er zu müde und verletzlich wäre, um sich anderen möglichen Gefahren zu stellen.

In der Wildnis waren solche Handlungen extrem töricht.

Und ohnehin hatte er eine neue Klinge und ein neues Verständnis für die Waffe. Es war an der Zeit, sie auf die Probe zu stellen. Zunächst beschwor er mehrere Male ein Schwertlicht und schlug nach der Luft, um Klingenintention auf die dämonischen Tiere zu werfen. Die ersten paar Schläge zielten auf das größte Monster, wurden aber von den Stoßzähnen der Kreatur abgewehrt. Sie zersplitterten und brachen auseinander, ohne der mächtigen Kreatur Schaden zuzufügen.

Andererseits waren Wu Yings Angriffe bei den jüngeren Mitgliedern der Rotte effektiver. Die Ferkel wurden auseinandergetrieben und die jüngsten und schwächsten Mitglieder wurden entweder getötet oder schwer verwundet.

Eine Gruppe von älteren Dämonenwildschweinen, die sich nicht damit zufriedengaben, übergangen zu werden, rotteten sich zusammen und bildeten einen tödlichen Ausstoß von Chi, der direkt auf Wu Ying zuflog. Er spürte ein geringes Level an Gefahr, schwang sein Schwert, projizierte Schwertintention und Tötungsabsicht und leitete die Stärke seiner Kultivation in den Angriff um.

Die sich formende Energie bestand aus einem Bogen weißen Lichts mit flimmernden, sich verändernden Kanten aus Wind-Chi an den Rändern des Angriffs. Sie schlug auf den Strahl aus dämonisch gelbem Licht ein und bohrte sich ohne groß zu zögern durch die Mitte, bevor sie die Energie zerteilte und sich weiterbewegte, bis sie auf den gesammelten Knotenpunkt der Energie und die Wildschweine, die sie erschufen, traf.

Die Gruppe trottete zurück, da der Rückschlag der Energie sie verletzte und Schmerzen verursachte.

In der Zwischenzeit knickte der anführende Eber seine kurzen Beine ein und schoss vorwärts, nachdem er gesehen hatte, dass die Versuche seiner Brüder Wu Ying nicht viel anhaben konnten und sein eigener, erster Angriff eingedämmt worden war. Gelb-grüne Energie wirbelte um seinen Körper, während er durch die Luft flog und direkt auf Wu Ying zielte.

"Oh, das ist eine Überraschung. Du kannst fliegen", flüsterte Wu Ying. "Oder ist das ein Sprung?"

Trotzdem war er nicht besorgt. Der Angriff war gefährlicher als der vorherige Chi-Strahl, aber er reichte nicht aus, um ihn zu beunruhigen. Anstatt dem ungeschickten, sprunghaften Schlag auszuweichen, entschloss er, sich dem Eber frontal zu stellen, rief den Wind für seinen Angriff herbei und warf sich mit ausgestrecktem Schwert nach vorn.

Der Eber drehte in letzter Sekunde seinen Kopf, um zu versuchen, seine natürlichen Waffen vor Wu Yings Schwert zu halten. Die zwei setzten ihre Energie frei und das Chi strömte vor und zurück. Aber im Gegensatz zu Wu Ying, der von den Winden und seinen Chi-Techniken in der Luft gehalten wurde, hatte der Eber keine Mittel, um sich dem Ruf der Erde zu widersetzen.

Sein Schwung erlosch und die Schwerkraft rief nach dem Eber, der fiel und vor Wu Ying verschwand, während der Kultivator eine weitere Woge aus Energie freisetzte. Der Klingenschlag wurde von einem Stoßzahn abgeblockt und das belagerte Horn bekam Risse, brach ab und fiel nach unten, während der Eber zu seinen Brüdern umgeleitet wurde.

Der Sturz hallte durch die Hügel, zerquetschte und verletzte andere und sterbende Wildschweine quiekten, als sich der anführende Eber mehrmals überschlug. Obwohl der Angriff die Bestie erschreckt hatte, schaffte sie es, sich selbst nach oben zu drücken. Dort, wo die Stoßzähne seiner eigenen Rotte seinen Körper gestreift hatten, zeigten sich lange Schnittwunden.

Wu Ying, der hoch oben war, hatte seinen Flug stabilisiert, sein Schwert in die andere Hand genommen und schüttelte seinen Arm aus. "Stark, aber nicht so stark. Ich brauche mindestens ein oder zwei weitere Schichten auf meinem Kern, bevor ich mir einfach meinen Weg hindurchzwingen kann."

Er kicherte vor sich hin, während die Wildschweine ihren Ärger mit Grunzen und Knurren kundtaten. Er wich beiläufig einigen Schlägen und Erdklumpen aus, als die Wildschweine versuchten, ihn im Himmel zu erwischen.

"Ich höre am besten damit auf, so zu tun, als wäre ich metall- oder erdaffin", murmelte er und nahm sein Schwert wieder in die richtige Hand. Dennoch hatte er seine Stärke und Intention geprüft. Was übrig war, waren ... "Formen."

Wu Ying schoss nach unten und bewegte sich schneller denn je. Er zog an den kleineren Wildschweinen vorbei und ignorierte sie, als er auf die größte Bestie einschlug. Er tanzte durch die Luft und wich den Angriffen um Zentimeter aus, während sich seine Klinge in das Monster grub und seine Waffe durch Schwertlicht verlängert wurde, um durch die dicke Außenschicht ihrer Haut zu schneiden.

Giftiges, gelb-grünes Gas brodelte aus dem Maul des Monsters, aber Wu Ying hatte ständig eine Blase aus frischer Luft um sich und raubte dem Monster seine größte Waffe. Nach kurzer Zeit ließ er das verletzte und sterbende Alphatier mit seinen – sprichwörtlichen – letzten Atemzügen allein und landete inmitten der übrigen Rotte.

Er hob sein Schwert an seine Stirn und machte eine Geste zu den Monstern. "Kommt."

Die dämonischen Bestien stürmten auf ihn zu, als hätten sie ihn verstanden. Wu Ying, der sich in ihrer Mitte bewegte, eilte durch seine

Formen und weitete seine Klingen- und Schwertintention aus, während er gegen sie kämpfte. Er beschränkte sich auf die ersten drei Formen und gab sich damit zufrieden, den Unterschied zu spüren, den das Herz des Schwertes mit sich brachte.

In seiner äußeren Erscheinung war dieser Unterschied gering. Solche Verbesserungen waren immer schmächtig. Aber die knappe Schärfung seiner Tötungsabsicht war mehr als ausreichend, um sein Schwert in eine Rasierklinge zu verwandeln, die selbst durch die dickste Haut schnitt. Einem Schlag um Millimeter auszuweichen, hieß immer noch, dass man diesem Schlag ausgewichen war, aber die Bahn eines Angriffs um Zentimeter zu seiner Ausgangsbahn zu verändern, bedeutete, dass er um Dezimeter abgewichen war, wenn er einen Rumpf erreichte.

Positionierung, Stärke, Schärfe, Hebelwirkung. Alles hatte sich um einen geringen Grad verbessert. In einem Kampf, in dem Zentimeter über Tod und Verletzung entschieden, griffen die Veränderungen atemberaubend tief. Und darüber hinaus wusste Wu Ying jetzt instinktiv, welche Form er benutzen sollte, was ihm am meisten in dem wirbelnden Staub und dem Getümmel helfen würde.

Er zog den Kampf nicht unnötig in die Länge. Er schlug zu, um zu verstümmeln und zu töten und bewegte sich mit der Schnelligkeit eines Jägers. Die Effizienz der Natur war zwar grausam, aber die Menschheit konnte rasche Gnade walten lassen. Nach weniger als einer Minute erschlug er das letzte der dämonischen Wildschweine.

Und nun zerstreute Wu Ying die Gifte weit oben im Himmel und zurück blieben die Kadaver und ihre Schätze, die er sich nehmen konnte.

Auch wenn das eine schmutzige Angelegenheit war.

Kapitel 12

Einen Tag und eine Nacht später ließ Wu Ying die Überreste der Rotte hinter sich. Seine Lippen waren aus Ekel geschürzt, während er von dannen flitzte und Berge von Knochen, Innereien, Fleisch und Borsten zurückließ. Das Fleisch war mehrheitlich vergiftet und korrumpiert, sodass es Wu Ying nicht viel nutzte. Andere Tiere – diejenigen, die immun gegen die Gifte im Fleisch der Kreaturen waren – würden die Überreste der Rotte konsumieren.

Nur ein kleiner Teil – größtenteils vom Hauptschwein – war in Wu Yings Seelenring eingelagert worden, um in einem Komposthaufen verwertet zu werden, der sich zu diesem Zweck abseits befand. Diese vergiftete, toxische Erde würde für bestimmte giftige Pflanzen nützlich sein, deren Samen, Blätter und Wurzeln von erfahrenen Ärzten in der Medizin genutzt wurden.

Außerdem hatte sich Wu Ying die Häute – abgezogen, gesäubert und getrocknet und in seinem Seelenring der Welt platziert –, die Dämonenkerne aller Kreaturen und die zwei beschädigten Hauer des größten Tieres genommen. Alles andere nützte ihm nicht viel – weder wenn er es verkaufte, noch, wenn er damit seinen Ring verbesserte.

Obwohl Wu Ying so viel hinterließ, war er gründlich gewesen und hatte alles, was er gefunden hatte, in der Hoffnung, dass er einen Zweck dafür fand, getestet. Es hatte viel Zeit gekostet, die Kreaturen zu häuten, sodass er später aufgebrochen war, als ihm lieb gewesen wäre. Aber eine angeborene Knauserigkeit, die vielen Jahren der Entbehrung als gewöhnlicher Bürger entsprang, hielt ihn davon ab, zu gehen, bevor er alles gegeben hatte, auch wenn die resultierende Menge an Beute nicht viel Nutzen haben würde.

Eine gelernte Lektion. Zu seinem Einfluss in der Welt und diejenige unter seinem momentanen Level mit Füßen zu treten.

Wu Ying wurde vom nördlichen Wind geleitet und erreichte einen verlassenen Tempel, der ein Dutzend Li vom Ort des Kampfes entfernt war. Die äußeren Wälle – die auch ein Tempel in der Wildnis haben musste, wo Bestien wenig Respekt für Kultstätten hatten – erstreckten sich zu allen Seiten. Ihre grauen Ziegelsteine waren zerbrochen und wiesen klaffende Löcher auf. Ein Teppich aus grünen Ranken und blühende Kriechpflanzen überzog die Ruinen.

Was das Hauptgebäude betraf, so waren einst hohe Decken eingefallen, da die Zeit und das Alter als auch der zunehmende Sog der Natur ihren Tribut gefordert hatten. Vielleicht konnte man hier eine Lehre ziehen – zur Vergänglichkeit der Zivilisation und der Übermacht der Natur.

Es war eine Lektion, von der Wu Ying nicht viel Ahnung hatte, während er dem Geruch von frischem Wasser zu den Überresten des inneren Brunnens des Tempels folgte. Keine schützende Mauer, keine Überdachung, aber er konnte das frische Wasser unter sich spüren. Er blickte sich um und manipulierte Holz- und Erd-Chi, um in der Nähe einen runden Badebereich zu schaffen. Dann war es nur noch eine Frage von harter Arbeit – die durch die größere Stärke eines Kultivators und einen Eimer und ein Seil aus seinem eigenen Lager erleichtert wurde –, um das neu gebaute Bad zu befüllen.

Wasser und Metall waren für ihn am schwersten zu manipulieren. Eine Schande, denn jemand, der einen Dao oder eine Neigung zu dieser Flüssigkeit hatte, hätte sie vielleicht unmittelbar aus dem Brunnen ziehen können. Stattdessen ersetzte Wu Ying Stärke und harte Arbeit mit Chi und warf drei Heizsteine, in die Feuer eingelassen war, in die Badewanne.

Binnen weniger als einer Stunde faulenzte er darin, nachdem er den letzten Dreck und das Blut abgeschrubbt hatte, bevor er sich hineingleiten lassen hatte. Er entspannte sich mit geschlossenen Augen und gespreizten Beinen und ließ den Wind durch das zerfallene Gebäude tanzen, der Spuren der Vergangenheit mit sich brachte.

Räucherwerk. Eine Mischung, die er noch nie gerochen hatte. Sie war etwas blumiger als das, was er gewöhnt war, und viele der Blumen stammten aus der Umgebung. Aber es enthielt auch die gängigen Komponenten von Weihrauch und Makkopulver, außerdem war da der moschusartige, aschene Geschmack von ausgebrannten Stäbchen.

Bücher – verrottet, durchnässt, langsam zerfallend. Er war recht überrascht, überhaupt welche zu riechen, aber es waren fast nur Rückstände dessen, was hier gewesen war – Schriftrollen und Pergament, die in Ritzen gerutscht waren und zerbröckelten.

Metall, rostig und verbleichend. Steine, zerbrochen und zersplittert. Das Surren von altem Chi, gebrochene, aber funkende Verzauberungen, die sich im Kreis drehten und unausgelöst blieben und zerfielen, da die dahinziehenden Jahre und Jahrzehnte das Material abtrugen.

Der Tempel war vor langer Zeit verlassen worden. Zu lange, als dass die Geheimnisse und Mysterien ihn heimsuchten. Also entspannte sich Wu Ying noch weiter und seine Aura legte sich über den Hügelhang, um die Bestien zu warnen, die vielleicht in Erwägung zogen, ihr Glück auf die Probe zu stellen. Er wusste, dass nur wenige dies tun würden, und er hielt seine Aura so zurück, dass nur diejenigen, die nahe genug herankamen, sie spüren konnten.

Er musste kein Leuchtfeuer für die wahren Mächte der tiefen Wildnis entzünden, damit sie ihn fanden.

Er ruhte sich lange mit geschlossenen Augen aus, bevor sich seine Gedanken dem heutigen Kampf zuwandten. Er hatte ihn in gewisser Weise überrascht. Im Kampf gegen die Schlange der Aufkeimenden Seele war er mit seinem Chi-Verbrauch vorsichtig gewesen. Das war ein Kampf gewesen, den man nicht schnell gewinnen konnte, also hatte er viel von seinem Chi aufgespart.

In diesem Kampf war er den Kreaturen um Längen überlegen gewesen. Er hatte sich seit Wochen mit jedem Schritt auf dem Weg verbessert, aber seine Kontrolle über die Winde war um Stufen gestiegen, was selbst ihn überrascht hatte. Obwohl Kontrolle vielleicht nicht das richtige Wort war.

Der Wind war ein launischer Freund, der ihm zuhörte, weil er auf seine eigene Weise langsam zum Wind wurde. Also war es genauso wenig eine Zumutung, zu tun, was er verlangte, wie es wäre, seinen eigenen Arm zu bewegen. Dennoch wusste er instinktiv, dass es ihn zerbrechen und verletzen würde, wenn er ihn zu sehr drängte oder an ihm zerrte, als würde er einen Arm in einem unnatürlichen Winkel bewegen. Der Kampf hatte nicht einmal seine Kontrolle, die Sphäre aus reiner Luft, seine Fähigkeit, zu fliegen und durch die Luft zu schießen, strapaziert ...

Er brauchte immer noch Erfahrung und Übung in Luftkämpfen. Er musste sich selbst immer noch ständig neu ausrichten, aber es wurde immer mehr zum Instinkt, zu wissen, wo der Himmel und wo die Erde war, und wo seine Feinde zu jeder Zeit waren. Die Luftsphäre, in der er sich bewegt hatte, hatte ihn ständig mit Informationen, Gerüchen und Veränderungen von Bewegungen und des Drucks versorgt.

All das war das Ergebnis seines Fortschritts mit dem Kultivationshandbuch des Körpers der Sieben Winde. Ihm wurde klar, dass er nicht nur seinen Körper veränderte, sondern auch Teil des Elements wurde und es wiederum ein Teil von ihm wurde. Er verstand und akzeptierte das.

Es half, dass seine Seelenkultivationstechnik der Formlose Körper war. Es ergab jetzt Sinn, dass es Teil der Werke war, die die Sekte des Doppelten Körpers und der Doppelten Seele besaß. Der Formlose Körper war eine irgendwie seltsame Seelenkultivationstechnik, weil sie die Seele nicht verstärkte oder versuchte, sie in eine bestimmte Form oder zu einem bestimmten Dao zu leiten. Stattdessen schaffte sie Platz für die Seele, um den Dao oder, in seinem Fall, die Körperkultivationsform, die er nutzte, um sie zu stützen, aufzunehmen. Sie passte perfekt zu einer mächtigen Körperkultivationstechnik wie den Sieben Winden, schuf aber auch einen eklatanten Schwachpunkt, wenn ein Dao nicht stark genug war, um diese Lücke zu füllen.

Sie passte gut zu den Sieben Winden und stärkte seine Seele, ohne ihn zu zwingen, die Erleuchtung seines Daos damit zu kombinieren. Wenn er sich entschloss, seine eigenen Gedanken zum Dao in die sich bildende Aufkeimende Seele zu geben, verstärkte der Formlose Körper den Kern selbst und entwickelte die Schichten, während er heranwuchs.

Alles in allem war Wu Ying mit der Richtung seines Wachstums zufrieden. Für einen Moment zog er in Erwägung, ob er seinen aktuellen Kurs ändern und nicht in ein anderes Königreich, sondern in seine alte Heimat reisen sollte. Um seine Eltern, seine Freunde zu besuchen. Wein zu trinken, sich an ihrer Gesellschaft zu erfreuen.

Um seinen Platz in der Sekte als Ältester der Kernformung zurückzuerobern.

Dann drehte sich der Wind und er spürte etwas anderes, als ein reines und kaltes, ein gebieterisches – wenn man den Wind so beschreiben konnte – Gefühl ihn erfüllte. Es trieb ihn dazu, diese Gedanken zu verdrängen. Die Winde des Nordens, Westens, Ostens, Südens und des Himmels luden ihn in Lande hinter dem Horizont ein. Er hatte im Dorf einen Blick auf sein Schicksal erhascht. Er wusste, dass er es irgendwo finden würde, wenn er auf diesem Pfad wandelte.

Irgendwo auf den tausenden von Li, die er gehen musste, nach den Monaten der Kultivation, um seinen Dantian zu füllen, denen dann eine Reihe von Verdichtungen folgte, um die Schichten seines Kerns zu bilden. Die Zukunft lockte ihn zu sich. Zu den Monaten und Jahren und vielleicht sogar Jahrzehnten, die vor ihm lagen, aber er würde diesen Wind finden und wachsen.

***

Seine Verschnaufpause wurde durch eine Bewegung des Wassers und dem Geräusch der plätschernden Flüssigkeit unterbrochen. Er öffnete seine Augen und hob überrascht eine Augenbraue, als er seinen unerwarteten Gast erblickte. Sie war keine schlanke Schönheit von großer Bekanntheit, obwohl sie womöglich in ihrer Jugend den Hauch einer Chance gehabt haben könnte, mit ihnen im gleichen Raum zu sein. Jetzt konnte man sie eher im Hintergrund sehen, wo sie mit den anderen Tantchen lästerte und Pläne für die Leben ihrer Kinder und das Ableben ihrer Ehemänner und Feinde gleichermaßen schmiedete.

"Bitte, schließt Euch mir an", lud Wu Ying sie mit nur einer Spur von Sarkasmus ein.

Ihr Haar war zu einem Dutt zusammengebunden, der von zwei Stäbchen gehalten wurde, und nur die sanften Bläschen und die leichte Trübheit des Wassers, gepaart mit der Dunkelheit, verdeckten ihre intimen Stellen. Nicht, dass ihr das etwas auszumachen schien, als sie sich reckte und die Berge ihres wohlgeformten Körpers aus dem Wasser lugten.

"Das habe ich." Sie neigte ihren Kopf leicht zur Seite und zog auf einer Seite die Mundwinkel nach oben, als wäre die Situation äußerst amüsant für sie. "Seid Ihr möglicherweise schwer von Begriff?"

"Das bin ich nicht, Tantchen[7]", antwortete Wu Ying, den ihr bissiger Kommentar überhaupt nicht nervte. "Aber manche könnten es als ziemlich töricht erachten, sich in das Bad eines anderen zu setzen."

"Es ist schon viele Jahre her, seit ich mich um Anstand gekümmert habe."

"Umso beschämender. Denn Ihr seid immer noch eine seltene Schönheit."

"Das will ich doch hoffen." Wieder dieses Lächeln, das leicht verzerrt war, um etwas neckisch zu wirken.

Wu Ying senkte in Anerkennung auf ihren Kommentar seinen Kopf. Er nahm einen kurzen Atemzug und die Gerüche der Nacht näherten sich ihm. Metall, Holz, Erde und Gras. Ein eingestürztes Mauerwerk und in der Ferne die Leichen von dämonischen Wildschweinen. Heulen, Jaulen und andere Geräusche erschallten weit entfernt, als Tiere um die Überreste kämpften – oder starben, weil sie ihre Fähigkeit, das Gift auszuhalten, überschätzt hatten.

"Es ist schon lange her, dass jemand hierhergekommen ist. Und noch viel länger, seit es hier ein ordentliches Bad gegeben hat", sagte sie und brach damit die Stille.

"Nun, ich bin dankbar, dass ich Euch ein wenig Bequemlichkeit verschaffen kann."

Ihr Lächeln veränderte sich und wandelte sich von neckisch in ehrlich. Die beiden genossen das Bad weiter und Wu Ying erlaubte seinem Chi, durch das Wasser zu fließen, um in die Heizsteine zu dringen und sie wieder aufzuladen. Eine Zeit lang sprach keiner der beiden, während sich der Mond und die Sterne im Himmel weiterbewegten.

Aber letztendlich fanden alle guten Dinge ein Ende.

"Ihr seid ein angenehmer, junger Kerl. Einer, der etwas unverschämt ist, weil er etwas im Anwesen eines anderen baut." Eine Hand hob sich und

---

[7] Selbstredend ist sie nicht seine Tante. Die Bezeichnung als Onkel oder Tante ist ein respektvoller Titel für diejenigen, die älter als man selbst sind, und wird häufig benutzt, wenn sich jemand nicht vorgestellt hat oder wurde. Oder wenn man seinen Namen oder bestimmte Familienbezeichnung vergessen hat.

unterbrach ihn, bevor er etwas einwenden konnte. "Der sich aber auch seines Platzes bewusst ist, wenn man mit ihm spricht."

"Danke, Tantchen."

"Wärt Ihr vielleicht bereit, mir einen weiteren kleinen Gefallen zu tun?"

Und endlich kamen sie zum Punkt. Er stand auf und trat aus der Badewanne, wobei er den Rauch und den aufsteigenden Dampf gemeinsam mit seinem Wind-Chi benutzte, um seinen Körper zu verhüllen und etwas Anstand zu wahren. Bis er angezogen war und sein nasses Haar an seinen Seidenroben klebte, stand die Frau neben ihm, die vollständig angezogen und trocken war.

"Natürlich, Tantchen. Ich stehe Euch zu Diensten", antwortete Wu Ying. "Im Rahmen der Angemessenheit, Moral und Ehre."

"Selbstverständlich." Wieder dieses neckische Lächeln. "Kommt mit mir."

Sie drehte sich um und entfernte sich mit solch eleganten Bewegungen von Wu Ying, als würde sie über den Boden schweben. Er folgte ihr, aber obwohl er geschickt und leicht auf dem Land war, brachte er anders als seine Gefährtin das Gras zum Rascheln.

Kurz darauf erreichten sie den Turm und überquerten die Stelle, wo einst die Tore gewesen waren. Nun lagen nur die zerfallenen Stummel vor ihm, da die einstmals stabilen Tore verrottet waren. Vor ihnen standen Pfeiler des Gemäuers, die in Efeu und Gestrüpp gehüllt waren.

"Grabt tief. Grabt heftig. Darunter werdet Ihr finden, was Ihr sucht. Ich glaube, Ihr wisst, was zu tun ist, wenn Ihr es findet."

Wu Ying betrachtete den Steinhaufen, der weit über seinen Kopf hinausragte. Bei ihren Worten drehte er sich um, aber obwohl er schnell war, war sie verschwunden, bis er nach hinten blickte.

"Typisch."

Wu Ying starrte die Steine, dann den Nachthimmel und das verlassene Gelände an. Er schnaubte und ging zur Seite, um sein Zelt aufzustellen. Morgen würde ein langer Tag werden. Und die Woche würde vermutlich noch länger werden, selbst mit der Stärke eines Kultivators der Kernformung.

***

Stein, Efeu und Schmutz. Altes Gemäuer, verwestes Holz und Metallscherben. Das alles fand er, während er grub. Der Wind half ihm dabei, die Steine anzuheben. Er scheuerte die Felsen frei, riss Gestrüpp ab und blies lockere Erde weg. Doch es war die Stärke eines Kultivators und all die Jahre, in denen er Häuser im Dorf gebaut hatte, die ermöglichten, was er wirklich brauchte, um das zerfallene Gebäude zu zerlegen.

Er arbeitete von der Morgendämmerung bis die Sterne hoch am Himmel standen. Er sah die Dame kein zweites Mal, obwohl er jede Nacht badete, neues Wasser aus dem Brunnen holte und sich von Schweiß und Schmutz befreite.

Er schaffte Tag und Nacht den Schutt beiseite. Als würden sein Vater und sein Onkel Liu neben ihm stehen, legte er die noch brauchbaren Steine, die sauberen und nicht verwesten Holzpfeiler und die verbogenen Metallsplitter zur Seite. Hin und wieder entdeckte er Kisten, Schränke und andere Möbelstücke sowie persönliche Gegenstände, die mit Runen der Erhaltung, der Dauerhaftigkeit und Aufbewahrung verzaubert waren. Sechs solcher zurückgebliebenen Gegenstände hatte er in der Woche voller Arbeit entdeckt. Es brauchte eine Woche, bis er den Weg freigemacht hatte.

Manches holte er vorsichtig heraus und knackte die Schlösser, bis sie sich öffneten. Meistens war das, was er fand, nicht sehr brauchbar – Dokumente, die von lange verlorenen Klans und Sekten und von Lebensmittellagern sprachen. Schmuck, der manchmal einen Geldwert, manchmal einen sentimentalen Wert hatte. Kräuter, die vor so langer Zeit ausgetrocknet waren, dass sie für Apotheker nicht viel Nutzen hatten.

All diese Gegenstände lagerte Wu Ying ein oder legte sie beiseite. Die Möbel und Schränke und die Kisten nützten ihm nicht viel. Er konnte sie nicht in seinen Ringen der Aufbewahrung transportieren. Die konkurrierenden Daos des Raums, die sich die Schöpfer ausgedacht hatten, würden sie nach und nach zerstören. Stattdessen nahm er sich das, was von Wert war, lagerte den Rest ein und kompostierte alles andere.

Goldtael waren ebenso verbreitet wie Schmuck und obwohl sie für den einen aus der Mode gekommen und für den anderen von einer anderen Zeit geprägt waren, so konnte man das Gold und Silber wiederverwenden. Auch das nahm er mit und verstaute alles, bis er wieder die Zivilisation erreichte.

Das Nützlichste, was er fand, waren einige Pillen. Er kannte weder ihre Bestimmung noch ihre Art, weil sich der Geruch, die Farbe und die Form seinem spärlichen Wissen entzogen. Er achtete darauf, sie mit einem Tuch anzufassen, betrachtete sie eingiebig und schätzte, dass sie nicht viel stärker waren als die Pillen, die er bereits bei sich hatte. Also maximal auf der Stufe der Energiespeicherung. Mit einem Fingerzucken platzierte er sie in den Flaschen, in denen sie ursprünglich gewesen waren.

Ein Haufen Arbeit für wenig Gewinn. Das Gold war Reichtum genug für einen Sterblichen oder Körperreiniger und ausreichend Vermögen, um mehrere Felder zu kaufen, um ihre Kinder einem Zeitalter des Nichtstuns auszusetzen, wenn sie wollten. Es genügte, um ein paar Pillen für einen Kultivator der Energiespeicherung zu kaufen.

Aber das meiste, das er gefunden hatte, waren Knochen. Zermalmt, zerbrochen, unzählig viele. Knochen, die ausgebleicht und gealtert waren, die gebrochen und unter zerbrochenem Mauerwerk vergraben waren. Viele davon waren verstreut, die Gliedmaßen und Beine waren auseinandergerissen, Schädel zertrümmert und Oberkörper und Beine gespalten worden. Es gab nur einen Leichnam, der überwiegend unberührt war, in einer weit entfernten Ecke. Im Vergleich mit den anderen war er schlanker und kleiner.

Weiblich.

Er las die Spuren und Muster einer alten Tragödie, die sich tief in den rissigen Boden gegraben hatten. Eine monströse Kreatur auf vier Beinen hatte den Tempel aufgesucht. Sie war ausgehungert gewesen und die Sterblichen im Tempel hatten ihren Durst gestillt.

Diese Mönche waren anders als sein alter Freund, der für Krieg und Frieden bereit war. Dies waren Männer des Friedens und der Ruhe, Menschen, die versucht hatten, sich von der Welt abzuschotten. Sie hatten ihre Felder bestellt, ihre Hühner gezüchtet und letzten Endes waren sie brutal und schmerzvoll gestorben.

Ein starkes und mächtiges Monster. Es war gekommen, hatte getötet, gefressen. Manchmal nicht in dieser Reihenfolge.

Und sie, das letzte Mitglied und die letzte Leiche – eine Köchin, Oberin, Kräuterkundige, Flüchtige? Wer wusste das schon. Ihre Geschichte war schon lange verloren und die Mönche sprachen nicht.

Er legte die Knochen zusammen und schaufelte ein gemeinschaftliches Grab, denn das Gemetzel war so enorm gewesen, dass er die Überreste keinen einzelnen Leichen zuordnen konnte. Er grub tief, bettete sie zur Ruhe und ließ nur die letzte Leiche aus. Ihr Körper war der einzige, der nicht zerfleischt worden war und eine einzige Linie, die sich über einen Armknochen abzeichnete, zeugte davon, wie sie gestorben war.

Ihren Leichnam legte er in ein individuelles Grab. Er baute auf beide Gräber einen Steinhaufen aus dem Schutt. Und dann verbrannte er Räucherpapier für sie, das kupferfarbene Papier, das für unbekannte Geister gedacht war. Er bot ihnen das Wenige dar, was er bei sich hatte, und hob nur eine kleine Menge für spätere Fälle auf.

Als er fertig war, flüsterte ihm der Wind zu und er drehte sich um.

Ein Stein, den er bisher nicht umgedreht hatte, lag frei. Darunter war eine Jadebox. Er nahm an, dass ihr Inhalt seine Bezahlung war.

Wu Ying drehte sich um und suchte nach seiner Wohltäterin, die er aber nicht fand, obwohl er das auch nicht erwartet hatte. Hoffentlich war sie zufrieden, dass sie mit ihren Gefährten zur Ruhe gebettet worden war, sie einen Grabstein bekommen hatte und Räucherpapier für sie verbrannt worden war und er Talismane ausgelegt hatte, um sicherzustellen, dass Tiere sie nicht stören würden.

Er nahm die Jadebox, atmete tief ein und schloss seine Augen. Und für einen Augenblick wehte der Wind des Himmels und sein Geist öffnete sich. Alles war an seinem Platz. Genommene Leben, gewürdigte Tode. In dieser Handlung und seiner Anwesenheit lag eine Lektion.

Aber was es war, entzog sich ihm immer noch.

Kapitel 13

Der Geruch im Zimmer des Apothekers war vertraut und förderte Erinnerungsfetzen aus Wu Yings Vergangenheit zutage. Wie viele Stunden hatte er unter dem wachsamen Auge der ranghöheren Li geübt? Sie war eine geduldige, gütige Lehrmeisterin gewesen, die mehr dazu geneigt hatte, ihm die richtige Vorgehensweise zu zeigen, anstatt ihn mit einem Stock zu schlagen, bis er die richtige Position einnahm.

Der Apotheker roch genau wie sein Zimmer, obwohl er ganz frische Roben trug. Der Duft von köchelnden Pillen, starken Kräutern und zierlichen Blumen und der stechende, ätzende Geruch von vermischten Metallen war ihm inhaltlich bekannt, der Anteil jedoch nicht.

Der Raum selbst wurde vom Kohlebecken des Apothekers dominiert, das so groß war, dass Wu Yings Arme ihn nicht an der weitesten Stelle hätten umfassen können. Es bestand aus Gold und Messing und hatte mehrere Ventile, um den Luftzufluss zu regulieren und zählte zu den Handwerksgegenständen des Seelen-, wenn nicht sogar Heiligenlevels. Regale mit Lehmurnen und durchsichtigen Behältern, an denen Etiketten auf jedem Gefäß deren Inhalt beschrieben, standen an den Wänden aufgereiht.

Aber es war der Tisch in der Nähe des Eingangs, um den sich die beiden geschart hatten. Die Kräuter und Pillen, die Wu Ying dem Mann übergeben hatte, lagen gemeinsam mit den Stärkungspillen der Kernformung, um die er gefeilscht hatte, auf der einen Seite.

Doch die letzte Box, die zwischen ihnen stand, bekam ihre ganze Aufmerksamkeit. Die Pille, die er vor so vielen Monaten ausfindig gemacht hatte und über ein Tausend Li durch die Wildnis mit sich geschleppt hatte, während er die Grenze überquert und sie schließlich zu diesem Mann und seiner Sekte gebracht hatte.

"Wisst Ihr, was das ist, oder nicht?", fragte Wu Ying. Er hatte den Preis für ihre Identifikation ausgehandelt, was in weniger Pillen zur Unterstützung seiner Kultivation und weiterer Anpassung seines Körpers resultiert hatte. Alles, um eine Antwort zu erhalten. "Ihr habt für die Brenndauer eines ganzen Räucherstäbchens ohne ein Wort hier gestanden, Apotheker Cai."

"Natürlich weiß ich es." Der Apotheker Cai schniefte und reckte seine Nase, um Wu Ying über sie hinweg anzustarren. "Das ist nur eine Variante der Pille der Eintausend Streifen."

Wu Ying konnte nicht anders, als eine Augenbraue zu heben. Die Pille wies zwei Farbstreifen auf, jadegrün und rot, die sich langsam miteinander vermischten.

"Eine Variante. Außerdem ..." Der Apotheker Cai hob seine Hand und formte eine Flamme über der Pille. Er hob die Pille mit einer hölzernen Zange an und bewegte sie näher zum Feuer, sodass die Flammen auf ihrer Oberfläche reflektiert wurden. In dem helleren Licht zeigten sich Abstufungen zwischen den Farben, außerdem waren kleinere Streifchen zu sehen, aus denen die Streifen an sich bestanden. "Wie ich sagte, eine Variante. Normalerweise sind die Farben zerstreuter. Diese Art von Arbeit ... ist eine antike Formel."

"Ist sie noch gut?", fragte Wu Ying.

Der Apotheker Cai zögerte. "Ja. Die Zutaten der Pille, die Prozedur – sie wird nur stärker, wenn man sie liegen lässt, damit sie sich vermischt und konzentriert." Er legte seinen Kopf zur Seite. "Wie, sagtet Ihr noch gleich, habt Ihr sie gefunden?"

"Ich habe sie nicht gefunden." Wu Ying beobachtete, wie der Apotheker Cai die Flamme auflöste und die Pille wieder auf den Tisch legte, wobei seine Hände knapp über ihr schwebten. "Was macht die Pille?"

"Nun, ich kann Euch sagen, was die heutige Pille der Eintausend Streifen tut ..." Der Apotheker druckste herum, sodass Wu Ying ihm mit einer Geste bedeutete, weiterzusprechen. "Es ist eine Pille für einen Spezialisten des Kerns wie Euch. Sie verstärkt die Wälle des Kerns. Jede Schicht der Pille wird die Wälle zwischen den Kernschichten verfeinern und verstärken, während sie sich in ihre Bestandteile auflöst. Die Pillen sind bei jenen hoch im Kurs, die sich der Spitze der Stufe nähern, um die Stärke ihres Kerns zu erhöhen."

Wu Ying runzelte die Stirn. Das klang gut – letztlich war Stärke gut. Aber ... "Muss die Aufkeimende Seele beim Aufstieg nicht ausbrechen?"

"Das muss sie. Aber zuvor muss sie vom Himmlischen Kummer geläutert werden", erklärte der Apotheker Cai. "Um den Kummer und die Läuterung zu überleben, müssen Eure Wälle stark sein. Nachdem Ihr die erste Phase der Reinigung überlebt habt, wird der Kern auf jeden Fall geschwächt und die Aufkeimende Seele kann hervorkommen. Stärker."

Wu Ying neigte anerkennend seinen Kopf, um sich für die Information zu bedanken. Der Apotheker Cai winkte die unausgesprochenen Worte einfach ab. Er tippte auf den Tisch und seine Finger bewegten sich auf die Box zu, bevor er sie nach einem kurzen Augenblick wieder zurückzog.

"Diese Pille. Wie ich sagte, es ist eine Variante. Eine alte Variante, von der ich bisher nur gelesen habe. Solche Varianten, solch verlorenes Wissen, sind für jemanden wie mich von großem Wert." Er legte seinen Kopf schräg und beäugte Wu Ying. "Würdet Ihr in Erwägung ziehen, sie ebenfalls zu verkaufen?"

Wu Ying hielt inne. Die Bitte überraschte ihn keineswegs, aber er zögerte mit seiner Antwort. Die Pille war wertvoll, so viel stand fest, und ihre Wirkung suchte vermutlich ihresgleichen. Wer wusste, wie lange sie dort unter dem Stein gelegen hatte? Aufbewahrt für einen möglichen Aufstieg, der nie stattgefunden hatte. Möglicherweise fand er eine solch potente Pille nie wieder.

Andererseits verschaffte die Pille erst in der Zukunft einen gewissen Vorteil. Jahre, vielleicht Jahrzehnte des Reisens. Durch gefährliche Länder, in denen er mächtige Kreaturen sah und suchte und gefährliche Kräuter sammelte. Und währenddessen müsste er diesen Schatz hüten. Oder er konnte sie jetzt für Pillen eintauschen, die er bald einsetzen konnte, um seine Kultivationsreise zu beschleunigen.

"Das ist eine große Bitte", meinte Wu Ying. Sein Blick glitt zu den Pillen, die er bereits gekauft hatte. Er schickte seinen spirituellen Sinn in seinen Körper und prüfte seinen Dantian. Nach Monaten voller Meditation und Training glaubte er, zu spüren, dass er eine weitere Schicht bilden konnte, wenn er noch ein paar Monate hätte.

"So ist es."

"Darüber kann ich keine Entscheidung fällen, nicht einfach so." Wu Yings Gedanken drehten sich und er zeigte auf die Pille. "Gibt es viel, was Ihr durch die Untersuchung der Pille lernen könnt, ohne sie zu zerstören?" Er kannte einen Teil der Antwort dank seiner eigenen Studien, aber es war besser, zu fragen.

"Ein bisschen. Im Großen und Ganzen nicht viel. Aber ein wenig", antwortete der Apotheker Cai. "Worüber denkt Ihr nach, Kultivator Long?"

"Einen Tausch. Ich benötige eine Kultivationskammer, einen Ort, um über meine Reisen nachzudenken und Eure Waren zu nutzen." Eine Geste von Wu Ying zu den Pillen, die er ihm abgekauft hatte.

"Und während dieser Zeit könnte ich die Pille studieren, wenn Ihr unsere Sekteneinrichtungen als besuchender Ältester benutzt."

Wu Ying beugte zustimmend den Kopf.

Der Apotheker Cai presste für einen Moment die Lippen fest aufeinander, dann nickte er. "Einen Moment. Ich muss mit dem Sektenoberhaupt sprechen."

Wu Ying nickte und setzte sich auf den angebotenen Platz, neben dem ein Teeservice stand, bevor der Apotheker Cai davoneilte. Er naschte von den Knabbereien, die ihm vom Schüler des Apothekers gebracht wurden, und unterhielt sich müßig über das Leben in der Sekte. Oder zumindest versuchte er das, denn die Antworten des Schülers waren alles andere als enthusiastisch oder ausholend. Letztendlich verstummte Wu Ying und beschloss, diesen Moment der Entspannung zu genießen.

Als der Apotheker Cai zurückkehrte, grinste er über beide Ohren. "Die Vorkehrungen wurden getroffen, Ehrenältester Long."

"Sehr gut. Und es gab keine Probleme?", fragte Wu Ying.

"Ganz und gar nicht. Wir sind geehrt, einen solch angesehenen Gast begrüßen zu dürfen", antwortete der Apotheker Cai.

Wu Ying beschloss, nicht weiter nachzuhaken, obwohl sich seine Nase leicht bei dem beißenden, angespannten und verängstigten Geruch, der von dem Apotheker ausging, rümpfte.

"Dann sollte ich dem Sektenoberhaupt meinen Respekt zollen", flüsterte Wu Ying, nachdem er seine neuen Pillen eingepackt hatte.

"Nicht nötig, nicht nötig!" Der Apotheker fuchtelte mit seinen Händen und wies Wu Ying an, mit ihm zu kommen. "Unser Sektenoberhaupt ist eine sehr beschäftigte Frau. Im Moment hat sie keine Zeit, um Euch zu empfangen. Wir werden sie treffen, sobald Ihr Eure abgeschottete Kultivation verlassen habt."

Wu Ying runzelte die Stirn, aber da er keinen Hinterhalt spürte, folgte er ihm. Er war in einem anderen Land, in einer anderen Sekte. Die Sitten und Gebräuche mussten sich unterscheiden. Aber wahrscheinlicher war es, dass eine Sektenpolitik am Werk war, und er hatte seine Lektion gelernt, sich darin nicht einzumischen.

Der Weg vom Apothekergebäude, in dem der Apotheker Cai – alleine und zusammen mit einem halben Dutzend Schüler – arbeitete, zu den Kultivationskammern führte sie über das gesamte Gelände der Sekte. Es war eine riesige, orthodoxe Sekte, allerdings nicht annähernd so belebt wie das Sattgrüne Wasser, und zählte etwas mehr als eintausend Mitglieder, die sich über das gepflegte und offene Terrain bewegten.

Die gesamte Sekte war auf flachem Grund erbaut worden, ein See in der Nähe diente als Frischwasserquelle und es gab einen Fluss, der die Sekte in zwei Bereiche teilte. Auf der gegenüberliegenden Seite der flussabwärts gelegenen Apothekerhalle stand die Sektenhalle, deren ausgedehntes Gelände die Residenzen des Hauptfamilienzweigs und deren Trainingshallen beheimatete. Direkt gegenüber der Halle, auf der anderen Seite des Flusses, waren Orte zur Versammlung und zum Training errichtet worden. Ihr Pflasterstein wurde regelmäßig erneuert, um für ein reibungsloses Überqueren zu sorgen.

Über das Gelände verteilt standen freistehende Pagoden zwischen gepflasterten Wegen und gepflegten Grünflächen. Dies waren Orte, an denen die Sektenmitglieder faulenzen, sich unterhalten und über die unzähligen Abhandlungen zur Kultivation nachdenken konnten. Am anderen Ende, direkt gegenüber der Apothekergilde, stand der Kultivationsturm, der von Formationen umgeben war, um mehr Chi aus der Umgebung um ihn zu sammeln, das er benötigte.

Die beiden gingen auf dieses Gebäude zu und überquerten das Gelände, während sich Sektenmitglieder vor ihnen verbeugten und sie grüßten. Der Apotheker begrüßte alle Sektenmitglieder, die sich ihnen näherten, höflich. Er wechselte mehrmals ein, zwei Worte über eine noch nicht erledigte Bestellung und ließ sich sogar darauf ein, mit niederen Kultivatoren der Körperreinigung zu sprechen.

Wu Ying, der seine Waren über seiner Schulter trug, beobachtete nebenbei die Interaktionen und die Umgebung und nahm die neuen Eindrücke und Sozialstrukturen auf.

Doch der Apotheker Cai kam zum Stehen, da ihr Weg von vier finster dreinblickenden Kultivatoren versperrt wurde. Die beiden Anführer waren Älteste, die in Silber und Gold gekleidet waren, was Wu Ying gelernt hatte, mit dieser Sekte zu assoziieren, aber ihre Roben waren kunstvoller gestaltet und bestickt, um ihre Stellung als Älteste deutlich zu machen.

"Klein Yu[8]. Wer ist dieser Rüpel, den du da bei dir hast?", fragte der Anführer der Ältesten, ein Mann mit einem dünnen Schnauzer und gut gepflegten, dicken Augenbrauen, den Apotheker mit einem Lächeln, das sich aber nicht in seinen Augen widerspiegelte.

"Cousin Yao", sagte Cai Yu und lächelte den Mann beschwichtigend an. "Das ist Meister Long, der jetzt ein Gastältester ehrenhalber ist. Er ist ein Kultivator auf Besuch, der unsere Einrichtungen nutzen wird, um seine Kultivation weiterzuentwickeln."

Wu Ying verbeugte sich auf kampfkünstlerische Weise vor der Gruppe, indem er seine Hände übereinander faltete. Der Rucksack auf seinem Rücken drohte, herunterzufallen, daher erhob er sich etwas früher und rückte ihn mit seinem Ellbogen zurecht. Gleichzeitig wurde der Wind etwas stärker und trug die Gerüche zu ihm.

Die Ältesten waren allesamt Kultivatoren der Kernformung. Er wusste, dass dieser Klan aufgrund der Zahl der Kultivatoren der Kernformung in seiner Mitte seine Stellung im Königreich hielt, obwohl er nur zwei Kultivatoren der Aufkeimenden Seele hatte, die ihn anführten. Jedenfalls waren das die, von denen man wusste – wer wusste, wie viele Älteste im Verborgenen gehalten wurden, die versuchten, den Durchbruch zu schaffen?

"Verehrte Älteste. Ich bin dankbar, hier sein zu dürfen", sagte Wu Ying.

"Ein Fremder", stellte der Älteste Cai Yao fest und verzog angewidert die Lippen. "Du willst einen Fremden und Außenseiter den Kultivationsturm unseres Klans benutzen lassen?"

---

[8] Der Gebrauch von "groß" oder "klein" (winzig, wenn man es direkt übersetzt) ist eine Form der Anrede von jemandem, der einem nahesteht oder wenn man Nähe betonen möchte. Man kann jemanden "großen Bruder" oder "großen Chef" nennen, um Respekt auszudrücken, aber fast nie "kleinen Bruder" oder "kleinen Chef", es sei denn, es besteht bereits eine gewisse Beziehung, weil das sonst auf eine Überlegenheit gegenüber des Angesprochenen hindeuten würde.

"Die Sektenanführerin hat dem zugestimmt", erklärte der Apotheker Cai Yu hastig.

Wu Yings Augen huschten zwischen den beiden hin und her. Er beobachtete ihre Haltung, den Ton, in dem sie miteinander sprachen, und die Absicht dahinter. Die größten Sekten im Königreich der Jin basierten auf Klans, wobei familiäre Kultivation und Kampfkunsttechniken die Landschaft prägten. Insgesamt beherrschen sieben Klans das Königreich der Jin, unter denen der Klan der Cai einer der größten war – und der günstig nahe an dem Punkt lag, an dem Wu Ying die Wildnis verlassen hatte.

Die gesamte Machtstruktur der Klans faszinierte ihn, weil die meisten Klans aus einem Haupt- und Nebenzweig der Familie sowie zusätzlichen oder verbündeten Klans bestanden, die bis zu einem gewissen Grad zum Hauptzweig gezählt wurden. Das alles war durch eine Bande des Pflichtgefühls, der Versprechen und von speziellen Kultivationstechniken miteinander verknüpft.

Und das hier resultierte daraus – eine Form von interner Sektenpolitik, die aufs Äußerste boshaft war, weil Individuen versuchten, höher aufzusteigen und die Decken des Anstands und der Tradition mit Tugendhaftigkeit und Ansehen und Heldentaten zu durchbrechen.

"Nun, wenn die Sektenanführerin zugestimmt hat ...", antwortete der Älteste Cai Yao. "Da frage ich mich wirklich, was du mit diesem ... *Meister* ausgetauscht hast, um ihm einen solchen Zugang zu verschaffen."

Das Lächeln des Apothekers Cai wurde angespannter, aber er entschloss sich, nicht zu antworten. Die Stille wurde unangenehm, während die Menschen um sie herum langsamer wurden und die Gruppe mit schlecht versteckter Neugier beobachteten. Während sie dort standen, wurde der Wind etwas stärker und ließ Blätter um die Gruppe wirbeln.

"Wenn du uns entschuldigen würdest, Cousin Yao", flüsterte der Apotheker und verbeugte sich tief, "aber ich sollte Meister Long zu seiner Kultivationskammer bringen."

"Natürlich ... ich freue mich schon darauf, mit dem Meister zu reden, sobald er sie wieder verlässt." Da war wieder diese leicht süffisante Spur in Cai Yaos Worten.

Wu Ying konnte ihm das nicht wirklich verübeln. Er unterdrückte, wie immer, seine Aura so sehr, dass es für die meisten schwer sein würde, seine Stärke abzuschätzen. Wenn überhaupt, dann musste er sich anfühlen, als wäre er vermutlich nichts weiter als ein Kultivator der Energiespeicherung auf mittlerer Stufe und das lag nur daran, dass es als unhöflich gelten würde, wenn er seine Aura vollkommen verbarg.

Die beiden sprachen ein letztes Mal ihren Dank aus und gingen um die Gruppe herum, die weiterhin den Großteil des Weges blockierte. Als sie an ihnen vorbeigingen, verlagerte einer der anderen Kultivatoren seine Position in letzter Sekunde, um Wu Ying mit seiner Schulter anzustoßen. Aber Wu Ying, der seine Absicht schon lange erkannt hatte, bevor er sich bewegte, huschte an der Schulter des Mannes vorbei und vertuschte sein Ausweichmanöver damit, dass er seinen Rucksack mit einem betonten Schulterzucken zurechtrückte.

Das kindische Machtspiel brachte Wu Ying dazu, ein wenig in sich hineinzuprusten und er eilte hinter dem Apotheker her. Sie stiegen ohne viel Aufhebens zur Spitze des Turms hinauf. Das Zimmer, das für ihn geöffnet wurde, war eine schlichte und leere Unterkunft, deren erhöhtes Podium im Zentrum perfekt zwischen den Chi sammelnden Felder positioniert war, um für den größten Vorteil zu sorgen.

Binnen kürzester Zeit war Wu Ying allein, denn Cai Yu hatte es eilig, sich wieder in seine Studien zu stürzen und Wu Ying war froh darüber, in Ruhe gelassen zu werden, um sich zu kultivieren. Nachdem er einige Talismane im Zimmer angebracht hatte, um zusätzliche Sicherheit zu schaffen, nahm er auf dem Podium Platz, um seine Phase der abgeschlossenen Kultivation zu beginnen.

Er würde nicht lange für seinen Aufstieg brauchen.

Was das betraf, was draußen auf ihn wartete, wenn er den Raum verließ ... nun, er würde sich später um die Klanpolitik kümmern. Wenn er Glück hatte, wäre er längst über alle Berge, bevor sich die Dinge zuspitzten.

***

Stunden wurden zu Tagen, Tage zu Wochen, Wochen zu Monaten.

Wu Ying saß mit Speisepillen unter der Zunge, die den Hunger abwehren sollten, auf der erhöhten Plattform. Trotzdem wurden ihm einmal die Woche vollwertige Mahlzeiten durch einen Schlitz gebracht, die eben dafür eingebaut worden waren. Das Chi der Umgebung wirbelte um ihn herum und versorgte seinen Körper mit Energie, während er sich kultivierte und das Chi durch seine Meridiane lenkte, bevor es in seinen Dantian gelangte. Etwas davon sickerte letztendlich in seinen Kern und wurde noch weiter verfeinert, während sich die Hauptenergie seines Dantians weiterhin erhöhte.

Die monatelangen Reisen davor, seine Zeit im Dorf des Zhuang-Klans und der kontinuierliche Verzehr von Pillen und Kräutern hatten seinen Kern, der kleiner als gewöhnlich war, mit vom Kern verfeinerter Energie gefüllt. Zusätzlich waren zwei Drittel seines Dantians jetzt voll. Eine Chance, auf die er jahrelang hingearbeitet hatte, bevor er zur Kernformung aufgestiegen war. Jetzt konnte er dank der Weitung seiner Meridiane und dem Einsatz neuer Seelenkultivationstechniken der Kernformung schneller als bisher wachsen.

Die Zeit, die er in der Kammer verbrachte, wurde zur Routine und bestand aus reiner Konzentration. Diesen intensiven Fokus konnte er nur erreichen, indem er sich in eine Halbtrance und einen meditativen Zustand des Geistes versetzte. Wu Yings Bewusstsein trieb im See der Ruhe und glitt in stille Meditation ab, bevor er in die Kultivation übertrat und die zwei Stadien des reinen Denkens und der Leere durchquerte.

Trotz jahrelanger Übung und der strengen Disziplin eines erfahrenen Kampfkünstlers schaffte es Wu Ying manchmal nicht, die nötige Ruhe und Disziplin heraufzubeschwören, um sich zu kultivieren. Während dieser Phasen, die sich oft dann ergaben, wenn er eine Pause gemacht hatte, um dringend benötigte Mahlzeiten zu sich zu nehmen, trainierte er mit seinem Schwert oder übte die physischen Formen der Körperkultivation.

Er floss von Form zu Form und wechselte damit ab, auf unsichtbare Gegner einzuschlagen und die Bewegungen des Windes zu imitieren. So überbrückte er die Stunden, bis ihm die Erschöpfung seine körperliche Stärke raubte. Dann schlief er mehrere Stunden und wachte mit einem klareren Geist auf, mit dem er den Prozess der Kultivation von Neuem beginnen konnte.

Monate später war sein Dantian bis oben hin gefüllt und Wu Ying gönnte sich einige Tage Pause. Er entschloss, die Zeit damit zu verbringen, sich auszuruhen und einige Bücher zu lesen, die er auf dem Weg gekauft hatte. Vielleicht lag es an seinen jüngsten Erlebnissen, aber die fiktiven Erzählungen des Richters Di füllten gemeinsam mit weiterer Übung seiner Formen seine Freizeit.

Erst, als er glaubte, dass sein Geist und seine Gefühle vollkommen stabilisiert waren, beschloss Wu Ying, den nächsten Schritt zu gehen. Er holte die Pillen der Kernformung heraus, die er gekauft hatte, und platzierte die drei Pillenfläschchen vor sich. Jede Pille hatte eine andere Wirkung und er las sich die niedergeschriebene Beschreibung nochmals durch.

Erst die Pille der Himmlischen Wüste schlucken. Diese Pille war beige und ähnelte der Mitternacht der Wüsten – so hatte man es Wu Ying erzählt, denn er war noch nie in einer Wüste gewesen. Wenn man sie schluckte, zog die Pille das Chi aus den äußeren Meridianen des Körpers, "trocknete" diese Meridiane aus und konzentrierte die Energie im Dantian, um die Bildung der nächsten Schicht des Kerns vorzubereiten.

Dann sollte er die Pille des Schwarzen und Weißen Schildkrötenpanzers zu sich nehmen, nachdem er die Menge von Chi im Dantian gesteigert hatte – das war eine Menge, die Wu Ying auch jetzt noch fühlen ließ, als wäre er ein Wasserschlauch, den man bis zum Anschlag füllte. Ähnlich wie bei der Bildung der Kernschicht verdichtete die Pille das Chi in seinem Dantian und machte es einfacher, die neue Schicht seines Kerns zu komprimieren.

Zu guter Letzt sollte er die letzte Pille zu sich nehmen. Die Zweifach Gekochte Pille der Hundeniere und Wolfsleber würde ihm zusätzliches Chi zur Verfügung stellen, damit er den neu gebildeten Kern füllen und den leeren Dantian auffrischen konnte, den er nach der nächsten Schicht haben würde. Diese Pille war es, die Wu Ying am meisten zögern ließ, weil der Name der Pille und ihr Kauf von einer sehr nachdrücklichen Warnung des Apothekers Cai begleitet wurde, dass sie von ihrem Schöpfer wegen ihres Geschmacks und nicht wegen ihrer Wirkung so genannt worden war.

Aber ob zögerlich oder nicht, Wu Ying wusste, dass er sie brauchte. Er hatte schon einmal unter den Auswirkungen, zu wenig Chi in seinem Dantian und seinem Kern zu haben, gelitten. Er würde den gleichen Fehler nicht noch einmal machen.

In der Tat war die Pille, wegen ihres einfachen Aufbaus, eine beliebte Anfängerpille für Apotheker, die sich in das Geschäft der Pillenzubereitung der Kernformation wagten, im Gegenteil dazu aber wenig Nachfrage bestand, mit Abstand die billigste Pille gewesen. Für den gleichen Preis, den er für die anderen beiden Pillen gezahlt hatte, hatte er fünf Zweifach Gekochte Pillen der Hundeniere und Wolfsleber für seine künftigen Bedürfnisse kaufen können.

Wu Ying nahm mit ruhigem Geist und gelassener Seele die Pille der Himmlischen Wüste und aß sie. Er erreichte einen meditativen Zustand und zog das Chi aus der Umgebung in seinen Körper, während er darauf wartete, dass die Pille Wirkung zeigte. Es war ein schleichender Prozess, der zunächst mit einem Gefühl wie bei einem ausgetrockneten Mund begann – nur, dass er dies im ganzen Körper verspürte. Er ignorierte das unangenehme Empfinden, blieb konzentriert und füllte und stopfte seinen Dantian weiter voll.

Eine Stunde später fragte sich Wu Ying mit ausgetrocknetem Körper und blutunterlaufenen Augen, ob der Apotheker Cai vielleicht auch die Nebenwirkungen dieser Pille hätte erwähnen sollen. Und wenn er bewusst entschieden hatte, das nicht zu tun, wie schlimm war dann die dritte Pille in Wirklichkeit?

Er verdrängte die unbewussten Gedanken und nahm die nächste Pille zu sich. Fast augenblicklich spürte Wu Ying ihren Effekt: Das übrige Chi in seinem Körper wurde träge und auch das Heranziehen des Chis aus der Umgebung verlangsamte sich.

Dennoch zwang Wu Ying sich, die Energie zirkulieren zu lassen, presste sie durch sich hindurch und ließ sein Chi wirbeln, während er auf die Entfaltung der vollen Wirkung wartete. Als er sich nicht weiter zurückhalten konnte, begann er damit, seinen Dantian zu komprimieren und drückte die Energie nach unten zu seinem Kern.

Das war der gefährlichste Zeitpunkt – denn ein schlecht gebildeter Kern konnte zerbrechen. Wenn er währenddessen nicht ausreichend verstärkt wurde und wenn er nicht voller verfeinerter Kernenergie war und die Aufkeimende Seele nicht genügend Stärke besaß, könnte er scheitern.

Für einen Augenblick schoss Angst durch Wu Ying, während er die Energie zusammendrückte. Aber sein Kern hielt ohne Probleme stand, als das Wind-Chi in ihm umherhuschte und selbst in seinem lahmen Zustand den Kern zusammenpresste und ihn aufwühlte, während er es nach unten drückte.

Mit jedem Einatmen entspannte er sich etwas und mit jedem Ausatmen quetschte er ihn mental ein. Er verringerte die Größe seines Dantians, während sich das verdickte Wind-Chi nach den Wänden des Kerns richtete, bis es sich selbst nicht weiter verdichten konnte. Dann begann der Prozess der Abhärtung der äußeren Hülle und der Formung des Kerns, wobei gerade genug Platz für weiteres, verfeinertes Chi war, das hineintröpfeln konnte, um die Aufkeimende Seele zu nähren.

Die Zeit floss weiter dahin, während Wu Ying seinen Kern formte. Anders als die weichkantigen Kerne anderer Elemente brauchte ein Windkern wie der seine Tunnel, über die die verdichtete Energie fließen und wo sich die unendliche Böe des Windes fortsetzen konnte. Die Gestaltung dessen brauchte Zeit und Mühe, sodass Wu Ying mental erschöpft war, als er fertig war und die Wirkungen der Pillen nachließen.

Wu Ying öffnete endlich seine Augen und die neue Schicht seines Kerns war vollendet. Nun stand ihm nur noch die letzte Prüfung bevor – und diese war am abschreckendsten.

Wu Ying starrte auf die Pille, griff an seine Lenden, schluckte die schlammige, schwarz-grüne Sphäre hinunter und verdonnerte sich zu einer weiteren Kultivationssitzung.

All das, um sich selbst zu verbessern, mit einem müden Schritt nach dem anderen, auf seinem Weg zur Unsterblichkeit.

Kapitel 14

Es gab Dinge, die Unsterbliche, Dämonen und Menschen gleichermaßen nicht erleben sollten. Solche Fälle waren der Grund, warum Großmutter Meng ihre Suppe auf der Brücke der Vergesslichkeit[9] auftischte, um Alpträume zu vertreiben, die ein Individuum plagen würden, wenn man ihnen gestattete, sich festzusetzen. Der Verzehr der Zweifach Gekochten Pille der Hundeniere und Wolfsleber war ein solches Erlebnis.

Es war nicht nur der Geschmack auf der Zunge, wenn man sie schluckte. Wenigstens war ihr Verweilen im Mund kurz, eine flüchtige Angelegenheit. Man konnte davon ausgehen, dass er verschwand, nachdem man genug getrunken hatte. Nein, es war dieser Nachgeschmack, und der Geruch der Pille schien lebendig zu sein und scharrte sich seinen Weg nach draußen, als die schützende Außenschicht aufgebrochen wurde.

Er schlängelte sich aus seinem Magen heraus, durchbrach Lungen und Kehle und wurde zu einem engen Freund seiner Geschmacksknospen und Nüstern. Es gab keinen Weg, den Geschmack und den Geruch jemandem zu beschreiben, der ihn noch nicht selbst erlebt hatte – das rohe, vermodernde Abwasser vom Boden eines Abfalleimers zu trinken, um den man sich kaum gekümmert hatte, war bedeutend angenehmer.

Er weigerte sich, zu verschwinden, und das Gefühl der Pille übertünchte die übrigen Nerven in seinem Körper und nahm seine Aufmerksamkeit in Anspruch, so stark war ihre Wirkung. Nerven, die Bewegungen, Schmerz und Gefühle auf der Haut und auf Organen übertragen sollten, wanden sich, als die Gefühle des Geschmacks und des Geruchs die Überhand gewannen und öffneten Wu Yings Geist für neue Arten von Schrecken.

Und das Schlimmste war – sie wirkte.

Chi überflutete seinen Körper und seine Kultivationsmethode zirkulierte schneller als je zu vor, als würde auch sie gegen die Gefühle rebellieren, um die Pille zu zersetzen und ihre Auswirkungen in einem

---

[9] Nachdem man seine Zeit in den vielen Höllen abgesessen hat, um für frühere Sünden zu büßen, werden die Seelen angeblich zur Reinkarnation ausgeschickt. Auf ihrem Weg wird ihnen von Großmutter Meng eine Suppe serviert, die sie ihre vergangenen Leben vergessen lässt, bevor sie die Brücke in ein neues Leben überqueren. Das entstammt dem allgemeinen Chinesischen religiösen Glauben.

Schwall aus Energie zu zerstreuen. Leere Meridiane und ein fast ausgezehrter Dantian wurden aufgefüllt, als die Formation im Zimmer, die Chi anzog, strapaziert wurde und damit zu kämpfen hatte, mit dem tosenden Abgrund, der durch die Anwesenheit von Wu Yings Kultivation entstand, mitzuhalten. Die Pille setzte mit jedem Herzschlag weitere Energie frei. Sie schoss durch seine Aura, die nicht mehr zu großen Teilen ausgesiebt wurde, und drang mit einem Rausch aus Kälte und Hitze in seine Meridiane ein, der seinen Körper schmerzen ließ.

Der Schmerz war nur eine Kleinigkeit, eine Fußnote in seiner Existenz. Wu Ying verlor wieder einmal die Zeit aus den Augen, während er auf der Welle der Kultivation ritt und unaufhörlich Energie einsog, um sie in seinen Meridianen zu verfeinern, bevor sie in seinen Dantian drang, wo sie noch einmal aufbereitet wurde, bevor sie an seinen Kern weitergegeben wurde.

Aber letztendlich endete die wahnsinnige Phase der Kultivation und Wu Ying, der dem klebrigen, feuchtkalten Griff der Pille entkam, brach psychisch und physisch erschöpft seitlich zusammen. Trotzdem konnte er nicht anders, als die neue Schicht seines Kerns und seine halbvollen Reserven mit einem schwachen, zufriedenen Lächeln zu bedenken.

***

Sauber, satt und geordnet verließ Wu Ying die Kultivationskammer als anderer Mann. Er musste nicht Wochen oder sogar Monate damit verbringen, die nächste Schicht seines Kerns zu befüllen. Stattdessen hatte sich die widerliche, gottverlassene Pille innerhalb weniger Tage mit Kultivation um den Großteil der Arbeit gekümmert, sodass er bereit war, der Außenwelt entgegenzutreten. Es würde nicht immer so sein – die Leistungsfähigkeit der Pille würde abnehmen, je öfter er sie benutzte und je größer sein Kern wurde –, aber es war ein klarer Vorteil.

Natürlich gab es auch Nachteile, wenn man sehr viele Pillen auf seiner Kultivationsreise zu sich nahm. Die Korruption der Pille und die Überreste mussten beseitigt werden. Er musste sich weniger als ein Körperkultivator darum kümmern – die wiederholte Reinigung seines Körpers durch medizinische Bäder hatte ihm geholfen, dieses Problem bereits früh zu vermindern –, doch es passierte trotzdem schnell, dass man überkompensierte.

Für die meisten waren die Kosten und die Verfügbarkeit schwieriger. Starke, talentierte Apotheker waren nicht einfach zu finden. Noch schlimmer war der Engpass an spirituellen Kräutern. Die Schwierigkeit der Lokalisierung der Zutaten nahm zu, je mehr wilde spirituelle Kräuter für die Kernformung und stärkere Pillen benötigt wurden.

Der erste Atemzug, den er nahm, als er den Kultivationsturm verließ, war klar und sauber und auf eine Weise erfrischend, wie sie die wiederverwendete, verzauberte und gefilterte Luft des Turms nicht nachahmen konnte. Der Wind, der größtenteils für lange Zeit versteckt gewesen war, blies um Wu Ying, sodass seine Roben flatterten, und brachte Erinnerungen an die Welt mit sich.

Er lächelte, schaute zum Himmel hoch und spürte die Wärme der Sonne auf seinem Gesicht. Er suhlte sich lange in der Ruhe der Natur, sein erneuerter Kern summte und der Immervolle Weinkrug wirbelte schneller denn je, als er auf die Veränderung der Umgebung und die Winde, die ihn umschlossen, reagierte.

Er atmete, beruhigte seinen Geist, glättete seine Roben und rückte sein Jian zurecht.

Dann, und erst dann, beachtete er das Begrüßungskomitee, das auf ihn zukam. Ein bekanntes Fünfergespann, das von zwei Ältesten angeführt wurde, während der Apotheker Cai ganz hinten gerade erst aus seiner Werkstatt kam.

Wu Ying seufzte, weil er wusste, dass ihm keine andere Wahl blieb, als ihnen entgegenzutreten. Würde er das nicht tun, dann würde er die Grenzen der Etikette überschreiten. Insbesondere, da er mit der Sektenanführerin sprechen musste, um seine Abreise kundzutun und sich für die Benutzung des Kultivationsturms zu bedanken.

Es war besser, das Problem direkt anzugehen.

"Kultivator Long", sagte der Älteste Cai Yao, derjenige, der ihn und den Apotheker Cai konfrontiert hatte, als sie auf ihn gestoßen waren. "Wie ich sehe, war Eure zurückgezogene Kultivation erfolgreich."

"Das war sie. Danke der Nachfrage." Wu Ying verbeugte sich anerkennend. "Vielen Dank, dass Ihr mich nach meinem Austritt in Empfang nehmt."

"Nicht der Rede wert. Ich sehe, dass Ihr Eure Kleidung gegen etwas Angemeseneres eingetauscht habt", stellte der Älteste Cai fest und ließ seinen Blick über Wu Yings dunkelgrüne Roben gleiten.

Nicht die Roben der Sekte des Sattgrünen Wassers, aber sie ähnelten ihnen zumindest. Sie waren förmlicher als das, was er normalerweise tragen würde, aber es war wahrscheinlich, dass sich dies schon sehr bald zu einem formellen Anlass entwickeln würde. Er beobachtete, wie der Blick des Ältesten Cai zu dem Schwert wanderte, das Wu Ying an seine Seite geschnallt trug.

"Ich bemühe mich, aber das Reisen bedeutet, dass meine Garderobe eingeschränkt ist, was Ihr hoffentlich versteht", meinte Wu Ying. "Ich nehme an, die Sektenanführerin möchte mit mir sprechen?"

"Oh ja, das tut sie." Das Lächeln des Ältesten Cai wurde etwas breiter.

"Liebe Cousins, es gab keinen Grund, dass ihr meinen Gast persönlich begrüßt. Ich hätte schon darauf geachtet, ihn zur Sektenältesten zu bringen, um mit ihr zu sprechen." Der Apotheker Cai erreichte sie mit flatternden Roben und seine Bewegung war etwas zu laut und hektisch, als dass man sie als elegant hätte bezeichnen können. Daher war es keine Überraschung, dass die vier anderen dem Apotheker empörte und verächtliche Blicke zuwarfen, als sie sich zu ihm umdrehten. Der Apotheker errötete leicht, wandte sich aber einfach Wu Ying zu. "Glückwunsch zu Eurer erfolgreichen Kultivationssitzung, Meister Long."

"Nicht nötig. Und danke für die Pillen", sagte Wu Ying. "Sie waren extrem wirksam."

"Sogar diese Pillen der Hundekacke, die er herstellt", ergänzte eines der jüngeren Mitglieder der fünf. Seine Haare waren zurückgekämmt und seine Lippen zu einem Grinsen verzogen. Er befand sich auf den frühen Stufen der Energiespeicherung, hatte aber das Babygesicht eines frischen Teenagers. Vermutlich ein behütetes Wunderkind.

"Kinder sollten still sein, wenn Älteste miteinander reden", meinte Wu Ying und wandte sich dann wieder dem Apotheker Cai zu. "Sollen wir gehen? Ich möchte eure Sektenanführerin nicht länger als nötig warten lassen."

Der Jüngling machte Anstalten, etwas einzuwerfen, aber der Älteste Cai hob eine Hand und hielt ihn zurück.

"Natürlich", antwortete der Apotheker Cai mit einer Verbeugung. "Ich habe die Kunde über Euren Austritt bereits verbreiten lassen. Hoffentlich hat die Sektenanführerin Zeit, uns zu empfangen."

"Ich bin sicher, das wird sie haben", mischte sich der Älteste Cai, wieder mit diesem selbstgefälligen Grinsen, ein.

Nichts davon entging Wu Ying oder dem Apotheker Cai, so wie er seine Augen zusammenkniff, aber ihr Weg war vorgezeichnet. Er führte Wu Ying über die gepflasterten Wege zum Hauptquartier der Sekte und diesmal wagte es keines der Sektenmitglieder – enge Familienmitglieder oder Zweigmitglieder – auf die beiden zuzugehen. Das hatte ebenso viel mit den Leuten hinter ihnen zu tun, die diejenigen ringsum finster anblickten und somit eine neue Spannung in der Luft erzeugten, die es vorher nicht gegeben hatte.

Wu Ying, der die Stufen zu dem erhöhten Wohnsitz hinaufstieg, war überrascht, einen Kultivator auf der Spitze der Kernformung zu spüren, der sich dem Eingang näherte. Er wurde instinktiv langsamer, während der Apotheker ihm folgte. Innerhalb weniger Augenblicke blickte eine hoch aufragende Gestalt mit einem männlichen, schönen Gesicht, glänzenden Haaren und tief eingefallenen, opalblauen Augen von ihrer erhöhten Position am oberen Ende der Treppe auf sie hinunter.

Hinter der Frau standen sechs Älteste. Sie waren alle auf unterschiedlichen Stärkestufen der Kernformung, doch nur ein Mitglied unter ihnen war weiblich – das älteste von allen. Die anderen waren Männer mittleren Alters mit einem älteren, weißhaarigen und kahl werdenden Mann mit einem Schnurrbart.

"Sektenanführerin." Der Apotheker Cai fiel auf ein Knie und senkte seinen Kopf, während er sich mit übereinander gefalteten Händen vor der Frau verbeugte.

"Klanoberhaupt", machte es der Älteste Cao ihm nach und verbeugte sich auf die gleiche Weise. Er stellte sicher, dass er sich zur Seite bewegte, sodass er auf derselben Höhe wie der Apotheker Cai war, bevor er das tat.

Wu Ying, der einen Schritt hinter den beiden stand, achtete darauf, seine Hände aufeinander zu legen und sich zu verbeugen, um sie ebenfalls zu begrüßen. "Verehrte Sektenanführerin. Ehrenwerte Älteste. Ich, Long Wu Ying, ein fahrender Kultivator, grüße euch."

Es war etwas gestelzt und förmlich, aber er hielt übermäßige Höflichkeit in dieser Situation als angemessen. Er vermied es wieder einmal, seine Sektenzugehörigkeit zu erwähnen.

"Meister Long, wie ich hörte, habt Ihr unsere Kultivationskammern benutzt, um Eure Kultivationsbasis zu verbessern", sagte die Sektenanführerin, deren Blick zum Apotheker huschte. "War der Versuch erfolgreich?"

Wu Ying nickte und verbeugte sich noch einmal zum Dank.

"Interessant." Die Sektenanführerin neigte den Kopf zur Seite. "Wisst Ihr, dass es in diesem Königreich als unhöflich gilt, seine Aura zu unterdrücken? Die eigene Stärke zu verbergen ist das Zeichen eines betrügerischen Menschen."

"Ah ...", antwortete Wu Ying und senkte seinen Kopf. "Ich entschuldige mich." Er entspannte seinen Griff und erlaubte seiner Aura, sich auszubreiten. Er erstreckte sie nur dreißig Meter um sich herum, aber er versuchte nicht mehr, sie vor denjenigen in der Umgebung zu verstecken. "Es ist eine alte Angewohnheit und Sicherheitsmaßnahme. Ich reise durch die tiefe Wildnis, wie der Apotheker Cai vielleicht erwähnt hat."

"Das hat er. Er hat uns auch von der Pille der Eintausend Streifen erzählt, die Ihr mitgebracht habt." Unverhohlener Geiz funkelte in den Augen der Sektenanführerin.

Jetzt verstand Wu Ying diese Art der Begrüßung. Ihn auf der Treppe anstatt drinnen zu empfangen, wie es der Brauch eigentlich verlangen würde. Hier draußen wäre der Schaden durch einen Kampf weniger auffällig und leichter zu beseitigen. Die Anwesenheit nicht nur ein paar Ältester der Sekte, sondern neun anderen – die sechs hinter ihr, die zwei neben ihm und der

Apotheker – neben der Sektenanführerin war eine offensichtliche Zurschaustellung von Macht.

Er war nur froh, dass der Sektenpatriarch und der andere Kultivator der Aufkeimenden Seele nicht aufgetaucht waren. Andererseits wäre das zu viel des Guten gewesen, selbst für eine Demonstration der Macht gegenüber eines einzigen Kultivators der Kernformung.

"Ein Glücksfund, den das Schicksal zu mir getragen hat", erklärte Wu Ying. Er war sich nicht sicher, wie sehr sie sich um Schicksal und Zufall und um karmische Bande scherten. Manche – wie sein Meister – würden sich davor hüten, die Räder des Schicksals zu beeinflussen. Andere würden solchen abergläubischen Überlegungen keine Beachtung schenken.

Auf der anderen Seite war es das Beste, die Wahrheit zu sagen, um auf sein Glück aufmerksam zu machen. Es waren das Schicksal, das Glück und die Glückwünsche eines Geistes gewesen, die ihn zu der Pille geführt hatten. Hätten die Sektenmitglieder beschlossen, selbst dorthin zu gehen, hätte sie möglicherweise dasselbe Glück getroffen.

Oder nicht.

Nicht jeder konnte einen Geist treffen und auch reagieren. Er selbst hätte schlechter handeln können, wäre sein eindeutiges Gespür durch den Wind nicht gewesen, dass sie zwar optisch sichtbar war, aber keine physische Gestalt hatte. Sie hätte nur wenig tun können, um ihm zu schaden.

Jedenfalls glaubte er das. Vielleicht hatten die Unwissenheit und die Arroganz ihm ein unverdientes Vertrauen in seine eigene Überlegenheit verliehen. Das war manchmal schwer zu sagen, wenn man es mit dem Übernatürlichen und Geistern zu tun hatte.

"Eine solche Pille ... hat einen hohen Wert in unserer Sekte." Wu Ying blickte zur Seite, während die Sektenanführerin weitersprach, und bemerkte, dass sich der Apotheker weigerte, ihm in die Augen zu sehen. Er fragte sich, ob das an der Scham lag, dieses Wissen und diese Auseinandersetzung geschehen zu lassen, oder ob er es bereute, nicht versucht zu haben, die Pille selbst zu besorgen. "Wir würden es als großen Gefallen erachten, wenn Ihr sie uns verkaufen würdet."

Für einen Moment spürte Wu Ying es. Diese Verstrickung von Schicksal und Ereignissen. Es war nicht dasselbe wie damals, als die

Meisterin Li ihn gebeten hatte, seinen Seelenring der Welt aufzugeben. Es war nicht dasselbe, weil sein Gegenüber Recht hatte, ohne Gewalt und Verlangen. Doch er spürte es, die Windung von Zeit und Schicksal.

Vielleicht hatte er zu viel Zeit mit seinem eigenen Meister verbracht, weil er ein solches Ereignis bemerkte. Vielleicht bildete er sich das nur ein und dadurch, dass er daran glaubte, wurde es real.

"Ich verstehe", flüsterte Wu Ying, während er versuchte, Zeit zu schinden. Versuchte, die Veränderung des Karmas wahrzunehmen, als Schicksal und Glück sich verzerrten. Der Wind blies und ihm folgte eine Spur der Himmel, dieses flüchtigen Windes, dem er durch so viele Länder gefolgt war.

"Kommt schon, Ihr habt viel genommen und unseren Kultivationsturm stark strapaziert. Sicherlich ist ein kleines Geschenk als Gegenleistung angemessen", meinte der Älteste Cai, über dessen Gesicht sich dieses hämische Grinsen zog.

Wu Ying drehte sich um und sein Blick aus braunen Augen traf den des anderen. Er sah, wie angespannt die Schultern des Ältesten Cai waren, obwohl er so schadenfroh war. Dieser arrogante Idiot, so unverhohlen zu sein ...

Ah.

Natürlich.

Es würde dem Ältesten Cai gut passen, wenn Wu Ying ablehnte. Wu Ying war sich nicht sicher, welche Art von Spiel hier gespielt wurde, aber Teile davon wurden ihm klar. Trotzdem drehte sich sein Geist wegen seiner Verärgerung um die Möglichkeiten. Er konnte gehen und vor ihnen weglaufen. Sie konnten ihn nicht fangen, sobald er einmal den Weg freigemacht hatte. Sie mochten zwar stärker sein und alles in allem mehr Macht haben, aber er war der Wind.

Der gefährlichste Augenblick war hier und jetzt. Bis er sich für das ein oder andere entschied. In der Zwischenzeit, während er eine Entscheidung fällte und sich in Bewegung setzte, konnten sie ihn niederdrücken, verletzen und den Kampf beenden, bevor er den Raum schaffen konnte, den er für die Flucht benötigte.

Aber wenn er floh, bliebe die Pille in ihrer Hand. Aber dadurch wären seine anderen Schätze womöglich sicher.

Die Winde wehten, zerrten an Roben und Haaren, zogen an Ärmeln und brachten Gerüche und Düfte mit sich. Sie reagierten auf seine Gefühle. Sein Geist klärte sich, Wu Ying verlagerte sein Gewicht und drehte einen Fuß so, dass er völlig dem Ältesten Cai zugewandt stand. Die Bewegung war überlegt und durchdacht. Ein deutliches Signal für jeden Kultivator der Kampfkünste.

Es reichte aus.

Der Älteste Cai machte einen Satz nach hinten und ein Schwert erschien in seiner Hand. Sein engster Gefährte, der eine Stufe unter ihm stand, zog ebenfalls sein Schwert und seine anderen Gefolgsleute taten einen Augenblick später dasselbe.

Wu Ying beschloss, als Reaktion eine Augenbraue zu heben. Dann drehte er sich wieder betont in seine ursprüngliche Position zurück, um mit der Sektenanführerin zu sprechen und legte Verachtung in seine Stimme. "Behandelt Ihr so Eure Gäste, Sektenanführerin des Cai-Klans? Indem Ihr meinen Worten mit Schwertern begegnet?"

"Ihr ... Ihr ... Ihr wart kurz davor –", stammelte der Älteste Cai.

"Eure Frage zu beantworten. Ihr wolltet doch eine Antwort, oder nicht?", meinte Wu Ying ruhig.

"Ich ..."

Aber Wu Ying ignorierte den Mann und stellte sich der Sektenanführerin, die ihn mit einem verwirrten Blick ansah. Er bewegte seine Hand und bemerkte, wie sich die Menge anspannte. Er bewegte sie ohne Inhalt nach oben und seufzte. "Nun, ich hatte vergessen, dass ich die Pille der Eintausend Streifen beim Apotheker Cai gelassen habe. Sonst würde ich sie Euch zeigen, Sektenanführerin. Ein Geschenk für die Gastfreundschaft, die Ihr mir gezeigt habt." Dann huschte sein Blick zum Ältesten Cai und seinen Untergebenen, die alle immer noch ihre Schwerter in den Händen hielten. "Die meisten von euch."

Die Rüge sorgte für einen abrupten Atemzug der Ältesten hinter der Sektenanführerin. Die alte Frau ging sogar so weit, vergnügt zu kichern.

Der Apotheker lächelte leicht und beeilte sich, dieses Lächeln kurz darauf zu verbergen. Dann verbeugte er sich tief, als er sich seiner Stellung bewusst wurde. "Mit der Erlaubnis der Sektenanführerin würde ich die Pille holen."

Die Sektenanführerin blickte Wu Ying, dann die entblößten Klingen mit geschürzten Lippen an. Sie legte die Augenbrauen in Falten, als sie dem Ältesten Cai einen finstern Blick zuwarf, der hastig seine Waffe wegsteckte. Der Gesichtsverlust, wenn man einen Gast mit einer Waffe bedrohte, war enorm.

"Ich ... nun, ja." Sie nickte dem Apotheker zu. Dann, als sie zu Wu Ying schaute, der völlig entspannt dastand, trat sie zur Seite und wies mit der Hand. "Sollen wir drinnen warten? Ich werde für Erfrischungen sorgen."

"Ich wäre sehr erfreut", antwortete Wu Ying.

Ihm entging die Tatsache nicht, dass der Älteste Cai und seine Freunde nicht mit hineingelassen wurden, als sie nach drinnen gingen, während sich die anderen Ältesten entfernten und er mit der Sektenanführerin und zwei weiteren Personen alleine war.

***

Vier Stunden später verließ Wu Ying das Gebäude mit einer großen Menge Reiseproviant, einigen einfachen Pillen, verzauberten Talismanen und alltäglicher Ausrüstung, dazu hatte man ihm drei Roben mit dem Schnitt der örtlichen Mode in dunkelgrün und braun gegeben, die er bevorzugte. Alles kleinere Geschenke als Zeichen der Gastfreundschaft. Nichts, was auch nur ein Zehntel von dem wert war, was er ihnen gegeben hatte, selbst wenn man die Gegenstände alle zusammennahm.

Dennoch fühlte sich Wu Ying leichter, während er ging, nachdem er die Einladung zum Abendessen abgelehnt hatte. Die Pille hätte in Zukunft nützlich für ihn werden können, aber wenn er sie behalten hätte, hätte das nur für Tumult gesorgt. Es hätte ihm Feinde verschafft, die er in einem Königreich, in dem er eben erst angekommen war, nicht gebrauchen konnte.

Er hatte das schon einmal getan. Aus besseren Gründen als wegen einer Pille, die er nicht verwenden konnte.

Vielleicht lernte er dazu. Materielle Last, Bedürfnisse und Begehren hielten einen alle zurück. Deshalb verließen Einsiedler die Zivilisation, um auf ihrem Weg zum Aufstieg in den Bergen zu leben.

Vielleicht war er ein Narr gewesen, sein Glück aufzugeben. Aber nachdem er eine Stunde die Hauptstraße entlang gereist war und es keine Anzeichen auf Verfolger gab, beschloss er, daran zu glauben, dass sein Handeln ehrenhaft gewesen war. Welche Feindseligkeit er und der Älteste Cai auch entwickelt haben mochten, sie reichte für den Mann nicht aus, um ihn zu jagen und anzugreifen.

Eine Situation, über die sich Wu Ying nicht ganz sicher sein konnte, wäre entstanden, wenn er nicht entschieden hätte, die Pille ohne großes Aufsehen abzugeben.

Er beschloss, zu glauben, dass das, was er getan hatte, richtig gewesen war. Und obwohl der Geruch des Himmels, der so klar und rein und frisch gewesen war, verschwunden war, bekümmerte ihn das nicht. Er würde ihn wiederfinden und zu lernen – oder nicht zu lernen –, wie man ihn aufspürte, genügte ihm.

Schließlich war da ein Königreich, das es zu erkunden galt.

Kapitel 15

Die Reise durch die tiefe Wildnis war sowohl sehr vertraut als auch jeden Tag ein neues Abenteuer. Wu Ying marschierte mit jedem Schritt weiter nach Westen und durchquerte das langgezogene Königreich der Jin, dessen sattgrüne Wälder langsam einem trockeneren, gemäßigteren Klima wichen.

Während sich das Klima veränderte, wechselten auch die Kräuter, die er vorfand. Er kehrte mehrmals in die Zivilisation zurück, um Bücher über Kräuterkunde zu kaufen oder Kräuter, Münzen und manchmal sein Fachwissen gegen Blicke in Sektenbibliotheken zu tauschen. Nicht in die verbotenen Abteilungen mit Kultivationshandbüchern oder Übungen, sondern in die staubigen, unbenutzten Ecken, wo Bücher hinter den bekannteren und frequentierteren Bereichen mit Apothekerschriftrollen über die Pflege und Versorgung von Pflanzen und Kräutern verborgen verstreut lagen.

Er verbrachte Tage und Wochen in den gut ausgeleuchteten Bibliotheken, stürzte sich in Notizen und kopierte sie in seine Notizbücher, erweiterte seine Aufzeichnungen und das Wissen, das er angesammelt hatte. Er korrigierte oder besserte Fehler aus, fertigte neue Zeichnungen an oder machte kleine Anpassungen an denen, die er bereits gezeichnet hatte. Manchmal ging er so weit, mehrere Seiten desselben Krauts zu reproduzieren, sodass er es selbst lokalisieren und überprüfen konnte.

Er verfluchte mehrmals miserable Künstler, schlechte Handschriften und Abhandlungen, die schlecht gepflegt und dank des Zahns der Zeit und falscher Handhabung abgenutzt waren.

Eine mühsame, aber notwendige Arbeit.

Dazu kamen die Experimente und Überprüfungen. Wu Ying sah sich Zuchtpläne, die vom einen oder anderen Autor unterstützt wurden, und Gärten, die in der einen Sekte sorgfältig gepflegt, in einer anderen aber dem Wildwuchs überlassen wurden, an und erprobte die Methoden in seinem Seelenring der Welt. Er isolierte ganze Felder, um die vielversprechendsten Beispiele – und einige wirklich seltsamen Kritzeleien – zu überprüfen.

Machte es einen Unterschied, ob man gemahlene Knochen eines Hundes oder einer Katze benutzte? War es besonders ausschlaggebend, ob man die Pflanzen ausschließlich mit Wasser goss, das am elften Tag jedes

Monats gesammelt worden war? Oder hatten die Quellen der Chu-Hügel wirklich eine heilende Wirkung auf Pflanzen und Menschen?

Inmitten solcher Arbeit kultivierte sich Wu Ying. Die Nächte vergingen in Gästezimmern, mit halb geschlossenen Augen, während er Energie in seinen Körper aufnahm. Die Dämmerungen verbrachte er mit Dehnübungen und damit, seine Formen durchzuarbeiten, während die Sonne unterging und die Temperatur sich änderte, wenn die Winde durch die Gebäude pfiffen.

Und die Methode des Immervollen Weinkruges rotierte immer, immer, immer in seinem Zentrum. Doch während die Zeit verstrich, passte er die Übung an. Das hatte er bereits getan, nachdem er seinen Windkörper erhalten hatte – seine Aura war keine undurchdringliche Mauer gegen Angriffe oder Chi, sondern eine Reihe von Wirbeln und Stürmen. Er zog Energie heran und stieß sie auf der Suche nach Wind-Chi ab.

Erstaunlicherweise kam der Segen im Hochsommer. Ein kleines Nebenprodukt seiner Arbeit – ein ständiger Kreislauf von Wind um ihn herum, der ihn kühl hielt und so eingeschränkt wurde, dass er die Umgebung zu keinem Augenblick störte, es sei denn, er wollte das so. Denn es ergab wenig Sinn, sich vor Bestien zu verstecken, wenn ein kleiner Wirbelsturm seinen Standort verriet.

Aber weiterhin war es sein Dantian und der unaufhörliche Sog von Energie in seinem Inneren, die er veränderte. Anstatt von einem Strudel bediente er sich an seinem Kampf mit der Guerillageneralin und bildete einen innerlichen Wirbelsturm. In seinem Dantian war keine Hitze, aber das grenzte seine Fähigkeit, den Wirbelsturm zu bilden, nicht ein. Ein Strudel aus der Energie des Wind-Chis in seinem Zentrum wirbelte auf seinen Befehl hin herum, stieg an und flachte ab und zog Energie in einem unaufhörlichen Wirbelsturm in seinen Dantian. Auf dem Grund war sein Kern, der am Ende des Sturms verankert war.

Die veränderte Methode des Immervollen Weinkruges, die durch die Energie der Kernformung verstärkt wurde, war stärker denn je. Seine geweiteten, stärkeren Meridiane wurden zunächst unter der neuen Last, die ihnen auferlegt wurde, beansprucht, sodass Wu Ying in den ersten Wochen wund und erschöpft war.

Tagelange Übung seiner Windformen und das Baden in medizinischen Bädern unterstützten seine Anpassung, sodass er das Chi aus der Umgebung, das in seinen Körper eindrang, reinigen und individualisieren konnte. Das Wind-Chi floss, sickerte in Knochen und Muskeln und veränderte sie minimal, was ihm Stärke und Schnelligkeit verlieh, obwohl das meiste davon in seinen Dantian drang.

Es war dennoch langsamer, viel langsamer, als wenn er stillstehen und meditieren würde. Den passenden Ort zu suchen, sich in abgelegenen Bergen und an donnernden Wasserfällen oder in Kultivationskammern zu kultivieren, brachte nach wie vor die besten Ergebnisse hervor, aber da Wu Ying in Studierzimmern und staubigen Bibliotheken gefangen war und seine Arme ellbogentief in Erde und Kompost steckten, hatte er einen solchen Luxus nicht.

Der Frühling wurde zum Sommer und der Sommer zum Herbst und die Blätter fielen, während Wu Ying durch den Staat der Jin reiste. Er besuchte Sekten, stellte ihnen Kräuter und Pillen zur Verfügung und trainierte im gleichen Maße. Hin und wieder wurde er in kleinere Zänkereien hineingezogen, aber meistens wurde er in Ruhe gelassen.

Nur ein weiterer namenloser und fahrender Kultivator.

Mit der Zeit nahm das, was er vom zentralen Wind lernen konnte, ab, und der westliche Wind nahm sich seiner Bitten an. Er hatte sich in seiner Windkörperformen und auf seiner Suche nach dem himmlischen Wind sehr weiterentwickelt. Er fand nun Spuren, die recht oft nach Westen führten.

Grüne, hügelige Landschaften wurden zu hellbraunen Lehmhügeln, Wüstenländern und tiefen Schluchten. Die Feuchtigkeit verschwand und das Meer war nur eine entfernte Erinnerung für den Wind. Der Westwind heulte und erzählte von ausgedehnten Ländern aus Sand, blühenden Oasen und Dörfern aus Lehm, wo sich die Wege fleißiger Händler kreuzten.

Von einer Nacht auf die andere wurde der Herbst zum Winter. Eine leichte Schneeschicht tauchte nach einer kalten Wüstennacht auf und überrumpelte Wu Ying. Die Tage wurden kälter, die Nächte waren eisig und die Tierwelt verschwand.

Eine leichte Entscheidung also, sich in Richtung der verlockenden Lichter der Zivilisation in der Ferne und den komplexen, scharfen Düften von Essen zu bewegen.

***

Der Junge rannte keuchend, das Schwert hielt er mit einem Griff in der Hand, der seine Knöchel weiß werden ließ. Seine Kleidung war schmutzig und ungepflegt, die Fäden abgenutzt und die eines Tagelöhners, die den Morast der Zivilisation umgaben. Er eilte auf verdichteter Erde entlang, die einen kläglichen Versuch einer Straße des Außenpostens darstellte, und der Sichelmond starrte auf ihn herab, während er um sein Leben rannte.

Männer und Hunde jagtem dem Jungen hinterher. Die Verfolger lachten, lockerten ihren Griff um die Hundeleinen und ließen sie nahe an den Jugendlichen heran, bevor sie sie nach hinten zogen und sich fürchterliche Kiefer klaffend an seinen Fersen schlossen. Sie rannten mit leichten Schritten, weil ihre höhere Kultivation es ihnen erlaubte, ohne Probleme mit dem armen Kind Schritt zu halten.

Der Junge stolperte und seine Sandale verfing sich an einer unebenen Stelle auf der Straße. Er streckte einen Arm aus, der den Sturz größtenteils abfing, während er seinen Kopf einzog, um in Richtung seines Bauches zu schauen, bevor seine Schultern auf dem Boden aufschlugen. Er rollte sich im Sturz ab, sodass er sich halb aufrichten konnte, ehe sich ein Hund an seinem Bein festbiss und heftig daran riss.

"Verdammt, Ah Keong! Warum habt Ihr zugelassen, dass Hei Gui[10] ihn erwischt? Jetzt ist der Spaß vorbei." Das kleinste Mitglied der Gruppe fluchte und stapfte mit geöffneter Tunika, die eine abgemagerte Brust entblößte, zu dem Jungen, um den Hund festzubinden, damit er von ihm abließ.

Hei Gui wimmerte, ließ den Jungen aber los, der sich sofort zurückzog. Der Junge drückte sich auf die Beine, wobei er sein verwundetes Bein mehr

---

[10] Hei Gui (黑鬼) — Schwarzer Geist.

belastete, und blickte den Mann böse an. Eine seiner Hände fiel auf den Griff des Schwertes, an dem er die ganze Zeit festgehalten hatte.

Die grausamen Augen des Anführers verengten sich. "Das willst du nicht tun, Junge. Das Schwert unseres Meisters zu stehlen, war eine Sache, aber es gegen uns zu ziehen ... nun, wir werden dich jetzt nicht nur einfach verprügeln."

"Es ist nicht sein Schwert!", schrie der Junge, zog die Klinge heraus und zeigte mit der Spitze auf den anderen Mann. "Es gehört meiner Familie! Er hat es meinem Vater gestohlen, als er ihn erdrosselt hat."

Der schmale Anführer lehnte sich etwas zurück und grinste. "Er hätte die Schutzgebühr bezahlen sollen. Er dachte, nur weil er ein Kultivator der Energiespeicherung war, sei er etwas Besonderes. Er war nicht so besonders, oder, so wie er ohne Beine auf der Straße ausgeblutet ist?"

Der Junge schrie in Rage, warf sich vorwärts und schwang das Schwert. Er schlug mehrmals zu und die Wut und die Verletzung prägten seine Form. Beinahe verächtlich wich der andere Mann zurück und führte den Jungen in den Kreis, den seine anderen Männer gebildet hatten, bevor er um sich wies.

Das Kind bemerkte den Schlag nicht, den einer der anderen ausführte. Der Stock schlug auf seine Fingerknöchel ein und sorgte dafür, dass das Jian zu Boden fiel. Er weinte, umfasste die Verletzung und die Knochen, die durch diesen einfachen Angriff gebrochen worden waren.

"Jetzt sag nicht, ich hätte dich nicht gewarnt, Junge ..."

Der Anführer nickte den anderen zu und trat zurück, während sich die anderen Schläger dem Kind näherten, das auf die Knie gesunken war und versuchte, mit seinem unverletzten Arm nach der Waffe zu greifen. Ein Fuß auf der Klinge vereitelte seine verzweifelten Versuche, während Fäuste erhoben wurden.

Plötzlich fuhr ein Windstoß durch die Umgebung, wirbelte Staub und Sand auf der Straße aus zusammengepresster Erde auf und zwang die Gruppe, ihre Augen abzuschirmen. Als der Wind nachließ, stand ein Mann neben ihnen, der die Szenerie mit kühlen braunen Augen betrachtete.

***

Wu Ying hatte das gesamte Geschehen teilnahmslos aus der Ferne beobachtet, während er auf den Außenposten zugegangen war. Erst, als er die bevorstehende Schlägerei und den drohenden Tod des Jungen bemerkt hatte, hatte er sich entschlossen, zu handeln und sich vom Wind vorwärts tragen lassen.

Gleichzeitig hatte er den Griff um seine Aura gelockert, damit seine Anwesenheit nach draußen dringen konnte. Andernfalls hätte er nur wie ein weiterer Sterblicher gewirkt – wenn auch ein gut gekleideter. Jetzt würde man ihn als ein Kultivator auf den späten oder oberen Stufen der Energiespeicherung erkennen, der möglicherweise größere Energiereserven besaß – je nachdem, wie gut ihre Aurasinne waren.

Anders als im vorherigen Königreich schien der Spürsinn für Auren hier besonders ausgeprägt zu sein. Die Techniken, deren Einsatz er erlebt hatte, unterschieden sich stark, jedoch schienen spirituelle Sinne und Techniken zur visuellen und optischen Wahrnehmung bevorzugt zu werden. Er nahm an, dass dies etwas mit der kargen Umgebung zu tun hatte – sehr viele Seelenbestien hier waren Lauerjäger.

Er hatte sogar ein paar Schriftrollen zur Verbesserung der physischen Sinne gekauft, um sie während ruhiger Abende zu studieren. Es war wenig überraschend, dass einem bloßen fahrenden Kultivator keine Schriftrollen zur Verbesserung der spirituellen Sinne zur Verfügung standen. Dennoch schadete es nie, seine bestehende Ausbildung zu ergänzen, obwohl er sich immer mehr auf die Winde und seine spirituellen Sinne verließ.

Beiläufige Gedanken, während sich die Gruppe wegen seiner Anwesenheit neu orientierte. Sie bewegten sich mit überraschendem Elan und Disziplin. Ein einzelnes Mitglied behielt seinen Fuß auf dem Jungen und drückte sein gezogenes Schwert auf seinen winzigen Rücken, damit er nichts Unüberlegtes versuchte. Die anderen Schläger schwärmten aus, um sich Wu Ying zu stellen, während sie seine Aura prüften.

Wu Ying wehrte ihre Annäherungsversuche müßig ab. Nachdem sie hinter den ersten Eindruck gekommen waren, den er hatte vermitteln wollen, gab er sich damit zufrieden, sie im Ungewissen zu lassen. So wie die Dinge standen, war sein kleiner Kern – der nun zwei Schichten besaß – auch unter normalen Umständen immer noch kleiner als die meisten Kerne in ihren Anfängen.

"Wer seid Ihr?" Der angeberische, schlanke Anführer trat vor und bedachte Wu Ying mit einem finsteren Blick. Dennoch versicherte er sich, außerhalb von Wu Yings Reichweite zu bleiben, ganz gleich, wie eingebildet er war.

"Ein Fremder auf der Durchreise", antwortete Wu Ying.

"Ehrenwerter Herr, helft mir!", rief der Junge am Boden. Jegliche weiteren Worte wurden erstickt, als sein Gesicht in den Boden gepresst und die Schwertspitze tiefer in seinen Rücken gedrückt wurde.

"Glaub bloß nicht, dass ich dich nicht töten würde, Junge!" Der Mann, der seinen Fuß auf das Kind gestellt hatte, hatte eine überraschend hohe Stimme, die seiner einschüchternden, muskulösen Haltung widersprach.

"Das ist eine kleine Sache, Meister. Eine Privatangelegenheit. Doch wenn Ihr Euch nicht beeilt, werden die Tore des Außenpostens geschlossen werden", meinte der Anführer mit einem schmeichlerischen Lächeln. Er wies zur Seite und seine Männer machten den Weg für Wu Ying frei, um weiterzugehen. Sie beobachteten Wu Ying und suchten in seinem teilnahmslosen Gesichtsausdruck nach einem Hinweis darauf, wie er reagieren würde.

Wu Ying nickte leicht, schluckte den Köder und bewegte sich in die Gruppe hinein. Er bemerkte, wie sie sich anspannten und viele Mitglieder der Gruppe sogar ihren Atem anhielten. Ihre Hände umklammerten ihre Waffen fest, während er ihre geöffnete Formation passierte. Der Junge wehrte sich leicht und stieß gedämpfte Geräusche aus, als er versuchte, etwas zu sagen. Die Klinge bohrte sich tiefer hinein und brachte das Kind zum Schweigen, da sie in sein Fleisch biss und Blut austrat.

Die Spannung stieg noch weiter an, als Wu Ying, der die Front der Gruppe durchquert hatte, anhielt, als er senkrecht zu dem Jungen und seinem Geiselnehmer stand.

"Meister ...", sagte der Anführer zögerlich hinter Wu Ying. Das reichte für seine Männer aus, um den Kreis enger zu schließen und ihre Waffen zu ziehen.

"Eure Form war verachtenswert. Euer Griff war ordentlich, aber ihr lasst eure Handlungen von euren Gefühlen lenken. Ihr habt den Kleineren Erfolg erlangt, aber euer Geist muss gestärkt werden", erklärte Wu Ying, der die beiden, die er ansprach, nicht einmal eines Blickes würdigte. "Aber diese Waffe ist gut. Zu gut für eure Stufe der Kultivation und Bildung."

Ein Heiligen-Jian? Nein, viel zu viel für ein Kind.

Der Junge zwang sich nach oben und presste das Schwert in seinen Rücken, nur damit er genug Platz hatte, um zu sprechen. "Bitte, helft mir!"

Ein Schubs schleuderte das Gesicht des Jungen zu Boden. Die Klinge wurde herausgezogen und das Blut schoss in einer Fontäne heraus, während der Schläger die Waffe verlagerte, um dem Kind den Rest zu geben.

Wu Yings Finger zuckte und ein Streif seiner verhärteten Schwertintention traf die Hand des Mannes. Die Klinge fiel aus dieser Hand, als das Schwert zur Seite geschlagen wurde, und einen Augenblick später schlug ein weiterer Streif von Schwertintention – diesmal stumpf und aus mehr Chi als Intention bestehend – auf die Brust des Mannes und warf ihn von dem Kind.

"Ihr wisst nicht, wen Ihr da herausfordert!", fauchte der Anführer.

Der Junge versuchte, aufzustehen, während Blut über seinen Rücken strömte.

Wu Ying schnaubte. "Bleib liegen. Und iss das und kultiviere dich."

Das Pillenfläschchen flog durch die Luft und traf den Jungen an der Brust, als er es zunächst nicht fing, bevor er das Fläschchen erwischte, als es von ihm abprallte. Er öffnete das Pillenfläschchen und der Geruch seines Inhalts strömte so plötzlich nach draußen, dass die gesamte Gruppe erstarrte. Die Körperpille des Geckos auf der Stufe der Energiespeicherung war eine seltene Heilpille, die dafür gedacht war, schwerere Verletzungen als eine einfache Stichwunde auf dem Rücken zu heilen.

Durch ihre Anwesenheit und einfache Schenkung war sie eine Erklärung der Stärke und Absicht.

Außerdem war es zufälligerweise die letzte, mächtige Heilpille, die Wu Ying besaß. Es hatte viele Vorteile, ein Körperkultivator zu sein, aber das hatte auch den Nachteil, dass es mächtige Heilpillen brauchte, um überhaupt den Prozess, ihn wieder zusammenzuflicken, in Gang zu bringen, insbesondere mit seinem Windkörper.

"Ich danke Euch, Meister." Die Worte waren keuchend und der Junge begab sich mühevoll in den Schneidersitz und schluckte die Pille ohne weitere Widerworte.

Noch eine Geste dieses mageren Anführers mit entblößter Brust. Eine tiefe Geste, als würde er versuchen, subtil zu sein. Die Männer reagierten und warfen sich mit singenden Waffen auf Wu Ying.

Es amüsierte ihn etwas, zu sehen, dass sie eine Formation nutzten, um ihn anzugreifen. Sie war unbeholfen und schlampig in der Ausführung, aber dennoch war es eine Kampfformation. Sie sollte ihn ablenken, in toten Winkeln treffen und einen Kultivator mit überlegener Stärke schlagen. In ihrer Ausführung war sie gut genug, um mit einem normalen Meister der Energiespeicherung klarzukommen.

Der Wind wehte und flüsterte ihm von ihren Bewegungen zu, als er an ihnen vorbeirauschte. Wu Ying machte sich nicht die Mühe, sein Jian zu ziehen, sondern blockte und schlug mit bloßen Händen zu. Manchmal setzte er eine Klinge aus Schwertintention aus seinen geöffneten Händen frei, traf seine Angreifer und warf sie nach hinten.

Nachdem er das Herz des Schwertes erlangt hatte, musste er keine Waffe mehr in der Hand halten, um ein Schwert heraufzubeschwören. Nicht für etwas wie das, nicht, um eine Waffe zu parieren, die ihn passierte, nicht, um mit der Messerklinge zuzuschlagen, die er schwang, um den ein oder anderen von sich zu schleudern. Nicht, um das halbe Dutzend Kämpfer auf den Stufen der Körperreinigung oder Energiespeicherung zu schlagen, um sie blutend am Boden zurückzulassen. Der Kampf war so einfach, als würde er seine Hand drehen.

Nach einem Dutzend Schlägen war der Kampf vorüber.

"Geht. Bisher war ich gnädig", sagte Wu Ying. "Stellt mich nicht noch weiter auf die Probe."

Der Anführer starrte in von dort, wo er sich wieder einmal zitternd auf die Beine gerappelt hatte, an. Er durchbohrte Wu Ying mit seinem Blick und schaute zu dem Jungen, dessen Schwellungen am Gesicht abnahmen und die Blutung an seinem Rücken gestillt wurde, nachdem er die Pille eingenommen hatte. Er zitterte und Wut und Eifersucht kämpften auf seinem Gesicht, dann wurden seine Züge durch reine Willenskraft sanfter.

"Ich werde meinen Meister darüber in Kenntnis setzen. Ihr werdet es noch bereuen, Euch gegen die Bande der Gebrochenen Erde und des Himmels gestellt zu haben!", bellte der Anführer und wies seinen Leuten mit einem Winken an, mit ihm zu kommen. Er machte sich auf der Straße davon, sammelte seine stöhnenden, humpelnden und verletzten Schläger ein und führte sie zurück in Richtung des Außenpostens.

Wu Ying beobachtete tatenlos, wie sie gingen, bevor er einen Seufzer ausstieß.

"Ihr müsst nicht über mich wachen, Ehrenwerter Wohltäter." Der Junge öffnete seine Augen und verließ seine Kultivation. "Ab hier kann ich mich um mich selbst kümmern."

"Wenn du meine Pille vergeudest, werde ich dich verprügeln, bis du dir wünschst, sie hätten dich erwischt", schnauzte Wu Ying das Kind an.

Der Junge riss seine Augen auf, dann schloss er sie schnell, als die Tötungsabsicht, die Wu Ying ausstieß, ihn zum Gehorsam zwang.

Natürlich würde Wu Ying so etwas nicht tun. Aber die Pille war so übermächtig für das Kind, dass er möglicherweise sogar einen weiteren Meridian als Kultivator des Körpers reinigen konnte, wenn er schlau war und die Gelegenheit beim Schopfe ergriff. Selbst wenn er das nicht tat, bestand die Gefahr, dass sein Chi überlief.

Und was die stolpernde und fliehende Bande betraf? Nun, er würde sich um sie kümmern, wenn die Zeit dafür kam. Dennoch weitete Wu Ying seine spirituellen Sinne etwas mehr aus, äußerte dem Wind gegenüber eine Bitte und beobachtete, wie das Gebiet vor ihnen in Sand gehüllt wurde, als der Wind sich hob. Er erstickte und umhüllte die Bande, während sie flohen.

Denn es gab keinen Grund, es Kinderschlägern leicht zu machen.

***

Zwanzig Minuten später nickte Wu Ying, als er sah, wie der Junge schwitzte. Indem er seine Willenskraft leicht ausweitete, fing der Wind den Geruch ein, der von dem Kind ausging, und zog den Gestank von Wu Ying weg. Er kannte diesen Duft nur allzu gut und sah keinen Grund, darunter zu leiden. Stattdessen wartete er, bis das Kind die schwarzen, klebrigen Unreinheiten eines Durchbruchs ausstieß.

Die Zeit verging und Wu Ying war zufrieden damit, zu warten und zu beobachten. Er lauschte den Unterhaltungen, die zu ihm getragen wurden, als die Bande es schließlich zum Außenposten zurückgeschafft hatte, dem Knarren von Türen und schließlich, wie sie ein Gebäude betraten. Ein Gebäude, das mit Talismanen überzogen war, um jegliche heimliche Spionage zu verhindern.

Selbstverständlich könnte er sie brechen – aber er hatte bereits genug angerichtet. Später vielleicht ...

Nun ja.

Das war eine faszinierende, neue Bredouille.

Er wartete und durchdachte seine Möglichkeiten. Es wäre schwer, sich Zugang zum Außenposten zu verschaffen. Er brauchte den Außenposten nicht, obwohl es praktisch gewesen wäre, einige seiner Kräuter und die Dämonen- und Seelensteine zu verkaufen, die er angesammelt hatte. Es war möglich, die Bande zum Wohle des Jungen zu bekämpfen, aber das würde die Probleme des Kindes auf lange Sicht nicht lösen.

Wu Ying schloss für einen Moment die Augen und ließ seine Gedanken und seine Seele zur Ruhe kommen. Er wartete neugierig auf das, was passieren mochte, wenn der Junge seine Kultivation beendete und ob die Bande die Siedlung verlassen würde, ab. Er war neugierig, zu sehen, wohin der Wind wehen würde.

Schlussendlich stieß das Kind einen trüben Luftzug aus und öffnete die Augen. Oder versuchte das zumindest. Blut und ausgeschiedener Schmutz hatten seine Augenlider verklebt, sodass ihm das zu schaffen machte, während er sie säuberte. Jedenfalls war das seine Absicht, aber er schaffte es nicht, sondern verteilte den Schmutz nur weiter.

Wu Ying lachte in sich hinein, holte einen Wasserschlauch hervor und leerte ihn in der Luft, damit der Wind dem Jungen eine improvisierte Dusche verpassen konnte. Der Schlauch war so verzaubert, dass er Wasser aus der Umgebung sog und es reinigte – ganz ähnlich wie der Gegenstand, den er einst in seiner Sekte erhalten hatte.

Ein nützliches, spirituelles Werkzeug für die Wüste.

Der Junge prustete und trocknete sich ab, um sich zu putzen, und riss einen Stofffetzen von seinem Oberteil ab, um diese Arbeit zu Ende zu bringen. Sein Gesicht blieb dadurch verschmiert, aber wenigstens war es sauber genug, sodass er seine Augen öffnen konnte.

"Verehrter Wohltäter, danke vielmals. Ich entschuldige mich für die verspätete Vorstellung. Ich bin Li Shi Min", stellte der Junge sich vor. Er trug ernsthafte Dankbarkeit auf seinem jungen Gesicht, aber es enthielt auch eine Spur von Misstrauen.

Diese Worte ... irgendetwas regte sich in Wu Yings Erinnerung. Und er lächelte, als er eine Entscheidung getroffen hatte. "Mach dich sauber."

Der Junge zögerte, aber nachdem er an seinem Körper geschnüffelt hatte, verstand er. Er beugte sich, nahm einige Hände voll des schnell kühler werdenden Sandes, schob sein Oberteil zur Seite, rieb ihn auf seine Haut und scheuerte sich sauber. Er wiederholte dies mehrmals auf seiner Brust, in seinem Gesicht und an seinen Beinen, bis er endlich fertig war. Es war kein makelloses Unterfangen, aber es entfernte den Großteil des Schmutzes, obwohl das ein gerötetes Gesicht und blutige Stellen zurückließ.

Dann sagte Wu Ying: "Komm."

Stille hinter Wu Ying, während dieser seine Schritte die Straße entlang zu den Bergen zurückverfolgte. Er schaute nicht zurück, sondern ging einfach weiter. Er gab sich damit zufrieden, die Entscheidung dem Jungen zu überlassen. Das Unbehagen und Zögern des Jungen war beinahe zu spüren, bevor er Wu Yings kleiner werdenden Gestalt hinterhereilte.

Bis Shi Min zu ihm aufgeholt hatte, steckte sein Schwert in der Scheide und baumelte an seiner Seite. Wu Ying schielte zu seinem neuen Gefährten, bewegte absichtlich seine Hand, legte sie auf den Griff seines eigenen Schwertes und passte seinen Winkel an, um die Scheide in seinem Gürtel zu bewegen.

Nichts.

Keine Reaktion des Kindes, das auf seinen Rücken starrte. Stattdessen öffnete Shi Min seinen Mund, um zu sprechen. "Verehrter Wohltäter ..."

Ach ja. Er war also etwas langsam.

Wu Ying lächelte leicht und wurde schneller. Und dann noch einmal, um den Jungen dazu zu bewegen, sich zuerst zu beeilen und dann hinter ihm herzutraben, bevor er schließlich zu einem durchgängigen Lauf ansetzte und er seinen Atem darauf verwendete, Luft in seine Lungen zu saugen, anstatt dumme Fragen zu stellen.

Wu Ying passte seine Geschwindigkeit an und vereinfachte seine Bewegungstechnik der *Windschritte* und stellte damit sicher, dass er dem Jungen immer einen Schritt voraus war, sodass der Wind nach hinten wehte, um den Gestank des Kindes fernzuhalten.

Die beiden rannten in die Wüste und zu den gesplitterten Schluchten, auf verdichteten und staubigen Erdstraßen, unter einem Sichelmond, und ließen die Vergangenheit hinter sich.

Kapitel 16

Die Dämonenwölfe brauchten eine Stunde, um sie in den grau-weißen Gebirgsausläufern der Wüste zu finden. Die Dämonenbestien waren ihnen im Schatten gefolgt und von einem Vorsprung zum nächsten geflitzt, während sie die zwei verfolgt hatten. Der Junge bemerkte erst, dass sie verfolgt wurden, als die Wölfe fast bei ihnen waren und er brauchte weitere fünfzehn Minuten, um die erste schattenhafte Gestalt ausfindig zu machen. Die Angst und der Gestank seiner Nervosität, vermischt mit dem Geruch der Unreinheiten, die er noch in sich hatte, stellten einen verlockenden Köder für die dämonischen Bestien dar.

Insbesondere, da Wu Ying seine Aura wieder unterdrückt hatte, im Hintergrund verschwand und zu etwas wurde, das sogar unter einem Sterblichen stand.

Das Rudel holte sie ein, als sie vom letzten Hügelausläufer hinunterkamen und ihnen ein weiterer, langer Aufstieg bevorstand. Dann schlichen die dämonischen Wölfe aus der Dunkelheit. Ihr struppiges Fell, das in die Farben der Schatten und dem Orange der Wüstennacht getaucht war, war in dieser spärlich beleuchteten Nacht blass und grell. Drei von ihnen standen an der Front, zwei an den Flanken und Wu Ying spürte zwei weitere in den Schatten direkt hinter ihnen.

Shi Min fummelte sein Schwert aus der Scheide, seine Atmung war schwer und durch ihren Marsch angestrengt. Er schwankte bei jedem Atemzug leicht, da die Erschöpfung drohte, ihn zu übermannen. Trotzdem drehte er sich um, um sich den dunklen Schatten zu stellen, weil er Jäger genug war, um zu wissen, dass die Wölfe ihre kleine Gruppe umzingeln würden. Die zwei Wölfe, deren List durchschaut worden war, pirschten aus den Schatten, während die Tiere jaulten und knurrten und die beiden dadurch bedrohten.

"Steh aufrecht. Atme durch dein Zwerchfell", flüsterte Wu Ying. "Lockere deinen Griff an den obersten zwei Fingern noch etwas weiter und bewege dich ein Cun nach unten."

"Was?", fragte Shi Min.

"Dein vorderer Fuß ist zu nahe. Bewege ihn drei Cun nach außen und winkle ihn etwas weiter seitlich an. Schau nicht nach unten!" Den letzten Satz blaffte Wu Ying ihm entgegen. "Behalte immer deine Gegner im Blick."

"Ja, Meister!"

"Ich bin nicht dein Meister", wiederholte Wu Ying.

"Ja, Ranghöherer! Aber ist das der richtige Zeitpunkt?"

"Wenn nicht jetzt, wann dann?"

Die Wölfe bemerkten das kurze Zögern Shi Mins, die sich in diesem Moment dazu entschlossen, sich auf ihn zu stürzen. Sie eilten auf den Jungen zu, der – folgerichtig – entschloss, sich dem ersten Wolf zu stellen, indem er einen Schritt nach vorn machte und sich weiter von dem zweiten Monster entfernte. Aber sein Schnitt wechselte in der letzten Sekunde die Bahn. Die Klinge drehte sich leicht, als sie auf den Körper des Monsters traf. Anstatt tief zu schneiden, riss die Klinge die Haut etwas auf und prallte dann ab, wodurch sogar das extrem scharfe Heiligen-Jian nutzlos war, weil es nicht richtig eingesetzt wurde.

"Langsam. Jeder Angriff sollte perfekt sein, oder zumindest so nah an der Perfektion, wie es dir möglich ist." Wu Ying runzelte seine Stirn, dann holte er ein eigenes Jian aus seinem Ring der Aufbewahrung.

Er bewegte sich schnell, indem er seinen Trittstil der Nördlichen Shen und seine Bewegungstechniken nutzte, um vor den Jungen zu treten und das zweite Tier beiseitezutreten. Er ließ seine Tötungsabsicht auf das erste Monster zuschießen, woraufhin dieses zurückwich. Währenddessen griff Wu Ying nach der Klinge des überraschten Shi Min und entwaffnete ihn.

"Was ...?" Der Junge riss die Augen auf und seine Verwirrung wandelte sich schnell in Wut, ganz besonders, als Wu Ying das Jian in seinem Ring der Aufbewahrung verschwinden ließ. "Das ist meins!"

"Es ist eine Krücke." Wu Ying drückte dem Jungen sein verstautes Jian in die Hände. "Benutz das."

Der Junge nahm die Waffe und runzelte die Stirn, als er die Waffe zog. Wu Ying schritt beiläufig um das Kind herum und trat ein weiteres Monster zur Seite. Die Kreaturen wurden vorsichtiger, da ihnen klar wurde, dass ihre Beute vielleicht nicht so wehrlos war, wie sie gedacht hatten.

"Das ist ... eine schlechte Waffe." Shi Min starrte die entblößte Klinge an. Es war eine einfache, sterbliche Klinge, die Wu Ying vor einer Weile wegen ihres filigranen Musters und nicht wegen ihres Materials gekauft hatte.

"Du bist ein miserabler Schwertkämpfer. Versuch es jetzt nochmal." Wu Ying zeigte auf die Monster.

"Ihr könnt es nicht ernst meinen, dass ich an ihnen üben soll. Sie werden mich töten!"

"Dann schlage ich vor, dass du dich schnell verbesserst."

Es blieb keine Zeit mehr, zu reden, weil drei der Wölfe einen Angriff starteten. Einer – das Alphatier – beschäftigte Wu Ying, während sich die anderen auf Shi Min stürzten. Eines der Monster blutete aus dem oberflächlichen Schnitt, den das Heiligen-Jian hinterlassen hatte.

Diesmal beschloss, Shi Min mit dem Schwert zuzustoßen, bewegte sich zur Seite und versuchte, den Angriff durch die Verteidigung des Monsters gleiten zu lassen, während es auf ihn sprang. Er durchbohrte die Haut des Monsters und die Spitze glitt hinein, dann wieder heraus, als die Kreatur auf dem Boden aufkam und sich dann winselnd zurückzog. Die Bewegung zwang den Jungen beinahe, seinen Griff zu lockern und er musste sich näher an Wu Ying drängen, weil die zweite Bestie näher kam.

Wu Ying, der dem Angriff des Alphatieres ohne Mühen ausgewichen war, packte es am Kragen und schleuderte es von sich. "Konzentriere dich auf den Punkt, den du treffen willst. Je kleiner dein Fokuspunkt, desto genauer wirst du treffen. Ziele darauf ab, mit einem Schlag zu töten, anstatt deinen Gegner zu verletzen."

Das Knurren, das aus Shi Mins Mund drang, ähnelte dem der Wölfe, was Wu Ying leicht lächeln ließ. Jetzt begann er, zu verstehen, warum es dem Ältesten Hsu gefallen hatte, ihn so zu unterrichten. Es war höchst amüsant.

Und wenigstens verlangte er von Shi Min nicht, halbnackt und voller Öl mit den Bestien zu ringen.

**

Beinahe vierzig Minuten später lag der letzte der dämonischen Wölfe am Boden, während das Blut aus seiner aufgeschlitzten Kehle rann. Wu Ying beäugte Shi Min, der schwankte, obwohl sowohl sein Stand als auch seine Schwerthand fest waren. Der ältere Kultivator dachte über den finalen Schlag nach, bevor er etwas sagte.

"Das reicht aus. Aber du musst dich mehr auf deine Stöße konzentrieren. Du führst ein Jian, kein Dao. Es ist zwar möglich, zu schneiden, doch es ist nicht der effektivste Weg, deine Waffe zu benutzen."

"Ich ... Ihr ... Ihr Monster!", stotterte Shi Min. Noch während er sprach, schaute sich der Junge um, um sicherzugehen, dass jedes der Tiere auch wirklich tot war.

Einige Minuten, nachdem der Kampf begonnen hatte, hatten die dämonischen Bestien versucht, zu fliehen, aber Wu Ying hatte sie problemlos eingefangen und zurück in den Ring geworfen, wo sie kaum eine andere Möglichkeit gehabt hatten, als zu versuchen, Shi Min zu erledigen. Natürlich hatte er auch dafür gesorgt, den Jungen am Leben zu lassen und die Kreaturen manchmal so lange eingeschüchtert, bis der Junge zu Atem gekommen war.

"Atme richtig. Und kümmere dich gut um diese Klinge. Du wirst sie in nächster Zeit benutzen", sagte Wu Ying.

"Ihr gebt mir meine Waffe nicht zurück?", fragte Shi Min verärgert.

"Nicht, bis du einen gewissen Grad an Können erreicht hast. Dieser Kampf hätte nicht so lange dauern sollen." Wu Ying wies um sich. "Das war eine erbärmliche Vorstellung."

"Mit meiner Waffe hätte ich –"

"Vielleicht. Deshalb bekommst du sie nicht zurück. Jetzt kümmere dich um die Waffe, die du hast, und entnimm dann die Kerne." Wu Ying ging zu einem Felsen in der Nähe, setzte sich und beobachtete, wie der Junge mit seinen Gefühlen rang.

Letztendlich zerriss das Kind seine Roben noch weiter, machte die Waffe ordentlich sauber und steckte sie wieder in die Scheide, die er weggeworfen hatte. Er brauchte einen Moment, bis er Wu Ying die Scheide des Heiligen-Jians übergab, nachdem er das Jian, das er soeben erhalten hatte, an seinem Gürtel befestigt hatte, ehe er damit fortfuhr, die Steine zu entfernen.

"Häute sie und lass sie auch ausbluten. Wir werden das Fleisch für den Winter aufbewahren", murmelte Wu Ying, als der Junge fertig war und die Dämonenbestienkerne in der Mitte der Straße aufgestapelt hatte. Wu Ying betrachtete den Berg, holte einen Beutel hervor, warf ihn mitten auf die

Steine und beobachtete, wie Shi Min etwas vor sich hinflüsterte und fluchte, aber tat, was ihm aufgetragen wurde.

Die Monster wurden aufgehängt und ihre Eingeweide von Wu Ying entfernt und für den späteren Verzehr verstaut. Das Blut sammelten sie in mehreren Schüsseln. Sobald die Vorbereitungen erledigt waren, stopfte Shi Min die Dämonensteine in den Beutel und ging herausfordernd auf Wu Ying zu.

Er warf den Beutel auf Wu Ying, während seine Sturheit mit der Dankbarkeit kämpfte. "Hier."

"Wieso gibst du mir das?" Wu Ying hob eine Augenbraue. "Du hast sie erledigt."

"Ich ..." Shi Min zögerte und zog dann seine Hand zurück. "Meister ..."

"Ich bin nicht dein Meister", sagte Wu Ying und schnippte mit einem Finger gegen die Stirn des Jungen. "Ich korrigiere deine Grundform, weil es meinen Stolz als Jian-Kämpfer verletzt, zu sehen, wie schlecht es eingesetzt wird. Ich werde dir nichts von Bedeutung beibringen. Verstanden?"

Shi Min zuckte zusammen und fasste sich an den Kopf, nickte aber zögerlich. Wu Ying konnte seine Gedanken lesen, die sich auf seinem Gesicht zeigten. So sehr er Wu Yings Methoden auch verachten mochte, war es doch offensichtlich, dass die Hinweise, die er ihm bereits gegeben hatte, seine kampfkünstlerische Stärke stützten. Ein mächtiger Kultivator wie Wu Ying konnte einem einfachen Kind wie ihm eine große Hilfe sein. Aber was konnte er andererseits lernen, wenn er kein offizieller Schüler war?

So viel, wie er begreifen konnte.

"Setz dich und meditiere über den Kampf. Sobald die Bestien ausgeblutet sind, werden wir weitergehen."

Der Junge nickte und befolgte Wu Yings Befehle. Kaum hatte er sich gesetzt und seine Atmung beruhigt, verschwand sein Bewusstsein in seiner Mitte, wo er über den jüngsten Kampf grübelte und Chi für seinen leeren Dantian einsog. Wu Ying entfernte sich von ihm und flüsterte den Winden währenddessen eine Bitte zu.

Es gab viel zu tun, wenn sich die Zukunft so entwickelte, wie er es erwartete.

***

Es hatte viel länger gedauert, die Gruppe zusammenzustellen, die den Außenposten verließ, als Wu Ying vermutet hatte. Das kam ihm zugute, denn er nahm sie dort in Empfang, wo sich die Straße in der Ferne erhob, wo die Felsen und Schluchten ihren Ursprung hatten, wo die Wüste auf das Buschland traf.

Die Gruppe, die aus dem Außenposten ritt, bestand aus fast zwanzig Mitgliedern. Die Stärksten ritten auf einem halben Dutzend Rössern, von denen nur zwei ihrem Namen gerecht wurden. Die anderen ritten auf kurzbeinigen, fassförmigen Pferden, die eher für das Ziehen von Wägen und Pflügen denn als Reittiere geeignet waren. Keines von ihnen war vernachlässigt worden, obwohl nur die anführende Stute und ihr Reiter davon zeugten, dass man sie besonders um sie gekümmert hatte.

Wu Ying atmete tief ein, filterte ihre Gerüche heraus und bestätigte, was seine spirituellen Sinne ihm bereits gesagt hatten. Nur wenige Menschen kümmerten sich darum, ihren Geruch zu verbergen, auch wenn sie versuchten, ihre Kultivationsbasis vor anderen, offensichtlicheren Spürmethoden wie dem spirituellen Sinn zu verstecken.

Ein Paradebeispiel: Der Mann, der links vom Anführer auf einer schmutzigen Stute ritt, auf deren Flanke Blut klebte, das eine Gerte zutage gefördert hatte. Er trug einen Armschutz, der seine Energie in Zaum hielt, während er ihn auflud und überschüssige Energie in sich selbst aufnahm, um sie dann freizusetzen. Für Wu Yings spirituellen Sinn brannte der Mann mit dem weichen Licht eines Kultivators der Körperreinigung, aber sein Geruch war der eines Kultivators der Energiespeicherung auf der mittleren Stufe. Was den Armschutz noch gefährlicher machte, war seine Fähigkeit, einen Angriff auf der Stufe eines Kultivators der Kernformung zu entfesseln.

Einmal.

Was den Anführer betraf ... Wu Ying presste die Lippen fest aufeinander. Ein Kultivator der Kernformung war ein Grund zur Sorge, auch wenn keiner der anderen einer war. Aber sein Geruch war falsch und seine Seele fühlte sich für Wu Ying ungleichmäßig an. Sein Geruch enthielt eine Spur der Verwesung, von der der Windkultivator annahm, dass sie aus dem verworrenen und gebrochenen Kern in seinem Dantian stammte. Er war einer derjenigen, dessen Reise zur Unsterblichkeit abgebrochen worden war und jetzt über andere in diesem abgelegenen Außenposten herrschte.

Wo gingen diejenigen hin, die scheiterten? Manche versteckten sich in den Hallen von Sekten. Andere brachen auf Reisen auf, um nach einem Wunderheilmittel zu suchen. Und wieder andere, wie derjenige, der sich vor Wu Ying befand, gingen in weit entfernte Ecken der Welt, um ihre Schande zu verschleiern.

Der Wind nahm zu und für einen Augenblick spürte Wu Ying, wie die Winde des Himmels ihm zuflüsterten. Sie sprachen von Unrecht, das es wiedergutzumachen galt und einer aus den Fugen geratenen Welt. Die Regeln des Himmels, die von jenen gebrochen wurden, die sich ihnen schon einmal widersetzt hatten. Und jetzt schon wieder.

"Ihr seid also der Narr, der es wagt, sich mir in den Weg zu stellen", stellte der Anführer fest, der sein Pferd im sicheren Abstand von sechs Metern anhielt.

Eine Entfernung, die groß genug war, sodass Wu Ying sich anstrengen müsste, um zuzuschlagen, wenn er sich denn dazu entschied. Selbst aus dieser Position konnte Wu Ying sehen, wie sich die Augen des Mannes nachdenklich verengten und spürte, wie sich seine spirituellen Sinne gegen seine Aura drückten, um zu versuchen, sein Kultivationslevel festzustellen.

Ein vorsichtiger Mann also. Gut, dass Wu Ying seine Aura vollständig eingezogen hatte und sich wie ein reiner Sterblicher darstellte. Er war sich zwar sicher, dass die anderen bereits von seiner angeblichen Stärke berichtet hatten, aber seine entfernte Aura sorgte nun sicher dafür, dass sein Gegner auf der Hut war.

Als Wu Ying beschloss, nicht auf die Herausforderung des Mannes zu reagieren, schnaubte dieser. "Ihr wisst offenbar nicht, wer ich bin. Ich bin Ching Lau, die Faust des Nordens!"

Der Mann ballte seine Fäuste fest und schlug dann Richtung Wu Yings Seite. Ein Schwall von Macht und Tötungsintention schoss aus ihm, um den Boden zwei Meter neben dem Windkultivator aufzuwühlen.

Dennoch entschloss Wu Ying, nichts zu sagen, während der Wind, der diesem Angriff entsprungen war, um ihn herumwirbelte, bevor er den

Schmutz neben ihm zu Boden fallen ließ und weder der geworfenen Steine noch ein Staubkorn seine regungslose Gestalt berührten. Er starrte den anderen Mann immer noch an und wartete.

Der Kultivator der Kernformung mit zerbrochenem Kern, der noch frustrierter wurde, machte eine kleine Bewegung zu einem seiner Untergebenen. Dieser Mann ergriff das Wort. Seine Stimme schwankte zwischen Entsetzen und Empörung. "Ihr Narr! Ihr wagt es, dem Meister mit Respektlosigkeit zu begegnen. Sagt uns, welcher törichte fahrende Held sich entschieden hat, hier und heute sein eigenes Grab zu schaufeln!"

"Mein Name tut nichts zur Sache. Einzig wichtig ist, dass ihr den Jungen heute nicht bekommen werdet", antwortete Wu Ying, der seine Stimme so veränderte, dass sie etwas weniger hoch war und die Worte so vom Wind getragen wurden, dass es den Anschein hatte, sie würden sie umschließen.

"Ihr haltet zu viele Stücke auf Euch selbst", schnauzte derselbe Untergebene ihn an.

Dann folgte eine weitere, kurze Geste von Ching Lau und zwei Armbrüste wurden gehoben und gefeuert. Die Bolzen schossen auf Wu Yings Herz zu, wurden aber in der Luft zerdrückt und fielen zu Boden. Das Windschild, das Wu Ying heraufbeschworen hatte, wäre gegen einen echten Angriff eines Kultivators, der Tötungsintention und Chi enthielt, nutzlos gewesen. Gegen zwei mickrige Armbrustbolzen ohne das eine oder andere? Ein Kinderspiel.

"Glaubt Ihr, solche Tricks reichen aus, um uns alle aufzuhalten?", meldete sich der Untergebene wieder zu Wort. Aber diesmal lag mehr Furcht in seiner Stimme.

Ching Lau schien erfreut darüber, wie sich die Dinge entwickelten, und ließ zu, dass der andere Mann sein Gesicht verlor, weil sein erster Einschüchterungsversuch gescheitert war. Ein vorsichtiger Mann, der Wu Yings Geduld und Fähigkeiten auf die Probe stellte. Es machte den Anschein, dass er nicht handeln würde, bevor er sich sicher war, dass er gewinnen konnte. Auf der anderen Seite sprachen die Art, wie er die anderen Mitglieder seiner Gefolgschaft ansah und die Tatsache, dass er nicht bereit war, die Sache ruhen zu lassen, entweder von einem sturen Geiz oder der Notwendigkeit, sein Gesicht zu wahren.

"Das ist nicht wichtig. Das eine Heiligen-Jian, das auf dem Spiel steht, ist den Preis nicht wert, den die Lösung dieser Angelegenheit trägt", antwortete Wu Ying, der sich nun einen Plan ausmalte, da er die anderen eingeschätzt hatte. Das Gesicht, die Ehre und die Zukunft balancierten alle auf der Spitze eines Schwertes. "Wenn wir kämpfen, wird einer von uns mit einer Verletzung aus dem Kampf hervorgehen. Und die anderen werden es nicht einmal überleben." Er sah, dass sich Ching Lau anspannte und sprach ohne Eile weiter. "Oder ihr könnt bis zum Frühling warten."

"Und was geschieht im Frühling?", fragte Ching Lau.

"Ein Duell. Euer bester Mann gegen den Jungen. Der Gewinner darf das Jian behalten", verkündete Wu Ying. "Das ist weniger verschwenderisch."

"Bis zum Tod?"

Wu Ying neigte den Kopf. "Oder bis zur Aufgabe."

"Das fühlt sich für mich trotzdem nach einem Verlust an. Wir könnten uns das, wonach ich verlange, jetzt nehmen. Ihn über eine Jahreszeit trainieren zu lassen ist wirklich von Nachteil, meint Ihr nicht auch?", murmelte Ching Lau.

"Drei", korrigierte Wu Ying. "Er wird eure besten drei bekämpfen."

"Drei ... nun, wenn er von einem Meister trainiert wird –"

"Drei", unterbrach Wu Ying ihn bestimmt. "Mehr nicht. Oder ihr versucht es jetzt."

Ching Lau und Wu Ying starrten sich lange an. Der eine war wütend und nachdenklich, der andere war gelassen und ruhig.

Schlussendlich nickte Ching Lau. "Über eine Jahreszeit lang. Am ersten Tag des Frühlings treffen wir uns und der Junge kämpft."

Wu Ying nickte, die Gruppe drehte sich um und ließ ihn alleine auf der öden Straße unter dem Sichelmond zurück. Er beobachtete, wie sie von dannen ritten, und ignorierte den Wächter, den sie zurückließen, bis ihre Mitglieder einige Li zurückgelegt hatten.

Dann setzte er sich in Bewegung, trieb wie der Wind zum Versteck des Mannes und schlug ihn mit einem einzigen Schlag bewusstlos. Sie mussten nicht erfahren, wohin er den Jungen bringen würde. Als Bezahlung und Warnung für die Unannehmlichkeit nahm er sich die Waffen des Mannes – ein Dao und eine Armbrust mit Bolzen – und sein Geldsäckel.

Dann, und erst dann, ging er zurück zu Shi Min.

***

Der Junge hatte sich keinen Millimeter bewegt, seit Wu Ying weggegangen war. Andererseits sah er, dass die Tiere ausgeblutet waren und nur vereinzelte Tröpfchen in die Schüsseln tropften. Insekten schwirrten um die Schüsseln und Kadaver. Manche von ihnen setzten sich in die klebrige Flüssigkeit, die meisten aber landeten auf den Schüsselrändern oder den Tieren selbst.

Ein Schnalzen mit seiner Zunge schreckte Shi Min auf, der auf die Beine sprang und die Umgebung sondierte, während seine Hand auf dem Griff seines Schwertes platziert war. Nachdem er sich sicher war, dass das Geräusch von Wu Ying verursacht worden war, interpretierte er das Nicken in Richtung der Tiere als Arbeitsanweisung. Kurz darauf hatte er die Wölfe heruntergeholt, woraufhin Wu Ying sie bis auf zwei verstaute.

"Meister?", fragte Shi Min skeptisch, während er auf die zwei riesigen Wolfskadaver blickte. Jeder von ihnen wog vermutlich so viel wie er selbst.

"Heb sie auf und folge mir." Nachdem Wu Ying seine Anforderungen deutlich gemacht hatte, machte er sich auf, da er seine Gedanken nicht weiter erläutern wollte. Dazu gab es im Moment keinen Grund.

Er lauschte dem Ächzen, dem Zucken und Schnauben, als die beiden Kadaver über Shi Mins Schultern gehievt und ihre Beine fest miteinander verzurrt wurden. Dann folgte ein noch heftigeres Ächzen, als sich der Junge vollständig aufrichtete und seinen langsamen, anstrengenden Gang auf dem Weg, der den nächsten Hügel hinaufführte, begann.

Wu Ying ließ sich vorantreiben und blieb langsam genug, sodass der Junge es letztendlich schaffte, aufzuholen. Dann sprach Wu Ying. Seine Worte waren nicht besonders wichtig, noch nicht, sondern eine rein sture Wiederholung und Korrektur. "Atme tief durch deinen Bauch ein. Zieh dein Becken ein. Nutze die Ballen deiner Füße, wenn sie auf den Boden aufkommen, nicht die Ferse. Du gehst nicht, sondern rennst – oder solltest eher gesagt renen. Hüpfe vorwärts, indem du den Schwung aus deinem ersten Schritt nutzt. Hör niemals auf, dich zu bewegen. Atme tief."

Worte, die er immer weiter herunterleierte. Vermischt mit Anmerkungen zu Körpermechaniken, zur Atmung und Meditation, zur Bewegungstechnik der *Windschritte* und den ersten Schritten, um Bewegungskultivationstechniken zu erhalten. Es gab viel zu viel, in dem der Junge trainiert werden musste, und Wu Ying musste Shi Mins Grundlagen steigern, um das wahre Talent des Jungen zu erkennen.

Schließlich konnte man das bisschen Können, das der Junge mit dem Schwert haben mochte, nicht zweifelsohne als Talent für die Kultivation interpretieren. Falls er ein Wunderkind war, dann war dies der Zeitpunkt, um das Grundfundament zu legen. Falls er keines war, dann konnte es nicht schaden, eine solide Basis zu haben.

Doch Wu Ying musste zugeben, dass er sich nicht ganz sicher war, wieso er derjenige war, der dieses Fundament legen musste. Das Leben war so seltsam.

Ein Kreislauf, den er, wie er feststellte, immer wiederholte. Die Worte, die er von der Ranghöheren Yang entlehnte, als Wu Ying zur Sekte gereist war, und die von seinem Meister stammten, als er in der vernebelten Sekte voller Wasserfälle unterrichtet worden war. Sogar Worte seines Vaters. Aus alledem kristallisierten sich Worte der Weisheit und ein Training heraus, das für die Situation passend war.

Nach einer Stunde hatte sich Shi Mins Haltung verbessert. Seine Atmung und seine grundlegende Körpermechanik verstärkten sich. Er nutzte die Grundlagen der Bewegungstechnik, die Wu Ying begonnen hatte, ihm beizubringen, und der Junge weitete das Wissen sogar instinktiv aus. Sie hatten ihre Geschwindigkeit erhöht, als er gelernt hatte, wie er sich am besten bewegte, aber während der letzten Minuten hatte er nachgelassen.

Denn es gab ein kleineres Problem.

"Du bist schlecht darin, dich zu kultivieren", stellte Wu Ying fest.

"Ihr sagt mir, ich solle die Energie heranziehen, während ich mich bewege!", beschwerte sich Shi Min. "Das ist gefährlich und schmerzhaft und schädlich."

"Es nennt sich bewegte Kultivation und kann die Zeit verkürzen, die du benötigst, um dich zu stärken." Wu Ying legte den Kopf schräg und dachte über das nach, was er gesehen hatte, als der Junge die Pille benutzt hatte. Wie sich die mächtige Pille durch ihn hindurchbewegt hatte und die Vorteile, die Shi Min daraus gewonnen hatte. "Hast du dich bei deinem Durchbruch überwiegend auf Pillen verlassen?"

Stille. Ein weiteres Dutzend Schritte. Wu Ying war geduldig, während sie auf den Schluchten gingen, sich von der Stadt und nun auch von der Straße entfernten. Er führte sie und der Wind führte ihn.

Letztendlich nickte Shi Min langsam und zögerlich.

"Also richtig miserabel." Wu Ying nickte. "Hör auf, es mit der bewegten Kultivation zu versuchen. Konzentriere dich auf die Bewegungstechnik."

"Ja." Ein lautes, müdes Knurren.

Für ein weiteres Dutzend Schritte war Ruhe, dann erklang ein lauter Schlag. Wu Ying drehte seinen Kopf zur Seite und hob eine Augenbraue, weil der Junge zusammengebrochen war. Der Junge löste die Wolfskadaver, drückte sie von seiner auf dem Bauch liegenden Gestalt und kam wankend auf die Beine. Er atmete schwer, während sich die Erschöpfung durch all seinen zitternden Gliedmaßen bemerkbar machte. Trotzdem griff er nach den Kadavern.

Wu Ying beschloss, nichts zu sagen. Er war neugierig, wie lange Shi Min sich selbst antreiben würde.

Die Antwort war, wie sich zeigte, etwa eine Stunde und fünf weitere Zusammenbrüche. Die letzten beiden ereigneten sich innerhalb von zwei Minuten. Beim letzten Mal lag Shi Min so erschöpft am Boden, dass er es nicht einmal schaffte, die Kadaver von seinem eigenen Rücken zu schieben, während er zwischen Dreck und kaltem Fleisch erstickt wurde.

Wu Ying schnaubte, entfernte die Kadaver mit einem Wink und platzierte sie in seinem Seelenring. Er setzte sich nicht weit entfernt hin und wandte seine Gedanken nach innen, während der Immervolle Weinkrug aufheulte und kalte Windenergie für ihn kultivierte.

Schlussendlich erholte sich der Junge, setzte sich auf und blickte sich mit Furcht in den Augen um. Als Wu Ying sah, dass der Junge wach war, beschwor er die Tiere wieder und ging weiter.

"Sadist", grunzte Shi Min in seinem Rücken. Aber er folgte ihm, nachdem er die Kadaver aufgehoben hatte.

Natürlich tat er das.

Kapitel 17

Die Wüstenschluchten waren spät in der Nacht und unter dem Sichelmond in ein tiefes Grau und Weiß gehüllt. Tiefe, dunkle Klammen bildeten einen tiefen Abfall entlang der unmarkierten Wege, über die sie gingen, in dessen Gräben Bestien herumschlichen. Es waren nicht viele Bestien – die Wüste war zu kahl und es war zu schwirig, in ihr zu überleben, als dass es in ihr von Tieren und Monstern wimmelte. Jedenfalls nicht wie im Vergleich zu den üppigen südlichen Königreichen und Wäldern, an die Wu Ying gewöhnt war.

Dennoch hörte er das leise Krabbeln von Skorpionen und anderen nachtaktiven Kreaturen auf dem Boden und das Flügelschlagen und den stillen Gleitflug eines fliegenden Raubtieres, das auf der Suche nach Abendessen war. Wenige Wolken, die zu dünn und karg waren, als dass sie Regen spenden konnten, schlichen über den Horizont und die Temperatur sank schnell ab, während der Wind durch den Himmel tanzte.

Als sich Wu Ying von der Klippe der Schlucht entfernte und einen steilen und schmalen Pfad nahm, hielt er an dessen Rand an. Er drehte sich um und beobachtete, wie der Junge hinter ihm herstolperte, und winkte ihn zu sich. Er streckte eine Hand aus und berührte das Fleisch der Wölfe, als er die beiden Tiere in seinen Ring der Aufbewahrung zog, indem er die schwache Aura des Jungen niederzwang, um Kontrolle über die Kadaver zu übernehmen und sie zu verstauen.

Shi Min stieß ein erleichtertes Japsen aus und sein Rücken streckte sich auf der Stelle, nachdem das Gewicht plötzlich verschwunden war. Die Veränderung war so groß, dass er beinahe umfiel. Einige endlose Sekunden lang konzentrierte er sich nur darauf, zu atmen und seinen Körper zu stärken. Wu Ying wartete, bis der Junge fertig war, ehe er sich umdrehte und den Weg hinunterging.

Nach weiteren fünfundzwanzig Minuten erreichten sie endlich ihr Ziel. Eine Höhle, die sich weit erstreckte und wärmer als die frostige Umgebung war. Sie war einst von einem Bären und davor von einem Kultivator, der Trost gesucht hatte, genutzt worden. Nun, da der Weg zu ihr gefährlich und von Gestrüpp und einem Hang verdeckt war, war sie verlassen.

Wu Ying, der im Eingang der Höhle stand, schaute nach oben und beobachtete, wie Shi Min, der mit dem Gesicht zur Wand stand, mit schlurfenden Schritten nach unten kam. Der Junge schaute nicht einmal nach unten oder zur Seite, um in die Schlucht zu blicken, und manchmal hingen seine Füße halb von der Wand herunter. Der Gestank der Furcht umringte den Jugendlichen, während er sich beharrlich zu Wu Ying schob.

Erst, als der Junge die gefährlichsten Stellen hinter sich gelassen hatte und seine Finger sich fest an der eingerissenen Wand festklammerten, wandte sich Wu Ying der Kultivationshöhle zu. Er beschwor Seelenlampen aus seinem Ring und lenkte den Wind und seine spirituelle Aura, sodass sie die Lampen an der Wand befestigten, um die Höhle auszuleuchten.

Mit einem weiteren, zielgerichteteren Windstoß zog er am Schmutz und dem Unrat. Er zog beides zu sich und verstaute alles in seinem Seelenring der Welt, denn die Hinterlassenschaften des Bären, der vorher hier gelebt hatte und die streng und stark rochen, würden sich gut auf seinen Feldern machen.

Wu Ying betrachtete ihr vorübergehendes Heim, das jetzt sauber und hell war. Der Boden war überwiegend weich und ein freier Bereich in der Nähe des vorderen Teils und der Mitte war dort, wo die Überreste alter Asche und Kot zu finden waren, tief in die Erde gesenkt. Die verrosteten Reste eines Spießes lagen an der Seite. Sie waren ein Hinweis auf den Kultivator und seine Kochstelle.

Tiefer im Inneren war ein Steinbett in die Wand der Höhle gehauen worden, während sich in einer natürlichen Nische Wasser aus der weiteren Tiefe sammelte. Im Moment war sie nur zu einem Viertel gefüllt und lange Stalaktiten hingen dort an der Decke, wo sich die Feuchte sammelte und nach unten tropfte, wenn sich die Temperatur änderte.

Der Geruch von frischem Kot fehlte. Die Höhle war von Fledermäusen befreit geblieben, die sich oft in solchen Orten einnisteten. Es war ein einfacher Standort, aber für ihre Zwecke war er mehr als passend. Der große, offene Raum nahe des Eingangs reichte für den Jungen aus, um zu trainieren. Auch das Wasserbecken war praktisch.

Als Shi Min endlich in die Höhle schlurfte und sich seine Atmung beruhigte, kaum hatte er sich von der tödlichen Schlucht entfernt, ging Wu Ying zum Eingang und holte einen Wolfskadaver hervor. Er hob die Bestie hoch, während er einen Spieß tief in die Höhlendecke stieß, von dem kurz darauf die Bestie baumelte.

"Schlachte die Bestie", sagte Wu Ying. "Ich werde Reis und Wasser vorbereiten."

Shi Min leckte sich über die Lippen, versuchte zu antworten und krächzte dann, weil seine Kehle ausgetrocknet war. Wu Ying schüttelte mit einem Stirnrunzeln den Kopf, holte seine Wasserflasche heraus und gab sie dem Jungen. Als Kultivator der Kernformung und des Körpers vergaß er manchmal die kleineren physischen Unannehmlichkeiten.

Ein Fehler, den er beheben musste.

Wu Ying ging zu der Feuerstelle, die er mit einer Chi-Projektion und dem Wind freimachte, bevor er ein neues Metallgestell hineinstellte. Er holte ebenfalls Stapel von getrocknetem Holz und die Kochutensilien, die er benötigte, aus seinen Seelenringen. Andere mochten getrockneten Dung verwenden, aber ihm stand eine ganze Welt zu diensten. Er hatte kein Bedürfnis, sich auf dieses Niveau herabzulassen, wenn alles, was man brauchte, ein wenig vorausschauende Planung war. Währenddessen achtete er auf Shi Min, als der Junge damit begann, die Bestien zu häuten und zu schlachten.

"Hör auf, die Knochen durchzuschneiden", warf Wu Ying ein. "Und schärfe dein Messer, bevor du anfängst. Pass auf und konzentriere dich auf die Hohlräume und die Stellen, an denen der Körper zerteilt werden will, anstatt dich auf die Stellen zu fokussieren, wo du schneiden möchtest. Deine Klinge sollte in die Hohlräume, in die Leere, schneiden."

"Zum Beispiel hier?", fragte Shi Min und setzte höher, am Schultergelenk, zu einem Schnitt an.

"Besser. Denk daran, behutsam zu schneiden. Zieh das Gelenk auseinander, wenn es nötig ist. Dazwischen befinden sich Sehnen und Bänder, aber diese lassen sich leicht zerschneiden, wenn du im richtigen Winkel ansetzt. Erinnere dich daran, wie sich die Bestie bewegt hat, an die Winkel und Richtungen ihrer Bewegung", fuhr Wu Ying fort. "Folge diesen Strängen, damit sparst du dir Energie und schonst deine Waffe."

Shi Min nickte, zog an dem Bein und studierte den Muskelstrang des Tieres. Hin und wieder tadelte Wu Ying ihn erneut und bat ihn, kräftiger und weniger zögerlich zu schneiden oder den Winkel seiner Klinge zu verändern oder sie fester oder tiefer zu ziehen. Bis er die erste Keule abgetrennt und zurechtgeschnitten hatte, brannte das Feuer stetig und die Kohlen lagen an einer Seite der großen Feuerstelle bereit.

Wu Ying nahm das Fleisch, spießte es auf und begann damit, ihr Essen zu kochen. Es war ein Leichtes, Gemüse und einige flache, vulkanische Steine aus seinem Seelenring der Welt zu holen, die er entweder in einem Topf oder im Feuer platzierte.

In der Zwischenzeit ging Wu Ying zu dem Wasserbecken und bückte sich, um davon zu kosten. Er nickte vor sich hin und war dankbar, dass es keine Keime enthielt, obwohl es abgestanden war. Wahrscheinlich war es besser, es nicht zu sich zu nehmen, aber er hatte ohnehin eine andere Verwendung für das Becken im Sinn. Er legte seine Hand auf den Grund des Beckens, ohne dass der Junge es sah, und fing damit an, Wasser aus seinem Seelenring der Welt zu ziehen, um es wieder aufzufüllen.

"Meister, ist ein Bad gerade wirklich die richtige Entscheidung?", fragte Shi Min, unterbrach das Schlachten und wischte sich das Gesicht ab. "Heißer Sand und ein Eimer würden mir genügen."

"Du wirst beides benutzen", antwortete Wu Ying, der die kleine Luftblase, die er benutzt hatte, um den Geruch um den Jungen abzuschirmen, immer noch aufrecht hielt. Ganz gleich, ob er sich mit heißem Sand sauber gescheuert hatte oder nicht, er war immer noch schmutzig. "Danach setzt du dich in das Bad."

"Meister ..." Da Wu Ying ihm nicht weiter antwortete, seufzte Shi Min und konzentrierte sich darauf, mit dem Schlachten fertig zu werden. "Wie Ihr meint."

Wu Ying schnaubte leicht vor sich hin, während er weitere spirituelle Kräuter in das Badewasser gab und sie sich vollsaugen ließ. Er würde das Wasser mit den Steinen und seinem Chi – das auf Flammen aspektiert war – aufwärmen müssen, ansonsten würde es nicht viel nützen.

Wenn der Junge kein besonders starker Kultivator werden würde, dann würde Wu Ying einen anderen Weg für das Kind finden, um die Distanz zwischen ihm und seinen Gegnern zu überwinden. Er würde Shi Min den Weg aufzeigen, aber es war seine Entscheidung, ob er darauf wandeln wollte.

***

"Und alles, was ich tun soll, ist darin zu baden?", fragte Shi Min später.

Mitternacht war vorübergezogen und die Dunkelheit des frühen Morgens lag über ihnen. Das Abendessen war beendet, sie hatten ihr Essen verzehrt und die Reste beiseitegestellt. Wu Ying hatte den Jungen ermahnt, nicht zu viel zu essen, aber da er so jung war, hatte er seine Warnung ignoriert. Jetzt starrte Shi Min mit vollem Magen auf das Becken, in dem Kräuter und Blumen trieben und aus dem Dampf aufstieg.

"Bade und kultiviere dich", antwortete Wu Ying. "Nur ein bisschen anders. Du wirst die Energien im Bad in dich aufnehmen und weitere Unreinheiten herauspressen."

"Körperkultivation", stellte Shi Min fest. "Ich habe gehört sie ist ... sie ist ..."

"Schmerzhaft?"

"Qualvoll. Dass man vom Schmerz wahnsinnig werden kann, weil der Prozess einen von innen zerreißt."

"Das kann vorkommen." Wu Ying gab dem Jungen eine Schriftrolle, die Shi Min zögernd entgegennahm und aufrollte, bevor er die Stirn runzelte, während er sie durchlas. "Die Körperkultivationstechnik des Unsterblichen Körpers schreibt dich von innen um. Sie ist die aufwändigste Technik und nur ein Dutzend Schritte werden in der Schriftrolle, die du vor dir hast, aufgelistet. Man munkelt, es gibt noch weitere Schritte, aber das war alles, was ich finden konnte. Aber sie hat einen Vorteil. Sie funktioniert mit jedem Elementartyp."

Shi Min blickte einen Augenblick weiter über die Schriftrolle, bevor er angespannt lächelte. "Dürfte ich das zu Ende lesen?"

"Oh, nicht nötig." Wu Ying wies auf das Becken. "Das erste Bad wird deinen Körper nur an die Prozedur gewöhnen und oberflächliche Probleme herausziehen. Du wirst dich nicht kultivieren können, bis die Gewöhnung abgeschlossen ist."

"Ich bin stärker, als Ihr glaubt." Shi Min reckte das Kinn nach oben und die Sturheit eines Jugendlichen trat an die Oberfläche. "Ich kann es schaffen."

"Dann zeig es mir. Geh rein und kultiviere dich. Sobald du das schaffst, frag mich noch einmal nach der Schriftrolle."

Der Junge zog sich mit vorgestrecktem Kinn bis auf die Unterwäsche aus. Die abgenutzte und zerrissene bürgerliche Kleidung fand ohnehin kaum Halt an seinem Körper. Auf Wu Yings Geheiß hin trottete er zum Ausgang und schrubbte seine Haut erneut ab, was auch schwer zu erreichende Stellen seines Körpers mit einschloss, um sein vorangegangenes Werk abzuschließen. Während er sich säuberte, erzählte Wu Ying von den physischen Übungen, die er benötigen würde, um den Prozess zu beenden, sollte er das Bad überleben.

Shi Min durfte erst in das Bad steigen, sobald er fertig war, und er zischte leicht, als seine Füße in das warme Wasser glitten. Mit angehaltenem Atem ließ er vollständig bis zu seiner oberen Brust ins Wasser sinken. Er blieb für einen Moment darin, bevor er triumphierend zu Wu Ying aufsah. "Seht Ihr, so schlimm ist es nicht."

Wu Ying lächelte weiter und wartete. Er beobachtete, wie sich der Junge leicht bewegte, als die Kräuter durch seine Haut sickerten, auf seine Nerven und Sehnen wirkten und sich durch sein Fleisch gruben. Die Atmung des Jungen wurde etwas schwerer und seine Augen zuckten vor Schmerz.

"Es wird nur schlimmer", flüsterte Wu Ying freundlich. "Kultiviere dich, wenn du kannst, und konzentriere dich aufs Atmen, wenn nicht. Irgendwann musst du mehr tun, als nur zu baden. Die Übungen, um Chi durch deinen Körper zu ziehen und die Kräuter zu aktivieren und sie vollständig zu nutzen, wird ein Ziel für die Zukunft sein. Ertrage für heute einfach die Schmerzen. Wenn du das nicht schaffst, wirst du sterben."

Shi Min zuckte zusammen, seine einzige Reaktion auf die Worte. Sein Mund öffnete sich, als er ein schmerzvolles Wimmern ausstieß. Wu Ying trat zurück und holte Talismane des Schweigens heraus, die er um die Steinwanne herum platzierte. Er ließ das Kind zurück, damit es sich die Seele aus dem Leib schreien konnte, ein Geräusch, das durch die Talismane gedämpft, aber nicht vollkommen ausgeblendet wurde, und kehrte zum vorderen Teil der Höhle zurück.

Der Junge müsste sich nun entscheiden, ob er bereit war, das zu tun, was nötig war, um stärker zu werden. Er besaß kein Talent, aber das war egal. Jedenfalls auf den anfänglichen Stufen. Es waren harte Arbeit, Disziplin und der Wille, die schweren Entscheidungen zu fällen und Opfer zu bringen, die benötigt wurden, um überhaupt Erfolg zu haben.

Nun, das und ein Fünkchen Glück.

Jetzt hatte Shi Min all das. Ob er den Pfad betrat, war seine Entscheidung.

***

Das Licht eines neuen Sonnenaufgangs begann, hinter dem Horizont hervorzublicken und erhellte den Himmel mit verschiedenen Orange- und Rottönen. Es war kein überwältigender Morgen, nicht im Vergleich mit anderen Sonnenaufgängen, die Wu Ying miterlebt hatte. Doch wie immer, egal, ob er auf den Feldern arbeitete oder am Eingang einer ehemaligen Kultivationshöhle saß, nahm er sich die Zeit, um ihn wertzuschätzen und seine einzigartige Schönheit zu bewundern.

Jeder Sonnenaufgang war gleich und doch anders – genau wie die Menschheit.

Mit einer kleinen Geste und einem Zuspruch der Winde holte er den Jungen aus der Wanne. Das Kind war bewusstlos und seine Haut runzelig von dem langen Bad. Der Körper wippte und schwankte, während der Wind ihn zu dem Kultivator der Kernformung trug und seine schwere Last mit einem nassen Plumps auf den kalten Steinboden legte. Unter dem besinnungslosen Körper bildete sich eine Pfütze.

Wu Ying dachte einen Moment darüber nach, zu versuchen, das Wasser wieder in die Wanne in seinem Ring zu leiten, verwarf den Gedanken aber beinahe so schnell, wie er ihm gekommen war. Seine Kontrolle über die Winde war gewachsen, reichte aber nicht aus, um widerwilliges Wasser durch eine Höhle in seinen Seelenring der Welt zu lenken. Dieser Grad an Kontrolle war etwas, das ein wasseraspektierter Kultivator für eine ähnliche

Aufgabe besitzen mochte. Oder vielleicht ein Kultivator auf der Stufe der Aufkeimenden Seele.

Wu Ying beäugte den noch immer bewusstlosen Jungen, ging zurück zu der Wanne, steckte seine Hand in das Gebräu und leerte das Wasser in seinen Ring. Die Unreinheiten, die der Junge ausgestoßen hatte, würde er nicht direkt auf ein Feld geben, aber er hatte einige Absetzbecken und andere Orte, wo die Unreinheiten von der Erde zerlegt und in guten Dünger umgewandelt werden konnten.

Es würde ein schlechtes Bild abgeben, wenn er über eine solche Belohnung die Nase rümpfen würde, insbesondere, wenn sie nur ein wenig mehr Zeit erforderte.

Während Wu Ying das Wasser weiterverarbeitete, spielte er mit dem Wind, fühlte, wie seine Kontrolle und seine spirituelle Aura sich um ihn ausbreiteten und bedeckte die Umgebung mit seinem Verständnis und seinem Chi. Es war ein hartes Stück Arbeit gewesen, zu lernen, wie man mit dem Wind umgehen musste und ihn für mehr als nur den Transport oder die Aufbewahrung von Gerüchen zu nutzen.

Seine Kontrolle bestand aus zwei Teilen. Der erste Teil war die sanfte Macht und die indirekte Kontrolle, die er ausübte. Er hatte sie natürlich erlernt, als er diese Reise begonnen hatte und die Winde gelacht hatten und um ihn getanzt waren und mit ihm wie mit einem der ihren gesprochen hatten. Der Dao, die wesentliche Verbindung zu seinem Windkörper und der Prozess, seine reine Existenz mit ihm zu durchtränken, hatten ihm die Sinne geschenkt, sie zu hören.

Und damit auch die Fähigkeit, mit ihnen zu sprechen.

Um ihre Hilfe zu erbitten, um auf ihre Stärke zu bauen. Anfangs waren die Ergebnisse flüchtig und mühevoll gewesen, denn erst, als Wu Ying die Winde wirklich zu verstehen begann, trugen seine Bitten Früchte. Man fragte den Nordwind nicht nach Wärme oder Gnade, noch bat man den Südwind, gleichmäßig zu wehen.

Doch selbst mit seinem Verständnis konnten solche Bitten auf taube Ohren stoßen, weil die Winde häufig launisch waren. Auch einem Eidgenossen schenkten sie manchmal kein Gehör und hörten stattdessen auf das Wehklagen eines mitternächtlichen Geistes oder das Heulen eines Neugeborenen.

Hier kam der zweite Teil von Wu Yings Kontrolle zum Vorschein. Es war ein Teil, auf den er durch seine Studien seiner Aura, seines spirituellen Sinnes und der Projektion seines Chis und seiner Tötungsabsicht aufgebaut hatte.

Hier hatten seine Studien mit der Klinge die meisten Früchte getragen. Sein Schlag des Wandernden Drachen basierte – zum Teil – auf seiner Projektion von Wind-Chi. Eine Anstrengung seiner Kultivation und seines Verständnisses für die Welt und die Winde selbst.

Wobei er beim ersten Teil eine Bitte und beim zweiten Teil einen Befehl aussprach.

Aber solche Befehle waren nur so stark wie seine Chi-Kontrolle und die Energie in seinem Dantian. Eine solch vorsätzliche Verdrehung der Welt verlangten von ihm, die Unterhaltung zu dominieren und seine Präsenz durchzusetzen. Und wie bei einem Tyrannen konnte es eine gewaltige Rebellion auslösen, die nicht einmal er aufhalten konnte, wenn er zu sehr drängte.

Deshalb studierte und erforschte Wu Ying beide Methoden.

Es reichte nicht aus, um den Wind unmittelbar zu kontrollieren oder seine Hilfe indirekt zu erbitten, aber das Wo, Warum und Wie zu erlernen, um beide gemeinsam oder getrennt voneinander anzuwenden. Zumindest hierfür war eine Orientierung im Handbuch der Sieben Winde zu finden. Es erzählte davon, die Winde zusammenzuflechten und sie fest miteinander zu verknüpfen und die überragende Kraft zu sein.

Wu Yings Finger berührten den Boden der Wanne, nachdem er sich vorgebeugt und die Zeit aus den Augen verloren hatte, weil er über seinen Weg nachgedacht hatte. Der Wind – die Winde – lachten ihn wieder aus und zogen an verirrten Haarsträhnen auf seinen Roben. Eine solche Macht zu kontrollieren, der selbst die Himmel nur schwache Vorschriften auferlegt hatte?

Ein törichter Gedanke.

Gut, dass er ein Narr war.

Wu Ying stand auf und kehrte zu dem Jungen zurück, der nicht beim Eingang, sondern in der Nähe des Feuers war und kalte Fleischstücke von dem Braten zupfte und sie sich in den Mund stopfte. Er aß gierig und mit wenig Manieren und bemerkte Wu Ying einige Minuten lang nicht einmal, so hungrig war er.

"Meister!", sagte Shi Min und sprang auf die Beine, als er Wu Yings Anwesenheit endlich zur Kenntnis nahm. "Ich bedanke mich für das ... Bad."

Wu Ying nickte mit dem Kopf. "Vergiss nicht, zu trainieren, bevor du dich ausruhst."

Wie überschwänglich der Junge auch sein mochte, die Erschöpfung zehrte an seiner Beherrschung. Er schwankte leicht auf den Füßen, da der Hunger seine Müdigkeit nur ein bisschen hatte besänftigen können. Shi Min schaffte es, zu nicken und wischte sich die Hände an seinen schmuddeligen Hosen ab, die er vorher wieder angezogen hatte, und stolperte zum vorderen Teil der Höhle. Indem er die Schriftrolle zurate zog, die Wu Ying zuvorkommend zu ihm schweben ließ, begann er mit den verschiedenen physischen Übungen, die dabei helfen würden, die Nährstoffe aus dem Bad weiter durch seinen Körper zu verteilen.

Wu Ying beobachtete ihn eine Weile, beschloss aber, die Haltung des Jungen nicht zu korrigieren. Nicht heute. Seine Bewegungen mochten zwar schlampig sein, aber es bestand wenig Sinn darin, ihn zu korrigieren, weil der Junge im Halbschlaf durch jede Bewegung stolperte. Dreißig Minuten später beendete Shi Min den Durchlauf, brach auf seinem Schlafplatz zusammen und schnarchte laut, kaum hatte er sich hingelegt.

Wu Ying platzierte im vorderen Teil der Höhle einige einfache Talismane, die ihn alarmieren sollten, falls jemand versuchte, die Höhle zu betreten. Dann schloss er endlich die Augen. Morgen würde ihr richtiges Training beginnen.

Kapitel 18

Der Morgen startete mit einem Lauf über den schmalen Weg, der an den Wällen der Schlucht hoch und hinunter führte, von einer Ecke zur nächsten, bevor sie in einem langgezogenen Bogen zurückkehrten. Wu Ying beschloss, seine eigene Kontrolle zu trainieren, anstatt Shi Min ihm hinterherjagen zu lassen, und ließ einen kleinen Federball über die Schluchtenwände hüpfen, dem der Jugendliche folgen sollte.

Es war schwierig für Wu Ying, seinen Griff um die Winde über das Land auszubreiten, sich zu konzentrieren und den Jungen zu beobachten, was höchste Konzentration erforderte. Sein größtes Problem aber war, dass der Wind wenig Lust hatte, kontrolliert zu werden, weil er das Spiel – Shi Min dem Ziel hinterher die schmalen Schluchtenwände hoch und runter zu jagen – abwechselnd einfach lustig und amüsant als auch langweilig fand, nachdem er seine launischen Momente zu Ende geführt hatte.

Ganze zwei Stunden später stolperte der Junge zurück, um einen vollen Krug Wasser hinunterzustürzen, bevor er angewiesen wurde, sich zu dehnen und dann in dem medizinischen Bad zu entspannen. Der Schmerz wurde auf Shi Mins Wunsch hin ausgewaschen, als die Kräuter von seiner Haut aufgesogen wurden und seine Atmung flach und hektisch wurde, während er keuchte. Er badete eine Stunde lang, dann wurde er losgeschickt, um die grundlegenden Dehnübungen abzuschließen und eine Portion des dämonischen Wolfsfleisches, eingelegtes Gemüse und Reis zu essen. Erst, nachdem er mit dem Essen und einer zweiten Runde langsamer Dehnübungen und den anfänglichen Windformen fertig war, wurde ihm ein kurzer Moment der Ruhe und Kultivation auferlegt.

"Zu langsam. Renn morgen schneller", rügte Wu Ying den Jungen, als er seine Kultivation beendet hatte. "Renn nicht einfach, sondern übe die *Windschritte*."

Shi Min nickte sprachlos. Er wagte es – noch – nicht, dem strengen Lehrmeister zu widersprechen, zu dem Wu Ying geworden war. Er hatte weder die Zeit noch die Neigung dazu, ihn zu verhätscheln. Nicht, wenn die Zukunft und das Leben des Jungen auf dem Spiel standen.

Erst, als Shi Min seinen Geist befreit hatte, fing er mit dem Unterricht der Waffenkünste an. Das Jian war die Waffe eines Kavaliers, der feinen Nuancen und Manöver. Haltungen, Finten, die Lenkung der Klinge und die

Distanz zwischen einem selbst und dem Gegner waren allesamt Teil der Kunst. Aber ohne die Grundlagen war selbst die mächtigste Schwertform nichts weiter als ein Schlammgemälde des Sonnenuntergangs eines Kindes auf einem vollgesogenen Feld.

Es waren die Grundlagen, in denen Wu Ying den Jungen unerbittlich trainierte.

"Vorstoßen. Zurück. Vorstoßen."

Er nutzte eine Scheide ohne Waffe, um sein Gegenüber zurechtzurücken, hob den Hauptarm ein Cun hier, den anderen Arm ein halbes Cun dort. Er tippte seitlich ein Knie an, um es nach innen zu drücken, damit eine Linie geschlossen und der Körper gestärkt wurde und sein Gewicht nach hinten oder vorne verlagert wurde. Veränderungen durch minimalste Anpassungen.

"Vorstoßen. Halten. Pass deine Haltung an."

Ein Drücken hier.

"In die Ausgangsposition. Pass deine Haltung an."

Ein Ziehen da.

"Vorstoßen. Halten. Pass deine Haltung an."

Ein Druck auf den Knöchel.

"In die Ausgangsposition."

"Nochmal."

"Nochmal."

Und nochmal, bis sich der Junge Stunden später endlich entspannen durfte und auf der Stelle zusammenbrach, da Muskeln – verräterische Muskeln – vor Erschöpfung zuckten und verkrampften.

"Kultiviere dich und denk über deine Fehler nach", merkte Wu Ying an, bevor er sich ebenfalls setzte, um dasselbe zu tun.

Durch das Lehren wurde ein Licht auf Fehler in seiner eigenen Form geworfen. Die kleinen Anpassungen, die er gemacht hatte, hoben andere Bereiche hervor, die in seinen eigenen Haltungen mangelhaft waren. Durch das Vorführen und seine Unterstützung wuchs er.

"Führe die erste Form aus", sagte Wu Ying, als sie fertig waren.

Sie gingen zur ersten Form des Jungen über, die ihm von seinem Vater beigebracht worden war. Wu Ying würde ihn beobachten, lernen und die

Grundlagen seines Gegenübers korrigieren. Was das Herz der Form betraf, so glaubte er, dass er es früh genug begreifen würde – denn war es nicht das, wofür das Herz des Schwertes ebenfalls existierte?

Sie trainierten Stunde über Stunde, ehe es Zeit war, zu baden. Müde und empfängliche Muskeln trainieren, weitere Nahrung zu sich nehmen, dann die Formen wiederholen, bis der Schlaf sie wieder zu sich rief und der Kreislauf am nächsten Tag von Neuem beginnen konnte.

***

Der Winter hielt mit aller Macht Einzug und Schnee und Eis störten regelmäßig die Routine der Kultivatoren. Shi Min kroch, stolperte und rannte nicht mehr über lose Felsen und Sand, sondern bewegte sich stattdessen über Schnee und Eis. Er fiel und schürfte sich die Hände auf und stürzte mehrmals fast in den Tod, als der kalte Nordwind lachte.

Mehrere Male schickte Wu Ying den Wind sanft los, um den Jungen wieder auf den richtigen Weg zu stupsen, um ihm unsichtbaren Halt zu geben, wenn er ihn benötigte. Es gab hartes Training und dann gab es noch mörderisches Training – und obwohl die Grenze zwischen beidem in ihrem Fall gering war, strebte er danach, auf der rechten Seite zu bleiben.

Da der Winter die Vorrangstellung einnahm, dauerte ihr morgendlicher Lauf länger und ihre Höhle war ein warmer Rückzugsort, wo sie die Kultivation, die Reinigung und die Formen zu jeder Tageszeit trainierten. Erst, als Wu Ying zufrieden genug mit den Grundlagen des Jungen war, begannen sie mit den Übungskämpfen, um das Training zu wechseln.

Wu Ying wurde von Erinnerungen überflutet. Er erinnerte sich an Tage und Stunden voller Training mit seinem Vater am frühen Morgen oder während solcher kalten Tage im Winter – allerdings waren ihre Winter milder. Er ging die Möglichkeiten durch: Von Abschlägen mit vollem Kontakt im schnellen Lauf über behutsamere Sondierungen und Übungen mit einer einzigen Bewegung und gepaarte, gleichzeitige Bewegungen bis schließlich hin zu einer langsamen Herangehensweise, bei der die Gegner mit einem Bruchteil ihrer Geschwindigkeit kämpften und sich bewegten.

Jede Art bot andere Vorteile. Eine langsame Herangehensweise konzentrierte sich auf die Positionierung und das Lesen des Gegners und darauf, diesen goldenen Zug zu finden, mit dem man zuschlagen, ausweichen und sich selbst in eine günstige Position bringen konnte, um zum Gegenschlag auszuholen.

Die Übungskampfform der einzelnen Bewegungen, die rundenbasiert war, konzentrierte sich auf optimale Bewegungen, Angriffslinien und die Positionierung der Waffe. Wenn man einen Schritt machte, blockte man nicht. Wenn man zuschlug, musste man das Schwert des Gegners unter Kontrolle haben oder riskieren, im Gegenzug erwischt zu werden. Sie lehrte einen Geduld und Positionierung, Vorsicht und Verteidigung und eine Eleganz der Bewegungen, die den meisten neuen Kämpfern fehlte.

Der Übungskampf bei voller Geschwindigkeit ahmte einen Kampf nach, aber sie zehrte an Körper und Waffe. Das diente ihrem Ziel am wenigsten, weil die meisten Vorteile mit stumpfen Klingenspitzen und einer langsamen Bewegung ersetzt werden konnte, sodass man seinen Körper ganz ausstrecken und das Gefühl wahrnehmen konnte, wenn man eine Waffe aus der Bahn warf oder den Gegner mit einer sehr realen Gefahr zum Rückzug zwang.

Aber ohne Einschränkungen führte ein Übungskampf mit vollem Waffenkontakt nur zu Verletzungen und zeigte die wahre Höhe des Berges Tai auf. Doch das war nötig, um dem Jungen zu ermöglichen, seine Nerven unter Kontrolle zu halten, seine Atmung zu beruhigen, wenn das Adrenalin durch seine Adern schoss und sich der Klinge zu stellen, während diese durch die Luft auf seinen Schüler zuschoss, und er wusste, dass sein Ende nahe war.

Er musste lernen, den Tod zu akzeptieren.

Und dann musste er lernen, zur Seite zu gehen.

Auch wenn sein Versagen fast schon garantiert war, denn sich nicht zu bewegen bedeutete, aufzugeben. Beim Versuch konnte man einen Erfolg finden, ganz gleich, wie klein dieser war.

Lektionen, die über die Spitze einer Klinge hinweg vom Vater an den Sohn weitergegeben wurden.

Die beiden trainierten während der langen Wintermonate. Und außerhalb ihres Trainings tauschten sie nur sporadisch Worte aus. Shi Min brach sehr oft zusammen. Am Ende jedes Abends oder zwischen den Einheiten war er erschöpft und kultivierte sich, um das bisschen Energie heranzuziehen, das er schaffte.

"Meister ... warum tut Ihr das?", fragte Shi Min in einer langen Winternacht. Er hatte eine Schüssel in der Hand, in der Reis und Gemüse und natürlich ein Teil des scheinbar nie zur Neige gehenden Vorrats an dämonischem Wolfsfleisch aufgehäuft waren.

"Der Hunger muss gestillt werden. Wie sonst soll sich der Körper entwickeln können?", antwortete Wu Ying absichtlich begriffsstutzig.

"Nicht das Essen. Das Training. Die Kräuter ..." Er wies hinter sich. "Mein Vater war zwar ein armer Kultivator, aber selbst er hat mich die Körperkultivation gelehrt. Das ist viel zu teuer für jemanden wie mich."

"Und doch badest du jeden Tag darin."

"Genau das meine ich!", sagte Shi Min verärgert. Dann fügte er verzögert hinzu: "Entschuldigt, Meister."

"Und genau das meine ich auch."

Die verdammte Ausrede ließ ihn die Augen zusammenkneifen. Shi Min presste die Lippen zusammen, gab aber auf. Schließlich lief es immer so ab.

Dann kam ein neuer Tag und der Junge stürzte sich in all diese Lektionen und die Bäder, die sein Fleisch, seine Knochen und seine Meridiane reinigten, sie auseinanderrissen und neu konstruierten und ihn dann wieder über Minuten und dann Stunden voller Schmerzen verfeinerten.

Eine weitere Nacht, ein weiterer Tag über ihren Klingen.

"Sind deine Formen aus einem Familienstil?", fragte Wu Ying, während er beiläufig einen Angriff parierte und Shi Min leicht in einen bessern Winkel schob.

"Ein Stil meines Vaters." Shi Min zog den Kopf tief ein. "Er war, wir waren, früher einmal eine kultivierende Familie. Mein Ururgroßvater war ein Spross der Wudang-Sekte. Dann hat er sie verlassen, weil er sich verliebt hatte."

Wu Ying nickte. Die Asketen von Wudang würden so etwas nicht zulassen. Das war nicht ihre Art.

"Er hat das, was er gelernt hat, mit sich genommen, und hat es seinem Sohn gelehrt. Wir waren – sind – Karawanenwachen, die dorthin reisen, wo die Arbeit uns hinführt, aber wir sind geübt. Mit der Zeit hat sich der Stil verändert und angepasst."

"Es steckt einiges an Können in dem Stil. Der Rest sind nur Mängel." Wu Ying beobachtete, wie sich der Junge bei dieser Anmerkung nicht sträubte. Fehlender Stolz oder einfach nur Verständnis?

"Ich möchte dem Stil würdig sein. Um ein wahrer Kultivator zu werden", flüsterte Shi Min.

"Dieser Weg ist für dich versperrt", erklärte Wu Ying schonungslos, während er einen Überhandschlag abfing und den Jungen mit einem Tritt von sich schob.

Der Junge überschlug sich, rollte weg und hüpfte auf die Füße. Der Tritt hatte sich darauf konzentriert, ihn zu schieben – die Energie hatte er erst bei Kontakt hineingeleitet –, daher hatte er bis auf einige kleinere Prellungen keine Verletzungen. "Ich kann kein Unsterblicher sein. Aber ein Kultivator zu sein ist mehr als das! Der Klinge und der Ehre und dem Respekt würdig zu sein, der einem entgegengebracht wird. Ich möchte beschützen und nicht etwas an mich nehmen."

Wu Ying nickte, dann zeigte er mit der Spitze der Klinge auf den Jungen und dann wieder auf sich. "Dann musst du stärker werden."

Der Wind trug Shi Mins geflüsterte und entschlossene Worte zu ihm, während der Junge auf ihn losstürmte.

"Das werde ich."

***

Routinierte Tage voller Training. Shi Min dehnte sich, trainierte und aß und fütterte seinen Knochen spirituelle Kräuter und Chi, um sich einen Vorteil zu verschaffen.

Wu Ying trainierte mit dem Jungen und kultivierte sich ohne Unterlass. Die Winde heulten vor der Höhle, wirbelten ohne Pause Schnee und Sand herum und trugen das Geflüster verärgerter Geister und Gespenster zu Dörfern in der Nähe. Er floss durch die Bewegungen des Long-Familienstils und der anderen Schwerthandbücher, die er studierte und integrierte ihre Bewegungen in seinen Körper und sein neues Verständnis des Jians.

Manchmal legte Wu Ying seine Waffe beiseite und beschloss stattdessen, eine Klinge aus Chi und seinem Körper selbst zu bilden. Das Herz des Schwertes benötigte keine Waffe, weil man selbst zum Jian wurde. Hände waren so scharf wie eine Rasierklinge und der Körper war so hart wie Stahl und so flexibel wie die Klinge. Seine Bewegung war wie eine Peitsche und seine Regungslosigkeit war tödlich.

Ein Winter voller stiller Kultivation und verzweifeltem Training und Fortschritt.

Als die winterlichen Winde abflachten und der Schnee begann, zu schmelzen, starrte Wu Ying den Jungen an und nickte.

Es war so weit. Zeit für einen letzten Test.

Für eine letzte Lektion.

***

Oben auf der kargen Klippe war es tückisch, sich zu bewegen, weil schwarzer Schnee die stoffbedeckten Füße abrutschen ließ, während er schmolz und sich bei Nacht neu bildete. Die beiden wanderten auf dem engen Weg nach oben. Der Junge hatte sich voller Elan an die *Windschritte* angepasst und sie übernommen, nachdem er für so viele Monate stetig und unermüdlich trainiert hatte.

Wu Ying stellte sich auf dem knisternden Boden auf und der matschige Schnee brach unter seinem Gewicht auf. Er hätte über ihm schweben – was er normalerweise auch getan hätte – und nicht schwerer als eine Feder auf dem Schnee sein können, aber das war ein Test für das Kind. Er unterdrückte seine Kultivation und seine Fähigkeiten so weit, bis sie auf dem Level der ersten Stufe der Energiespeicherung waren. Seine Aura musste er nicht unterdrücken, das geschah automatisch, aber alles andere …

Shi Min stellte sich gegenüber von Wu Ying auf und hatte endlich das Schwert seines Vaters in der Hand. Das war das erste Mal, dass er es hielt, seit sie mit dem Training angefangen hatten und seine Finger schlossen sich problemlos um den vertrauten Griff. Wu Ying legte seinen Kopf schräg und sah dem Jungen dabei zu, wie er ohne darüber nachzudenken seine Haltung an die andere Länge und das neue Gewicht der Klinge anpasste.

So nah dran ... noch sechs weitere Monate des Trainings und er hätte vielleicht das Gespür des Schwertes erlangt. So, wie die Dinge standen, hatte der Junge bereits den Größeren Erfolg des Jians und hatte sich von dem Kleineren Erfolg weiterentwickelt, den er gehabt hatte, als Wu Ying ihn zum ersten Mal getroffen hatte.

Der Junge hatte eine Gabe. Nicht eine so hell leuchtende wie Pan Chen, aber eine langsamere und stillere, die ihn weit tragen könnte, wenn ihm genug Leitung und Training zuteilwurde.

Nicht auf die Spitze der Kultivation. Es gab keine Unsterblichkeit für dieses Kind. Aber nicht jeder musste diesen unbarmherzigen Gipfel erklimmen. Nicht jeder sollte das tun.

Denn die Kultivation sprengte auf ihrem Höhepunkt die Grenzen der Himmel selbst und erschütterte ihre Regeln, um den Aufstieg in der natürlichen Ordnung zu erzwingen. Im Zuge des Wandels kam das Chaos und mit dem Chaos der Verlust, Schmerz und Revolution.

Die Winde des Himmels heulten und flüsterten von Regeln, Voraussetzungen und kalten und gnadenlosen Regeln, die Ordnung vor Gerechtigkeit stellten und der Barmherzigkeit und der Güte nur einen kleinen Platz einräumten. Und in dieser Lücke breitete sich ein dunklerer, widerlicher Wind aus, der wie die dunklen und versteckten Orte der Welt roch und den moschusartigen Geruch eines gut gepflegten Komposthaufens an sich hatte. Er flüsterte etwas von Veränderung und der Notwendigkeit des Wandels, des Chaos ...

Ehe er verschwand und von einem plötzlichen Stoß des himmlischen Windes und einer heraneilenden Schwertspitze hinfortgetrieben wurde.

Wu Ying drehte sich ganz leicht um und ließ die Klinge an seinem Gesicht vorbeiziehen. Er hob die Hand und zwei Finger drückten gegen die Klinge und folgten der Bewegung der Waffe, ohne dass sie in seine Finger schneiden konnte. Der Block mit bloßer Hand war eine knifflige Technik.

Dann stand Shi Min vor ihm, erholte sich und schwang seine Klinge nach hinten, wo er sie um seinen Rücken und Kopf wirbelte, während er an Geschwindigkeit gewann. Aber ein einziger Schritt stellte sich ihm in den

Weg und ein Ellbogen schoss nach oben, um den Jungen zu treffen und wegzuschleudern.

Shi Min stolperte und erholte sich wieder, während er eine Reihe schneller Schnitte ausführte, um sich gegen einen möglichen Gegenangriff zu schützen, der aber nicht kam. Er stabilisierte sich auf dem knackenden Eis. Der scharfe Klang drang durch die Luft und er schaute Wu Ying über die Spitze seines Schwertes hinweg finster an.

"Üben wir nicht mit Schwertern?", forderte Shi Min ihn heraus.

"Wir trainieren das Überleben", antwortete Wu Ying. "Wir erproben deine Fortschritte. Vergiss nie, dass die Klinge nur ein Werkzeug ist. Die Waffe bist du selbst."

Dann zog Wu Ying mit einem leichten Schulterzucken sein Jian zurück. Die Spitze hob sich und fiel zurück, womit sie sein Gegenüber zu sich lockte.

Das darauffolgende Aufeinandertreffen der Klingen war energiegeladen und brutal, bei dem keine Chi-Klingen ausgeweitet und keine Schwertintention ausgestoßen wurden, die in Wu Yings jüngsten Kämpfen so stark vertreten gewesen waren. Der Wind war immer noch um sie herum spürbar und wurde nur an den Grenzen stärker, wenn Wu Ying darum bat, und unterstützte oder behinderte seinen Gegner nicht. Ihr Kampf war profan und nur allzu sterblich. Er erinnerte Wu Ying auf eine Weise an etwas, die ihm ein Lächeln auf die Lippen zauberte.

Dem einfachen Aufeinanderprallen von Stahl, wo weder das Chi noch die Schwertintention die Absichten des jeweils anderen beeinträchtigten, lag eine Schönheit inne. Hier, im Austausch der Klingen und der Kreuzung von Formen, gab es eine Konversation mit Metall, die äußerliche Vorwände erlöschen ließ.

Ein Stoß – verzweifelte Not.

Eine Drehung der Hand – ungezwungene Gleichgültigkeit.

Eine vorwärtsgerichtete Erholung – eine aggressive Forderung.

Ein angewinkelter Schritt zur Seite, der ein Dreieck bildete – eine bescheidene Zurückweisung.

Ein fegender Schulterschnitt – eine gewaltsame Bitte.

Eine angewinkelte Parade, um eine Spitze in die Klinge zu bohren – eine vorsichtige Zustimmung.

Die Formen durchquerten die Landschaft, während die beiden kämpften. *Der Drache zerteilt das Gemälde* traf auf *das Gras, das durch das Land schwankt* und die runde Parade der *Wolkenhände* wurde vom *herabstürzenden Baumstumpf* beiseite geschlagen. Sie kämpften auf der Spitze der Klippe, ihre Füße stampften auf das brechende Eis und Schnee und versteckte Kieselsteine flogen durch die Luft, während sie um die Vorherrschaft rangen.

Shi Mins Können hatte sich gesteigert. Seine Haltung war stabiler und sein Griff war sowohl fester als auch flexibler als je zuvor. Seine grundlegenden Formen waren zwar nicht perfekt, hatten sich aber verbessert. So sehr, dass die weitesten und größten Makel in seiner Verteidigung kleiner geworden waren, sodass Wu Ying gezwungen war, die Lücken ausfindig zu machen. Die Schwertspitzen stichelten und flüsterten, während er den Jungen zurechtwies und dieser etwas lernte.

Bis Wu Ying, der den Höhepunkt ihrer Unterhaltung wahrnahm, endlich entschloss, es zu beenden. Auf dieselbe Weise, wie ein anderer Lehrer einstmals ihren eigenen – blutigeren – Kampf beendet hatte.

Eine zurückgezogene Parade, um ihm Platz zu verschaffen. Um dem Kind Zeit zu geben.

Ein Vorstoß, der Wu Ying vorwärts trug, und die *Wahrheit des Schwertes* explodierte nach vorn, als er die Distanz überbrückte.

Der holprige Rückzug des Jungen, eine vorsichtige und durchdachte Strategie, brach unter dieser einen letzten Lektion – dass Stärke in ihrer Extremform eine ganz eigene Intensität besaß – in sich zusammen.

Die Klingenspitze flog in einem Bogen vorwärts, durchbohrte die flüchtige Verteidigung und drückte die flache Seite der Klinge gegen seinen Körper, während seine Arme nach hinten gedrückt wurden. Shi Mins Klinge drückte sich in mit Stoff bedecktes Fleisch und schürfte die Haut auf, bevor der Druck genauso plötzlich wieder gelöst wurde und der Junge durch die Wucht des Aufpralls Hals über Kopf nach hinten taumelte und in der Nähe des Klippenrandes landete.

Es herrschte lange Stille, während der Junge im feuchten Schnee stöhnte, ehe er sich auf seine durchnässten Füße stellte und das Schwert zur Verteidigung in der Hand hielt. Aber er sah, wie Wu Ying ebenfalls dastand, mit dem Schwert in der Scheide, und die Winde um ihn wirbelten, während sie die Spuren des dahinschwindenden Winters und erste Anzeichen des herannahenden Frühlings mit sich trugen.

"Vielen Dank für Eure Anweisungen, Meister!", stimmte Shi Min feierlich an, während er sich tief vor Wu Ying verbeugte. Anstatt seinen Kopf zu heben, behielt er ihn unten und hielt sein Schwert verkehrt herum an seinem Arm entlang vor seinen Kopf.

"Du hast fleißig gelernt", sagte Wu Ying. "Ruh dich aus. Denk über den Kampf nach. Morgen werden wir auf deine Angreifer treffen und du hast eine Ehre, die du zurückgewinnen musst."

Der Junge erschauderte leicht, als er an das dachte, was ihn erwartete. Wu Ying beobachtete, wie Shi Min die Angst und das primitive Bewusstsein über seinen möglichen Tod hinunterschluckte. Er verfolgte den inneren Kampf, bevor der Junge sein Schicksal akzeptierte und sich entschied, sich der Herausforderung direkt zu stellen, anstatt Wu Ying um Hilfe anzuflehen.

Shi Min richtete sich auf, dann verbeugte er sich noch einmal. "Danke, Meister. Für alles."

Und dann ging er wie aufgefordert zum Abgrund der Klippe, um den langen Weg zurück zu ihrer Behausung zurückzulegen. Wu Ying konnte bereits erkennen, wie sich die Gedanken des Jungen auf den bevorstehenden Kampf richteten, um sich darauf vorzubereiten. Er konnte nicht anders, als das zu befürworten.

Obwohl sich ein Teil von ihm wünschte, dass es anders wäre. Aber jede Jahreszeit hatte ihr Ende, und der Wind konnte nicht stillstehen. Er blies weiter, immer weiter. Und so musste auch er ihm folgen.

Kapitel 19

Überraschte es Wu Ying, dass es für den Kampf anstatt einer einfachen freien Stelle außerhalb der Stadt nun eine Menschenmenge und einen freien runden Platz gab? Ein kleines bisschen. Er war nicht über die Wirklichkeit der Veranstaltung überrascht, weil der Wind und seine spirituellen Sinne die Veränderungen wahrgenommen hatten, lange bevor sie eingetroffen waren. Es war mehr die Anwesenheit von Gaffern, von Neugierigen und Wettenden.

Die allgegenwärtigen Buchmacher konnten fast wirklich genauso als Teil der Kultivationswelt angesehen werden wie die Apotheker und Schmiede und Talismanmeister, die tatsächlich notwendige Ausrüstung zur Verfügung stellten. Irgendwie tauchten die Buchmacher immer auf, wenn es einen Kampf gab.

Aber welche Art der Freizeitbeschäftigung gab es andererseits in einer Welt ohne größere Unterhaltung, wenn sich der Winter in den Frühling verwandelte, der Boden aber immer noch zu hart war, um bestellt zu werden? Dorfbewohner und Stadtmenschen waren daran gewöhnt, sich um ihr eigenes Vergnügen zu kümmern. Von langen Treffen zur Dichtung bis hin zum weiter verbreiteten Musizieren und Erzählen von Märchen. Aber die Lieder und Stimmen wurden vertraut, die Geschichten wurden langweilig und die Einführung neuer Veranstaltungen bot eine spannende Aussicht.

Die Menge erblickte sie, lange bevor sie bei ihnen waren, und Wu Ying beschloss, seine Kultivation nicht zu verbergen. Jedenfalls nicht vollständig. Er hatte ihre Gegner gespürt und abgeschätzt. Ching Lau und eine Kapitänin der Stadtwache auf der Spitze der Energiespeicherung waren die einzigen Personen, die ihm Sorge bereiteten. Die Wachkapitänin war eine Überraschung. Sie war eine ältere, matronenhafte Frau, deren Rüstung ihre breiten Hüften kaum bedeckte und die zwei übereinander gekreuzte Daos auf ihrem Rücken trug.

Vielleicht überwachte ein mächtiger Kultivator irgendwo im Verborgenen die Geschehnisse, aber Wu Ying bezweifelte das. Ihr Außenposten war nur ein Zwischenhalt und nützte außer den Bewohnern niemandem wirklich. Die Festung, die eine Handvoll Li entfernt war, war für das Königreich wichtiger, und dort wohnte ein wahrer Kultivator der Kernformung.

Shi Min führte den Weg an. Seine Bewegungen waren lockerer als zu dem Zeitpunkt, da sie losgegangen waren. Doch Wu Ying fiel der Winkel von Shi Mins Schultern, die Spannung in seiner Körpermitte und die Ruckartigkeit seiner Schritte auf. Der leicht ätzende Geruch von Schweiß und Furcht ging von ihm aus. Eine ständige Erinnerung an das, was auf dem Spiel stand.

"Atme gleichmäßig, Junge. Mach deinen Rücken gerade und entspanne die Hüften. Beweg dich, als gehörte dir diese Straße und der einzige, der sich dir in den Weg stellen könnte, wäre der Gelbe Herrscher höchstpersönlich", befahl Wu Ying. Seine Stimme war leise und bestimmt. "Dein Kampf beginnt genau jetzt, nicht erst in der Arena. Erobere ihre Gedanken jetzt, bevor du auf sie einschlägst, dann musst du womöglich nicht einmal deine Klinge erheben."

Shi Min wurde für einen Sekundenbruchteil langsamer und sein erster Atemzug war dünn und stockend. Dann atmete er die Anspannung und die aufkeimende Panik aus und atmete tiefer ein. Er atmete nacheinander ein und aus und seine Wirbelsäule reckte sich, als er sich aufrichtete und seine Muskeln entspannte. Sein Gang hatte nun etwas Arrogantes an sich, einen Stolz, der von einem Selbstvertrauen zeugte, das durch Blut und Tränen errungen worden war.

Die Menge fühlte das und bewegte sich instinktiv wie die Herdentiere, die sie waren. Sie teilten sich zu beiden Seiten der brüchigen Straße aus Erde und erlaubten den beiden, ohne Behinderung nach innen zu treten, wodurch sie den schmelzenden Schnee mit ihren Füßen platt traten, während sie sich von den Raubtieren in ihrer Mitte entfernten.

Es war lustig, wie sie sich gegenüber richtigen Kultivatoren verhielten, als wären sie eine echte Gefahr, wenn sie doch ohne Probleme die Halsabschneider unter ihnen aufgenommen hatten. Ein Mitglied einer orthodoxen Sekte, wie Wu Ying es war, würde ihnen niemals ein Haar krümmen, diesen Sterblichen, deren Leben sich nur in seltenen Momenten mit dem seinen überschnitten.

"Ihr seid also gekommen. Ich habe schon gedacht, ihr seid geflohen", rief Ching Lau.

Andererseits hatten die Sterblichen vielleicht einen Grund, auf der Hut zu sein, da ein solch aufrichtiges Mitglied der Welt der Kultivation vor ihnen stand.

Ching Lau stand ihnen gegenüber und seine Handlanger standen neben ihm. Wu Yings Blick sprang vom Anführer auf seine Gefolgschaft, er las in ihren Gesichtern, beurteilte sie und versuchte, die Zukunft vorherzusagen. Dann beruhigte er seinen Geist und löste seine Anspannung, während er bemerkte, dass Shi Min dasselbe tat.

Die Stille zog sich hin, während Wu Ying beschloss, nicht zu antworten. Shi Min, der bisher den Weg angeführt hatte, drehte sich um und starrte Wu Ying an. Er erwartete, dass dieser etwas sagte. Aber Wu Ying schüttelte nur leicht den Kopf und lehnte das Angebot ab, der Anführer zu sein.

Das war der Kampf des Jungen. Es war seine Zeit, zu glänzen.

Ching Lau und ihren Zuschauern entging dieses Nebenereignis nicht. Der Kultivator mit dem gebrochenen Kern grinste leicht und badete in seinem scheinbaren Sieg.

Shi Min meldete sich zu Wort und unterbrach seine aufkeimenden Gefühle. "Drei. Wenn ich gegen drei Eurer Leute kämpfe und gewinne, dann ist diese Sache erledigt."

"Drei." Ching Lau grinste und winkte sein erstes Mitglied heran.

Zu Wu Yings Überraschung war es eine Frau – klein, in enger Kleidung, mit Hass in ihren Augen und einer Narbe entlang ihres Haaransatzes, auf dem kein Haar wuchs. Sie bewegte sich mit einer ruckelnden Anmut und ihre bevorzugte Waffe war ein zweigeteilter Ring.

Das verblüffte Wu Ying, denn Frauen hatten normalerweise ein gutes Gespür dafür, das Schurkenleben zu vermeiden. Dieses war kurz, brutal und hatte üblicherweise keine Zukunft. Auf der anderen Seite konnte Wu Ying spüren, dass sich das Mädchen vermutlich ebenfalls am Ende ihres Weges befand. Ihr Körper roch seltsam und beschädigt. Ihr letzter Vorstoß – um auf die erste Stufe der Energiespeicherung zu gelangen – war zu viel gewesen. Er war zu schnell gekommen.

Also sei´s drum.

"Yue Qin. Erledige ihn schnell. Mein Abendessen wird kalt", befahl Ching Lau.

Sie nickte ruckartig und bewegte sich zur Mitte des Rings. Die Menge zog sich instinktiv einige weitere Schritte zurück. Shi Min näherte sich und seine Hand fiel auf seine Waffe, während die beiden ihre Anfangsposition einnahmen. Er öffnete seinen Mund, um seine Herausforderung kundzutun, aber seine Gegnerin sprang vor.

"Li Shi– uff!"

Er wich mit den *Windschritten* aus, die ihn zur Seite trugen. Shi Min zog instinktiv das Schwert aus der Scheide und führte einen seitlichen Schnitt aus, um die geschärften Sicheln seiner Gegnerin aufzuhalten. Sie stieß vor, während ihre Finger durch die Klinge ihrer Waffe geschützt wurden, und versuchte, sein Schwert festzusetzen. Shi Min löste sich geschickt und ließ seine Waffe zur Seite und um sie herum zischen, während er seine Waffe zurückzog, um die Stärke seiner Klinge mehr nutzen zu können.

Dann, als seine Gegnerin näher trat, stieß er seine Klinge nach vorn. Das Heft und die Schneide verfingen sich in der sichelförmigen Waffe, sein Körper spannte sich an und drückte sich zur Seite, sodass die Waffen von ihren Körpern wegzeigten. Er trat näher und zog schnell den Kopf ein. Durch die Kopfnuss prallte seine Stirn auf ihre Nase, was sie nach hinten zwang. Ihre Finger öffneten sich, da die plötzliche Wildheit und das andere Tempo sie überraschten.

Einer weiteren Schwertdrehung folgte eine Seitwärtsbewegung, mit der ihr die Waffe aus den Fingern fiel. Dann drehte Shi Min sich und trat auf ihre unteren Rippen ein, wodurch das Geräusch von Rippen, die brachen, durch den winterlichen Nachmittag hallte, während die Frau durch die Luft flog. Es brauchte keinen größeren Erfolg des Schwertes, sondern nur ein strenges Trainingsprogramm gegen einen Gegner, der mehr darauf fokussiert war, zu gewinnen – und seinen Übungspartner darauf trainierte, zu gewinnen –, um den ersten Kampf zu beenden.

Bis Yue Qin es schaffte, aufzustehen, drückte sich das Jian gegen das Grübchen am unteren Ende ihres Halses und der Kampf war vorbei.

"Enttäuschend ..." Ching Laus Stimme war tief und versprach später eine gewaltsame Behandlung, als er zu Yue Qin sprach.

Sie kämpfte sich auf die Beine, blickte Shi Min finster an, der sie so einfach erledigt hatte, und holte sich ihre Waffe zurück, bevor sie zurück zur Seite humpelte und eine Hand auf ihre Rippen drückte.

"Es scheint, Eurer Besten scheint es an etwas zu fehlen", sagte Shi Min mit lauter und arroganter Stimme. Er zog sich auf seine Seite des Rings zurück und machte sich nicht die Mühe, sein Schwert in die Scheide zu stecken.

"Nur ein paar Monate Training und schon wirst du arrogant. Genau wie dein Vater. Wirst du auch so winseln und betteln, wenn ich dich aufschlitze?" Mit diesen Worten trat der zweite Herausforderer vor. Die Griffe seiner zwei Dolche waren mit Juwelen geschmückt. Er führte einen Dolch an sein Gesicht und leckte über die Schneide, was einen dünnen Faden aus Spucke darauf hinterließ, ehe er dasselbe mit der anderen Waffe tat.

Shi Min zitterte und rang damit, seine Emotionen unter Kontrolle zu halten, wie es ihm beigebracht worden war.

Wu Ying webte seine Stimme in die Luft ein und legte sein Chi hinein, um dem Jungen im Vertrauten mitzuteilen: "Gewinne den Kampf und ehre deinen Vater. Achte auf die Klingen, sie sind vergiftet."

"Zeit, zu schreien." Shi Mins zweiter Gegner schoss los. Sein Körper war so tief gebeugt, dass er beinahe parallel zum Boden ausgerichtet war, während er seine Dolche seitlich von sich streckte.

Er war ein Narr von einem Körperkultivator des Gifts. Ihre Art war ungewöhnlich und sie waren ketzerische Kultivatoren, die in Wannen voller Gift badeten und es tranken, als wäre es ihr Frühstück. Shi Mins Gegner hatte zwar nur fünf Meridiane geöffnet, aber er hatte die Stärke eines Körperkultivators und die Vorteile des Gifts, das durch seine Adern floss.

Der Junge, der seine Emotionen und die Erinnerungen an einen starken Mann, der gefoltert worden war, abschüttelte, stellte sich wieder richtig auf und festigte seinen Griff. Sein Jian fing eine Klinge, dann die andere ab und seine Füße kamen nie zum Stillstand, während er sich drehte, um die passive Waffe seines Gegners von sich zu halten. Shi Min schnitt und fegte, zielte auf Finger und Handgelenke und suchte sich die nächsten Ziele, die er finden konnte.

Sein Kampf hatte nichts Elegantes oder Ehrenhaftes, er war einfach nur effizient.

Es stand Körperkultivator gegen Körperkultivator und während der ersten halben Dutzend Züge wurde der Giftkultivator überrascht, da der Junge mit seiner Geschwindigkeit mithalten konnte. Ganz gleich, ob er zwei Waffen hatte oder nicht, die Positionierung und größere Reichweite des Jians, zusammen mit einem wesentlichen Unterschied der Fähigkeiten, machten kleinere Unterschiede in Schnelligkeit und zusätzlichen Waffen wett.

"Du kämpfst wie ein Feigling!", zischte Shi Mins zweiter Gegner, während seine Finger von der bedrohlichen Klinge wegzuckten und weitere Haut auf den Knöcheln aufgeschürft wurde. "Hör auf, herumzutänzeln, und stell dich mir!"

"Nein."

Die vergiftete Klinge löste sich und wirbelte mehrere Male um seine Hand, dann schnitt sie aufwärts. Diesmal schaffte sie es nur wenige Zentimeter weit, bevor der Junge einen seitlichen Schnitt ausführte und die zweite Klinge und den Ellbogen abfing, als der Giftkultivator versuchte, eine Öffnung auszunutzen. Blut spritzte durch die Luft und der Junge wich klugerweise zurück, ehe das vergiftete Blut ihn treffen konnte.

Der Giftkultivator umklammerte fluchend seinen Arm. Sein Dolch war zu Boden gefallen, da sich seine verletzten Muskeln verkrampft hatten. Danach wurde der Kampf zur Routine und verlief beinahe ohne Überraschungen. Nun war Shi Mins Gegner derjenige, der davonkroch, da er von der längeren Waffe eingeengt wurde.

Bis der Mann, der aus einem Dutzend Schnitte blutete, seine Schulter opferte. Er näherte sich einem Schwertstoß und fing sich Schmerzen und eine Verletzung ein, um mit seiner Klinge auf Shi Mins Brust zu zielen.

Der Junge wusste es besser. Seine Hand schoss los, um die Klinge abzufangen und er winkelte seinen Arm so an, dass die flache Seite der Klinge gegen seine Muskeln drückte. Das war kein Garant dafür, nicht geschnitten zu werden, aber es war das Beste, was er in diesem kurzen Moment tun konnte. Aber dennoch war Shi Min schutzlos, während sein Fokus auf der Waffe lag, die auf ihn zuschoss und er vorhatte, sie ihm zu entreißen, denn der Dolch war nicht die Hauptwaffe des Giftkultivators. Das waren keine Kämpfer aus Sekten, die Regeln und Traditionen folgten, sondern Menschen, die in einer viel härteren Umgebung aufgewachsen waren.

Blut tropfte aus einer aufgebissenen Zunge, sammelte sich in seinem Mund und verbrannte leicht seine eigene Haut. Der Giftkultivator spuckte die gefährliche Flüssigkeit in Shi Mins Gesicht. Shi Min zog sich zurück und wischte sich das Gesicht ab, während die grün-rötliche Flüssigkeit in seine Augen sickerte, die sich bereits röteten und anschwollen, und ließ die Hand mit dem Dolch los. Er spürte, wie die Waffe einmal, zweimal und dann ein drittes Mal zuschnitt, bevor er zurückweichen konnte, seine Waffe sich durch alte Formen bewegte, er die restlichen Angriffe abblockte und sogar mit ein oder zwei Schnitten konterte.

"Jetzt habe ich dich …", plapperte der Giftkultivator mit seiner verletzten Zunge, während Blut aus seinem Mund quoll.

Shi Min schlug mit geschlossenen Augen zu. Blitzschnell passte er einen bekannten Angriff an. Der Vorstoß trug den Jungen schneller durch den Raum zwischen ihnen, als irgendjemand außer Wu Ying hätte erwarten können, und seine Klinge schlug sich in die Kehle seines Angreifers. Die Klinge wurde mit einer brutalen Drehbewegung aus dem Hals des Mannes gezogen, was ihn um ein Haar köpfte.

Stille legte sich über die Straße. Die Zuschauer waren entsetzt über das plötzliche Ende des Kampfes und die Grausamkeit, deren Zeuge sie geworden waren. Zum ersten Mal wurde einigen von ihnen bewusst, dass dies kein einfacher Moment der genussvollen Unterhaltung war, sondern Leben auf dem Spiel standen. Aber niemand machte Anstalten, zu gehen.

Sie hatten kein simples Dasein, das voller friedlicher Augenblicke war. Nein, Gewalt war ihnen nicht unbekannt, aber so nah zu erleben, wie jemand anderes unter ihr litt, konnte trotzdem eine schockierende Wirkung haben.

"Das wird so langsam teuer", meinte Ching Lau. Seine Stimme bebte vor Zorn.

Viele der Zuschauer taumelten zurück und zuckten zusammen, als der Kultivator der Kernformung seine Wut entfesselte und seine Präsenz über sie alle legte.

Wu Ying strengte seine eigene Willenskraft leicht an und bedeckte sich und Shi Min. Nur die Wachkapitänin schien gut mit dem Druck umgehen zu können, und selbst ihr Blick war angestrengt.

"Lasst uns das beenden", verkündete Ching Lau und winkte dem Mann zu seiner Rechten zu.

Der große und schlanke Kultivator hatte ordentlich geschnittenes Haar, gepflegt und trug im Vergleich zu den anderen mit ihren rauen Hanfroben Gewänder aus schimmernder Seide. Wu Ying nahm an, dass es sich dabei um Hofkleidung handelte, obwohl die Kleidung des Schurken Spuren langer Benutzung aufwies. Es musste schwer sein, in den Außenbezirken modisch zu sein.

"Ich werde mich bemühen, es schnell zu machen, Junge." Eine vornehme Stimme und ein Akzent, den Wu Ying nicht erkannte, der aber nicht in diesem Land heimisch war.

"Möglicherweise. Aber erst später", meldete sich Wu Ying endlich zu Wort. Er trat in die Arena, während Shi Min, der es auf seine Ausgansposition zurückgeschafft hatte, seine Augen auswischte. "Eine kurze Pause. Er hat bereits zwei Kämpfe ohne Unterbrechung bestritten."

"Ihr wagt es ...!", knurrte Ching Lau.

"In der Tat." Wu Ying hob seinen Kopf und blickte auf die Leiche, die noch immer in der Arena lag. "Wir müssen uns zumindest ein wenig um den Schmutz kümmern."

Ching Lau sträubte sich, aber Wu Ying gab Shi Min einen Stofffetzen und seine Wasserflasche. Er nickte leicht anerkennend, als der Junge es schaffte, seine Waffe blind in die Scheide zu stecken, obwohl die Klinge und ihre Scheide später eine gründliche Reinigung benötigten.

"Also gut. Bis ein Räucherstäbchen abgebrannt ist ..." Ching Lau machte eine Geste.

Einer seiner Schurken holte einen Behälter und ein Stäbchen heraus. Er zündete das Räucherstäbchen an und platzierte es auf dem Boden. Wu Ying kniff die Augen zusammen und bemerkte, wie eine morgendliche Brise wehte, was den Brennvorgang beschleunigte.

Er beobachtete, wie der Junge sein Gesicht von dem giftigen Blut befreite, nahm Shi Mins andere Hand und überprüfte seinen Puls, während er Chi in ihn leitete, um Antworten zu erhalten. Wu Ying war kein Arzt, der die Launen des Gifts und der Heilung erkennen konnte. Alles, was er tun konnte, war festzustellen, dass sein Gegenüber handlungsfähig war und sich die Gefahr nicht schnell ausbreitete.

Wie roch Gift? Ein bisschen nach Verwesung, etwas ätzend, leicht süß und für den Körper sehr fremd. Sein Blut begann zu gerinnen und sein Körper wurde langsamer, als das Gift auf Shi Mins Körper reagierte und sich seine Aura mit jeder Sekunde kräuselte.

"Schluck das und kultiviere dich. Es wird dich nicht gänzlich heilen, aber du wirst dein Augenlicht ein wenig zurückgewinnen", erklärte Wu Ying, drückte dem Jungen ein Pillenfläschchen in die Hand und führte ihn zu einem Sitz, der gegenüber Ching Lau lag. Wu Ying beobachtete, wie Shi Min seine Anweisungen befolgte, und lenkte dann seinen Blick zurück auf das Geschehen.

In der Zwischenzeit hatten einige Mitglieder der Bande ihre Hände eingewickelt, um den direkten Kontakt mit der Leiche zu verringern, die sie anfassen mussten, um sie zur Seite zu schleppen. Nach einer kurzen Diskussion mit der Wachkapitänin wurde die Leiche schlussendlich in weitere Lagen aus Stoff eingewickelt und aufrecht hingestellt. Auf Befehle der Kapitänin hin rannte eine Wache zurück zum Außenposten, während Schaufeln zu der Stelle mit kontaminierter Erde gebracht wurden und ein Haufen neben der Leiche aufgeschüttet wurde.

Wu Ying beäugte das brennende Räucherstäbchen und breitete seine Sinne und seine Wünsche an die Winde aus. Ein kleiner Wall aus Wind erhob sich um den Weihrauchkessel und nun zog der Rauch nach oben und nicht zur Seite, während er das brennende Stäbchen abschirmte. Es würde die Zeit nicht merklich verlängern, aber ein kleiner Vorteil würde dem Jungen helfen.

Die Reinigungspille des Gifts der Vier Weisen war eine schnell wirkende Pille für Körperkultivatoren. Sie würde die Meridiane des Jungen nicht zu sehr strapazieren, während ihre Energien durch ihn fuhren, obwohl ihre Wirkung energisch war. Wäre er kein Körperkultivator gewesen, dann hätte Wu Ying ihren Einsatz nicht riskiert.

Nun, vielleicht hätte er das doch. Denn ihnen rannte die Zeit davon.

Ching Lau blickte auf das Räucherstäbchen und dann zu Wu Ying. Die Augen des Mannes verengten sich. Er zog es vor, nichts anzumerken, weil solche kleinlichen Beschwerden unter seiner angeblichen Würde lagen. Wu Ying musste ein leichtes Lächeln unterdrücken, während die widerliche Heftigkeit des Giftgeruchs, der von Shi Min ausging, stärker wurde, als die Pille die Giftstoffe durch seine Haut nach außen zwang.

Jetzt war es nur noch ein Wettlauf mit der Zeit, ob der Junge rechtzeitig genügend Stärke zurückerlangen konnte.

***

"Bereit?", fragte Wu Ying, als Shi Min aufstand und das Räucherstäbchen zu einem winzigen Stummel abgebrannt war.

"Das muss ich sein, oder?", antwortete Shi Min. Seine Pupillen waren nur noch Schlitze, da die Haut um seine Augen gerötet und angeschwollen war. "Zumindest kann ich wieder etwas sehen." Leise fügte er hinzu: "Größtenteils."

Wu Ying nickte und trat beiseite. Es gab nichts, was er noch tun konnte. Er hatte sich mehr eingemischt, als er zunächst gedacht hätte. Es war riskant, Ching Lau unter Druck zu setzen, und obwohl Wu Ying wohl in der Lage gewesen wäre, für den Jungen so einen Kampf selbst zu gewinnen, könnte es genauso gefährlich sein, ein Machtgefälle zu hinterlassen. Ganz zu schweigen von der Verwüstung, die zwei Kultivatoren der Kernformung durch einen Kampf verursachen konnten.

"Ich muss zugeben, dass ich dankbar für diese Gelegenheit bin, ernsthaft zu kämpfen", sagte Shi Mins dritter und letzter Gegner mit gezogenem Schwert. Er hob es an und berührte seine Stirn mit der Schwertspitze. "Chu Ming Yu vom Pavillon des Trüben Wassers."

"Li Shi Min, ein fahrender Kultivator." Er erwiderte den Gruß.

Der Beginn des Kampfes war weniger stürmisch als zuvor. Sie tasteten einander ab und Klingen huschten bis zu ihrer größtmöglichen Reichweite vor und zurück und jeder von ihnen schlug zu und parierte, während sie nach Öffnungen suchten. Sie suchten diese durch eine Reihe von Formen, voller Eleganz anstatt Brutalität.

Wu Ying verstand schon bald das Herz von Ming Yus Form und wie der andere Mann versuchte, zu gewinnen. Der Stil war voller Irreführungen und Finten, voller Illusionen und versteckten Angriffen hinter dem Schleier langer Ärmel. Das waren nur die ersten paar Formen des Stils, eine profane Zurschaustellung eines Kampfkunststils, für den es mindestens die Stufe der Energiespeicherung brauchte, um zu glänzen.

Nach einem halben Dutzend Durchgängen baute Shi Min seinen Vorteil aus. Sein Familienstil war direkter und für diejenigen auf seiner Stufe der Schnelligkeit und Stärke gemacht. Keine Chi-Projektionen und keine ausgeweitete Klinge oder Dao-Intentionen störten den Stil oder waren in ihn eingebaut. Es war ein Tötungsstil für einen Körperreiniger und seine Angriffe drängten seinen Gegner zurück.

Die erste Verletzung tauchte auf einem abwehrenden Arm auf, durch die sich Blut auf fahlblauer Haut ausbreitete. Dann folgte ein weiterer Schnitt auf der Wade, der seine wehenden Hosen rot färbte. Shi Min wurde mutiger und verstärkte seine Angriffe, während ein Grauen, das Wu Ying verspürte, immer größer wurde.

Denn weder Ming Yu noch Ching Lau wirkten besorgt. Sie beide hatten eine gelassene Miene und Verteidigung. Mit zwei weiteren Schlägen und flackernden langen Ärmeln wurde Shi Min zurückgetrieben, während er den Stoff zerschnitt, der seine Sicht versperrte und mit größter Vorsicht zurückwich.

In diesem Sekundenbruchteil handelte Ming Yu. Ein Talisman leuchtete auf und Nebel breitete sich aus. Er waberte über den Boden der behelfsmäßigen Arena und kleinere Markierungen und hinterlassene Talismane dämmten den aufsteigenden, schlammig braunen Nebel ein, der die Sicht von außen blockierte.

Wu Ying kniff besorgt die Augen zusammen und schickte seinen spirituellen Sinn los, der aber von einer verworrenen, ätzenden und verwesenden Aura abgewiesen wurde. Sie drückte Wu Ying nach hinten und dämmte seine Sinne ein, während er außerhalb der nun verborgenen Arena war.

"Lasst sie das selbst zu Ende bringen, ja?", sagte Ching Lau. "Oder habt Ihr vor, die Kämpfe des Jungen weiterzuführen?"

Das Geräusch aufeinanderprallender Klingen von drinnen. Das Klappern und Klirren, während die beiden unabhängig der Sicht kämpften. Wu Ying strengte seine Ohren an, aber außer das gelegentliche Schleifen von Füßen und das metallische Geräusch der Jians konnte er nicht wahrnehmen, was drinnen vor sich ging.

"Also gut. Solange wir alle draußen bleiben", antwortete Wu Ying. Er ließ zu, dass sich seine Aura ausbreitete und bedeckte die Umgebung mit leichtem Wind, während sie warteten.

Das Schleifen von Füßen über Erde und harten Boden. Das Wirbeln undurchsichtigen Nebels und das Wehen von Kleidung, sogar das Geräusch aufeinandertreffender Klingen und gelegentlich ein fleischiger Schlag von Gliedmaßen auf Fleisch. Die Zuschauer flüsterten und knurrten enttäuscht, da ihre Unterhaltung verhüllt wurde.

Dennoch beschwerte sich niemand.

Eine Minute, dann zwei. Wu Ying wurde überraschter, während Ching Lau wütend wurde. Von innen ertönte ein schrilles Geräusch und das Kracken von Metall, mit dem Wu Ying nur allzu vertraut war.

Ching Lau bewegte sich ärgerlich und ungeduldig, aber seine eigenen Worte hielten sie beide zurück. Endlich ließen die Talismane nach. Gelber Rauch wabte nach außen und Wu Ying ruf den Wind herbei, fing den Rauch ein und schickte ihn mit einer leichten Willensanstrengung Richtung Himmel.

Zum Vorschein kam ein blutverschmierter und verletzter Shi Min, der seinen Gegner überwältigte. Er drückte sein Schwert gegen den Hals seines Gegenübers, Ming Yu drückte den Griff seines Schwertes gegen Shi Mins Flanke, wo Blut aus einer oberflächlichen Wunde sickerte. Schillernde Stücke von Ming Yus zerbrochenen Klinge lagen auf der einen Seite des Schlachtfeldes verstreut, was den Wendepunkt des Kampfes im Inneren deutlich machte.

"Er hat aufgegeben. Ich habe gewonnen, oder?", fragte Shi Min nach und presste seine Klinge etwas mehr an den Hals seines Gegners, während er Ching Lau einen finsteren Blick zuwarf.

Die Lippen des Kernkultivators wurden schmaler. In ihm kämpfte die Wut gegen die Vernunft. Er schaute zu Wu Ying, der Kapitänin der Wache und der Menge ringsum, dann zwang er sich zur Entspannung. Er machte eine ausholende Bewegung mit den Händen und sagte währenddessen: "Natürlich! Wer würde es wagen, zu behaupten, Ching Lau, die Faust des Nordens, würde sein Wort brechen? Alle Streitigkeiten sind beigelegt und jegliche Schuld ist beglichen." Es entstand eine Pause, während der die Wachkapitänin ihn anstarrte, dann lächelte er. "Ich werde für den Sieger heute Abend sogar eine Feier in der Goldenen Ente veranstalten."

Shi Min runzelte die Stirn, nickte aber. Ming Yu hatte bereits seine Schwerthand gesenkt, sodass sein Schwertgriff in der Flanke des Jungen steckenblieb, während er sich auf die Beine rappelte und zur Seite trat. Wu Ying beobachtete, wie der Junge leicht schwankte, bevor er sich aufrichtete und an seine Seite humpelte und sich an die vorangegangene Warnung bezüglich seiner Präsenz erinnerte.

Ching Lau, der die Zuschauer weiter mit bombastischen Worten über seine Großzügigkeit erfreute, führte die Menge zurück zum Außenposten und ließ seinen Leutnant geschlagen am Boden liegend zurück. Zwei Bandenmitglieder schnappten den Mann und halfen ihm, aufzustehen, während Wu Ying die Verletzungen des Jungen begutachtete und ihm fatalistisch ein weiteres Pillenfläschchen gab.

"Danke, Ehrenwerter Wohltäter." Shi Min schaute zu Ching Lau, der die Menge wegführte, senkte seine Stimme und fügte hinzu: "Ich denke, ich weiß, dass ich jetzt gehen sollte, richtig?"

"Nein." Wu Ying schüttelte den Kopf. "Wir haben seine Aufmerksamkeit geschwächt und seinen Stolz verletzt. Lass zu, dass er ihn zurückerhält, indem er dir Abendessen serviert. Geh dann am nächsten Tag."

"Und ich soll darauf vertrauen, dass er mich nicht vergiften wird?", fragte Shi Min und wirkte dabei überrascht.

"Der Pate einer Grenzstadt zu sein dreht sich nicht nur um Stärke", sagte die Wachkapitänin sanft, die zu ihnen gekommen war. "Es geht um Kompromisse und das Gesicht. Dich anzugreifen – oder auch nur zu verletzen –, kurz nachdem er so öffentlich verloren hat? Das würde seinen anderen Beziehungen schaden. Niemand würde es mehr wagen, ihm zu vertrauen." Sie berührte ihre Brust und ihre Stimme wurde kälter. "Nicht einmal wir."

"Ihr! Ihr habt ihn toben lassen. Ihr habt zugelassen, dass er meinen Vater tötet!", beschuldigte Shi Min sie.

Sie zuckte mit den Schultern. "Er starb bei einem Duell. Solche Dinge kommen unter Kultivatoren vor. Das war nicht Grund genug, um den Frieden zu stören." Die Frau zögerte, ehe sie hinzufügte: "Die Wachkapitänin einer Grenzstadt zu sein dreht sich nicht nur um die strikten Grenzen der Gerechtigkeit. Man muss auch Kompromisse eingehen."

Shi Mins Lippen kräuselten sich, bevor er sich auf dem Weg entfernte, den sie gekommen waren, weil er nicht weiter diskutieren wollte. Wu Ying dachte darüber nach, ihn zu fragen, ob er zum Abendessen kommen würde, ließ es dann aber sein. Der Junge würde seine Entscheidung treffen. Ihre gemeinsame Zeit war vorbei.

Die Wachkapitänin schaute im Gegenzug Wu Ying an und suchte auf seinem Gesicht nach Verständnis.

Wu Ying nickte ihr kurz zu und gab ihr die Anerkennung, die sie wollte. Dann sagte er, bevor sie sich ganz entspannen konnte: "Seid vorsichtig, dass Ihr mit Euren Kompromissen nicht zu weit geht. Andernfalls werdet Ihr eines Tages den Unterschied zwischen ihm und Euch selbst nicht mehr erkennen können."

"Selbstverständlich, ehrenwerter Ältester."

Was gab es da noch zu sagen? Nichts. Er überließ es ihr, sich um die Leichen, den vergifteten Boden, die sich auflösende Menge und den einsetzenden Streit zwischen den Glücksspielern und den Buchmachern zu kümmern. Er ging auf den Außenposten zu. Vielleicht konnte er jetzt endlich seine Kerne und anderen Waren verkaufen.

***

Nach dem Abendessen, vielen Trinksprüchen und sogar noch mehr Essen trat Wu Ying durch die Türen des Restaurants und glättete dabei seine Roben. Er hatte einen neuen Weinkrug in einer Hand, den er noch in einem Ring der Aufbewahrung verstauen musste.

Die Wolken zogen hoch über ihm vorbei und die Kälte der Wüstenluft vermischte sich mit der Erinnerung an die Hitze der drückenden Sonne und dem allgegenwärtigen Geruch von Sand. Der Westwind tanzte über Wu Yings Haut, erinnerte ihn, lehrte ihn, zeigte ihm seine Wurzeln und seine Anwesenheit. Er erleuchtete ihn weiter, als er ihn einatmete.

"Verehrter Wohltäter ... Ihr geht?" Shi Min, der hinter Wu Ying hereilte, erwischte ihn, als er gerade am Gehen war.

"Das tue ich", antwortete Wu Ying und drehte seine Hand zur Seite, um das Getränk in seinem Ring der Aufbewahrung verschwinden zu lassen. "Du hast einen Arbeitsplatz, richtig?"

"Der Händler Qiu", bestätigte Shi Min. "Sie brechen in zwei Tagen auf, wenn der Schnee etwas weiter geschmolzen ist."

"Dann sind deine Probleme mit der Faust des Nordens vorbei. Er hat dir sogar seinen Segen für die Reise gegeben", meinte Wu Ying. "Und damit ist meine Zeit hier vorüber."

"Ich ..." Shi Min zögerte und war sich nicht sicher, was er sagen sollte. Dann überkamen ihn die Gefühle, er warf sich auf den Boden und machte einen Kotau vor Wu Ying. "Ich danke Euch, Ehrenwerter Wohltäter, für alles, was Ihr getan habt."

Wu Ying neigte den Kopf und beobachtete den Jungen. Er wollte ihn bitten, aufzustehen und ihm sagen, er solle aufhören, ihn wie einen ehrenvollen Ältesten zu behandeln. Das war er nicht. Er war keine überragende Persönlichkeit wie der Älteste Cheng, der Bibliothekar Ko oder der Wächter Lu.

"Das reicht. Ich habe nur aus einer Laune heraus gehandelt", sagte Wu Ying.

"Und ich unwürdiger Kultivator habe davon profitiert." Trotzdem stand Shi Min auf und blickte Wu Ying mit leidenschaftlichen Augen voller Ehrfurcht und Dankbarkeit an.

Wu Ying überkam die Erkenntnis, dass er für den Jungen sehr wohl ein wahrhaftiger Wohltäter sein könnte. Ein gewaltiger Meister, wie der Älteste Dun es für ihn war. Er hatte ein bisschen mit der legendären Persönlichkeit gespielt, indem er Methoden gelehrt und zurückgehalten hatte, wie es ihm beliebt hatte. Er hatte aus einer Laune heraus gehandelt und sich entschlossen, dem Kind dabei zu helfen, seine eigenen Fähigkeiten auszubauen, während er ihn unterrichtet hatte. Vor allem hatte er versucht, sich den Winter zu vertreiben und eine kleine Ungerechtigkeit wiedergutzumachen.

Dadurch hatte er den Verlauf von Shi Mins Schicksal verändert.

Fäden des Karmas verbanden ihn und den Jungen.

"Geh aufrecht. Bleib deinen Tugenden treu. Führe dein Schwert mit Ehre", murmelte Wu Ying, während der Wind – ein strenger, unnachgiebiger und äußerst undurchsichtiger Wind – um seine Roben flatterte und mit seinem Haar spielte. Er sprach das in sein Ohr und teilte ihm mit, was er loswerden musste und was er zu tun hatte. "Der Himmel beobachtet uns, auch wenn er sich entschließt, nicht unmittelbar einzugreifen. Lass deine Klinge seine Präsenz auf Erden sein."

"Ich höre und verstehe Euch, Ehrenwerter Wohltäter." Shi Min verbeugte sich noch einmal mit gesenktem Kopf, mit dem er den Boden berührte. Er verbeugte sich dreimal und tippte mit dem Kopf auf den Boden.

Bis er aufschaute, war Wu Ying verschwunden. An seiner Stelle waren da zwei Waffen – ein vertrautes Übungsschwert und ein Seelenjian, das einen ähnlichen Stil wie die Waffe seines Vaters hatte –, ein Bündel Kräuter für seine Körperkultivationsbäder und eine Flasche mit Heilpillen.

Abschiedsgeschenke als Bezahlung für einen Moment der Erleuchtung auf Wu Yings Seite.

Der Westwind blies heiß und rau und hatte eine erbarmungslose Natur. Aber es gab viel zu entdecken. Eine Oase der Ruhe, des Friedens und der Zivilisation. Wie die Natur so war auch der Mensch – wenn man dem wahren Dao folgte.

Kapitel 20

Der Wind des Himmels. Er blies überall, von den höchsten und kältesten Bergspitzen bis hin zu den tiefsten Tälern, die jeden Frühling geflutet wurden. Wu Ying folgte dem Wind, der durch die trockene Westwüste wehte, nach Norden, und ließ zu, dass er ihn zu den Steppen trug, die noch fest im Griff des Schnees waren.

Auf dem Weg traf er andere Kultivatoren, Klans und Sterbliche.

Einige Aufeinandertreffen waren freundschaftlich.

Getränke in einem Gasthaus für Reisende, Spanferkel, gebratene Nudeln und warmer Pflaumenwein bei ausschweifenden, philosophischen Unterhaltungen über Daos, Pflichten und Verantwortung und persönliche Ehre mit einer grundverschiedenen Gruppe aus orthodoxen, ketzerischen und fahrenden Kultivatoren.

Eine Einladung in das Anwesen eines adeligen Lords und seine persönliche Bibliothek, die Wu Ying durchsuchte und mit einer neuen Kultivationsübung – die Flüsternden Winde – gesegnet wurde, die dabei helfen würde, seine Stimme durch bewaldete Li und klingende Kämpfe zu offenen Ohren zu leiten. Alles für eine Handvoll frische Kräuter und einen einstündigen Unterricht in der Schwertkunde, die einem aufblühenden Schwertkämpfer zuteilwurde.

Andere waren weniger freundlich.

Drei fahrende Kultivatoren, die Wu Yings Reichtum bemerkt hatten und ihn verfolgt hatten. Eine dreitägige Reise durch weite Ebenen, in denen es viele Hügel, aber nur wenige Bäume gab. Verfolgt, gejagt und schlussendlich in die Ecke getrieben. Nasses Blut auf dem Boden, als sanfte Barmherzigkeit die dunkelsten Fangzähne verbarg und Leichen zum Verwesen zurückgelassen wurden, als die Gier auf die Klinge einer Waffe traf.

In den Überresten eines zerstörten Dorfes, in dem Wu Ying sowohl Leichen als auch trauernde Sterbliche umringten, war er mit dem Versagen von Soldaten und Kultivatoren konfrontiert. Dämonenbestien, denen es gestattet worden war, frei herumzulaufen und heranzuwachsen, während ein korrupter Magistrat das Geld gestohlen hatte, das nötig war, um die Armee auszurüsten und schützende Talismane um das Dorf herum zu verstärken, liefen nun Amok. Und ließen nichts zurück außer Tod und Verzweiflung.

Eine kleine Sekte, die sieben Mitglieder zählte, die es sich zur Gewohnheit gemacht hatte, Kinder aus den umliegenden Dörfern zu kaufen, um sie in ihren harten und unerbittlichen Methoden zu unterrichten. Der Friedhof lag neben dem Sektengelände und hatte ein halbes Dutzend kleine Gräber für diejenigen, die die Anforderungen nicht geschafft hatten.

Durch all das blies der Wind. Er bot Wu Ying kleine Lehren über die Welt und die Anforderungen des Himmels und das Chaos der Zivilisation an. Er zeigte ihm die Enttäuschungen der Menschheit, die es nicht schaffte, dem Willen des Himmels Folge zu leisten, während die Ordnung zu Chaos zerbrach und Sterbliche als auch Sekten litten.

Bis zu dem Zeitpunkt, als er über den Steppen des Nordens stand, wo der Frühling spät Einzug hielt, es schnell wachsendes Gras gab und Herden von trampelnden Ziegen, Rindern und Schafe umherwanderten, die von den Hirten und nomadischen Stämmen geleitet wurden, die solche Gebiete ihre Heimat nannten.

Wu Ying, der immer noch in seine dünnen Seidenroben gekleidet und dessen Kopf vor dem Wetter ungeschützt war, da sein Windkörper die Launen des Wetters ignorierte, kauerte sich in ihrer Mitte. Er hatte auf seiner Reise Halt gemacht und folgte dem Geruch einer seltenen Pflanze zu ihrem Fundort. Bevor die Herde die Violette Donnerdistel erreichen konnte, pflückte er sie und nahm sie aus der Erde, um sie in seinen Seelenring der Welt zu platzieren.

Es war besser, wenn sie in seinem Ring aufbewahrt wurde, als dass sie von der hungrigen Ziege vor ihm gefressen wurde. Oder zumindest glaubte er das. Es gab schließlich genügend andere Pflanzen, die die Donnerziege vor ihm verzehren konnte. Das alles versuchte er der widerlichen Kreatur vor sich zu vermitteln, die ihn anstarrte, während er auf seinen Knien kauerte und ihren elenden Blick erwiderte.

"Chi khen be? Chi end yuu khiij baigaa yum[11]?" Das summende Geräusch, eine Sprache, die vertraut und doch weit von seiner eigenen entfernt war, erregte seine Aufmerksamkeit. Einige Sekunden später landete

---

[11] Ich bediene mich hier bei der verwendeten Sprache am Mongolischen. Und bei diesem Part ist es nicht wichtig, zu wissen, was passiert, also los. Felix wird mit diesem Teil Spaß haben.

eine raue Hand auf dem Nacken der Ziege, nur kurz bevor sie auf Wu Ying zusauste.

Der plötzliche Einsatz von Gewalt erschreckte Wu Ying, der nach hinten wich und im Rückzug über den Boden huschte. Er ließ sich auf einem anderen Tier nieder und bewegte sich mit der Kreatur mit, als diese wegen seiner unerwarteten Anwesenheit zusammenzuckte, bevor sie sich beruhigte, als sie bemerkte, dass Wu Ying nicht viel schwerer als ein Blatt war.

"Yamaany novsh chi tendees buu!" Noch mehr unbekannte Worte.

Anstatt zu antworten, studierte Wu Ying den Sprecher.

Das Erste, was Wu Ying auffiel, war die Größe des Sprechers. Er war gut dreißig Zentimeter größer als Wu Ying, muskulös und in Pelz gekleidet, der offensichtlich von den Tieren um sie herum stammte. Der Sprecher hatte sein Haar mit einem einfachen Lederstirnband fixiert, das unter der flachen Pelzmütze hervorragte, die er trug. In dem Blick seines Gegenübers lag eine Dunkelheit, ein Hass, der stieg, als Wu Ying ihn betrachtete, während seine eigene Aura ausschlug.

Die hohen Stufen der Energiespeicherung also, ihm fehlte nur ein Meridian der Energiespeicherung, bis er die Spitze erreichte. Er war mächtig, und wie Wu Ying feststellte, als sein Blick zur Seite fiel, nicht alleine. Da waren etwa ein halbes Dutzend weiterer Hirten, Männer, die er bemerkt, aber kurz nach seiner Ankunft nicht weiter beachtet hatte.

Ihre Auren – alle ihre Auren – waren versteckt gewesen. Genau wie seine, aber nun waren sie alle enthüllt. Ein jeder von ihnen war ein Kultivator der Energiespeicherung. Eine überwältigende Macht, mit der er abrupt konfrontiert war. Er bemerkte beiläufig die geschwungenen Holzbögen, die einige in der Hand hatten, und wie ihre Finger nach den Pfeilschäften griffen, ohne die Pfeile zu ziehen.

Und dennoch.

"Ich entschuldige mich", sagte Wu Ying dann und wählte die Sprache, mit der er am vertrautesten war. So viele Dialekte, so viele Sprachen. Er hatte einige von ihnen studiert, andere gelernt, wobei sein größeres Erinnerungsvermögen als Kultivator ihm geholfen hatte. Doch diese Sprache war neu, also stocherte er im Dunkeln. "Ich spreche eure Sprache nicht."

Kein Verständnis in ihren Augen, obwohl ein paar der Hirten langsamer wurden. Es wäre beruhigend gewesen, wenn diese Hirten nicht auch diese mit den Bögen gewesen wären.

"Ich will euch nicht schaden." Wu Ying hob seine Arme seitlich an und zeigte ihnen, dass er keine Waffen in den Händen hielt. "Ich habe nur einige Pflanzen gesammelt, als ich mich inmitten eurer Herde wiedergefunden habe."

"Yamar teneg ni yamaan deer garch zogsdog bainaa?", rief derjenige, der als erstes gesprochen hatte, aber diesmal hatte es weniger den Anschein, dass er Wu Ying direkt ansprach.

Noch immer zog niemand eine Waffe.

"Ingej erguutej baigaad tsahilgaand tsohiulj sharagdaj uhehee meddeg baigaa?" Eine andere Stimme voller Heiterkeit.

Wu Ying drehte sich um und lächelte dem Sprecher zu.

"Irj ene soliottoi yari gej Munkhbat-d hel."

Weitere Stimmen, ehe sich einer der Bogenschützen umdrehte und davonrannte. Die Ziege unter Wu Yings Füßen hatte sich einige Male bewegt und versucht, ihn abzuschütteln. Da sie es nicht geschafft hatte, leuchteten die Hörner der Ziege, zwischen denen ein Funke hin- und hersprang. Wu Ying beobachtete aus den Augenwinkeln, wie sich die Hirten zurückzogen und sein Instinkt ermahnte ihn, Vorsicht walten zu lassen.

Mit einem Tippen seines Fußes flog er in den Himmel, kurz bevor sich die Ladung um die Donnerziege herum entlud und Blitze um sie ausschlugen. Sie flogen in Bögen zwischen den Ziegen umher und hüpften von einer zur nächsten, während tosender Donner die Steppe erfüllte, bevor kleine Fühler der Elektrizität Wu Ying erreichten. Sie trafen ihn und jagten Schockwellen durch seinen Körper, ehe weitere Ausläufer geerdet wurden.

Die Ziegen stießen einige zufriedene Blöker aus und entfernten sich von dem herabfallenden Kultivator, sodass er inmitten des amüsierten Gelächters der Hirten auf den Boden knallen konnte.

"Oh ... das haben sie gesagt", schloss Wu Ying, als er auf dem Boden lag und in den Himmel starrte. Nun, wahrscheinlich hatte er das verdient. Er wäre auch etwas genervt, wenn sich ein Wildfremder auf ihn stellen würde. Kleine Bögen aus Blitzen tanzten über seine Haut, während er seufzte und langsam die Augen schloss. "Ich denke ich werde einfach ein bisschen hier liegenbleiben." Er drehte seinen Kopf zur Seite und starrte die Ziege an, die ihm am nächsten war. "Wenn euch das nichts ausmacht."

Ein weiteres Blöken und ein sich senkender Kopf waren alles, was Wu Ying als Antwort erhielt, also lag er einfach dort. Und wartete, denn die Präsenz, von der der Wind erzählt hatte, kam zur Herde und ihm. Hoffentlich sprach diese Person eine gemeine Sprache. Andernfalls konnte er nur hoffen, dass es ausreichend Bezahlung für sein Eindringen in ihr Revier war, den Dummen zu spielen.

Er hatte wirklich keine Lust, sich sonst den Weg in die Freiheit zu erkämpfen.

***

Bis der Neuankömmling in Form einer sich langsam bewegenden Sturmwolke angekommen war, hatte sich Wu Ying aufgesetzt. Die Präsenz der Frau ähnelte einer Hochdruckfront, die mit ihrer Aura auf die Wu Yings drückte. Es war eine laute und unverfrorene Warnung, was passieren würde, wenn er sich danebenbenahm. Es war erstaunlich, dass die Aura seine Aura der Kernformung in den Schatten stellte. Der Stärkeunterschied betrug mindestens eine ganze Stufe.

Als die Frau endlich ankam, achtete Wu Ying darauf, zu stehen und dass seine Roben keine Grasflecken hatten. Er hatte sich kurzzeitig überlegt, sich etwas angemessener zu kleiden – aber was war andererseits angemessen? Wenn er die Bekleidung der Hirten um ihn herum bedachte, dann war ein leicht rustikalerer Look hilfreicher.

Letztendlich begegnete er dem Neuankömmling in der Kleidung, die er zuvor schon getragen hatte, und verbeugte sich tief, während er die Frau mit all seinen Sinnen betrachtete. Der Wind wirbelte und schob sich um sein Gegenüber und strich ganz leicht über sie. Von dem Geflüster, das er aufschnappen konnte, erkannte er deutlich, dass die Kultivatorin der Aufkeimenden Seele vor ihm einen ähnlichen Dao hatte; ein Dao des Donners und der Blitze, nicht des Windes, aber jedenfalls einen auf das Wetter bezogen.

Ihr Geruch erzählte ihm das nur allzu leicht. Der süße, stechende Duft kurz vor einem Gewitter, der Geruch von frischem Regen, der auf Gras traf. Ihre Aura grollte und drückte gegen Wu Yings Aura, aber nicht mit Absicht, sondern mehr wie ein verstörtes Tier, das sich in seinem Käfig bewegte.

Wie die mächtige Aura, die für Wu Yings bloßes Auge aus ihr drang, war auch die Kultivatorin der Aufkeimenden Seele groß gewachsen. Sie war eine herrische Frau, die wirkte, als wäre sie in der zweiten Hälfte ihres Lebens, mit Fältchen um ihre Augen und Brauen. Sie trug ein einteiliges Kleid, dessen farbenfroher Stoff quer um sie gewickelt war und mit einem aufwändig verzierten Ledergürtel zusammengehalten wurde. Ganz anders als die luftigen Roben, die er trug, waren die ihren aus einem gewebten Hellblau, das wie der Sommerhimmel war, und hatten enge Ärmel und einen langen Rock, der über etwas getragen wurde, was, wie er annahm, Hosen waren. Lange Lederstiefel mit flachem Absatz zierten ihre Beine.

Anders als die Hirten in ihren Jacken und Mänteln aus Schafshaut, die innen mit Wolle gesäumt waren, trug die Kultivatorin vor ihm nichts dergleichen. Ihr Körper – oder ihr Dao – war mehr als ausreichend, um die kleineren Tücken der Temperatur und des Regens zu überstehen.

"Grüße, verehrte Kultivatorin", stimmte Wu Ying an und machte eine tiefe, martialische Verbeugung, die für ihren Rang und ihre Stärke angemessen war. "Ich bin Long Wu Ying, ein unbedeutender fahrender Kultivator und Kräutersammler."

Seinen Worten wurde mit Stille begegnet und er blickte nach oben, während er sich langsam aufrichtete. Die Frau starrte ihn an und ihre sturmgrauen Augen betrachteten ihn gebieterisch.

"Ich entschuldige mich für jegliches Eindringen und Unannehmlichkeiten, die ich möglicherweise verursacht habe." Wu Ying machte eine Pause, dachte nach und entschloss sich, die Wahrheit zu sagen. "Ich bin nur dem Wind und der Spur von Kräutern gefolgt, als ich auf Eure Herde traf."

"Und vom Land gestohlen habt", sagte sie schließlich und schnitt seine Entschuldigungen ab. Für eine Frau war ihre Stimme tief, rau und gealtert und hatte nur wenig Freude in sich. Ihr Akzent war furchtbar, aber zumindest verständlich.

"Gestohlen?", fragte Wu Ying mit gerunzelter Stirn. "Was ich genommen habe, wird entweder nachwachsen oder war kurz davor, gefressen zu werden." Er wies auf die Ziegen, von denen viele still von den Hirten weggeführt wurden. "Anscheinend gab es hier nicht wirklich einen Diebstahl."

"Ohne eine Opfergabe darzubringen ist jegliches solches Handeln ein Diebstahl", sagte sie und trat näher. "Andererseits würde ich von einem Südländer nichts anderes erwarten."

Ihre Worte trafen Wu Ying, genau wie ihre Aura, die sie benutzte, um seine eigene zu unterdrücken. Im Gegenzug erhöhte er das Chi und seine spirituelle Stärke, weil er nicht bereit war, sich unmittelbar ihren Taten zu unterwerfen.

"Wenn ihr spezielle Rituale habt, dann bin ich mehr als bereit, diese zu erlernen", antwortete Wu Ying und verbeugte sich mit übereinander gelegten Händen. "Ich werde mich für das Entwenden dieser Pflanzen allen nötigen Ritualen der Vergebung unterziehen." Er neigte seinen Kopf. "Ich erwarte Eure Anweisungen, verehrte Älteste."

"Ich bin keine eurer Ältesten", entgegnete die Frau mit einem Schnauben. "Wir haben nicht die Einschränkungen eurer falschen Klans, als wären solche Bande nicht so zerbrechlich, dass sie während der Tiefen eines strengen Winters zerspringen."

Wu Ying kniff die Augen zusammen, aber diesmal beschloss er, nichts zu antworten.

"Ihr könnt mich Khan Erdene[12] nennen", sagte sie schließlich.

Wu Ying lächelte daraufhin leicht, während er sich noch einmal grüßend vor ihr verbeugte. Nun, was auch immer sie geplant hatten und sie von ihm wollte – und er hatte das Gefühl, dass es hier mehr um wollen als brauchen ging, weil keine Waffen gezückt wurden –, es hatte den Eindruck, dass sie gewillt waren, das gesittet zu tun. Und das war etwas Gutes.

Sprechen war immer besser als Krieg. Nur Kinder, deren Ego die Vernunft überwältigten, nahmen den Krieg als erstbeste Alternative.

---

[12] Ja, ich bediene mich hier der mongolischen Kultur, aber nicht vollständig. Denn wenn Frauen Kultivatoren der Aufkeimenden Seele sein und Männer verprügeln können, dann gibt es keinen Grund, warum sie nicht auch Oberhäupter sein können.

***

Manche Dinge musste man immer noch mit eigenen Augen und aus der Nähe sehen, um sie wirklich zu verstehen, auch wenn man sie durch spirituelle und andere Sinne bemerkte. In diesem Fall waren die beweglichen Gers – die runden, zeltähnlichen Behausungen dieser Menschen – auf den breiten Rücken der Steinschildkröten[13], die durch die Steppen stapften, ein grandioser Anblick. Wu Yings Augen wurden groß, als er die Kreaturen betrachtete. Hier war ein halbes Dutzend von ihnen und ihre Rücken waren breit genug, sodass mindestens vier Gers auf der kleinsten unter ihnen Platz fanden. Ihre Köpfe selbst hatten die Größe einer dieser runden Behausungen, aber trotzdem waren es nicht genügend Unterkünfte für den Stamm.

Deswegen ritten weitere Leute auf Pferden neben den Schildkröten mit Karren hinterher, auf denen vollständige Behausungen aufgebaut waren. Ziegen- und Schafsherden bewegten sich am Rand des Gefolges, aus deren Köpfen manchmal ein Blitz entsprang.

Der gesamte Zug war mindestens einige Li lang und breitete sich zu den Seiten aus, damit jeder ausreichend Platz hatte und die Herden grasen konnten. Deswegen war die ganze Schar vor ihm ausgebreitet, als sie auf die Anhöhe kamen und jeder außer Wu Ying auf einem Pferd saß.

"Kommt, südlicher Läufer. Wir haben viel zu besprechen", meinte Khan Erdene, winkte Wu Ying zu dem Gedränge hinunter und zeigte auf die mittlere Steinschildkröte, die größte ihrer Art. Das zentrale Ger, auf die sie wies, war gigantisch und hatte mehrere Kamine, die aus ihr sprossen, um den Rauch aus den Öfen im Inneren abzuleiten.

"Selbstverständlich." Wu Ying nickte freundlich und lief neben der Gruppe her.

Es gab keine Wachen – welchen Sinn hätten sie auch, wenn sie mächtig genug war, um ihn zu zerquetschen? Ganz zu schweigen von der Tatsache,

---

[13] Das ist eine Referenz auf die Steinschildkröten von Karakorum, der antiken Hauptstadt des mongolischen Reiches.

dass die berühmten nördlichen Pferde vermutlich sogar Kultivatoren einholen konnten, wenn er sich zur Flucht entschied.

Auf der anderen Seite war Wu Ying aber nicht gerade ein durchschnittlicher Kultivator. Er rechnete sich gute Chancen aus, ihren Pferden entkommen zu können. Hingegen rechnete er weniger damit, Erdene zu entkommen. Wenn Daos miteinander in Konflikt gerieten, die sich so ähnlich waren, dann war demjenigen mit der größeren Kultivationsbasis der Sieg gewiss. Alle seine üblichen Tricks und seine Vorteile mit dem Wind würden von ihr ausgebremst werden.

Sie gingen immer weiter nach unten. Viele schauten Wu Ying an, während er rannte, und ihre Mundwinkel verzogen sich amüsiert nach oben, als sie beobachteten, wie er an ihrer Seite lief. Es war eine Kleinigkeit, dass er mit den leicht galoppierenden Pferden problemlos mithielt, obwohl die Winde ihn nicht unterstützten. Es war deutlich, dass hier niemand wirklich rannte.

Nicht dort, wo jeder Pferde hatte.

Andererseits hatten sie bestimmt miserable Bewegungstechniken. Er stellte nicht einmal die Anpassungen der Zwölf Orkane zur Schau, die er geschaffen hatte, sondern war damit zufrieden, die Grundstruktur beizubehalten, wie sie in der Sekte gelehrt wurde. Im Laufe der Jahre würde er sein Verständnis und seine Anpassungen weiterführen und sie sich zu eigen machen.

In Wahrheit war er nicht einmal sicher, ob man das, was er im Moment benutzte, wirklich als die Technik der Zwölf Orkane bezeichnen konnte. Durch die Kombination mit der Technik der Himmlischen Seele und des Irdischen Körpers, der esoterischen Bewegungstechnik des Ältesten, der ihn gefangengehalten hatte, und seinem eigenen Windkörper war die daraus resultierende Bewegungstechnik deutlich stärker als es die Zwölf Orkane sein sollten.

Fürs erste jedoch hatte er keinen Grund, sie zu präsentieren. Auch wenn das bedeutete, dass die anderen sich ein bisschen über ihn lustig machten.

Schon bald kam die Gruppe unter der sich langsam bewegenden Steinschildkröte an. Bei näherer Betrachtung fiel Wu Ying auf, was aus der

Ferne verborgen geblieben war – Seile, die am Rand des Schildkrötenpanzers baumelten. Ein Hirte nach dem anderen hatte sich entfernt, während sie näher gekommen waren, wodurch nur zwei Wachen zurückblieben, die erschienen waren, als die Gruppe das sich bewegende Dorf betreten hatte.

Die Wachen ritten voraus, griffen nach den Seilen und schwangen sich von ihren Pferden nach oben. Die Tiere bewegten sich in einem langsamen Trab, um mit der langsameren Schildkröte Schritt zu halten, ehe auch sie sich entfernten und dabei von den Rufen anderer Hirten in der Ferne geleitet wurden.

Die beiden Wachen, die flink nach oben kletterten, stiegen mit der Leichtigkeit, die durch lange Übung entstand, auf die Schildkröte. Wu Ying drehte leicht seinen Kopf und beobachtete, wie Erdene das ganze Prozedere überging und sprang, wobei sie sich sanft an ihrem Pferd abstieß, sodass sie es nicht verletzte, es aber trotzdem irgendwie den Sprung auf den Rücken der Schildkröte in einem Zug schaffte.

Nicht, dass sie den Stoß wahrscheinlich überhaupt gebraucht hätte, wenn man ihre Kontrolle über ihren Dao und ihr Chi bedachte. Sie hätte vermutlich nach oben fliegen können, jetzt, wo Wu Ying so darüber nachdachte. Er blieb am Boden zurück, lief und verlor an Boden, jetzt da er direkt neben der massiven Steinschildkröte war, und dieser erneute Test ließ ihn seufzen.

Sollte er ihn wie ein normaler Kultivator bewältigen oder mit seinen Fähigkeiten angeben? Wenn er sich für Letzteres entschied, würde er die Frau warten lassen, was eine kleine Beleidigung wäre, weil sie wahrscheinlich wusste, dass er so hoch springen konnte. Andererseits …

Er schüttelte seinen Kopf und verwarf die Gedanken zur größeren oder kleineren sozialen Bedeutung und beschloss, seinen Wünschen nachzugehen. Manchmal bedeutete der Versuch, die vermeintlich richtige Lösung zu finden, nur, dass man jegliche Handlung hinauszögerte und sich falsch entschied. Manchmal war es besser – egal wie –, zu handeln, anstatt nichts zu tun.

Wu Ying sprang nach oben und leitete seinen Sprung so, dass er auf die Seite des massiven Panzers traf und seine Füße kurz auf dem glatten Panzer rutschten, bevor er sich wieder abstieß. Er rief eine Berührung des Windes herbei, verringerte sein Gewicht mit der Technik der Himmlischen Seele und des Irdischen Körpers und stieg wieder empor, wobei er mit jedem Schritt weiter aufstieg, bis er schlussendlich neben dem wartenden Khan landete.

Als er leise auf den Boden aufkam, blickte Erdene zu Wu Ying, bevor sie sich abwandte und auf das große Ger in der Mitte zuging und nichts dazu anmerkte. Offenbar gab sie keine Anzeichen darauf, ob er sich richtig entschieden hatte oder nicht. Wieder einmal war er gezwungen, in der Ungewissheit zu verharren.

Gut, dass Wu Ying geübt hatte, der unwissende Narr zu sein.

Er folgte ihr und bereitete sich auf das vor, was auf ihn zukam. Was auch immer das sein mochte.

Kapitel 21

Das Innere des riesigen Gers, den den Khan beherbergen sollte, war sowohl wärmer als auch bequemer als Wu Ying erwartet hatte und dafür, dass sie in Wirklichkeit eine ständige Behausung war, war sie rustikaler. Drinnen gab es nur sehr wenige Möbel, nur einige Felle, auf die man sich auf dem kühlen, weichen Panzer setzen konnte. Einige große Truhen waren neben dem einzigen, untersetzten, Lehnstuhl in dem Raum. Von dem Stuhl strömten spiralenförmig Verzauberungen aus, die die Wände des Gers berührten, was auf ihre Wichtigkeit hindeutete.

Das Ger wurde von drei Holzöfen erwärmt, die in dem Gebäude verteilt waren und von denen ein jeder seiner Umgebung dank ihres dickbäuchigen Naturells Wärme spendete. Fleisch, das auf gigantischen, runden Pfannen gebraten wurde, wurde zusammen mit einem brodelnden Eintopf gekocht. Als er nach drinnen trat, stieg der leicht ranzige Geruch von Stutenmilch aus offenen Schüsseln auf, die drei ältere Männer in ihren Händen hielten. Jeder von ihnen nickte dem Khan nur leicht zu, als die Frau eintrat.

Wu Yings Blick ruhte auf den Ältesten, bevor er sie begrüßte, sie aber seine Anwesenheit ignorierten. Es war sehr interessant, dass zwei der drei Kultivatoren der Kernformung auf der mittleren und späten Stufe waren und der dritte ein einfacher Kultivator auf der mittleren Stufe der Energiespeicherung war. Einer der Kultivatoren der Kernformung war anders. Der Klumpen aus Energie, der seinen Kern bildete, war weniger dicht und durchscheinender als der des anderen. Hätte Wu Ying mehr Zeit gehabt, dann hätte er ihn gerne näher studiert.

Er verdrängte diese Gedanken für den Moment, betrachtete die Personen und suchte nach Hinweisen auf die bevorstehende Diskussion. Die Körpersprache innerhalb der Gruppe schien darauf hinzudeuten, dass es unter den dreien nicht an Respekt mangelte, als sie sich wieder ihrer Unterhaltung in ihrer fremden – oder nun, für sie regionalen – Sprache zuwandten.

Wu Ying hielt das Seufzen zurück, das drohte, aus ihm hervorzubrechen, und schlenderte nach vorn, anstatt sich Erdene anzuschließen, als diese auf dem einzigen Stuhl Platz nahm und sich nach hinten lehnte, während ein Diener aus einer der Ecken zu ihr huschte und ihr ein Getränk brachte.

"Long Wu Ying, ein fahrender Kultivator und Sammler spiritueller Kräuter", sagte Khan Erdene, nachdem er sich gegenüber von ihr im Schneidersitz hingesetzt hatte. Sie machte eine kleine Geste und kurz darauf traf einer der Diener mit einer Tasse Tee für ihn ein. "Ihr habt unbefugt unser Land betreten, ohne Erlaubnis von ihm genommen und Wiedergutmachung angeboten."

Wu Ying senkte zustimmend seinen Kopf, bevor er die Teetasse anhob und kurz innehielt, um tief einzuatmen. Es war ein dunkleres, fermentiertes Getränk und keiner der leichteren Tees, die er persönlich bevorzugte. Trotzdem nippte er ohne Widerworte daran und bemerkte beiläufig, dass die bittere Brühe viel zu lange gezogen hatte. Nicht, dass er das erwähnen würde.

Noch tat dies Khan Erdene, als sie ihren trank und dann ihre Hand ausstreckte, um Nachschub anzufordern. "Es gibt hier drei Methoden, um die Waagschalen wieder in Balance zu bringen."

Wu Ying nickte und setzte sich leicht auf, um zu zeigen, dass er zuhörte.

"Die Erste ist die einfachste. Wir töten Euch, platzieren Euren Leichnam in unserem Land und lassen es zurückholen, was ihm gehört hat. Einige meiner Leute würden das bevorzugen."

Ein bellendes Lachen hinter Wu Ying deutete darauf hin, dass mindestens einer der Ältesten der Kernformung dazu zählte.

"Ich würde eine andere Methode als diese bevorzugen", meinte Wu Ying sanft.

"Genau wie ich. "Das Töten von Außenseitern wegen einer Überschreitung neigt dazu, schlussendlich die südlichen Staaten zu verärgern. Dann gibt es Briefe" – sie erschauderte leicht dabei – "Diplomatie und letztlich Krieg. Jede Menge Verschwendung, obwohl es dabei hilft, die Jugend zu schärfen."

Ein amüsiertes Kichern von den drei hinter ihm. Aber kein Gebrüll oder eine Bitte an sie, diesen Weg zu wählen, daher hatte es den Anschein, dass sie, zu diesem Zeitpunkt, einen Krieg entgegensehnten.

"Die zweite Methode besteht aus Handel und Diensten." Sie schielte auf Wu Yings Finger und ihr Blick blieb an seinem Seelenring der Welt hängen. "Jemand, der so mit Reichtum gesegnet ist wie Ihr, wäre sicher in der Lage, ausreichende Entschädigung in Form von Ressourcen und Zeit bereitzustellen."

Wu Ying machte keine Anstalten, seinen Ring zu verbergen – wenn sie es wusste, dann wusste sie es inzwischen – und konnte nicht anders, als zu nicken. Er hatte, nach einer Weile, den Rucksack aufgegeben, den er einstmals getragen hatte. Heutzutage war sein Seelenring der Welt groß genug, sodass er die meisten Kräuter beherbergen konnte. Und er hatte ausreichend weitere Ringe des Raums für die verschiedenen anderen Waren.

"Und die dritte Methode?", fragte Wu Ying.

"Die dritte Methode steht nur jenen zur Verfügung, die Teil des Klans sind", erklärte Erdene. "Sie ist, selbstredend, auch die einfachste."

"Natürlich." Wu Ying neigte sein Haupt. "Eine Schande. Ich fürchte, ich habe Verpflichtungen, die solch eine Methode auf andere Weise ausschließen." Er konnte ihr Argument verstehen. Ein Individuum, das nicht nur einen Seelenring der Welt, sondern auch die Kultivation der Kernformung besaß, wäre ein Vorteil für jeden Klan. Selbst für einen so starken wie diesen.

"Bedauerlich", stimmte Erdene zu. "Dann also die zweite Option?"

"Offenbar habe ich kaum eine andere Wahl." Er beugte sich vor und wartete darauf, zu hören, was sie wollte. Eigentlich unterschied sich das nicht so sehr von einigen seiner anderen Interaktionen mit gierigen Sekten, unabhängig von der anderen Kultur.

Also lächelte er leicht, bevor sie sich zur Seite drehte und eine Geste machte. Die Diener kamen zu ihr und hielten Tassen mit diesem fermentierten, milchigen Getränk aus dem offenen Ledersack, der an einer vertikal aufgestellten Holzlatte am Rand des Gers aufgehangen war.

Wu Ying nahm eine Tasse und drehte sie von einer Seite zur anderen, während er auf das Getränk starrte. "Kein Tee?"

"Airag. Besser als das südliche, lauwarme Blätterwasser." Sie hob ihre Tasse, nippte daran und beobachtete, wie Wu Ying mit den Schultern zuckte und es ihr nachmachte.

Seine Nase rümpfte sich leicht aufgrund des milden alkoholischen Geruchs, bevor er einen Schluck nahm. Etwas sauer und der Geschmack von Gras und Milch waren immer noch wahrzunehmen, aber es war auch leicht süß. Nicht widerlich, jedoch ein bisschen fremd. Danach nahm er noch einen Schluck, dann stellte er die Tasse auf dem kleinen Tisch ab.

"Also, sagt mir, welche Kräuter braucht Ihr? Welche Dienste werden Euch genügen?"

War das Lächeln, das sie ihm zuwarf, etwas breit, etwas zu habgierig?

Vermutlich. Andererseits hatte er von Beginn an gewusst, dass er trotz der Höflichkeit, die man ihm entgegengebracht hatte, ein Gefangener war und durch ihre Stärke als Geisel gehalten wurde. Wenn es viel Unterschied in Stärke gab, dann hielten nur die Höflichkeit und Sitten der Zivilisation die absolute Tyrannei zurück.

Dennoch gab es immer einen Preis.

***

Am Morgen des nächsten Tages stand er vor einer Gruppe von Schülern, einer Mischung aus Kindern und Erwachsenen. Keiner von ihnen hatte Pinsel oder Papier, nichts, um sich Aufzeichnungen zu machen, aber er sah, dass einige der älteren Mitglieder durch die Bücher blätterten, die er am vorderen Ende des Klassenzimmers ausgelegt hatte. In dem Ger, den sie für ihn vorbereitet hatten und die eine Steinschildkröte von der mittleren entfernt war, bewegte er sich ohne Anstrengung im sanften Auf und Ab der Schildkröte.

Manchmal machte er sich Gedanken über seinen Beruf. Es gab keinen Zweifel, dass er wertvoll war. Wenn überhaupt, dann war das Sammeln womöglich ein Fünkchen zu wertvoll. Das war nicht das erste oder zweite oder dritte Mal, dass er wegen seiner Fähigkeiten eingesperrt wurde. Es spielte keine große Rolle, dass es beim ersten Mal durch einen eingeschränkten Sittenkrieg einer Sekte und beim zweiten Mal durch einen böswilligen Einsiedler der Aufkeimenden Seele geschehen war.

Bis er die Kraft hatte, um zu entkommen und seine eigenen Entscheidungen zu treffen, bis er die Kontrolle über sein eigenes Schicksal übernehmen konnte, war er immer den Launen eines Kultivators der Aufkeimenden Seele ausgeliefert. Der einzige Vorteil, den er gegenüber den meisten dieser Individuen hatte, war, dass nur wenige sich die Zeit nehmen konnten – oder würden –, um jemanden über wirklich lange Zeit festzuhalten.

Schließlich hatten sie bessere Dinge zu tun, als den Wachhund zu spielen. Außerdem hatte er durch seine eigenen Studien zu verstehen gelernt, dass der Druck ihrer unsterblichen Seelen, die Daos, die sie angenommen hatten und der – häufig – inhärente Zwiespalt, der mit der Gefangennahme eines anderen einherging, ein Problem waren. Letzten Endes mussten solche Differenzen beigelegt werden.

Was ihn hierher führte, wo er eine Klasse in Kräuterkunde und dem Sammeln unterrichtete. Natürlich benötigten die Stammesleute im Hinblick auf die Pflanzen der Steppe nichts von ihm. Aber Kräuter aus dem Süden? Die Sorte, die in angepassten Gewächshäusern wachsen konnten, die auf warmen Schildkrötenpanzern ruhten oder über wandernde Händler zu ihnen gelangen konnten?

Nun, das war eine vollkommen andere Sache.

"Es sieht so aus, als wären alle hier", sagte Wu Ying, während er beobachtete, wie das letzte Kind mit zerzausten Haaren hereinhuschte und sein Kleid glattstrich, während sie immer noch ein Stück Fleisch vom Frühstück im Mund hatte.

Sie grinste reuelos, als sie sich auf einen Platz weit vorne setzte und einen der Jungen zur Seite stieß, bis sie genug Freiraum hatte.

"Ich bin Kultivator Long. Ich werde für die nächste ... Weile euer Lehrer sein." Wu Ying hielt ein innerliches Seufzen zurück. Er hatte keine Ahnung, wie lange er hier sein würde, aber er würde sich glücklich schätzen, wenn er mit einer Jahreszeit davonkam. "Meine Lektionen werden von Pflanzen und spirituellen Kräutern aus den südlichen Ländern handeln, wobei wir ein spezielles Augenmerk auf diejenigen legen werden, die in dem hiesigen Klima – mit einigen Anpassungen – wachsen können oder die man mit wenig Verlust der Wirksamkeit transportieren kann."

Er machte eine Pause und wartete darauf, dass der Übersetzer zu Ende sprach. Er lauschte mit einem Ohr und hörte zu, wie der Mann redete, wie seine Intonation und Formulierung war. Wenigstens waren

Unterrichtsstunden in ihrer Sprache Teil der Abmachung gewesen. Mit der Zeit würde er ohne einen Übersetzer und Spion mit ihnen reden können.

"Was ist Wirksamkeit?", meldete sich das kleine Mädchen, das zu spät gekommen war, über den Übersetzer zu Wort.

Wu Ying konnte nicht anders, als zusammenzuzucken. Offenbar hatte er zu viel Zeit in der Sekte verbracht und den Reden von Ältesten gelauscht. Er hatte ihren Tonfall und ihre stumpfe Sprache übernommen, als er ebenfalls zu Unterrichten begonnen hatte. Was, wenn er die Kinder vor ihm betrachtete, vermutlich die schlimmstmögliche Idee gewesen war.

Nun, wieder etwas gelernt.

"Also?"

Er brauchte für dieses Wort keinen Übersetzer, oder um den ungeduldigen Blick auf dem Gesicht des Mädchens zu verstehen, während sie auf seine Antwort wartete. Ein paar andere versuchten, sie zum Schweigen zu bringen, aber die meisten der anderen Schüler wirkten resigniert.

Also. Eine Unruhestifterin.

"Kraft. Die Stärke eines Krauts", erklärte er. Dann sammelte er seine Gedanken und verdrängte andere, um weiterzumachen. "Vor euch befinden sich einige Folianten über Kräuter. Ich habe viele davon selbst kommentiert und Wahrheiten und Fehler markiert, aber diese Dokumente sind die üblichsten, die im Süden zu finden sind. Sie werden die Grundlage unseres Unterrichts sein, denn es ist unmöglich, die Unterschiede zwischen bestimmten Pflanzen zu verstehen, ohne die anderen Pflanzen um sie herum oder die Umgebung, in der sie gedeihen, zu verstehen."

Zwei Stunden später beendete Wu Ying die Lehrstunde, nachdem er die letzten zehn Minuten damit verbracht hatte, Fragen zu beantworten. Zu seiner Überraschung umringten einige seiner Studenten ihn, anstatt zu verschwinden oder respektvoll dazubleiben, um beachtet zu werden, bevor sie weitere Fragen stellten. Ihre Fragen waren gezielt und entscheidend und zeigten Lücken in seinen Erklärungen auf oder versuchten in manchen Fällen zu erklären, warum eine spezielle nördliche Pflanze besser als ihr südliches Pendant war.

Wu Ying antwortete und entkräftete Argumente, so gut er konnte. Die Tatsache, dass die gesamte Konversation über seinen müden Übersetzer geschehen musste, machte die Argumente sowohl weniger hektisch als auch hitziger, da die Parteien darauf warteten, dass ein Vermittler ihren Standpunkt klarmachte.

Schlussendlich klatschte Wu Ying in die Hände, nachdem er zu dem müden und angespannten Übersetzer geschaut hatte. Seine Handlung erschreckte die verbliebenen Schüler und zog ihre Aufmerksamkeit auf ihn. "Das genügt. Bringt Beispiele der Pflanzen, die ihr beschreibt, morgen mit. Wir werden sie prüfen und vergleichen." Er dachte nach und fügte hinzu: "Lebend und beschnitten gleichermaßen!"

Nachdem der Übersetzer fertig war, jagte Wu Ying den Rest nach draußen, bevor er sich dankbar dem Mann zuwandte und diesen Dank ausdrückte.

"Nichts zu danken, Kultivator Long. Wenn Ihr mir einige Minuten gebt, können wir mit Eurer nächsten Unterrichtsstunde beginnen."

Wu Ying seufzte, nickte aber. Nach dieser hatte er schließlich gebeten. Und eigentlich war es nicht schlecht, eine neue Sprache zu lernen. Auch wenn das Erlernen dieser Sprache viel weniger Küsse und Worte der Zuneigung erfordern würde.

***

An diesem Nachmittag, nach einem schnellen Essen bestehend aus Gemüse, ungesäuertem Brot und noch mehr Airag, war er unter einer Schildkröte und arbeitete in dem überdachten Gewächshaus. Das Milchglas – das einzige Glas, das er in dem ganzen Dorf gesehen hatte und von dem jedes Stück nur ein paar Handbreit lang war, wobei Äste und Schlamm den übrigen Raum ausfüllten – ließ gefiltertes Sonnenlicht hineinscheinen. Er hörte den Worten des Gärtners zu, während sie den Komposthaufen umwühlten, der sich in dem Gewächshaus befand und dessen Anwesenheit dabei half, die Wärme im Inneren zu steigern.

"Licht, das ist am schwersten. Glas ist teuer und mitten im Winter hilft es nicht besonders viel. Nicht, wenn die Tage bewölkt und kurz sind", sagte der Hauptgärtner. "Wir müssen Verzauberungen benutzen und die Geister um Hilfe bitten, ansonsten verwelkt das, was wir anbauen. Und dennoch rotieren wir oft." Er wies tiefer nach drinnen und sprach weiter. "Nicht einfach, das hier. Aber frisches Gemüse, gute Kräuter ... es lohnt sich. Es ist der Reichtum unseres Klans, ein neuer Reichtum, der den der Donnerziegen übersteigt."

Wu Ying nickte und beäugte die Runen, die auf die Innenwände des Gebäudes geätzt waren. Er spürte den Fluss von Chi in ihnen und erkannte daher ein wenig ihres Nutzens, aber tief in den unbekannten Runen war auch eine Dao-Konzeption eingebettet, von der er nicht erwarten konnte, sie zu verstehen.

Als dem Gärtner die profanen Aufgaben für sie beide ausgingen, fragte Wu Ying: "Also, was kann ich dann tun, um Euch zu unterstützen?"

"Pflanzen! Experimente. Wir haben eine Liste mit der Art von Dingen, die wir brauchen. Pflanzen, in denen ein Dao steckt, Pflanzen mit Elementen. Wasser, Sumpf und Moor! Irgendein Element. Wenn wir sie einen Winter hindurch anbauen können, dann werden wir stärker. Besser Pillen herstellen."

"Durch den Winter ...", wiederholte Wu Ying vorsichtig.

"Und auch durch den Sommer!", ergänzte der Gärtner heiter. "Wir müssen alle Jahreszeiten testen, meint Ihr nicht auch? Und sicherstellen, dass es den Platz wert ist." Er wies noch einmal um sich. Obwohl das Gewächshaus groß war, so war es insgesamt dennoch nur einige hundert Meter lang. Sehr beschränkt, wenn man bedachte, wie viele Dorfbewohner es gab.

"Selbstverständlich", stimmte Wu Ying zu.

Nun, jetzt begann er, die Vorstellungen von Khan Erdene zu verstehen. Warum nicht den Sammler ausnutzen, der vor der eigenen Türschwelle aufgetaucht war? Ihn benutzen, um den eigenen Stamm für diese und die folgenden dreizehn Generationen zu stärken?

Man konnte sich über die Ungerechtigkeit dessen aufregen, oder ...

"Habt Ihr diese Liste also? Und eine Liste dessen, was ihr bereits anbaut? Und was ihr ausprobiert habt?", fragte Wu Ying mit einem angenehmen Lächeln. "Es wäre besser, unsere Arbeit nicht zu verdoppeln, indem wir dieselben Dinge nochmal versuchen."

Der Gärtner grinste, als wüsste er genau, was Wu Ying dachte, und wies ihm an, sich auf einen Platz nicht weit entfernt zu setzen. Er winkte einen Diener in der Nähe heran, der Tee brachte, während er Wu Ying gegenübersaß. "Keine Liste. Wir verschwenden kein Papier oder Bäume wie ihr Südländer." Er schnaubte. "Aber keine Sorge, ich erinnere mich an alles so, wie es mir mein Vater, der Älteste Daginaa, weitergegeben hat, und an meine eigenen Experimente."

Dann fing er ohne zu zögern an, lange zu reden, wobei seine Stimme einen leichten Singsang annahm. Es war nervig, dass er oft anhalten musste, damit der Übersetzer fertig sprechen und aufholen konnte. Aber das verschaffte Wu Ying mehr Zeit, die Informationen aufzuzeichnen.

Sie nutzten vielleicht keine Pinsel und Papier. Er aber schon.

Er brachte die Liste in der genauen Reihenfolge schnell zu Papier. Und hoffte, dass der Übersetzer mit der langen Liste an Pflanzen, die aufgezählt wurden, richtig lag. Er lernte, obwohl es vielem davon an weiterem Kontext fehlte. Er wusste, dass dies auch noch kommen würde.

**

Übungskämpfe. Natürlich gab es sie. Aber ...

"Ringen?", fragte Wu Ying und beäugte die oberkörperfreien, eingeölten Männer – und wenigen Frauen – die auf der zusammengepressten Erde gegeneinander kämpften, nachdem die Herde für heute zum Stehen gekommen war. "Ich dachte, Ihr wolltet ..." Er berührte sein Schwert.

"Hah!" Der ungestüme Stammesangehörige, der für diesen Tagesabschnitt Wu Yings Führer war, lachte. "Nichts dergleichen. Wir haben keinen Grund, etwas über eine so delikate Waffe zu lernen."

Wu Ying schnaubte und beschloss, die Herausforderung zu ignorieren. Er hatte gewusst, dass sie alle Daokämpfer waren – obwohl sie sich nicht als solche bezeichnen würden – und das ergab alles Sinn. Weil sie auf Pferden ritten, waren die schwingenden und hackenden Bewegungen des Daos von größerem Vorteil für die zusätzliche Höhe, für die ihre Reittiere sorgten. Trotzdem, seine Waffe so zu verspotten ...

"Und Ihr glaubt, ich kann euch hier etwas beibringen?" Wu Ying nickte mit dem Kinn in Richtung der einfachen Arenen, wo sich die Kämpfer maßen.

"Wir sind hier, um das herauszufinden, nicht?" Der Mann grinste, klopfte Wu Ying auf die Schulter und nutzte diesen Impuls, um ihn auf eine freie Arena zuzuschieben, ohne seine Hand zu entfernen. Er bellte Befehle, die der Übersetzer nicht übersetzen wollte, woraufhin sich das Paar, das darin trainierte, voneinander löste und einer von ihnen zurückwich, um Wu Ying Platz zu machen.

"Warum habe ich das Gefühl, dass ich hereingelegt werde?", flüsterte Wu Ying vor sich hin, während er dem Mann zuwinkte, damit dieser wartete. Dann zog er seine Roben aus, bevor irgendjemand noch ewtas sagen konnte – zum Beispiel, dass er ein Feigling war. Es gab keinen Grund, die Roben schmutzig und ölig werden zu lassen.

Sobald er nur noch seine Hosen anhatte, ließ er seine Roben zusammen mit seinem Schwert in seinen Ringen der Aufbewahrung verschwinden. Erst, als er halb im Ring war, hörte er die Stimme des Übersetzers.

"Kultivator Long! Kultivator Long!"

"Ja?", fragte Wu Ying.

"Eure Ringe. Ihr solltet sie nicht beim Ringen tragen."

Wu Ying blinzelte und nickte dann. Natürlich. Neben ihren scharfen Kanten und ihrer Neigung, sich in Haut oder Fingern zu verfangen, war es eine schlechte Idee, sie zu tragen. Er wusste das. Himmel, das unbewaffnete Kämpfen setzte generell voraus, dass man sie abnahm, jedenfalls, wenn man alles gab.

Nur ...

Zum ersten Mal zögerte Wu Ying. Mental, aber nicht körperlich. Es war nicht schwer, dem Mann das halbe Dutzend Ringe, die er bei sich hatte, darunter auch den Ring, den er an seinem kleinen Zeh trug, zu übergeben. Er erntete einige amüsierte Blicke, da er einen Zehenring benutzte, aber was konnte er schon tun? Die Mitglieder der dunklen Sekte, denen er sie abgeknöpft hatte, hatten sie an dieser Stelle getragen, und obwohl kleinere

Verzauberungen der Größenveränderung auf den Ringen lag, reichten sie nicht aus, um sie vollständig auf Finger anzupassen.

Außerdem war es einfach nützlich, einen Ring für den Notfall an seinem Zeh zu tragen. Darin befanden sich Notgroschen, darunter ein paar abgesonderte Seelenbestiensteine der Kernstufe, zusätzliche Waffen und Kleidung, eine zweite Kopie seines Sammlerbuchs und Kultivationshandbücher.

Nein, verglichen mit seinem Seelenring der Welt war es eine Kleinigkeit, alle diese Ringe zu übergeben. Diesen hatte er kaum von seinem Finger genommen, seit er ihn erhalten hatte. Und obwohl er sich viel Zeit nahm, all die anderen Ringe abzugeben, war dieser ... war dieser wichtig. Er schaute nach oben, als er den Ring berührte, und bereitete sich darauf vor, ihn abzunehmen, als er in die ruhigen Augen des Übersetzers schaute.

"Ihr habt mein Wort und das Wort der Khan, dass niemand Eure Besitztümer anrühren wird. Eine solche Handlung wäre höchst unehrenhaft und würde direkt von ihr bestraft werden."

Wu Ying zuckte zusammen, als ihm klar wurde, wie einfach er ihn durchschaut hatte. Er fühlte sich jetzt zum zweiten Mal, als hätte er einen verborgenen Test vermasselt. Gier und der Wunsch nach materiellen Dingen ... davon hatte er reichlich wenig. Aber dieser eine Gegenstand, dieser Ring ...

Nun ja. Er war vermutlich der wichtigste und wertvollste Ring, den er je besessen hatte.

"Ich danke Euch. Und der Khan", sagte Wu Ying, entfernte den Ring und gab ihn dem Übersetzer.

Ganz ohne Schmuck ging Wu Ying zurück zum Ring und verbeugte sich vor dem massigen, gut trainierten Mann vor ihm. Und sein Gegner betrachtete Wu Yings schlankere – ha! Wann war das letzte Mal gewesen, dass er sich schlank gefühlt hatte, insbesondere unter den eleganten Kultivatoren, mit denen er gewohnt war, verglichen zu werden? – Gestalt, grinste und breitete seine Arme einladend weit aus.

Mit einem scharfen Bellen des Kampfkunsttrainers warf sich Wu Yings Gegner auf ihn und überraschte ihn leicht. Hände langten nach Wu Ying und hielten ihn fest, während er zu Boden gerissen wurde. Die langsame

Umhüllung und der aggressive, eingeölte und muskulöse Kampf der Männer hatte begonnen.

In Wahrheit hatte Wu Ying das Ringen seit Jahren nicht geübt. Nicht seit seinen Anfangsjahren in der Sekte, in denen er nach Sektenpunkten gesucht hatte. Seine Zeit mit dem Ältesten Hsu, sein Kampf mit dem mächtigen Ältesten mit dem Schneckenstil, dessen Kampfstil eine weitaus weniger energetische Art des Ringens beinhaltete, hatten ihn mit einem gewissen Grad der Beklemmung gekennzeichnet.

Die Greifmethode der Dorfbewohner hatte viel weniger physische Nähe. Die meisten Kämpfe fanden auf ihren gespreizten Beinen statt, während Gegner um Dominanz kämpften, bevor ein Wurf oder eine Stolperfalle vollendet wurde. An diesem Punkt sorgten schnelle Bewegungen und die richtige Positionierung dafür, dass eine Person oben war, um den Kampf zu kontrollieren und Schläge herabregnen lassen konnte. Anders als der Stil des Ältesten Mo, der einen zu Boden riss und man dann um die Vorherrschaft kämpfte, stellte sich bei ihrem Stil ein gewisser Grad an Freiheit heraus, falls sich der Ringer lösen musste, um sich um einen neuen Angreifer zu kümmern.

Das alles bedeutete, dass Wu Ying durch die Luft geschleudert, nach unten gedrückt und auf andere Weise wiederholt zum Stolpern gebracht wurde. Obwohl er weder das Wissen noch die Fähigkeiten hatte, um seinen Gegner aufzuhalten, so hatte er doch einige Vorteile.

Zunächst beinhaltete die Körperkultivationsmethode der Sieben Winde eine Reihe von Dehnungen, Drehungen und Bewegungsübungen, die dazu dienten, den Wind selbst zu verkörpern. Und solche Praktiken bedeuteten, dass es nicht nur extrem schwer war, sich an Wu Ying festzuhalten, um einen ordentlichen Wurf durchzuführen, sondern das Gleiche auch dafür galt, ihn davon abzuhalten, auf den Füßen zu landen.

Darüber hinaus war Wu Ying als Körperkultivator mit einem Kern in seinem Inneren – auch wenn dieser klein sein mochte – stärker als seine Gegner. Und jeder Machtkampf – was das Ringen letztendlich war – stützte sich bis zu einem gewissen Punkt auf Stärke.

Nach einem Dutzend Schlagabtauschen und Saltos, die Wu Ying größtenteils schaffte, aufzuhalten oder dadurch zu beenden, dass er mit

Leichtigkeit auf den Beinen aufkam, wurde sein Gegner wütend. Sein Temperament und seine Kultivationsbasis entflammten und aus seinen Füßen brachen Wurzeln aus Holz-Chi, die Wu Ying an den Boden fesselten. Das nächste Mal, als sie aufeinandertrafen, spürte er, wie das Chi seines Gegners nach seinem Arm und seiner Aura griff und versuchte, seine Bewegungen einzuschränken.

Der Arm seines Gegners näherte sich Wu Yings Trizeps und versuchte, ihn näher zu ziehen und den Arm über seinen Körper zu legen. Wu Ying, der spürte, wie sich sein Gegner zu seinem Körper wühlte, beschloss, der Bewegung zu folgen, drehte sich zu seinem Arm und renkte sich beinahe die eigene Schulter aus, während er sich fallen ließ und drehte und seine andere Schulter gegen seinen Gegner drückte, wobei er seinen Kopf so beugte, dass er sich fast parallel zu dessen Brust befand.

Dann richtete sich Wu Ying auf und spürte, wie seine Schulter leicht pulsierte, als sich das Holz-Chi nach der Erde ausstreckte, um nach Halt zu suchen. Doch die Überraschung hatte seinen Gegner übermannt, da Wu Ying zum ersten Mal aggressiv gehandelt hatte. Seine Füße verloren den Kontakt mit dem Boden, ehe sich sein Gegner ausreichend verankern konnte. Eine Drehung genügte, um seinen Gegner über Wu Yings Schulter und zu Boden zu werfen. Währenddessen wurde Wu Yings Arm losgelassen.

Danach ging es nur noch darum, sich auf seinen Gegner zu werfen und seinen Hals im Griff zu haben und einige Drehungen und Bewegungen, mit denen Wu Ying eine nur zu intime Vertrautheit hatte – wenn auch von der anderen Perspektive.

Als sein Gegner endlich klopfte, um aufzugeben, stand Wu Ying auf und atmete etwas schwer.

"Gut, gut!", sagte der Kampfkunsttrainer.

Wu Ying brauchte für diese Worte keinen Übersetzer. Noch für die Art, wie der Mann anfing, zu schreien und mit den Händen zu fuchteln, während er andere zu sich rief und der ursprüngliche Partner seines Gegners herbeieilte, um den Platz des geschlagenen Mannes gegenüber von Wu Ying einzunehmen.

Offenbar würde er doch einen geschäftigen Spätnachmittag haben.

***

Der Abend und das Essen wurden am Boden abgehalten, als die Steinschildkröten ihre Panzer senkten und Lagerfeuer entzündet wurden. Die meisten Gerichte bestanden aus Reis und Gemüse die mit geschnittenem Fleisch von Dämonenbestien, die auf dem Weg erlegt worden waren, und den unendlichen Bechern voller Airag ergänzt wurden.

Danach folgte Musik, als die Stammesangehörigen sangen. Es war schwer, in der Steppe Unterhaltung zu finden und wurde immer, wirklich immer von innen geboten. Musik, Tänze, Märchen. Obwohl die Details unbekannt waren, so waren sie doch in ihrer Gänze erkennbar.

Wu Ying schaute und hörte stundenlang zu, bis der Mond hoch am Himmel stand und diejenigen mit geringerer Kultivation ins Bett gegangen waren. Erst dann ging er, nachdem sein Übersetzer ihn nach dem Abendessen alleingelassen hatte. Wu Yings Schlafplatz war am Grund: Ein kleines Leinenzelt, das in der Mitte der ausgebreiteten Herde war, in der Nähe der Steinschildkröte von Khan Erdene, aber auf dem Boden und nicht an einem tatsächlichen Ehrenplatz.

Eine Tatsache, die ihm bei dem anhaltenden Geruch von Krankheit und Tod und Mief im Zelt bewusst wurde. Hätte er raten müssen, dann hätte er vermutet, dass der Unterstand normalerweise dazu benutzt wurde, die Toten und Sterbenden von den Gesunden zu trennen. Ein Sanitätszelt, das nur mäßig Komfort bot, bevor das Alter oder die Krankheit den Bewohner dahinsiechte.

"Ich bin ein räudiger Hund, was?", flüsterte Wu Ying, während er die Einrichtung betrachtete. Wenigstens waren ihm seine Ringe ohne viel Aufhebens zurückgegeben worden. Das kleine Zelt, in dem nur die nötigsten Möbel standen, hatte auch keinen Altar für die Geister, die er in jeder Behausung hier gesehen und wahrgenommen hatte.

Und war das nicht der größte Unterschied? Er hatte es den ganzen Tag über gespürt. Die stummen Beobachter, die Verzerrung seines Wind-Chis, während er seinem Tagesgeschäft nachgegangen war, seine spirituellen Sinne, die sich gespreizt hatten. Unsichtbare Geister, Kreaturen aus Wind und Luft, aus Gras und Erde und Wasser.

Hier wurde keineswegs viel Wasser benutzt. Die Steppe war ziemlich dürr, also wurde Wasser gehortet und wenn es nötig war, für Getränke und die Gartenarbeit genutzt, nicht aber für andere üblichere, südländische Dinge. Wie ausgiebige Bäder. Nicht, dass sie Bäder völlig mieden, aber der gemeinschaftliche Gebrauch eines einzigen Eimers war ziemlich dürftig. Wu Ying hatte nicht vor, es ihnen nachzumachen, schließlich hatte er Zugriff auf eine recht große Menge an Wasser in seinem Ring.

Er schüttelte seinen Kopf, drückte seine Aura nach außen und errichtete eine einfache, aber effektive Barriere gegen Beobachter und Eindringlinge. Die Geister, die nach draußen flogen, bewegten sich am Rand, berührten seine Aura, reizten sie und drückten dagegen, bevor sie schlussendlich wegtrieben.

Sodass Wu Ying zum ersten Mal ganz alleine war.

Er würde mehr über sie und die Rolle, die er spielen würde und die Lektionen, die dieser Stamm zu bieten hatte, lernen. Er würde natürlich nach einem Fluchtweg suchen. Aber für den Moment war er ganz zufrieden. Schließlich hatte ihn seine Reise bisher von einer Ecke des Königreichs der Mitte in die nächste getrieben …

Und doch heulte der Wind gerade nicht. Nicht im Geringsten.

Kapitel 22

Die Tage verschmolzen miteinander. Wu Ying sah Khan Erdene kaum. Sie verbrachte viele ihrer Tage in ihrem Ger hoch oben. Er hatte keinen Grund, zu fragen, was sie tat, denn der ständige Sog von Chi zu ihrem Ger zeugte von ihrer Kultivation. Ihre Seele war so stark, dass sie einen kleinen Sturm erzeugte, der ihnen folgte und ständig mit Regen drohte, ihnen diesen aber kaum schenkte. Unter ihm trudelten die Steinschildkröten weiter und zusätzliche, riesige Gers wurden bei jedem Sonnenaufgang und Sonnenuntergang mit verblüffender Effizienz auseinandergebaut und wieder zusammengesetzt.

Es vergingen Wochen und seine Tage unterschieden sich nur leicht in ihrer Routine. Mit der Zeit, als selbst Wu Yings erstaunliches Erinnerungsvermögen dank der schieren Menge an neuen Informationen, die ihm vermittelt wurden – neue Wörter, neue Pflanzen, neue Kampftechniken, neue Lebensweisen –, strapaziert wurde, kam der Übersetzer mit einem einfachen Dokument zu ihm.

Er war überrascht über die Schriftrolle aus Schafsleder und behandelte sie mit Vorsicht, als er sie aufrollte. Darin fand er eine Kultivationsübung, die in seiner eigenen Sprache verfasst war und nur ein paar grammatikalische Fehler enthielt.

"Ist das für mich?", fragte Wu Ying.

"Ja. Es tut mir leid, dass es so lange gedauert hat, Kultivator Long. Es war etwas mehr Herausforderung, die Übung in Eure Sprache zu übertragen, als ich angenommen hatte. Eure Sprache ist ... komplex", flüsterte der Übersetzer, Oktai. "Viele Wörter, die dasselbe aussagen."

"Das ist wohl wahr." Vergnügt fügte Wu Ying hinzu: "Wohingegen ihr einfach etwas an eure Wörter anfügt, um sie einfacher zu machen[14]."

"Natürlich, so ist es am besten!", meinte Oktai.

---

[14] Mongolisch hat eine agglutinierende Morphologie, bei der verschiedene Suffixe an ein Wort angehängt werden und so seine Bedeutung verändern. Koreanisch, japanisch, einige indigene Sprachen Amerikas und türkische Sprachen sind ähnlich, wo Wörter angefügt werden, um die Bedeutung zu ändern. Das kann dafür sorgen, dass Wörter einfacher zu verstehen sind, wenn man es in seine einzelnen Bestandteile zerlegt, führt aber auch zu sehr langen Wörtern. Und es kann für diejenigen kompliziert sein, die nicht an eine solche Konstruktion gewöhnt sind.

Während sie gesprochen hatten, hatte Wu Ying die Schriftrolle gelesen und angeschaut. Er erreichte das Ende, runzelte die Stirn und drehte sie langsam um, um sie Oktai zu zeigen, während er redete. "Diese Übung ..."

"Geläufig unter unseren Kindern", erklärte Oktai. "Wir haben nicht den Luxus eures Papiers. Und auch Euch geht es zur Neige, nicht?"

"Unter anderem, ja ...", gab Wu Ying zu. Er trug nie viel Papier bei sich. Schließlich entsprach es nicht seinem Dao, ein Gelehrter zu sein. "Erinnert ihr euch deshalb alle so gut an Dinge?"

Oktai nickte. "Zum Teil. Aber ihr Südländer seid auch faul. Ihr glaubt, das Papier kann sich für euch an das erinnern, was ihr aufschreibt. Also vergesst ihr. Wir haben diesen Luxus nicht. Wir müssen uns an das erinnern, was uns gesagt wird. Was passiert, halten wir mit unserem Geist fest. Auf diese Weise bleiben unsere Vorfahren, die Geister der Vergangenheit und das Land am Leben."

Wu Ying, der leicht lächelte und das Dokument betrachtete, konnte nicht anders, als sich zu fragen, ob der Mann – ob ihr Volk – Recht hatte. Wie viel besser wäre es, sich an all die guten Dinge zu erinnern, die passiert waren? Die Geschichten von einer Generation an die nächste weiterzugeben und zu wissen, dass man sich angemessen an sie erinnerte?

Wie viel Wissen über seinen eigenen Stil war verloren gegangen oder hatte sich verändert, da ihre einzige Geschichte aus den Dokumenten stammte, die von Generation zu Generation weitergereicht wurden? Wie viel war während durchzechter Nächte vergessen worden oder dank mangelndem Verständnis verändert worden? So vieles, was er – und sein Vater – hatte rekonstruieren müssen. Ihr Erbe war unvollkommen.

Und dann erinnerte sich Wu Ying an andere Dinge. An verzweifelte Kämpfe gegen Mitglieder der dunklen Sekte. Daran, wie er in medizinischen Bädern gelegen hatte und sich seine Haut, seine Knochen und Muskeln abgestreift hatten und von den Mineralien und Bestandteilen darin ersetzt worden waren. Der überweltliche Schmerz, die schreckliche Angst vor einer Bestie der Aufkeimenden Seele, die ihn wochenlang durch die Wildnis verfolgte.

Vielleicht war die Erinnerung trotz scharfer Kanten und so zerbrochen, wie sie war, ebenfalls ein Geschenk.

"Ich überlasse Euch dann Eurem Training, ja?", sagte Oktai und riss Wu Ying zurück in die Gegenwart. "Kein Unterricht heute. Denn wir kommen an."

"Kommen an?", wiederholte Wu Ying überrascht.

"Auf den Sommerweiden." Oktai runzelte die Stirn. "Dachtet Ihr, wir reisen ununterbrochen?"

Wu Ying beschloss peinlich berührt, nicht darauf zu antworten. Wegen der sich bewegenden Riesenschildkröten und der Effizienz, mit der sie jeden Tag einpackten und wieder auspackten, hatte er gedacht, dass der Stamm wirklich nomadisch war.

Oktai lachte über den idiotischen Südländer, entfernte sich und ließ einen reumütigen Kultivator mit einer neuen Kultivationsübung, die er trainieren konnte, zurück. Eine Übung, die sein Gedächtnis verbessern würde und an die er sich erinnern könnte, wenn er sie richtig einstimmte.

***

Wu Ying, der Oktai anschielte, stieß ein tiefes Knurren aus, als er einige Stunden später durch die Ansammlung an Hütten zum Mittagessen geführt wurde. Der Stamm hatte den Grund ihrer Sommerweiden erreicht und war in geschäftiges Treiben verfallen. Alte Zäune, die ein Jahr lang unberührt gelassen worden waren, mussten geprüft und repariert werden. Gers mussten an der richtigen Stelle aufgestellt werden und Steinschildkröten mussten angetrieben werden, damit sie sich an ihrer vorgesehenen Stelle ausruhen konnten, bevor man Essen, das in Ringen der Aufbewahrung und rollenden Wägen aufbewahrt wurde, herausholte, um sie zu besänftigen.

Männer, Frauen und Kinder eilten überall umher. Die große Herde, die den Lebensunterhalt des Stammes darstellte, wurde etwas enfernt zum Grasen getrieben, während sie ihre Felder überprüften. Gras wurde geschnitten und Büsche ausgerissen, während Zäune begutachtet und zweifach geprüft wurden. Alte Pflanzflächen, die für Sommerpflanzen gedacht waren, wurden ebenfalls inspiziert und das war die Richtung, in die Wu Ying geschickt wurde.

Einige Kochfeuer wurden entzündet, aber größtenteils aß der Stamm im Gehen. Sie hielten an der Luft getrocknetes Fleisch, das in warmes Brot eingewickelt wurde, in der einen Hand, während sie Löcher gruben, Pfosten begutachteten und Waren transportierten. Staub wirbelte durch die Luft und flockige Büschel aus Gras und Unkraut wurden auseinandergerissen, als sich der Klan auf seinem Rastplatz bewegte.

Auf den Äckern, die weniger großflächig waren, als Wu Ying gewohnt war, war der Geruch von altem Kompost, der während der Jahreszeiten sich selbst überlassen wurde, stark. Stammesmänner und -frauen wühlten den Komposthaufen um und kümmerten sich um ihn, während andere die Erde aushoben, hartnäckiges Unkraut ausrissen und harte Erde aufbrachen.

"Eure Hilfe wurde hier verlangt, Kultivator Long. Ihr wart früher ein Bauer, oder?", fragte Oktai und deutete auf die Arbeiter, dann zeigte er auf ein Stück Land, das vollkommen unberührt war. "Der Stamm könnte ein weiteres Feld gebrauchen."

Wu Ying schnaubte. Er kümmerte sich nicht darum, den Stamm nach Werkzeugen zu fragen, als er zu dem Stück Land ging und den Boden beäugte. Er stellte sicher, dass es genug Platz gab, dass man sich zwischen den Felder bewegen – oder Vieh oder ein Pferd hindurchführen – konnte, bevor er anfing und eine Hacke aus seinem Seelenring beschwor.

Wenn er ein bisschen lächelte, dann war das für ihn unbedeutend und kleinlich, als die anderen die Qualität seiner benutzten Ausrüstung bemerkten. Andererseits traf das auch darauf zu, ihn darum zu bitten, neues Land zu erschließen. Das war die größte Knochenarbeit, denn mit jedem Schlag stellten sich ihm neue Felsen und alte Wurzeln in den Weg. Die Erde aufzubrechen, Steine herauszuziehen und verwurzelte Pflanzen auseinanderzureißen war mühsame Arbeit.

Wu Ying atmete langsam, ließ sein Chi durch sich zirkulieren und in seine Hacke fließen und bearbeitete das Land. Er projizierte einen kleinen Faden aus Schwertintention in die Hacke, benutzte sein Chi, um sie in schützende Energie zu hüllen und erlaubte der scharfen Klinge, die er in seinem Herzen besaß, in sie zu fahren.

Jeder Schlag schnitt ohne Anstrengung durch Erde und Wurzeln, was nicht schwerer war, als durch Fleisch zu schneiden. Wu Ying riss mehrere

Meter tief Erde heraus, während seine Bewegungen sein Chi in den Grund projizierten, und wühlte sie um. Er wusste, dass er wiederkommen und die Erdbrocken, die er auslöste, aufbrechen und die Wurzeln und Steine entfernen musste, aber dazu später.

Für den Moment grub er, während sein Geist und sein Körper Eins waren.

Er tat, was er wusste, und was ihm beigebracht worden war, zu tun. Anpflanzen und die Erde pflegen, die Welt verändern, mit einem Schwung nach dem anderen. Und obwohl der Wind stärker wehte und der kalte Nordwind einem herrischeren Wind Platz machte, bemerkte er das kaum.

***

Spät am Abend, als die Sonne endlich an diesem frühen Sommertag unterging, kroch Wu Ying auf Händen und Knien zurück. Seine Finger gruben sich wieder und wieder in die Erde, trafen und zerteilten Klumpen und rissen Wurzeln und Steine heraus. Das alles warf er beiseite und landete auf einem Haufen, den er gebildet hatte und der sich immer weiter aufschichtete.

In beiden Richtungen war ein ganzes Li war freigelegt worden, was ein übergroßes Feld ergab. Doch ohne sich um den Abfluss und die Bewässerung Sorgen machen zu müssen, hatte Wu Ying beschlossen, mehr freizumachen. Letztendlich musste es natürlich bewässert werden, aber diese Sorgen stellten sich später.

Vielleicht hätte ein Erdkultivator, ein wahres Wunderkind des Ackerbaus, bessere und schnellere Arbeit leisten können. Wu Ying wusste, dass diese die Fähigkeit besaßen, ihr Chi in einen Acker sickern zu lassen, um problematische Stellen zu finden, sie zu entwirren und Wurzeln und Erde durch ihren Geist und ihre Energie allein zur Seite zu schieben. Dieser Weg war Wu Ying versperrt, da ihm die Erfahrung, das Wissen und die grundlegende Natur fehlte. Aber er wollte es gar nicht anders haben. Seine Finger in die Erde zu graben und sie mit seinen bloßen Fingern auszubreiten und zu trennen, war eine Erinnerung an die Person, die er einst gewesen war – und wer er gegenwärtig war.

Währenddessen wirkte der – angepasste – Immervolle Weinkrug und zog an dem Chi um ihn herum. Erde und Holz und Wind – oh, der allgegenwärtige Wind in den Steppen, der niemals aufhörte, zu wehen, ganz gleich, welche Tageszeit es war – wirbelten durch und um das Gebiet und wurden in ihn gezogen und verändert, um zu seinem zu werden. Seine Chi-Vorräte stiegen an und sein Dantian füllte sich so sehr, dass Wu Ying wusste, dass er schon bald für eine weitere Schicht bereit sein müsste.

"Die Sonne ist schon beinahe untergegangen, Kultivator Long", meldete sich Oktai zu Wort und unterbrach den Kultivator.

Wu Ying blinzelte, zog seine Hände aus der Erde und wippte auf seine Fersen zurück, um den Übersetzer anzustarren. Der Mann warf ihm ein Grinsen zu und sein buschiger Schnauzer hob sich leicht, während er nach hinten wies, wo sich die Lichtung verändert hatte und das Dorf wie von Zauberhand aufgetaucht war. Weitere Gebäude und Gers als je zuvor schienen erbaut worden zu sein, sodass es durchaus ein kleines Dorf war. Die Herden waren auf ihre Weideflächen geführt worden, von denen einige unangenehm zusammengepfercht waren, weil die kaputten Zäune noch repariert werden mussten.

"Das ist sie tatsächlich", stellte Wu Ying fest und starrte auf den farbenfrohen Sonnenuntergang. Er nahm einen tiefen Atemzug. Der starke Geruch von aufgewühlter Erde und Staub und der Duft von ungewaschenen Leibern und einer Tierherde war allgegenwärtig. Sie waren auf jeden Fall deutlicher als die Reisfelder, an die er so gewöhnt war ...

Aber auf ihre Weise vertraut.

"Und das Abendessen?"

"Ist serviert. Sie haben ein paar verletzte Schafe getötet, also gibt es reichlich Fleisch. Jedenfalls gab es das." Oktais Augen funkelten vergnügt. "Jetzt gibt es nur noch Reste."

Wu Ying lächelte reuevoll. "Ich habe mich wohl in der Arbeit verloren."

"Und die Steinmetze werden es Euch morgen danken", antwortete Oktai, dessen Blick zu dem großen Haufen aus Steinen wanderte, den Wu Ying errichtet hatte, während er die Erde freigeräumt hatte. "Aber vielleicht müssen wir solche kleinen Steine nicht ausfindig machen."

Seinen Worten folgte ein Schulterzucken. "Mein Vater hat immer gesagt, wenn du etwas tust, dann tu es richtig. Dann musst du es nicht noch einmal machen."

Oktai lächelte. "Mein Vater hatte auch ein ähnliches Sprichwort." Ein verbittertes Vergnügen tanzte in seinen Augen, als er hinzufügte: "Aber es beinhaltete mehr Flüche und Schläge."

Wu Ying nickte. In seinem Zuhause hatte es nicht viel körperliche Bestrafung gegeben, obwohl es keine Besonderheit war, andere zu sehen, wie sie sich sachte fortbewegten, nachdem sie mit der Rute geschlagen worden waren. Überwiegend war Wu Ying aber eine Extrastunde Arbeit oder zwei Extrastunden Schwerttraining aufgehalst worden. Nachdem er all seine Aufgaben erledigt hatte.

Wu Ying musste rückblickend zugeben, dass er sich nicht sicher war, ob er nicht doch einige Schläge mit dem Rohrstock bevorzugt hätte. Er hatte zwar von den stundenlangen Übungen mit der Waffe profitiert, aber das hatte auch bedeutet, dass er so viele Nächte verpasst hatte, in denen seine Freunde in den wenigen Momenten, in denen keiner von ihnen Aufgaben zu erledigen oder Kultivationsübungen auszuführen hatte, Kaulquappen gefangen, Grashüpfer gejagt und einfach nur mit einer Angel in der Nähe des Flusses abgehangen hatten.

"Sagt mir, für morgen. Was sind die Pläne?", fragte Wu Ying, der den Kopf leicht drehte, als er eine Veränderung im Fluss des externen Chis spürte. Er blickte die größte Schildkröte mit zusammengekniffenen Augen an, wo das Ger war, das er kaum von seiner Position aus sehen konnte, und um das sich mehrere kleine Wolken gebildet hatten, während er mit seiner eigenen Arbeit beschäftigt gewesen war.

"Der Khan beginnt wieder mit dem Sommer der abgeschotteten Kultivation", antwortete Oktai. Dann huschte ein Lächeln über seine Lippen, als er weitersprach. "Der Älteste Ogdai hat mich gebeten, zu erwähnen, dass sie dennoch uns alle und jeglichen Versuch zur Flucht oder Gewalt spüren kann."

Wu Ying schnaubte und erinnerte sich an die drei Ältesten, die schwer damit beschäftigt waren, zu versuchen, die Vorräte des Airag alleine zu leeren. Er konnte sich nicht erinnern, welcher von ihnen Ogdai war, aber es war auch nicht der Fall, dass er vorgehabt hatte, wegzulaufen. Er hatte immer noch viel hier zu lernen, obwohl er gegen seinen Willen festgehalten wurde.

Oktai wies Wu Ying an, ihm zu folgen, und führte den Weg zurück an. Nach einer Weile beantwortete er Wu Yings erste Frage. "Noch mehr solche Arbeit. Die Zäune müssen repariert werden, jemand muss die Felder bestellen und auf den Anbau vorbereiten. Wir möchten so viel wie möglich anbauen. Es gibt viel zu tun, denn die schützenden Verzauberungen müssen neu aufgeladen und die Geister besänftigt werden. Es wird wenig Zeit für Frivolitäten geben." Er wies nach hinten auf das Feld. "Dorthin werdet Ihr am besten passen." Ein leichtes Lächeln. "Schließlich könnt Ihr nicht reiten, rennender Südländer."

"Ah, aber ich kann ganz gut mit euren Reitern mithalten, oder?"

"Nur, solange sie nicht die Geister zu Hilfe rufen."

Oktais Worte waren die Antwort auf eine aufflimmernde Frage, die sich über die Wochen langsam zusammengesetzt hatte. Die Geister, von denen der Stamm sprach, die unter ihnen weilten. Sie waren ebenso real wie die Dämonen- und Seelenbestien, an die Wu Ying gewöhnt war, aber um einiges schwächer. Sie schlossen sich in diesem Land zusammen, wurden stärker und schwebten im Jenseits umher.

"Sagt mir, Oktai. Warum gibt es so wenig Geister im Süden? Ich spüre sie hier, überall." Wu Ying wies um sich. Er konnte schwören, dass er fühlen konnte, wie sie ihn auslachten, während der Wind aufgewühlt wurde. "Warum kann ich das nicht dort, wo ich herkomme?"

Oktai schürzte seine Lippen und antwortete für lange Zeit nicht. Schließlich sagte er etwas, nachdem sie einen weiteren Acker überquert hatten, mit zögerlicher Stimme. "Es gibt so viele Antworten wie es Samen im Wind gibt. Einige glauben, dass ihr Südländer die eigentlichen Barbaren seid, weil ihr die Geister getötet oder aus eurem Land vertrieben habt. Andere meinen, dass wir gesegnet sind und ihr daher nicht verspottet, sondern bemitleidet werden solltet." Er drehte sich kurz zu der anführenden Schildkröte um, bevor er langsam weitersprach. "Khan Erdene sagte einst, dass sie glaubt, die Geister sind in Eurem Land einfach anders. Anstatt, dass sie sich Seite an Seite mit euch bewegen, verstecken sie sich in den Körpern der Bestien und Pflanzen eures Landes. Daher sind eure Bücher so voll mit Pflanzen und deshalb fehlt es unserem Land an so vielen dieser Dinge."

Wu Ying hörte zu, aber schlussendlich konnte er nicht anders, als zu fragen: "Und was glaubt Ihr?"

Oktai zuckte mit den Schultern. "Ich denke, es ist einerlei. Die Welt ist so, wie sie ist. Wir haben unsere Geister und ihr habt euer Land. Diese Sorgen sind etwas für Kultivatoren über meinem Stand."

Wu Ying nickte einem vorbeiziehenden Paar zu und dachte über die Antwort nach. Er grübelte einen Moment lang darüber nach, die Theorien zu überprüfen. Vielleicht einen Geist einzufangen oder mit einem zu verhandeln, um mit ihm zu sprechen. Es gab Geschichten, über die spät in der Nacht gesungen wurde, über Geister, die das Vermögen und die Stärke hatten, direkt mit Kultivatoren zu sprechen. Es ähnelte auf eine Weise seiner eigenen Verbindung mit dem Wind, obwohl es selbst für diejenigen ohne einen Dao und eine körperliche Verbindung gezielter und zugänglicher war.

Andererseits, war es wichtig für ihn? Neugier war wichtig, aber es erschien ihm töricht, Kreaturen zu verärgern, die existierten, ohne Schaden anzurichten. Gab es einen Grund für solches Wissen? Und wenn es keinen Grund gab, was war das Ziel eines solchen Vorhabens?

Schließlich war er kein Gelehrter. Manchmal fühlte es sich für ihn so an, als wäre er das genaue Gegenteil davon. Das Wissen, nach dem er suchte, konnte in keinem Buch mit Ledereinband oder einer verstaubten Schriftrolle gefunden werden. Der Wind wehte und Wu Ying folgte ihm und auf diesem Weg wurden sein Dao und sein Pfad deutlicher.

"Kommt, denkt später darüber nach. Genießt das Boodog[15], denn es ist ein seltener Genuss!"

Eine Hand schob einen Teller, auf dem Fleisch, Reis und Gemüse aufgehäuft waren, zu Wu Ying. Er war überrascht, allerdings nur ein bisschen, dass so viel Zeit vergangen war, seit er über seine Möglichkeiten nachgedacht hatte.

---

[15] Heutzutage wird Boodog mit Kartoffeln, Zwiebeln und verschiedenen Kräutern zubereitet. Ich passe das Rezept hier aus dem einfachen Grund an, dass Kartoffeln in China erst später auftauchen.

Wu Ying nahm den Teller automatisch an und atmete den Duft von gebratenem und geschmortem Fleisch ein. Die heißen Steine, die in das Innere des Tieres gestopft worden waren, hatten das innere Fleisch gedämpft und gekocht, während das Fell außen abgebrannt worden war, bevor man das Tier gebraten hatte, wobei sich Fett zusammen mit den Organen der Ziege, die wieder eingesetzt worden waren, in das Fleisch eingezogen hatten. Das daraus resultierende geschmorte Fleisch war höchst aromatisch, weil es im Fett und anderen Säften des Tieres gekocht worden war. Allein der Geruch brachte Wu Yings Magen zum Knurren, während er mit einem Lächeln Platz nahm.

Vielleicht war es an der Zeit, solche Gedanken beiseitezuschieben. Jedenfalls für die nächsten paar Tage. Er lernte viel dadurch, dass er einfach den Geschichten lauschte, die spät nachts oder in den Gers erzählt wurden, wenn die Kinder auf die selige Rückkehr der nächtlichen Leere warteten. Es war besser, abzuwarten und zu beobachten, anstatt blind loszustürmen.

Denn er war nicht in Eile. Und der Wind, der durch die Steppe wehte, flüsterte von einer Welt, die noch im Verborgenen lag.

Kapitel 23

Die Erkenntnis dessen, was man nicht ändern konnte. Die Akzeptanz der Welt, wie sie war. Die Akzeptanz der Situation eines Menschen. Und schließlich die sture Weigerung, sich den Tragödien zu beugen, die einem begegnen konnten. Das alles waren Kennzeichen einer Person, die den größeren Dao in sich selbst akzeptiert hatte.

Eine Schande, dass es so schwer war, das zu erlangen.

Hände gruben sich in das Feld, das er freiräumte, und vier Bauern Komposthaufen auseinandernahmen, um sie darauf zu verteilen und Wu Ying verfiel in Routinen. Er versuchte, die Gedanken an die Freiheit, an Bewegungen ohne Einschränkung, an die nächtlichen Beobachter und die herrische Präsenz über ihnen zu verdrängen.

Wu Yin versuchte, durch die Bewegungen seiner Finger in der Erde und der Suche nach Steinen und Wurzeln, die friedliche Sphäre der meditativen Bewegung zu betreten. Aus der Ferne ertönten die lauten Stimmen arbeitender Frauen, die Wolle webten und färbten, die lange für genau diesen Moment aufbewahrt worden war. Ihre Stimmen veränderten sich, wurden verzerrt und gingen schlussendlich in Gesang über.

Dann mache Wu Ying eine Pause, wippte auf den Füßen zurück, um zuzuhören, während die Musik auf dem Rücken des Windes zu ihm getragen wurde. Er verstand kein Wort, nicht einmal die bekannten Wörter, die er während der letzten Wochen gelernt hatte, aber die Musik berührte trotzdem seine Seele. Seine Augen waren halb geschlossen und hörten zu, bis sich eine Stimme von den anderen abhob. Ein tiefer, klirrender Ton, der in der Kehle gebildet wurde und die Stimme durch die Steppen grollen ließ.

Das Lied war kein einfaches Musikstück, denn innerhalb der Grenzen ihrer Noten lag ein Dao. Ein Dao, der in der Stimme eines Sängers erblühte, dessen Kultivation an die Stufe der Kernformung grenzte und der die Gefühle, die dem Lied – ein Lied über die Freuden der Arbeit und der Gemeinschaft und der Anerkennung der Ankunft eines neuen Sommers und der Aufheiterung, weil das Leben in Fülle zur Steppe zurückkehrte – eigen waren, nahm und sie auf ein neues Level hob.

Ungebetene Freudentränen rannen an Wu Yings Wangen hinab, während sich ein Lächeln über sein Gesicht zog. Er atmete tiefer ein und füllte seine Lungen mit der frischen Luft der Steppe, der aufgewühlten Erde neben ihm und dem moschusartigen Geruch der Ziegen und Schafe der Herde, die alle mit dem leichten Zischen von Ozon durchzogen waren, und lächelte.

Für einen Augenblick fand er Frieden. Das Lied ging immer weiter und riss ihn mit sich. Als würde er sich durch die unausgesprochenen Befehle der Musik bewegen, gruben sich seine Hände wieder in die Erde und handelten gemäß der Musik aus eigenem Antrieb. Er sortierte und buddelte, nahm die Erde auseinander und schickte sein eigenes Chi, aus Wind und Holz und einem Hauch Feuer, in die Erde, während er das Land Stück für Stück freiräumte.

Als das Lied endlich zu Ende war, öffnete er mit einem leichten Lächeln auf den Lippen seine Augen. Ein Gefühl des stillen Interesses überkam ihn, als würde etwas Großartiges, Gutes und Strenges über ihn wachen. Dann stand er auf und das Gefühl verflog.

Er blieb mit einem Acker zurück, der aufgewühlt worden war und wo Kompost hingebracht und mit der harten Erde untergemischt wurde, um sie weiter mit Nährstoffen zu versorgen. Er nahm einen tiefen Atemzug, blinzelte und war überrascht über die Völle, die er tief in seinem Dantian fühlte.

Nun, vielleicht hatte das Lied mehr getan, als ihn nur dazu zu ermutigen, seine Aufgabe abzuschießen.

***

"Eine Pause?", fragte Oktai mit zusammengekniffenen Augen.

"Ja. Ich habe einen Höhepunkt in meiner Kultivation erreicht und brauche etwas Zeit, um meine Kultivation zu festigen", erklärte Wu Ying.

Oktai presste wieder die Lippen zusammen. "Davon weiß ich nichts."

Wu Ying zuckte mit den Schultern und tupfte den restlichen Eintopf mit dem Brot auf, das er bekommen hatte. Das harte Brot saugte die Säfte großartig auf. Die Nahrungssuche im Frühling, gemeinsam mit den beweglichen Gewächshäusern, hatte den Stamm gut mit frischem Gemüse versorgt, aber selbst diese gingen langsam zur Neige. Die nächsten paar Wochen würden eine Magerperiode werden, da man die Lager für den

Winter aufbaute und die Pflanzen, die sie anbauten, noch keimten und wuchsen.

Wu Ying wunderte sich eher, warum sie so lange gebraucht hatten, um in ihrer Sommerstätte anzukommen. Es hatte den Anschein, dass ihre Zeitplanung leiht verschoben war, weil sie die frühe Anbausaison verpasst hatten. Eine routinierte Entscheidung, deren Gründe er nicht kannte? Oder etwas Schlimmeres?

"Wenn ich kultiviere, werde ich nicht essen", neckte Wu Ying ihn. "Alles, worum ich bete, ist, dass Ihr die Ältesten fragt. Wie ich verstehe, könnt Ihr eine solche Entscheidung nicht alleine treffen."

Oktai wirkte erleichtert. "Ich werde heute Abend mit ihnen sprechen."

"Danke sehr."

Wu Ying, der aufgegessen hatte, wischte sich die Hand an einem Tuch ab, das er aus seinem Seelenring geholt hatte, und brachte den Teller zu einer weiblichen Stammesangehörigen in der Nähe zurück. Sie war groß, etwas größer als Wu Ying, hatte ein strahlendes Lächeln, hellbraune Haare und auffällige, ungewöhnlich grüne Augen. Als sie Wu Ying anlächelte, zuckten ihre Augenlider leicht und sie beäugte ihn freimütig von oben bis unten. Er schaute bewusst weg und entfernte sich, bevor sie versuchen konnte, eine Unterhaltung zu beginnen, aber Oktai folgte ihm schon bald auf dem Fuß.

"Seid Ihr vielleicht einer von denen, die Frauen nicht mögen?", fragte Oktai.

"Was?"

"Frauen. Findet Ihr sie nicht anziehend?" Als Wu Ying die Stirn runzelte, grinste der Übersetzer. "Gut, gut. Dann braucht ihr möglicherweise etwas Ermutigung. Narangerel reitet fast so gut wie ein Mann. Und Ihr wisst, was man über gute Reiter sagt."

Wu Ying runzelte die Stirn. "Was sagt man denn über sie?"

"Sie wissen, wie man die Hüften am besten bewegt!" Oktai brüllte vor Lachen und schlug Wu Ying auf die Schulter. Der Kultivator seufzte und gönnte dem Übersetzer seinen amüsierten Ausbruch, während er weiterging und erst anhielt, als der andere Mann zu ihm aufgeholt hatte. "Aber sie ist gesund, ihre Hüften sind breit und gebärfreudig. Und natürlich hat sie keinen Ehemann, der wütend werden könnte, wenn Ihr mit ihr ins Bett geht."

"Und es ist akzeptabel, mit einem Südländer wie mir das Bett zu teilen?", fragte Wu Ying leicht empört. Obwohl er selbst solche Erfahrungen gemacht hatte, so ungehobelt darüber zu sprechen ... das erschütterte sein Shen-Herz dennoch. Er wusste, dass Sitten von Kultur zu Kultur unterschiedlich waren. Trotzdem, eine alleinstehende Frau, die sich willentlich und unverhohlen einem Fremden an den Hals warf? Das war bei ihm zuhause unsagbar.

Auch unter den entspannteren Sitten von Kultivatoren tat man so etwas einfach nicht.

"Warum nicht? Euer Blut ist stark und Eure Kultivation noch stärker. Ihr kämpft zwar wie ein Südländer, aber Ihr kämpft gut. Welche Frau würde ihrem Kind nicht solche Vorteile bieten wollen?"

"Und ihr zukünftiger Ehemann? Was würde er denken?", fragte Wu Ying.

Oktai zuckte mit den Schultern. "Es steht ihm nicht zu, irgendetwas anderes zu denken, als mit ihr ins Bett zu gehen und seine eigenen Kinder aufzuziehen! Die Erziehung der Kinder ist die Arbeit der Frauen und des Dorfes, in dieser Reihenfolge. Das Dorf wird dem Kind die Fähigkeiten lehren, die es benötigt. Und jeder Ehemann, der es wert ist, mit ihr die Ehe einzugehen, wird sich ohnehin um ihren Sohn kümmern, als wäre es sein eigener." Oktai blinzelte Wu Ying zweifelhaft an. Welcher Mann aus dem Süden würde sich überhaupt Gedanken über ein Kind machen? Welche Schuld trifft das Kind?"

Wu Ying seufzte. Das war eine Diskussion, die viel zu lange dauern würde. Selbst die Frauen, die bekannt dafür waren, sich außerhalb ihrer ehelichen Bindung zu vergnügen, achteten darauf, nicht schwanger zu werden. Erbrechte, die Aufteilung von Ackerland oder des Vermögens eines Händlers, der Haupterbe eines Adeligen – das waren komplizierte Angelegenheiten.

Als er versuchte, das zu erklären, lachte Oktai. Der Stamm war nicht dumm. Sie hatten ebenfalls Erbrechte und Probleme. Herden – und das Vorrecht des Grasens – waren Angelegenheiten von Prestige und Erbe und die Lage und die Entfernung, in der man seine Herde zum Grasen treiben musste, war ein komplexer Tanz, der jeden Tag bestritten werden musste.

Doch kein einziger Stammesangehöriger wollte sich alleine um seine Herde kümmern, einerseits wegen der Eigenart der Donnerziegen und Flammenschafe, andererseits wegen dämonischen Geistern, plündernden Stämmen und anderem Elend.

Es war besser, mit anderen zusammenzuarbeiten und die jeweiligen Schafe nach Bedarf zu kennzeichnen, aber sie als Gruppe grasen zu lassen und anzutreiben. Auf diese Weise stellten diejenigen vom selben sozialen Stand auch eine Verbindung zueinander her. Nichtsdestotrotz wurde ein Kind, das außerehelich gezeugt wurde, genauso vom Dorf und dem Vater akzeptiert wie jedes andere. Das Wesentliche war nicht die Herkunft des Kindes, sondern seine Handlungen.[16]

"Und deshalb, Kultivator Long, flieht nicht vor den Gelüsten Eurer Lenden! Narangerel ist willig, begehrenswert und ehrlich gesagt wird sie ihren Blick auf keinen von uns anderen richten, wenn sie Euch weiterhin schöne Augen macht und keine Erleichterung erfährt", schloss Oktai.

Wu Ying presste die Lippen zusammen, weil er ihn so neckte, aber kein Wort verließ seinen Mund. Auch als Oktai ihn weiter bedrängte, um eine Antwort aus ihm herauszukitzeln, beschloss er, der Frage auszuweichen. Er war zwar kein Asket wie die Leute aus der Wudan-Sekte, aber er verspürte auch nicht das Verlangen, seinen Samen sorglos in der Weltgeschichte zu verteilen. Verlangen konnte auf vielerlei Weise gestillt werden, aber eine falsche Entscheidung konnte einen in elterliche Ketten legen und für ein Schicksal sorgen, das über Jahrzehnte zu spüren war.

***

Das neu angelegte Feld musste mit Wasser aus einem kleinen Teich bewässert werden, der sich einige Li von der Siedlung entfernt befand. Eine Strecke, die mehrmals zurückgelegt werden musste, da Wu Ying die einfachen Körbe aus gewebtem Leder benutzte, die verzaubert waren, um

---

[16] Eine Anmerkung des Autors für Leute, die das lesen und sich denken "ooh, mongolische Kultur ist großartig." Ich bediene mich an dem kleinen Bisschen mongolischer Kultur, von der ich weiß, und vermische sie mit anderen bekannten Kulturen. Denn das hier ist eine Fantasiewelt. Bitte lest nicht das Buch und denkt euch danach, dass ihr irgendetwas gelesen habt, das ihrer tatsächlichen Kultur auch nur nahekommt.

mit dem Dao des Raums erfüllt zu sein. Körbe, die der Stamm ihm zur Verfügung gestellt hatte. Das machte das Bewässern so viel einfacher, als weltliche Körbe oder Töpfe zu benutzen. Obwohl es dauerte, um das Wasser vorsichtig auszuschütten, ohne etwas von der wertvollen Flüssigkeit zu verschwenden.

Es war eine Schande, dass Gegenstände zur Einlagerung so selten waren, dass nicht jeder einfache Bürger mit solchen Werkzeugen ausgestattet werden konnte. Wie viel einfacher wäre es gewesen, die Felder zu bewässern, die weit von Flüssen entfernt waren? Wie viel Zeit, wie viel Mühe, hatten Wu Ying und seine Familie und sein Dorf damit verschwendet, Bewässerungs- und Entwässerungsrillen anzulegen? Wie viele Kanäle erbaute das Königreich, um dabei zu helfen, den Wasserfluss zu regulieren, um Überflutungen einzudämmen?

Aber jeder Ring der Aufbewahrung musste von jemandem angefertigt werden, der einen räumlichen Dao besaß. Es benötigte ein Verständnis über die Weise, wie andere Welten und Dimensionen mit dieser Welt und der nächsten interagierten. Nur jemand auf der Stufe der Kernformung oder Aufkeimenden Seele konnte solche Gegenstände erschaffen. Wem würden sie also solche Gegenstände zur Verfügung stellen, außer Kultivatoren? Wer sonst konnte ihnen geben, was sie für den Aufstieg brauchten? Wer außer ihre Gleichgesinnten?

Und solche Gegenstände hielten auch nicht für immer stand. Räumliche Ringe und ihre Domänen nutzten sich ab und die Daos, die in sie eingearbeitet worden waren, wurden langsam in den größeren Dao aufgenommen. Solche Abspaltungen führten oft zum Verschwinden der Gegenstände, die sich in den Ringen befanden, was mit ein Grund war, warum ein Seelenring der Welt wie der seine, der sich selbst reparieren und sogar seine räumliche Domäne ausweiten konnte, so wertvoll war.

Selbstverständlich gab es Gerüchte über heftige Explosionen, wenn die Ringe kaputt gingen, aber derlei Ereignisse waren nur Gerüchte. Nun ... abgesehen von der Narbe des Vierten Walles. Oder genauer gesagt, was ehemals Teil des vierten Walles der Hauptstadt in Shen gewesen war.

Selbst mit der Hilfe der Körbe der Aufbewahrung dauerte die Arbeit, das Feld ausreichend zu bewässern, den Großteil des Tages. Wu Ying musste zugeben, dass dies einer der Nachteile seines Daos und seines Weges war. Der Wind mochte zwar in vielen Dingen großartig sein – zum Beispiel, ihn weit zu tragen, Samen zu verbreiten und durch Hindernisse zu schneiden – aber eine ordentliche Bewässerung, die die wertvolle Flüssigkeit nicht verschwendete, musste viel langsamer ausgeführt werden.

Bis er jeden Tag damit fertig war, ging die Sonne bereits wieder unter. Wu Yings Unterricht in ihrer Sprache war kontinuierlich fortgesetzt worden, sodass er sich – gerade so – mit den anderen unterhalten konnte. Es half, dass die neue Kultivationsübung des Dorben-Klans sein Erinnerungsvermögen unterstützte.

Und war das nicht eine schwere Übung gewesen? Zum Glück war sie nicht gefährlich gewesen, weil es eine Übung war, die sogar Kindern beigebracht wurde. Es war nur frustrierend, wenn er Chi-Flüsse durch seinen Körper lenkte und seinen Geist und seine Erinnerung verstärkte, während er Spiele zur Erinnerung, des Merkens und Wiederholens mit Kindern spielte.

Aber ... jetzt, da Wu Ying darüber nachdachte, hatten solche Spiele ihm auch ein ordentliches Stück der Sprache beigebracht. Was vielleicht ja der Sinn der Vorgehensweise des Klans war. Auch wenn es ihm jedes Mal die Würde nahm, wenn sieben Jahre alte Kinder ihm ihren Sieg unter die Nase rieben.

"Ist es das, was ich lernen soll?", fragte Wu Ying leise in die stille Nacht hinein. "Dass es Welten und Königreiche gibt, die sich meinem jetzigen Wissen widersetzen?"

Es war nicht überraschend, dass der Wind keine Antwort hatte. Er hatte nie eine Antwort. Wenn er zu ihm sprach, dann war das über Gesten und Absichten und mit einem Streifen über sein Gesicht, einem Ziehen an seinen Ärmeln, den Gerüchen von fernen Orten und Welten.

Die kleineren Informationen, die er hatte, waren anders als Worte, die auf Papier geschrieben waren. Sie waren nicht eindeutig oder begriffsstutzig, wie sie ein Autor niederschreiben würde, sondern Blitze von Ideen und Konzepten. Aber war das andererseits nicht der wahre Dao? Etwas, das nur durch Erfahrung verstanden werden konnte, und wenn man es erklärte, verblasste es und wurde zu einem Schatten seiner selbst.

Wäre der wahre Dao einfach zu erklären und so einfach, dass man ihn benennen und verstehen konnte, dann würde jeder Kultivator und jeder Sterbliche zu einem Unsterblichen werden.

Und dann gäbe es keine Notwendigkeit für die Himmel oder die Höllen.

Ein Wind, der kalt und berechnend war, drückte gegen seine Haut. Er roch Papierbögen, hörte das Rascheln von Seilen und altem Eisen und das Flüstern von Köpfen, die auf den Boden klopften, während jemand einen Kotau machte, als ein Richter sein Urteil verkündete. Kalt und hart und unnachgiebig.

"Ah, du bist anderer Meinung", flüsterte Wu Ying mit geschlossenen Augen. Er wartete und die Erkenntnis traf ihn einen Moment später. Denn der Mensch war aus der Sicht des Himmels unvollkommen. Und daher brauchte es den Himmel und die Hölle, egal ob man unsterblich war oder ob man eins mit dem wahren Dao war oder nicht.

"Aber es scheint, dass du glauben könntest, dass der wahre Dao an sich falsch ist. Und ich kenne einige Kultivatoren, die das bestreiten würden." Ein Fleisch liebender Mönch und ein stummer, wütender und einsamer Meister.

Diesmal antwortete der Wind nicht oder wies ihn zurecht oder widersprach. Oder vielleicht hatte er es überhört, wenn er es doch getan hatte. Denn er war immer noch nur ein Schüler des Universums.

Wu Ying öffnete die Augen und stellte fest, dass noch etwas anderes grummelte, viel tiefer und näher an seinem Herzen. Er legte eine Hand auf seinen Magen und seufzte.

Das Abendessen war schon lange vorher serviert worden, aber wenigstens hatte er Reiserationen. Diese hatte er immer bei sich. Und um ehrlich zu sein, konnte er mit seinem Seelenring der Welt an Gemüse und andere Arten von Lebensmitteln kommen. Denn spirituelle Kräuter waren verarbeitet am besten, aber es würde ausreichen, ein paar davon roh oder mit irgendetwas gemischt zu essen.

"Es ist eine schöne Nacht, nicht?" Die Stimme, die ihn unterbrach, war ihm bekannt, stark und verführerisch. Ihre langen Schritte trugen sie zu ihm. Sie hatte einen Teller mit Essen und eine Tasse Airag dabei. Narangerel lächelte, als Wu Ying zu ihr schaute. "Ihr habt das Abendessen verpasst,

Kultivator Long. Wir möchten doch nicht, dass Ihr in unserer Obhut verhungert."

"Ich danke Euch", sagte Wu Ying, nahm ihr das Geschirr ab und verbeugte sich leicht. Er prüfte wie von selbst ihre Kultivation mit seinem spirituellen Sinn. Niemand im Stamm kontrollierte seine Aura und jeder erlaubte ihr, nach außen zu dringen. Sie war dieselbe wie zuvor an diesem Tag, eine wasseraspektierte Körperkultivatorin in den höheren Rängen. "Ich bin dankbar für Eure Fürsorge."

"Nun, wenn Ihr so dankbar seid, dann könntet Ihr mir vielleicht bei einer Kleinigkeit helfen", meinte Narangerel und kam näher an Wu Ying heran. Dies zwang ihn, nach oben zu sehen, was amüsant und ungewöhnlich war.

"Und womit könnte ich bescheidener Kultivator Euch behilflich sein?" Als könnte er sich das nicht schon denken.

Eine Hand hob sich und legte sich auf seine Brust. Ihre Augen funkelten leicht. "Nun, ich habe ein Jucken, das gekratzt werden müsste. Und eine Brust, die gewärmt werden muss."

Wu Ying lief rot an, weil sie mehr als nur direkt war. Aber er wich nicht zurück. Schließlich war er nicht sein Meister. Und wenn das die Art ihres Stammes war ... nun, er war hier, um zu lernen, oder war er das nicht?

***

Am nächsten Morgen traf Oktai auf Wu Ying, bevor er sich zu den Feldern aufmachte. Der Mann hatte ein Grinsen auf seinem Gesicht, aber durch den ausdruckslosen Blick, den Wu Ying dem Übersetzer zuwarf, klopfte dieser ihm nur auf die Schulter, ehe er zur Sache kam.

"Sie haben zugestimmt", verkündete Oktai. "Eure Arbeit auf dem Acker hat dem Klan sehr geholfen. Wir werden über Euer Zelt wachen, während Ihr Euch kultiviert."

"Ich habe nicht —"

"Das ist nicht wichtig. Ihr seid ein Gast. Jeder Schaden, der Euch zugefügt wird, wäre ein Schandfleck auf uns allen", meinte Oktai.

Als Wu Ying zögerte, schob der Mann ihn mit derselben Hand, mit dem er ihm auf die Schulter geklopft hatte, in Richtung seines Zeltes.

"Geht. Es gibt keinen guten Grund, einen Durchbruch hinauszuzögern. Nicht, wenn die Erleuchtung schon beinahe über einen hereinbricht, oder?"

Wu Ying musste lächeln und verbeugte sich vor Oktai, bevor er zurück zu seinem Zelt schritt. Obwohl sie ihn hier gegen seinen Willen festhielten, war dies das bequemste Gefängnis, das er sich hätte aussuchen können, schien es.

Eines, das ihm sogar die Möglichkeit gab, sich weiterzuentwickeln.

Kapitel 24

Wochen voller Kultivation, nicht nur, um die nötige Schicht des Kerns in seinem Körper zu kreieren und zu komprimieren, sondern auch, um seine Kultivation danach zu festigen. Wochen, in denen er das allgegenwärtige Wind-Chi um ihn herum einsog, um es in seinem Dantian zu schichten, sodass er die Energie hatte, um den Fortschritt zu schaffen, was alles von einfachen Kultivationshilfen unterstützt wurde – sogar der Zweifach Gekochten Pille der Hundeniere und Wolfsleber.

Die Kultivation war diesmal einfach. Seine Erfahrungen der letzten Jahre, des Lernens und Trainierens, zu den Regierungen und Kulturen, die er studiert und von denen er gelernt hatte, zu den geflüsterten Momenten der Erleuchtung, waren in ihm gefüttert worden, während er eine weitere Schicht um seinen Kern schuf.

Als er mit der Festigung fertig war, war die neue Schicht des Kerns hart und geklärt und stärker als alles, was er bisher gefühlt hatte. Sein Dantian war nicht im selben Ausmaß gefüllt und da es keinen Kultivationsturm gab, fehlte ihm der einfache Zugang zu unendlichem Chi, aber es ging ihm viel besser, als er sich hätte erhoffen können.

Trotzdem wäre Wu Ying wenigstens für ein paar Tage länger drinnen geblieben, um die Verschnaufpause von Unterhaltungen, dem Studium und Training zu genießen und sich zu waschen. Das hätte er getan, wenn er ein Wörtchen mitzureden gehabt hätte.

Wäre da nicht der Wind und die Warnung gewesen, die er mit sich brachte.

Er trat aus seinem Zelt, als sich der Tag dem Nachmittag näherte, und warf einen Blick auf diejenigen, die im Dorf anwesend waren. Gleichzeitig breitete er aggressiv seine spirituellen Sinne aus und ließ sie ohne Feingefühl durch das Lager fegen. Die neue Schicht in seinem Körper machte seine Sinne noch genauer, sodass er alles im Umkreis von mehreren Metern bis ins kleinste Detail wahrnehmen konnte, wenn er seine Sinne in diesem Ausmaß entfaltete. Natürlich konnte er das nicht lange aufrechterhalten – kein sterblicher Geist konnte all diese Informationen endlos verarbeiten. Trotzdem war es ein deutliches Maß an Stärke.

Es war noch mehr als das. Nach mehreren Fortschritten war sein Kern jetzt genauso groß wie der Kern einer Person, die gerade erst auf diese Reise aufgebrochen war, vielleicht sogar etwas größer. Obwohl das so war, verstand Wu Ying, dass er durch das Zusammendrücken und Schichten des Wind-Chis einen größeren Speicher und mehr raffinierte Stärke besaß als jeder andere mit einem Kern gleicher Größe.

Und das beinhaltete noch nicht einmal sein Können mit dem Jian.

"Kultivator Long! Glückwunsch zu Eurer erfolgreichen Kultivation. Allerdings bitten wir Euch darum, etwas mehr an der Kontrolle Eurer neuen Stärke zu arbeiten." Die Wache, die von einem nahegelegenen Zelt aus auf Wu Ying zueilte, trug die Lederrüstung seines Stammes. Wu Ying konnte auf Anhieb erkennen, dass er sich auf den oberen Stufen der Energiespeicherung befand und das Gespür des Schwertes hatte.

"Zwei Personen, die voll bewaffnet und ausgerüstet sind, nähern sich aus Südosten auf Pferden. Sie riechen nach Blut und Tod und benutzen Talismane, um ihre Auren zu unterdrücken. Ihnen folgen drei Kultivatoren der Kernformung und auch sie sind damit beschäftigt, die Anwesenheit der anderen zu verbergen", sagte Wu Ying knapp. Sein Geist bewegte sich schnell und er nahm undeutliche Worte wahr, die er ersetzte, wenn ihm das richtige Wort nicht einfiel. Die Absicht reichte jedenfalls aus. "Ich bezweifle, dass sie auf ein Getränk vorbeikommen, wenn sie so vorbereitet sind."

Die Wache wurde bleich und stand eine Sekunde erstarrt da, bevor sie etwas sagte. "W-woher wisst Ihr das alles?"

"Sie riechen. Sehr schlecht", erklärte Wu Ying und grinste teuflisch. "Sie haben seit mindestens einem Monat nicht gebadet."

"Borjigin ..." Das Gesicht der Wache verzog sich zu einer Fratze.

Er zögerte, obwohl Wu Yings gebieterische Präsenz, die über dem Stamm lag, überall für Unruhe sorgte. Frauen riefen Kinder nahe zu sich, diejenigen mit Waffen in der Nähe prüften diese oder umgriffen sie fest und Köche schauten von ihren Kochtöpfen auf und ließen manche davon nur noch köcheln. Weiter in der Ferne drehten sich Stammesangehörige zum Dorf um, von denen einige damit begannen, ihre Herde einzuzäunen und näher zu bringen.

Doch trotz all seiner neuen Stärke konnte Wu Ying diejenigen, die am weitesten entfernt waren, nicht warnen. Nicht bei so viel Undeutlichkeit. Die

Herden erstreckten sich über mehrere Li, einige davon waren mehrere Stunden entfernt. Er hoffte, dass diese einfach nicht im Weg waren.

"Geht! Alarmiert sie", bellte Wu Ying, als er sah, dass die Wache immer noch erstarrt war.

Ein stockendes Nicken, dann eilte die Wache dank Wu Yings stählernem Befehl und der Spur von Tötungsabsicht, die nach außen sickerte, los. Im Lager verteilt gab es einfache Metallschilde, die aufgestellt waren oder in der Nähe der Eingänge der Gers zum Sonnen aufbewahrt wurden. Die Wache schnappte sich eines davon – vielleicht sogar sein eigenes – und rammte sein Schwert hinein.

Die Stammesmänner nahe der Wache starrten diese mit offenen Mündern an. Sie mochten zwar die gestelzte Unterhaltung nicht gehört und nicht verstanden haben, aber dieses Läuten war Warnung genug.

Anstatt zu warten, schoss Wu Ying in den Himmel und rief den Wind herbei. Er schwebte nach oben, ließ die Spitzen der Gers hinter sich und drehte sich mitten in der Luft, als Finger aus Wind an seinen Ärmeln und Säumen zupften und sein Gesicht kitzelten, während sie ihm eine dunklere, blutigere Zukunft zuflüsterten.

Ihm fiel nebenbei auf, wie einfach es jetzt war, durch die Luft zu schweben. Das Tröpfchen an Energie, das er aus seinem Kern dafür benötigte, war im Vergleich mit seinen derzeitigen Reserven vernachlässigbar und der Wind unter seinen Füßen fühlte sich fester an, während sein Körper fast so leicht wie der Wind selbst war. Das einzige Problem an seiner aktuellen Technik war, dass er keine imposante, reglose Gestalt auf einem Schwert, sondern ein dahintreibendes Blatt war.

Zwei Gestalten traten aus einem riesigen Ger auf dem Rücken einer Schildkröte. Sie sprangen durch die Luft und kamen auf Wu Ying zu, wobei einer auf einem schwebenden Schild ritt und der andere von einem geisterhaften Pferd getragen wurde.

"Kultivator Long, was tut Ihr?", fragte der Älteste Daginaa, der erste der Ältesten der Kernformung, die zum Stamm gehörten, als er auf einem Metallschild zu ihm gelangte. Seine Rüstung schimmerte in Licht, weil Metallspäne in der Luft in einem unendlichen Strom zu ihm gezogen wurden und seinen Körper und seine Kleidung in eine schillernde Schicht hüllten.

"Zwei Reiter und drei Kultivatoren der Kernformung nähern sich mit dem Geruch von Blut und Tod in ihrem Atem aus der Ferne." Wu Ying zeigte in die richtige Richtung.

Der Älteste Daginaa wartete kurz mit gerunzelter Stirn, bis der Älteste Ogdai auf seinem Geisterpferd bei ihnen war, bevor er seine Aufmerksamkeit von Wu Ying abwandte. Gleichzeitig behielt Ogdai ihn wachsam im Auge, obwohl er sich etwas entfernt hielt. Man brauchte nicht näher zu kommen, wenn die bevorzugte Waffe ein Bogen war. Wu Ying entging die Tatsache nicht, dass der Bogen durch die unterdrückte Energie einer Waffe auf Heiligenklasse glühte und der angelegte Pfeil mit derselben Energie erfüllt war. Das Ross, auf dem Ogdai saß, war ebenfalls stärker und dichter als jeder Geist, den Wu Ying bisher gespürt hatte. Gleichzeitig fühlte sich Ogdai selbst schwächer an, als hätte sich der Kern in seinem Inneren verstreut.

"Alte Ahnen und zerstrittene Geister", sagte Daginaa, als er sich wieder auf das Hier und Jetzt konzentrierte. "Wie haben sie es gewusst?"

"Glück? Sie versuchen es immer mindestens einmal", antwortete Ogdai.

"Aber mit einem Ältesten der Kernformung. Niemals mit dreien." Daginaa blickte Wu Ying mit zusammengekniffenen Augen an, bevor er seinen Kopf schüttelte. "Sie müssen Knochen geworfen oder die Geister befragt haben."

"Schlechtes Timing. Sie befindet sich an einem sensiblen Punkt", meinte Ogdai. "Wenn sie unterbrochen wird ..."

"Ja."

Die zwei schauten sich gegenseitig an, ehe sie sich ganz zu Wu Ying drehten.

"Ich hoffe, dass wir zuerst mit ihnen reden können", warf Wu Ying ein. "Ich werde sie nicht grundlos angreifen. Noch werde ich mich an einem Hinterhalt beteiligen."

Die beiden runzelten die Stirn, aber es war Daginaa, der mit beunruhigter Stimme antwortete. "Ihr fesselt uns die Hände. Denn wir kennen die Borjigin und wissen, dass ihre Feindseligkeit mit uns lange zurückgeht."

"Nichtsdestotrotz. Ich werde sie nicht als Erster angreifen." Wu Ying wies auf den Stamm unter ihnen. "Das Beste, was ich dahingehend anbieten kann, ist, die Nichtkombattanten zu beschützen." Seine Lippen zuckten kurz nach oben, als er spürte, wie Narangerel mit dem Bogen in der Hand und einem Köcher um die Hüfte aus einem Zelt trat, um sich einer Gruppe aus anderen Frauen und älteren Menschen anzuschließen, die ähnlich bewaffnet waren. "Oder zumindest diejenigen, die hier sind."

Die zwei Ältesten tauschten weitere undurchdringliche Blicke aus, bevor sie gleichzeitig nickten.

Ogdai wandte sich wieder Wu Ying zu und zeigte durch die Luft um sie. "Bleibt also hier. Macht Euch eine kleine Täuschung etwas aus?" Als Wu Ying seinen Kopf schüttelte, grinste er. "Gut. Habt also keine Angst vor ihnen."

"Vor wem?", fragte Wu Ying, aber seine Worte trafen nur auf leere Luft.

Ogdai hatte sich bereits abgewandt und sein Geisterpferd überbrückte die Distanz mit großen Schritten, während ein Lied durch die Lippen des Ältesten drang. Es war tief und leise, ein Kehlkopfgesang, der Wu Ying Schauer über den Rücken jagte und der Geister heraufbeschwor oder sie vielleicht anzog. Im Nu war er von ätherischen Gestalten umringt, die für seine Sinne kaum wahrnehmbar, aber ohne Zweifel real waren.

"Oh. Das meinte er." Wu Ying atmete lange und langsam aus und gab sein Bestes, um sein pochendes Herz zu beruhigen. Die Magie, die er sah, die Geister und die Daos und die Kultivationsmethoden unterschieden sich allesamt von dem, was er gewohnt war.

Ogdai flog in den Himmel, während Daginaa tiefer auf seinem Schild ritt und winkte, während er Stammesangehörige um sich scharte. Er stellte sich und seine Rekruten unmittelbar in den Weg eines jeglichen Angriffs. Die versammelten Stammesmitglieder und ihre Pferde stapften ungeduldig auf den Boden auf.

Die angreifenden Borjigin in der Ferne drangen weiter vor, ohne schneller geworden zu sein. Ein Nachteil daran, seine spirituelle Aura zurückzuhalten, war, dass man enorm eingeschränkt wurde, es sei denn, man hatte einen Dao oder ein Element wie Wu Ying, die dazu beitrugen, Dinge auf andere Weise zu spüren. Nicht, dass sie das Empfangskomitee nicht bemerken würden, das sie erwartete, aber es würde mindestens noch einige weitere Li dauern. Möglicherweise genug Zeit für sie, um sich zur Seite zu drehen. Aber Wu Ying bezweifelte, dass eine solch vernünftige Vorgehensweise eintreten würde.

Für den Moment konnte er nur warten, während sich diejenigen unter ihm auf die Schlacht vorbereiteten, Pfeil und Bogen besorgten, Kinder und die Alten auf die Rücken der Steinschildkröten zogen und sich auf andere Art bewaffneten. Einige Jugendliche, die zu jung waren, um an der Schlacht teilzuhaben, machten sich auf ihre Weise zum Kampf bereit. Eimer mit Wasser und Sand wurden nahe der Seitenwände der Gers platziert. Der Inhalt anderer Töpfe wurde zum Kochen gebracht, während Lagerfeuer im ganzen Dorf angeheizt wurden.

Vorbereitungen auf den Tod, einen Kampf und vielleicht auf Heilung.

Wu Ying beobachtete all dies und konnte nicht anders, als die Geister zu betrachten, die sich erhoben. Nur einige wenige hatten eine menschliche Gestalt. Viele erschienen aus Schreinen. Es waren Ahnengeister, die vielleicht nur die Verkörperung der Pflicht und Treue oder aber die Seelen ihrer Vorfahren selbst waren. Doch die meisten von ihnen waren Geister des Herdes und des Heims, der Erde und des Himmels, von geisterhaften Herden wie die, die sich um ihn oder die Donnerziegen unten scharten.

"Seid ihr wirklich nichts weiteres als Seelenbestien, denen es an Form und Substanz fehlt? Die sich in eine andere Richtung entwickeln? Oder seid ihr etwas anderes, das in diesem Land und für diese Menschen heimisch ist, weil sie daran glauben?", fragte Wu Ying die Geister. Er erwartete keine Antwort und erhielt auch keine.

Aber er musste sich wundern.

Weit entfernt wurden die Borjigin endlich sichtbar. Die drei Ältesten der Kernformung diskutierten kurz miteinander, aber ihre Unterhaltung war zu schnell und flüssig, als dass Wu Ying sie verstehen konnte. Nicht aus dieser Entfernung und mit seinen fehlenden Sprachkenntnissen.

Nicht, dass das nötig gewesen wäre. Ihre Entscheidung war glasklar, als sie ihre Auren leicht entspannten und ihre Rösser vorantrieben. Sie bewegten sich schneller und versuchten nicht länger, sich vor wachsamen Augen zu verstecken, und entschieden sich gegen die Heimlichkeit und für die Schnelligkeit.

Hoch oben wachte Ogdai über das Geschehen. Sein Pferd und seine Präsenz wurden hinter einem Mantel aus Chi und durch eine Verzerrung der Luft um ihn herum, die von Geistern verursacht wurde, versteckt. So viele Geister sammelten sich um ihn, aber sie waren durchscheinend. Sie verbargen den Ältesten der Kernformung, während Daginaa sich den anderen unter ihm näherte.

Wu Ying beobachtete sie still. Seine Aura hatte er nun zurückgezogen. Er verspürte nicht länger den Drang, den Stamm zu alarmieren, daher drosselte er seine Aura auf die eines schwachen Kerns, vielleicht wie bei einem Kultivator auf halber Stufe der Kernformung. Das sollte genügen, um zu täuschen und gleichzeitig seinen Status zu verkünden.

Eine Präsenz, ein Druck und spirituelle Sinne, die durch die Umgebung huschten. Wu Yings Mundwinkel verzogen sich nach oben, als sie versuchten, seine Aura aus der Ferne zu untersuchen. Er formte seine Schwertintention und holte aus, wobei er darauf achtete, nicht zu viel Energie aufzuwenden. Dennoch schnitt der Angriff durch den ausgeweiteten spirituellen Sinn und drängte ihn zurück, was den Wanderer grimmig grinsen ließ.

Was fiel ihnen ein, ihn ohne Erlaubnis zu untersuchen? Das würde sie vielleicht lehren, ihre schmierigen Hände bei sich zu behalten. Und sie waren tatsächlich schmierig, denn die Präsenz besaß eine Öligkeit, die ihm nicht gefiel. Ein verbrannter, strenger Geruch, der ihn an eine nur allzu geschmacklose Begegnung mit den Kultivatoren der dunklen Sekte erinnerte.

Zumindest waren sie nicht infernalisch. Diese wären schlimmer gewesen.

"Ich verstehe den Sinn von all dem hier nicht", flüsterte Wu Ying den Geistern zu. "Warum greifen sie ihr eigenes Volk an?" Dann schüttelte er seinen Kopf. "Nein, das stimmt nicht. Sie gehören nicht zum selben Volk, obwohl wir das denken. Sie sind die Borjigin und sie sind die ..." Wu Ying runzelte die Stirn, denn ihm wurde bewusst, dass er sich nicht sicher war.

Warum sollte der Stamm einen eigenen Namen haben und sich so bezeichnen? Und falls sie ihm ihren Namen genannt hatten, als sie sich begegnet waren, dann hatte er ihn nicht verstanden.

"Verschiedene Stämme also, die sich gegenseitig überfallen und bekämpfen. Wegen der Herden? Wegen Frauen und Reichtümern?" Wu Ying schüttelte den Kopf. "Nein, selbst wenn ich es so betrachte, verstehe ich es immer noch nicht. Dieses Land ist zwar nicht üppig, aber es ist sicherlich nicht so spärlich, dass Blutvergießen und Tod die einzigen Wege vorwärts sind."

Wieder einmal wurde er mit Stille begrüßt. Außerdem stand das erste Aufeinandertreffen kurz bevor.

Zu Wu Yings Verdruss wurde seine anfängliche Annahme, dass sie wie Kultivatoren im Süden aufeinander losgingen, wo Nahkampfwaffen üblicher waren, beinahe augenblicklich widerlegt. Anstatt direkt aufeinander zuzugehen, wurden Pfeile aus der Ferne geschossen. Die Gruppen teilten sich an den richtigen Stellen während ihres ersten Vorstoßes auf, sodass sie ihren Angriff fortsetzten konnten.

Das hieß, alle bis auf die vier Kultivatoren der Kernformung. Wu Ying runzelte die Stirn, obwohl er nicht viel gegen das Ergebnis hätte tun können, auch wenn er das gewollt hätte. Daginaa stellte sich den drei Ältesten der Kernformung entgegen, die jeweils problemlos beiseitetraten, indem sie entweder ihre Aura oder eine Waffe oder sogar von Kultivatoren verstärkte, verzauberte Pfeile benutzten.

"Sie teilen sich auf. Ich frage mich, warum?", murmelte Wu Ying, der überrascht bemerkte, dass sich die drei nicht gleich zusammentaten, um Daginaa anzugreifen.

Jedenfalls nicht direkt, denn zwischen den dreien war nun eine beachtliche Distanz und die äußeren Enden jedes Stammes bogen sich voneinander weg und aufeinander zu. Es sah aus wie die Enden eines vollständig gespannten Bogens, wobei jede Gruppe je ein Ende bildete.

Dann blieb keine Zeit mehr, um über solche Dinge nachzudenken, weil die drei aufeinandertrafen. Daginaa, der auf seinem Schild vorwärts flog, hatte ein Dao in seiner einen Hand beschworen. Der riesige, gebogene Säbel bewegte sich in einer wirbelnden und drehenden Projektion, während er auf seinem Schild ritt und einen Strom aus glitzerndem Chi auf seine Gegner warf. Dieser war so breit, dass er alle drei getroffen hätte, hätten sie sich nicht aufgeteilt.

Jetzt ritt die Älteste in der Mitte geradewegs durch den Angriff und ihr Körper und ihr Ross verschwammen für einen kurzen Moment in einem substanzlosen Nebel, sodass der Angriff ohne Schaden zu hinterlassen durch sie hindurchfloss.

Diese Handlung entlockte Daginaa einige Flüche. "Mahah, Ihr verdammte Plage ..." Dann folgte eine Reihe von Wörtern, die Wu Ying noch nicht gelernt hatte. Aber der Gehässigkeit und dem Tonfall nach zu urteilen, war sich Wu Ying sicher, dass er ihren Sinn verstand. "Kämpft anständig gegen mich!"

"Nur ein Narr kämpft so, wie es sein Gegner wünscht!" Mahahs Stimme war hoch und klar und voller Heiterkeit.

Eine flackernde Bewegung, als die anderen beiden Angreifer die Gelegenheit nutzten, um nach dem abgelenkten Daginaa zu schlagen. Ein Pfeil zischte durch die Luft, dem der Ältesten knapp auswich, sodass er im Boden einschlug. Er explodierte, als er die Erde traf und hinterließ eine tiefe Furche, als die sich ausbreitende Energie im Inneren des Pfeils freigesetzt wurde.

Doch der andere Angriff verfehlte nicht und die Peitsche wickelte sich um Daginaas Arm. Sie zuckte zurück, wodurch der Älteste zu seinem Gegner gezogen wurde, als sich die mit Stachel versehene Peitsche in seinen Metallkörper grub. Aber obwohl Daginaa weggezogen wurde, blieb sein silbernes Schild an seinen Füßen und hielt ihn in der Luft.

So eingefangen und aus der Balance gebracht wurde er weitergezogen, während die anderen beiden Ältesten ihre Angriffe vorbereiteten. Nur trat Ogdai dann endlich in Aktion. Von hoch oben kam ein Pfeil herabgeschossen, der von den Wolken versteckt wurde und beinahe horizontal flog.

Dann erblühte der Pfeil und es wurden ein Dutzend, dann einhundert Pfeile daraus. Ein Pfeilregen, der eine Armee stolz gemacht hätte, traf auf den Boden auf und zielte auf Mahah und den anderen Bogenschützen. Mahah bewegte sich substanzlos, aber im Gegensatz zu vorher stieß sie ein schmerzerfülltes Zischen aus, denn die Pfeile zogen eine Spur aus dünnem Nebel aus ihrem Körper, als sie aus diesem traten.

"Interessant", raunte Wu Ying, dem der Wind weiterhin seine Eindrücke zuflüsterte. Ihre neblige Verteidigung war zwar mächtig, aber offensichtlich nicht allumfassend. Ein Teil von ihm fragte sich, warum Ogdai es geschafft hatte, sie zu verletzen, Daginaa aber nicht.

Auf der gegenüberliegenden Seite hatte der Bogenschütze der Borjigin ein paar Pfeile aus seiner Schulter und seinem Bein gerissen, die ihn erwischt hatten. Sein Pferd war den Angriffen erlegen und mit mehreren Pfeilen gespickt, darunter ein Glückstreffer, der es am Scheitel getroffen hatte.

Der Bogenschütze sprang von dem sterbenden Pferd und zog und schoss blitzschnell Pfeile in den Himmel. Er rannte über den Boden und formte Pfeile in der Luft, während er den Korpus des Bogens bis zur Sehne hinunter berührte, als er die Pfeile zog. Die aus Chi gebildeten Pfeile flogen in einem Bogen durch die Luft, während sich Ogdai revanchierte. Mit einer viel kleineren Zahl, von denen nur wenige den Boden in der Nähe des rennenden Angreifers trafen.

"Ich frage mich, warum sie die anderen Reiter nicht angreifen?" Wu Ying runzelte die Stirn. Dieser Pfeilregen hätte einen ganzen Schwarm der Borjigin auslöschen können. Dann beantwortete er sich nach einem Moment die Frage selbst. "Weil dann die anderen Kultivatoren der Kernformung ihre eigenen Leute angreifen würden und es würde ein Massaker geben."

Das hier, dieser ganze Kampf, war anders als die Kriege seiner Heimat. Hier gab es ein Ritual, unausgesprochene Regeln. Anders als bei den Kämpfen seines Königreichs, wo Zehntausende gegen eine andere, gleichermaßen große Armee aus gesichtslosen Sterblichen kämpften. Wo Kultivatoren der Kernformung eine Seltenheit waren und Sektenmitglieder die Ränge ihrer Gegner durchbrachen, wenn man sie ohne Gegenwehr walten ließ, wodurch die Erde mit Blut und Innereien bedeckt wurde, während die Schreie der Sterbenden über die Schlachtfelder hallten.

Hier konzentrierte sich der Kampf weniger darauf, einen vollständigen und finalen Sieg für eine Seite sicherzustellen. Keine der sich gegenüberstehenden Fraktionen versuchte, jeglichen Widerstand zu zerschmettern, denn das würde nur vergeltende Schläge in ähnlicher Form provozieren. Auch jetzt, aus der Ferne, bemerkte Wu Ying, wie sich die schwächeren Mitglieder, die wegen des Austauschs an Pfeilhagel oder durch Verletzungen keine Pferde mehr hatten, von dem Zusammenprall abgewiesen hatten und in Ruhe gelassen wurden.

"Ein Kampf als Ritual?" Wu Ying schüttelte seinen Kopf und seine Mundwinkel zogen sich mit leichter Abscheu nach oben. Er konnte das nicht verhindern, weil er die wenigen reglosen Körper spüren konnte, die in diesem Territorium lagen.

Es war vielleicht ihre Art, aber er war damit nicht einverstanden. Selbst wenn das möglicherweise die Weise war, wie sie sich weiterentwickelten. Schließlich hatte auch er von Kämpfen profitiert, von diesem Druck des Lebens und des Todes.

Dann wurde seine Aufmerksamkeit wieder auf den Kampf zwischen seinen Gleichgesinnten gezogen. Er schien seine nächste Phase zu erreichen, als sich Daginaa, der es geschafft hatte, wieder Fuß zu fassen, losgerissen hatte. Jetzt stürmten die zwei Kultivatoren des Kerns aufeinander zu, einer von ihnen auf einem Pferd, der andere auf seinem fliegenden Schild. Die Peitsche sprühte Funken und surrte, als sie nach Daginaa schlug, der sie mit einem erhobenen Arm und einem schneidenden Säbel abwehrte, während bogenförmige Energie aus Klingenschlägen in Wellen aus formloser Energie explodierte.

Auf der anderen Seite schossen die Bogenschützen gegenseitig auf sich und explosive Pfeile verschwanden hoch am Horizont. Ogdai befand sich so weit entfernt, dass es Wu Ying schwerfiel, ihn mit seinen Sinnen zu verfolgen, sodass nur der Wind blieb, der ihm von seinem Standort erzählte. Den von oben hearbfallenden Pfeilen folgten Geister, von denen jeder mit den Pfeilen verschmolzen zu sein schien, um die herabfallenden Geschosse zu ihrem Ziel zu lenken. Andererseits hatte es den Anschein, dass die Verletzungen des anderen Bogenschützen mit einer beängstigenden Geschwindigkeit zu verheilen schienen und Pfeile aus seinem Körper gedrängt wurden, während er angriff.

Es hatte zumindest für den Moment den Eindruck, dass beide Seiten ausgeglichen waren.

Dadurch konnte der dritte und letzte Angreifer ungestört auf dem nebelhaften Pferd auf das Dorf zureiten.

Kapitel 25

Wu Ying schwebte nach unten und ließ sich vom Wind zum Rand des Lagers und dann noch ein Stückchen weiter tragen. Während er sich bewegte, ritten die Geister von Pferden, die ihn verborgen hatten, nach oben und schlossen sich wieder Ogdai an.

Er war überrascht, ein Kribbeln in seiner Aura zu spüren, als er die äußeren Grenzen des Dorfes überschritt. Dann erschien eine stärkere Verteidigung hinter ihm, denn geisterhafte Steinschildkröten bewegten sich zu eingebetteten Flaggen, die die letzte, ausfallsichere Verteidigung des Stammes mit Kraft versorgte.

"Das wird nicht halten ...", flüsterte Wu Ying vor sich hin. Die Geisterbarriere würde zusammenbrechen, selbst wenn sie von den lebenden Steinschildkröten hinter ihr verstärkt würde. Dennoch sah sie eindrucksvoll aus. Die fahlblaue Kuppel war den Panzern der Kreaturen nachempfunden.

Der leichte Galopp der näherkommenden Pferde lenkte Wu Yings Aufmerksamkeit wieder um und seine Lippen verzogen sich zu einem leichten, wohlwollenden Lächeln. Er ließ die Hände von seinem Schwert, während er auf dem Wind schwebte und Mahah ankam.

"Wer seid Ihr, Südländer? Warum seid Ihr auf der Seite der dreckigen Sakhait? Haben sie sich mit unseren Feinden verbrüdert und die großen Steppen verraten?", knurrte Mahah, die ihr Pferd zum Stehen brachte.

"Nichts dergleichen. Für den Moment bin ich ein unfreiwilliger Gast", antwortete Wu Ying, der das Lächeln auch nach diesen Beleidigungen noch auf seinen Lippen behielt. "Ich bin Long Wu Ying und nichts weiter als ein fahrender Sammler."

"Dann tretet zur Seite, Kultivator Long. Ihr schuldet diesen Leuten nichts", befahl Mahah. "Ich werde mir nicht viel nehmen, nur ein paar Frauen und etwas Gold. Eventuell einige Leben, sollten sie es wagen, auf mich zu schießen." Der Blick, den sie der Menge aus alten Menschen und Frauen zuwarf, die sich am Rande der Barriere versammelt hatten, war äußerst herablassend.

"Glaubt ihr nicht! Sie ist hier, um Rache für den Tod ihres Sohnes zu nehmen", rief Narangerel, deren Stimme vor Furcht zitterte. "Sie wird sich nicht nur eine Handvoll nehmen. Sie dürstet es nach Blut. Das ist alles, was die Borjigin wollen." Ein Herzschlag verging, bevor sie hinzufügte: "Glaubt nicht, dass Khan Erdene nicht eingreifen wird, wenn Ihr zu weit geht!"

"So soll es sein! Sie wird den Zorn unseres Khans spüren und verstehen, dass ihr Sturm nichts im Vergleich zu seinem ist", bellte Mahah. Ihre Augen brannten und die anfängliche Höflichkeit war verflogen. Sie gab ihrem Pferd die Sporen, um sich Wu Ying zu nähern. "Geht jetzt zur Seite, Südländer!"

"Mein Name ist Kultivator Long", gab Wu Ying ihr leise Widerworte. "Und ich fürchte, das kann ich nicht. Ich habe mein Wort gegeben, dass ich diejenigen hinter mir beschützen werde." Er legte seinen Kopf schief. "Welchen Groll Ihr auch hegen mögt, lasst ihn für heute ruhen. Es gibt keinen Grund, noch mehr Blut zu vergießen."

Anstatt noch weiter Worte mit Wu Ying auszutauschen, trat sie in die Flanken ihres Pferdes. Die Kreatur verfiel in einen Trab, während Mahah ihren Bogen hob und sich ihre Lippen bewegten, als sie einen Zauberspruch sprach.

Wu Yings Instinkt erwachte und als der Pfeil losgelassen wurde, rief er nach den Winden. Sie lenkten den Pfeil ab, der so schnell flog, dass er nur wenige Cun an Wu Yings wogender Gestalt entfernt vorbeischoss, bevor er die Kuppel traf und einen Ball aus widerlichem Nebel freisetzte, der zischte.

"Gefährlich ...", murmelte Wu Ying, während er den Wind weiter in wilden Mustern vor sich wehen ließ. Auch er trieb hin und her, als weitere Pfeile auf ihn zukamen und der abstoßende Nebel vom Grund aufstieg und die Distanz, die Sicht und Geräusche verdeckte.

Wu Ying zog seine Waffe und hielt sie an seiner Seite, während er wartete. Gedämpfte Hufschläge, als Mahah nicht in einer geraden Linie ritt, sondern um ihn herum ausschwenkte und die Gelegenheit nutzte, um ihn mit Pfeilen zu überschütten. Keiner davon erreichte ihn, denn sein Wind änderte ihren Pfad.

Letztendlich hörte der Pfeilhagel auf, da die Wirkungslosigkeit ihrer Taktik sie frustrierte. Da sie auf einer ebenbürtigen Stufe der Kernformung waren, war die Wahrscheinlichkeit auf bedeutenden und anhaltenden Schaden durch wahllose Angriffe gering. Sie müsste ihre Angriffe noch mehr verstärken, um das zu Ende zu bringen.

Manchmal schien es, dass es keinen Unterschied machte, wie hoch der Berg war, den man erklomm, weil sich ein weiterer Berg, der ebenso steil war, auf dem Weg zur Unsterblichkeit erhob. Hunderte von Kultivatoren der Körperreinigung mochten nichts ausmachen, aber dennoch wurde die gleiche Menge an Mühe und Gefahren aufgewendet, wenn man gegen einen anderen Kultivator der Kernformung kämpfen musste.

Man könnte daran verzweifeln. Wenn Wu Ying ehrlich zu sich selbst war, dann wäre er das vermutlich auch. Dass es egal war, wie weit man reiste, denn die Reise zog sich weiter hin. Weiter und weiter, ohne Ende, bis man die Himmel erreichte. Und vielleicht nicht einmal dann?

Die Götter verloren jedenfalls kein Wort darüber.

Eine Bewegung im Nebel. Wu Ying drehte seinen Körper im Wind in diese Richtung. Dann drehte er sich weiter und schlug um sich, als Mahah versuchte, sich an ihn heranzuschleichen und ihr gebogener Säbel auf ihn herniederfuhr, während sie auf ihn zuritt und sich ihr Körper neu formte.

Wu Yings Jian hob sich und schlug nach oben. Es fing die ganze Wucht des Schlages mit dem unteren Ende seiner Parierstange auf. Er konnte den Stoß zu ihrem Gesicht nicht aufhalten. Der Winkel war völlig falsch, obwohl er über dem Boden schwebte, um an zusätzlicher Höhe zu gewinnen. Stattdessen absorbierte er die Energie ihres Angriffs, indem er seinem Körper erlaubte, wegzutreiben und seine Waffe von der ihren zu lösen. Dadurch drehte er sich und führte einen Schnitt nach unten aus, mit dem er den *Drachenatem* freisetzte. Er erfüllte den Angriff mit einer Spur seines Daos und seiner Tötungsabsicht.

Er riss an ihrem Körper, der sich bereits auflöste, und schien auf die Überreste ihrer Rüstung zu stoßen, die sie trug, bevor er hindurchglitt. Rauchige Spuren lösten sich von Mahahs Körper, die ein erschrecktes Japsen ausstieß, während sie wieder vollständig im Nebel verschwand.

Wu Yings Sinne breiteten sich weiter aus. Seine spirituellen Sinne verschafften ihm ein vages Verständnis seiner Umgebung. Es war nicht so, dass er sie gar nicht spüren konnte, aber sie war überall in dem Nebel präsent. Ihr Chi und ihre Aura durchdrangen den Nebel vollständig und versteckten die Verdichtung, die ihre Existenz bildete. Es sei denn, sie selbst war der Nebel ...

Nein. Das wäre zu viel, zu stark für jemanden auf ihrem Level. Vielleicht, wenn sie auf die Stufe der Aufkeimenden Seele aufstieg, wo die unsterbliche Seele und der Körper anfingen, mit dem Dao der Seele zu verschmelzen, dann vielleicht. Im Augenblick waren dies reine Listen. Methoden, um zu täuschen.

Noch eine Bewegung, noch ein Versuch, zu schneiden. Sie ritt an ihm vorbei, führte einen Schnitt nach oben aus und er machte sich klein, indem er seine Füße bis zur Brust hob, während er weiter nach oben schwebte. Der Angriff sauste an ihm vorbei. Die summende Waffe in ihrer Hand verfehlte ihn nur um Zentimeter.

Dann spürte er es, als sie langsamer wurde. Ein Ziehen an seinem Körper, da der Nebel nach ihm griff und ihn nach unten zog. Nebel und Wind kämpften gegeneinander, aber er wurde so sehr überrumpelt, dass er abwärts gezogen wurde, bevor er sich stabilisieren konnte. Wu Ying, dessen Aufmerksamkeit auf den geisterhaften Händen lag, die ihn gepackt hatten, bemerkte nicht einmal, dass sie noch ein weiteres Ass im Ärmel hatte, das sie ausspielte.

Das Pferd buckelte und schlug nach hinten aus. Überraschung, dann ein Zusammenstoß. Ein zermürbender Zusammenstoß, der Wu Ying auf der Brust und an der Schulter traf, als beschlagene Hufe ihn erwischten und von den Geisterhänden befreiten.

Wu Ying hustete heftig und überschlug sich mehrmals, ehe er es auf die Beine schaffte. Das Pferd wieherte und ein spöttisches Lachen erklang überall um ihn herum aus dem Nebel.

"Eine Lektion dafür, dass ich sie unterschätzt habe", fluchte Wu Ying. Seine Brust pochte und seine Rippen rebellierten wegen des Angriffes. Da seine rechte Schulter verletzt war, bewegte sich sein Arm schwerfällig und war betäubt. Er wechselte die Hand und führte das Schwert nun mit seinem linken Arm. Er war kein beidhändiger Held aus Legenden, der mit der Linken beinahe so gut wie mit seiner Rechten kämpfen konnte, aber jahrelange Gleichgewichtsübungen bedeuteten, dass er sich so ganz gut schlagen konnte. "Es reicht mit diesem Nebel."

Seine Worte hallten mit einem Vorsatz wider und er drückte mit seiner Aura nach außen. Der unnatürliche, spirituelle Druck, der den Nebel zusammenhielt, wurde auseinandergerissen, als Wu Ying die vollständige Tötungsabsicht seiner Waffe in seine Aura fließen ließ. Die Klingenintention riss an der Aura seiner Gegnerin, die zurückfiel, weil ihre Seele blutete. Die Grenzen ihres Nebels wurden von seinem Wind aufgezupft und ihrer Kontrolle entrissen, während Mahah gezwungen war, ihre Aura um sich selbst aufrechtzuerhalten und zu stärken, oder in zwei Teile getrennt zu werden.

"Ihr wünscht, zu kämpfen? Dann lasst uns das tun." Wu Ying hob die Klinge an seine Stirn und salutierte vor ihr. Staub und Blätter, Grashalme und selbst der Dung von nahegelegenen Feldern verschmutzten die Luft. Der Wind verstummte, kaum hatte er seinen Arm nach unten geführt.

"Ein Wind-Dao. Ihr mögt Euch für einzigartig halten, aber wir kennen den Wind hier", stichelte Mahah. "Er kommt, er geht, aber er hat keinen Schneid."

Wu Ying grinste und schritt nach vorn. Mit jedem Schritt gelangte er ein bisschen höher, indem sich die Luft unter ihm verfestigte. Als sein Gesicht auf gleicher Höhe mit Mahahs war, die damit beschäftigt war, mehrere kleine Nebelkugeln zu beschwören, beendete er seinen Aufstieg.

Wu Ying setzt aus einem halben Dutzend Schritte entfernt seine Tötungsabsicht frei. Für sie mochte es zwar ein Kriegsspiel sein, in dem sie sich bekämpften und gegenseitig überfielen, aber er hatte gegen die dunkle Sekte gekämpft – und zwar in einem echten Krieg. Er hatte Tausende untergehen sehen, hatte die Schreie und Wehklagen der Verletzten gehört, hatte mit angesehen, wie ein Leben langsam erlosch oder im Fieberwahn geraubt wurde. Ein heftiger Wind erhob sich, der Wu Ying mit jedem Schritt vorwärts drückte und Mahahs Pferd reagierte, ob der Tatsache, dass es mit ihr trainiert und aufgezogen worden war. Genau wie jedes andere Tier wich es aus instinktiver Furcht zurück.

Mahah, deren Vorbereitungen vereitelt wurden, hatte keine Zeit, um die Sphären, die neben ihr schwebten, loszuschicken. Wu Yings Klinge trachtete nach ihrem Leben und nur eine verzweifelte Parade lenkte die Spitze von ihrem Herzen ab. Stattdessen grub sich das Jian in eine fleischige und dann neblige Schulter und trat mit einem Sprühregen aus weißem Rauch aus, während Wu Ying vorwärts flog.

Normalerweise würde er sie zurückdrängen, nahe bei ihr bleiben und sie mit einer Reihe von Schlägen mit dem Schwertknauf und seinen Ellbogen bedrängen, aber er nahm sich vor dem Pferd und dessen Hufe in Acht. Stattdessen schwang er sein Jian und blieb auf der gegenüberliegenden Seite ihrer Schwerthand, während er nach ihrem Bein schnitt und dann nach ihrem Rumpf schlug, indem er um das schützende Dao schlüpfte, das sie gezogen hatte.

Wieder sank seine Klinge in eine neblige Gestalt. Noch bevor Wu Ying sie herausziehen konnte, schoss eine Sphäre auf ihn zu. Er duckte sich unter ihrem Versuch weg, direkt auf sein Gesicht zu treffen, aber die Kugel aus Rauch explodierte trotzdem in seiner Nähe. Diese Explosion reichte aus, um ihn wegzuschleudern. Der Wind und sein instinktiver Rückzug trugen ihn mehrere Schritte zurück. Dennoch heftete sich die sich ausbreitende Luft und ... die Säure? ... an seinen Körper, während er floh.

Mit einem Zischen rief er den Wind zu sich. Die Brise zerrte an der Flüssigkeit, die sich hartnäckig an ihn klammerte, bevor sie sich auflöste und seine Kleidung löchrig und eine Seite seines Gesichts gerötet und mit Pocken gesprenkelt zurückließ.

Noch mehr neblige Sphären flogen auf Wu Ying zu, denen er auswich. Er kniff die Augen zusammen, als er mehrere, energiegefüllte Schläge mit seiner Klinge losschickte. Jeder Schlag, der die Nebelsphären traf, löste eine Eruption aus, mit der sie ihren Inhalt über mehrere Dutzend Meter ausspien, bevor sein Wind ihn zerstreute. Gras, das sich durch die Säure schwarz färbte und Blasen schlug, starb unter ihnen bei jedem Angriff ab, während sich die Säure in den Himmel verstreute.

Nach einem Dutzend Sphären hörte ihr Angriff auf und Wu Ying starrte die Frau an. Die Verletzungen an ihrer Schulter und dem Rumpf rauchten und kleine Nebelfäden stiegen aus ihnen auf. Die verärgerte Kultivatorin atmete schwer, nachdem sie so angestrengt angegriffen hat, aber an den Rändern ihrer unsteten Gestalt, wo der Nebel nach außen floss, bildeten sich weitere Kugeln.

"Ihr könnt nicht gewinnen", sagte Wu Ying ruhig. "Wir haben früh von Eurem Überraschungsangriff erfahren. Der Schutzwall wird standhalten, selbst wenn Ihr versucht, nach drinnen zu fliehen, um Chaos anzurichten.

Eure Freunde befinden sich im Kampf, aber offenbar wird er genauso wie dieser hier lange dauern. Und was die Männer betrifft, die Ihr mitgebracht habt ..." Der Wind flüsterte etwas und er zuckte mit den Schultern. "Nun, für sie läuft es scheinbar noch schlechter."

Mahah knurrte und sie löste den Arm von ihrem Bauch. Etwas mehr Nebel trat aus, bevor er versiegte, als sie ihr Dao hob. "Ich bin kein Feigling, Südländer. Dieser Kampf ist nicht zu Ende. Noch nicht. Ich werde Rache für meinen Xyy[17] nehmen."

Wu Ying seufzte enttäuscht. Mahah trieb ihr Tier zum Galopp an und stieß einen schrillen, schmerzerfüllten Kampfschrei aus.

**

Auch nach einem weiteren Dutzend Schlagabtausche tat sich kein wahrer Gewinner hervor. Nachdem Wu Ying verstanden hatte, dass dieses ganze Aufeinandertreffen einem Ritual folgte, da er bemerkt hatte, wie sich die anderen zurückhielten, hatte er das ebenfalls getan. Darüber hinaus war da natürlich noch die Sorge darüber, jemanden zu töten und die resultierende Fehde, die daraus entstehen könnte. Schließlich hatte er keinen Klan, der ihm Schutz bot und der durch seinen Verlust nach Rache dürsten könnte.

Letztendlich musste sich Mahah in fließenden, dünnen Nebelschwaden zurückziehen, als Ogdai zurückkehrte, der seine neu erlangte Aufmerksamkeit auf ihren Kampf mit einem einzelnen, dunklen Pfeil einleitete, der neben der Frau im Boden einschlug. Er brummte, während er im Boden steckte, und sich windende Geister schlängelten sich aus ihm und erschreckten Mahahs Pferd. Anstatt dagegen anzukämpfen, entfernte sie sich unter Flüchen, die ihrer fliehenden Gestalt folgten.

Kurz darauf kehrte auch Daginaa zurück, der ein finsteres Lächeln auf dem Gesicht trug, während sich das silberne Metall um seinen Körper im Wind schuppig ablöste. Darunter zogen sich starke Prellungen über seine Arme und seinen Hals. Als er sprach, war seine Stimme angeschlagen und kratzig. "Wir haben ihnen wirklich eine Lektion erteilt."

---

[17] Xyy — mongolisch für Sohn.

"Und doch wurde keiner der Ältesten getötet. Oder schwer verletzt", meinte Wu Ying. "Ogdai hat aufgehört, nachdem seinem Gegner die Energie ausgegangen ist, um noch weitere Pfeile zu beschwören."

"Seid Ihr enttäuscht darüber, dass es keine Toten gab, Kultivator Long?", fragte Daginaa mit einem Spur von Spott in seiner Stimme.

"Nein, ich ziehe es vor, dass niemand stirbt." Wu Yings Lippen kräuselten sich leicht mit schiefer Abneigung, als er hinzufügte: "Aber so sollte es nicht sein, nicht wahr?"

Er konnte sie immer noch in der Ferne spüren. Stammesangehörige, die die schlaffen Leichen ihrer Freunde wegschleppten und den Verletzten zurück ins Dorf halfen. Zwei Tote, drei weitere schwer genug verletzt, sodass sie vermutlich über mindestens einen Monat zu nichts außer zu leichter Arbeit zu gebrauchen waren.

"Ach, natürlich. Dem Südländer gefallen unsere Methoden nicht", sagte Daginaa. "Ihr haltet uns dank unserer Raubzüge für Barbaren. Ihr verachtet unsere Blutfehden. Ihr glaubt, wir sollten uns einfach wie Euer Volk verhalten und Boten und Papier schicken, auf dem die Lügen fett geschrieben stehen. Versprechungen auf Frieden, der gebrochen wird, sobald es gelegen kommt."

"Das ist nicht fair. Ich habe nichts dergleichen gesagt. Aber ich kann nicht behaupten, dass ich Gewalt der Gewalt willen genieße", wehrte sich Wu Ying.

"Ihr glaubt, dass es sich darum handelt?" Eine andere Stimme, diesmal hinter Wu Ying. Er war überrascht, dass es der dritte Älteste, Ganbold war, das letzte Mitglied ihres Stammesrates. Derjenige, der nichts weiter als ein Kultivator der mittleren Energiespeicherung war.

"Wenn dem nicht so ist, dann klärt mich bitte auf", antwortete Wu Ying.

"Es ist Gewalt, um unsere Männer zu trainieren. Und ihre. Es dient dazu, die Klinge scharf zu halten und unsere Krieger zu feilen und ihnen Wachstum zu ermöglichen."

Wu Ying nickte, denn so viel war ihm klar geworden. Aber ... "Warum? Es gibt andere Wege. Turniere und Wettbewerbe. Übungskämpfe und kämpferischen Austausch."

"Das sind gewiss andere Herangehensweisen. Doch die Klinge würde nicht so filigran werden." Der alte Mann seufzte. Sein Kopf drehte sich in die Richtung, in der die Stammesangehörigen immer noch auf dem Rückweg waren. "Dennoch habt Ihr Recht. Es ist verschwenderisch. Es ist ineffizient. Und wenn wir die Zeit, einen Platz und den Frieden hätten, um zu wachsen, dann würden wir vielleicht einige Eurer sanfteren Methoden annehmen. Das hatten wir einst.

Dann zogen eure Armeen in den Norden. Eure Gesandte haben einem Klan, dann einem weiteren, Kräuter und Waffen zur Verfügung gestellt. Haben sie mit Träumen von Eroberung und der Vorherrschaft über die jeweils anderen angetrieben. Und als beide Seiten ausreichend geschwächt waren, kamt ihr. Mit euren Armeen und euren Sekten, um unser Land zu stehlen."

"Nicht aus meinem Königreich", widersprach Wu Ying abwehrend.

"Ihr Südländer seid für uns alle gleich", sagte Daginaa aufgebracht. "So wie wir es für Euch sind."

"Daginaa!", zischte Ogdai und lenkte sein Geisterpferd so, dass er sich vor den anderen Mann stellte. Er blickte seinen Freund böse an und senkte die Stimme. "Steck deinen Bogen weg. Du lässt das an der falschen Person aus."

Daginaa kräuselte die Lippen, dann drehte er seinen Kopf und spuckte mit Nachdruck auf den Boden, bevor er sich entfernte. Wu Ying runzelte die Stirn und schaute dem Ältesten nach.

"Daginaa hat es womöglich undiplomatisch ausgedrückt, aber letzten Endes hat er nicht unrecht. Viele sehen Euch als nichts weiter als einen derer, die uns angegriffen und gegeneinander ausgespielt haben. Und wenn wir unsere Söhne und Töchter auf eine Weise ausbilden müssen, durch die einige dahinscheiden, dann ist auch das nötig. Denn wir wissen nie, wenn erneut eine Armee eintreffen könnte und es einen jeden von uns benötigt, um sie davonzujagen." In Ganbolds Stimme lag eine tiefe Müdigkeit. Aber hinter der Erschöpfung versteckt lag eine Spur der Sehnsucht, als wünschte er sich eine Welt, die weniger herzlos war.

"Ich ... verstehe." Wu Ying schloss für einen Moment die Augen. Er wusste nicht, was er noch sagen konnte. Über die Realität, in der sie gelebt hatten, wie sich ihre Kultur und ihre Welten wegen der Strategien der südlichen Königreiche verändert hatten. Andererseits ... "Und die Raubzüge, die auf den Süden ausgeübt wurden? Die gemeinen Bürger, die getötet wurden, und die Herden und Waren, die gestohlen wurden? Ist das reine Vergeltung? Oder Teil von alledem ...?"

Zu seiner Überraschung grinste Ganbold. "Nun, das könnte aus Spaß geschehen sein. Ein paar Bücher, ein paar Frauen, ein paar Rinder von reichen Südländern zu nehmen, die es sich leisten können ist keine weitere große Sache, oder?"

"Für euch vielleicht nicht, aber für die gewöhnlichen Bürger, die derart betroffen waren? Ich glaube, sie könnten dem widersprechen."

Ganbold nickte. "Vielleicht ist genug Schmerz für alle da."

Stille legte sich über die drei, ehe Ogdai, der sich plötzlich unwohl damit zu fühlen schien, das Wort ergriff und Wu Ying damit beinahe aufschreckte.

"Glückwünsche, Kultivator Long! Zu Eurem Erfolg in der Abgeschiedenheit. Das müssen wir heute Abend feiern." Mit leichten Fältchen um die Augen fügte Ogdai, als er sah, wie unangenehm das Lob Wu Ying zu sein schien, hinzu: "Es wird gut sein, etwas anderes zu feiern zu haben als den Kampf."

Und wie hätte Wu Ying bei dieser Einleitung den Vorschlag ablehnen können?

Kapitel 26

Die Wochen zogen dahin und die angepflanzten Kräuter und das Getreide wuchs vollständig heran, bevor es geerntet wurde. Gemüse und Knollen wurden dem Land genommen und die Überbleibsel kleingeschnitten und wieder unter die Erde mischt. Felder um das ganze Dorf herum waren von den Herden bis auf den kleinsten Rest abgegrast worden, sodass die Hirten gezwungen waren, sie jeden Tag weiter und weiter weg zu führen.

Die Spannung stieg mit jedem Tag. Mehr als einmal bemerkte Wu Ying, wie Stammesangehörige in die Richtung blickten, in der die größte Steinschildkröte ein Nickerchen hielt, und nach oben zu dem Ger, den nur wenige sehen konnten. Selbst diejenigen, die keine Empfindsamkeit für Chi in der Umgebung hatten, konnten die Auswirkungen der Kultivation ihres Khans erkennen, weil ständig wirbelnde Wolken über den Schildkröten hingen. Manchmal ergossen sich plötzliche Regenschauer, aber größtenteils schwebten die Wolken einfach nur unheilvoll und dunkel dahin.

Die geflüsterten Unterhaltungen, die er aufschnappte, zeugten von immer besorgteren Bürgern. Sich in diesen Landen aufzuhalten und sie so zu überlasten, wie sie es taten, konnte in den kommenden Jahren zu Problemen führen. Kahle Grasflächen und ein Teich, der seit Menschengedenken weiter ausgetrocknet war als andere.

Nur wenige sprachen mit ihm darüber, nicht einmal Oktai. Jedes Mal, wenn Wu Ying es ansprach, lenkte der Übersetzer ihn ab und schnitt ein anderes Thema an. Aber man konnte die ansteigende Unruhe, die Sorgen und Bedenken und die gereizte Stimmung unter allen Stammesmitgliedern nicht verstecken.

Und dann, eines Tages, spät am Nachmittag, trat Wu Ying aus dem Gewächshaus, nachdem er die Rotation und die Dämmung verbessert hatte, während er die Verzauberungen studiert hatte, die für solche Dinge benutzt wurden, und die Wolken teilten sich. Ein geräuschloser Donner, Druck ohne Bewegung und eine strenge, übermächtige Präsenz, die über sie alle wachte. Blitze und Ozon auf den Lippen, Schmerzen in den Ohren und Nebenhöhlen.

Dann nichts.

Stille.

Wu Ying drehte sich zu der gigantischen Steinschildkröte und runzelte die Stirn, während er beobachtete, wie sich die Wolken, die seit ihrer Ankunft da gewesen waren, auflösten. Der Fluss des Chis auf dem Rücken des Schildkrötenpanzers war zum Erliegen gekommen und das ständige Zerren am Chi der Umgebung hörte auf.

"Es ist also erledigt." Wu Ying weitete seine Sinne etwas aus und fühlte, wie die Energie aus ihm floss und sich nach dem Rücken der Schildkröte ausstreckte. Sie erreichte die Schildkröte nicht, weil sie an einer Domäne der Dao-Erleuchtung abprallte. Es war eine Sphäre der absoluten Kontrolle, eine Welt, in der ihr Dao und ihre Überzeugungen alles beherrschten und Wu Yings armseliges Verständnis nutzlos war.

Er zog seine spirituelle Aura zurück und hob den Kopf, als eine Stimme tosend nach außen drang. Die spirituelle Stimme war sowohl zu laut als auch direkt in seinem Kopf, was die Notwendigkeit solcher kläglicher Dinge wie Stimmen und Ohren umging.

"Ich bin erwacht, Kinder. Ich entschuldige mich, dass es so lange gedauert hat. Packt auf der Stelle zusammen. Wir brechen so schnell wie möglich auf." Ein kurzes Zögern, dann sprach die Stimme weiter. "Älteste. Kultivator Long, ich verlange eure Anwesenheit."

Wu Ying runzelte die Stirn. Er trat vor und machte sich leichter, während er Chi durch seine Meridiane fließen ließ und seine Bewegungstechnik der Zwölf Orkane aktivierte. In einem Moment war er ein halbes Li entfernt, im nächsten hatte er die Hälfte der Strecke zurückgelegt. Und dann war er mit einem weiteren Schritt dort, vor der Zeltöffnung.

Wu Ying atmete einmal, dann ein zweites Mal ein, dann ritt Ogdai auf seinem geisterhaften Ross nach oben und landete neben ihm. Er blickte Wu Ying stirnrunzelnd an.

"Ich war gerade dort drüben ...", erklärte Wu Ying und zeigte auf die vorherige Steinschildkröte. "Der Älteste Daginaa?"

"Er und Ganbold sind drinnen", antwortete Ogdai und wies auf das Ger. "Ganbold mag es nicht, sich so viel zu bewegen, nicht mehr. Und er wollte, dass zumindest einer von uns immer ein Auge auf sie hat."

Wu Ying nickte. Unter gewöhnlichen Umständen würden sich die meisten irgendeine Form von Schutz und Sicherheit wünschen, um nicht unterbrochen zu werden. Abhängig von der Störung und der Stufe konnten die Auswirkungen von verlorener Zeit und verschwendetem Aufwand über eine verpasste Gelegenheit auf Erleuchtung bis hin zu einem mächtigen Rückschlag reichen. Wenn man ihn unterbrechen würde, während er seinen Kern schichtete, konnte das im schlimmsten Fall darin enden, dass seine bereits vorhandenen Schichten beschädigt wurden.

Wu Ying wies dem Mann an, vorauszugehen, und folgte ihm kurz darauf nach drinnen. Es amüsierte ihn, dass er im Inneren bis auf die zwei anderen Ältesten und Daginaa das Zelt leer vorfand. Der Khan war nicht anwesend.

"Sie zieht sich um", erklärte der Älteste Ganbold, als er Wu Yings verwunderten Blick sah. "Kommt. Setzt Euch, trinkt etwas."

Wu Ying zögerte, kam aber zu ihm und schloss sich ihrem kleinen Kreis an. Er nahm die Tasse mit Airag, die man ihm anbot, und nippte leicht an dem Getränk. Nachdem er mehrere Wochen bei ihnen verbracht hatte, hatte er einen gewissen Grad an Genuss für das Getränk entwickelt, obwohl er immer noch weniger saure und starke Weine bevorzugte. Besonders der Pfirsichwein zählte zu seinen persönlichen Favoriten, aber er hatte nur wenige Gelegenheiten, ihn zu trinken.

"Also, haben wir das Problem mit der Klauenfäule der Gansukh-Herde in den Griff bekommen?", fragte Ganbold Ogdai, als sich der Mann gesetzt hatte.

"Als der Khan nach uns gerufen hat, wurde entschieden, die befallenen Tiere zu schlachten. Wir werden sie heute Abend unterwegs essen", antwortete Ogdai.

"Richtig, denn wir können nicht ..." Ganbold schweifte ab. "Kultivator Long, bezüglich der Bienenstöcke. Ihr sagtet, Ihr glaubt, dass Ihr ein neues Feld mit Wildblumen aussäen könntet?"

"Das war für morgen geplant."

"Ahhhh."

Niemand von ihnen würde morgen noch hier sein.

Die Gruppe verstummte, dann ächzte Daginaa. "Nun, Sarnia hat uns für nächste Woche einen neuen Tanz versprochen. Ich freue mich darauf. Kultivator Long, Ihr habt sie nur einmal tanzen sehen, oder?"

"Ja. Es war sehr beeindruckend", bestätigte Wu Ying. Er hatte ihre Fähigkeiten so sehr bewundert, dass Narangerel beschlossen hatte, eine ganze Woche lang sein Zelt nicht mehr zu besuchen.

"Aber sie wird es nicht tun", sagte Ogdai.

"Was?", fragte Daginaa.

"Du weißt, dass sie sich weigert, etwas vorzuführen, ohne genug Zeit zum Üben gehabt zu haben", meinte Ogdai. "Bei all dem Reisen ..."

Daginaa seufzte.

"Ist es nicht nur eine kurze Verzögerung?", fragte Wu Ying.

Das brachte die drei zum Lachen. Letztlich war es Ogdai, der es ihm erklärte. "Sarnia ist eine Künstlerin. Wenn sie die Inspiration trifft, bringt sie einen neuen Tanz hervor. Wenn der Tanz fertig ist, aber nicht ihren Ansprüchen entspricht, wird sie ihn nie wieder vorführen. Und wenn sie unterbrochen wird und ihre Inspiration verliert ..."

"Weg. Pah!", meinte Daginaa.

Das löste einen weiteren, langen Moment der Stille aus. Die darauffolgende Unterhaltung wurde noch gestelzter, bevor eine Bewegung in den Schatten am Ende des Gers ihre Aufmerksamkeit auf sich zog. Wu Ying runzelte leicht die Stirn, weil er kaum darauf vorbereitet war, da sein spiritueller Sinn im Inneren des Gers enorm unterdrückt wurde. Selbst die Winde standen überwiegend still, waren sehr ruhig und weigerten sich, mit ihm zu sprechen.

"Danke für eure Geduld", sagte Khan Erdene, als sie zu ihrem Platz schlenderte.

Wu Ying betrachtete die Frau. Er war gespannt, was er von ihrem Aufstieg erkennen konnte. Sie war die erste Kultivatorin der Aufkeimenden Seele, mit der er wissentlich und regelmäßig interagiert hatte.

Neben der Stärke ihres Daos, der seinen kleineren Dao des Windes problemlos unterdrückte, besaß sie auch einen Kern der Stärke. Anders als Kultivatoren der Kernformung, deren Kerne der Macht in ihrem Dantian ein fester Ball aus Energie – oder ein Ball aus diffuseren Formen bei schwächeren Kultivatoren – war, so war die Kultivatorin der Aufkeimenden Seele vor ihm eine solide Wand aus Energie.

Wu Ying hatte zuerst geglaubt, dass es nur eine natürliche Form der Unterdrückung war. Eine Methode, um ihre eigentliche Stärke zu verstecken. Aber jetzt, da er ihren Aufstieg und einen früheren Durchlauf hatte, um es zu vergleichen, schloss Wu Ying, dass die robuste Intensität des Chis, das durch ihren Körper strömte, ein Teil der Stufe der Aufkeimenden Seele war.

Wenn er so darüber nachdachte, ergab das Sinn. Schließlich bestand die Stufe der Aufkeimenden Seele darin, aus dem Kern herauszubrechen, der im Dantian gebildet worden war, sodass die unsterbliche Seele darin nach außen gelangen konnte. Die Aufkeimende Seele nistete sich dann in dem sterblichen Körper ein, in dem sie hauste, und brannte ihn langsam auf jeder Stufe ab, bis es an der Zeit war, aufzusteigen. Die Verhärtung des Daos eines Kultivators und die Verkörperung desselbigen war ein notwendiger Schritt.

Also würde der Körper natürlich stärker sein. Natürlich läge der Fokus weniger auf den Meridianen, dem Dantian und dem Kern. Nun war die Seele der Quell der Macht, nicht irgendein Topf aus Energie, der im Körper des Kultivators aufbewahrt wurde.

"Kultivator Long", unterbrach Khan Erdenes Stimme seine Gedanken. Wu Ying verbeugte sich vor ihr und überdeckte seine Überraschung mit Höflichkeit, während er versuchte, sich an die eben vergangenen Augenblicke zu erinnern. Nichts Wichtiges war gesagt worden, man hatte sich nur begrüßt. Aber deswegen atmete er nicht dankbar aus. "Eure Hilfe beim Umgang mit den Borjigin war ein unerwarteter und willkommener Gefallen."

"Das war eine Kleinigkeit", antwortete Wu Ying.

"Nicht für uns. Für einen Stamm zu kämpfen, der nicht der Eure ist, wird nicht erwartet. Insbesondere von einem schwächlichen Südländer", meinte Erdene.

Wu Ying senkte zustimmend seinen Kopf und ignorierte die beiläufige Beleidigung.

"Wir werden weiter darüber reden. Und über Eure Anwesenheit im Zeltlager", erklärte sie.

Er nickte wieder.

Dann wandte sie sich den Ältesten zu und sprach mit ihnen über das, was passiert war, während sie sich kultiviert hatte. Ein Teil von Wu Ying fragte sich, wie sie über alles Bescheid wissen konnte, was passiert war. Jedoch wurde auch dieser Gedanke schnell erstickt, weil er weiter über seine vorherigen Überlegungen grübelte. Schließlich war nichts von dem, was gesagt wurde, neu für ihn, noch hatte es eine große Bedeutung für seine Existenz.

Wenn ein Kultivator der Aufkeimenden Seele eine unsterbliche Seele – oder schon bald unsterbliche Seele – war, die in einen sterblichen Körper gehüllt war, dann traf für die Körperkultivation das Gegenteil zu. Von der Wandlung des sterblichen Körpers zu einem sekundären Element an stellte die Körperkultivation die letztendliche Umwandlung des sterblichen Körpers zu einem unterblichen, elementaren Konzept dar. In seinem Fall zu einem Körper des Windes. Zu diesem Zeitpunkt hätte er sich auf der höchsten Stufe der Vollkommenheit der fünf sterblichen Winde eingestuft. Und vielleicht am Anfang oder womöglich sogar einem kleinen Level an Verständnis für den himmlischen Wind.

Wu Ying versuchte nicht zum ersten Mal, zu konzeptualisieren, wie ein wahrhaftiger Windkörper aussah. Er war bereits schneller, beweglicher und leichter als jeder sterbliche Kultivator. Die simple Technik der Himmlischen Seele und des Irdischen Körpers war nie dazu gedacht gewesen, ganz alleine als Bewegungstechnik des Fliegens verwendet zu werden. Tatsächlich konnten nur wenige andere Kultivatoren unmittelbar durch die Luft fliegen – jedenfalls nicht auf der Stufe der Kernformung.

Doch hier war er. Er wehte durch die Luft, borgte sich den Wind, um seine Bewegungen zu unterstützen und tanzte durch den Kampf ohne auch nur einen Gedanken darauf zu verschwenden oder eine eigene Bewegungstechnik zu haben. Und selbstverständlich waren solche Techniken – der Waffe, der Bewegung oder des Kampfes – reine Ausdrücke von Bewegungen, die der Menschheit eigen waren. Sie waren nur eine gut geübte und effiziente Nutzung des Körpers und des Chis.

Mit einer unendlichen Vielfalt an Kombinationen von elementarem Chi und einer unendlichen, flächendeckenden Menge an Flüssen durch einen Meridian konnte eine Bandbreite an Techniken – von denen viele einen ähnlichen Prozess hatten – geschaffen werden. Fügte man individuelle Eigenheiten hinzu, so war es nicht überraschend, dass es so viele Techniken auf der Welt gab.

Aber letztendlich gab es nichts, was ein gut trainiertes und belesenes Individuum davon abhalten konnte, seine eigenen Techniken zu entwickeln. Genauso, wie ein Schwertmeister eine andere Waffe wie das Urumi annehmen und mit geringster Anleitung lernen konnte, wie man mit ihr umging, konnte auch ein Kultivator, der seinen eigenen Körper und andere Techniken kannte, im Grunde seine eigenen erfinden.

Was Wu Ying letzten Endes tat. Vielleicht ineffizient – aber wie viele Bewegungstechniken des Windes gab es schon?

Ein weiterer Gedanke, der Wu Ying traf und ihn in sein Ger zurückkehren lassen wollte, um seine Handbücher und Aufzeichnungen zu überprüfen. War eine Blutlinie wichtig, weil sie nur einen Vorsprung im Prozess der Körperkultivation verschaffte? Oder traf das möglicherweise nur auf bestimmte Blutlinien zu? Das war sicherlich etwas, von dem er sich erinnerte, dass mehrere Autoren es behauptet hatten – und doch hatte er auch Werke über das Sammeln gelesen, die sehr darauf bestanden, dass Meerwasser eine starke Waffe zur Unkrautbekämpfung war.

"Kultivator Long. Kultivator Long?" Ein weiterer Ruf, der Wu Ying aus seinen Gedanken riss. Er blinzelte und starrte auf Daginaa, der ein Grinsen nicht unterdrücken konnte. "Mit den Gedanken ganz bei Narangerel, was?"

"Nein!", widersprach Wu Ying hitzig. "Also, warum habt Ihr mich angesprochen?"

"Das war ich", sagte Khan Erdene und unterdrückte ihr kurzzeitig impulsives Gemüt. Schließlich war es höchst ungesund, wenn sie sauer auf ihn war. "Ihr wirkt abgelenkt."

"Entschuldigt, Khan Erdene." Wu Ying verbeugte sich. "Ich hatte einen Gedanken. Zu meiner Kultivationsreise."

"Ah ..." Sie hob eine schlanke, mit Leberflecken bedeckte Hand und winkte ab. Waren da weniger Leberflecken? Er konnte nicht anders, darüber nachzudenken und zu meinen, dass es vielleicht so war. "Nun gut, dann lasst uns Euch nicht aufhalten. Ihr dürft gehen."

"Ich ..." Wu Ying zögerte.

"Geht. Wenn Angelegenheiten zur Leitung des Stammes und wo wir hingehen, Euch nicht interessieren, braucht Ihr nicht zu bleiben." Sie lächelte leicht. "Eure Anwesenheit war nichts weiter als eine Gefälligkeit für Eure Unterstützung."

"Dann empfehle ich mich", meinte Wu Ying, stand auf und verbeugte sich vor der Gruppe. "Noch einmal Danke für Eure Rücksicht."

Er vernahm ihre Antworten kaum, ehe er davoneilte. Er musste diese Gedanken unbedingt niederschreiben und seine Notizen durchsehen.

***

Es dauerte zwei Tage, bis er aus seinem Zelt trat. Nun, er hatte seine Behausung – kurzzeitig – verlassen, um sie abzubauen und erneut auf der Schildkröte des Khans auf ihren Geheiß hin aufzuschlagen, bevor er sich wieder seinen Studien gewidmet hatte und diese Richtung der Forschung verfolgte, während sich die Schildkröte unter ihm bewegte.

Er verfluchte mehrmals die Tatsache, dass ihm eine richtige Bibliothek fehlte oder seine eigenen Notizen unvollständig waren. Aber trotz alledem hatten die jahrelangen Reisen darin resultiert, dass er mehrere Bücher gekauft und Sektenbibliotheken besucht hatte, sodass er eine kleine, aber respektable Sammlung angehäuft hatte. Heute umfasste diese kleine Bibliothek alles von niederen Kultivationshandbüchern bis hin zu Abhandlungen zur Körperkultivation und alles hatte er sich mehrmals auf der Suche nach diesen flüchtigen, einzelnen Spuren und verworfenen Gedanken von Autoren, die weiter Licht ins Dunkel bringen könnten, durchgelesen.

Zum Schluss musste Wu Ying, der die wenigen Studien, die er zur Hand hatte, ausgeschöpft hatte, akzeptieren, dass jegliche weiteren Fragen, die er hatte, auf die Zukunft warten mussten. Eine Zukunft, in der die himmelhohen Bibliotheken Anmerkungen und Handbücher von Kultivatoren beheimateten, die bereit waren, ihre eigenen Gedanken zu Papier zu bringen.

Anders als hier bei den Stammesangehörigen, unter denen er nun lebte.

Ihre eigenen Kultivationstechniken waren fremd für ihn. Einige, wie die des Khans, schienen auf den ersten Blick einer ähnlichen Linie zu folgen. Keine Geister, nur Kräuter und alchemistische Pillen, Erleuchtung des Daos und die Konzentration von Energie im Inneren. Andere wiederum, wie die Ogdais, drehten sich um die Geister, die sie alle umgaben. Esoterische Rituale, Bitten bis spät in die Nacht, Verehrung und Verkörperung kennzeichneten diese Art der Entwicklung.

Manchmal glaubte Wu Ying, dass ihre Kultivationsmethoden in ihrer Struktur, wenn auch nicht ihrer Form, ähnlich sein könnten. Doch in anderen Momenten, wenn Ogdai Blut vergoss oder auf dem Gras lag und währenddessen über den Boden rollte, war sich Wu Ying nicht so sicher. Was war der Sinn solcher Handlungen? Wie halfen sie mit dem Fluss des Chis durch den Körper? Wie öffneten sie überhaupt Meridiane? Zumindest ergaben die Kultivationssitzungen, die er beobachtet hatte und bei denen Kindern den Geistern erlaubt hatten, durch ihre Körper zu fahren, wobei sie nur durch leiseste Berührungen angeleitet wurden, um zu helfen, Meridiane zu reinigen oder freizumachen, irgendwie einen Sinn.

Irgendwie.

Schlussendlich konnte Wu Ying in dem Wissen, dass er noch viel mehr zu lernen hatte, nur aus seinem Zelt treten. Es war möglich, dass nichts, das mit den Geistern oder der Art, wie sich die Sakhait kultivierten, irgendeinen Nutzen für ihn hatte. Er konnte nur mit den anderen reden und ihre Unterschiede in der Hoffnung erforschen, dass irgendeine Form des Verständnisses eine Erleuchtung für seinen eigenen Weg bringen würde.

Nach einem dürftigen Mittagessen im Gehen wurde Wu Ying erneut in Khan Erdenes Zelt gerufen. Als er eintrat, war er überrascht, zu sehen, dass es bis auf den Khan leer war. Die Ältesten waren nicht auf ihren üblichen Plätzen.

"Kultivator Long, setzt Euch." Eine Geste zu einem Platz auf dem Boden, wo bereits eine Tasse Airag und einige Streifen luftgetrockneten Fleisches und Nüsse standen.

"Danke, Khan Erdene", sagte Wu Ying.

"Eure Nachforschungen, haben sie Früchte getragen, wie Ihr es Euch gewünscht habt?", fragte Khan Erdene, nachdem Wu Ying den ersten, höflichen Schluck seines Getränkes genommen hatte.

"Nicht so sehr, wie ich gehofft habe", gestand Wu Ying. "Mir fehlen die geeigneten Materialien für meine derzeitigen Fragen. Ich fürchte, ich habe mehr Fragen als Antworten gefunden."

"Über unsere Kultivationsmethoden. Und die des Gelben Herrschers?", sprach sie ihre Vermutungen aus. "Über Geister, die Aufkeimende Seele, die Körperkultivation und Eure nächsten Schritte?"

"Ja."

Es war nicht nötig, zu fragen, woher sie das wusste. Wenn er alles ohne Mühen im Lager spüren könnte, wie viel mehr konnte dann sie, die eine ganze Ebene über ihm stand, tun? Zugegeben, viele seiner Sinne waren passiv und wurden ignoriert – aber wenn er sie wäre, dann hätte er ebenfalls in sein eigenes Zelt geblickt.

"Eine komplizierte Frage. Viele Gelehrte haben sich mit solchen Diskussionen beschäftigt. Einige haben auf der Suche nach einer Antwort und einem leichteren Weg sogar mit uns und den anderen Stämmen verhandelt. Sie haben versucht, die Himmel zu betrügen, denn sie haben nach einer Abkürzung auf der langen Straße zur Unsterblichkeit gesucht." Sie legte ihren Kopf zur Seite. "Sucht Ihr dasselbe?"

Wu Ying schüttelte den Kopf. "Ich suche nur nach Antworten und Verständnis."

Eine Pause, dann lächelte der Khan. "Das ist eine gute Antwort. Dann lasst mich einige Eurer Fragen beantworten. Die Kultivation mit Geistern ist anders als die Art der Kultivation, für die sich der Gelbe Herrscher eingesetzt hat. Sie ist so anders wie sich die Körperkultivation von der Seelenkultivation unterscheidet. Man könnte es Geisterkultivation nennen. Es ist in der Tat näher an dem, was Seelenbestien in Euren südlichen Landen tun."

Wu Ying blinzelte. Seine Gedanken überschlugen sich angesichts ihrer beiläufigen Enthüllung. Selbstverständlich war das kein neuer Gedankengang, aber dass sie zustimmte und es bestätigte …

Bevor er Worte finden konnte, um die Fragen zu stellen, die in seinem Kopf zu sprießen begannen, sprach der Khan weiter. "Es ist natürlich nicht dasselbe. Unsere Methoden und die Methoden der Stämme im Norden sind ein Gemisch. Ein Sammelsurium von Kultivationsmethoden zu Beginn, die durch Studium, Praxis und Leitung erlernt werden und für jedes Individuum einzigartig sind." Sie nahm eine Tasse und nippte an dem milchig-weißen Getränk darin, ehe sie sie wieder absetzte. "So gesehen sind unsere Mitglieder etwas einzigartiger. Aber auch wir müssen Meridiane reinigen und wie ein Seelenkultivator an unserem Dantian arbeiten, um Stärke zu erlangen. Jedenfalls am Anfang."

"Es gibt später einen Wandel? Wann?", fragte Wu Ying.

"Das hängt von der Person ab. Aber es ist oft die Stufe der Kernformung, auf der wir eine Trennung beobachten", erklärte Erdene. "Menschen wie Ogdai, die den Ruf der Geister spüren, verstärken ihre Bindung zu ihnen. Manchmal zu vielen, manchmal zu einzelnen Geistern. Sie betten ihr eigenes Verständnis in den Geist und nehmen die Überzeugungen des Geistes als ihre eigenen auf. Wenn Ihr den Kern in ihm fühlt, fühlt Ihr eigentlich den Geist, mit dem er sich verbunden hat und die Verbindung zwischen den beiden.

Andere, wie ich, wählen eine vertrautere Methode. Wir bilden einen Kern, entwickeln unsere Seele und borgen Wissen von den Geistern, die im Überfluss vorhanden sind. Schlussendlich können wir selbst zu einem Geist oder einem Sterblichen von der Art, wie Ihr es erwartet, werden."

"Ahhh ... und die Körperkultivation?", fragte Wu Ying zögerlich.

"So etwas studieren wir nicht", antwortete der Khan. "Aber wie wir es verstehen, versucht auch Ihr, zu einem Geist zu werden. Auf Eure eigene Art. Nur transformiert Ihr Euch unbekümmert, anstatt vorher von einem Geist zu lernen, in der Hoffnung, dass Ihr das richtig macht. Indem Ihr den Anweisungen folgt, die Eure Vorgänger hinterlassen haben. Von denen viele niemals Erfolg gehabt haben."

Ihr bissiger Kommentar ließ Wu Ying zusammenzucken. Die meisten Seelen- und Körperkultivationshandbücher waren nicht von den eigentlichen Unsterblichen zurückgelassen worden. Noch mehr bei der Körperkultivation, insbesondere, da sie hier seltener waren. Selbst in Königreichen, in denen die Körperkultivation wichtiger war, waren erfolgreiche Kultivatoren eine Seltenheit.

War es, wie Erdene erwähnt hatte, wegen einer fehlenden Verbindung? Oder war das nur die Willkür einer beinahe unmöglichen Aufgabe?

"Sind die Sakhait also erfolgreicher?", fragte Wu Ying leise. "Dem scheint nicht so ..." Er nickte mit dem Kopf zur Seite des Gers und dem Stamm draußen. In dem nur sie eine Kultivatorin der Aufkeimenden Seele war.

Erdene starrte ihn in einem langen Moment der Stille an. Lange genug, dass sich Wu Ying fragte, ob er den Khan beleidigt hatte. Dann lachte sie und klopfte sich auf den Oberschenkel. Er konnte nicht anders, als sich ungemütlich zu regen, während der Khan brüllend lachte und Tränen wegwischte, ehe sie sich beruhigte.

"Ach, noch einmal jung sein. Mutig und tollkühn, ohne eine Sorge in der Welt, wen man beleidigen könnte."

Er zuckte wegen ihrer Worte zusammen, entschuldigte sich aber nicht.

"Dennoch liegt Ihr nicht falsch. Der Weg der Kultivation ist schwirig und unsere Methoden haben einen sichereren Erfolg als andere. Wären wir beide Gelehrte, dann würden wir womöglich weiter darüber diskutieren. Aber selbst für mich sind die letzten Schritte lang und mühsam."

Wu Ying stieß ein erleichtertes Seufzen aus, nachdem er gemerkt hatte, dass sie nicht wütend war. Jedenfalls nicht allzu wütend. Dennoch brachten ihr Punkt zur Körperkultivation und sein eigener Schluss darüber, dass die Seelen- und Körperkultivation letzten Endes dieselbe Sache in anderer Gestalt waren, ihn über die Richtigkeit all dieser Methoden zum Nachdenken.

Vielleicht wusste es in Wahrheit eigentlich niemand. Der wahre Dao war unendlich und daher war auch der Weg zur Unsterblichkeit endlos. Vielleicht war jede Methode nichts weiter als eine Annäherung des wahren Daos. Ein Weg, um denselben kleinen Teil des großen Ganzen zu erlangen. Seine Suche nach dem himmlischen Wind, der ihn hierhergebracht und der Fortschritt, den er mit den anderen fünf Winden gemacht hatte, waren ebenso eine Frage der Suche nach einem Verständnis für das Element selbst wie es auch das körperliche Training und die Ergänzungsmittel, die er trank, waren.

"Vielleicht möchtet Ihr solche Beziehungen eingehender erforschen, junger Narr. Möchtet Ihr an Lehrstunden teilnehmen, anstatt sie zu belauschen?" Sie hob eine Hand, als Wu Ying anfing, zu widersprechen. "Selbstredend nicht als Praktiker. Das würde nur zu einer Störung führen. Sondern als akademischer Student?"

Wu Ying dachte über das Angebot nach. Er war sich nicht sicher, wie sehr es eine zusätzliche Hilfe war, einer Lehrstunde für Kinder beizuwohnen. Andererseits hatte der Wind nicht geweht und er hatte nicht den Drang verspürt, weiterzuziehen.

"Und meine Schuld?", fragte er.

"Wurde bereits durch Eure vorherigen Handlungen beglichen", antwortete Khan Erdene. "Jedoch gibt es vieles, was wir immer noch von Euch möchten. Ich denke, es gibt vieles, was Ihr immer noch von uns lernen könnt." Ein leichtes Lächeln huschte über das Gesicht der Frau. "Außerdem ist meine Nichte sehr entschlossen, ein Kind von Euch zu bekommen."

"Eure ... Nichte?" Wu Ying schluckte. "Ein Kind?"

"Nun, dachtet Ihr, Eure mitternächtlichen Verabredungen würden nicht zu so etwas führen? Ihr seid jung, aber sicherlich nicht so jung oder unwissend."

Wu Ying schüttelte den Kopf. "Ich ... nun. Nein, das bin ich nicht. Aber es gibt Techniken, die man nutzen kann. Techniken zur Kontrolle der Atmung und der Muskeln, die, ähmmm ..."

"Zur Lust ohne Samenerguss[18] führen?"

"Ja ...", bestätigte Wu Ying. Seine Stimme war kaum mehr als ein Flüstern.

Er war kein besonders schüchterner Mann, aber irgendetwas an der Unterhaltung über sexuelle Beziehungen mit dieser schamlosen Großtante brachte ihn dazu, sich wie ein Jugendlicher zu fühlen, der von seinen Tantchen verhört wird. Etwas in der Art, wie sie dasaß, der Tonfall ihrer Stimme, der Blick auf ihrem Gesicht, die Spannung in der Luft ...

Ah.

---

[18] Eine Qinggong-Technik aus der realen Welt. Sie soll die Lust erhöhen und außerdem den Prozess verlängern.

Er stärkte seine Aura und zwang Chi durch seine Meridiane. Er umklammerte seinen Kern und zog am Verständnis seines Daos, um seine Aura zu verstärken und den spirituellen Druck zu vertreiben. Fast sofort spürte er, wie die winzigen Ranken, die in seinen Geist eingedrungen waren, zersprangen. Er richtete sich auf und die aufkommende Schamesröte verflog.

"Hmmphhfff ...", stieß Erdene aus. "Nun ja. Ich schätze, ich muss deutlicher werden."

"Deutlicher?", fragte Wu Ying, dessen Stimme kalt und unnahbar war.

"Habt Ihr geglaubt, dass Eure nächtlichen Treffen –"

"Nicht jede Nacht."

"– keinen Preis haben? Sie wünscht sich ein Kind und Ihr verwehrt ihr das, während Ihr ihren Körper wie den einer billigen, südländischen Hure benutzt."

"Ich habe nicht ... ich habe geglaubt, sie möchte wegen dem, der ich bin, Zeit mit mir verbringen. Nicht wegen dem, was sie dadurch erhalten könnte."

"Und Ogdai hat nicht auf die Tatsache angespielt, dass wir nach neuem Blut streben? Dass wir versuchen, das Kind durch jene zu stärken, die nicht zu unserem Klan gehören?", fragte Erdene. "Bringt keine Schande über Euch, indem Ihr lügt. Und sprecht nicht von einem Kind, als wäre es ein Tauschhandel. Kinder sind ein Geschenk."

"Ein Geschenk, das aufwachsen würde, ohne dass ich es aufwachsen sehe", meinte Wu Ying. "Ich habe nicht die Absicht, bei eurem Stamm zu bleiben. Oder hier gefangen zu sein."

"Gefangen!" Erdene klopfte auf den Tisch. Wu Ying musste schwer schlucken, als sich Druck um seine Ohren aufbaute. "Wir haben kein Verlangen, jemanden wie Euch gefangen zu halten. Geht, wenn Ihr möchtet. Dem Kind – meinem Großneffen – wird es an nichts fehlen, wenn Ihr nicht hier seid. Wir lassen unsereins nicht im Stich." Sie senkte ihre Stimme. "Oder glaubt Ihr, wir – ich – würden zulassen, dass auf irgendjemanden herabgeschaut wird, weil meiner Nichte Eure Augen gefallen haben?"

Wu Ying war schlau genug, mit dem Kopf zu schütteln.

"Dann streift Eure schwachen Ausreden ab. Entscheidet Euch – ehrt ihre Sehnsüchte oder hört mit Euren törichten Handlungen auf. Auf jeden Fall steht es Euch frei, zu bleiben oder jetzt zu gehen." Ein leichter Stoß mit ihrer Handfläche, eine Bewegung, die ihn nicht einmal im Entferntesten berührte.

Aber der Luftdruck und die Kraft des Chis, die Wu Ying trafen, packten ihn an der Brust und warfen ihn aus dem Zelt und in die Luft. Er taumelte ein paar gute Li durch die freie Luft.

Er hätte den Flug schon viel früher abbrechen können, aber vielleicht war ein bisschen Zeit abseits des Klans und des Khans das Beste. Denn ihr Ärger zum Schluss war nicht vorgetäuscht gewesen. Anders als womöglich ihre vorangegangene Freigiebigkeit. Außerdem würden sie etwas länger brauchen, ihn wieder einzufangen, wenn er sich zur Flucht entschied und einige Li entfernt war.

Kapitel 27

Wegrennen war eine Möglichkeit. Wegrennen war einfach. Wegrennen wäre vielleicht sogar klug. Wenn er blieb, würden die Forderungen des Stammes in einer Reihe von Umständen münden, die ihn hier verwurzeln könnten. Ein Kind, eine Ehefrau, Freunde und Familie, die beschützt werden mussten, eine Fehde mit anderen Nordländern. Studien zu den Geistern, neue spirituelle Kräuter, die zu katalogisieren und sammeln waren. Ein anständiges, ruhiges Leben – im Verhältnis zu seinem aktuellen, hektischen Leben.

Ein Leben, der dem nicht ähnelte, nach dem er bisher gestrebt hatte.

Also weglaufen.

Gehen, bevor er Wurzeln schlug und gezwungen war, zu bleiben. Gehen, bevor er seinen Weg der Kultivation der Bedürfnisse eines anderen wegens abbrach. Gehen, denn der Wind stand nicht still. Selbst der zentrale Wind bewegte sich, so sehr er auch von Bergen, von den anderen Winden, vom Steigen und Sinken der Luft eingegrenzt wurde.

Doch jede Entscheidung, die er fällte und jede Handlung, zu der er sich entschloss, war eine Furche, die in den Acker seiner Seele gerissen wurde. Durch solche Kanäle floss das Wasser und Pflanzen konnten wachsen, die das Biom seines Geistes bildeten. Jede Handlung hinterließ ihre Spuren, und wiederholte man gewisse Handlungen, so wurden die Pfade der Seele tiefer und ermöglichten tiefer verwurzelten Pflanzen, zu sprießen. Manchmal in unfruchtbarer und harter Erde, manchmal im feuchtesten, reichhaltigsten Boden.

Es bedurfte intensiver Arbeit, solche Pflanzen zu entwurzeln und den Kurs seiner Zielsetzung zu ändern. Kein fachkundiger Gutsherr legte ein Feld an, ohne solche Faktoren zu beachten. Kein erfahrener Bauer pflanzte Getreide an, ohne die Qualität und die Wirkung der Erde zu beurteilen.

Jetzt zu gehen war die einfachste Entscheidung. Vor Konfrontationen und Verantwortungen zu fliehen. Es könnte das Richtige sein, aber trotzdem war Wu Ying vorsichtig. Diese Möglichkeit zu oft in seine Seele zu gravieren und die Leichtigkeit dem Unbehagen und der Herausforderung vorzuziehen. Schon bald wäre das der Pfad, dem alle künftigen Entscheidungen folgen würden.

Die Vermeidung war ein unfruchtbarer Boden, auf dem man die Saat seiner Handlungen säte, und war anfällig dafür, mit Unkraut übersät zu werden und saure, mickrige Ernten hervorzubringen.

"Und ist weglaufen das, was ich tun möchte?", flüsterte Wu Ying sich selbst und dem Wind mit erhobenem Kopf zu. Er ging über den Boden und seine Füße streiften diesen, während er das Land im Abstand zum Rest des Stammes durchquerte. Er hatte Zeit – jede Menge davon –, um die eine oder andere Entscheidung zu fällen.

Der Wind hatte keine Antwort für ihn. Er hatte seit Tagen nicht zu ihm gesprochen, nicht, seit Khan Erdene erwacht war. Hatte er Angst? Wurde er kontrolliert? Schrie er in der Ferne und Wu Ying könnte ihn durch den Trommelschlag ihres Daos nicht hören?

Oder schwieg er, weil er wusste, dass die Entscheidungen, die vor ihm lagen, von Bedeutung waren? Dass solche Entscheidungen einen neuen Acker auf seinem Weg pflügen würden?

"Es gibt noch mehr Optionen, als einfach zu gehen oder für immer zu bleiben", sagte Wu Ying zum stillschweigenden Wind. "Ich könnte tun, was sie befehlen. Die Atmungsübungen beenden und aufhören, mich zurückzuhalten. Dem Schicksal erlauben, zu entscheiden."

Schließlich hatten weder er noch sie jemals ein Kind gezeugt. Wu Ying hatte nur allzu oft den Kummer einer Familie erlebt, deren Anbauflächen brach blieben und dem Lord zurück oder an ein enges Familienmitglied übergeben wurden, weil sie es nicht schafften, Kinder zu bekommen. Oder diese in zu jungen Jahren verstarben. Kinder waren extrem verletzlich, bevor sie lernten, sich zu kultivieren.

Und selbst danach noch, denn die Kultivation war kein Schutzschild gegen ein Schwert oder einen Unfall.

Es gab keine Garantie dafür, dass ihre Bemühungen ein Kind hervorbrachten, ganz gleich, wie sehr sie sich anstrengten. Es würde am Schicksal liegen, eine Entscheidung zu treffen. Darüber hinaus könnte die ganze Prozedur dank seiner Blutlinie und der Kultivation seines Windkörpers viel komplizierter sein, als er sich vorstellen konnte.

Wenn das Kind starb ... Wu Yings Atmung stockte leicht und seine Brust zog sich bei dem Gedanken zusammen. Solche Szenarien waren selbst vor dem Hintergrund zukünftiger Möglichkeiten schmerzhaft.

Und war das nicht faszinierend? Wu Ying ließ die Gedanken und Gefühle in seinem Kopf Revue passieren und vertiefte sich in seine Vorstellungen und Verständnisse. Was für einen Grund gab es für eine solche Sorge um eine imaginäre Zukunft? Was löste so eine Verwirrung in ihm aus? War es der simple Anker der Menschheit, die Sorge, die jeder Mensch beim Verlust der Unschuld empfand? Oder war da noch etwas anderes?

Und falls ja, was bedeutete das?

Während Wu Ying über seine Reaktion grübelte, wurden seine Schritte langsamer und er drehte sich um. Er bewegte sich mit dem Verlauf des Landes und überquerte die leichten Hänge der Steppen. Die meisten würden dieses Land als flach bezeichnen. Im Vergleich zu seiner Heimat war es das. Aber es hatte schwache Erhöhungen und Abhänge und gewundene Wege, die durch Ströme und die Windungen der Erde gebildet wurden.

Anders als zwischen dem satten Grün der Königreiche des Südens gab es nur wenige Monster. Die anwesenden Monster hielten großen Abstand, sodass Wu Ying nur in Gesellschaft der Geister war, die sich um ihn wanden. Doch auch sie wirkten gedämpft, als würden sie seine aufgewühlten Gedanken spüren.

Wu Ying ging bis spät in den Tag hinein weiter. Seine Füße streiften über den Boden und kniehohes Gras folgte den ausgefransten Roben, während der Wind dahinrieselte und die erfrischende Kühle des Nordens mit sich brachte, ansonsten aber ruhig war. Wolken durchquerten den Himmel und ein Schwarm Vögel flog in Richtung Süden. Schließlich verdunkelte sich der Himmel, als die Sonne langsam unterging.

Erst, als die Sterne funkelten und die Wärme des Sommertages geflohen war, kam Wu Ying zu einem Schluss. Es war weniger eine bewusste Entscheidung als ein Entschluss, sich zu entscheiden. Manchmal erreichte man Weisheit, indem man auf sein Herz hörte, wenn alle Möglichkeiten gleichermaßen unbekannt und voller Ungewissheit zu sein schienen.

Er schüttet sein Chi in seinen Körper, machte diesen leichter und stärkte seine Seele, um auf den Rücken des Windes zu springen. Er rief ihn zu sich, schwebte davon und wurde zu seinem Ziel getragen.

***

"Wu Ying. Meine Großtante hat mir erzählt, dass sie mit dir gesprochen hat", sagte Narangerel, als Wu Ying endlich im Lager ankam. Sein Zelt – das Zelt, das sie ihm zugewiesen hatten – war zu seiner Überraschung aufgeschlagen worden. Ihre Anwesenheit überraschte ihn zusätzlich, aber nur, weil sie zu so später Stunde noch auf ihn wartete. "Du musst mir glauben, ich durfte dabei nicht mitbestimmen. Ich habe sie nicht darum gebeten, mit dir zu sprechen!"

Wu Ying starrte die Frau an. Ein leichtes Lächeln machte sich wegen ihrer Schönheit auf seinen Lippen breit. Nicht so schön wie seine Kampfschwester – har! Wie viele waren das schon – aber auf ihre Weise atemberaubend, mit dunkler und weicherer Haut, einer größeren Statur und zwei Augen mit stechendem Blick, die von Intelligenz und einem Schalk im Nacken zeugten.

"Ich glaube dir", sagte Wu Ying, der sich erlaubte, auf dem Boden zu landen. Sie lächelte und kam einen Schritt näher, wich dann aber zurück. Ihm entging das kurze Aufblitzen von Schmerz in ihren Augen nicht. "Aber der Khan hatte Recht."

"Bei was? Dem Kinderkriegen?" Jetzt blickte Narangerel ihn verärgert an. "Glaubst du, das war meine Absicht, als ich unter deine Felle geschlüpft bin?"

"Khan Erdene sagte –"

"Meine Großtante ist über einhundert Jahre alt. Es sind viele Generationen vergangen", meinte sie. "Und trotzdem glaubt sie immer noch, dass sie unsere Gedanken kennt. Hat sie mich gefragt? Hat sie dich gefragt? Nein. Sie sitzt in ihrem Ger auf ihrer Steinschildkröte und überwacht alles, begreift aber nichts." Sie drehte sich auf dem Absatz um und schrie in Richtung der Schildkröte: "Nichts! Hör auf, dich in mein Leben einzumischen."

Wu Ying zuckte zusammen und schreckte zurück. Sein Instinkt rief ihm zu, dass er sich jetzt in noch gefährlichere Gewässer als die Politik von Königreichen vorwagte. Viel heimtückischer als jedes Sektenkomplott. Nein, diese Wasser waren tief und bedrohlich und würde die Ahnungslosen binnen Sekunden in ihre Tiefen ziehen, ohne dass sie je wieder losgelassen wurden.

Familienangelegenheiten. In der Tat düstere Gewässer.

"Nun zu dir. Glaubst du, ich will ein quengelndes Balg, das mir um die Füße wuselt?", fragte Narangerel, die auf Wu Ying zuging und mit einem Finger vor seinem Gesicht fuchtelte. "Ich wollte deinen Körper, deine Erfahrung. Aufregung! Ich wollte die Geschichten, die du mir erzählt hast, wenn wir im Bett gelegen haben, die Bilder und Skizzen der Länder fernab von dem unseren, die du mir gezeigt hast. Ich wollte auf die einzige Weise reisen, auf die ich das je kann. Ein heulendes Balg. Als ob!"

Wu Ying starrte auf den wackelnden Finger, dann festigte er seinen Stand. Der erste Rückzug war instinktiv gewesen und stammte aus einer Zeit, als es eine ernste Sorge gewesen war, wenn eine Frau sauer auf einen war. Eine angeborene Furcht vor einer Mutter und einer Rute. Aber jetzt hörte er auf, zurückzuweichen, denn er erinnerte sich daran, wer er war und was er symbolisierte.

"Genug, Narangerel. Ich entschuldige mich für meine Vermutung, aber lass deinen Ärger über deine Großtante nicht an mir aus." Er wies leicht zur Seite. "Außerdem hat deine Großtante einen berechtigten Einwand vorgebracht." Sie kniff die Augen zusammen und Wu Ying sprach weiter, bevor sie noch aufgebrachter wurde. "Ich habe nie mit dir über deine Wünsche gesprochen. Und dafür entschuldige ich mich ebenfalls." Seine Mundwinkel zogen sich leicht nach oben. "Obwohl du das auch nie gemacht hast."

Narangerel zögerte wegen seiner zweiten Entschuldigung, ehe sie als Antwort auf seinen letzten Satz schnaubte. "Oh, und hast du dich nach einem Kind gesehnt?"

"Das ist egal. Du hast mich ohnehin nicht gefragt. Ich nehme also an, dass du einige Kräuter genommen hast, um sicherzugehen, dass du ziemlich sicher nicht schwanger wirst?", fragte Wu Ying.

Narangerel zögerte, dann nickte sie. "Ja."

Ihre Worte wurden von einem lauten Donnergrollen durch das Lager untermalt, der Zelte zum Erzittern und Tanzen brachte. Die beiden warfen einen Blick nach oben und wurden daran erinnert, dass mindestens eine Person wenig beeindruckt von diesem Geständnis war.

Stille breitete sich zwischen ihnen aus, während der Donner grollte und sich über ihnen ein Blitz entlud, da sich Sturmwolken zusammenbrauten. Letztlich wagte es Wu Ying, etwas zu sagen, als kein Blitz sie traf.

"Nun, scheinbar sind wir hier und haben eine Unterhaltung geführt, die nötig war." Während er sich unter den unzähligen Mitgliedern des Stammes umblickte, die sie beobachteten, manche von ihnen so ungeniert wie Kinder und ein älterer Mann vor seinem Zelt, fügte er hinzu: "Wenn auch etwas öffentlicher als es glaube ich bevorzugt gewesen wäre."

"Ja. Das war es", stimmte Narangerel zu und warf finstere Blicke um sich. "Nun, wenigstens hatten sie ihre *Unterhaltung*." Sie trat auf Wu Ying zu, bemerkte, dass er nicht zurückwich, und kam noch näher. "Was jetzt? Wirst du mich links liegenlassen, weil ich mich weigere, das Kind zu gebären, das du willst? Oder rennst du weg, weil meine Großtante ein Kind möchte, das ich ihr nicht geben will?"

Wenn sie es so ausdrückte ...

"Ich renne nicht weg, aber mir scheint, es müssen noch weitere Unterhaltungen geführt werden." Wu Ying nickte in Richtung der Schildkröte. "Schließlich ist meine Schuld gegenüber dem Klan beglichen, aber ich würde es mir nicht wünschen, weitere Schuld auf mich zu laden. Noch möchte ich, dass du auf irgendeine Art verletzt wirst."

Narangerel presste die Lippen zusammen, während ihre Augen seinem Blick zum Schildkrötenpanzer und dem Ger darauf folgten. Währenddessen drehte die Steinschildkröte ihren Kopf und fixierte die beiden mit seinem Blick aus Augen so groß wie Esstische. In ihnen lag eine stumme, milde Weisheit, aber Wu Ying konnte schwören, dass er auch die Spur eines Lachens darin sah.

Er musste zugeben, dass ihre Situation in der Tat ein bisschen lustig war. Vielleicht hätte er die Angelegenheit etwas ernster nehmen sollen, aber er konnte es einfach nicht. Unter dem Blick der Schildkröte verzogen sich seine Lippen zu einem Lächeln und schon bald lächelte Narangerel ebenfalls.

Kurz darauf brachen die zwei in Gelächter aus, weil diese Situation so absurd war.

"Willst du bei mir bleiben? Bin ich noch etwas anderes als ein reines Fenster in eine andere Welt?", fragte Wu Ying, nachdem er mit dem Kichern fertig war.

Narangerel tippte sich auf die Lippen und schüttelte dann ihren Kopf. "Du bist stark. Ganz attraktiv. Und du weißt viel über die Welt da draußen. Aber für meinen Geschmack bist du etwas zu klein und ignorant, was unsere Bräuche betrifft. Mein Ehemann – den ich heiraten werde – wird ein wahrer Mann des Nordens sein."

Wu Ying nickte. "Dann bleibt meine Frage bestehen."

"Können wir nicht wieder das sein, was wir waren? Bettgefährten, ohne Erwartungen, ohne Bedeutung", sagte Narangerel schon fast wehklagend.

Wu Ying zögerte, dann schüttelte er schließlich seinen Kopf. "Nein. Dieses Feld ist abgeerntet. Es gibt kein zurück."

"Können wir dann wenigstens Freunde sein?"

"Ich glaube nicht, dass wir das je nicht sein werden." Wu Ying betrachtete den Stamm. Er beurteilte die Welt, den Wind. Es gab Dinge, die er von ihnen lernen konnte. Eine neue Form der Kultivation, ein neuer Pfad. Doch das war nicht sein Pfad. Er hatte eine Ahnung, Wissen oder vielleicht etwas, das ihn zu weiteren Nachforschungen und der Entwicklung seines Windkörpers bringen konnte. Ein Weg, der ihn auf die nächste Stufe als Kultivator der Kernformung und als Körperkultivator führte.

Aber um das zu verstehen, brauchte er mehr. Mehr als nur die Methoden hier, mehr als esoterische Lehren über eine Geisterkultivationsmethode, die er nicht benutzen konnte und womöglich nicht einmal verstand. Er brauchte eine Sektenbibliothek, die Schriftrollen und Handbücher, die der Stamm verachtete. Höchstwahrscheinlich brauchte er mehr als eine Bibliothek. Vielleicht war das ihr Weg, aber es war nicht seiner.

Dieser Gedanke verdeutlichte den Beschluss in Wu Ying. In diesen Flachlanden gab es wohl noch mehr zu lernen, aber das würde nicht bei den Sakhait stattfinden. Nicht nach allem, was passiert war.

"Aber es ist an der Zeit für mich, zu gehen", meinte Wu Ying.

Seine Worte hallten durch den Stamm, was dazu führte, dass Narangerel das Gesicht verzog und die Wolken über ihnen noch dunkler wurden. Gleichzeitig spürte Wu Ying, wie der nördliche Wind lachte, über seinen Körper tanzte und ihn anflehte, weiter zu erkunden und mehr über dieses Land zu lernen. Er sprach von Ländern, die weiter im Norden lagen, von Ebenen, in denen es nie warm wurde. Eisfelder, die sich über mehrere Li erstreckten, und Kreaturen, die er noch nie zuvor gesehen hatte. Ein Ort frei von jeglichen Menschen und Pflanzen.

Eine seltsame Welt, aber sie zerrte an Wu Ying. An seiner Neugier, seiner Begierde, zu wissen, Erfahrungen zu sammeln.

"Du änderst deine Meinung nicht?", fragte Narangerel mit leicht verletzter Stimme.

"Nein. Zu viel ist vorgefallen." Er runzelte die Stirn und drehte den Kopf in die Richtung, aus der die Borjigin gekommen waren. Dieser Kampf, dieses Schauspiel ... "Und ich glaube, wenn ich bei dir bleibe, wird das meine eigene Existenz im Norden noch mehr gefährden."

"Ohne Bedenken, sich für die falsche Sache entschieden zu haben?" Eine andere Stimme. Diesmal war es Oktai. Der Übersetzer hatte es endlich zu ihnen geschafft. In seiner Stimme lag etwas Verspieltes, aber sie war überwiegend düster. "Die Sakhait sind etwas nachsichtiger als andere."

"Das habe ich gehört." Wu Ying seufzte. "Aber zumindest habe ich inzwischen ein bisschen mehr über die Klans gelernt. Über die Lebensweise eurer Leute. Das Schicksal und das Glück werden mich das durchstehen lassen, oder auch nicht."

Oktai schniefte, aber letzten Endes trat er vor und schloss Wu Ying in einer Umarmung ein. Die beiden verabschiedeten sich voneinander, ehe sie sich wieder lösten. Narangerel bot ihm einen zurückhaltenderen Abschied an, dann war er fertig. Es gab keinen Grund, sich vom Khan zu verabschieden. Er hatte kein Bedürfnis, sie zu sehen, noch wollte sie ihn sehen, nahm er an.

Dann gab es keine weiteren Gründe, es hinauszuzögern. Er schielte zu der riesigen Steinschildkröte. Die Ansammlung von Wolken hoch oben hatte sich gewunden und wie eine Spirale furchtbarer Allwissenheit gedreht. Er zog an seinem Chi, ergoss es in seinen Körper und seine Seele, und stieg in den Himmel auf.

Zeit, zu gehen.

Ein Schritt ließ ihn losschießen und trug ihn weit durch die Luft. Er trat wieder auf, als sich der Wind hinter ihm gesammelt hatte und ihn voranschob. Dann folgte ein weiterer Schritt, der ihn nach Norden brachte. Er überquerte die äußersten Grenzen des Lagers mit zwei Schritten, weil er sich nicht länger darum scherte, seine Kultivation zu verstecken, und nahm die Geschwindigkeit auf, die er wählte, wenn er auf Reisen war.

Nicht, dass er versuchte, zu fliehen. Seine Bewegung wäre dabei auf einem ganz anderen Niveau gewesen. Aber seine übliche Geschwindigkeit, mit der er sich bewegte, die angepasste Technik der Zwölf Orkane? Sie musste nicht versteckt werden.

Nicht mehr.

***

Eine Stunde später war seine Atmung langsam und entspannt. Er hatte ein kleines Zelt aufgeschlagen. Das Zelt, das er benutzte, wenn es keinen Platz zum Schlafen und keinen Grund gab, sich zu verbergen. Es bestand aus Hanf, der geölt und engmaschig war, und roch leicht nach Schimmel und ein bisschen nach ihm selbst. Es war, alles in allem, vertraut.

Wu Yings Augen fielen wegen des langen Tages, dem ständigen Druck von Entscheidungen und dem emotionalen Austausch am Ende langsam zu. Die überraschende, verschrobene Unterhaltung, die ihn aus der Fassung gebracht und seine eigenen Erwartungen in Flammen gesetzt hatte. Hätte er ihre Absichten gekannt, hätten sie miteinander geredet, dann hätte er sich selbst den Herzschmerz und die Sorgen erspart.

Aber zu seiner Überraschung stellte Wu Ying fest, dass er nicht in der Lage war, den Tag zu bereuen. So fruchtlos die Überlegungen des heutigen Tages auch gewesen waren, sie hatten ihn auch dazu gebracht, in sich zu horchen. Nicht nur zu fragen, was er von dieser Reise erwartete, sondern auch, was er von der Zukunft und denjenigen erwartete, die er künftig treffen würde.

Bisher hatten seine Liebeleien nach Li Yao nie länger als ein paar Tage oder höchstens eine Woche angehalten. Nur allzu oft war er auf dem Sprung und seine Partnerinnen wussten, dass ein fahrender Kultivator bestenfalls für ein kurzes Vergnügen passend war.

Zum ersten Mal war er gezwungen gewesen, seine eigenen Bedürfnisse zu erkennen. Ob er sich nach einem Dao-Gefährten sehnte, einer Person, die den ganzen Weg bis zur Unsterblichkeit an seiner Seite war. Einmal hatte er als junger Mann kurz darüber nachgedacht, ob er und Li Yao …

Aber nein. Ihre Pfade waren unterschiedlich. Seiner war ein verworrener, unbeständiger weg, der ihn von Königreich zu Königreich und von Sekten in die Wildnis führte. Was konnte er einer anderen Person bieten? Eine kurze Anwesenheit alle paar Jahre, alle paar Monate? Ein kurzer Moment des Verweilens, bevor es ihn wieder in die Ferne zog?

Was für eine Dao-Gefährte wäre er dann? Vielleicht, wenn die andere Person ebenfalls ein Wanderer war, jemand, mit dem er gemeinsam reisen konnte. Aber seine Wanderungen hatten ihm gezeigt, dass die seinen weiter und ausgedehnter waren als die meisten. Die meisten fahrenden Kultivatoren reisten innerhalb eines Königreichs umher oder besuchten vielleicht ein benachbartes Königreich, bevor sie an einen vertrauten Ort zurückkehrten.

Und hier war er, lag unter einer abgenutzten Plane auf dem Gras, was für diejenigen, die er einst als Sektenkollegen bezeichnet hatten, nur ein Märchen war. Die Welle des Grolls und der Wut, die er für den Patriarchen und die Ältesten empfand, die ihn verbannt hatten, stieg aus seiner Seele auf, schnürte ihm die Kehle zu und erwischte ihn überraschend. Unterdrückt und für so lange Zeit ignoriert.

Er hatte alles richtig gemacht, hatte seine Kampfschwester gerettet, seinen Meister verloren, ja sogar andere befreit. Einen Haufen Kultivatoren, die ihren Sekten entrissen und sicher nach Hause gekehrt waren, nachdem die kalte Berechnung des Krieges sie für entbehrlich befunden hatte. Verletzt, schwach, traumatisiert, und alle, wirklich alle von ihnen, verärgert.

Im Stich gelassen zu werden, von einer Organisation weggeworfen zu werden, der man so viel gegeben hatte? Als Ergänzung ihrer Bedürfnisse betrachtet zu werden? Wie konnten sie nicht eben jene Sekten hassen, zu denen sie zurückgekehrt waren? Trotz alledem war Wu Yings Verbannung nur eine kleine Reflexion der Notwendigkeit der Sekte des Sattgrünen Wassers, ihr Gesicht zu wahren, aber es war auch völlig unfair.

Wut stieg in seinem Hals auf, die sauer und stechend schmeckte, weil die Säure in seinem Magen aufgewühlt wurde und aufstieg. Er riss die Augen auf und starrte über sich. Wu Ying ließ die Verbitterung eine Zeit lang brodeln und sein Ärger nahm die Ungerechtigkeit des Ganzen und schürte sich selbst.

Draußen heulte der Nordwind und verband sich mit dem leidenschaftlichen Südwind, die zusammen einen Wirbelsturm um sein Zelt bildeten. Sie verknüpften sich auf ihre eigene Art, um den zentralen Wind zu formen, der gleichermaßen nach Stabilität oder Zerstörung strebte und sich nur den Launen der Zeit und des Schicksals beugte.

Wu Ying lag auf dem Rücken und seine Brust hob und senkte sich, während er atmete und sich Bitterkeit und Zorn vermischten, bis sein Körper zitterte. Er ließ zu, dass er die Emotionen spürte und sie in ihrer Gänze erlebte und beobachtete, wie Ideen und Träume zielstrebiger Rache durch in strömten. Er verweilte nicht bei ihnen, sondern erlaubte ihnen, weiterzufließen.

Die Zeit verging, während er die Emotionen kostete, von denen er nicht bemerkt hatte, dass er sie hegte. Er ließ sie aufsteigen und verbrennen und dann verschwanden diese Emotionen genauso schnell wieder.

Und ließen ihn ... leer zurück.

Allein.

Und er konnte sich kein besseres Beispiel für den exakt gleichen Schluss vorstellen, zu dem er gekommen war, als er Narangerel angestarrt, ihren Worten gelauscht und das Stechen in seiner Seele und seinem Herzen gespürt hatte. Sein Weg, seine Wünsche, sein Dao – sie würden dafür sorgen, dass er alleine war.

Und es mochte zwar einsam und manchmal ohne Gleichgesinnte oder einen Partner sein. Aber es war sein Weg.

Letztendlich würde er nach Hause gehen.

Letztendlich würde er seine Freunde und Familie sehen.

Bis dahin würde er sich nicht an eine andere Sekte, einen Klan, einen Stamm oder eine Frau binden.

Es gab viele Wege zum wahren Dao. Viele Wege, um zur Unsterblichkeit aufzusteigen. Sein Pfad, so einsam er auch sein mochte, war der seine. Und nur der seine.

Wu Ying wurde erleuchtet und mit entschlossenem Frieden überflutet. Er schloss seine Augen und schlief in dem Wissen, dass der morgige Tag neue Herausforderungen mit sich bringen würde. Auch das war sein Pfad.

Kapitel 28

Der Winter im Norden war eine ganz andere Erfahrung. Es war, vielleicht, eine gute Sache, dass Wu Ying ein Körperkultivator mit einem Windkörper war. Je kälter es wurde, desto leichter war es, den Nordwind zu nutzen und ihn und die heulende Masse aus Schnee und Eis zu verstehen, die er mit sich brachte. Er spürte sein Verständnis für seine Gestalt und mit jedem Augenblick wurde der Wind mehr und die Erleuchtung tanzte an seinem Äußeren, während er in eiskalten Becken faulenzte, deren oberste Schicht mit einem einzigen Tritt aufgebrochen waren, oder er sich seinen Weg voran durch die Winde kämpfte.

Bei alledem zog ihn eine andere Brise nach Norden, die anders war als der nördliche Wind, der Richtung Süden eilte. Er zog ihn weiter und weiter, in Länder, wo der Schnee monatelang die Oberhand hatte und sich die Vegetation veränderte, sie wurde spärlicher und strauchiger. Moos, kleine arktische Bäume, deren Stämme kaum dicker waren als die Spanne einer Hand, und Blätter, die das ganze Jahr über an den Bäumen hingen.

Interessanter als die verkümmerten und kälteresistenten Bäume waren für Wu Yings spezielle Interessen die Kräuter und Blumen, die er ausfindig machen konnte – obwohl er auch einige der Bäume für seinen Seelenring der Welt und dessen hoch aufragende Bäume einsammelte. Sie waren nicht nur selten, sondern diejenigen, die immer noch schimmerten und glühten, die die Kälte einsogen und sie sich zu eigen machten oder sich so barsch gegen den aufziehenden Winter aufheizten, zählten zu seinen größten Funden.

Wu Ying flitzte von einem Ort zum anderen, marschierte zu versteckten Grotten, heißen Quellen und ab und zu zu einer verlassenen Residenz und sammelte diese Kräuter. Er behandelte sie vorsichtig und pflanzte sie wenn möglich in seinem Seelenring der Welt ein. Eine Variante des Ginsengs der Sieben Winter und Acht Säulen, das Feuerkraut des Lodernden Buddha und die Engelsrosenwurzel waren nur einige seiner Entdeckungen.

Außerdem war der Kultivator amüsiert darüber, dass sein Verständnis den Ring beeinflusste, seinen Dao und die Formation der Welt selbst verbesserte. Kahle Berge erhoben sich weit über seine Felder und der Regen wurde schließlich zu Schnee, der an den Bergen nach oben kletterte und seine Last abwarf. Es bildeten sich neue Felder voll Schnee, die sich mit jedem neuen Wetterzyklus weiter verdichteten.

Dann zog er den Schnee und das Wasser um sich hinein, um den Seelenring der Welt zu unterstützen. Er ließ ihn aus einer Notwendigkeit heraus wachsen, während er seine Felder und das Land anpasste, den Fluss tiefer grub und einen weiteren Teich und See darüber und darunter hinzufügte. Er leitete den Fluss des Wassers in diesem immer komplexer werdenden System.

Es überraschte nicht, dass es über mehrere Li oft Orte und Fälle gab, die sich ohne eine vorherige Überprüfung veränderten. Mooriges Land wurde zu unnatürlichen Sümpfen und eine Wüste bildete sich an der windgeschützten Seite eines Berges, wo es der Regen nicht schaffte, die Erde zu erreichen.

Der Ring reagierte auf die Außenwelt und die Tage in ihm wurden länger. Nicht länger in der Lage, die Hitze der Welt da draußen einzusaugen, schien das Sonnenlicht nicht mehr stundenlang. Pflanzen verkümmerten und gingen sparsam mit ihren Ressourcen um. Kein tiefer Winter, nicht wie der meilenweite Schnee und der beißende Wind, durch die er sich bewegte, aber ein härterer Winter, als sein Ring ihn je erlebt hatte.

Weitere Veränderungen und weitere Reparaturen, kleinere und größere Abweichungen. Er baute Lagerräume im Boden und kalte Kammern, deren Temperatur nicht stark schwanken würde, um sich um seine Pflanzen zu kümmern. Er errichtete Gewächshäuser, um die Hitze für sensiblere Pflanzen so weit wie möglich zu erhöhen und bewegte einige umher, um sie zu konzentrieren und von der Anwesenheit anderer Pflanzen zu profitieren.

Die Blume der Sieben Sonnen mit ihren strahlenden Blütenblättern erwärmte das Innere zwangsweise, wenn man sie in allen vier Ecken des Gewächshauses platzierte. Die Triefende Sumpfweide hinten in einer Ecke sorgte für eine hohe Luftfeuchtigkeit, während der kleine Teich, der sich unter ihr bildete, das Singende Sumpfrohr aus Liu nährte. Der Hundertjährige Wüstenginseng neben der Blume der Sieben Sonnen, wo der Boden trocken und warm war, sonnte sich in ihrem Glanz.

Und dann waren da die Formationen, deren Inschriften von den Sakhait stammten, die Fahnen der Formationen, die durch das Land verteilt waren, und die Steinmetzarbeiten und die Winterstatuen, die alle für die neue Jahreszeit anders positioniert wurden. Jede Veränderung sollte der Entwicklung der Felder helfen, während er den Großteil für den Moment brach ließ.

Monate im Norden, in denen er an anderen Stämmen und Klans vorüberzog. Im Verlauf seiner Reise wurden die Gruppen kleiner und ihre Zahl nahm ab. Seine Erscheinung wurde immer einzigartiger, von seinen feinen Seidenroben, die er trug und die ihn gegen die Kälte schützten, bis hin zu seinen Gesichtszügen und seinem langen Haar. Hier oben schnitten die Stammesangehörigen ihre Haare kürzer und hatten dicke Bärte, die ihre Gesichter bedeckten, und trugen dicke Kopfbedeckungen aus Fell, die Wärme spendeten. Hier oben bestanden die Stämme höchstens aus einem halben Dutzend Familien, von denen viele ihr Winterlager aufgeschlagen hatten, anstatt umherzureisen.

An solchen Orten waren Individuen auf der Stufe der Kernformung selten. Viele Stammesangehörige waren Geisterkultivatoren, Menschen, die die Stärke des nördlichen Windes und der Geister miteinander teilten. Diese Kreaturen aus Eis und Kälte bewegten sich manchmal unter den Mitgliedern des Stammes, als wären sie Menschen. Sie waren hoch gewachsen, kantig und wunderschön oder fremdartig und seltsam, aus schimmernder Kälte und Weiß.

Wu Ying stellte fest, dass die Stämme misstrauisch gegenüber dem seltsamen Kultivator waren, der sich in nichts weiter als einer dünnen Seidenrobe durch den Schnee bewegte. Letztendlich tauschte er frisches Gemüse und Trockenfleisch gegen zusätzliche Kleidung, behandelte Fellmäntel und warme Lederhemden und Hosen und rüstete sich mit vernünftigerer Kleidung aus, nachdem er zu viele angespannte Begegnungen hinter sich gebracht hatte.

Seine nächste Begegnung war dann weniger angespannt und der Kontakt taute noch schneller auf, als er ungehindert das Essen mit ihnen teilte, das er bei sich hatte. Obwohl seine Vorräte an Fleisch auf kurze Sicht begrenzt waren, war das Auffinden weiterer Ressourcen dank des Windes und seines spirituellen Sinnes mehr eine Frage von Vorsatz als von Glück. Ob er nun in eiskalte Seen tauchte, um Fische vom Grund zu erbeuten oder dämonische Hirsche ausmachte, der tückische Norden gab seine raren Schätze ohne große Gefahren an ihn ab.

Schließlich konnten nur sehr wenige Kreaturen einen Kultivator der Kernformung herausfordern. Und erst recht nicht, wenn dieser sowohl eine mächtige Körperkultivation als auch das Herz des Schwertes besaß. Nachdem er einen starken Tiger der Kernformung, eine Kreatur mit langen Reißzähnen in ihrem Maul und bleichem, gestreiftem Fell, beiseite geschleudert hatte, wurde er bei seinen Wanderungen mutiger und ging weiter nach Norden.

Der Wind raunte ihm daraufhin Warnungen zu und flüsterte von den Gefahren, die vor ihm lagen. Als Wu Ying das Ziehen an seinen Roben – denn die Felle trug er nur, wenn er unter anderen Menschen war – ignorierte, wurde der Wind noch nachdrücklicher. Er wehte Eis zu Wu Ying, das sich auf seiner Kleidung niederließ, ließ seine Zunge frieren und sein Haar verkrusten. Eis, das sich weigerte, bei Berührung zu schmelzen und das ihm nicht nur die Wärme, sondern auch Chi entzog.

Doch außer dem Schnee spürte Wu Ying noch weiteres im Wind. Ein Palast aus Eis, der sich in einem Land erhob, das die sanfte Berührung des Sommers nie erfuhr. Keine Wärme, keine Gnade. Und noch etwas anderes ... der Geruch von Blumen, blühenden Rosen, Honig aus einem Heliotropenbusch und winzige, dahintreibende Lilien mit ihrer zarten blumigen Note.

Es war also keine Überraschung, dass es den fahrenden Sammler weiter vorantrieb.

Die Abende wurden länger und die weite Fläche des Pinsels der Götter glitzerte über die dunkle Leinwand der Nacht. Manchmal wurde der Frost, unter dem ungetrübten Blick der Himmelsbewohner über ihm, so stark, dass jeder Atemzug in den Lungen schmerzte und in den Nasenlöchern brannte.

Die Zeit verlor an Bedeutung.

Die Tage flackerten schneller denn je dahin, so schien es, und die Nacht erstreckte sich immer weiter. Als die Tage wieder länger wurden, zog es Wu Ying immer noch weiter. Die gleiche, ruhige Landschaft erstreckte sich vor ihm, so weit er blicken konnte, und war mit kleineren Hügeln und eisigen

Schluchten gesprenkelt. Die Erde wich dem Eis, und nur dem Eis, und trotzdem ging Wu Ying mit großen Schritten weiter.

Seine spirituellen Sinne, die er bis aufs äußerste ausgeweitet hatte, nahmen immer weniger Lebewesen wahr. Die Geister scharten sich zusammen und lenkten ihn von Bewegungen in den Augenwinkeln seiner spirituellen Wahrnehmung ab. Der Frost entzog allem und jedem die Wärme und den Ansporn, sodass Wu Ying nur durch seine eigene Stärke weiter vorantrieb. Selbst die Winde unterstützten ihn nicht mehr, denn seine Kontrolle über sie war von einem überwältigendem Dao über ihm geraubt worden.

Er schritt für eine unbestimmte Zeit durch diese monochrome Welt und seine dunkelbraunen bürgerlichen Roben knirschten bei jeder Bewegung. Und dann, eines Tages, spürte er ihn am Rande seiner Wahrnehmung. Er sprang in die Luft und schwebte höher und höher, um den Eispalast zu erblicken, der wie ein Kristall schimmerte.

Kurz darauf streifte ein fremder spiritueller Sinn an seinem eigenen, ausgeweiteten Sinn. Er drückte seine Sinne wie ein Karren ein Kind schieben würde, beiseite, und bemerkte ihn nicht einmal, während er sich ausbreitete. Wu Ying, der sein Chi und seine spirituelle Aura einzog, stürzte vom Himmel, als die mächtige Präsenz ihn überflutete.

Sie war gebieterisch und grob und stieß seine Aura in den Boden. Die Macht der Kreatur war gewaltig und größer als alles, was Wu Ying je gespürt hatte. Sie riss jede noch so klägliche Verteidigung ein und ließ Wu Ying nackt zurück.

Ehe sie sich zurückzog, weil sie sich keine Sorgen um einen tatsächlichen Angriff machte, fühlte Wu Ying, dass ihre Aufmerksamkeit für kurze Zeit auf ihm ruhte. Eine instinktive Angst zwang Wu Ying auf die Knie, wo er seinen Kopf tief senkte. Der kalte und stumme Blick hielt nur für einen kurzen Moment an, bevor er wieder von ihm wich, aber es war einer der längsten Momente in Wu Yings Leben, denn in diesem Augenblick begriff er das Ausmaß seiner Bedeutung.

So arrogant, wie er geworden war, während er diese Lande ohne Sorgen durchquert hatte, war er unter der Existenz dieser Kreatur doch nichts weiter als ein Insekt. Diese Lande waren nicht wegen der fehlenden mächtigen

Bestien so ruhig, sondern wegen der Gewissheit, dass jedes Leben, das zu stark wurde, diesen Ort verlassen musste – oder die Aufmerksamkeit des Lebewesens auf sich zog, das geblieben war.

"Der Drachenkönig", sagte Wu Ying, als die Präsenz des Monsters verschwunden war. "Ich habe den Drachenkönig des Nordens aufgeweckt."

Er fing an zu zittern und konnte keinen Atemzug nehmen, der tief genug war, während sein Körper bebte.

Schlussendlich erlangte er die Kontrolle zurück, indem er sich in Gedanken durch die Bewegungen seiner Körperkultivation arbeitete und eine Ruhe erzwang, die ihm ermöglichte, die Gewalt über seinen Körper zurückzubekommen. Er stand auf und fing an, die Bewegungen tatsächlich auszuführen, wobei jeder Schritt und jeder Übergang holprig und ungeübt war. Aber er fuhr mit den Formen fort und mit jeder Bewegung erhielt er die Kontrolle über sich selbst zurück, während er im Schnee tanzte.

Er schloss alle fünf Formen, die Bewegungen, die er am besten kannte, ab. Dann begann Wu Ying aus reinem Instinkt mit der sechsten Form – dem himmlischen Wind. Scharf und gebieterisch, abrupt und explosiv, ohne die ringförmigen Linien, die für den zentralen Wind üblich waren, oder die plötzlichen Bewegungswechsel des östlichen Windes. Er hatte schon immer mit der Form des himmlischen Windes zu kämpfen gehabt, und trotzdem fühlte Wu Ying, wie er in diesem Moment den Rhythmus fand.

Herrisch und mächtig, äußerst scharfsinnig, aber gleichgültig gegenüber dem Bedeutungslosen. Wie es so viele da unten waren. Das war eine Sichtweise, die Wu Ying, ein Bauer mit den Füßen am Boden, der nur über den widerlichen Händlern stand, nur schwer verstehen konnte.

Bis jetzt. Bis er genau dieselbe Geringschätzung erfahren hatte.

Bewegung um Bewegung, Augenblick um Augenblick. Wu Ying floss durch die Form und ein kleiner Teil des Chis der Himmel sickerte in seine Adern und Knochen, als die Körperkultivationsform es einsog. Schließlich war Wu Ying fertig und seine Atmung war mit jeder Hebung und Senkung seiner Brust langsam und tief. Letzten Endes beruhigten sich sein Geist und sein Chi.

Und dann schaute er nach oben – und traf den stillen Blick einer überirdischen Kreatur, die fliegende Präsenz eines nördlichen Drachen, dessen Schuppen in einem Blau und wolkigem Weiß funkelten.

***

"Erklärt Euch, Sterblicher." Die Stimme des Drachen war kraftvoll, aber nicht so überwältigend wie die andere Präsenz. Wenn der Drachenkönig des Nordens eine Lawine aus Macht war, dann war dieser Drache nur ein kleinerer Steinschlag. Dennoch gefährlich und trotzdem bestand die sichere Gefahr, dass man vernichtet wurde, wenn man sich ihm in den Weg stellte, aber dennoch schwächer.

Wu Ying führte ohne zu zögern einen Kotau vor dem Drachen aus. Man verärgerte kein unsterbliches und himmlisches Wesen. Die Konsequenzen der Arroganz waren bestenfalls der Tod und schlimmstenfalls die Zerstörung der eigenen Familie und Freunde und des Dorfes, in dem man lebte.

"Ich entschuldige mich zutiefst, oh mächtiges und herrliches Wesen. Ich unwürdiger Sterblicher habe auf meiner Reise in den Norden eine Veränderung im Dao gespürt und da ich die hiesige Sprache und Bräuche nicht verstehe, bin ich zu nahe gekommen. Ich bitte um Vergebung ob meiner Dreistigkeit", antwortete Wu Ying.

Ein Teil von ihm war überrascht, dass sie sich gegenseitig verstehen konnten, und erst bei weiterer Untersuchung stellte er fest, dass der Drache nicht in einer sterblichen Zunge sprach. Es schien nur so, dass sie sich verstanden, weil das Verständnis in seinen Geist drang, während die Worte selbst in seinen Ohren summten.

Eine himmlische Sprache. Wie faszinierend.

"Ihr kamt aus Neugier und habt die Ruhe meines Lehnsherren gestört?" Durch die Worte grollte eine Unzufriedenheit, die Wu Ying ein wenig verzagen ließ.

Seine Knie fröstelten und der Schnee unter seinen Füßen weigerte sich, zu schmelzen, zog aber alle Wärme an, die er finden konnte. Sogar der nördliche Wind und sein verfeinerter Körper konnten nur bis zu einem gewissen Grad aushalten, insbesondere, wenn das Wesen über ihm die volle Kontrolle über die Natur des Nordens hatte.

Wieder einmal spürte Wu Ying, wie sein Dao der unterlegene der beiden war. Drachen waren nicht so sehr Praktizierende des wahren Daos, sondern vielmehr Kreaturen desselben und ein natürlicher Teil von ihm. Sie kontrollierten die Welt um sich herum durch ihre reine Existenz, weil sie auf der himmlischen Ebene geboren wurden. Wu Yings Kontrolle war nur kläglich.

"Ich entschuldige mich erneut", sagte Wu Ying und klopfte dreimal mit dem Kopf auf den Boden. "Ich habe keine weitere Entschuldigung als mein Unwissen."

"Vor dem Gesetz ist Unwissenheit keine Entschuldigung." Wieder dieses tiefe Grollen. Stille.

Wu Ying biss sich auf die Lippe und überlegte, ob er noch etwas sagen sollte. Er konnte um sein Leben flehen, aber er hatte alles gesagt, was er konnte. Er war kein großer Redner. Kein Poet, der einen König verzaubern und seine Hinrichtung nur mit ein paar weise gewählten Formulierungen verhindern konnte. Er war nur ein ehrlicher Farmer, und alles, was er bieten konnte, war die Wahrheit.

Also lag er still und auf Knien da, während die Kälte in seinen Körper kroch, sein Kopf auf dem Boden ruhte und seine Hände ausgebreitet waren. Die Zeit lief weiter, sein Körper zitterte und die Spitzen seiner Finger wurden weiß. Frostbeulen begannen, sich zu bilden, aber der Drache sagte immer noch nichts.

Wu Ying wurde klar, dass er sterben könnte, bevor die Kreatur über ihm seine Grübelei beendet hatte – wenn das nicht nur eine kunstvolle Art war, ihn zu töten –, und zog Chi aus seinem Kern. Die Energie wärmte ihn auf und brachte eine kitzelnde Taubheit in seine Extremitäten zurück. Es war gefährlich, überhaupt Chi zu nutzen, wenn die Kreatur dachte, dass sich Wu Ying zu einem Angriff bereitmachte.

In der Zwischenzeit griff Wu Ying nach dem Wind und seinem Verständnis davon und nach der Tiefe des nördlichen und himmlischen Chis, das er kürzlich kultiviert hatte. Er ergoss seine Energie darin, versuchte, die vereinten Elemente vorwärtszudrängen und sie zum Wachstum anzuregen und versuchte sich, wenn möglich, darauf zu konzentrieren, Kontrolle über seinen Körper und seine eigene Temperatur zu erlangen.

Wu Ying gab alles, um den Wärmeverlust so weit wie möglich zu verlangsamen. Nach einer Weile schnüffelte der Drache. Einmal und geräuschvoll. Das Geräusch ließ Wu Ying überrascht aufschrecken, was Schmerz durch seinen Körper jagte, weil die Bewegung nach so langer Zeit des Stillstehens Krämpfe und ein Stechen verursachte.

"Ihr ... habt das Chi des Himmels kultiviert. Nicht nur als ein Geschenk der Erleuchtung, sondern unmittelbar. Ihr habt es aus der Welt um Euch herum selbst genommen", stellte der Drache fest.

"Ich entschuldige mich, falls ich damit zu weit gegangen bin", sagte Wu Ying und zuckte zusammen, während er seinen Kopf gegen den Boden drückte. Er wusste einfach, dass er für das, was er tat, gefressen werden würde. "Das ist der Weg, dem ich folge."

"Es gibt reichlich himmlisches Chi in dieser Welt. Seine Präsenz verbindet die drei Ebenen miteinander und treibt Sterbliche und Bestien gleichermaßen dazu an, dem rechten Pfad zu folgen. Es ist das Chi der Himmlischen und Unsterblichen, der Göttlichen im Himmel, und wird denjenigen darunter geschenkt." Eine kurze Pause, bevor die Quelle des Grollens mit den Schultern zuckte. "Wer bin ich, zu beurteilen, ob sich ein törichter Sterblicher mehr als die anderen nimmt?"

Wu Ying war während der vorangegangenen Unterhaltung angespannt gewesen, aber stellte nun fest, dass er sich zum Ende hin entspannte. Er atmete stockend aus und wartete.

"Aber es ist sonderbar. Für jemanden, der sich am Himmel bedient, ist Euer Pfad viel ... gewundener." Ein Finger mit einer langen Kralle streckte sich aus und drückte gegen Wu Ying. Er fiel der Länge nach hin, da die beiläufige Bewegung ihn auf seinen Rücken zwang. "Wer seid Ihr, Sterblicher, und was ist das für ein Pfad?"

"Ich kultiviere die Methode der Sieben Winde, oh großes himmlisches Wesen", antwortete Wu Ying, der wenig elegant auf dem Boden ausgestreckt lag. Er würde sich ja bewegen, aber die Klaue schwebte über seinem Herzen. Sie drückte nicht zu und berührte ihn nicht einmal. Sie ... hielt einfach inne.

"Ist das so?" Die Stimme über ihm klang heiter. "Und hört auf, mich mit dieser aufgeblasenen Bezeichnung anzusprechen. Ich bin Qianlian."

Wu Ying zögerte. Das Monster hoch über ihm warf ihm einen düsteren Blick zu, was den Sterblichen schlucken ließ. "Ehrenwerter Qianlian, ich suche nach den sieben Winden und im Moment ist der himmlische Wind mein Ziel. In der Präsenz des großen Königsdrachen des Nordens habe ich einen weiteren Hinweis darauf gespürt."

"Ich verstehe ..." Qianlian schwebte eine zeitlang über Wu Wind und zog dann seinen Finger zurück.

Wu Ying rappelte sich auf, nachdem er den Drachen mit seinem Blick verfolgt hatte, und schaute nach oben.

Ein klauenbesetzter Finger bewegte sich und gab ihm ein Zeichen, ganz aufzustehen. "Nun, wenn es Euer Ziel und Euer Zweck ist, den Himmeln näherzukommen ... dann können wir Eure kleinere Überschreitung vielleicht übergehen. Denn Erbarmen ist ebenfalls himmlisch."

"Ich danke Euch, verehrter Qianlian." Wu Ying verbeugte sich tief. "Wenn es mir gestattet ist, dann werde ich aufbrechen und Eure kostbare Zeit nicht weiter in Anspruch nehmen."

"Haltet ein." Eine Klaue hob sich und obwohl sich Wu Ying nicht bewegt hatte, weil er zuerst auf seine Entlassung gewartet hatte, erstarrte er vollständig, anstatt zu riskieren, denn äußerst vernünftigen Drachen zu verärgern. "Ich habe Euch nicht entlassen. Es gibt da noch etwas, nach dem ich Euch zu fragen wünsche."

"Ja, verehrter Qianlian?" Wu Ying hatte eine Vermutung, aber er wagte es nicht, diese selbst anzusprechen. Man maßte sich nicht an, ein überirdisches Wesen zu behelligen.

"Euer Geruch. Ihr seid einer der Nachkommen meiner lüsternen Brüder, nicht wahr? Der Spross eines Drachen und eines Menschen." Wu Ying hatte nun die Ehre, einen Drachen zu sehen, der sich auf diesen Gedanken hin voller Abscheu schüttelte, was bei der Spitze seines langen, schlangenartigen Körpers begann und bis zu seinem Schwanz wanderte, bevor der Schauer denselben Weg wieder zurücknahm. "Warum habt Ihr dann nicht das Verwandtschaftsrecht beansprucht?"

Wu Ying verbeugte sich wieder tief. "Ich besitze nur das kleinste Tröpfchen eines Tropfens. Jemand wie ich würde es nicht wagen, anzunehmen, dass er sich überhaupt auf die niedrigste Stufe der Verwandtschaft mit Kreaturen solcher großen Macht und Stärke stellen darf." Wenn alles andere versagte, hatte die Schmeichelei immer eine Wirkung. Wenn sie mit der Wahrheit versetzt war, natürlich.

"Ihr sprecht honigsüße Worte." Eine Pause, dann lag Verachtung in Qianlians Stimme. "Ihr seid nicht gut darin. Die Unsterblichen stellen sich dabei geschickter an, wenn sie kommen, um einen Gefallen von meinem Lehnsherren zu erbitten. Sprecht frei heraus, Sterblicher."

"Ich wage es nicht, die Verwandtschaft zu beanspruchen, weil ich mich fürchte, beleidigend zu sein", gestand Wu Ying, der sich schnell entschied, der Aufforderung des Drachen nachzukommen.

Das schallende Gelächter des Drachen brachte den Schnee auf dem Boden zum Tanzen und Zittern und fallender Schnee wirbelte in kleinen Strudeln umher. Er lachte immer weiter, sodass Wu Ying schwach lächelte. Irgendwann hörte der Drache auf, obwohl seine Augen immer noch amüsiert funkelten.

"Eine gute Entscheidung. Wenn Ihr das getan hättet, hätte ich Euch verspeist." Ein weites, zahniges Grinsen. "Denn ein Drache, der das getan hätte, was Ihr getan habt, hätte meinen Lehenherren herausgefordert. Und hätte damit sein Leben geopfert."

Wu Ying verbeugte sich, dankbar für diese Information und um den erleichterten Gesichtsausdruck zu verbergen, von dem er wusste, dass er auf seinem Gesicht deutlich wurde. Nicht, dass er auch nur für eine Sekunde daran zweifelte, dass Qianlian auch nur die kleinste Sache entging. Selbst jetzt spürte er, wie die Aura der Kreatur auf ihn drückte, und wie sein spiritueller Sinn am Rande seiner Aura tanzte und nach einem Eingang suchte.

"Aber dennoch. Ihr besitzt eine Spur davon. Seid Ihr möglicherweise in dem Gedanken gekommen, mein Lehensherr würde schlafen? Um zu versuchen, einen Tropfen seines Blutes an Euch zu nehmen, um Eure eigene, kümmerliche Verbindung zu stärken?" Genauso schnell, wie sein Witz erschienen war, war er auch wieder verflogen.

"Nein! Ich hatte keine Ahnung, was hier auf mich wartet." Dann fügte er, nachdem ihm ein Gedanke gekommen war, hinzu: "Noch würde ich je in Erwägung ziehen, das zu tun. Ein Diebstahl auf eine solche Weise wäre unhöflich und höchst ehrlos."

Der Wind wehte und zog und riss an Wu Yings Roben, was die wehenden Falten tanzen ließ. Qianlian bewegte sich und hörte zu. Wu Ying nahm die Spuren einer geflüsterten Unterhaltung wahr. Keine Worte, nur Intention.

"Und doch habt Ihr schon einmal genau so etwas gestohlen. Von einem anderen meiner dummen Brüder", meinte Qianlian.

Verräterischer Wind! Wu Ying wollte den südlichen Wind verfluchen, der diese Nachricht verkündet hatte, dieser verdammte Narr, der ihn hierhergebracht hatte. Aber das konnte er nicht tun. So launisch wie der Wind, wie man so schön sagte, und offenbar hatte der Wind keine Günstlinge. Wie könnte er auch?

"Es wurde in einem Kampf vergossen. Und wurde ungewollt weggeworfen." Wu Ying neigte sein Haupt. "Ich habe nach einem Vorteil gesucht, und wenn das falsch gewesen ist, so kann ich mich jetzt nur dafür entschuldigen. Dennoch sehe ich einen Unterschied darin, etwas solch Weggeworfenes und Ungewolltes aufzuheben oder es mir unmittelbar zu nehmen, ohne zu fragen." Er zögerte, dann sprach er weiter. "Ihr etwa nicht?"

"Hmmm ... Ihr sprecht gewandter, wenn Ihr diese unnützen Feinheiten des höflichen Umgangs, die Ihr nachahmt, ablegt", sagte Qianlian. "Ihr liegt nicht falsch. Obwohl mein Cousin das anders sehen könnte, wenn er Euch begegnen würde. Oder Euer Freund."

Wu Ying stimmte diesem Punkt mit einem Nicken zu.

"Nun gut. Ich habe über die Wahrheit Eurer Worte geurteilt." Qianlian schwebte davon. Sein gesamter Körper hatte sich etwas zurückgezogen, obwohl er selbst sich nicht bewegt hatte, als würde eine unsichtbare Feder ihn in den Himmel ziehen. "Ihr dürft gehen."

Wu Ying verbeugte sich tief und bedankte sich flüsternd. Er blieb unten und wartete, bis der Drache weg war, ehe er davoneilte. Kaum hatte er sich vom Palast abgewandt, arbeitete der Wind wieder für ihn und half ihm dabei, schnell wegzukommen.

Nicht ohne eine Spur von Reue. Ein Teil von Wu Ying verfluchte seine Feigheit, dass er den Drachen nicht nach seinem Blut gefragt hatte. Obwohl Qianlian kein Winddrache war, würde ein Tropfen seines Blutes vermutlich schon ausreichen, um seine Blutlinie zu verbessern. Seine Verbindung zu stärken.

Doch sein Instinkt und die Angst hatten ihn zurückgehalten. Die Erklärung seiner Absicht, seine Blutlinie auszuweiten, barg tiefe Wasser. Es war ein heimtückischer Weg, den er beschlossen hatte, zu verwerfen. Er würde den Pfad der Körperkultivation gehen, nicht des Wachstums seiner Blutlinie. Er würde nicht zu einem Drachen werden, weil sie eine Gesellschaft besaßen, über die er nichts wusste.

Politik und Hierarchien und Gefahr.

Vielleicht hatte er eine wirkliche Chance verpasst. Aber so war das Leben. Es gab haufenweise Chancen, wenn man sich nur umblickte. Manchmal wurden Gelegenheiten zu Tragödien und manchmal waren sie ein wahrer Segen. Es brauchte einfach Weisheit, Ausdauer und den Willen, die richtigen Gelegenheiten zu finden und die anderen von sich zu stoßen.

Während Wu Ying dem Norden entfloh, konnte er nicht anders, als zu denken, dass diese Chance eine solche gewesen war, von der er akzeptieren musste, dass sie nichts für ihn gewesen wäre.

Kapitel 29

Stunden, in denen er mit dem Wind im Rücken durch die Luft flog, durch den Nachthimmel floh. Er rannte drei Tage lang, um den Eispalast, den er erblickt hatte, den Drachen und die Schwaden des himmlischen Chis, die er gespürt hatte, hinter sich zu lassen.

Drei Tage, ohne zu essen oder zu schlafen. Er flüchtete vor der Angst, vor der Scham, vor der Strafe, vor seinem eigenen Versagen, während er auf eine Zukunft zuging, für die er sich selbst entschieden hatte. Und dann war es vorbei und das Chi in seinem Dantian war auf ein Level gesunken, auf dem es seine Bewegungen nicht länger aufrechterhalten konnte.

Die Landschaft vor ihm war ein strahlendes Weiß, das mit blauen und grünen Streifen gesprenkelt war, wo das dichte Eis unter dem Schnee durchschimmerte und verschwand, wenn der Wind wehte. Eine trostlose Eiswüste aus gefrorenem Wasser, die zu Hügeln und Rinnen geformt war und während jahrhundertelangem Schneefall dicht zusammengedrückt worden war.

Wu Ying sah keinen Unterschied zwischen den verschiedenen Orten und ließ sich hinter einer leichten Erhöhung auf den Boden fallen. Mit einer ruckartigen Bewegung seiner Hände wurden um ihn herum Formationsflaggen aufgestellt und kurz darauf holte er schwerere Totems der Landschaft aus seinem Seelenring der Welt, als die Flaggen von ihrem Platz geweht wurden. Zwei Ringe also. Ein Ring bestehend aus den Totems und dann ein weiterer aus den Flaggen, um das Fundament und die Umgebung hier zu stabilisieren.

Wu Ying, der im Zentrum des Ozeans aus Ruhe saß, den seine Formationen erschufen, holte einfache Reisrationen heraus und aß seine erste Mahlzeit seit Tagen. Wasser, das er durch den Schnee um sich herum erhielt, linderte die Trockenheit in seinem Hals, nun, da die unnatürliche Kälte des Daos des Drachenkönigs nicht länger den Boden durchzog.

Nachdem sich Wu Ying um seine körperlichen Bedürfnisse gekümmert hatte, begann er mit dem Prozess der Kultivation. Er spielte seine Erfahrungen mehrere Male in seinen Gedanken durch, konzentrierte sich auf die Kälte des Windes und des Daos des Drachenkönigs, auf das er einen Blick erhascht hatte, und die Spuren des Himmlischen, die er bemerkt hatte.

Nach einiger Zeit, als sein Dantian sich gefüllt hatte, stand er auf. Er bewegte sich und führte die vier Formen der anderen Winde aus, bevor er sich auf den letzten, ursprünglichen Wind konzentrierte. Der Nordwind, seine Bindung zu ihm und die Ländereien ringsum, die Sichtung enormer Kreaturen, die durch die gefrorene Tundra tappten, die Herden von Hirschen und die monströsen Bestien, die ihnen auflauerten.

Ein Land, das in seiner Entstehung urzeitlich und in seinem Kern seit Jahrtausenden unverändert war. Es war mit seinem Konzept näher an den frühesten Ausformungen des wahren Daos, einer Zeit, als noch kein Mensch seinen Fuß in den Norden gesetzt hatte. Und doch hatten sie sich dorthin gewagt. Stämme verbrachten ihre Existenz in dieser rauen Umgebung, bauten eine enge Beziehung zu ihr auf und wurden durch sie stark. Sie entwickelten ihre eigenen Nationen, Kulturen, Sprachen und Bräuche.

Wu Ying bewegte sich und beschwor den kalten, unerbittlichen Wind und ließ ihn tief in seine Knochen sickern.

Schnee sammelte sich um die Formationen, die ihn umringten. Die Wehen häuften sich immer höher an und schlossen schließlich die Sonne aus, während die Tage vergingen. Wu Ying meditierte, bewegte sich und badete schließlich im Eis selbst, indem er mit Formationsmarkern eine Badewanne aus dem Eis schnitzte, um es zusammenzuhalten. Dann fügte er dem eiskalten Wasser, dass jeden Moment zuzufrieren drohte, Hände voller Kräuter hinzu, von denen er die meisten aus diesen Ebenen selbst gesammelt hatte.

Die Kälte wurde zu einer Facette seiner Existenz, die tief in seine Knochen und sein Knochenmark drang. Sie rang mit der Wärme des südlichen Windes, dem Sturm des Ostens und erzwang eine Reglosigkeit, die mit dem Tod drohte. Nur der allgegenwärtige Wirbelwind von Chi aus seinem Dantian und in seinen Meridianen hielt ihn warm. Er hielt das Chi, das nach innen gezogen und dann ausgestoßen wurde, davon ab, auch sein starkes Herz zum Stehen zu bringen.

Tage wurden zu Wochen und Wochen zu Monaten. Manchmal warfen explosive Winde, die durch Wu Yings Bewegungen und seine Übungen der Formen des Windkörpers entstanden, den angesammelten Schnee beiseite und entblößten ihn wieder für die rauen Elemente und die Sonne.

Er verlor das Zeitgefühl, während er in einen Kultivationsrausch verfiel und seiner Begegnung die spärlichsten Fetzen an Informationen entlockte. Schlussendlich wurden seine Bewegungen, genau wie seine Gedanken, träge und sein Fortschritt verlangsamte sich. Dennoch verharrte er, denn sein Geist und seine Willenskraft waren so sehr eingefroren und in seiner Routine festgefahren, dass er sich nicht lösen konnte und die subtilen Spuren eines allgegenwärtigen Daos in ihn sickerten.

Letzten Endes war es der Mangel an Nahrung, der ihn losriss. Sogar die riesigen Lager, die er in seinen Ringen der Aufbewahrung hatte und seinen Seelenring der Welt unterstützten, konnten ihn nicht ewig versorgen. Der Seelenring der Welt selbst, der sich immer noch in der aufkeimenden Stufe seines Wachstums befand, hatte angefangen, zu welken und die Sonne und die Wärme darin hatten abgenommen. Winter – ein wirklicher Winter – hatte sich über das ganze Land gelegt und viele seiner Pflanzen fielen ihm zum Opfer.

Ohne Essen wurde Wu Ying von der unerträglichen Härte des Nordens nach Süden getrieben. Als er ging, brach er mit einem fast perfektionierten Verständnis für den nördlichen Wind auf, das sich tief in sein Mark und die Organe in seinem Körper gegraben hatte. Er würde nicht mehr auch nur eine Spur der Kälte fühlen und musste kein Chi mehr verschwenden, um das Wetter ertragen zu können.

Ohne sein Wissen hinterließ Wu Ying eine Geschichte in den nördlichen Stämmen. Über einen Dämon aus dem Süden, der nach Norden kam und nichts weiter als seidene Lumpen und die Felle seiner erschlagenen Feinde trug. Ein Dämon, der den Drachenkönig des Nordens besuchte und für seine Kühnheit eingesperrt wurde. Geschichten über einen Ort, der verflucht war, wo der Dämon vom großen Drachenkönig gefangengehalten wurde und wo er wieder und wieder versuchte, sich zu befreien, wodurch Eis und Schnee durch die Luft wirbelte.

Man konnte diesen Ort von den anderen dadurch unterscheiden, wie sich dort die Winde ungleichmäßig und unstet bewegten. Man konnte seine Präsenz anhand der Wärme des Südens und einer rauen Trockenheit fühlen, die jegliche Feuchtigkeit aus dem Gesicht zog und einen schwanken ließ.

Und am meisten merkte man es an den Gerüchen – ungewöhnlich, blumig und penetrant. Eine Erinnerung an eine wärmere, fremde Welt.

***

Der endlose Winter gab dem Sommer nach und das Eis wich vor grünem Gras und felsigen Landen zurück. Der Wind wehte und Wu Ying bahnte sich seinen Weg nach Süden, wobei der Wind ihn mit jedem Stoß nach Osten führte. Der Westwind, der ihn den ganzen Weg über auslachte, drängte ihn tagsüber weiter und der östliche Wind lockte ihn bei Nacht. Meereswind, der Geschmack von Salz und Sand, Algen und Fisch.

Gegensätzliche nomadische Stämme, die alle durch Blutsbande und Familienbeziehungen miteinander verbunden waren, wurden zu Städten voller Menschen, deren Kontrolle sich nur ein paar Dutzend Li hinter ihre Mauern erstreckte. Felder, die durch Ähren golden leuchteten, wiegten sich, als Wu Ying vorüberzog und Bauern sie eifrig bestellten.

Nach Süden zu reisen hatte gewisse Vorteile. Die Wildnis bot ihm die Möglichkeit, seine leeren Speicher aufzufüllen und die wärmeren Temperaturen und das Sonnenlicht heilten einige seiner Pflanzen in seinem Seelenring der Welt. Andere, viel zu viele andere, erholten sich nicht.

Wu Ying war gezwungen, mit anderen zu handeln, und suchte nach dem Jianghu, suchte nach vertrauten Kultivationsressourcen, Buchhandlungen und Bibliotheken, in denen es Handbücher, Schriftrollen und Abhandlungen zur Seelen- und Körperkultivation geben könnte. Seine lange hinausgezögerte Forschung zur Schnittstelle der Körper- und Seelenkultivation wurde wieder aufgenommen.

Hier wurden die Städte, die er antraf, nicht von Sekten, sondern von Klans und Familien dominiert. Sie hatten sich in vorübergehende, wandelbare Bündnisse zusammengefunden, um über eine Stadt, eine Region, ein Volk zu herrschen und es war ebenso wahrscheinlich, dass sie bereits unter dem kleinsten Druck in sich zusammenbrechen würden. Wu Ying interagierte mit jeder Gruppe so, wie es zu ihrem Stand passte.

Familien, die sich an die Richtlinien des Jianghus hielten, die er kannte. Sie lebten, trainierten und kultivierten sich fernab der sterblichen

Gesellschaft. Beschützer für die Städte gegen Dämonen- und Seelenbestien als auch verfeindete Stämme, Banditen und gelegentlich andere Städte.

Mit diesen verhandelte er gerecht.

Andere Familien, Klans, die sich wie Händler benahmen, suchten nur nach dem größten Profit in jedem Handel und Wu Ying bewegte sich mit Bedacht unter ihnen. Allzu oft skizzierte er den Handel und stellte bei ihrer Präsentation der Waren einen Mangel fest.

Er nahm diese Verhandlungen unter Protest an und ging. Nur, um am nächsten Tag spät nachts wiederzukommen und zwischen den Formationsmarkern in Bibliotheken und auf Trainingsgelände zu flitzen. In schlecht gepflegte Gärten, wo manchmal einige Schriftrollen oder Kräuter verschwanden.

Und dann würde er gehen, nachdem er den Handel auf diese Weise in Ordnung gebracht hatte.

Und selten, wirklich sehr selten, traf er auf eine andere Art von Klan. Diejenigen, die man als dunkle Sekte bezeichnen konnte, Kreaturen der Brutalität und des Todes, die die Sterblichen unter ihnen unterdrückten und niemandem Honig ums Maul schmierten oder schöne Augen machten, wenn sie handelten, sondern vergiftete Dolche und Stacheldrähte in der Nacht benutzten.

Diese ließ er brennend hinter sich.

Wu Ying stieg Li um Li nach unten.

Traf manche Klans erneut, traf vorübergehende Abmachungen, um spärliche Ressourcen zur Herstellung von alchemistischen Pillen für den Familienpatriarchen und seine Mitglieder zu erhalten oder zu tauschen. Für einen Zugang zu ihren Privatbibliotheken, die alle die Details über die untersten Level ihrer Familienstile und Abhandlungen über Körper- und Seelenkultivation enthielten. Für Lektionen zu familiären Schwertstilen und Trainingspartner, die die Klinge seines Schwertes schärften.

Beim Aufeinandertreffen der Waffen lernte Wu Ying eine Menge über diejenigen, die diese kleinen Königreiche regierten. Ihre Familienstile drangen tief in die elementaren Merkmale der Kultivation ein, wobei seltsame, esoterische Faktoren eine Rolle spielten. Blut, Knochen, Asche und

Lehm zählten zu diesen Elementen, die während seiner Reisen ihre Anwesenheit kundtaten.

Und ein paar dieser Fälle waren wirklich denkwürdig.

***

Ein neuer Gegner stand vor ihm, der in einer tiefen Hocke saß. Er hatte die Hände weit ausgebreitet, ähnlich wie die ringenden Männer des Nordens mit bloßen Händen dagestanden hatten. Doch der Kultivator vor Wu Ying war kein Ringer. Stattdessen schimmerten die grün gefärbten Klauen vor dem Hintergrund der dunklen, schuppigen Haut.

Ein kurzes Zucken mit dem hinteren Fuß und Muskeln, die sich unter den lockeren Seidenhosen anspannten, waren die einzigen Warnzeichen, die Wu Ying erhielt. Sein Gegner stürzte sich vorwärts und seine Klauen fuhren in einem Bogen nach oben, um auf die Klinge von Wu Yings Jian zu schlagen. Eine Verschiebung seiner Klinge zog den Schaft seines Jians außer Reichweite, während die Spitze in ihrer Bahn blieb, um in den Körper des Gegners zu stoßen.

Wu Yings Gegner, der sich mitten in der Bewegung drehte, schlüpfte unter der Spitze hindurch, als hätte er keine Knochen. Mithilfe einer gesenkten Hand krabbelte er vorwärts, drehte sich auf sie gestützt und warf Wu Ying zwei Tritte entgegen.

Wu Ying, der sich bewegen musste, wich dem Angriff seitlich aus, während sich seine Klinge den entblößten Beinen für einen Gegenschlag näherte. Die Klinge biss sich in Seide und schnitt den Stoff mit Leichtigkeit auf, bevor sie darunter auf durch Chi verhärtete Schuppen traf. Wu Yings Jian prallte an dem geschützten Körper ab und schlug durch den Impuls aus, um einen darauffolgenden Schlag mit den Klauen zu parieren.

Die beiden duellierten sich, während die überlegene Verteidigung des geschuppten Kultivators dafür sorgte, dass dieser sich Risiken erlauben konnte, die Wu Ying nicht wagte. Stattdessen stellte sich Wu Ying der Herausforderung mit einer besseren Positionierung und Geschwindigkeit, griff ständig an und bestrafte Fehler mit vernichtenden Schlägen und dem gelegentlichen peitschenden Tritt.

Keine Partei verströmte Tötungsabsicht und sie hielten ihre Daos tief in ihren Seelen fest. Noch benutzten sie das größere, konzentriertere Chi aus ihren Kernen. Das Trainingsgelände, auf dem sie waren, war zum einen für eine solche Gewalt ausgelegt und zum anderen schlossen die Bedingungen für ihren Übungskampf dies aus.

Nach einem weiteren halben Dutzend Schlägen war Wu Yings Atmung langsam und gleichmäßig. Ein Lächeln erhellte sein Gesicht, denn obwohl er Kämpfe, die Gewalt und das Töten verabscheute, so erfüllte die Kunst der Klinge ihn mit einer sonderbaren Freude. Nicht wegen der Kunst selbst, sondern wegen der Bewegung und den Erinnerungen, die sie in ihm hervorrief.

Lange Stunden mit seinem Vater neben ihrem Haus, in denen er als Kind seine Bewegungen nachgeahmt und sich in seiner Anerkennung gesonnt hatte. Die blutige und anstrengende Arbeit, um einen sauberen Treffer zu landen, die Kämpfe gegen andere Bewohner seines Dorfes. Selbst die Zeit, die er in der Sekte verbracht, die Klingen mit seinem Meister gekreuzt und ein anerkennendes Nicken erhalten oder ein ums andere Mal aus reiner Sturheit seiner Klinge gegenübergestanden hatte.

Die Erinnerungen, sowohl gute als auch schlechte, bereiteten Wu Ying Freude. Oh, es gab eine einfache Freude in der Körperlichkeit der Bewegungen und im Wettstreit, die er niemals außer Acht lassen würde, aber durch Pan Chen hatte er wahre Besessenheit und Genialität erfahren. Und in diesem gleißenden Licht war alles andere nicht mehr als eine Schattenpuppe.

Noch eine Parade, diesmal gefolgt von einer engen Umklammerung. Wu Ying fing das Handgelenk mit seiner Klinge ab, zog es nah an sich und drückte es nach unten. Gleichzeitig machte er einen Schritt zurück und die Spitze seiner Klinge schlich sich währenddessen unter eine Achsel, sodass das Gleichgewicht seines Gegners für einen Augenblick gestört war. Die Bewegung fand ein Ende, als die Klinge gegen das weiche, verletzliche Gewebe tippte und die Balance seines Gegners gefährlich auf einem Fuß ruhte.

Die beiden erstarrten und gelben Augen blickten in Wu Yings ruhige braune Augen. Der Kultivator schnaubte und befreite dann seine Hand mit einer schnellen Drehung seiner Schulter aus dem Griff. Dabei drang Energie aus seinem Kern nach draußen, sodass Wu Ying grüne Schuppen umfasste, die zersplitterten und auseinanderstieben, als sich das Chi auflöste und sich sein Gegner auf eine sichere und respektvolle Distanz zurückzog.

Dann verbeugte er sich. "Der Punkt gebührt Euch, Kultivator Long."

"Nur dank des dünnsten Fadens des Schicksals, Patriarch Ding", antwortete Wu Ying mit einer Verbeugung. Er beobachtete, wie sich die falschen Schuppen auflösten und die grüne Haut wieder hinter der bleichen Gestalt des Patriarchen verschwand, wodurch ein viel jüngerer Mann enthüllt wurde, als man erwartet hätte. Er schien kaum in seinen Vierzigern zu sein, obwohl das Alter bei Kultivatoren eine knifflige Angelegenheit war.

In diesem Fall wusste Wu Ying, dass der Patriarch knapp über neunzig Jahre alt war. Er steckte auf den mittleren Stufen der Kultivation fest und seine äußeren Kernschichten waren lückenhaft und brüchig.

"Ihr seid zu bescheiden, Kultivator Long. Die Zahl der Schüler des Jians, die so weit gekommen sind, wie Ihr, ist gering", meinte der Patriarch. "Euer Jian ist so wendig wie Eure Füße, ein Silberfisch, der durch die Korallen huscht." Er grinste breit und wenn seine Zähne etwas schärfer als gewöhnlich waren, so traf das auf seinen gesamten Klan zu. "Ihr habt mir viel über meine eigenen, kläglichen Techniken zu bedenken gegeben."

Wu Ying flüsterte weitere leere Versprechungen und die beiden schichteten Worte des Lobs übereinander, bis der Höflichkeit Genüge getan wurde.

"Euer Stil befindet sich immer noch in den Kinderschuhen, aber er ist dennoch bemerkenswert", sagte der Patriarch Ding. "Wie habt Ihr ihn noch gleich genannt?"

"Ein Wandernder Drache", antwortete Wu Ying etwas peinlich berührt. Er hatte ihn in einem Augenblick der Erleuchtung so getauft und wagte es nicht, den Namen zu ändern. Aber es laut auszusprechen ....

"Ein guter Name. Mächtige Techniken, subtil und flüchtig, aber verblüffend und schnell, wenn nötig", fasste der Patriarch zusammen. "Ihr habt den ersten Hauptschlag präsentiert, als Ihr eingetroffen seid. Aber der zweite ..."

"Ist noch nicht fertig", flüsterte Wu Ying. Er musste zugeben, dass die erste Bewegung, der erste Schlag, von dem er sich hatte inspirieren lassen, vollständig war. Jedenfalls war er so komplett, wie er ihn für den Moment machen konnte. Es gab Teile, die er nicht begreifen konnte, aber er hatte während seiner Zeit im weiten Norden gelernt, diese zu zügeln. Den Schaden nur in einem kleinen Bereich zu halten und dadurch auch den Tadel des Himmels zu reduzieren.

"Sobald er das ist, bin ich mir sicher, dass er es wert ist, Zeuge davon zu werden", murmelte der Patriarch Ding.

Als sie an dem Tisch Platz nahmen, der für sie freigehalten worden war und auf dem Süßigkeiten und Knabbereien für den Mittag für sie serviert waren, überlegte Wu Ying, wie er seine Frage ansprechen sollte.

Letztendlich nahm der Patriarch Ding ihm diese Aufgabe ab. "Ihr wart extrem zuvorkommend, dass Ihr mit Eurer Neugier bis zum Tag Eurer Abreise gewartet habt. Aber fragt."

"Herr ..."

"Fragt. Alle unsere Gäste tun das früher oder später."

"Also, auf Euer Geheiß. Eine Echse? Das ist ... eine seltsame und ungewöhnliche elementare Neigung." Wu Ying schüttelte den Kopf. "Bei einer Blutlinie könnte ich das verstehen. Eine Blutlinie ist einfach zu verstehen. Aber Ihr habt darauf bestanden, dass es eine elementare Neigung sei, keine Blutlinie. Wie ist ... eine Echse ein Element?"

Der Patriarch lächelte und hob seine Tasse auf. Es war kein Tee, sondern ein Getränk, das aus den empfindlichen Blüten der hiesigen Blumen bestand und mit Honig gesüßt war. Es hatte, wie Wu Ying zugeben musste, einen schwierigen Geschmack, also ahmte er die Bewegung nur ein bisschen nach.

Wie lustig, dass er richtigen Tee vermisste.

"Wegen der Höflichkeit, die Ihr uns entgegengebracht und der Kräuter, die Ihr für meinen Sohn bereitgestellt habt, lasst es mich Euch erzählen, wie es mein Vater mir berichtet hat", meinte der Patriarch Ding, bevor er einen Finger hob. "Seid nachsichtig mit mir, ja?" Als Wu Ying zustimmend nickte, sprach der Patriarch weiter. "Sagt mir, was sind Elemente?"

"Die Elemente, sie sind ... sie sind Dinge und Objekte, die eine Existenz ausmachen", antwortete Wu Ying, der überrumpelt worden war. "Sie sind der Schlüssel der Existenz. Alle Dinge bestehen aus den Elementen und durch ihr Zusammenspiel können alle Dinge erklärt werden."

"Eine sehr klassische Antwort", bemerkte der Patriarch Ding. "Habt Ihr gewusst, dass einige daran festhalten, dass die fünf klassischen Elemente die einzigen Elemente sind, die existieren? Dass alle anderen, wie Euer Wind und unsere Echse, nichts weiter als eine Wechselwirkung zwischen den fünf Elementen sind?"

Wu Ying nickte. Das hatte er gelesen. Tatsächlich ... "Wird das nicht generell akzeptiert? Mein Wind ist nur Feuer und Wind, die interagieren und einander verschlingen. Hitze ist ein weiteres, elementares Nebenprodukt."

"Ja. Jedes Element kann mit der Interaktion der Fünf erklärt werden. Doch wir benennen und analysieren sie und die Familien ringen mit ihren Stilen und den Elementen um die Vorherrschaft. Blut ist schwächer als Wasser, außer es geht um die Lebenden. Wolken und Nebel streiten mit dem Dampf, denn welcher von ihnen ist wahrhaftiger und stärker? Wenn sie alle doch nur eins unterscheidet ... die Temperatur." Wu Ying blinzelte, als der Patriarch Ding hitzig wurde. "Wir streiten und diskutieren und schreiben ernste Briefe aneinander und wen das nicht ausreicht, kämpfen wir ernsthaft in Arenen wie jene, die wir eben verlassen haben. Und wenn das immer noch nicht genügt, schicken wir unsere Kinder los, um die Rechnung zu begleichen.

Aber."

"Aber?", fragte Wu Ying.

"Aber ist das nicht alles nur ein Teil des wahren Daos?" Wu Ying konnte die Schwere hören, die dem letzten Wort anhaftete. "Wir mühen uns ab und greifen nach dem wahren Dao, versuchen, ihn in seine Bestandteile zu zerlegen, sodass wir aufsteigen können."

"Denn kein Sterblicher kann den wahren Dao begreifen. Nicht in seiner Gänze." Wu Ying zitierte: "Der Dao, der benannt werden kann, ist nicht der wahre Dao. Der Dao, der erklärt werden kann, ist nicht der wahre Dao.""

"Genau! Auch kurze Momente der Erleuchtung sind bekannt dafür, manche anzutreiben. Die Unvorbereiteten, die Jungen, die Gebrechlichen, die Wahnsinnigen. Was kann die Erkenntnis der Gesamtheit der Existenz noch tun?", fuhr der Patriarch Ding fort. "Und wenn der wahre Dao alle Dinge umfasst und alle Dinge den wahren Dao umfassen, dann gehören die Elemente zum wahren Dao. Richtig?"

Wu Ying nickte. Er verstand das Argument des Mannes, bevor es ausgesprochen wurde. Dennoch sagte er aus Respekt nichts.

"Wenn die Elemente zum wahren Dao gehören, und er sie alle beinhaltet, kann dann nicht alles ein Element sein?", fragte der Patriarch Ding schließlich triumphierend.

Obwohl Wu Ying vor dem Patriarchen zu diesem Schluss gekommen war, zu dem er geführt worden war, konnte er dem Mann nicht widersprechen. Vielleicht hätte das ein belesenerer Gelehrter tun können. Vielleicht, indem dieser die Definition von Elementen infrage gestellt hätte. Oder ein esoterisches Konzept wie die Zeit angeführt hätte.

Aber Wu Ying war kein Gelehrter. Er mochte zwar so tun, als ob, aber im Grunde seines Herzens war er doch nur ein einfacher Bauer. Und ein Bauer nahm die Welt wahr, wie sie war, und nicht, wie er sie sich wünschte. Die Erde gab ihre Schätze entweder her oder nicht und ein Steuereintreiber interessierte sich nicht für die fein abgestimmten Definitionen, was Wohlstand war, wenn er kam, um seinen Anteil einzutreiben.

"Und daher also das Element der Echse", schloss Wu Ying. "Die Ergebnisse sind ... beeindruckend." Und das meinte er auch so, denn die Resultate waren eindeutig. Eine seltsame Methode, zu kämpfen, eine Reihe an Fähigkeiten und Kultivationsfolianten, die für eine Familie perfekt waren. Auch wenn ... "Aber es fordert auch die gängigen Überzeugungen heraus."

"In der Tat." Der Patriarch Ding zog eine Grimasse. "Ich danke Euch nochmals. Nur wenige sind bereit, mit uns zu handeln, da sie fürchten, die anderen Familien zu erzürnen. Und obwohl wenige unsere *ketzerischen* Handbücher annehmen würden, wäre unser Untergang gewiss, wenn wir zu schwach würden. Mein Überleben und das Überleben meiner Familie balanciert auf der Messerspitze der Kultivation."

Ein altes Leid, ein vergrabener Kummer huschte über das Gesicht des Mannes. Und plötzlich verstand Wu Ying. Wie ein Mann, der so schlau war und sich der Verbesserung hingab, wie sich der Patriarch dargestellt hatte, den Fehler gemacht haben konnte, seinen Kern in seinen jetzigen Zustand zu versetzen.

Manchmal waren die Dinge, die man für seine Familie tat, nichts, was man je für sich selbst tun würde.

"Ein fairer Handel", meinte Wu Ying. Er hob seine Hand und zeigte dorthin, wo sich die Bibliothek befand. "Wissen für Kräuter. In allen Aspekten ein fairer Handel."

Der Patriarch Ding beschloss, Wu Yings Worte ernst zu nehmen. "Wo geht Ihr nun hin, Kultivator Long? Wohin trägt der Wind Euch?"

Wu Ying dachte über seine Worte nach und hob leicht den Kopf, um den Wind auf seiner Haut zu spüren. Letztendlich sprach er die einzige Antwort, die er ihm geben konnte, aus.

"Wo auch immer der Wind möchte."

Kapitel 30

Der Wind führte ihn nach Osten, bis er einem Anblick gegenüberstand, den er noch nie gesehen hatte. Selbst der größte See, den er je gesehen hatte, war nichts im Vergleich dazu. Die Wellen waren höher und schäumten unter der beharrlichen Hand des Windes mit Gischt. Algen und Seetang und Salz benetzte seine Lippen, während er auf einen blau-grünen Horizont blickte, der sich so weit erstreckte, wie das Auge reichte, und immer noch nicht zu Ende war. Seevögel kreisten über dem flüssigen Horizont und winzige Inseln durchzogen den Anblick vor ihm.

Der Ozean.

Eine endlose Wassermasse, in der Monster und mystische Kreaturen lebten. In zahlreichen Dörfern und Städten entlang der Küste befuhren Fischerboote dieses Gewässer und warfen Netze und Angeln aus, um die Schätze des Ozeans einzuholen.

Mutige Individuen tauchten tief, suchten nach Perlen, Schalentieren und ozeanischen Bewohnern und anderen Köstlichkeiten, um die hungrige Bevölkerung im Landesinneren zu füttern. Im seichteren Gewässer steckten die Dörfer lange Bambuspfeiler ins Wattenmeer, wo Seetang unter dem unruhigen Wasser wuchs und geerntet wurde, wenn es ausreichend gewachsen war. Entlang des Wassers wurde der Seetang, der so geerntet wurde, auf einfache, geflochtene Schalen in der Nähe der Häuser gelegt und getrocknet, bevor er eingelagert und nach Westen verschifft wurde.

Speziell angefertigte Lagereinrichtungen, die die Frische des Fangs gewährleisteten, unterstützten den Transport der Ernte. Glas und hölzerne Lagerbehälter, die voller Wasser aus dem Meer waren, ermöglichten den Transport von lebenden Meeresfrüchten, wobei sorgfältig errichtete Formationen die Stabilität und Beständigkeit der Konstruktion sicherstellten, während frische Luft in die Behälter geleitet wurde.

Wu Ying war mit solch einer Karawane, die auf ihrem Weg zurück zu einer nahegelegenen Stadt war, mitgereist. Während der langen Nächte, in denen er sich umhüllt von der Wärme des Meereswindes ausruhte und Formationen und Wachen durch die Umgebung patrouillierten, um Monster fernzuhalten, die den Karawanen auflauerten, wurden ihm die Feinheiten des Handelsnetzes erläutert.

"Ganze Familien von Adeligen sind dank der Bewegung solcher Waren stärker geworden", erklärte der Karawanenmeister, ein älterer Herr auf den oberen Stufen der Energiespeicherung, Wu Ying. "Diejenigen von uns, die zu den Zweigfamilien gehören, übernehmen die Aufgabe des Handels und des Transports, während sich die Hauptfamilien um die Fischereiflotte und den Fang kümmern. Natürlich überwachen sie auch die Abholzung des Waldes in der Nähe, der wesentlich für die Schiffbauindustrie ist."

"Und die Wachen?" Wu Ying nickte mit seinem Kopf zu den unablässigen Patrouillen.

"Eine Notwendigkeit. Trotz der Festungen und Gasthäuser wissen die Dämonenbestien und Geister, dass es ein leichtes Mahl gibt, wenn wir unsere Wache vernachlässigen." Der Karawanenmeister stieß einen Stoßseufzer aus. "Wegen der Haltung des Östlichen Drachenkönigs im Umgang mit seinen vielen Nachkommen können viele der Kreaturen hier ihre Abstammung auf eines seiner Kinder zurückführen, und somit auch die entsprechende Stärke in ihnen."

"Ist es nicht ... gefährlich, sie zu erschlagen?", fragte Wu Ying vorsichtig. Er erinnerte sich an seine Reisen und die Bestien, die er mit der Klinge seines Schwertes getötet hatte. Einige davon waren stärker gewesen, als er es erwartet hatte. Jetzt war er besorgt darüber, dass die Bestienkerne, die er in seinen Ringen der Aufbewahrung hatte, ihn der Gefahr eines weiteren Drachenkönigs aussetzten.

"Kein Grund zur Sorge. Zum Glück bedeutet dieselbe Haltung, dass jeder Ururenkel oder andere törichte Nachkomme, der uns angreift, als zu dumm angesehen wird, als dass er weiterleben sollte." Der Mann lachte. "Nicht, als würde ein wahrer Drache des Ostens jemals irgendeine außer eine vollblütige Bestie als tatsächliches Mitglied seiner Familie betrachten. Selbst die wenigen, die auf die Stufe der Aufkeimenden Seele aufsteigen, werden gerade so als entfernte Cousins behandelt."

"Gibt es dort draußen also so viele? Seelenbestien der Aufkeimenden Seele?", fragte Wu Ying. Er hatte einige Präsenzen tief in der Wildnis gespürt, während er gereist war. Kreaturen mit einer Aura, die ihm eiskalte Schauer über den Rücken jagte und ihn vorsichtig in sicherere Gefilde fliehen ließ.

Der Karawanenmeister nickte. "Ja. Im Vergleich zum Inland sind es viele. Allerdings nicht wie im Süden, wo diese unsterblichen Bestien unter ihren Nachkommen leben. Aber hier? Hier haben wir viele. Letztlich aber gehen sie entweder ins Meer oder werden vom König vertrieben."

Noch ein Windhauch und Sprühwasser, das sich seinen Weg bis zu Wu Ying bahnte und seine Wangen befeuchtete, während er auf der kleinen Klippe stand, die das Meer überblickte. Er atmete aus, kehrte wieder in die Gegenwart zurück und starrte auf das Wasser. Irgendwo da draußen, hinter den Wellen, außerhalb seines Sichtfeldes, trieb eine Insel, so sagte man sich.

Noch weiter entfernt als der Unterwasserpalast des Drachenkönigs des Ostens lag die sagenumwobene Insel der Unsterblichen. Wo eine berühmte Gruppe von Unsterblichen lebte und die Pfirsiche der Unsterblichkeit – der Weg zur allbekannten Abkürzung – wuchsen.

Die Geschichten jener, die versuchten, auf diese Insel zu kommen, waren zahlreich. Sie zählten zu den Favoriten von herumreisenden Gauklern, weil man mit diesem Handlungsstrang viel anfangen konnte. Komödien – wie die von Ah Roh dem Pilger, der mit seinem Hahn und seiner Ratte ein Floß genommen hatte und schiffbrüchig geworden war. Tragödien – die drei Schwestern von Xin, die ihre Herzen, Gliedmaßen und ihre Zukunft geopfert hatten. Krieg und Drama – als der König von Bu mit seiner Flotte losgesegelt war und sie eine nach der anderen verloren hatte, bevor er mit dem Flaggschiff gesunken war, wodurch eine Kette von Dynastiestreits in seiner Heimat ausgelöst hatte.

Was all diesen Geschichten fehlte, was sie alle nie boten, war ein Hoffnungsschimmer. Erfolg darin, tatsächlich so einen Pfirsich zu erlangen. Und doch versuchten es die Narren weiter, einer nach dem anderen, Jahr für Jahr.

Und obwohl die Zahl der Shui Gui[19] wuchs, die ihren Tod betrauerten, lockte die Hoffnung die Törichten und Mutigen gleichermaßen an.

***

---

[19] Die Geister der Ertrunkenen.

Die Stadt hatte Mauern, die dreimal so hoch wie Wu Ying waren. Sie hatte eine Reihe von Ringmauern, die eine Stadt umringten, die auf dem höchsten Punkt einer Klippe ruhte und die friedliche Küste und den Hafen überblickte. Der Eingang zum Hafen wurde von zwei Festungen geschützt, die eindrucksvolle Wachtürme und Höfe in der Nähe besaßen, auf denen abgenutzte Artilleriegeschütze die Herannahenden überwachten. Weitere Mauern schnitten den Hafen von der Hauptstadt und der Zitadelle ab. Eine breite, gepflasterte Straße ermöglichte einen einfachen Zugang und den Transport des Tagesfanges in die untere Stadt.

Mehrere Boote bewegten sich in dem riesigen Hafen und rangelten sich um die Anlegestellen an den Docks. Kleine Böen von Wind-, Wasser- und Holz-Chi wehten über die Wellen und Kultivatoren der Energiespeicherungsstufe leiteten die Bewegungen der Boote mit Chi und Fähigkeiten an. Kleinere Sampans und Schlepper huschten zwischen den Schiffen umher, die am Rande des kreisförmigen Hafens angelegt hatten. Bewaffnete Wachen standen auf den Booten und stiegen auf Schiffe, die neu ankamen, um Kontrollen durchzuführen und die Steuern und Abgaben der Stadt entgegenzunehmen.

Wu Ying beobachtete das ganze Treiben mit verwirrtem Blick, weil der Anblick neu und einzigartig war. Er hatte noch nie eine Hafenstadt gesehen, die so geschäftig war, denn selbst die Hafenstädte entlang der Flüsse und Seen im Landesinneren hatten nur den Bruchteil dieser Größe. Das Rufen mehrerer Stimmen wurde durch die Entfernung gedämpft, aber sie bildeten ein stumpfes Gebrüll der Zivilisation. Die Gerüche der Stadt waren markanter, denn der Hafen war voller Abfälle.

Er stand dort, bewunderte und ließ den neuen Anblick so lange auf sich wirken, dass eine Patrouille geschickt wurde, um mit ihm zu sprechen. Ein einsamer Wanderer ohne eine wahrnehmbare Aura, der ganz alleine aus den Tiefen der Wildnis jenseits der Hauptstraße auftauchte, war ungewöhnlich und der Adelige, der die Stadt regiert, mochte Ungewöhnliches nicht.

Es waren Anomalien, die verantwortlich dafür waren, dass man von einem Drachen im Schafspelz angegriffen oder von einem Unsterblichen, der zu Besuch kam und dem es im Himmel langweilig geworden war, überrascht wurde.

Die Patrouille, die auf Wu Ying zukam, war eine große Gruppe – mehr als doppelt so groß wie ihre gewöhnlichen Einheiten. Es ergab Sinn, denn der Anführer, der vor ihm stand, war ein Kultivator der niedrigen Stufe der Kernformung. Der Kapitän – was sollte er denn sonst sein – stank, sein Geruch war eine Mischung aus vergammelten Algen und einer offenen Wunde. Wu Ying streckte seinen spirituellen Sinn leicht aus und hielt den Atem an, während er die Umrisse des Mannes vor ihm abtastete. Der Kapitän trug einen beschädigten Kern in sich. Aus einem einzigen Riss tropfte Chi und der Schmerz einer freiliegenden, unsterblichen Seele, deren Schutzhülle aufgebrochen war.

Wu Ying, der seine Gesichtszüge entspannte, während das Entsetzen über das, was dem Kapitän passiert war, in ihm pulsierte, wartete darauf, dass die Gruppe ihn erreichte. Währenddessen nahm er Einzelheiten wahr: Von den kürzeren Beinen der Pferde, auf denen sie ritten, bis hin zu der dezenten Fremdartigkeit der Männer – auf dem Rücken ihrer Reittiere. Eine kurze Einschätzung offenbarte ihm ihre Kultivationsbasen. Eine gleichmäßige Aufteilung von denen am oberen Ende der Körperkultivation und den fünf Männern, die sich auf den mittleren Stufen der Energiespeicherung befanden.

Die Waffen waren interessant. Keiner von ihnen trug Bögen oder Armbrüste bei sich, sondern Wurfspeere, die an speziellen Holstern an ihren Sätteln befestigt waren. Wenn man die hügelige Landschaft bedachte, dann nahm er an, dass es an den kürzeren Kampfstrecken lag. Ihre Schwerter waren kurz, doppelschneidige Jians, die kaum länger als ein großes Messer waren. Ihre Hauptwaffen waren aber nicht die Schwerter oder die Speere, sondern die Stangenwaffen, die sie hielten. Die Haken an den Enden waren dazu da, durch Rüstungen zu schlagen oder ihre Gegner einzufangen und hinter sich herzuschleifen.

Oder von Booten ins Wasser.

Die Pferde selbst hatten keine Rüstung und die Wachen trugen leichtere, dünnere Lederrüstungen, die durch Öl geschmeidig waren und nicht in Öfen gehärtet und versteift worden waren. Außerdem war ihre Rüstung nicht mit Hakenverschlüssen oder Schnallen, sondern mit Schnüren befestigt, deren Knoten unter den wenigen, überlappenden Platten an der Schulter oder um ihren Hals versteckt waren.

Wu Ying ließ seine Sinne beiläufig über die Knoten wandern und war vom Unterschied zwischen den Wachen überrascht. Außerdem kannte er diese Knoten nicht, obwohl er schon bald herausfinden konnte, dass die meisten eine Variation eines Kreuzknotens waren, die es ermöglichte, ihn mit einem einzigen, gut gezielten Zug zu lösen.

Ein schlechter Schutz gegen einen Mann, der einen schelmischen Wind-Dao hatte. Aber der östliche Wind erzählte von anderen Geschichten. Von Seemännern, die ihre Rüstung abnahmen, um in tosende Wellen zu springen, um Brüder zu retten, von gefallenen Wachen und der kalten Umarmung des Ozeans.

"Möge der Segen des Meeres mit Euch sein, verehrter Besucher", sagte der Kapitän, als die Gruppe nahe genug war. Ebenso wie seine Seele war auch die Stimme des Kapitäns erschöpft, heiser, beschädigt und bei jedem Wort kratzend. Ein scharfer Kontrast zu seiner sanften Miene, dem hellbraunen Haar und den funkelnden Augen. "Ich bin der Kapitän der Wachen, Ren Xue aus der Provinz Ba."

Fünf ihrer Mitglieder lösten sich von der Gruppe. Die Kultivatoren der Energiespeicherung ritten auf ihren Pferden und positionierten sich an den Spitzen eines Pentagramms. Wu Ying nahm an, dass es der Beginn einer Kampfformation war. Die anderen fünf waren hinter und neben dem Kapitän. Jeder von ihnen hatte freie Bahn, um die Wurfspeere zu werfen, die sie so locker mit der Spitze nach unten hielten.

"Auch Euch einen schönen Tag, Kapitän", antwortete Wu Ying lässig. "Mein Name ist Long Wu Ying, ich bin ein fahrender Kultivator und Sammler spiritueller Kräuter."

Der Kapitän entspannte sich ein bisschen, als sich Wu Ying höflich vorstellte, und noch mehr, als er seinen Beruf nannte. Es erklärte die Kontrolle über seine Aura, wenn er ein Sammler war. Der Blick des Mannes huschte schnell und kurz über Wu Yings Roben. Nach gründlicher Überlegung hatte Wu Ying eine Nachbildung der inneren Sektenroben des Sattgrünen Wassers angezogen, die er hatte anfertigen lassen. Leider waren sie nicht aus der speziellen Seide, die wie ihre geschätzten Originale zusätzlichen Schutz und Haltbarkeit boten. Dennoch waren diese neuen Roben ausreichend, wenn er irgendwo zu Besuch war und sich präsentieren wollte.

"Entschuldigt, Kultivator Long, aber ich kenne die Sekte nicht, aus der Ihr stammt."

Wu Ying fragte sich, ob der Mann einfach ins Blaue hinein riet oder ob er wirklich annahm, dass Wu Ying Teil einer Sekte war. Denn Wu Ying war bewusst, dass sein Akzent ihn als Fremden kenntlich machte. Seine abgerundete Betonung war ein starker Kontrast zu den abgehackten, scharfen Tönen der Einheimischen hier.

"Ich fühle mich dadurch nicht beleidigt. Ich bin weit gereist und ich würde nicht erwarten, dass auch ein solches Wissen in die Ferne gedrungen ist", antwortete Wu Ying. Er berührte mit einem leichten Lächeln auf den Lippen seine Roben. "Ich habe die Sekte des Sattgrünen Wassers derzeit verlassen."

"Aus dem Königreich der Shen", stellte Kapitän Ren fest, bevor Wu Ying das hinzufügen konnte. "Das ist keine kleine Sekte. Mein Meister wäre geehrt, jemanden von solch namhafter Herkunft seinen Gast nennen zu dürfen."

Wu Ying versteckte das innerliche Zucken, das die Worte des Mannes auslösten. Nicht, dass es ihn überraschte, dass der Adelige, der für die Stadt – und offenbar auch die Provinz – verantwortlich war, ihn feiern wollte. Trotzdem bedeutete das eine Reihe an Abendessen, Getränken, Reden und vorsichtig geführte Unterhaltungen. Lange Tage voller Höflichkeit.

Auf der anderen Seite bedeutete das aber auch möglicherweise einen Zugang zu seiner Bibliothek und seinen Beziehungen, was abhängig vom Aufbau des Königreichs von größter Wichtigkeit sein könnte. Gewisse Königreiche und Sekten beschränkten den Zugang für alle, vom Apotheker bis zum Kampfkunsttrainer, sodass Wu Ying mit ihnen verhandeln musste.

Hoffentlich musste er nicht – schon wieder – eine hartnäckige Einladung, ihrer Sekte oder Regierung beizutreten, ablehnen.

"Es wäre mir eine Ehre, Euren Meister zu treffen, den Meister ...?"

"Viscount Khao."

"Es wäre mir eine Ehre, Viscount Khao zu treffen", wiederholte Wu Ying und senkte in Anerkennung an die Korrektur seinen Kopf.

Mit einer knappen Geste von Kapitän Ren entspannten sich die Wachen. Er lud dann Wu Ying dazu ein, ihnen zu folgen, und war kurz überrascht, als Wu Ying beschloss, durch die Luft zu gehen, um auf Augenhöhe mit dem Mann auf dem Pferd zu sein.

So kehrten sie zur Stadt zurück, ein Mann schritt durch den Himmel und der andere ritt langsam auf seinem Ross, während die Wachen sie beide umringten. Mehrere Blicke fielen in ihre Richtung und Kinder zeigten wegen dieses ungewöhnlichen Anblicks in ihre Richtung, während sich Erwachsene mit ihren getrübten Erwartungen geschwind umdrehten, um zu bestätigen, was sie gesehen hatten. Wu Ying ignorierte all diesen Aufruhr sorgsam, genauso wie es der Kapitän tat.

Tatsächlich schien der Kapitän vorzuhaben, Wu Ying die Geschichte des Königreichs und der Provinz zu erzählen, während sie weitergingen. Seine Stimme war kratzig und rau und er sprach die Worte fast schon routinemäßig, als hätte er sie schon viele Male zuvor ausgesprochen.

"Baisha ist die Hauptstadt der acht Provinzen, die vom ersten Viscount von Ba vor vierhundertundachtzig Jahren begründet wurde. Er hat den anfänglichen Hafen und den ersten Reißzahn gebaut" – eine Geste zum Turm auf der nördlichen Seite der Bucht – "während es der sechste Viscount –Viscount Khaos Vater – war, der den zweiten Reißzahn gebaut hat."

"Eindrucksvolle Festungen", murmelte Wu Ying, der den Mann gerne seine Geschichte erzählen ließ.

"Das sind sie. Dank ihnen ist die Stadt noch nie eingenommen worden", antwortete Kapitän Ren, dessen Nase sich leicht rümpfte, als er weitersprach. "Obwohl viele das versucht haben, darunter auch das törichte Wakoku[20]."

"Und was ist mit einem Angriff von Land aus?", fragte Wu Ying neugierig.

---

[20] Ein sehr alter, leicht beleidigender Name für Japan. Es ist selbstverständlich, dass hier nicht das eigentliche Japan gemeint ist, weil dies hier nicht das eigentliche China ist, aber für diesen Charakter ist diese Umschreibung und beleidigende Verwendung beabsichtigt.

"Ha! Wir sind die östlichste Provinz des Königreichs der Jiang." Der Kapitän zeigte nach Westen. "In der gesamten Gegend leben unsere Leute, wer also sollte uns angreifen?" Er schnaubte. "Jeder, der versucht, eine Armee über die kaiserlichen Straßen zu führen, würde entdeckt und kurz darauf ausgeschaltet werden. Und nur wenige wagen sich in die tiefere Wildnis." Er blickte mit einem leichten Lächeln auf seinem Gesicht zu Wu Ying. "Mit Ausnahme natürlich von Personen wie Euch."

"Warum also die vielen Mauern?"

Kapitän Ren schaute Wu Ying nachdenklich an. Dank der Bauweise der Mauern hatte man von ihrem vorherigen Standpunkt aus nur die große Außenmauer und einen einzigen Innenwall sehen können. Natürlich hätte Wu Ying die Stadt vorher auskundschaften können – denn, wie er schon oft bewiesen hatte, konnte er fliegen –, aber es war dennoch eine interessante Offenbarung. Wu Ying hatte das bewusst ausgelassen.

Über die Jahre hinweg – und er wollte gar nicht darüber nachdenken, wie viele das gewesen waren – hatte der Kultivator gelernt, dass es ziemlich sinnlos war, alle seine Fähigkeiten zu verstecken. Da er ein fahrender Sammler war, wurde angenommen, dass er Waren hatte, die es wert waren, zu kaufen. Wenn andere vermuteten, dass er zu schwach war, um seine Habe zu schützen, würde das zu einem Angriff zu einem späteren Zeitpunkt verleiten.

Falls er aber das volle Ausmaß seines Könnens offenbarte, dann war die Menge an Aufmerksamkeit, die er erhielt, oftmals lästig. Mehr als einmal hatte er übereilt aus einer Stadt oder Provinz aufbrechen müssen, um seine Beobachter in der tiefen Wildnis abzuschütteln. Und selbst dann wurden Wahrsagerei und andere Formen von Beobachtungen aus der Ferne eingesetzt, denn die Sorgen über einen mächtigen, sektenlosen, ungebundenen Kultivator schürte den Verfolgungswahn der Machthaber.

Er zeigte besser seine Treue und Stärke – jedenfalls einen Teil davon. Ohne ein Schwert zu kämpfen zeugte von einem hohen Grad an Beweglichkeit. Ein mächtiger spiritueller Sinn oder andere Arten der Wahrnehmung der Führungspersonen zeugten von einem wachsamen und paranoiden Individuum. Seine makellose Aurakontrolle, die sich sogar den intensivsten Untersuchungen entzog, war ein Zeichen seiner Fähigkeiten als Sammler und seinem Können, in die Wildnis zu entfliehen.

All das führte zu der Annahme, dass jede Handlung gegen ihn zumindest in seiner erfolgreichen Flucht enden würde.

Und wenn das Sattgrüne Wasser ein Problem damit hatte, dass er die Sektenroben benutzte, dann hätten sie ihn endgültig aus der Sekte verbannen müssen. Sie könnten auch kommen, um ihn zu finden und die Angelegenheit persönlich zu besprechen. Bis dahin handelte er besser in guter Absicht und bat später um Vergebung.

Oder überhaupt nicht.

"Kaiserliches Dekret", erklärte Kapitän Ren steif. "Keiner Stadt ist es erlaubt, mehr als ein paar gestattete Gebäude außerhalb der Stadtmauern zu errichten." Er wies zu den verstreuten, kleinen Ständen und Gasthäusern, die draußen standen. Viele davon sahen marode und bereit zum Abriss aus. "Diese dort sind illegal. In einem Tag, oder höchstens ein paar Tagen, werden sie abgerissen. Wisst Ihr, alle Gebäude innerhalb der Stadt sind versteuert. Diejenigen draußen nicht. König Yu der Großartige hat vor zweihundertundachtzig Jahren das kaiserliche Dekret erlassen, um weitere Steuerhinterziehung zu bekämpfen."

Nicht weit entfernt spuckte einer der Männer, der ein behelfsmäßiges Gasthaus betrieb, zur Seite aus. Er stellte sicher, dass er nicht auf die Straße selbst oder in die Nähe der Gruppe spuckte, aber seine Abscheu war eindeutig. Es musste ein seltsames Leben sein, wenn das eigene Geschäft alle paar Tage durch die Launen der Wachen zerstört wurde. Und dennoch hielten sie an ihren Bemühungen fest.

"Wirft es denn ein gutes Geschäft ab, das es lohnenswert macht?", fragte Wu Ying. Es war sicherlich keine große Sache, etwas länger zu warten, bis sie die Stadt betraten, egal wie lange sie gereist waren. Selbst jetzt, mitten am Tag, war die Schlange, die vor der Stadt wartete, nur etwa ein Dutzend Karren lang.

Natürlich umgingen der Wachkapitän und er die Schlange, die vor den massiven Toren wartete, während das Geschwader aus Wachen, an denen sie vorbeikamen, dem Kapitän zunickten.

"Der widerwärtigen Art, ja." Kapitän Ren rümpfte die Nase. "Einige haben kein Verlangen danach, die Zugangssteuer zu bezahlen. Andere bringen unerlaubte Waren mit sich oder geben diese draußen an Personen weiter, die eine entsprechende Lizenz besitzen." Er senkte die Stimme, als er weiterhin sagte: "Dann gibt es noch die Klansleute. Sie kommen immer noch aus dem Norden oder der Marsch und sie lassen wir nicht in die Stadt. Also gehen sie draußen ihren Geschäften nach."

Als sie drinnen waren, wurde der Kapitän bedeutend weniger gesprächig. Kein Wunder, denn die Laustärke der Menge reichte aus, um selbst die lauteste Stimme zu übertönen. Darüber hinaus beobachtete der Mann, wie Wu Ying den Anblick und die Geräusche auf sich wirken ließ, während er hin und wieder einem Händler oder einem Koch an einem Essensstand eine Münze zuwarf.

"Hungrig?", fragte Kapitän Ren, als Wu Ying seinen achten Imbiss auf ihrem kurzen Weg einnahm. Diesmal war es eine in Blätter gewickelte Rolle mit frittiertem Tofu, die mit Hackfleisch und Bambussprossen gefüllt war.

Wu Ying schlang die Rolle hinunter und wischte sich mit dem Daumen über den Mund. "Nachdem ich so viel Zeit in der Wildnis verbracht habe, fehlt mir das Essen, das von jemand anderem zubereitet wurde." Er wies die Hauptstraße hinunter, auf der ihre Pferde sie gemächlich nach oben zu der riesigen Festung und der Residenz des Adeligen trugen, und sprach weiter. "Außerdem stelle ich immer wieder fest, dass Essen und Unterhaltung die besonderen Merkmale vieler Königreiche sind."

Kapitän Ren lächelte. "Ja, der Viscount ist zu Recht stolz auf unsere Köche. Wir legen Wert auf die Frische unserer Zutaten, die Geschwindigkeit und die Feinfühligkeit, die man benötigt, um ein anständiges Gericht zuzubereiten, ohne die Zutaten zu ruinieren." Er zeigte zurück zum Hafen, bevor er fortfuhr. "Zudem haben wir Glück, Zugang zu einem der besten Orte für solche Zutaten zu haben."

Wu Ying nickte und beäugte Kapitän Ren aus den Augenwinkeln. Er musste einfach fragen. "Ihr seid also selbst auch ein Connaisseur?"

Kapitän Ren lachte kurz. "Das muss jemand sein, der im Dienst meines Meisters steht."

"Ah ..."

War das nicht ein interessanter Leckerbissen? Plötzlich war Wu Ying daran interessiert, diesen Respekt einflößenden Viscount zu treffen. Was für ein Mann stellte einen gebrochenen Kultivator der Kernformung ein und rief trotzdem eine derartige Loyalität und Hingabe in einem Mann hervor, der sonst so verdrießlich wirkte?

Kapitel 31

Der Viscount enttäuschte einige von Wu Yings Erwartungen. Zunächst war da einmal die Tatsache, dass man sie hätte Viscountess nennen sollen, obwohl die geschlechtsneutrale Bezeichnung an den Besonderheiten der Traditionen dieses Königreichs liegen könnte. Zum anderen durch die kunstvolle Methode, wie die Festung und ihr innerer Aufbau seine spirituellen und Windsinne blockiert hatten, wobei die Unterdrückung stärker wurde, als sie den inneren Saal erreichten, der nicht einmal einen Funken ihrer Präsenz hatte durchsickern lassen.

Und zu guter Letzt war da die einfache Tatsache, dass der Viscount ein Kind war. Neun Jahre alt, mit der ernsthaften Miene einer Person, der man in allzu jungen Jahren eine Bürde auferlegt hatte. Ihr Haar war hochgesteckt und von dem Kopfschmuck fixiert, den sie tragen musste. Ihre Kleidung war steif und mehrlagig, damit sie aufrecht saß.

"Viscount Khao. Ich präsentiere Euch Kultivator Long Wu Ying aus der Sekte des Sattgrünen Wassers." Der Kapitän verbeugte sich tief, was Wu Ying nachmachte – wenn auch nicht so tief. Es gab, selbstverständlich, bestimmte Stufen der Höflichkeit und Feinheiten der Treue, die man aufrechterhalten musste und durch die Tiefe der Ehrerbietung vermittelt wurde, die man jemandem entgegenbrachte.

"Der Sammler des Sattgrünen Wassers?", fragte Viscount Khao mit strahlenden Augen. "Du meine Güte. Also hatten sie Recht!"

Wu Ying zögerte, er war überrascht. "Das ... ist ein Titel, den ich seit vielen Jahren nicht mehr gehört habe."

Viscount Khao lächelte. "Eure Ankunft wurde vorhergesagt."

"Von wem?", fragte Wu Ying alarmiert.

Sollte sie es bemerkt haben, so zeigte sie das nicht. Kapitän Ren andererseits ließ seine Hand genau wie die vier Wachen, die im Saal waren, auf das Kurzschwert fallen, das er immer noch bei sich trug. Zwei der Wachen standen direkt neben dem Viscount, zwei standen an der Tür. Und vier weitere, die versteckt mit – verzauberten und verstärkten – Wurfspeeren bewaffnet auf Alkoven standen und bereit waren, sie zu werfen, wenn es nötig war.

"Hmm ... einen Moment." Sie griff nach unten und ihre Finger fanden die filigrane, weiße und blaue Glocke aus Porzellan, die auf dem Tisch neben ihr stand. Sie läutete sie und der Klang hallte durch den inneren Saal voller Säulen, der knapp zwölf Meter lang war. Sein Design ähnelte dem Rest der Festung sehr, wo der Platz begrenzt war und Möbel zwar luxuriös und von bester Qualität, aber spärlich waren.

Ein Beamter, der in die schwarzen Roben eines Gelehrten gekleidet war, erschien aus einer Seitentür. Er beugte sich zu ihr, sodass sie ihm Anweisungen zuzuflüstern konnte, ehe der Mann hinauseilte, woraufhin Wu Ying über die Worte sinnierte, die der Wind zu ihm getragen hatte.

"*Bringt die Schriftrolle*", hatte sie gesagt.

Ja, was für eine Schriftrolle? Trotzdem war es unwahrscheinlich, dass sie allzu gefährlich sein würde, es sei denn, man hatte sie mit einem Dao der Tötung verzaubert und versetzt.

Er beäugte den Viscount. Sie wirkte sehr zufrieden mit sich selbst und er schloss, dass er nicht die Antworten bekäme, die er brauchte, wenn er nachfragte. Also blieb nur die Flucht, bevor die Schriftrolle hergebracht wurde, oder Geduld.

In diesem Sinne gab es nur wenig zu sagen. Er würde tun, was nötig sein würde, und abwarten, was sie zu sagen hatten, denn er war des Weglaufens müde. Es war ohnehin unwahrscheinlich, dass die Schriftrolle unmittelbar gefährlich sein würde. Die Neugier zerrte an ihm und als die Schriftrolle von dem Diener in Schwarz auf einem Kissen hineingebracht wurde, hob Wu Ying das Stück Papier mit einer Berührung des Windes an, um es zu sich zu tragen und vor sich zu drehen.

Er beachtete die nachdenklichen Blicke der anderen nicht und drehte die Schriftrolle mehrmals um ihre Achse. Auch sein spiritueller Sinn untersuchte sie und bestätigte, dass es nicht mehr als ein Stück Pergament zu sein schien. Das einzig überraschende war in der Tat das Siegel. Ein vertrautes Siegel der Sekte des Sattgrünen Wassers mit einem Muster, das nur für die Benutzung durch Älteste bestimmt war. Zusätzlich war es mit dem Namen des Besitzers entlang seines Randes gekennzeichnet.

Ältere Schwester.

Wu Ying blinzelte. Plötzlich hatte er einen Kloß im Hals und seine Augen füllten sich mit Tränen. Seine Hände hoben sich und griffen nach dem Dokument, das immer noch schwebte, und drehten es so herum, dass das Siegel vor ihm war. Seine Finger fuhren über das rote Wachs, tasteten die Ränder ab und bestätigten, was er gesehen hatte. Es zu berühren brachte ihn ihr und seinen Freunden näher, als er ihnen seit vielen Jahren gewesen war.

Er schluckte die anschwellenden Gefühle hinunter und gab sein Bestes, seine Gesichtszüge ruhig zu halten. Er wusste, dass er einen Fehler gemacht und eine Schwachstelle offenbart hatte, die möglicherweise ausgenutzt werden konnte. Im Moment hatte er nicht genug Energie, um sich darum zu scheren.

Dennoch öffnete er die Schriftrolle nicht, sondern verstaute sie in einem seiner Ringe der Aufbewahrung.

"Ich danke Euch, dass Ihr mir die Nachricht persönlich übergeben habt", sagte Wu Ying. "Es ist ... günstig ... dass die Weissagungen sie zu mir geführt haben. Ich freue mich darauf, ihren Inhalt zu lesen."

"Aber jetzt werdet Ihr das nicht tun", stellte Viscount Khao enttäuscht fest. Sie machte einen Schmollmund und wirkte verärgert, dass sie den Inhalt nicht erfuhr.

"Ich möchte die Nachrichten darin gerne auskosten, wenn es mir gestattet ist", meinte Wu Ying. "Für mich sind Neuigkeiten aus der Sekte eine Seltenheit."

Viscount Khao verzog das Gesicht, aber dann schoss ihr Blick zur Seite. Kapitän Ren warf ihr einen strengen Blick zu, was den Viscount dazu brachte, sich aufzusetzen und ihre Gesichtszüge zu glätten. "Natürlich. Nun, ich biete Euch Residenz in unserer Festung an. Wie ich höre, habt Ihr viel Zeit in tiefster Wildnis verbracht. Ich bin sicher, Ihr würdet Euch gerne ausruhen und waschen. Vielleicht können wir uns weiter unterhalten, sobald Ihr ausgeruht seid?"

Faszinierend. Offensichtlich gab es etwas, das sie von ihm wollten. Aber sie verhielten sich diesbezüglich höflich. Was auch immer sie von ihm benötigten – und als Sammler konnte er sich vorstellen, was das war –, es war nicht dringend.

"Vielen Dank für Eure Rücksichtnahme, Viscount Khao", sagte Wu Ying. "Ich bin etwas erschöpft und wäre dankbar über ein Bad und einen Ort, wo ich meine Last ablegen kann."

"Dann ruht Euch aus." Sie läutete die Glocke wieder und wies ihren Diener an, Wu Ying zu seinem Quartier zu geleiten. Es wurde aber nicht erwähnt, dass dieses vorbereitet werden sollte, was bedeutete, dass all dies geplant war.

Was ihn immer neugieriger machte.

***

In der Abgeschiedenheit seines Zimmers – das im Nordwesten der Festung lag und daher einen Zugang nach außen und zu den Flachlanden dahinter hatte – brachte Wu Ying den letzten der einfachen Schutztalismane an, die er bei sich trug. Er blickte auf das halbe Dutzend Talismane, die er übrig hatte und wusste, dass er bald Nachschub kaufen musste. Obwohl er die wiederverwendbaren, defensiven Formationsflaggen bevorzugte, die er erworben hatte, waren Talismane einfach anzubringen, konnten schnell wieder entfernt werden und der wichtigste Punkt war, dass sie flexibel waren. Zum Beispiel waren sie perfekt, um einen Schutzwall gegen Lauschen zu errichten und ihn zu alarmieren, wenn jemand unbemerkt sein Zimmer betrat.

Natürlich gab es erhebliche Nachteile. Talismane waren wegen des Materials, das für die meisten verwendet wurde, grundsätzlich weniger stark als Formationsflaggen. Ein dezenter und gekonnter Gebrauch von Sinnen oder Daos konnte viele Wälle, die durch Talismane errichtet wurden, umgehen und es brauchte nicht viel Anstrengung, um sie zu zerstören. Je einfacher und konzentrierter der Einsatz eines Talismans war, desto mächtiger war er.

Sie waren auch von Natur aus ein Gegenstand für den einmaligen Einsatz. Daher war es grundlegend einfacher und oft günstiger, Talismane anstatt Formationsflaggen zu kaufen.

In diesem Fall hatte Wu Ying eine Reihe an Talismanen eingesetzt, um sein Zimmer zu schützen. Sie konnten niemanden davon abhalten, es zu betreten, aber wenn auch nur einer von ihnen ausgelöst wurde, würde Wu Ying alarmiert werden.

Selbst das war, wie er zugeben musste, eine übertrieben paranoide Reaktion. Sein Gastgeber hatte nichts getan, um ihn des Verrats verdächtig zu machen. Aber als einsamer Kultivator ohne den Rückhalt seiner Sekte in seiner Nähe, noch die Unterstützung von Kameraden, hatte Wu Ying gelernt, Vorsicht walten zu lassen.

Das Zimmer war spartanisch und klein. Ein Teil des Raums, der von einem seidenen Raumtrenner abgegrenzt war, enthielt die ovale Wanne aus Holz, die bereits mit dampfendem Wasser gefüllt war. Kleine Runen, die Energie aus einem winzigen dämonischen Seelenstein erhielten, hielten das Wasser warm und sauber. Das Holzbett in der anderen Ecke war mit einem gepolsterten Seidenfuton bedeckt, um für Komfort zu sorgen und eine leichtere Seidendecke lag zusammengefaltet am Fuß des Bettes. Filigrane Stickereien zierten sowohl den Futon als auch die Decke. Die heitere Szenerie, die dargestellt wurde, erinnerte an die Außenwelt. Eine Fischereiflotte, sanfte Wellen und der Fisch, den sie versuchten, zu fangen, waren allesamt grazil und gekonnt aufgestickt.

Die einzigen anderen Möbelstücke waren ein Tisch, der unter dem Fenster stand, und ein Stuhl. Ein Kalligraphiepinsel und Papier lagen auf dem Tisch, die Wu Ying benutzen konnte, wenn er wollte.

Dürftig, aber von hoher Qualität. Genau wie die übrige Festung.

Wu Ying nahm neben dem Tisch Platz und beschwor die Schriftrolle in seine Hand. Er drehte sie noch einmal herum und überprüfte, ob das Siegel weder manipuliert noch mit einer Falle versehen war. Nach langer Untersuchung schätzte er es als sicher und unberührt ein. Oder von jemandem angebracht, der viel geschickter als er war.

Ein deprimierender und paranoider, aber notwendiger Gedanke.

Dann hatte er es lange genug hinausgezögert. Sein Finger glitt unter das Wachssiegel und brach es auf, während das weiche Pergament über seine Finger strich.

Mein lieber kleiner Bruder,

es ist Jahre her, seit wir miteinander kommuniziert haben. Die Älteste Tan hat mir versichert, dass es dir gut gehen wird, wenn du diese Nachricht erhältst. Sie haben mir berichtet, dass du auf deinem Kultivationsweg stark geworden bist, dass du einen Kern geformt und weiter gewachsen bist, den Wind angenommen und deine eigene Körperkultivation entwickelt hast.

Geschichten über deine Reisen und Taten sind zu uns durchgedrungen, über den mysteriösen Sammler, der grüne Roben trägt und gegen Seelenbestien gekämpft, korrupte Adelige besiegt und Banditen vertrieben hat, während er irgendwie das richtige spirituelle Kraut hatte, um die Prinzessin zu retten oder ein Dorf zu entgiften.

Es liegt auf der Hand, dass die Geschichten einen Hang zur Übertreibung haben. Trotzdem beglückwünsche ich dich zu all deinen Erfolgen und Kompliment zu deinem Ruf.

Außerdem entschuldige ich mich, dass diese Nachricht dich erst so spät erreicht. Wie du weißt, war ich eine zeitlang in der abgeschotteten Kultivation und es gab weitere Komplikationen in der Sekte, die den Kontakt erschwert haben. Erst vor Kurzem ist es mir möglich geworden und zu diesem Zeitpunkt hat dein Erfolg, die Winde so tief anzunehmen wie du, die Versuche der Weissagung enorm getrübt.

Der Wind ist unstet und so ist auch deine Zukunft.

Du musst wissen, dass dies die dritte Nachricht ist, die ich nach der Weissagung der Ältesten Tan losgeschickt habe.

Sei versichert, dass die Sekte und ich uns auf deine Rückkehr freuen. Dass es deinen Eltern gut geht, obwohl sie wie alle Sterblichen altern. Deine Freunde werden unentwegt stärker, einige von ihnen in erschreckende Richtungen.

Aber am meisten sollst du wissen, dass du dort bist, wo du zu diesem Zeitpunkt sein musst.

Möge der wahre Dao dich in all deinen Entscheidungen leiten.

Deine Ältere Schwester;

Yang Fa Yuan

Wu Ying starrte die Nachricht lange an und las sie mehrmals. Ein Teil von ihm fand die Art, wie sie sowohl höchst persönlich als auch objektiv war, amüsant. Es fühlte sich wie einen Brief an, den wirklich nur seine Ältere Schwester schreiben konnte.

Trotzdem verweilte sein Blick an einigen bestimmten Stellen. Die Bestätigung, dass seine Verbannung beendet war, soweit es die Sekte betraf. Dass es seinen Eltern gut ging, obwohl sie ihn vermutlich vermissten. Das würden sie natürlich nicht sagen, denn sie würden es niemals wollen, sich in seinen Pfad einzumischen. Dass sie in Würde alterten, was sich aber dennoch nicht von anderen Sterblichen unterschied.

Er atmete tief ein und versuchte, den Schmerz abzuschütteln, der ihm die Brust zuschnürte. Und die Tränen, die sich in seinen Augen sammelten. Er vermisste sie, vermisste seine Familie, seine Freunde und sogar die vertraute Routine und die Landschaft der Sekte.

Das Reisen war wichtig und das Reisen war der Kern dessen, zu dem er geworden war. Aber er war menschlich. Nur zu sterblich, zu anfällig für Herzschmerz und Einsamkeit und Verlust. Zu oft verbrachte er seine Zeit in der Wildnis, ohne sterbliche Gesellschaft. Wo er von allen Seiten durch unsichtbare Gefahren bedrängt wurde, sodass ihm mehrere Tage lang kein Wort über die Lippen kam.

Er vermisste sie und an den schlimmsten Tagen sehnte er sich nach dem Bekannten, nach denen, die er einst als Verbündete betrachtet hatte. Der Brief war beinahe, um ein Haar, sein Ruin, als das Bedürfnis, nach Hause zurückzukehren, sich auszuruhen und für eine Zeit lang nicht mehr zu reisen, in ihm aufstieg. Ein Gefühl, das kaum zu bändigen war.

Er trat näher an das Fenster und wünschte sich, durch es hinauszutreten, um in den Himmel aufzusteigen und wegzufliegen. Um nach Hause zurückzugehen und seine Familie und Freunde zu sehen, um diesen Pfad hinter sich zu lassen.

Doch eine einzige Zeile hielt ihn zurück. Vielleicht hatte sie gewusst, was passieren würde, sobald der Brief ihn erreichte. Vielleicht war seine Reaktion vorhergesagt worden. Oder vielleicht war es nur Zufall.

Aber die Zusicherung, dass er dort war, wo er gebraucht wurde, hielt ihn an Ort und Stelle.

Notwendigkeit und Verlangen kämpften in seiner Seele.

Der tiefe, seelische Schmerz der Einsamkeit und des Heimwehs pochte in seiner Brust. Tränen rannen an seinen Wangen hinunter, als er die Tiefe seiner Isolation, seiner Andersartigkeit spürte. In einer Stadt, die so anders als alle anderen war, dessen Gestaltung und Gerüche fremd für ihn waren, taumelte Wu Ying am Rande der Aufgabe seiner Reise.

Aber letztendlich verflog dieses Gefühl. Letztendlich schaute er nach unten und bemerkte, dass die Schriftrolle noch weiter ging und ein kleiner Pfeil nach links zeigte[21]. Er runzelte die Stirn und rollte die Schriftrolle aus, um eine weitere Nachricht vorzufinden.

Es ist langweilig, seit du weg bist. Komm zurück, sobald du kannst, aber vergiss nicht, Knabbereien mitzubringen!

Tou He

Das Gelächter drang aus seinem Bauch und sprudelte durch seine Brust nach oben, bevor es durch seine Kehle und nach außen drang. Es endete darin, dass er die Schriftrolle fallen ließ und sich am Tisch festhielt, während er lachte und lachte. Die letzte Nachricht, die von seinem Freund, seinem besten Freund stammte, durchbrach die stechende Melancholie, die sich auf ihn gelegt hatte.

Wu Ying lachte in einer Ecke seines Zimmers und erinnerte sich an all die vergangenen Dinge. Schlussendlich kehrte selbst der Wind dorthin zurück, wo er gewesen war. Er würde seinen Freunden und seiner Familie vertrauen, dass sie immer noch da waren, wenn er zurückkehrte.

***

"Ich danke Euch für Eure Geduld, Viscount Khao", sagte Wu Ying später an diesem Abend. Die Gruppe hatte sich nach einem angenehmen Abendessen, wo sich die Unterhaltungen um örtliche Delikatessen, Seelenbestien und andere Details zur Stadt und der Provinz gedreht hatten, wieder zusammengefunden. Anders ausgedrückt hatten sie sich über nichts

---

[21] Zur Erinnerung: Chinesisch wird vertikal, von rechts nach links geschrieben. Um also mehr zu enthüllen, wird eine Schriftrolle aufgerollt, um weitere Zeilen auf der linken Seite derselben aufzudecken.

Wichtiges unterhalten. Erst jetzt, im privaten Studierzimmer des Viscounts, wandte sich die Unterhaltung ernsteren Themen zu.

"Nicht der Rede wert. Vom vielen Reisen wird man schnell müde", antwortete der Viscount und versteckte ein leichtes Gähnen hinter einer hastig angehobenen Tasse mit Mungbohnensaft. Man sagte sich, dass Wasser, in dem frische Mungbohnen gekocht worden waren, gut für den Magen war, und der junge Viscount hatte das ganze Abendessen über an dem Getränk genippt. "Nicht, dass ich viele Gelegenheiten gehabt habe, zu reisen."

"Viscount, Ihr wisst –", begann Kapitän Ren.

"Ich weiß", unterbrach sie ihn giftig, hielt dann inne und schüttelte ihren Kopf. "Entschuldigt. Das habe ich nicht so gemeint. Es ist nur ..."

"Ich verstehe", versicherte Kapitän Ren, blickte dann Wu Ying scharf an und brachte den Viscount zum Erröten.

"Kultivator Long", sagte sie süß und heiter, "ich habe gehört, Ihr seid ein fahrender Sammler mit gewissen Fähigkeiten und einem Ruf."

"Ein paar kleinere Fähigkeiten, ja."

Der Viscount sprach weiter, immer noch erheitert. "Habt Ihr bereits viel im Wasser gesammelt?"

"In Seen und Teichen, ja", antwortete Wu Ying. "Die Lotus haben eine recht große Variabilität an Elementartypen, außerdem haben sie einen gewissen Nährstoffgehalt und sind für medizinische Bäder nützlich. Sie sind sehr verbreitet, obwohl sie von mir am wenigsten gesammelt werden."

"Aber nichts aus dem Ozean?"

"Das ist das erste Mal, dass ich zu einem Ozean gereist bin", erklärte Wu Ying. "Ich habe ein bisschen Seetang gesammelt, das an die Küste angespült wurde, und habe währenddessen mit einigen Dorfbewohnern gesprochen. Aber nichts von großem Wert."

Er hatte diese Lektion zur Genüge gelernt. Es war am besten, herauszufinden, wie die ansässige Regierung über einen fahrenden Kultivator dachte, der sich an ihrem Land bediente. Entweder das oder man vermied sie vollständig. In diesem Fall war es bei größeren Königreichen nützlich, wenn er in Erscheinung trat, sich bemerkbar machte und die grundlegenden Gesetze, die ihn betrafen, verstand. Es war eine Sache, etwas in der Wildnis zu sammeln, aber am Ozean entlang und unter den Blicken von anderen? Man war besser vorsichtig.

Ihre Gesetze folgten wahrscheinlich – so glaubte er – den alten Regeln, die der Gelbe Herrscher festgelegt hatte, aber es war immer besser, wenn man solche Dinge selbst herausfand.

Viscount Khao nickte und schaute zu Kapitän Ren. In ihrem Blick lag eine Frage, die er mit einem kurzen Nicken beantwortete.

"Dann können wir vielleicht eine Abmachung treffen", meinte sie mit einem Lächeln. "Falls Ihr dazu bereit seid, versteht sich."

"Eine Abmachung?", fragte Wu Ying.

"Wir brauchen einen Sammler, um bestimmte Gegenstände zu besorgen. Jedoch befinden sich diese Gegenstände nicht an Land, sondern im Ozean." Sie lächelte bitter, während der Schmerz tief in ihren Augen flackerte. "Ich werde Euch nicht belügen. Die letzten zwei Sammler, die wir losgeschickt haben und normalerweise mit der Beschaffung von Gegenständen beauftragt sind, sind bei ihrem Versuch gestorben."

"Es scheint, dass es sich um einen Gegenstand von großer Bedeutung handelt", sagte Wu Ying langsam.

"Das stimmt. Es ist das Fundament des Reichtums meiner Familie und unserer Existenz in diesem Land." Sie berührte ihre Brust. "Wenn wir diesen Zehntel nicht dem König übergeben, ist unsere bloße Existenz als Adelsgeschlecht in Gefahr."

"Warum erzählt Ihr mir das alles?", wollte Wu Ying wissen. "Sicher wisst Ihr, dass dies Eure Lage komplizierter macht, wenn wir meinen Preis verhandeln."

Zum ersten Mal huschte ein eindeutig verschmitzter Blick über das Gesicht des jungen Mädchens. Sie blickte Wu Ying mit weit aufgerissenen Augen an. "Aber das Tantchen Yang hat gesagt, dass Ihr ein wahrer Held der Gerechtigkeit seid, der kein armes Kind zur Schlachtbank schicken würde. Lag sie falsch?"

Wu Ying schreckte durch den plötzlichen Wandel in Anstand und Gefühl, der ihn unerwartet traf, etwas zurück. "Das – das – das hat sie nicht gesagt!"

Der Viscount zog kichernd ihre Beine an und umfasste ihre Waden fest. Kapitän Ren runzelte die Stirn, als sie dies tat, entschied sich aber, nichts zu sagen. "Das hat sie nicht. Aber die Geschichten über den Sammler des Sattgrünen Wassers stimmen in dem Punkt alle überein."

"Das tun sie nicht", widersprach Wu Ying mit vorgerecktem Kinn. "Ich habe auch einige davon vernommen. Die, die mich als Dämon beschreiben, der die hart erarbeiteten Waren eines Händlers stiehlt. Oder in der ich eine Sekte zerstöre und ihren Patriarchen zum Krüppel mache und ihre Ältesten verletze, alles nur, weil sie es gewagt hätten, mich zu betrügen."

"Habt ihr das getan?", fragte Kapitän Ren.

"Nein", antwortete Wu Ying. "Ich habe mir einmal meinen Weg aus einer ketzerischen Sekte gekämpft und dabei waren einige Mitglieder verwundet worden." Er rieb sich das Kinn. "Und es gab einen Kampf mit dem Patriarchen einer kleinen Sekte, die nur ein Dutzend Mitglieder zählte, während dem ich ihn gelähmt habe."

Der Kapitän kniff die Augen zusammen. Wu Ying streckte eine Hand aus und hielt seine Frage ab, um weiter zu erklären.

"Er und seine Sekte haben versucht, mich zu bestehlen. Sie haben sich eine Herausforderung ausgedacht und mich dann gezwungen, mich mit ihm zu duellieren", sagte Wu Ying. "Es war ohnehin ein Glücksschlag."

Wu Ying, der sich an den sehr kurzen Kampf erinnerte, musste lächeln. Der Patriarch, ein Holz-aspektierter Kämpfer, hatte nicht erwartet, dass Wu Ying seinen Windaspekt einsetzen würde, um ihn wegzuschieben. Die Tatsache, dass der Wind aus seinen eigenen Gründen mit größerer Heftigkeit angetost gekommen war, hatte sie beide überrascht. Der Schnitt, der verletzen sollte, hatte darin geendet, dass der Patriarch gelähmt und sogar fast getötet worden war.

Doch das war die unheilvolle Realität des Kampfes. Manchmal kam es, ganz gleich, wie gut man war oder welche Absichten man verfolgte, zu Verletzungen – schweren Verletzungen. In den Ring zu steigen, seine Fäuste zu heben und sich zu weigern, beiseitezutreten und sein Ego im Griff zu behalten, bedeutete, dass man jeden Ausgang akzeptierte.

Furchtbare und erschütternde ebenso wie siegreiche und glückliche Ausgänge.

"Wie Ihr sagtet", meinte Viscount Khao. Ihre Stimme war durch ihre Knie gedämpft. "Verzerrte Geschichten. Die meisten von ihnen erzählen von einem Mann, der diejenigen unterstützen wird, die es brauchen. Werdet Ihr mir also helfen?" Nun sanfter, verzweifelter. "Bitte?"

Also wirklich, wenn er so direkt und auf diese Weise gefragt wurde, was konnte er da schon tun?

Kapitel 32

Am nächsten Morgen traf Wu Ying seinen neuen Lehrer am Fuße der Festung in einem tiefen Becken, das von den ersten Erbauern gegraben worden war. Er musste mehrere Stockwerke durchqueren, um die Zisterne zu erreichen. Eine lange Reihe an Eimern stand hinter einem Eingangstor, während leuchtende Seelensteine und Verzauberungen den gesamten Notspeicher an Wasser sowohl frisch als auch sauber hielten.

Der Mann, der auf Wu Ying wartete, war halb entkleidet. Nur einige Lagen Stoff bedeckten seinen Unterkörper, während er auf dem kalten Steinboden ausgestreckt lag. Sein Haar war entgegen dem gesellschaftlichen Standard kurz und bedeckte kaum seinen Nacken und seine Haut hatte einen dunklen Bronzeton. Ein Zeugnis von langen Tagen, die er in diesem Aufzug verbracht hatte.

Als die wippende Seelenlampe, die Wu Ying bei sich trug, sein Eintreffen ankündigte, stand der Mann auf und streckte seinen Rücken ganz gerade aus. Kapitän Ren, der Wu Ying den langen Weg nach unten geführt hatte, stellte sie einander vor.

"Kultivator Long, das ist der Meistertaucher Wang Feng Mei. Er wird Euer Lehrmeister sein", sagte Kapitän Ren.

Eine kurze Ausweitung von Wu Yings spirituellem Sinn reichte aus, um festzustellen, dass der Meistertaucher Wang Feng Mei nichts weiter als ein Kultivator der hohen Körperreinigung war. Stärker als ein Großteil der Sterblichen, aber überhaupt nichts Besonderes. Und doch bewegte er sich mit geschmeidiger Anmut, als er sich mit übereinander gefalteten Händen verbeugte.

"Danke, Kapitän. Es ist mir eine Ehre, Euch kennenzulernen, Kultivator Long. Mir wurde gesagt, ich soll Euch eine kleine Einführung in die Natur des Ozeans geben?", sagte der Meistertaucher Wang. Seine Stimme war kultiviert und sanft, sogar entspannt, während er mit Wu Ying und dem Kapitän sprach.

"Ja." Wu Ying grinste. "Ich kann schwimmen, aber ich muss zugeben, dass meine Fähigkeiten vermutlich weit unter denen Eures untersten Arbeiters liegen." Er zuckte mit den Schultern. "Die Flüsse sind stark, aber der Ozean, so habe ich gehört, ist wahrlich tückisch."

"So kann er sein", bestätigte Feng Mei und zeigte dann auf Wu Ying. "Wenn Ihr Euch bitte vorbereitet, dann werden wir damit anfangen, Euren aktuellen Stand zu erproben." Er wies auf die Zisterne, die sich in die Ferne erstreckte, und lächelte. "Danach üben wir das Tauchen und arbeiten an Eurer Fähigkeit, Euren Atem anzuhalten, was alles vonnöten sein wird."

"Und was, glaubt Ihr, ist die Mindestzeit, die für unsere Aufgabe benötigt wird?", fragte Wu Ying. "Wie lange haben meine Vorgänger ausgehalten?"

Feng Mei zögerte und schaute zu Kapitän Ren. Erst, als der Kapitän nickte, wagte er es, wahrheitsgemäß zu antworten. "Ein Meistertaucher kann seinen Atem zwanzig Minuten[22] lang anhalten, während er arbeitet. Eure Vorgänger konnten mindestens eine Stunde Unterwasser verweilen."

"Mindestens?", wiederholte Wu Ying prüfend.

"Ja. Einer derjenigen, die wir verloren haben, der vorherige Meistersammler des Meeres, hatte einen elementaren Wasserkörper und einen Dao des Meeres. Er war bekannt dafür, monatelang Unterwasser zu meditieren, um seinen eigenen Pfad zu festigen", antwortete Feng Mei.

Wu Ying drehte sich ganz zu Kapitän Ren und verschränkte genervt die Arme. "Man hätte erwarten können, dass jemand so etwas letzte Nacht erwähnt haben könnte."

"Es ist mir entgangen", antwortete Kapitän Ren.

"Hmmm ..." Wu Ying ging zum Rand der Zisterne und blickte das tintenschwarze Wasser nachdenklich an. Letztendlich wandte er sich zu den anderen um, wobei er seine Lippen fest aufeinanderpresste. "Offenbar wird die Beschaffung der sieben Perlen der Niederen Schlange tatsächlich schwierig."

"Wir werden Euch wie versprochen die Unterstützung zukommen lassen, die wir können", meinte Kapitän Ren mild. "Inklusive dem vollen Zugang zur Provinziellen Waffenkammer und der Familienbibliothek."

---

[22] Der Rekord menschlicher Taucher, ihren Atem anzuhalten, liegt bei fünfzehn Minuten. Austerntaucher tauchen regelmäßig für jeweils zwei Minuten unter, während sie hart arbeiten, und bringen pro Tag hundert Tauchgänge hinter sich. Da die Charaktere hier alle Kultivatoren sind, habe ich die Zeit etwas verlängert.

Wu Ying bedachte die Worte des Kapitäns mit einem Knurren. Die Gelegenheit, Training in den Methoden der Provinz und zu ihrer Bibliothek zu erhalten war einfach zu gut, als dass er sie verstreichen lassen konnte. Obwohl es wahrscheinlich war, dass sich etwas Gefährliches in der Nähe der Austern der Niederen Schlange eingenistet hatte, nahm Wu Ying an, dass er dann das tun konnte, was er immer tat, wenn er einer überwältigenden Macht gegenüberstand, die über das wachte, was er sich nehmen wollte.

Er würde sich einfach hineinschleichen und es stehlen.

Um das zu tun, musste er die Fähigkeiten erlernen, um den Ozean schnell durchqueren zu können. Bedachte man, dass dies alles unter Wasser stattfinden würde, bedeutete das Training.

Wu Ying streifte seine Roben ab und gab sich den Stunden voller Training hin. Sobald er ähnlich gekleidet war wie der Meistertaucher, lauschte er den Anweisungen des Mannes, bevor er die Zisterne betrat und sich ausgiebig mit dem Wasser vertraut machte.

Zunächst schwimmen. Dann tauchen. Dann unter dem Wasser bewegen. Und schließlich, ganz am Schluss, das Sammeln selbst.

***

"Willkommen in der Bibliothek." Die alte Frau, die Wu Ying und den Kapitän begrüßte, als sie den abgedunkelten Raum tief in der Festung betraten, hielt in einer Hand einen Stock, den sie mehr als Zeigestock denn als Gehhilfe benutzte. "Der erste Abschnitt besteht aus einigen Werken zur Kultivation und zu den Kampfkünsten, die für Kultivatoren der Körperreinigung und Energiespeicherung gedacht sind. Die meisten Werke, die die Familie gesammelt hat, konzentrieren sich auf dunkle, tiefe und Wasserelemente, einige befassen sich aber mit der Bestienzähmung – der aquatischen Art – und Geisterbeschwörung. Nichts, was Euch interessieren dürfte."

Wu Ying senkte den Kopf, obwohl er seinen spirituellen Sinn ausweitete, um die Titel zu lesen, als sie an ihnen vorbeikamen. Wie die Bibliothekarin gesagt hatte, weckte nichts davon besonders sein Interesse. Es gab einige Kampfhandbücher, aber viele behandelten Schwert- und

Schildkünste, die er bereits kannte, weil es Handbücher waren, die weit unter Kultivatoren verbreitet waren. Andere – wie zur Harpune, dem Dreizack oder dem Ruder – interessierten ihn nur wenig.

Sie führte sie durch unzählige Regale und hielt die Seelenlampe vor sich, während sie das Ende des Raumes und den Durchgang davor erreichten. Die robuste Holztür war mit dunklen Eisenbeschlägen verstärkt und benötigte mehrere Schlüssel, um sie zu öffnen. Zwei davon hatte die Bibliothekarin bei sich, der dritte befand sich in Kapitän Rens Besitz.

Seltsam, dass der Kapitän einen Schlüssel hatte. Denn wenn er auf Missionen ausgeschickt wurde, wie konnten sie dann den Raum betreten? Oder wenn er getötet wurde? Wu Ying verdrängte die Umständlichkeit ihrer Sicherheitsvorkehrungen und ließ seine Sinne tiefer in den Raum vordringen.

Anders als der größere – wenn auch schmalere – Raum, aus dem sie gekommen waren, beheimatete dieser kaum ein Dutzend Bücherregale. Jedes Regal war mit Dokumenten vollgestopft, wobei sie häufig sortiert und durch kleine, geschnitzte Buchstützen voneinander getrennt waren.

Wu Ying folgte der Bibliothekarin gehorsam und drehte seinen Kopf von links nach rechts, während sie entlang der Wände des Raumes entlangging und die Verzauberungen aktivierte, die ihn von oben erhellten. Als sie fertig war, stellte sie sich vor Wu Ying und klopfte ungeduldig mit der Spitze ihres Stockes auf den Boden.

"Genug herumgeschnüffelt?", fragte sie bissig.

"Noch nicht, aber Ihr könnt weitermachen", antwortete Wu Ying, der sich nicht einschüchtern ließ.

Sie schnaubte, bevor sie mit ihrer freien Hand in eine Richtung zeigte. "Diese Werke sind der Stolz der Familie. Für loyale Diener und direkte Angehörige der Hauptfamilie gedacht, beinhalten sie die Kampfkunsttechniken der Familie als auch die Kultivationshandbücher für die Stufen der Kernformung und Aufkeimenden Seele."

Wu Ying dachte darüber nach, ihr aufzuzeigen, dass ihre Reaktion ihm gegenüber leicht übertrieben war, insbesondere, da der Viscount selbst der Bibliothekarin – ihrer Großtante – aufgetragen hatte, ihm die Bibliothek zu zeigen. Aber er entschied sich dagegen. Eine solche Konfrontation hatte wenig Sinn.

"Und die Kultivationsübungen und Techniken für die Navigation und Bewegung in tiefem Gewässer?", fragte Wu Ying und suchte die Regale ab.

"Hier entlang." Sie stapfte zu einem Regal und fuchtelte mit der Hand auf und ab. "Ihr könnt hier alle besseren Formen finden." Kurz darauf wies sie tiefer in den Raum hinein, wo ein abgeschiedener Tisch stand. "Es ist Euch nicht erlaubt, auch nur ein Werk von hier zu entfernen. Ich werde Euch beobachten. Wir werden diesen Bereich über die nächsten beiden Monate jeden Tag am Nachmittag für Euch öffnen. Nach diesen zwei Monaten hattet Ihr entweder Erfolg oder habt versagt. Fragen?"

Wu Ying schüttelte seinen Kopf und beobachtete, wie sie mit verschränkten Armen an dem Tisch Platz nahm. Mit einem Blick um sich und auf den Berg der verfügbaren Werke fing er damit an, die Dokumente auszusortieren. Er hätte um Hilfe bitten können, aber wenn er die verhältnismäßige Größe dieses Ortes und ihre feindselige Einstellung bedachte, dann verspürte er kein Verlangen danach, sich für mögliche Probleme verwundbar zu machen.

Während er durch die Stapel mit Handbüchern, Schriftrollen und anderen Dokumenten schaute, stellte Wu Ying schnell fest, dass das Sortieren viel schneller gehen würde, als er gedacht hatte. Die Familie war zwar mächtig, aber keine Sekte und die Menge an Informationen, die sie besaßen, war begrenzt. Jeder Stapel, der durch die geschnitzten Buchstützen abgetrennt war, bezog sich auf eine einzige Technik, wobei der Großteil der andere Dokumente Abhandlungen, ähnliche oder unterstützende Werke oder Beobachtungen und Tagebücher vorheriger Praktizierender war.

Die Bibliothek stellte in der Tat perfekt eine Familie dar, die sich sehr in eine einzige Technik vertieft hatte, anders als die Sekten, die er gewöhnt war, die oftmals breiter aufgestellt waren. Also ähnlich wie nordöstliche Klans, was keine Überraschung war. Schließlich war dieses Königreich aus einer einzigen Familie entsprungen, die genug Stärke erlangt hatte, um ihre Herrschaft über andere durchzusetzen.

Seitdem waren die Adeligen Kultivatoren und Oberherren gewesen und Kultivationssekten existierten kaum. Stattdessen waren Kultivationsakademien begründet und von den Adeligen gefördert worden. Die größte und angesehenste davon befand sich in der Hauptstadt selbst.

Was bedeutete, dass er nur zwei Techniken durchforsten musste und nicht über einhundert. Manche davon konnte er sofort verwerfen, wie die Kultivationstechniken der Kernformung und die beiden der Aufkeimenden Seele. Er merkte sich jedoch, diese Techniken der Aufkeimenden Seele später anzusehen, weil er sie ausgiebiger durchforsten wollte, um sein Verständnis für den Prozess zu vertiefen. Aber in diesen Fällen war es wahrscheinlich, dass das knappe Dutzend Tagebücher und Abhandlungen größere Erleuchtung verschaffen würden als das eigentliche Handbuch.

Das Gleiche traf auf das gute Dutzend Werke zur Körperkultivation zu. Nachdem er die Handbücher durchgeblättert hatte, rümpfte Wu Ying die Nase. Sie waren in die üblichen Elementartypen des Klans aufgeteilt und sogar noch unnützer für ihn, weil sie meistens in die Stufe des Elementarkörpers mündeten. Danach wurden die Diskussionen esoterischer. Sie waren eine Ermahnung daran, sich tiefer in den Dao des bestimmten Elements vorzuwagen und boten nur klägliche Wegweiser für fortführende medizinische Bäder, die der jeweilige Autor als nützlich empfunden hatte.

In gewisser Weise ein gemeinsamer Nenner für Werke, die in die Stufe der Aufkeimenden Seele eingeordnet werden konnten. Sobald man ein Größeres oder das Höchste Verständnis für ein Element erlangt hatte, war der nächste Schritt oft vage, weil der Übergang zu einem bestimmten Elementarkörper nicht gut festgehalten war. Er vertiefte sich in die Daos der Elemente und einen schmerzhaften Prozess, in dem man sich in dem bestimmten Elementarkörper ergoss und ihn verkörperte. Ein Prozess, der verschiedene Ausgänge hatte, abhängig vom Individuum und der Kultivationsmethode.

Alles in allem nutzlos.

Genauso war es mit den Kampfkunsttechniken. Es gab nicht viele. Tatsächlich fand er nur vier Werke. Interessant war die Schwerttechnik der Familie Khao, die als die Brechende Welle bekannt war. Die anderen, bei denen man mit einem Ruder – in Wirklichkeit nur ein Stab mit einem schweren Gewicht an dessen Ende – oder einer Harpune kämpfte, waren für Wu Ying nur wenig interessant, noch war das die Speertechnik.

Letztendlich fand Wu Ying die Seelenkultivationsübungen und die Vielzahl der Wasserbewegungstechniken am nützlichsten. Er fragte sich kurz, ob das der Grund war, warum der Viscount ihm seinen Triumph über den erhaltenen Zugang gegönnt hatte. Weil sie das gewusst hatte. Vielleicht war das nicht ihre eigene Idee gewesen, sondern die eines Beraters. Es war schwer vorstellbar, dass eine Neunjährige so hinterhältig war.

Die Grazile Schildkröte, Freunde des Ozeans, Silberfischpfeile ... Bewegungstechniken gab es zuhauf und sie alle bestanden aus Schwimmtechniken. Viele davon ergänzten ihre Stärke durch das Verständnis des Elements oder des Daos ihres Anwenders und setzten ein dunkles oder Wasserelement voraus. Ebenfalls nutzlos für Wu Ying.

Aber das waren nicht die einzigen Techniken. Unter den etwa neun Techniken benötigten zwei keinen Dao oder ein korrespondierendes Element, um sie anzuwenden, und diese legte er für eine weitere Einsicht beiseite. Die Anmut der Seeschlange und das harmlos klingende Treibende Blatt schienen beide für seine Bedürfnisse passend.

Dann kamen die Kampftechniken. Diese waren zahlreicher, aber es ergaben sich dieselben Probleme. Nachdem er diese Techniken aussortiert hatte, die einen Dao oder ein Element voraussetzten, um sie im Wasser zu verwenden, blieben Wu Ying ein halbes Dutzend Kampftechniken, die für seine Situation passen könnten.

Wu Ying brachte die Dokumente zum Tisch und setzte sich neben die stumme, unglückliche Bibliothekarin, um sich auf eine lange Nacht voller Lesen vorzubereiten.

***

Wenn überhaupt, dann war der am wenigsten mühsamste Part seiner Vorbereitungen, das Sammeln und Ernten von den unzähligen Fischern, Algensammlern und Meeresfrüchte- und Perlentauchern und anderen Experten zu erlernen. Wu Ying schaffte es erst eine Woche, nachdem er seine erste Abmachung mit dem Viscount getroffen hatte, mit solchen Lehrstunden zu beginnen, nachdem der Meistertaucher Wu Ying nicht mehr als eine ständige Blamage im Wasser erklärt hatte.

Der Meistertaucher erinnerte Wu Ying ein bisschen an seinen Meister Cheng, für den angemessen nicht ausreichte und Exzellenz das Minimum war. Stundenlanges, perfektes Hin- und Herschwimmen durch die große Zisterne, wobei jede Bewegung leicht korrigiert wurde. Dann fuhren sie mit dem Tauchen fort, nachdem der Mann mit Wu Yings Grundschwimmtechnik zufrieden war.

Die Zisterne hoch und hinunter, wobei er so tief tauchte, wie er mit einem Atemzug konnte, bevor er wieder an die Oberfläche musste. Zunächst schaffte er es nicht, den Boden der Zisterne zu erreichen, obwohl funkelndes Licht ihn dorthin lockte. Erst, als er das wogende Licht erreichen konnte – und sich Staunen breitmachte, weil er den leuchtenden Seetang erblickte, der den Grund erhellte –, erlaubte Feng Mei ihm, mit seinen anderen Studien zu beginnen.

Wu Ying fing damit an, die Grundlagen der Seetangzucht, Ernte und Verarbeitung zu erlernen. Er ging mit den Fischern bei Ebbe durch das Watt und stapfte zwischen den eingesunkenen Bambuspfeilern umher, zwischen denen Leinen mit lebendem Tang hingen. Sie zeigten ihm den knapp untergetauchten Tang, wie man die Äste beschnitt und wann man den älteren Tang mit neueren, frischeren Pflanzen ersetzen und auf welche verbreiteten Krankheiten man achten musste.

Dann, nach der Ernte, war das Trocknen des Seetangs an der Reihe. Sie zeigten ihm die Methoden, die die Anwohner am häufigsten verwendeten, bei denen die Holzbretter, auf die der Seetang gelegt wurde, zum Trocknen an der Luft gelassen wurden. Außerdem zeigten sie ihm andere Methoden, um dasselbe zu erreichen. Pfeiler, an denen die Ernte gehängt wurde, um sie trocken zu blasen. Blätter der Kokosnuss, Banane oder des Lotus, auf denen die Algen getrocknet wurden, nahmen den Geruch und Geschmack dieser Pflanze auf. Selbst die schnelleren Methoden, bei denen sie über Öfen und Apothekerkessel, in denen Pillen und andere Kräuter gekocht wurden, um den Geschmack und die Vorteile der spirituellen Kräuter zu übertragen, erwärmt wurden.

Sie verbrachten einen Großteil der ersten Woche seiner Lehrstunden nur mit dem Seetang und anderen Algen. Die Flora der Unterwasserwelt war vielseitig und faszinierte den jungen Kultivator. Er verbrachte die späten

Stunden in der Nacht damit, über den Dokumenten zu grübeln, von denen er das meiste in seine Aufzeichnungen übertrug, während er etwas über eine Umwelt lernte, die er nie zuvor erlebt hatte.

Seine Tage waren voll von Studien, von Gesprächen mit den Apothekern über das Ersetzen neuer Seelenkäuter und die Erschaffung neuer Rezepte, vom Austausch von Hinweisen und Zutaten mit den Gärtnern und Erntearbeitern, bis hin zu weiteren Studien und dem Training mit Feng Mei und den Meeressammlern. Die Flut an Informationen riss nicht ab und nur der klare Verstand, den höhere Kultivationslevel ihm verliehen und die Reduzierung seiner benötigten Ruhestunden ermöglichten ihm, mit den ständigen Anforderungen Schritt zu halten. Er studierte die Folianten bis tief in die Nacht, wenn es nicht länger möglich war, im Ozean zu arbeiten und seine Trainer Schlaf benötigten.

Dann, als die Bibliothekarin ihn endlich hinausjagte, ging Wu Ying an der Spitze des Turms entlang und übte die Techniken, die er gelernt hatte. Auf dem offenen Dach, wo der Wind heulte, führte er die Bewegungen und die Chi-Flüsse der Techniken des Viscounts aus.

Die Anmut der Seeschlange war die erste Kultivationsübung, die er übte, weil er wusste, dass er sich leicht bewegen können musste. Es war ein mühsamer Prozess, weil sich der Kern der Bewegungstechnik auf die Kontrolle des Ozeans in der Umgebung einer Person konzentrierte. Um das zu tun, musste Wu Ying sein Chi zu Wasser-Chi ändern – ein Vorgang, der doppelt so anstrengend war, weil er sein Chi erst zu neutralem Chi wandeln und dann den Aspekt auf Wasser anpassen musste –, bevor er es in seine Aura strömen ließ.

Der größte Konfliktpunkt aber war die Methode des Immervollen Weinkruges. Seine Einstimmung auf die Auratechnik hatte eine wirbelnde, tornadoähnliche Verteidigung und Saugkraft zu seiner Aura geschaffen, ein Prozess, der schlecht auf die neuen Anforderungen der Anmut der Seeschlange wirkte.

Wu Ying wich mehrere Male zurück, als sich seine Haut vom Fleisch löste oder er einen Rückschlag von Wasser- oder Wind-Chi in seinen Meridianen spürte. Mehrmals zwang ihn der brennende Schmerz einer überstrapazierten Kultivationsbasis, seine Übung zu pausieren und sich anderen Formen des Trainings zu widmen, während er darauf wartete, dass sich sein Körper heilte.

Meistens wandte er sich dann den Kampftechniken zu. Der Großteil der Handbücher begann mit einer Einleitung in das Kämpfen unter Wasser und den Tücken und Schwierigkeiten, die eine Bewegung in einer Flüssigkeit mit sich brachten. In diesem Fall waren ihm dank seinem Aufstieg zur Kernformung und dem daraus resultierenden Zugriff auf den Himmel viele der Konzepte nicht fremd. Andere jedoch waren von Bedeutung, weil die Stützen, die er beim Kämpfen oder Reisen durch den Himmel genutzt hatte, im Wasser nicht mehr verfügbar waren.

Allem voran war der fehlende feste Stand. Im Himmel beschwor Wu Ying Stufen aus solider Luft, wenn es nötig war, um Fuß zu fassen und Angelpunkte für seine Angriffe zu haben, sodass er fast so kämpfen konnte, als wäre er am Boden. Der Wind tanzte nach seiner Laune, aber das Wasser weigerte sich, seinem Willen zu beugen. Er konnte sich nicht drehen, stoßen oder seine Angriffe auf andere Weise abfedern.

In der Tat zeugten viele der Kampftechniken von einer Wendigkeit und einem engen Griff, um einen festen Kontaktpunkt zu haben, bevor man einen Schlag entfesselte. Vernichtende Bewegungen, Techniken, die den Biss eines Fisches oder anderen Schlangen nachahmten und die weniger üblichen, fatalen Stöße eines angestauten Impulses waren die bevorzugten Formen des tödlichen Angriffs.

Selbst grundlegende Techniken, auf die sich Wu Ying verlassen hatte, waren von geringerem Nutzen. Projizierte Klingen aus Chi wurden vom allgegenwärtigen Wasser-Chi verdrängt und die Angriffe lösten sich auf kurze Distanz wieder auf. Auf der anderen Seite nahmen seine Schwertintention und seine Fähigkeit, seine Klinge und Hand durch die Umformung seines Chis und die Einhüllung seiner Angriffe in Intention zu verschärfen, nicht ab.

Er nahm solche Thesen und Theorien in sich auf und würde sie später in der Zisterne auf die Probe stellen. Nachdem Wu Ying beschlossen hatte, sich nur auf die Bewegungstechnik der Anmut der Seeschlange zu konzentrieren und nicht länger die angepasste Methode des Immervollen Weinkruges zu benutzen, stellte er fest, dass er blitzschnell vorankam.

Tatsächlich erwischte sein plötzlicher Geschwindigkeitsanstieg den Meistertaucher überraschend, als er die Technik zum ersten Mal vollständig im Wasser einsetzte, was auch das erste Mal war, dass er einen erfolgreichen Schlag gegen Feng Mei landete. Er verringerte den Zug des Wassers auf seinen Körper, was ihn mit jedem kraftvollen Schwimmzug schneller machte und ihm sehr zugute kam. Die größere Stärke und Geschwindigkeit eines Kultivators der Kernformung und der Körperkultivation machte sich endlich bemerkbar, nachdem die dürftige Technik abgelegt worden war.

Kurz danach wuchs Wu Yings Fortschritt in der Technik und Feng Mei stellte für sich alleine genommen keine Gefahr mehr dar. An diesem Punkt verlagerten sie das Training nach draußen in den Ozean, wo mehrere Mitglieder der Wache und andere Taucher an dem neu erfundenen Spiel teilnahmen, in dem es darum ging, Wu Ying zu "fangen".

Auf diese Art und Weise, mit dem Studieren, Lernen und Verfeinern seiner Fähigkeiten im Ozean, wurden Tage zu Wochen und dann zu Monaten. Schon bald rückte der Stichtag näher und die Zeit der Vorbereitungen war vorbei.

Kapitel 33

"Sie kommen in sechs Tagen an", sagte Viscount Khao zu Wu Ying während des Frühstücks. Ihre Augen glänzten besorgt. Selbst im Sitzen schien es, als würde sie vor Angst zittern. "Ich weiß, dass Ihr versteht, wie wichtig es ist, die Perlen zurück zum König zu schicken, aber –"

"Ich kümmere mich darum. Heute", antwortete Wu Ying mit erhobener Hand. "Wäre das Wetter besser gewesen, dann wären wir bereits vor zwei Tagen aufgebrochen. Aber der Sturm, der aufgezogen war, hat das unmöglich gemacht."

"Nicht unmöglich, einfach nur gefährlicher", korrigierte Kapitän Ren lässig. "Ich hätte es nicht riskiert, unsere Männer auf See zu schicken, wenn er so wütet. Noch würde unser Meister das von uns verlangen."

Der Viscount machte eine kleine Schnute, bevor sie sich in ihrem Stuhl und den Kissen zurückfallen ließ, um ihn über ihre Roben, die dabei nach oben gerutscht waren, hinweg anzustarren. "Und Ihr seid sicher, dass Ihr es tun könnt?"

"Nichts in dieser Welt ist sicher." Wu Ying sprach weiter, als er ihre steigende Anspannung spürte. "Jedoch erwarte ich, dass es machbar sein sollte. Es wäre am besten, zu wissen, was zuvor vorgefallen ist ..."

"Meine Wahrsager liefern nach wie vor nichts von Bedeutung." Die Stimme des Viscounts Khao erhob sich und imitierte eine gestelzte Sprechweise. "'Dunkle Schatten, unzählige Schweife, die die Welt in Schatten hüllen. Sie schlummert und erwacht und verschluckt das Licht des Himmels ... So hütet euch vor ihrem Eintreffen. So hütet euch vor eurem Aufbruch.'"

"Eine Schlange?", fragte Wu Ying. Warum mussten es Schlangen sein?

"Es sind Wahrsager. Es könnte sich um eine echte Schlange handeln, ein poetischer Ausdruck oder nur ein Schatten sein", bemerkte Kapitän Ren.

"Oder Verrat!", warf Viscount Khao ein, deren Stimme in dem Versuch lauter wurde, ominös zu wirken.

"Viscount!", ermahnte Kapitän Ren sie empört.

Wu Ying kicherte und schüttelte seinen Kopf. Während der paar Monate, die er bei ihnen gewesen war, war der Viscount langsam aufgetaut. Ihre anfängliche Förmlichkeit war dem natürlichen Übermut eines Kindes gewichen, was für eine größere Vertrautheit gesorgt hatte. Wu Ying, der mit einer Hand winkte, um den Kapitän zu beruhigen, beugte sich vor und flüsterte: "Ja, Verrat. Meinerseits."

Sie schnappte theatralisch nach Luft, wurde dann aber mit großen Augen ernst. Ihre Unterlippe bebte, als die Emotionen ihr die Kontrolle raubten. "Das würdet Ihr nicht tun, oder?"

"Das würde er nicht", versicherte ihr Kapitän Ren, schob seinen Teller beiseite und verschränkte seine Arme. "Das ist der Grund, warum wir über so etwas nicht scherzen. Es führt zu Missverständnissen und verletzten Gefühlen. Verstanden?"

Viscount Khao senkte gescholten ihren Kopf und versuchte, ein leises Schniefen zu verstecken. Wu Ying zuckte zusammen, aber außer ihr zu versichern, dass er sie wirklich nicht verraten würde, konnte er sonst wenig tun.

Das restliche Frühstück war niedergeschlagener und schon bald vorbei, wobei Wu Ying seinen übrigen Fischcongee hinunterschlang, ehe er aufstand.

"Mit Eurer Erlaubnis, Viscount."

"Geht. Möge der Segen des Meeres mit Euch sein", sagte Viscount Khao ernst.

Auch Kapitän Ren stand auf und folgte Wu Ying. Er, drei Truppen seiner besten Männer, und dieselbe Anzahl an Tauchern würden Wu Ying bei seinem letzten, verzweifelten Versuch, die Niederen Schlangenperlen zu bergen, begleiten.

***

Die Gruppe, die sich am Hafen versammelte, war groß und mannigfaltig. Drei Einheiten von Kapitän Rens besten Wachen, er selbst eingeschlossen. Ein weiteres Dutzend Taucher, die besten, die die Provinz zu bieten hatte. Fünf Kapitäne und ihre Vizekapitäne, die allesamt die Dschunken repräsentierten, mit denen sie auslaufen würden. Und natürlich die zahlreichen Seemänner, von denen sich viele auf den Schiffen selbst befanden und sie bereitmachten.

"Die Flut lässt nach, daher halte ich mich kurz", meinte Kapitän Ren. "Ihr habt das alle bereits gehört, aber ich mache noch einmal deutlich, dass unsere Mission überlebenswichtig für unsere Provinz ist. Ohne die Perlen hat der Viscount keine Stellung bei Hof. Jemand anderem wird dieses Land zugewiesen und wir wissen alle, wer es haben will."

Rundherum erklang Murren, das schnell von der erhobenen Hand des Kapitäns Ren erstickt wurde. Wu Ying hatte ebenfalls eine vage Vorstellung, obwohl er der Angelegenheit nur wenig Aufmerksamkeit geschenkt hatte. Er hatte sich mit dem Viscount verbündet, also spielte es keine Rolle, wen er über die oberflächlichsten Erkenntnisse hinaus verärgert hatte.

Ohnehin war er nur ein Auftragnehmer, der eine Aufgabe erledigte. Sicherlich würde keine vernünftige Person wegen einer solchen Sache wütend werden? Selbst in seinen eigenen Gedanken konnte Wu Ying nicht anders, als auf diesen Gedanken hin zu grinsen.

"Es wird zwei Tage dauern, bis wir an unserem Ziel ankommen. Trainiert während dieser Zeit, wenn ihr könnt, aber überanstrengt euch nicht. Niemand von euch ist ersetzbar." Kapitän Ren drehte sich um und blickte jedem in die Augen. "Wenn wir ankommen, werden sich die Schiffe aufteilen, um die meeresberuhigende Formation und die breitere Formation des Bestienfangs aufzustellen. Die Position und Sicherheit der Schiffe wird der Verantwortung der Kapitäne unterliegen" – alle nickten zustimmend – "während die Errichtung und Pflege der Formationen Aufgabe der Wachen sein wird."

Füße stampften auf den Boden und die Wachen knurrten tief.

Kapitän Ren bedachte ihre eifrige Antwort mit einem zustimmenden Lächeln. "Wir können uns nicht darauf verlassen, dass die Formationen ausreichen werden, deshalb werden sich die Taucher ins Wasser begeben und sich um mögliche Seelenbestien kümmern. Sobald sie die oberen Tiefen freigemacht haben, wird Kultivator Long mit seinem Tauchgang beginnen. Er – und nur er allein – wird in die Tiefe vordringen. Die Taucher werden die Flöße halten und sein Signal abwarten, sollte er Hilfe benötigen."

Diesmal gab es kein eindeutiges Signal der Bestätigung. Tatsächlich sogar das Gegenteil, denn die Taucher waren unglücklich, hatten die Arme verschränkt und manche warfen Wu Ying böse Blicke zu. Obwohl sie alle mit ihm geübt hatten und ihm die Dinge beigebracht hatten, die er einsetzen würde, war keiner von ihnen glücklich, in die Rolle des Beobachters gesteckt zu werden. Aber niemand widersprach, weil solche Diskussionen während der vorherigen Wochen zu Ende geführt worden waren. Trotz all ihrer Stärke war kein einziger von ihnen ein Kultivator der Kernformung.

"Kultivator Long wird in die Tiefen tauchen, die Perlen aus den Austern besorgen — mindestens sieben sind nötig, um unsere Quote zu erreichen — und dann wird er wieder auftauchen. Wir werden die Segel setzen und so schnell wie möglich zurückkehren, sodass weder Drache noch Schlange etwas merken."

"Und wenn sie es erfahren", meinte einer der Kapitäne, "dann wird es für sie nur umso schlimmer sein. Unsere Harpunen sind geschärft und unsere Ballisten geladen. Die Tötungsformation wird ihre Schuppen abreiben und ihre Kiemen austrocknen und dann werden wir sowohl Schlange als auch Drache verspeisen!"

Zustimmendes Gebrüll ertönte aus der Gruppe. Wu Ying blickte dem düsterer dreinschauenden Kapitän Ren in die Augen, während die Menge jubelte. Sie beide erkannten, wie wahrscheinlich der Tod war, wenn dort unten ein Drache oder eine Schlange lauerte. Die Moral war wichtig, obwohl solche Worte vermutlich auch während der vorausgegangenen beiden Expeditionen ausgesprochen worden waren.

Was auch immer sie erwartete, war wahrscheinlich komplexer und gefährlicher, als ihnen bewusst war.

Und was bedeutete es schon, dass Wu Yings Herz etwas schneller schlug und ihm bei dem Gedanken ein Schauer den Rücken hinunterlief? Dass ein Glitzern in seinem Auge war? Nun, das war zu erwarten. Denn er war ein wilder Sammler. Wenn er nicht zumindest ein wenig die Herausforderung suchte, dann wäre er nicht der, der er war.

***

Später an diesem Tag kam Kapitän Ren zu Wu Ying, der am Bug des Flaggschiffes stand, wo der Wind vom Ufer sie schräg zu ihrem Ziel trug. Die Segel waren gesetzt worden, sodass das Schiff im Wind treiben konnte, wodurch es die höchste Geschwindigkeit erreichte, während die Seemänner unter Deck bereitstanden, um bei Bedarf die Segel und elementares Chi einzusetzen.

"Was sagen die Winde, Kultivator Long? Werden sie uns bei unserer Reise unterstützen?", fragte Kapitän Ren und stützte sich neben Wu Ying auf die Reling.

Nach all dieser Zeit war es keine Überraschung, dass der Kapitän über Wu Yings Element Bescheid wusste. Obwohl vielleicht die ganzen Details seiner Kultivation – des Körpers und der Seele – immer noch ein Rätsel für ihn waren. Jedenfalls hoffte Wu Ying das.

"Das werden sie", antwortete Wu Ying und neigte seinen Kopf. "Vielleicht werden sie uns sogar schnell zurückbringen. Wenn es nötig sein wird."

"Euer Element und wie Ihr mit ihm interagiert ...", schweifte Ren Fei ab.

"Ja?"

"Es ist anders. Anders als das, wie es die anderen tun. Wie ich es selbst tue. Ich habe gesehen, wie andere über es gebieten, von ihm verlangen oder zu ihm werden. Sie sind alle nur ein Teil davon. Ihr aber, Ihr interagiert mit ihnen, als wären die Winde etwas Unabhängiges, aber nicht Teil von Euch."

"Ah ..." Wu Ying war überrumpelt worden. "Sie, die Winde ... sie sind ein Teil von mir. Aber auch nicht. Ich kann mir nicht erhoffen, sie zu umschließen, nicht wirklich." Er drehte eine Hand zur Seite und wies um die Welt um sie herum. "Sie sind alles hiervon. Wie kann ein Mann, eine Person, all das sein?"

"Trifft das nicht auf alle unsere Daos zu? Wenn man so denkt, ist das dann kein Garant für unser Scheitern?" Ren Fei schaute zu Boden, berührte seinen Magen knapp über der Stelle, an der sein Dantian war, und seufzte. "Obwohl manche von uns früher als andere gestolpert sind."

Wu Ying presste die Lippen zusammen und sein Blick folgte Ren Feis Bewegung. "Es tut mir leid. Wegen ..." Er war sich nicht sicher, was er sagen sollte. Seines Fehlschlags? Seinem fehlenden Timing oder der fehlenden Geduld? "Wegen allem."

"Nicht nötig", meinte Ren Fei. "Ich wusste, dass ich nicht aufsteigen kann, aber wir – die Familie brauchte einen weiteren Kultivator der Kernformung. Es war ein Risiko, das ich für die Provinz eingegangen bin, und ich würde es wieder tun. Ohnehin waren nicht alle von uns zu diesen Höhen der Kultivation bestimmt." Plötzlich lachte er abwertend. "Worin liegt der Sinn, wenn ich Eure Kultivationsmethoden kritisiere, wenn ich niemals selbst eine Chance gehabt habe?"

Wu Ying schüttelte den Kopf. "Nein, Ihr liegt nicht falsch damit, mich anzuzweifeln." Er rieb nachdenklich mit einer Hand über die Reling. "In Wahrheit sind all unsere Wege und Methoden nur ein Versuch, nicht Wahrnehmbares wahrzunehmen, ganz gleich, wie viele Kultivatoinshandbücher wir lesen und versuchen, Abhandlungen und Schriftrollen und auswendig gelernte Worte zu verstehen. Jede Kultivationsmethode ist einzigartig, jeder Kultivator wählt einen anderen Weg, um an die Spitze zu gelangen, und egal, wie sehr wir glauben, im Recht zu sein, werden es die meisten nicht schaffen."

"Warum sollten wir es also versuchen?", fragte Ren Fei. "Wenn Ihr glaubt, dass Ihr nicht Recht habt, wenn Ihr sowieso versagt und nicht glaubt, dass Ihr den Dao nicht korrekt verfolgt, warum macht Ihr weiter? Warum gebt Ihr Euch nicht mit dem zufrieden, was Ihr habt?"

Wu Ying schloss die Augen, hörte den Wind flüstern, der mit seinen Fingern durch seine Haare und über seine Haut strich, an seinen Roben zog und ihn an seine Anwesenheit erinnerte. Er hörte das leise Flüstern einer himmlischen Melodie, das Raunen des südlichen Windes und der Orte, die er noch nicht gesehen hat. Länder: Nah und fern. Menschen: Fremde und Freunde. Erfahrungen: Seltsam und einzigartig.

Er öffnete seine Augen, lächelte Ren Fei an, streckte eine Hand nach dem Wind aus und ließ ihn durch seine Finger gleiten. "Warum denn nicht? Wenn ich keine Überzeugung habe, braucht der wahre Dao sie nicht. Wenn ich keine Zuversicht habe, dann verlangt der wahre Dao nicht danach. Er ist kein Zuchtmeister, kein missbilligender Elternteil. Er erhebt keine Ansprüche auf unser Handeln. Er verlangt keine Ergebnisse. Ob man sich dafür entscheidet oder nicht, er wird da sein.

Wie können wir also falsch liegen, wenn wir uns für das entscheiden, was wir wollen, wann wir es wollen, aus den richtigen Gründen und zur richtigen Zeit? Wenn kein Pfad richtig ist, dann kann auch kein Pfad falsch sein."

Ren Feis Lippen wurden dünner, während er zuhörte. Dann drehte er sich vollständig zu Wu Ying, legte die Hände aufeinander und verbeugte sich. "Vielen Dank, Kultivator Long. Ihr habt mir viel zum Nachdenken gegeben."

Wu Ying beobachtete, wie sich der Mann zurückzog, dann wandte er sich wieder dem Wasser zu. Er schloss wieder die Augen, spürte den Wind auf seinem Gesicht, während sie den Ozean überquerten, und lächelte, denn der östliche Wind lachte in sein Ohr. Sein Dantian bewegte sich heftig und Spuren des himmlischen Chis wurden aus der Umgebung herangelockt und breiteten sich in seinem Körper aus. Um ihn und seine Verbindung zu stärken.

Ein Schritt, ein Li nach dem anderen. Er würde seinen Weg finden. Ungeachtet der Hindernisse oder seiner Zweifel.

***

Die Möwe kam von weit oben und schoss im Sturzflug von der Sonne aus hinunter. Ihr Schatten, der zunächst klein war, vergrößerte sich beängstigend schnell. Kleine Gestalten drängelten sich unter ihr, die viel zu spät gewarnt wurden, als dass sie vor dem Raubtier fliehen oder sich verstecken konnten.

Die Seelenbestie stieß kein Kreischen oder einen Schrei aus, während sie herabstieg. Sein Ziel verlagerte sich leicht, als die Steuermänner ihr Gewicht auf die Ruderpinne warfen und die Dschunke zur Seite ausscherte. Das reichte nicht aus, denn noch während die Seemänner die Segel setzten und ausrichteten, um den Wind richtig einzufangen, war der Vogel schon fast bei ihnen.

Dann erhob sich etwas von unten. Die tierischen Instinkte der Möwe ließen sie ihre Flügel leicht öffnen, sodass sie im letzten Moment auswich. Gekrümmtes Licht und verdichtete Luft durchtrennten die Stelle, an der sie gewesen war, während das Licht von der metallischen Klaue der Gestalt unter ihnen reflektiert wurde. Ihr neuer Gegner war in grüne und weiße Federn gehüllt und flog durch die Luft, ohne mit den Flügeln zu schlagen.

Nun kreischte die Möwe und setzte ihre Wut und Frustration frei. Ihre Positionierung war perfekt und ihre Beute ahnungslos gewesen. Kein Geruch, nichts in Sicht hätte sie verraten sollen. Sie hatte nichts gespürt, keine Bedrohung wahrgenommen. Keine dieser undichten, stinkenden und unansehnlich pinken Fleischdinger hätte ihr gefährlich werden können. Sie hatte sie den ganzen Morgen über verfolgt, seit sie das Schiff zum ersten Mal erblickt hatte.

Jetzt war das da hier. Und es würde bezahlen.

Die Gestalt unten schien leicht zu schwanken, weil der Schrei, den die Möwe losgelassen hatte, sie taumeln ließ. Die Möwe drehte sich, schlug mit den Flügeln und gewann etwas an Höhe. Obwohl sie sich das Mahl unter ihr entgehen lassen musste, hatte sich eine andere Beute selbst präsentiert. Zwar hatte diese eine metallische Klaue, aber sie leuchtete nur leicht und pulsierte wie der Wind, der durch ihre Federn wehte.

Der Wind ...

Noch ein Kreischen, diesmal wissend, während sie nach unten flog. Es war derjenige, der den Wind zu sich rief und auf ihm in den Himmel ritt, als wäre er sein Meister, der ihre Pläne durchkreuzt hatte. Verwesende Pläne, wie wochenalter Fisch, der sogar für die Möwe zu verrottet war, als dass sie ihn essen konnte.

Sie tauchte nach unten, die weißen Flügel eng an den Körper angelegt und den langen Schnabel gesenkt. Der Wind schnitt zu und wurde weggezogen, während der Vogel herabstürzte. Die kleine Gestalt unter ihr hörte auf, nach oben zu steigen, und schien stillzustehen. Sie schwang wieder ihre Klaue, einmal und dann noch einmal, und diese wirbelnde Verzerrung aus Intention und Wind stieg auf, um die Möwe zu treffen.

Erfolglos.

Der Angriff prallte auf die Aura und die verhärteten Federn der Möwe. Obwohl sie ein paar Federn verlor und einen kleineren Schnitt einsteckte, reichte es nicht aus, um ihre Verteidigung zu durchdringen. Außerdem verheilten die Schnitte binnen weniger Momente und das Blut gerann, als das Chi der Holzmöwe Mehrarbeit leistete.

Dann war die Möwe an der Reihe, die mit ausgestreckten Flügeln ihre Geschwindigkeit verringerte, als sie im letzten Augenblick den Sturzflug zu einem Überraschungsangriff wandelte. Kein Angriff mit dem Schnabel, sondern mit ihren Krallen, die bereit waren, zu schnappen und zu greifen. Ihre Beine drehten sich vorwärts und ihre Brust hob sich leicht, als sich die Krallen ausstreckten.

Und auf ein Schild aus verhärtetem Wind traf. Das Schild bekam Risse und wurde zusammengedrückt, was den Vogel noch weiter verlangsamte, wodurch sein steiler Sturzflug seine Richtung änderte, während ein anderer verirrter Wind ihn traf.

Dann Schmerzen, als diese metallische Klaue in seine Brust drang. Die Klaue bewegte sich nach oben und zur Seite und der Vogel beobachtete, wie der grüne und pinke Käfer wegflog. Seine schimmernde Klaue wurde nun von seinem eigenen Blut verdunkelt. Schmerz, als das Blut einmal, dann zweimal pulsierte, bevor die Wunde begann, sich zu schließen und sich die Muskeln anspannten.

Mit einem Flügelschlag drehte sich der Vogel wieder und jagte dem Käfer nach. Jetzt hatte er ihn, denn sie mochten zwar auf demselben Level sein, aber das pinke, fleischige Ding war in seinem Revier! Er würde der Kreatur zeigen, wer wirklich über den Himmel herrschte!

***

Der Kapitän traf Ren Fei an, wie er nach oben starrte und die beiden Kämpfenden in der Luft beobachtete. Wu Ying war kaum zu erspähen, so hoch oben waren er und der Vogel. Er war ein sich schnell bewegender Partikel und der Vogel eine riesige Kreatur, die so groß war wie die Faust des Kapitäns.

"Wird der Kultivator es schaffen?", flüsterte der Kapitän.

"Das wird er", antwortete Ren Fei, obwohl seine Stimme unsicher war.

"Ich habe ihm gesagt, er soll es nicht tun. Ihr habt mich doch gehört?", fragte der Kapitän und schaute Ren Fei mit einem starren, fast schon verzweifelten Blick an. "Er hätte nicht da hoch gehen sollen. Wenn wir einen oder zwei Männer verlieren, würde das seinen Tod nicht rechtfertigen."

"Ich werde dem Viscount berichten, dass Ihr versucht habt, ihn aufzuhalten, wenn es so weit kommen sollte", meinte Ren Fei. "Aber das wird es nicht."

"Das da oben ist die Tragödie des Fischers", sagte der Kapitän. "Sie jagt unsere Leute schon seit Jahrzehnten. Selbst der alte Viscount konnte sie nicht töten."

"Noch ist der alte Viscount ihr erlegen." Ren Fei umklammerte den Speer in seiner Hand. Er blickte sehnsüchtig nach oben, an die Stelle, die ihm wegen seines zerbrochenen Kerns für immer unzugänglich war. "Kultivator Long ist ein starker Kämpfer."

"Eure Worte im Ohr der Meeresgöttin", murrte der Kapitän diesen Segen, bevor er sich entfernte. Er hatte die Gewissheit erhalten, nach der er gesucht hatte, und nun scheuchte er die Seemänner auf, die Ballisten zu laden und bereitzumachen. Nur für den Fall, dass der Kultivator versagte.

Ren Fei verdrängte den Kapitän aus seinen Gedanken und beobachtete das Geschehen weiter, während seine Hand seinen verzauberten Speer umfasste. Es verging fast eine Stunde, in der sich die beiden immer weiter und näher bewegten und manchmal so tief flogen, dass sie beinahe über die Wellen strichen, bevor sie wieder nach oben flogen, bevor der Kampf endete. Wu Ying landete auf der Dschunke und stolperte leicht, als die Erschöpfung drohte, sein Gleichgewicht zu rauben. Er richtete sich auf und kontrollierte seine Bewegungen, während sich die Dschunke auf den Wellen bewegte, und nickte Ren Fei und dem Kapitän einmal zu, die beide auf ihn zueilten.

Die gleichermaßen erschöpfte Seelenbestie flog in der Ferne davon und schlug mit den Flügeln, während sie zurück zu seinem Nest glitt. Sie blutete und war müde, ihre Federn über mehrere Li verstreut und Fetzen fehlender Haut verunstalteten ihren Körper.

"Kultivator Long!", rief Ren Fei und kam auf Wu Ying zu.

Während sich Wu Ying aufrichtete und eine Flasche Wasser heraufbeschwor, aus der er einen großen Schluck nahm, untersuchte Ren Fei den Mann auf Verletzungen. Er fand ein paar: Kratzer entlang seiner Arme und an einer Seite seines Körpers. Sie bluteten leicht und der metallische

Geschmack von Blut vermischte sich mit der salzigen Luft, während der andere Mann fest dastand.

"Mir geht es gut", erklärte Wu Ying und stellte seine Flasche ab. "Ich bin müde, aber ich lebe. Ich konnte sie nicht erschlagen. Ihr Holzaspekt ist zu stark. Sie hat unerlässlich ihre Wunden geheilt, egal, wie ich zugeschlagen habe. Ich entschuldige mich."

"Die Tragödie des Fischers ist ein sehr, sehr altes Problem", sagte der Kapitän mit einer Grimasse. "Ihre Mutter war ein mächtiger Drache und ihre Kultivation ist durch das Blut unserer Leute stärker geworden. Keiner hat es geschafft, sie zu töten." Dann schnaubte er. "Ganz offensichtlich."

"Der Kapitän hat Recht", murmelte Ren Fei. "Ihr schuldet uns keine Entschuldigung. Das Monster ist alt. Wir haben pures Glück, dass sie es nicht geschafft hat, aufzusteigen, ansonsten wäre sie ein wahrer Schrecken."

Die Seemänner, die rings um sie saßen, spuckten über ihre Schultern. Mehrere von ihnen machten weitere Schutzgesten und sie alle warfen dem Wachkapitän einen bösen Blick zu, weil er es gewagt hatte, so ein schlechtes Omen auszusprechen. Der Mann wirkte verlegen und wiederholte die Geste ebenfalls.

Wu Ying hielt sich mit einer Reaktion zurück, obwohl er das gesamte Schauspiel ein bisschen widerlich fand. Als sie fertig waren, wies er ans vordere Ende der Dschunke. "Wie ich höre, gibt es da ein Bad?"

Der Kapitän nickte.

"Das benötige ich jetzt. Ihr könnt Meerwasser dafür benutzen, aber ich werde es brauchen." Wu Ying berührte seine Wunden und konnte nicht anders, als zusammenzuzucken. "Wenn ich ohne zu bluten ins Wasser steigen soll, gibt es viel zu tun."

Beide Kapitäne zuckten unwillkürlich zusammen. Der Schiffskapitän brüllte Anweisungen und schickte seine Männer los.

In der Zwischenzeit trat Ren Fei etwas näher und senkte seine Stimme. "Könnt Ihr tauchen? Ihr wirkt ... müde."

Wu Ying nickte bestimmt. "Ich muss tun, was getan werden muss. Jetzt sollte ich anfangen, mich zu kultivieren."

Ren Fei presste die Lippen zusammen, weil er keine Antwort auf seine Frage erhalten hatte. Wu Ying entfernte sich, setzte sich im Schneidersitz aufs Deck und der kleinere Zug am Chi in der Umgebung, der ihn ständig umgab, verstärkte sich, sodass selbst der Wachkapitän ihn nun spüren konnte. Vorher war der Zug so sanft gewesen, dass es sich auch nur um die Bewegung der ätherischen Winde gehandelt haben könnte. Jetzt war er ein Wirbelsturm, der sich um den Kultivator im Schneidersitz fokussierte, aus dessen Wunden das Blut langsam tropfte.

Ren Fei starrte den anderen Mann an und konnte nur anerkennend seinen Kopf senken. Vielleicht war es das, was wirklich gebraucht wurde, um zur Unsterblichkeit aufzusteigen. Ein so unnachgiebiges Naturell, das ungeachtet der Ungewissheit über die Zukunft oder den gegenwärtigen Schmerz immer weiter vorwärts ging.

Falls es das war, so verstand er, warum er nie aufgestiegen war. Oder es je schaffen würde.

Vielleicht im nächsten Leben.

Kapitel 34

Die Mittagssonne prasselte auf die Dschunken nieder, deren Anker gesetzt waren, um sie an Ort und Stelle zu halten. Die Segel waren aufgerollt, die Ballisten herausgerollt worden und die riesigen Harpunen auf den Schiffen zeigten auf den Ozean, während andere auf den Bereich außerhalb des Ringes ausgerichtet waren. Formationsflaggen hüpften auf kleinen Bojen an den Seiten und schirmten das, was vor sich ging, von der Außenwelt ab. Weitere Flöße waren ausgesandt worden, auf vielen von ihnen befanden sich kleinere Katapulte, um Rollnetze abzufeuern, die mit den Seemännern darauf in dem leeren Raum zwischen den Schiffen dahintrieben.

An der Vorderseite jeder Dschunke standen die Wachen in Formation. Drei waren im Zentrum der Formation, weil die anderen beiden Mitglieder der Einheit, mit Wurfspeeren parat, Wache standen. Auf den Böden umgaben sorgfältig aufgezeichnete Formationsmarker die drei Wachen in ihrer Mitte, während Formationsflaggen an den Ecken und eine einzelne gigantische Formationsflagge in der Mitte der Gruppe aufgestellt waren.

Das Chi floss aus der Umgebung zu ihnen, umringte die Formationsflaggen und floss dann durch die Marker, bevor es vollständig eindrang, um von den Wachen gelenkt zu werden. Dort wurde das Chi gesammelt, während die Formation stärker wurde und sich selbst antrieb, um einen heftigen Angriff auszulösen, wenn es nötig war.

Währenddessen trieb inmitten des Wassers grünes und blaues Blut und verschmutzte es. Hin und wieder tauchte eine Gliedmaße – eines Menschen oder Meerestieres – an der Oberfläche auf, da die Taucher einen verzweifelten Kampf mit den Meeresbewohnern austrugen.

Wu Ying beobachtete das Geschehen schweigend. Seine Hände hatte er hinter dem Rücken zusammengelegt und seine Augen verfolgten die Gliedmaßen auf dem Wasser. Er konnte nicht spüren, was da drinnen war, weil sein spiritueller Sinn nicht weit genug reichte, da die schiere Masse an Lebewesen – sowohl Plankton, kleine Fische als auch enorme Dämonenbestien – seine Sinne bedeckte.

Neben ihm war Ren Fei in seine Rüstung gekleidet und sein verzauberter Speer ruhte in seiner Hand. Er bewegte sich ungeduldig, schaute abwechselnd zu Wu Ying, dem Kapitän und dann auf das Wasser, bevor seine Ungeduld schließlich die Überhand gewann.

"Was dauert da so verdammt lange?", fragte Ren Fei.

"Das haben sie bereits gesagt", murmelte Wu Ying. Er zupfte geistesabwesend an der smaragdgrünen Rüstung, die eng anlag und von seiner Nachtrobe verdeckt wurde. Er versuchte sein Bestes, zu ignorieren, wie sehr er entblößt war, denn die Rüstung betonte jeden Zentimeter seiner muskulösen Gestalt. Obwohl die Rüstung auf Heiligenlevel ein Schatz der Waffenkammer der Provinz und ein weiterer Teil seiner Bezahlung war, wünschte sich ein Teil von Wu Ying, dass sie nicht so skandalös wäre. "Es gibt dort mehr dämonische Bestien als gewöhnlich."

"Aber warum?", knurrte Ren Fei.

"Ich nehme an wegen eines Überangebotes an Nahrung", warf der Kapitän ein. Er zeigte nach unten und seine Stimme nahm eine Spur von Furcht an. "Schließlich sind mindestens zwei Flotten hier untergegangen."

"Nur eine", korrigierte Ren Fei. "Die erste Expedition besaß nur ein Schiff, weil Meister Hue keine Komplikationen erwartet hatte."

"Das macht ihn noch törichter", flüsterte der Kapitän. Rein Fei blickte den Kapitän finster an und der Mann lächelte angespannt zurück, fuhr mit einer Hand über die Reling und spuckte zur Seite aus. "Kein Kapitän, der etwas auf sich hält, erwartet jemals etwas anderes als Komplikationen durch den Ozean."

"Ich glaube, sie sind fertig", sagte Wu Ying und mischte sich ein, bevor die beiden sich weiter zanken konnten. Er verstand, dass es ein Weg war, um die Spannung zu lösen, aber es war dumm, mit seinen Verbündeten zu streiten. Jedenfalls schienen die Bläschen, die nur manchmal aufgestiegen waren, nun häufiger aufzutauchen und innerhalb weniger Augenblicke erschienen Köpfe an der Wasseroberfläche.

Die Taucher öffneten alle fast wie japsende Fische ihre Münder, als sie auftauchten. Aber niemand atmete schwer aus, weil jeder Taucher darauf trainiert war, die Luft von selbst entweichen zu lassen, um Energie zu sparen. Wie erwartet wippten die Taucher für kurze Zeit im Wasser, bevor sie auf die wartenden Flöße zuschwammen. Sobald alle Taucher an Bord waren, winkte ein einziger Mann dem Flaggschiff zu und signalisierte, dass sie bereit waren. Die Wachen huschten bereits zwischen den Tauchern umher, verbanden und nähten Wunden und flickten Löcher in Rüstungen.

Wu Ying winkte zurück und begann dann damit, tief für seine Reise unter das Wasser einzuatmen. Während er das tat, zog er die Robe aus und berührte die Waffe an seiner Seite. Es war nicht sein Heiligen-Jian, sondern eine andere Waffe, die er aus seinem Lager geholt hatte. Ein Kurzschwert, das unter dem Wasser einfacher zu schwingen war. Obwohl der Meistertaucher und Ren Fei ihn dazu gedrängt hatten, auf eine ganz andere Waffe zu wechseln, hatte Wu Ying beschlossen, bei den Klingen zu bleiben.

Denn es war nicht das Herz der Harpune, das er erlernt hatte.

Jedenfalls würde es leicht genug sein, die kürzere Klinge zu führen und er konnte seine Klingenintention mit demselben Elan wie mit seinem Jian durch sie projizieren. Und wenn er seine eigentliche Waffe brauchen sollte, dann hatte er sie griffbereit.

Er berührte kurz seine restliche Ausrüstung. Drei Ringe der Aufbewahrung, darunter auch sein Seelenring der Welt. Die anderen hatte er abgelegt und bei seinen Haben unter Deck gelassen, was sie vor einem möglichen Verlust schützte. Zwei Wasserflaschen der Fünfzig Jin, deren Verzauberungen im Inneren zwanzig und dreiundzwanzig Jin an Wasser in die Flaschen stopften. Es amüsierte Wu Ying, dass sie Wasserflaschen der Fünfzig Jin genannt wurden, obwohl sie weitaus weniger fassen könnten – aber so waren Namen nunmal. Jedenfalls würden die Flaschen helfen, ihn schnell sinken zu lassen und waren, wenn er sie richtig einsetzte, potentielle Waffen unter Wasser.

Eine Schutzbrille, die für eine bessere Sicht verzaubert war. Außerdem würde sie weiteres Licht spenden, sodass Wu Ying ein bisschen weiter sehen konnte, obwohl sie in den Tiefen, in die er erwartete, vorzudringen, nichts ausrichten würde. Er hatte sogar einige einfache Talismane des Lichts, die in durchsichtigen Glaskugeln aufbewahrt wurden, um ihn in Licht zu hüllen, wenn er es brauchte, aber er hatte vor, überwiegend zu tauchen, indem er nur seinen spirituellen Sinn zur Orientierung nutzte.

Er hatte sich etwas daran gewöhnen müssen, mit verbundenen Augen und ohne etwas zu sehen zu sammeln. Und dabei nichts anderes zu benutzen als seinen Tastsinn und seine spirituellen Sinne. Die monatelange Arbeit hatte seine Fähigkeiten mit seinem spirituellen Sinn ausgeweitet und ihn merklich verstärkt, weil er die Lehren des Adelshauses und des Kapitäns eingesetzt hatte. Tatsächlich musste Wu Ying zugeben, dass er seine spirituellen Sinne vernachlässigt hatte, um sich seiner Verbindung mit dem Wind und seinem Geruchs- und Sehsinn zu widmen. Schließlich waren sie weitaus verlässlicher gewesen.

Darüber hinaus hatte Wu Ying keine weiteren Werkzeuge, abgesehen von seiner Sammlerausrüstung. Talismane würden unter Wasser nicht funktionieren, jedenfalls nicht, wenn man sie richtig vorbereitete wie die Leuchtbälle. Und sein Ziel war es, die Austern ausfindig zu machen, zu öffnen und die Perlen zu entnehmen, während das, was auch immer unter der Oberfläche lauerte, ihn nicht bemerkte.

Aber als er auf das aufgewühlte Wasser blickte, das voller Blut von Menschen und Meeresgetier war, fragte er sich, wie wahrscheinlich es war, dass es ahnungslos blieb.

"Kultivator Long?", sagte Ren Fei sanft.

"Ich bin bereit. Haltet das Wasser für mich im Auge."

Wu Ying erhob sich mit einem leichtfüßigen Sprung in die Luft. Er rief ein letztes Mal den Wind herbei, um ihn vorwärts in die Mitte des Kreises zu tragen. Er flog weit nach oben, bevor er in einer beinahe geraden Linie nach unten stürzte und seine Arme und Beine eng anzog. Sein Eintauchen war schnell und reibungslos und das Wasser schlug kaum Wellen, als er sich in die Tiefe stürzte und aus dem Sichtfeld der Umstehenden verschwand.

***

Das Tauchen war ein wirklich seltsames Phänomen. Wu Ying wurde sofort von dem Wind-Chi abgeschnitten, an dem er sich normalerweise bediente. Das ständige Wirbeln des Immervollen Weinkruges war zum Erliegen gebracht worden und die Anmut der Seeschlange übernahm, noch bevor er das Wasser berührte, und halft ihm dabei, tiefer zu tauchen. Sein Körper fiel durch den Ozean, das Gewicht der Wasserflaschen der Fünfzig Jin zog ihn schnell nach unten und schon bald verschwand die von der Sonne erhellte Oberfläche.

Das Licht, das zunächst so klar und hell gewesen war, verschwand mit jedem Augenblick und jedem Meter, den er nach unten tauchte, mehr. Die

Dunkelheit umfing ihn, während die Farben aus seinem Umfeld wichen. Zuerst verschwand die Vitalität der Welt und die helleren Farben wurden mit dunklen Blau- und Grüntönen beschmutzt.

Dann verblassten letztendlich auch diese Farben, bis nur noch Schwarz und Grau blieben. Das letzte bisschen Licht von Oben erlosch, während das Wasser auf Wu Yings Körper drückte. Mehrmals schluckte er und stieß es aus und hielt sich die Nase zu, wie man es ihm beigebracht hatte, um den Druck in seinen Nebenhöhlen auszugleichen, während er weitertauchte.

Eine schwache Strömung trieb ihn zur Seite, während der Schwung seines ersten Sturzes nachließ, der vom Druck des Wassers um ihn herum zermürbt worden war. Er paddelte sehr leicht und bewegte seinen Körper schlängelnd, wie er es durch die Kultivationsübung trainiert hatte, während er mit dem Kopf zuerst vorantastete.

Die tieferen Gewässer des Ozeans waren klaustrophobisch. Außerdem waren sie kalt und wurden mit jedem Moment noch kälter. Manchmal erwischte ihn ein Gegenstrom, aber er kämpfte dagegen an und erlaubte sich, immer tiefer zu sinken. Seine Sicht schwand und nur sein spiritueller Sinn blieb ihm, um seinen Weg zu finden.

Nun wurde die Orientierungslosigkeit im Wasser immer deutlicher. Ohne Licht, ohne etwas zu sehen, hatte Wu Ying nur seinen Körper, der seine räumliche Orientierung stützte. Oben und unten kämpften in seinem Geist um die Vorherrschaft und das Ziehen und Stoßen der Gegenströme drohte, ihn zu überschlagen. Nur der unerbittliche Zug der Schwerkraft und das unablässige Schlagen seiner Beine verschafften ihm den geringsten Eindruck von seiner Umgebung.

Das und sein spiritueller Sinn. So tief im Wasser entfaltete er sich in seiner vollen Bandbreite, so sanft Wu Ying das tun konnte. Er berührte die Formen und den Druck der Lebewesen, die dort unten lebten, von denen es in den Tiefen viel weniger gab.

Der Ozean war in gewisser Weise im Vergleich mit den florierenden Wäldern in der tiefsten Wildnis karg. Im Wald war er ständig von Pflanzen, Insekten, Samen in der Luft und größeren Tieren umringt. Obwohl im Wasser zahlreiche Dinge wuchsen, waren die meisten davon klein und so unbedeutend, dass sein spiritueller Sinn ihre Anwesenheit ohne Probleme vernachlässigen konnte. An der Spitze des Ozeans gab es Unmengen an kleineren Fischen, aber je tiefer er abtauchte, desto weniger wurden sie.

Auch die Dichte nahm ab, was für einige der Gebiete voller Plankton über ihm ein Problem war. Aber hier war das nicht so. Nicht in diesen Tiefen.

In der Dunkelheit existierten weniger Fische, doch andere Kreaturen nahmen Wu Yings Sinne in Beschlag. Quallen, Krill, Garnelen, Anemonen und Rochen zogen an Wu Yings Sinnen vorbei. Sie waren Lichtblitze, die er oftmals schwer benennen und verstehen konnte. Aber keiner von ihnen schien zu hell und stellte eine Gefahr für seine Sinne dar.

Er tauchte tiefer, bis sich um ihn herum die Erde erhob. Er passte noch einmal seinen Winkel an und atmete durch seine Nase aus, um den Druck auszugleichen. Das hatte er nicht mehr so oft tun müssen, während er immer tiefer gesunken war, weil der Druck sich weniger schnell verändert hatte. Wu Ying erblickte die versunkene Schlucht, die sein Ziel war, auf seiner rechten Seite.

Überall um ihn herum spürte er schwach die Anker, die die Schiffe ausgeworfen hatten und die auf spezielle Weise geschmiedet und für diese Expedition mitgenommen worden waren. Nur allzu wenige ihrer Schiffe waren für eine solche Meeresexpedition ausgerüstet und ganz gewiss nicht dafür, inmitten des Ozeans zu ankern.

Jetzt bemerkte er die Überreste der vorherigen Expeditionen. Zerstörte Rümpfe, zersplitterte Planken und entkleidete Leichen, Reste von Fleisch, das durch die Kälte konserviert, deren Körper aber von den Meeresbewohnern zerfleischt worden waren. Nicht ein einziger Leichnam war unberührt geblieben. Gliedmaßen und Waffen, Ballistenbolzen und zerbrochenes Geschirr lagen auf dem Meeresboden verstreut.

Jeder dieser Schiffsrümpfe war zertrümmert, als hätte etwas Großes und Starkes sie gepackt und dann fest zusammengedrückt, ehe sie gesunken waren. Andere Teile, nahe des Bugs eines jeden Schiffes, waren abgerissen worden. Die Masten waren umgeknickt, als hätte eine gigantische Bestie hineingebissen, das sich genauso von Holz wie von Fleisch ernährte.

Die Schicksale der vorherigen Schiffe befanden sich hier und wurden in all ihrer zerschmetterten Pracht enthüllt. Sie waren von etwas zerstört worden, das mächtig genug war, um selbst ein Schiff unter den Ozean zu ziehen. Wu Yings Haut kribbelte noch mehr und Gänsehaut tauchte auf seinem bereits kalten Fleisch auf, während er sich zwang, die Luft zu schlucken, die drohte, aus seinen Lungen zu entweichen.

Er würde jedes kleinste bisschen Luft, das er in seinen Lungen hielt, brauchen.

Die Dunkelheit verschluckte ihn in der Schlucht vollkommen und die Wassertemperatur sank noch weiter. Er zitterte ein bisschen, denn die Kälte des Wassers war anders als die Kälte des nördlichen Windes. Sie war eine Leere, die an seiner Haut und seinem Kern saugte und damit versuchte, ihn seiner Bewegungen und Sinne zu berauben.

Sein spiritueller Sinn zog sich zusammen und die Chi-Sphäre im Wasser bekämpfte die Ausweitung seiner Seele und unterdrückte sie. Etwas schlängelte an den Grenzen seines Bewusstseins entlang und drängte Wu Ying dazu, seinen spirituellen Sinn aus Angst, die Wesen unter ihm zu alarmieren, noch näher an sich zu ziehen. Oder noch schlimmer, aus Angst, sich verwundbar zu machen.

Denn der spirituelle Sinn war nichts anderes als eine Überlagerung des Geistes und seiner Domäne in die Außenwelt. Deshalb war die Ausweitung des spirituellen Sinnes an den Übergängen der verschiedenen Stufen am stärksten, wenn sich die Seele vergrößerte.

In Wahrheit war die Diskussion darüber, was der spirituelle Sinn genau war und wie er mit der Kultivation verbunden war, weit gefächert und umfangreich. Wie bei den meisten Dingen, die mit der Kultivation und dem wahren Dao zu tun hatten, gab es viele Theorien und wenige Tatsachen. Aber dass man einen spirituellen Angriff auf einen zu weit ausgestreckten spirituellen Sinn werfen konnte, war allgemein bekannt. Auch wenn solche Angriffe – und Kreaturen, die so um sich schlagen konnten – selten waren und sie generell als eine "dunkle" Kunst angesehen wurden.

Nun, abgesehen vom Einsatz der Schwertintention. Es war seltsam, dass eine solch offensichtliche – und häufig gebrauchte – Methode des Angriffs auf eine Seele akzeptiert wurde. Was für eine Heuchelei ...

Wu Ying kniff seine Augen hinter der Schutzbrille enger zusammen und biss sich auf die Lippe. Seine Gedanken schweiften ab. Eine

Nebenwirkung der Tiefe. Er ließ etwas Chi in seinem Inneren zirkulieren, um den Kopf zwanghaft freizukriegen.

Die Wände der Schlucht, in die er eintauchte, waren mit Korallen übersät, die sich dort festklammerten. Aale schliefen in den Rillen und streckten gelegentlich den Kopf hinaus, wenn ein Fisch zu nahe kam, bevor sie gepackt und in die Felsen gezogen wurden, wo sie verspeist wurden. Meeresschnecken krochen ebenfalls an den Wänden entlang, deren Flanken in einem fluoreszierenden Licht strahlten. Aber trotz der Vielfalt gab es weniger Tiere, als er erwartet hatte.

Sogar die Schnecken, Aale, Schalentiere und Krebse, die hier lauerten, bewegten sich langsam und mit größter Sorgfalt. Sie untersuchten vorsichtig ihre Umgebung, ehe sie von Versteck zu Versteck huschten. Wu Ying kannte diese Bewegungen, denn es waren die Bewegungen der Furchtsamen. Beute und selbst Jäger, die wussten, dass ein anderer, größer und gefährlicher Jäger in der Nähe war.

Als Wu Ying seinem Ziel näher kam, spürte er die Austern. Sie leuchteten wie eine Fackel, die Chi zu sich zogen, und ihre Seelen brannten viel zu hell. Wu Ying winkelte seinen Körper leicht an, paddelte mit den Beinen und schwamm auf die Austern zu. Er spürte keine Gefahr in der Nähe und erlaubte sich, den sandigen Boden zu berühren.

Jede der Austern war gut drei Meter breit und geschlossen. Als Wu Ying die erste Auster berührte, wusste er sofort, dass er sie ernten konnte. Er holte das Erntewerkzeug hervor, das er mitgebracht hatte, steckte es in den Spalt in der Schale der Auster und hebelte sie auf, um ins Innere zu sehen.

Nichts. Keine Ausbeulung, keine Aushöhlung im Fleisch, die auf eine Perle hindeutete. Die ältere Auster hatte das Reizmittel, das der vorherige Sammler hineingelegt hatte, abgestoßen. Er ließ das Reizmittel – ein Stück Austernfleisch von einer anderen Kreatur, die vor Kurzem geerntet worden war – von seinem Ring der Aufbewahrung in ihren Mund fallen.

Wu Ying ließ enttäuscht zu, dass sich die Muschel schloss. Mit einigen Zuckungen seiner Hand durchschnitt er den Muskel, der die Auster am Meeresgrund hielt und platzierte sie in seinem Seelenring der Welt. Er konnte dasselbe mit allen Austern tun, aber das würde dafür sorgen, dass dem Königreich keine Schätze für die Zukunft blieben.

Er bewegte sich weiter und prüfte eine Auster nach der anderen. Diejenigen, die nahe an ihrem Lebensende waren, steckte er in seinen Seelenring der Welt. Wenn er Glück hatte, konnte er sogar eine Austernbank in dem Salzwassersee, den er für genau diesen Zweck erschaffen hatte, bilden.

Auster um Auster suchte Wu Ying nach Perlen. Die erste, die er fand, eine farbenfrohe, schillernde Perle, entfernte er mit fließenden Bewegungen seines Dolches. Zu seiner Überraschung erstrahlte die Perle in einem grellen Licht, das die Umgebung und ihn erhellte und ihm die Tränen in die Augen trieb, als sie herausgeholt wurde. Er steckte die Perle sofort in seinen Ring und ließ das Licht erlöschen, aber ein kribbelndes Gefühl blieb in seinen Fingern.

Die schiere Menge an Chi, die in der Perle gespeichert war, war ausgetreten und tanzte über seine Finger, an seinen Armen entlang und durch seine Aura. Für einen Augenblick brannte seine Aura durch die starke, Yang-aspektierte Energie, bevor sie versiegte.

Von den Dutzenden Austern besaß nur jede vierte eine Perle. Er legte Austernfleisch in die leeren Meeresfrüchte, wie man ihm angewiesen hatte, um sie zur Erzeugung einer Perle anzuregen. Dann ließ er die Schalen sich schließen und hoffte, dass sie überleben würden. Die Provinz hatte Glück, dass diese Austern es größtenteils überstanden, dass man sie aufhebelte, denn die Austernbank wurde langsam größer.

Er arbeitete schnell und nahtlos, weil seine Zeit langsam ablief. Zunächst war es einfach, seinen Atem anzuhalten. Die Enge in seiner Brust verstärkte sich mit einer Geschwindigkeit, die er am Anfang leicht ignorieren konnte. Während er weitermachte und sowohl Austern als auch Fleisch und Perlen herausnahm, wurde es zunehmend schwerer, das Brennen zu übergehen.

Ihm ging die Zeit aus, aber nachdem er bei der fünften Auster in Folge keine Perle fand, wurde ihm klar, dass er eine Entscheidung treffen musste. Er benötigte zwei weitere Perlen, um die Mindestanzahl zu erreichen, aber er hatte nur noch höchstens eine Minute übrig, während der er seinen Atem anhalten konnte. Es würde schneller gehen, aufzutauchen als unterzutauchen, aber es würde dennoch knapp werden, wenn er jetzt losging. Wenn er auf irgendwelche Probleme stoßen sollte ...

Andererseits pulsierte das beklemmende Gefühl, das ihn umgab, weiter durch seinen Körper, ließ seine Haut kribbeln und ihn erzittern. Er konnte auftauchen, aber er fragte sich, ob er nicht bereits die Kreatur in der Tiefe aufgeweckt hatte. Wenn dem so war, dann riskierte er einen Kampf, sobald er zurück war.

Wu Ying paddelte zur nächsten Auster, legte seine Hand darauf und wog ab, wie er am besten vorgehen sollte. Sollte er es riskieren, dass ihm die Luft ausging, während er die Austern öffnete, oder sollte er jetzt auftauchen und es wagen, was auch immer da unten lauerte zu alarmieren?

Letztendlich barg alles ein Risiko.

Kapitel 35

Wu Ying dachte kurz nach, dann handelte er. Er zog sich näher an die Auster heran und öffnete sie, entschlossen, weiterzumachen. Er musste schneller machen und hoffen, dass sein Glück anhielt. Schließlich brauchte er nur noch zwei weitere Perlen. Für den schlimmsten Fall, dass ihm die Luft ausging, hatte er andere Möglichkeiten, aber er würde es bevorzugen, diese nicht in Anspruch zu nehmen.

Als er sich von der aktuellen Auster abdrückte, bemerkte er, dass das bedrückende Gefühl stärker geworden war. Sein Blick irrte sinnlos umher und sein spiritueller Sinn gab alles, um die Welt um ihn zu skizzieren, aber trotzdem fand er keine Spur eines Feindes.

Sein Instinkt verriet ihm, dass etwas auf ihn zukam. Ein Instinkt, den er über ein Jahrzehnt lang geschärft hatte, indem er durch die Wildnis gereist war, durch Orte, wo die Natur und Seelenbestien immer noch das Sagen hatten. Orte, in die nur wenige Menschen einen Fuß setzten, weil die Kreaturen, die dort lebten, zahlreich und stark waren und empfindlich auf Eindringlinge reagierten. Dieser Instinkt schrie, dass seine Zeit knapp wurde.

Aber er konnte sich nicht bewegen, konnte nicht noch schneller arbeiten. Er konnte nur versuchen, seine Bewegungen noch flüssiger werden zu lassen, um seine Produktivität zu erhöhen und etwas hektischer zwischen den Austern umherzuschwimmen. Noch eine Auster mit einer verdächtigen Ausbuchtung im Inneren. Er zuckte mit der Hand, schnitt das Fleisch auf und platzierte erneut Reizmittel in der Muschel, während er den leuchtenden Schatz entnahm.

Seine Sinne weiteten sich für einen Augenblick aus, als das helle Licht die Umgebung ausleuchtete und seine Aura überlastet wurde. Wieder spürte er etwas Dunkles und Schlüpfriges am Rande seiner Wahrnehmung, dann fühlte er, wie sein ausgebreiteter Sinn plötzlich erlosch, als sich die Energie der Perle zerstreute.

Wu Ying, der sich nun beeilte und in dessen Ohren vorahnende Worte klangen, ließ Energie durch seine Aura wirbeln, während er gegen den Sog der Strömung ankämpfte. Er ärgerte sich innerlich über die Schwerfälligkeit dieser Anstrengung. Ein anderer Sammler, der darauf spezialisiert war, hätte die Perlen im Inneren vielleicht erspüren können. So waren die vorherigen Sammler, die vorherigen Opfer, vorgegangen.

Er hatte weder die Fähigkeiten noch das passende Element für diese Umgebung. Oben, wo das Licht war und seine Sinne ihm vollständig gehorchten, hätte er nach Hinweisen suchen und den Wind befragen oder die Blume oder die Erde untersuchen können. Aber das Wasser und die Austern standen im Gegensatz zu ihm und sogar seine Verbindung zum Holzelement war nicht stark genug, um die wasseraspektierten Geheimnisse der Austern aufzubrechen.

Stattdessen musste er es auf diesen, den schwersten, Weg tun. Der Dorn glitt in den Spalt der Austermuschel und die durch den Kultivator verstärkte Kraft öffnete das Fleisch. Er bewegte sich jetzt schneller, während ein Teil von ihm die seltsame Abwesenheit von Austern bemerkte. Bestimmte Teile, bestimmte Gebiete des Felsbettes, über das er sich bewegte, waren frei von diesen Meeresfrüchten. In der Nähe lagen Trümmer und die verstreuten, zerbrochenen Muscheln.

Es konnten Schlüsse gezogen werden, von denen keiner schön war. Er überlegte kurz, ob er sich der Kreatur stellen sollte, die die Austernbank ausbeutete. Aber Wu Ying ließ die Idee genauso wie die letzte Auster links liegen und ging weiter zur nächsten.

Das Wasser war nicht sein Element und das Monster, das darin lauerte, war nicht sein Problem. Sollte der Viscount einen anderen Helden finden, der das erledigte. Vielleicht würde in den dazwischenliegenden sieben Jahren jemand mit größerem Körperbau und besseren Fähigkeiten auftauchen.

Ein Schlag, eine Drehung, ein Drücken und die nächste Auster öffnete sich. Wu Ying spürte die Ausbuchtung darin, lächelte unwillkürlich und beeilte sich, das Fleisch aufzuschneiden. Er umfasste die Auster und begann, sie zu sich zu ziehen.

Aber dann hielt er inne, als sein spiritueller Sinn ihm etwas weniger Erfreuliches mitteilte. Die Perle wurde entfernt und in einer Hand hochgehalten, während ihr Licht die Umgebung und das Monster, das Wu Ying verfolgte, in Licht tauchte. Allein der Rumpf der Kreatur war doppelt so groß wie das Flaggschiff, auf dem er gesegelt war und ihre unheilvollen Augen schrumpften, da ihre Pupillen auf das Licht reagierten.

Wu Ying warf sich nach hinten, während er die Perle in seinen Ring der Aufbewahrung zerrte, denn er wusste, dass der Schiffsmörder vor ihm war. Er hatte keine Zeit mehr.

Und keine Luft.

***

Wu Ying schoss zur Seite aus, indem er Chi durch seine Füße ausstieß, um den zupackenden Tentakeln auszuweichen, die auf ihn zukamen. Eins, zwei, drei, vier Tentakel ... sechs Tentakel und zwei Stummel. Er drehte sich herum und trat schnell aus, während er versuchte, über den Kopf der Seelenbestie zu gelangen, die ihn schnappen wollte. Er spürte, wie sich die Tentakel bewegten, deren Saugnäpfe beinahe größer als sein Körper waren.

So viele Tentakel, von denen sich jeder bewegte wie eine Schlange, sich wand und nach ihm griff. Die dunkle Haut wurde heller, als die Tarnung, die die Bestie genutzt hatte, um sich an Wu Ying anzuschleichen, abklang und das monströse Gesicht entblößte.

Große, ovale Augen, ein knollenförmiger Kopf und ein massiger Körper waren hinter den nach ihm greifenden Tentakel. Als sich der Kopf nach hinten neigte und sich auf eine seltsame, schlängelnde und knochenlose Art bewegte, wurde der schnabelartige Mund der Kreatur enthüllt. Sie öffnete ihren Mund weit und Chi sammelte sich darin, während sie ihren Angriff vorbereitete. Wu Ying reagierte und schnitt mit dem Kurzschwert auf Heiligenlevel, das er gezogen hatte, nach unten.

Er projizierte seinen Angriff, so gut er konnte, und ließ Chi und Schwertintention in die Bewegung fließen, aber obwohl er schnell war, verlangsamte das Wasser seine Bewegungen. Das Projektil aus kondensiertem Wasser, das der Seelenoktopus mit Chi und dunkler Intention erfüllt hatte, traf auf seinen eigenen Angriff und wurde nur leicht abgeschwächt.

Die Hülle des Wasserballs des Oktopus wurde beschädigt und die darin enthaltene Energie des Angriffs explodierte nach außen. Sie schleuderte Wu Ying nach hinten, als das verdichtete Wasser und die Wucht des Angriffs auf seinen Körper traf. Wertvolle Luft wurde aus Wu Ying gepresst und

Bläschen stiegen nach oben, während seine Trommelfelle platzten, sodass er betäubende Schmerzen in seinen Ohren und seinem Kopf verspürte.

Ihm wurde klar, wie stark er unterlegen war, strampelte mit den Füßen und schwamm so schnell er konnte nach oben. Er konnte nicht atmen und es sich nicht leisten, hier unten zu bleiben und gegen den Seelenoktopus zu kämpfen. Stattdessen berührte er mit seiner freien Hand eine der verbliebenen, unbeschädigten Kugeln an seinem Gürtel und aktivierte das Siegel darin, um das strahlende Licht hinter sich zu werfen, während er auftauchte.

Tentakel, die sich nach Wu Ying ausstreckten, hielten für einen Moment an, weil das plötzliche, hellere Licht die Aufmerksamkeit des Monsters auf sich zog. In der Zwischenzeit griff Wu Ying nach einer der Flaschen der Fünfzig Jin, warf sie weg und durchstach währenddessen das Gefäß mit der Seite seines Daumens, dessen Bewegung durch das Herz des Schwertes verstärkt wurde.

Die Stabilität der Flasche wurde durchbrochen und die Verzauberung breitete sich langsam, dann aber bald schneller aus. Die braune Flasche wackelte und sank nach unten, wurde aber von einem der Tentakel getroffen. Das reichte aus, um das letzte Siegel zu brechen und eine weitere Explosion aus angestautem Wasser wurde im Ozean ausgelöst.

Wu Ying, der wegschwamm, wurde wieder beiseite geworfen und von der Explosion immer weiter nach oben getrieben. Unter ihm machte die Seelenbestie eine ruckartige Bewegung, denn der Tentakel, der die Flasche getroffen hatte, war zerquetscht worden und ein kleiner Riss tauchte entlang der gummiartigen Haut auf. Aber zum größten Teil blieb die Kreatur von Wu Yings Mätzchen unversehrt und streckte sich wieder nach ihm aus.

Da sein Plan, die Kreatur zu verletzen, fehlgeschlagen war, löste Wu Ying die letzte Flasche und wiederholte dieselbe Handlung, als er sie hinter sich fallen ließ. Sie explodierte binnen Sekunden, stieß ihn nach oben und setzte seinen Körper weiterem Druck aus. Er spürte, wie er um ein Haar das Bewusstsein verlor und der Schmerz in seinen Ohren zunahm.

Doch dieses Mal war die Seelenbestie vorbereitet. Sie kontrollierte den Fluss des Wassers mit ihrem Chi und ritt auf dem Angriff höher als der

Kultivator. Sie schnappte mit einem halben Dutzend Tentakel nach ihm, die alle ein Eigenleben zu haben schienen.

Wu Ying fletschte die Zähne und seine Nase zog eine Spur von Blut, das violett wirkte, durch das dunkle Meer hinter sich her. Er wedelte mit seinem Schwert und projizierte die Klinge mit seinem Chi, während Tötungs- und Schwertintention durch das Wasser schnitten. Seine Angriffe fuhren wie eine Rasierklinge durch knolliges Fleisch, wodurch blaues Blut aus dem Oktopus ins Wasser sickerte. Die beiden bekämpften sich in einer aufwärtsgerichteten Spirale. Wu Yings größter Vorteil war die reine Größe der Tentakel, die nach seinem kleineren Körper griffen, weil jeder Tentakel mit den anderen kämpfen musste, um ihm nahe zu kommen.

Doch trotz all seiner Angriffe und Vorbereitung durch die Anmut der Schlange schaffte er es nicht an die Oberfläche. Knapp zwei Dutzend Meter von der Luft entfernt ließen seine schwachen Bemühungen, auszuweichen und zu parieren, ihn im Stich. Ein unentdeckter Tentakel erhob sich hinter ihm und griff zuerst nach seinem Arm. Dann näherte sich ein weiterer seinem Körper, als er stillstand, schnappte um seine Beine zu und kroch nach oben, um seinen Unterkörper zu umfassen.

Der Freiheit so nahe wurde er zurückgezogen, die Tentakel kamen näher und zerrten ihn nach unten, zurück in die Tiefe, während nur seine erhöhte Konstitution verhinderte, dass sein Arm einfach von seinem Körper gerissen wurde. Wu Ying öffnete den Mund zu einem wortlosen, stummen Schrei, durch den Luftbläschen entwichen, und wurde zum geöffneten Mund des Oktopus gezogen. Unter ihm funkelten glasige Augen böse.

***

Keine weiteren Tricks, keine Luft mehr, seine Waffenhand wurde festgehalten. Anders als bei anderen Oktopoden war das Maul dieser Kreatur riesig und voller Fangzähne, die dazu dienten, zu zerfleischen. Als Wu Ying nähergezogen wurde, spürte er das Pulsieren von gespeichertem Chi in den scharfen Zähnen. Ein verzerrtes, kaltes und lahmes Chi, das ihm das Blut in den Adern gefrieren ließ. Gift-Chi war in die Reißzähne eingebettet. Er wusste, dass er mit nur einem Biss nicht mehr in der Lage wäre, die Auswirkungen zu bekämpfen, bevor er getötet würde.

Er krümmte und zerrte an den Tentakeln, die ihn im Griff hatten, um zu versuchen, sich zu befreien, aber er schaffte es nicht. Die Kraft dieser schleimigen Arme war stärker, als dass er gegen sie ankommen konnte. Nur durch Glück schaffte er es, eine Hand freizubehalten, um seinen Nacken zu schützen und sicherzustellen, dass er nicht brutal geköpft wurde.

Seine Brust brannte und seine Sicht verdunkelte sich in seinen Augenwinkeln, während er sich aufbäumte und mit jeder Bewegung immer mehr Energie verbrauchte. Das Maul näherte sich immer weiter und hatte vor, seine Beine abzubeißen. Wu Ying zappelte und zog mit all seiner Kraft seine Beine an seinen Körper an. Er konnte sich nicht von alleine befreien, aber er schaffte es, seinen Oberkörper anzuziehen, indem er zuließ, dass er seinen Schwertarm auskugelte.

Es reichte aus, um seine andere Hand nahe genug zu bringen, um seine Hand nach vorne auszustrecken. Die Hand, an der sich sein Seelenring der Welt befand. Ein Ring der Aufbewahrung mit besonderen Eigenschaften, darunter auch sein Notfallplan. Er kanalisierte seinen Willen und sein Chi in den Ring, ließ Energie hineinfließen, zog und holte etwas aus dem Ring. Keinen Sand, keine Erde, nicht einmal Kräuter – nichts, das so prosaisch war.

Nur Luft. Nur Wind.

Ein Wirbelsturm aus Luft, Energie und Macht, der aus seiner Hand toste. Er versteifte seine Hand und den Arm in ihrer Position, kanalisierte diese Energie direkt in den Mund der Kreatur, zwang Wasser nach draußen und drückte sich mit jeder Bewegung nach hinten. Im Inneren des Wirbelsturms schickte Wu Ying die gesamte Tötungs- und Schwertintention seiner Seele in den Angriff, der blutige Spuren in dem empfindlichen Mund hinterließ.

Die Kreatur verkrampfte sich überrascht und zog an Wu Yings Arm und Körper, was ihn noch mehr verletzte. Dann warf sie ihn sprunghaft in blinder Wut von sich, während sie eine Wolke aus Tinte ausstieß.

Wu Ying plätscherte in der Tiefe, während sein Körper ohnmächtig unter dem Druck des Wurfs schwamm, stöhnte und schluckte einen Mund voll abgestandenes Wasser. Er hustete und verkrampfte sich, während er den Luftstoß aus seinem Ring abschnitt und hoffte, dass der Schaden, der in seinem Ring entstanden war, nicht zu groß war.

Unter ihm wartete die Bestie in der tintigen Finsternis, in die er nicht hineinsehen und überhaupt nichts spüren konnte. Anstatt an Ort und Stelle zu bleiben, trat er nochmals geschwächt mit seinen Beinen, um zu der erhellten Oberfläche zu gelangen. Zu seiner Überraschung und Dankbarkeit hatten sie es trotz alledem geschafft, in der Nähe der Wasseroberfläche zu bleiben.

Einige Augenblicke später tauchte er aus dem Ozean auf, während seine Brust brannte und die Ohnmacht ihn zu übermannen drohte. Er öffnete seinen Mund und verschluckte sich an der Luft, da er all sein Training vergaß und verzweifelt seine Lungen füllen wollte. Die Dunkelheit, die in sein Bewusstsein gekrochen war, klang mit jedem Atemzug und jedem Moment ab. Vor sich erblickte Wu Ying die Schiffe. Das Heck eines Schiffes.

Mit weit aufgerissenen Augen wurde ihm klar, dass er aus dem Ring aus Schiffen, vom Zentrum der Formation weg, geworfen worden war. Und aus der Tiefe des Meeres stieg der Seelenoktopus, der den Schreck über den Angriff abgeschüttelt hatte, empor. Die Erkenntnis über die Entscheidungen, die er hatte, schossen durch Wu Ying: In die Luft und in Sicherheit springen oder in die Mitte schwimmen und das Monster dorthin führen.

Ihm blieb keine große Wahl.

Wu Ying schwamm, reizte die Anmut der Schlange so weit wie möglich aus und senkte seinen Kopf, während er mit seinem noch funktionstüchtigen Arm paddelte. Jede Bewegung jagte einen Blitz aus Schmerz durch seine ausgekugelte Schulter und einer seiner Knöchel pochte, weil er verdreht worden war. Irgendwo auf seinem Weg hatte er das geliehene Kurzschwert verloren. Die Waffe auf Heiligenlevel musste auf den Meeresboden gesunken sein.

Nach einem halben Dutzend Schwimmzügen stellte Wu Ying fest, dass er seine Taktik ändern musste, da der Schmerz in seinem verstauchten unteren Rücken und der ausgekugelten Schulter ihn aus der Bahn warf. Er drehte seinen Körper auf den Rücken, sodass er das Wasser treten konnte.

Dann trat er fest in das Wasser, als lange Tentakel sich nach ihm ausstreckten, und steckte mehr Chi in die Bewegung, während er mit der Hand nach unten fuhr. Er schoss aus dem Wasser, noch während sich die Tentakel aus der Tiefe erhoben.

In dem Moment, als sein Körper die Wasseroberfläche hinter sich ließ, aktivierten sich seine Sinne, seine Domäne und sein Dao wieder vollständig. Wu Ying war nicht länger in der überschwappenden spirituellen Macht der Kreatur gefangen, die das Wasser durchdrungen und seine Kontrolle blockiert hatte, und rief den Wind zu sich. Er blockte augenblicklich einen Tentakel mit einer ausscherenden Wand aus Wind ab und wich einem weiteren Angriff durch einen einfachen Schritt zur Seite aus.

Wie ein Blatt im Wind schwebte Wu Ying zwischen den tastenden Tentakeln hindurch und seine unverletzte Hand bewegte sich auf seine Schulter zu. Für diesen Kampf brauchte er beide Hände und Arme. Er legte seine Hand vorsichtig auf, griff nach seiner Schulter und riss sie mit einem Schrei, der über das offene Meer hallte, wieder in Position.

Ein sengender Schmerz schoss durch seine Schulter in seinen Arm und seinen Körper. Seine Konzentration geriet kurz ins Schwanken, was einem schleimigen Tentakel reichte, sein Bein zu ergreifen und ihn nach unten zu ziehen. Aber ehe er ihn zu weit nach unten zerren konnte, schlug ein Ballistenbolzen dort in den Tentakel der Kreatur, wo er aus dem Wasser ragte.

Kurz darauf explodierte der Ballistenbolzen und hinterließ ein breites, fleischiges Loch, aus dem blaues Blut sickerte. Während des Krampfanfalls, in dem Wu Ying losgelassen wurde, flog er weg und schoss erneut auf die Mitte der Formation zu.

Ein feuchtes, reißendes Geräusch erklang aus der blutenden Gliedmaße, als ihre weiteren Bewegungen das Fleisch aufrissen. Der Oktopus, getrieben von Zorn, schickte einige Tentakel los, um nach dem Schiff zu greifen, während weitere Ballistenbolzen von anderen Schiffen, die weiter entfernt standen, im Wasser landeten. Die meisten verfehlten ihn, aber die Explosionen erfüllten die Luft mit Wasser und einer schmerzhaften Kakophonie. Nicht, dass Wu Ying irgendetwas davon hörte.

Ein einziger, flammender Speer folgte, als Ren Wei seine Waffe warf. Die Waffe verfehlte ihr Ziel nicht und schnitt durch die Spitze eines Tentakels, als dieser versuchte, eine der Dschunken zu umschlingen.

Wu Ying erhaschte nur einzelne Blicke des Kampfes, weil die meisten Tentakel immer noch ihm hinterherjagten. Er tanzte durch die Angriffe hindurch und beschwor zwei Schwerter, einfache Waffen auf Seelenlevel, die er mit seiner Klingenintention schärfte. Mit jeder Parade und jedem Schlag wurde zähe Haut durchtrennt. Diese Angriffe regten die Kreatur nur noch mehr auf und aus seiner Position weit oben sah Wu Ying die zwei kugelrunden Augen, die ihn zornig fixierten.

"Beschützt die Schiffe! Wir müssen ihn ins Zentrum der Formation locken", schrie Wu Ying und nutzte den Wind, um seine Stimme nahe der Schiffe zu projizieren.

Ren Fei hatte dasselbe gerufen, während er auf die Rückkehr seines Speeres gewartet hatte, aber ohne Wu Yings Beherrschung über den Wind hatte es selbst seine dröhnende Stimme schwer gehabt, das Schiff, das am weitesten entfernt lag, durch all das Chaos des Kampfes zu erreichen.

Ankerketten rissen und wanden sich und ein Mast wurde von einer Dschunke gerissen, als ein Tentakel ausholte. Mit einem plötzlichen Knall erlangte Wu Ying sein Hörvermögen zurück, gerade rechtzeitig, um zu hören, wie das Ächzen und Zischen eines Ballistenbolzens, der abgefeuert wurde, und die Schreie der Verwundeten die Luft erfüllten. Blaues und rotes Blut vermischte sich auf den belagerten Schiffen, was für einen schweren Stand sorgte, während sich die salzige Meeresluft mit Eisen verfärbte.

Wu Ying, der knapp vier Meter über dem Ozean schwebte, rückwärts flog und von dem Seelenoktopus gejagt wurde, führte das Monster in die Mitte des Kreises. Er konnte nicht sagen, wie stark der Oktopus war, jedenfalls nicht durch seinen spirituellen Sinn, denn die Fähigkeit des Monsters, sich zu tarnen, war immer noch intakt. Es musste mindestens auf der Stufe des Kerns sein, obwohl Wu Ying vermutete, dass es sich um die Aufkeimende Seele handelte.

Andernfalls wäre dieser Kampf um einiges einfacher.

Ein Ballistenbolzen zischte von einem der Schiffe aus an ihm vorbei, ehe er im Wasser verschwand und explodierte. Wu Ying beobachtete, wie die Tentakel für eine Sekunde innehielten und wischte sich übers Gesicht, als er in Salzwasser gebadet wurde. Er erhob sich aus Reflex in den Himmel.

Dann zuckte das Monster umher, als hätte es plötzlich die Gefahr bemerkt, in der es sich befand. Es zog die Tentakel eng an sich und ließ davon ab, die Dschunken zu belästigen. Seine Angriffe waren nicht völlig unnütz geblieben, denn eine Dschunke war in der Mitte zerteilt und sank und wurde nur durch die Macht der Verzauberungen und des Daos und Chis des Kapitäns an der Oberfläche gehalten.

"Ihr Idioten. JETZT!" Wu Ying brüllte das letzte Wort und projizierte es überall in der Umgebung.

Vielleicht ergriff die Bestie die Flucht. Vielleicht würde sie sie wirklich in Ruhe lassen. Aber er – sie konnten es nicht riskieren. Wenn das Monster einen Groll hegte, wie es manche Kreaturen taten, dann würden sie über hunderte von Li gejagt werden, während sie zurück zum Hafen fuhren.

Oder möglicherweise war es noch gefährlicher und die Kreatur würde sogar tief in der Nacht in die Hafenstadt kommen, die Stadt verwüsten, die Schiffe zerstören und über die gepflasterten Straßen kriechen, bevor es sich wieder davonmachte. Seine Tarnung war mehr als ausreichend, um das zu tun. Was für ein Desaster das wäre.

Nein, sie mussten es töten, und zwar jetzt.

Überall um Wu Ying herum leuchtete die Formation auf, als die kanalisierte und gespeicherte Energie die Schiffe miteinander verband. Ihm wurde klar, in was für einer Gefahr er sich befand, hob eine Hand und rief den Wind zu sich, an dem er zog, während er senkrecht nach oben stieg, anstatt zu riskieren, dass er in den Angriff verwickelt wurde.

Die Verbindungen aus Chi verliefen an den Kielen der Schiffe und verknüpften eines mit dem anderen durch das Wasser. Die Formation der Fünf Bindungen, Sieben Glocken und Elf Ozeane war mächtig und zog ihre Energie nicht nur aus dem Chi der Personen, die sie aktivierten, sondern auch der Daointention und gespeicherten Energie, die in die Formationsflaggen eingebettet waren. Sobald sie aktiviert war, würde die Formation über Jahrzehnte ruhen müssen, um sich wieder aufzuladen, aber derweil wirkte die Falle und jagte beschworene Blitze zwischen den Schiffen umher.

Kaum waren die Schiffe miteinander verbunden, was nur einen Augenblick dauerte, handelte Ren Fei. Er hievte einen neuen Speer hoch, warf ihn und erfüllte den Angriff mit allem, was er hatte. Der Speer flog durch die Luft und tauchte durch das Wasser, um das knollige Fleisch zwischen den Augen der Seelenbestie zu treffen. Ren Fei, der eine große Menge an Chi mit dieser einen Handlung verbraucht hatte, brach auf dem Deck zusammen und umklammerte seinen Magen und seinen Dantian.

Dennoch war der Angriff ausreichend. Der Speer war der Angelpunkt der Formation, der Lotse für die Energie, die angesammelt worden war. Energie flog in einem Bogen von allen fünf Schiffen aus auf den Speer zu und Chi ergoss sich durch die Verbindung, die geknüpft worden war, um das Monster zu versengen.

Blitze krümmten sich und tanzten und der Geruch von Ozon und verbranntem Fleisch breitete sich in der Umgebung aus. Wu Ying schwebte darüber und beobachtete, wie Dampfwolken aufstiegen, weil das energiegeladene Chi auf seinem Weg, um das Monster zu treffen, am Wasser verdampfte. Leichter Nebel tauchte auf, während Wu Ying diesen weglockte. Die Kreatur schlug um sich und zuckte und ein stummer Schrei drang aus ihrem Körper.

"Schießt! Erledigt ihn", rief Ren Fei und winkte den anderen von dort aus zu, wo er sich an der Reling hochgezogen hatte.

Das schwere *Wumms* und die abgefeuerten Ballistenbolzen signalisierten die Wiederaufnahme der Angriffe. Die riesigen Bolzen flogen durch die Luft, um sich in Tentakel und, manchmal, den Körper zu bohren. Die Bolzen explodierten und stießen Splitter und Fleisch von sich. Einige Angriffe kamen nicht an, weil Blitze aus dem Ozean nach oben schossen, um die Talismane zu aktivieren, lange bevor die Bolzen ihr Ziel treffen konnten.

Wu Ying beobachtete das Chaos und Gemetzel, während sich Seemänner beeilten, um die Ballisten neu zu laden, solange die Formation das gespeicherte Chi über den Seelenoktopus ergoss. Letztendlich war die gespeicherte Energie aufgebraucht und die tanzenden blauen und grünen Lichter erloschen.

Der Oktopus tauchte leicht unter, dann riss ein sich noch bewegender, unverletzter Tentakel den Speer aus seiner Stirn. Er warf den Speer beiseite und schoss etwas nach oben, als seine übrigen Tentakel herumfuchtelten. Drei Tentakel waren noch übrig, einer davon unversehrt, die anderen waren schwarz und grau verfärbt.

Die Gesichtshaut des Monsters war verbrannt und von der Wunde aus verliefen Narben aus geschwärztem Fleisch. Eine dieser Narben reichte bis in eines der runden Augen, das jetzt weiß und erblindet war. Aus dem Mund des Monsters rann Tinte, die es aus Versehen während des Stromschlags ausgeschüttet hatte.

Die Gruppe rief ihr Entsetzen aus, weil das Monster noch lebte, dicht gefolgt von den Rufen der Kapitäne und ersten Offiziere, dass sie weiter laden sollten. Wu Ying bleckte die Zähne, ließ seine Waffen verschwinden und beschwor sein Heiligen-Jian.

Es machte den Eindruck, dass es immer an ihm lag.

Er schnitt den Luftfluss ab und nahm Anlauf, während er sich nach unten neigte. Er fiel und wurde mit jeder Sekunde schneller, während er sich duckte und eine Plattform aus Luft unter seinen Füßen bildete, sodass er etwas hatte, worauf er stehen konnte.

Der Drache erhebt sich.

Die erste Bewegung des Wandernden Drachen. Die Welt eilte auf Wu Ying zu und für einen kurzen Moment dachte er, er könnte spüren, wie sich die Welt drehte, als der Oktopus, der sich nach hinten neigte, seinem Angriff einen eigenen Ball aus explodierendem Wasser entgegenschleuderte.

Der Wind und die Klingenintention trafen in einer Explosion, die sich über die Umgebung ergoss, auf Wasser und Tötungsabsicht. Das Wasser bewegte sich mit einer solchen Wucht, dass es sowohl in Segel als auch Haut schnitt und sie aufriss. Aber trotz all der Stärke der Kreatur war sie verletzt, aus ihrer Domäne gelockt worden und wetteiferte nun mit Wu Ying, der in der Luft war.

Hier, im Raum zwischen Wasser und Himmel, hatte Wu Ying die Überhand. Sein Angriff teilte das Wasser und grub sich tief ein, um verbrannte und verletzte Haut zu treffen. Die Seelenbestie kreischte und schlug um sich, als frisches Blut floss, und drehte sich in dem Versuch zur Seite, noch einmal zu fliehen.

Zu spät.

Wu Ying, der noch immer fiel, zog die Beine an den Körper, während seine Schwerthand den Weg anführte. *Die Wahrheit des Schwertes*, dieser Vorstoß, den er so gut konnte, verband sich mit dem Fall und der Wind lockte ihn zu sich, während sein Fall immer schneller wurde, bis er sich schneller als ein herabstürzender Drache bewegte. Er krachte ins Wasser, als die Klingenintention, die aus seinem Schwert projiziert wurde, den Ozean teilte, und der Wind aufs Wasser traf, um die ausweichende, aber langsame Bestie zu durchbohren.

Die zweite Form des Wandernden Drachen traf und *die Wahrheit des Drachen* spießte den Seelenoktopus auf. Für einen Augenblick umgab warmes Fleisch Wu Ying, während seine wirbelnde Aura Blut und Eingeweide von ihm stieß, die ihn zu umhüllen drohten, als er durch das Monster fuhr und in einem Meer aus Blut auf der anderen Seite ausdrang und die Explosion aus Haut und Muskeln durch den blutbefleckten Ozean verteilte.

Er zog die Beine an und seine Augen funkelten durch ein angespanntes Lächeln, während er beobachtete, wie die zweite Bewegung des Wandernden Drachen, die endlich vollendet war, Wirkung zeigte. Die Seelenbestie lebte noch, war aber schwer verwundet. Ihre gigantische und unnatürliche Beschaffenheit hielt sie selbst jetzt noch aufrecht. Obwohl die zweite Form noch nicht perfektioniert war, war der Angriff alles, worauf er gehofft hatte. Die unvollkommene Form verursachte nicht einmal einen Rückstoß, weil er sein Wissen über die *Wahrheit des Schwertes* mit seinem Windkörper vereint hatte, um den viel gezielteren Angriff zu erzeugen.

Als das Monster wiederum zuckte und die fuchtelnden Gliedmaßen versuchten, Wu Ying zu ergreifen, schüttelte er das Hochgefühl ab und konzentrierte sich wieder auf den Kampf. Es war noch nicht vorbei, aber der Ausgang war jetzt klar. Der Seelenoktopus war tot, er musste nur noch davon überzeugt werden.

Wenn nötig, mit vorgehaltenem Schwert.

Kapitel 36

"Er wirkte nicht glücklich", bemerkte Wu Ying, der vom Turm auf den Hof nach unten blickte.

Kapitän Ren Fei neben ihm lachte kurz, bevor er an seinen Bauch fasste. Diese kleine Bewegung hatte ausgereicht, um Schmerzenskrämpfe durch seinen Körper zu jagen. "Das glaube ich gerne. Man könnte fast glauben, dass sie auf unser Versagen gehofft haben. Aber wer würde das Königreich so schwächen? Oder eine Seelenbestie zu unseren Austernbetten locken?"

Wu Ying schielte zu dem Mann, bevor er seinen Kopf schüttelte und sich weigerte, darin verwickelt zu werden. Nachdem der Oktopus getötet worden war, waren Wu Ying und die übrigen Taucher ins Wasser gegangen, um den Seelenstein der Kreatur und so viel des Körpers, wie es ihnen möglich gewesen war, zu entnehmen. In den Tiefen, ohne begrenzte Zeit, hatte es Wu Ying auch geschafft, einige Schätze aus den versunkenen Schiffen zu ergattern, nur um eine Reihe an Formationsflaggen zu finden, die sich tief in den Meeresboden gegraben hatten. Als er sie herausgezogen hatte, war die noch intakte Formation zerstört worden, aber Kapitän Ren hatte geglaubt, dass es irgendwelche Köder gewesen seien.

Schlussendlich war es kein Thema gewesen, mit dem sich Wu Ying beschäftigen wollte. Obwohl man ihm erlaubt hatte, sowohl das Kurzschwert, das er wiedergefunden hatte, und den Seelenbestienkern der Aufkeimenden Seele des Oktopus zu behalten, hatte man ihm die meisten anderen Schätze abgenommen.

Das hatte Wu Ying etwas gekränkt, allerdings war das Plündern der Wracks nicht in ihre Verhandlungen einbezogen gewesen. Letzten Endes sah er ein, dass der Viscount alle Ressourcen benötigen würde, die sie erhalten konnte, um künftig einen neuen Sammler für ihre nächste Lieferung in sieben Jahren auszubilden. Dennoch war Wu Ying irgendwie unzufrieden, auch wenn er mit bedeutend mehr Mitteln, Ausrüstung und Wissen ging, als er bei seiner Ankunft gehabt hatte.

Vielleicht wurde er einfach gierig.

Oder vielleicht blutete sein Herz immer noch wegen der Zerstörung, die seine Obstgärten und Felder in seinem Seelenring der Welt erfahren hatten. Der erzwungene Ausstoß der Luft hatte großen Schaden in dem Ring verursacht, Felder aufgewühlt, eingelassene Formationen zerstört und sorgfältig gepflegte Pflanzen ruiniert. Es würde Monate, wenn nicht Jahre dauern, um alles wieder aufzubauen, insbesondere nach den Verlusten dank seines langen Aufenthalts im Norden.

"Wo trägt der Wind Euch als nächstes hin, Kultivator Long?", fragte Kapitän Ren und legte seinen Kopf schräg.

"Das weiß ich nicht. Vielleicht bleibe ich noch ein Weilchen", antwortete Wu Ying mit einem leichten Lächeln auf den Lippen.

Der Kapitän sagte nichts, weil er sich weigerte, den Köder zu schlucken.

Wu Ying ergab sich der Stille und zuckte mit den Schultern. "Ich habe vor, die Ostküste noch ein bisschen zu erkunden. Ein paar Provinzen zu sehen, einige Dörfer zu besuchen. Möglicherweise verbringe ich sogar einige Zeit auf dem Ozean."

"Wirklich?", fragte der Kapitän mit überraschter Stimme. "Nicht, dass jemand, der den Wind so kontrolliert wie Ihr, jemals unerwünscht wäre, aber ich hätte nicht erwartet, dass Ihr Euch den Fischerflotten anschließen würdet."

Wu Ying lächelte schwach, bevor er sich entschloss, das klarzustellen. "Ich dachte da an mehr als nur Flotten. Ich habe Gerüchte über Lande in weiterer Ferne gehört. Nicht nur die Lande der Unsterblichen, sondern solche, in denen andere Völker leben. Im Osten und Süden."

"Ah, die fernen Händler", meinte Kapitän Ren und nickte verständnisvoll. "Wir beliefern sie nicht viel, weil unser Hafen nicht die nötige Tiefe für diese Schiffe besitzt."

Wu Ying nickte. Er hatte ein gewisses Verständnis über die Dschunken entwickelt, die über diese Gewässer verkehrten. Größere Schiffe mit tieferen Kielen hielten der offenen See besser stand, was wichtig war, wenn man sich weit vom Festland entfernte.

"Aber gebt auf Euch Acht, Kultivator Long." Er grinste. "Manche sagen, sobald das Meer Euer Herz gestohlen hat, wird kein Festland Euch je befriedigen."

Wu Ying drehte sich vom Innenhof weg, um auf den Ozean zu blicken. Seine Lippen kräuselten sich leicht nach oben, bevor er den Kopf schüttelte.

"Es ist wunderschön, ruhig und einsam. Aber ich glaube, mein Herz wird immer dort sein, wo meine Füße den Boden berühren können."

"Verständlich. Für einen Liebhaber des Landes habt Ihr jedenfalls ein bisschen Wertschätzung für die wahre Herrin unserer Herzen." Kapitän Ren drückte sich vom Geländer ab und nickte Wu Ying zu. "Ich sollte also den Viscount über Euer Vorhaben informieren. Ich bin mir sicher, dass Vorkehrungen getroffen werden, um Euch gebührend zu verabschieden."

Wu Ying verzog das Gesicht, nickte aber. Nach allem, was er getan hatte, wäre es unfreundlich und unziemlich, sich mitten am Tag davonzuschleichen. Die Feierlichkeit zur erfolgreichen Übergabe ihres Zehntels heute Abend würde lang und laut werden. Es wäre noch früh genug, wenn er morgen aufbrechen würde.

Denn es gab noch viel in diesem Land zu sehen.

***

Es war seltsam, wie sich die Dinge wandelten. Von Feierlichkeiten an der Tafel eines Viscounts zur Arbeit an Fischernetzen, um das Essen zu sichern, und einem Bett in einer Fischerhütte. Wu Ying zog das Netz ein, das an der Flanke des Bootes ausgeworfen worden war, und beäugte das halbleere Netz, während er seinen Inhalt auf dem Boot ausschüttete. Sein Begleiter arbeitete schnell, schnappte und warf bestimmte Fische und Beifang von Bord, die er nicht benötigte, sodass am Boden des Bootes nur das übrigblieb, was er haben wollte.

Währenddessen rollte Wu Ying das Netz auf, ging beiseite und verstaute es, wobei er darauf achtete, dass sich die Haken oder die Gewichte des Netzes nicht in seiner Haut verfingen. Genau wie der Fischer trug er eine einfache ärmellose, quer übereinandergeschlagene Tunika, die mit Blut und Eingeweiden anderer Fische beschmiert war, die sie ausgenommen und gesäubert hatten.

"Das ist das letzte", verkündete der Fischer und betrachtete den Boden abfällig. "Seid Ihr sicher, dass Ihr kein Pech bringt?"

Wu Ying kicherte schwach und zuckte leicht mit den Schultern. Der Fischer schnaubte und wies auf die Ruder. Wu Ying ergriff sie schnell und hielt dann inne, bevor er sie ins Wasser ließ und ruderte. Er wendete nicht seine volle Stärke – oder auch nur den Großteil von ihr – auf, weil weder das Ruder noch das Boot dies gut überstehen würde. Außerdem neigte das dazu, die Fische zu verscheuchen, worauf der Fischer Wu Ying beim ersten Mal lautstark hingewiesen hatte.

Er fuhr mit einem Daumen über das Holz des linken Ruders, das neu geschnitzt und nur noch einen Hauch von Harz im Holz hatte, und lenkte das Boot zurück in die kleine Bucht, von der aus sie früher am Tag aufgebrochen waren. Der Fischer nahm die Fische aus und säuberte sie, während sie in die Küste einfuhren. Seine Finger waren bei der Handhabung des Ausweidemessers geschickt. Jeder ausgenommene Fisch landete in einem Kübel mit sauberem Wasser, wurde schnell gesäubert und für später in einem hölzernen Korb aufbewahrt.

"Vielleicht bringt Ihr nicht nur Pech mit Euch", murmelte Goh Ping, der Fischer, während er einen der größten Seewölfe hochhielt, die Wu Ying je gesehen hatte. Die Hand des Fischers tauchte aus dem Inneren des Fisches auf, in der er einen kleinen Dämonenkern hielt, bevor er den Seewolf in den Wassereimer fallen ließ. "Die kann ich für gutes Geld an törichte Kultivatoren verkaufen."

"Töricht?", flüsterte Wu Ying.

"Immerzu in Eile. Sie kaufen alles, mahlen es klein, machen Pillen daraus und essen sie", erklärte Goh Ping und rümpfte die Nase. "Macht sie stark, macht sie krank, hilft ihnen, stärker zu werden. Sie hetzen umher, verdienen Geld und Kerne und Gefallen und riskieren ihre Leben, nur um 'besser' zu sein."

Wu Ying senkte den Kopf und erinnerte sich an eine andere Unterhaltung mit einem weiteren Ketzer.

Nur fuhr der alte Mann diesmal mit einer spöttischen Bemerkung fort und warf Wu Ying einen langen Blick aus dem Augenwinkel zu. "Dann bereisen sie die Welt, setzen sich neben mich und holen Netze ein. Hättet das genauso gut auch sein lassen und von Beginn an Netze einholen können."

Wu Ying schnaubte. "Vielleicht möchte ich einfach ein besserer Fischer werden. Ihr seid recht begabt, Onkel Goh."

"Das bin ich, aber es gibt bessere." Goh Ping starrte auf den Fisch in seiner Hand, bevor er ihn in den Korb hinter sich legte. "Aber ich glaube, Ihr wollt nur, dass ich Euch das Handbuch meiner Frau zeige."

"Es ist so offensichtlich, was?", fragte Wu Ying.

"Ihr seid nicht der erste Kultivator, der hierherkommt, um von ihr zu lernen. Einige sind zu uns gekommen, als sie noch gelebt hat." Jetzt machte Goh Ping ein trauriges Gesicht. Er hatte den Kopf zur Seite gedreht, um das schwappende Wasser neben dem Boot zu beobachten. "Nun sind es weniger. Und Ihr seid nicht besonders gut darin, Eure Stärke zu verbergen."

Wu Ying schaute auf das neue Ruder, das er hatte schnitzen müssen, um das Ruder zu ersetzen, das er zerbrochen hatte, und lächelte leicht. Er war es so gewöhnt, sich vor Seelen- und Dämonenbestien zu verstecken, dass er vergessen hatte, dass es noch andere Dinge, andere Hinweise gab, die ein Sterblicher nutzen konnte, um das zu erkennen. Insbesondere, weil er sich so weit entwickelt hatte und aus Aspekten der Körperkultivation Stärke bezog, die sich auf seinem Körper bemerkbar machten.

"Ich schätze, das bin ich nicht", gab Wu Ying zu.

"Meine Frau pflegte zu sagen, dass ein Sammler, der seine Präsenz nicht kontrollieren kann, ein lausiger Sammler ist", sagte Goh Ping. "Und ich habe sicherlich nicht vor, ihre Arbeit jemandem ohne Kompetenz zu geben."

Wu Ying entschied sich, nicht zu antworten, und ließ stattdessen die Ruder ins Wasser gleiten und paddelte. Er beäugte die Krabbenfängerboje, die sie passierten. Der leichte Farbenrausch an ihrer Spitze deutete an, dass sie sich dem Strand näherten. Er drehte seinen Kopf, schätzte fachmännisch die Entfernung ab und ließ die Ruder noch einmal ins Wasser gleiten.

"Tauschen", verkündete Wu Ying, nachdem er diesen Zug vollendet hatte und hielt Goh Ping die Ruder hin.

Nachdem er die Griffe genommen hatte, stand Wu Ying auf, wartete und sah zu, wie das Boot auf den Strand zuschwamm. Als es knirschend auf dem Sand aufkam und nach oben glitt, sprang Wu Ying ab. Er ließ Chi in seine Füße fließen und stand auf dem Wasser, anstatt sich im Sand einsinken zu lassen, während er zum Bug des Bootes eilte. Eine Hand griff danach und hob das Boot leicht vom Boden an, während er das ganze Gefäß so weit auf den Strand zog, dass es ausreichend Halt hatte.

Goh Ping beobachtete ihn, ohne ein Wort zu sagen, bevor er vom Boot trat und Wasser über seine Sandalen und Zehen schwappte. Er bückte sich tief, nahm einen der Körbe und hievte ihn auf seine Schultern, ehe er auf die Stelle des Strandes zeigte, wo sich das hölzerne Trockendock befand.

"Nun, wenn Ihr damit fertig seid, Euch zu verstecken, stellt das Boot ans Dock und seht zu, dass Ihr es ganz sauber macht", grummelte der Mann, bevor er davonstapfte und weitere Anweisungen über seine Schulter rief. "Und entsorgt die Innereien richtig."

Wu Ying schniefte und hob das Boot mit einer Hand weiter an, dann hob er es über seine Schulter und balancierte es an seinem Mittelpunkt aus. Er schritt zu den Holzständen, platzierte das Boot wie befohlen und schnappte sich den Metallschaber.

Offenbar würde es länger dauern, die Genehmigung des Mannes zu erhalten, als Wu Ying erwartet hatte. Er reckte seinen Kopf nach oben, als der östliche Wind mit seinen Haaren spielte, und lauschte ihm, bevor er seinen Kopf schüttelte. Ob das Buch, das in der Hütte des Mannes lag, nun das echte Buch war oder nicht, Wu Ying würde es nicht ohne Erlaubnis an sich nehmen. Das war nicht seine Art.

"Beeilt Euch, Junge. Der Fisch wird nicht von selbst zum Markt spazieren!"

Goh Pings Ruf brachte Wu Ying dazu, einen Seufzer auszustoßen, aber er machte schneller. Mit behänderen und entschlosseneren Bewegungen, die nur ein Kultivator nachahmen konnte, schabte er über den Rumpf des Bootes. Wenn er die Muscheln und anderes Geröll, das sich angesammelt hatte, auch nur mit dem kleinsten Hauch von Klingenintention abschabte, dann ...

Eine Klinge wurde für viele Dinge benutzt, nicht nur fürs Töten.

***

"Ah, Kultivator Long, gebt Ihr Euch immer noch mit diesem alten Griesgram ab?", fragte die Händlerin Chu, die sich im Dorf an die Seite ihres Wagens lehnte. Sie war eine von vielen Händlern, die den Nachmittagsfang des Dorfes zur nahegelegenen Stadt brachte und die Nacht über durchreiste, damit er am nächsten Morgen in der Stadt war, wo sie dann umkehrte und wieder am Nachmittag eintraf, um diesen Vorgang zu wiederholen. Leichte Verzauberungen und eine Menge Salz hielten den Fang davon ab, in der Sommerhitze zu vergammeln, obwohl immer Eile geboten war.

"So scheint es", antwortete Wu Ying, hievte den Korb hoch und stellte ihn an der Seite des Wagens ab.

Der Sohn der Händlerin übernahm das Wiegen und Zählen der Fische und bewegte sich mit Effizienz, während sie Wu Ying ein Stückchen zur Seite zog. Nicht so weit weg, dass er das Geschehen nicht verfolgen konnte, aber so weit, dass sie nicht länger direkt neben dem Wagen standen.

"Ihr habt länger als die meisten ausgehalten, aber Ihr wisst, dass er es Euch nicht zeigen wird, egal wie viele Fische Ihr für ihn fangt", meinte die Händlerin Chu. "Er mag es einfach nur, es euch Kultivatoren vor die Nase zu halten."

Wu Ying nickte. Irgendwie überraschte es ihn nicht, dass selbst sie seine wahre Natur erkannt hatte. "Trotzdem versuchen es viele."

"Natürlich. Sogar der König hat seine Sammleranwärter zum Tantchen Goh geschickt, um von ihr zu lernen", erklärte die Händlerin Chu mit erhobenem Kopf.

Wu Ying beschloss, sie nicht zu berichtigen, denn er wusste, dass es nicht der König, sondern der Viscount gewesen war. Aber der Unterschied war für jemanden wie sie gering.

"Es ist erstaunlich, dass sie es nie weitergegeben hat", flüsterte Wu Ying. "Außer an die Sammler, die sie trainiert hat, versteht sich."

"Ah ..." Die Händlerin Chu legte den Kopf schräg. "Deswegen seid Ihr so beharrlich. Ihr wisst es nicht." Als Wu Ying ihr einen leeren Blick zuwarf, sprach sie weiter. "Das hatte sie. Das Tantchen und der Onkel hatten drei Kinder. Die Männer hatten sich zunächst mit dem Onkel zum Fischen begeben. Den ersten haben sie in einem Taifun verloren, den zweiten an die Fieberkrankheit."

Wu Ying zuckte zusammen. Diese Art von Erkrankung war bekannt dafür, jeden dahinzuraffen, der nicht zumindest auf der Stufe der Kernformung war, weil ihre Körper es nicht schafften, der Belastung standzuhalten. Tatsächlich war ihr Verlauf für Kultivatoren schlimmer, denn sie nutzte das Chi im Körper eines Kultivators und wandte es gegen ihn. Ganze Provinzen wurden in die Quarantäne gesteckt, um die Ausbreitung solcher Krankheiten aufzuhalten.

"Es war ein kleiner Ausbruch, sie hatten nur Pech." Sie seufzte. "Die Tochter hat mit der Mutter trainiert, zusammen mit den anderen Kultivatoren, die zu ihnen kamen. Und dann, eines Tages, kam ein gutaussehender Kultivator und, nun ja ..." Die Händlerin Chu senkte ihre Stimme, sodass sich Wu Ying leicht zu ihr beugen musste. "Sie haben sich ineinander verliebt. Aber Onkel Goh war schon immer ein Verfechter von Traditionen. Er wollte nichts davon wissen."

"Was ist passiert?", fragte Wu Ying.

Leider waren derlei Situationen weit verbreitet. Während es einigen – wie den Pans oder selbst seiner eigenen Sekte – egal war, sorgten sich andere Königreiche und Dörfer um das Erbe und die Weitergabe von Familien und Vermächtnissen, weshalb sie solche lockeren Tändeleien gänzlich verboten hatten. Wu Ying musste zugeben, dass er sich nicht nach den hiesigen Gebräuchen oder Gesetzen erkundigt hatte.

"Sie sind fortgegangen. Sie beide", antwortete die Händlerin Chu. "Nach dem Tod ihrer Mutter kam sie als vollwertige Kultivatorin, wie Ihr, zurück. Aber Onkel Goh wollte sie nicht einmal sehen und hat sie davongejagt. Er wollte ihr nicht einmal das Buch ihrer Mutter geben."

"Also lässt er seinen Ärger an Kultivatoren aus und lässt uns für sich arbeiten. Demütigt uns", zog Wu Ying den Schluss, zu dem sie ihn offensichtlich geführt hatte.

Das Tantchen nickte und wies dann auf ihren Wagen, wo ihre Kinder damit fertig waren, zu zählen und die Summe aufschrieben, die sie ihm schuldeten. "Wir können das Geld weiterschicken, wenn Ihr wollt." Als Wu Ying stumm blieb, sagte sie: "Niemand hier wird Onkel Goh übers Ohr hauen. Es wäre meinen Ruf nicht wert." Sie nickte in Richtung der Fischer und Frauen, die ringsum herumstanden und darauf warteten, dass sie an der Reihe waren.

Die Jungen arbeiteten bereits an einem weiteren Fang, sortierten und wogen, doch der jüngste von ihnen hockte da und warf Wu Ying böse Blicke zu. Es war eindeutig, welcher Sohn mit dieser Aufgabe betraut werden würde.

"Vielen Dank, aber nein." Wu Ying trat auf den Wagen zu und als die Händlerin Chu ihm folgte, wurde er schneller. "Ich nehme ihn zurück."

"Es ist gut, das zu Ende zu bringen, was man angefangen hat", sagte die Händlerin lächelnd. "Und natürlich habt Ihr noch einiges zu holen."

"Oh, ich gehe nicht. Noch nicht", meinte Wu Ying. Die Händlerin wirkte sichtlich überrascht. Als sie nicht nachfragte, obwohl sie das offenkundig tun wollte, hatte Wu Ying Mitleid mit ihr. "Es ist noch nicht an der Zeit, weiterzuziehen."

"Und wann wird das sein?"

"Wenn der Wind es so möchte." Es amüsierte Wu Ying ein bisschen, dass die Fischer hier unter sich ein ähnliches Sprichwort hatten.

"Also erledigt Ihr all seine Schnitzereien und Botengänge?", fragte die Händlerin Chu ungläubig. "In dem Wissen, dass es keine Belohnung geben wird?"

"Niemand verspricht einem Belohnungen, nicht in diesem Leben. Nicht an dessen Ende oder selbst, wenn man seine Netze einholt." Wu Ying zuckte mit den Schultern. "Wir können nur unsere Samen aussäen und die Arbeit erledigen. Wenn die Götter es so wollen, dann wird die Ernte reichlich sein. Und falls nicht, kann auch die Arbeit selbst ausreichend Belohnung sein." Wu Yings Augen funkelten leicht am Ende seines Satzes. "Jedenfalls, solange man genug hat, um sich selbst durchzufüttern."

Seine Worte ernteten das zustimmende Nicken einiger Fischer, aber die Händlerin verdrehte die Augen. Sie ließ die Münzen, die sie Wu Ying schuldete, in seine offene Hand fallen, schickte ihn mit einem Wink davon und widmete sich dem nächsten Kunden.

Mit einem leichten Lächeln entfernte sich Wu Ying mit nach wie vor eng zurückgehaltener Aura. Er betrachtete das Dorf und den Nachthimmel und traf die Entscheidung, ein paar weitere Dinge einzukaufen. Onkel Goh mochte vielleicht seinen Fisch ohne viel Gemüse und einer mageren Menge Salz und Reis genießen, aber Wu Ying war ein Kultivator mit dem Appetit eines Kultivators.

Und da er nicht länger versuchte, seine Stellung zu verbergen – obwohl niemand das wahre Ausmaß seiner Stärke kannte –, dann konnte er genauso gut auch so viel Geld wie ein Kultivator ausgeben. Wu Ying summte vor sich hin und bewegte sich auf die Läden zu, während er sich bereits das Abendessen für diesen Abend in Gedanken ausmalte.

Kapitel 37

Die Tage wurden zu Wochen. Das einst bescheidene und heruntergekommene Haus hatte sich verändert, denn alte Handwerksarbeiten, die lange aufgeschoben worden waren, waren erledigt worden. Das Dach war komplett neu gedeckt, wobei neben Tonziegeln auch neue Binsen verlegt worden waren. Die Wände hatten einen Kalkanstrich bekommen und die Holzbalken waren mit Lehm überzogen worden, um die Zugigkeit zu verringern, und einige der abgenutzten Fenster und ihre Bänke waren ausgetauscht worden.

Wichtiger war allerdings, dass ein größeres, freistehendes Gebilde in der Nähe errichtet worden war, das tief in der Erde verankert war und dessen Fundament sogar noch tiefer reichte und versiegelte Außenwände besaß, um den Rauch drinnen zu behalten. In seiner Mitte befand sich eine Feuerstelle, während die Deckensäulen freistanden, damit man Fische aufhängen oder in die flachen Regale, die überall waren, legen konnte. Der Räucherschuppen hatte sogar einen kleinen Bereich, um ihn abzugrenzen und Holz darin zu trocknen, während ein kleines Kohlefeuer das Holz in einer abgedeckten Ecke abbrannte.

Auch in der Umgebung hatte sich viel verändert. Alte Büsche waren beschnitten, der mit Unkraut und wuchernden Pflanzen übersäte Garten gepflegt worden. Ein neuer Komposthaufen war entstanden, dessen Inhalt sorgfältig untergehoben wurde, während der ältere Haufen in den Beeten verteilt worden war.

Wu Ying konnte nicht anders, als die Umgebung mit einem Lächeln zu betrachten, als das Licht der Dämmerung alles langsam erhellte. Es war lange her gewesen, seit er an einem solch kleinen Projekt gearbeitet, Dinge mit seinen Händen gebaut und lange Tage und Nächte damit verbracht hatte, einfache und weltliche Aufgaben zu erledigen. Es war auf eine Art erfüllend, die nicht einmal die Kultivation liefern konnte, weil das, was er tat, nicht nur ihm selbst, sondern auch anderen diente.

"Beeilt Euch! Die Fische fangen sich nicht von selbst, Ihr Narr", rief Goh Ping aus dem Türrahmen und setzte sich einen Hut auf. Über die letzten Monate hinweg hatte sich das Verhalten des alten Mannes nicht geändert und wechselte zwischen offener Feindseligkeit und passiv-aggressiver Verachtung, wie der Wind sich drehte.

Wu Ying, der bereits seit mehreren Stunden wach war, schnaubte. Er war kein Sterblicher, der sich jede Nacht gute acht Stunden in die Vergessenheit stürzen musste. Trotzdem beschloss er, nicht zu antworten und schloss sich dem Mann nahe des Bootes an. Als er das tat, spürte er den Wind auf seinem Gesicht, der energischer und nachdrücklicher denn je war.

Er hob seinen Kopf und blieb ruckartig stehen. Der Wind zog an seinem Haar und flüsterte in sein Ohr, während er an seiner Kleidung zerrte. Er runzelte die Stirn, drehte seinen Kopf in beide Richtungen und atmete dann sogar tief und geräuschvoll ein. Der Geruch von frischem Meerwasser, zunehmenden Winden und weit entfernten Landen, von tosenden Wellen und einem Sturm, der auf sie zukam, ließ ihn blinzeln.

"Hört auf, zu trödeln, Junge. Nur, weil Ihr etwas Gutes getan habt, heißt das noch nicht, dass Ihr Euch einen Tag Pause gönnen könnt", meinte Goh Ping.

"Halt." Wu Ying hob seine Hand. "Etwas braut sich zusammen."

"Ja, wenn wir so weitermachen, wird das die Flut sein. Das und die vollen Mägen der Fische."

"Nein. Etwas anderes, etwas viel schlimmeres." Er nahm noch einen tiefen Atemzug, während er versuchte, die Worte zu verstehen, die der Wind ihm zuflüsterte. Sie waren schwer zu verstehen. Da waren Ausdrücke, die er nicht verstehen und Eindrücke und Gefühle, die er nur schwer begreifen konnte.

Doch das Gefühl, das sie verursachten, ließen ihn schaudern und seine Atmung wurde angespannt. Vorboten des Unheils, die seinen Körper erzittern ließen.

"Es braut sich immer etwas zusammen. Das ist schließlich der Ozean."

"Es ist nicht der Ozean, der in Gefahr schwebt", widersprach Wu Ying mit weit aufgerissenen Augen. "Es kommt an Land. Winde, die Wurzeln aus der Erde reißen, Bäume umstürzen und Häuser wegblasen können. Winde, die den Ozean aufwühlen und Wellen so hoch wie ein halbes Li ansteigen lassen."

"Ein Taifun", flüsterte Goh Ping mit Entsetzen in der Stimme. "Wie stark?"

"Sehr." Wu Ying wandte sich vom Ozean ab und starrte die Klippe hoch, die sich hinter ihnen erhob, und dann auf die Hügel, die sich immer weiter erstreckten. Er suchte nach dem höchsten Hügel, bevor er darauf zeigte. "Dort."

"Dort?", fragte Goh Ping.

"Geht dorthin", erklärte Wu Ying. "Schnell. Nehmt nichts mit, geht einfach. Ihr werdet die ganze Zeit benötigen, um dorthin zu gelangen und in Sicherheit zu sein."

Goh Ping starrte auf den Hügel und kniff seine Augen zusammen, während er den Ort und die Entfernung abschätzte, ehe er die Stirn runzelte. "Das ist der Schafshügel. Er ist beinahe vier Li Luftlinie entfernt."

"Ja. Jetzt geht!"

Wu Ying hatte alles gesagt und entschloss, Goh Ping alleine zu lassen. Die Warnung kam spät und die Zeit, die ihm blieb, war viel zu knapp. Er beschloss, zu fliegen und jeder Schritt trug ihn mehrere Hundert Meter durch den Himmel, während er auf das nahegelegene Dorf zueilte.

Seine Landung auf dem Marktplatz wurde von überraschten und erstaunten Rufen begleitet. Wu Ying drückte sein Chi nach außen und fing den Wind in der Umgebung damit ein, als er seine Stimme verstärkte, um sie zum Wasser und zu den wenigen Booten zu tragen, die bereits aufgebrochen waren.

"Kommt zurück. Ein Taifun nähert sich. Bringt euch sofort auf den Schafshügel oder an einem höheren Ort in Sicherheit."

Seine Stimme rüttelte an den Fensterläden und die Dorfbewohner, die auf ihn zurannten, legten die Hände über ihre Ohren. Ein paar Kinder fingen an, zu weinen, während ein Baby einen langen Schrei ausstieß, weil es geweckt wurde. Scharen von Hühnern in der Nähe zerstreuten sich, aufgescheucht durch seine Worte.

"Kultivator ..." Der Dorfälteste eilte mit zitternden Händen und weit aufgerissenen Augen zu Wu Ying. Andere ergriffen bereits die Flucht und leisteten seinen Worten Folge. "I-ist das wahr?"

"Jedes Wort", antwortete Wu Ying und schaute zurück zum Wasser, wo einige der Boote zurückkehrten. Andere hatten sich geweigert, umzudrehen und ruderten weiter nach draußen gegen den entgegenkommenden Wind. "Ihr müsst den Alarm schlagen, Ältester."

"W-wenn Ihr falsch liegen solltet", stotterte der Älteste und Wu Ying blickte ihn finster an.

"Welchen Grund hätte ich, zu lügen? Die Winde haben gesprochen und sie flüstern von einem aufziehenden Sturm voller Energie und Wut. Rettet Eure Leute, Oberhaupt. Die Häuser und Boote können neu gebaut werden." Wu Ying nahm einen tiefen Atemzug und dachte längst über den nächsten Ort nach, an den er gehen musste.

"Wenn die Winde zu Euch sprechen, Kultivator, könnt Ihr ihn dann nicht aufhalten? Könnt Ihr keine Formation einsetzen, um unsere Leute auf andere Weise zu beschützen?", flehte das Oberhaupt und zeigte auf die Häuser. "Das ist alles, was wir haben. Wenn es zerstört wird ..."

"Die Himmel haben die Ankunft verordnet und kein bloßer Sterblicher kann sich ihnen in den Weg stellen", warf Wu Ying ein und bemerkte noch beim Sprechen, wie wahr seine Worte waren. Der östliche Wind, der wehte, trug nicht nur seine gewöhnliche Wut in sich, sondern hatte sich mit einem Wind von hoch oben verbunden. Dies war ein Wind der Rechenschaft und er wehte mit einem Ziel, brachte Regen, Donner und ein Urteil mit sich. Man kann sich nicht gegen ihn stellen, nur vor ihm schützen und darauf warten, dass er vorüberzieht. "Überlebt, Oberhaupt. Und rettet Eure Leute."

Mit diesen Worten stieß sich Wu Ying wieder vom Boden ab und sprang in die Luft. Er hatte keine Zeit mehr und schoss stattdessen Richtung Küste. Es gab noch weitere Dörfer zu warnen und andere, einsame Fischer und ihre Familien, die abseits des Trubels und der Hektik wohnten. Es gab sogar ein paar Bauerndörfer, die in Gefahr waren, aber an diese schickte er die Nachricht durch Seelenboten.

Er durchquerte Dorf um Dorf. Seine Finger standen nie still, während die Seelenboten auf die einzelnen Häuser zuflogen und er weiter nach Süden eilte. Mit jeder Sekunde flüsterte der Wind vom aufziehenden Sturm und der Himmel verdunkelte sich durch die sich zusammenbrauenden Regenwolken.

Schlussendlich schaffte er es zu der Stadt in der Nähe. Ihm fielen die Pfeile, die auf ihn gerichtet, und die Armbrüste und Ballisten, die gespannt wurden, auf, als er eintraf. Noch bevor er auf dem nächstbesten Turm landete, war der Kapitän der Wache bei Wu Ying und schaute ihn an.

Als Wu Ying versuchte, Bericht zu erstatten, unterbrach der Kapitän ihn.

"Natürlich wissen wir davon. Welcher Dummkopf könnte den aufziehenden Taifun denn nicht sehen? Unsere Wahrsager haben uns ebenfalls gewarnt, was noch nicht lange her ist", sagte der Kapitän. "Nichts davon ist ein Grund, die Stadt zu alarmieren."

Wu Ying verbeugte sich und brachte murmelnd eine Entschuldigung hervor. "Wenn ihr den Sturm vorausgesagt habt, warum wurde dann keine Warnung geschickt?"

"Warum sollten wir das tun? Eine Vorhersage ist niemals eindeutig, noch wissen wir, an welchem Tag der Sturm aufbrauen wird. Sobald wir sicher sind, schicken wir eine Warnung los. Eine vorausgehende Vorhersage, die falsch ist, sorgt nur für Verwirrung und noch mehr Zerstörung", erklärte der Kapitän. "Ihr mögt uns zwar für Narren halten, aber wir haben unser ganzes Leben lang an dieser Küste gewohnt."

Wu Ying zuckte zusammen, verbeugte sich tief und akzeptierte die Rüge.

"Nun geht. Wir können Euch nicht auf unseren Mauern gebrauchen."

Wu Ying zögerte, ehe er ausatmete und sich nach oben abstieß. Er schwebte in der Luft, entfernte sich von der Stadt und ging zurück zu den Dörfern, an denen er vorbeigekommen war. Es gab noch mehr, was er tun konnte, um sie zu unterstützen. Und obwohl der Kapitän an seine Pflichten gegenüber der Stadt und das Gemeinwohl dachte, war Wu Ying nur ein fahrender Kultivator. Er konnte tun, was er wollte, im Hier und Jetzt.

***

Der Taifun, ein gigantischer Wirbelsturm, der auf die Küste peitschte, hatte sie erreicht. Wu Ying setzte das Kind, das er getragen hatte, hinter der Schanze, die ein anderer Kultivator errichtet hatte und an deren einen Seite die Erde aufgehäuft war und so eine flache Aushöhlung auf der anderen Seite verursachte, auf dem Hügel ab. Das halbe Dutzend Dorfbewohner, die sich dahinter versteckten, waren bei ihrer Flucht nicht schnell genug gewesen, sodass sie zu nahe an der Küste waren, als der Wirbelsturm eintraf. Jetzt konnten sie nur abwarten und ausharren.

Wu Ying trat zurück und schaute auf die Schanze und das Kind, das ihn widerwillig losgelassen hatte, bevor es ihm zum Abschied zunickte. Er trat in den wütenden Sturm und fühlte, wie der Wind an seiner Kleidung und seinem Körper zerrte, während er drohte, ihn in den Himmel zu ziehen. Er ignorierte die verwirrten und überraschten Schreie jener, die er im Schutze der Zuflucht zurückgelassen hatte.

Wu Ying beschloss, dem Wind nicht zu widerstehen und erlaubte ihm, ihn nach oben zu tragen und in die Luft zu wirbeln. Sein Kopf drehte sich zum Himmel und sein spiritueller Sinn weitete sich so weit wie möglich aus, während er beiläufig einen fliegenden Ast zur Seite schlug, der ihn um ein Haar aufspießte.

Hoch oben am Himmel wurde er wie das ganze Geröll herumgewirbelt und war für den Sturm nicht mehr wert als ein Blatt oder ein Boot. Er sah sowohl das eine als auch das andere an sich vorbeifliegen, gemeinsam mit Terrakottafliesen, Felsen und Fischernetze. Sand schlug auf seine Haut, Wassertröpfchen durchnässten seine Roben und Donner erschütterte seine Knochen.

Er hätte angsterfüllt sein sollen und um sein Leben bangen müssen, während er in den Himmel geschleudert und innerhalb von Minuten mehrere Li davongetragen wurde. Sein Herz schlug in einem steten, schweren Tempo und drohte, aus seiner Brust zu springen, während ihm das Atmen schwerfiel, weil die Luft um ihn herum peitschte. Sein Haar hatte sich aus dem einfachen Pferdeschwanz, in dem er es zusammengebunden hatte, befreit und flog wild um ihn.

Er hätte verängstigt sein müssen. Aber seine Mundwinkel hätten sich nicht weiter nach oben ziehen können, als er grinste und seine Augen strahlten, während er in dem Sturm tanzte und Chi im Einklang mit dem Taifun durch seinen Körper strömte.

Wu Yings spiritueller Sinn hatte sich weiter als sonst ausgebreitet und sein Geist durchkämmte mühsam die unzähligen Spuren von Informationen, die er ihm lieferte. Die Leuchtfeuer der Seelen von kauernden Sterblichen und Tieren unter seinen Füßen, der Geruch des aufgewühlten Ozeans und das Pochen des Windes auf der schützenden Formation der Stadt. Das alles spürte er.

Er wirbelte durch die Luft, übernahm die Kontrolle des Windes um ihn und bewegte sich mit ihm, während er noch weiter von der Küste fortgetragen wurde. Wu Ying lachte, steuerte seine Bewegungen mit leichtesten Berührungen seines Chis und der Immervolle Weinkrug erzeugte seinen eigenen Wirbelsturm im Inneren seines Dantians und zog die Energie zu ihm. Das alles, während er sich durch die Luft drehte und seine Atmung leichter wurde, der Sand seine Haut weniger abscheuerte und selbst die Tröpfchen zarter wurden und den Schmutz abwuschen, der sich auf seiner Haut abgesetzt hatte.

Der Windkultivator tanzte im Wirbelsturm und fand andere, die sich seinen Bewegungen anschlossen.

Geister der Luft und des Windes huschten an seinen Augenwinkeln vorbei. Ihr hauchdünnes, silbernes Fleisch und ihre geisterhaften Gestalten kamen ihm ganz nah. Vögel der Luft und des Windes, Kreaturen des Himmels und sogar fliegende Fische, die auf Schwingen aus Chi glitten, schlossen sich ihm im Himmel an. Wu Ying bewunderte das Ökosystem um ihn herum, das denjenigen unter ihnen durch den aufgewühlten, überwältigenden Wind und das Wasser-Chi, aus dem der Sturm bestand, verborgen blieb.

"Kleiner Cousin, Ihr tanzt gut."

Die Stimme erschreckte Wu Ying. Die Präsenz des Sprechers war ihm nicht einmal aufgefallen, bis er sich umdrehte, um ihn anzusehen. Dann klappte ihm die Kinnlade herunter, denn der Sprecher war wieder ein Drache. Lang, schlank und sein schlangenartiger Körper trieb auf den Winden, während seine Schuppen so weiß wie Eierschalen und so blau wie Kristalle funkelten.

Erstaunlicher war sein halbes Dutzend Gefährten in allen möglichen Schattierungen von Blau und Grün. Ihre Größe reichte von einigen Li lang – soweit Wu Ying dies abschätzen konnte – bis knapp über dreißig Meter. Es waren voll ausgewachsene Drachen, deren lange Barthaare und sanfte

Augen amüsiert zuckten, während sie den Kultivator betrachteten, der alles gab, um sich tief zu verbeugen, obwohl er sich durch die Luft drehte.

"Ich fühle mich geehrt, oh mächtiger und herrlicher Drache des Ostens", antwortete Wu Ying und zwang sich, nicht ins Stottern zu verfallen. Der monströse Druck des Drachen, der ihm am nächsten war, reichte aus, um seinen Mut sinken zu lassen. Sein kleineres Verständnis des Windes und des größeren Daos wurde von der Stärke des Drachen in den Schatten gestellt. Sein Herz pochte und die Blutline in ihm wurde gedämpft, da er einem wahren Erben von drakonischer Stärke gegenüberstand. "Mein Name ist Long Wu Ying, ein kleinerer Kultivator aus einer Sekte im Königreich der Shen, im Herzland dieses Kontinents."

"Habt ihr das gehört, Brüder und Schwestern?", rief der Drache und stieß ein keuchendes Kichern aus, während er seinen Körper in einer Spirale drehte und mit Wu Ying Schritt hielt, als dieser weiter davongeweht wurde. "Ich bin mächtig und herrlich!"

"Oh, wenn er mächtig und herrlich ist, was bin dann ich?" Ein weiterer Drache mit langen Wimpern und einem wunderschönen, glitzernden smaragdgrünen und korallenblauen Muster auf seinen Schuppen, kam zu ihnen geflogen und schob ihren Bruder mit einem kontrollierten Windstoß beiseite. "Sagt es mir, sagt es mir."

"Ihr seid prächtig und schön wie die aufgehende Sonne, die auf das Wasser des Ozeans scheint", antwortete Wu Ying, dessen Gedanken einen altbekannten Pfad entlangeilten. Durchscheinende Höflichkeitsfloskeln, die seine ältere Schwester empfangen hatte, die Anerkennung, in die ihre Verehrer sie mit jeder Begrüßung gebadet hatten.

"Ooooh! Eine aufgehende Sonne auf dem Ozean." Die Wimpern flatterten über große, drakonische Augen, bevor Wu Ying spürte, wie er herumgewirbelt und weggezogen wurde, denn ein anderer Drache zog ihn zu sich.

Noch ein weiblicher Drache, die nach ihrem eigenen Lob verlangte. Ihm blieb kaum ein Augenblick, um sie in all ihrer Pracht zu betrachten und ein passendes Kompliment zu finden, bevor er von einem gold-blauen Drachen weggezerrt wurde, aus dessen Maul Dampf aufstieg, als er nach Wu Yings Meinung zu seinen Klauen verlangte.

Wie eine Puppe, ein Spielzeug, wurde Wu Ying von einem fordernden Wind- und Wasserdrachen zum nächsten gereicht. Die Kreaturen wetteiferten um ein Kompliment und eine einzigartige Einschätzung, um ihr Selbstbewusstsein zu bestärken. Einige Male fürchtete Wu Ying um sein Leben, wenn ein Kompliment schlecht aufgenommen wurde.

Nur die sprunghafte, stürmische Natur der Drachen hielt ihm am Leben, weil ein sengender Atem oder schneidende Winde von der Laune eines anderen Drachen geblockt oder zur Seite gestoßen wurde oder, wie in zwei Fällen, dank Wu Yings verzweifelten Versuchen, zu überleben.

Einer seiner Arme hing schlaff an seiner Seite, nachdem er einen zornigen Schlag mit einem Schwanz abgewehrt hatte, aber die Aufforderungen eines Tributs drangen unaufhörlich zu ihm. Hier war etwa nur ein halbes Dutzend von ihnen, doch sie erwarteten immer großartigere Worte der Bewunderung.

Wu Yings Gedanken drehten sich und sein Mund spuckte nach einer Weile ohne nachzudenken Worte aus, als die Anstrengung, sich in der Luft zu halten und nach dem nächsten Wutausbruch oder der Änderung in der Windströmung, die ihn in einen der hochtrabenden, drakonischen Lords schleudern könnte, Ausschau zu halten, ihn auslaugte.

Es verging sehr viel Zeit und die Augenblicke verstrichen mit weißen, grünen und blauen Blitzen, während sich der Himmel verdunkelte und der Nachthimmel jedes Wort, jede Bewegung und jeden Satz seiner schrecklichen Tortur abwog und beurteilte. Ein Spielzeug für Kreaturen, die großartiger als er selbst waren, ein Kreisel für spöttische und gelangweilte Kinder. Der Mond starrte erbarmungslos auf sein Dilemma herab und bot keinen Beistand an. Wu Ying, der den himmlischen Anblick einsog, der mit jeder Sekunde an Bedeutung gewann, zog weitere Inspiration aus alledem, während er immer weiter nach unten schwebte, denn die Erschöpfung nahm sich in gleichermaßen Energie und Höhe.

Ein Sonnenaufgang näherte sich, da die Sommernächte kurz und knapp waren, und die Drachen wurden ihres Spiels müde. Der Wind, der Wu Ying trug, leerte sich. Sein Körper senkte sich in einer Spirale nach unten, als die Drachen ihre Gunst zurückzogen. Der Kultivator stürzte durch die plötzliche Abwesenheit der Winde und schaffte es gerade so, seine Energie und seinen Dao gegen die Winde durchzusetzen, um seinen Fall zu verlangsamen. Er krachte zu Boden und schlitterte darauf entlang, bis er am Rande eines sturen Eichenbaumes zum Stehen kam.

Er lehnte sich mit einem blutüberströmten und gebrochenen Arm und einem blutenden Schenkel gegen die raue Rinde und starrte auf die lange Furche, die er hinterlassen hatte. Er atmete das schwere, feuchte Aroma von aufgewühlter und matschiger Erde ein und verfolgte den Anbruch des neuen Tages. Es wehte kaum eine Brise.

Wu Ying fing an, zu lachen, dankbar darüber, sein mit Spannung erwartetes Treffen mit einem Winddrachen überlebt zu haben.

Manchmal traf man auf Drachen, wenn man sie am wenigsten erwartete, und man blieb als blutiges, aber lebendes Häufchen zurück.

***

Einen Tag später hatte sich Wu Ying einen Sitz im Inneren des Hügels gebaut, sich eine Kultivationshöhle gegraben und versteckte sie mit Formationen und einfachen Veränderungen der Umgebung. Tief im Inneren der provisorischen Behausung, die nach aufgewühlter Erde und gepresstem Lehm roch, saß Wu Ying im Schneidersitz. Seine Atmung war langsam und gleichmäßig und er hatte vor, die Verständnisse des Daos zu kultivieren, die er erhalten hatte, während er im Taifun gewesen war. Leider war seine Hoffnung, seinen Dantian in dem Taifun bis zum Rand zu füllen, von den Drachen zunichte gemacht wurden, sodass er seinen Kern nicht schichten konnte.

Stattdessen verbrachte er seine Zeit damit, über das Erlebte nachzudenken. Der Moment, als sich sein spiritueller Sinn ausgeweitet hatte, hatte ihm einen Blickwinkel auf die Welt unter ihm gegeben, weiter und umfassender als bisher war.

Die Veränderung der Winde, der Zug und der Druck, die fürchterliche Macht und Stärke des Taifuns, als er das Land erschüttert und ihn herumgewirbelt hatte. Die vielen Schichten von Luftströmen, aus denen die Wand aus Wind bestanden hatte, die Energie in den Ozean, die Küste und die Umgebung ergossen hatte. Sein erweitertes Verständnis des Taifuns und die Art, wie er sich gebildet hatte. Nicht nur aus Luftströmen hoch oben, sondern auch von unten, als sich heiße und kalte Luft vermischt hatten und den Strudel, der Provinzen und Königreiche erschüttern würde, über hunderte von Li geformt hatten.

Er saß da und atmete langsam, während er seine Erfahrungen auf sich wirken ließ und die Präsenz des östlichen und der himmlischen Winde, den Wirbel des zentralen Windes und die Einflüsse des kalten Nordwinds und des warmen Südwinds auseinandernahm. Er meditierte über seine Erfahrungen und erlaubte diesem Verständnis, in seine Knochen zu sickern, und schätzte sie gemäß den Körperformen, die er trainiert hatte, ein.

Die Tage wurden zu Wochen, ehe er dieses Verständnis vollständig verdaut hatte und nicht länger stillstand, sondern sich weiterbewegte. Schließlich war er fertig und die Erinnerungen waren verankert, jedoch nicht zusammengefasst. Dann ging er weiter.

Denn der Taifun war nur eine Konfrontation gewesen. Die Winddrachen hatten ihm ihr Blut nicht angeboten. Ein lächerlicher Gedanke, wenn man bedachte, wie sie ihn als nichts weiter als eine vorübergehende Spielerei betrachtet hatten, die abgesehen von ein paar netten Worten ihre Beachtung nicht wert gewesen war. Er erwartete, dass ihre Entscheidung, ihn nicht zu töten, aus ihrer Sicht Gegenleistung genug gewesen war.

Dennoch hatten sie ihn nicht ohne einen Segen zurückgelassen, obwohl es vielleicht nichts gewesen war, worüber sie auch nur nachgedacht hatten. Trotzdem war ihr zwangloser Einsatz des Windes, die Art, wie sie ihr Chi manipuliert und es durch die Umgebung hatten fließen lassen, das Ziehen und Schieben und ihre unzähligen Dao-Verständnisse und Blutlinien, die sie zur Schau gestellt hatten, eine wahre Jademine an Wissen.

Falls er beschloss, darin zu graben.

Und genau das tat er.

Kapitel 38

Inmitten der unerschütterlichen Dunkelheit der Höhle schwand Wu Yings Fähigkeit, die verstrichene Zeit zu verfolgen, immer mehr. Er war in die Überlegungen dieses langen Abends verstrickt und spielte jeden Augenblick ein ums andere Mal in seinen Gedanken durch und zerpflückte diesen langen Abend der Unterhaltungen, Komplimente und Wind-Daos. Er erinnerte sich daran, wie seine Blutlinie sowohl auf die Nähe als auch die Dominanz der Drachen reagiert hatte.

Manchmal stand er auf und löste sich aus der Regungslosigkeit, die er normalerweise für seine Meditation im Schneidersitz benötigte, und bewegte sich durch die Formen des Handbuches der Sieben Winde. Die Formen des Ostwinds waren mächtig und explosiv und jeder gedrehte Schlag und jede Bewegung schickte Chi durch seine Extremitäten. Bereiche, die tief in seinen Knochen und Organen lagen, die sich gegen die Reinigung und den Einfluss seines Chis gesträubt hatten, gaben nach, während Wu Ying fühlte, dass das tiefere Verständnis, das er erhalten hatte, ihn diese Bereiche umgehen ließ.

Aber es war nicht nur der östliche Wind, denn der Einfluss der anderen Winde auf den Wirbelsturm hatte sein Verständnis noch weiter verändert. Es war nicht nur ein einziger Wind, der seinen Körper beeinflusste, es waren alle sieben Winde. Es war die Mischung der Winde, die auf diese Welt einwirkten, selbst wenn ein Wind zu einem gewissen Zeitpunkt die Überhand haben mochte.

Dieses Verständnis brachte weitere Erleuchtung und weiteren Fortschritt mit sich, während er sich seinen Weg um andere Blockaden bahnte. Er wechselte vom östlichen zum westlichen Wind, vom nördlichen zum südlichen Wind und die zentralen Formen trugen alle dazu bei, als er spürte, wie sein Chi durch seinen Körper wandelte, durch Knochen, Knochenmark und Adern floss, an verstärktem Fleisch und Haut vorbei, und ihn leichter und schneller als je zuvor machte.

Einmal hatte er sich gefragt, ob er an den höchsten Stufen der Erleuchtung und Angleichung selbst zu einem Wind wurde. Und nicht mehr real als eine Brise sein würde? Würde er gezwungen sein, seine Menschlichkeit aufzugeben, um nichts weiter als nur ein Teil der Welt da unten zu werden?

Jetzt hatte sich sein Verständnis gelichtet.

Seine Blutlinie, die zahlreichen Daos und Konzeptionen ausgesetzt gewesen war, pochte und dünnte sich aus, sie wurde in seinem Körper aufgenommen und erweiterte die Auswirkungen seiner Erleuchtung. Er bewunderte die Genialität des ersten Patriarchen der Sieben Winde, die Formation und Erschaffung des Handbuchs und seine Weissagung der Zukunft, sowohl die Winde des Himmels als auch der Hölle mit einzuschließen.

Denn es war ihre Einbindung, der erdende Aspekt der himmlischen und niederen Bedürfnisse zugleich, die sicherstellten, dass Wu Ying nicht zu nichts weiter als der Luft selbst wurde, zu einem sich bewegenden Hirngespinst aus Energie – es sei denn, er entschied sich dafür. Stattdessen zog der Himmel ihn weiter und die Hölle hielt ihn am Boden und durch diese Dualität der Natur und seinem angeborenen Konflikt und Einklang wurde seine sterbliche Gestalt verankert.

Die Menschheit existierte zwischen dem Himmel über und der Hölle unter ihr. Seelen aus dem Firmament der Himmel und Körper geboren aus dem Wind[23].

Der Himmel bildete die Ordnung und das objektive Verständnis, Moral und himmlische Rechte, aber die Hölle war kein Brennender Ort der Verzweiflung, doch die Strafen des Diyu[24] waren vonnöten, um die Seele zu reinigen. Es reichte nicht aus, die Suppe der Vergesslichkeit zu trinken, weil eine Seele, die von den Sünden der Vergangenheit befleckt war, dieses Gewicht mit ins nächste Leben tragen und das Lernen und Beziehungen in der Zukunft stören würde. Nein, die Hölle war ein Ort der Reinigung und ein Versprechen künftigen Potentials, denn was war der Kreislauf des Todes und der Wiedergeburt, wenn nicht der Kreislauf der Hoffnung?

Wu Ying wäre weder ein Aspekt des Windes noch ein Sterblicher, der am Boden trottete, eine Inkarnation der Heftigkeit des Windes in physischer

---

[23] Es gibt viele chinesische Schöpfungsmythen. Da wären esoterische wie im Taoismus, wo alles durch den Tao gebildet wird und dann in zwei, drei und schließlich "die unendlich vielen Dinge" geteilt wird. Es gibt den Entstehungsmythos der Nüwa und wie sie die Menschen aus Lehm geformt hat. Und der Mythos, auf den ich mich hier beziehe, basiert auf Pangu, der nach seinem Tod zur Welt wurde. Danach wurden wir, die Milben auf seinem Körper, vom Wind berührt und zu Menschen gemacht.

[24] Das chinesische Wort für die Hölle.

Gestalt. Sein Körper wurde leichter und Fleisch, Knochen und Organe wurden tief in Wind-Chi getränkt. Auf der einen Seite fühlte er sich mit der Welt um sich herum stärker verbunden, denn die fünf Winde, in denen er sich weiterentwickelt hatte, waren jene der Erde. Auf der anderen Seite fühlte er sich entzweigerissen wie eine hauchfeine Schöpfung, die durch den kleinsten Windstoß zerstört werden konnte.

Nur kleinste Spuren des himmlischen Wind-Chis flossen durch seinen Körper und vermischten sich mit den trüben Wolken des Höllen-Chis. Seine Reise durch die Königreiche hatten ihm ein Gespür für das Himmlische verschafft, für die unzähligen Wege, wie sich die himmlische Bürokratie verzerrte und veränderte und den Menschen auf der Erde auferlegt wurde, während sie von jenen im Himmel geleitet wurde.

Schwerer war es für Wu Ying, die Winde der Hölle ausfindig zu machen, von denen er nur kleinste Fäden entdeckt hatte. Er hatte sie nicht weiter bemerkt, auch dann nicht, als seine Fähigkeit, die Bewegungen des himmlischen Windes zu spüren und zu verfolgen, zugenommen hatte.

Irgendwie wusste Wu Ying, dass seine nächste Reise in den Süden ihm eine viel tiefere, stärkere Verbindung zu beiden dieser Winde verschaffen würde. Er glaubte, dass er im Süden den himmlischen Wind finden würde, den er bisher gesucht hatte. Und wenn der Himmel existierte, dann traf das auch für die Hölle zu.

***

Meditation, Bewegung, Körperformen und schlussendlich eine Wanne, die aus gepresstem Lehm bestand und mit dem Wasser aus seinem Seelenring der Welt gefüllt war. Eine Wanne, in der er in medizinischen Bädern badete, Unreinheiten aussonderte und Wind-Chi in seine Knochen schickte, wo er dort eine Anpassung erzwang, wo sich sein sturer Körper weigerte, nachzugeben.

Mit der Zeit wurde die Höhle kalt, da die Temperatur sank. Er musste das Eis aufbrechen, das sich jedes Mal auf seiner Wanne bildete, wenn er wieder zu ihr kam, denn die Umgebung zog die Wärme aus der seichten Kultivationshöhle. Aber während die Jahreszeiten über ihm dahinstrichen, blieb Wu Ying in der Höhle und saugte die Tiefen seines Verständnisses auf, das er durch den Sturm erhalten hatte.

Wieder einmal spürte er den tosenden Sturm über sich, während er sich in der abgeschotteten Kultivation befand. Seine Wut und Stärke waren deutlich abgeschwächt bis er bei ihm ankam, doch mit seinen ausgeweiteten Sinnen fühlte er seine wirbelnden Bewegungen und schwindende Pracht.

Wu Ying war überrascht, dass er in einen weiteren Moment der Erleuchtung verwickelt wurde, obwohl er sich in der Erde vergraben hatte. Die Erfahrung, sowohl unter der Erde als auch unter jenen Sterblichen, die sich auf ihr bewegten, sich verschanzten und zitterten, während der Zorn der Natur über ihnen wütete, warf ein neues Licht auf den Taifun.

Niederprasselnder Regen sickerte in den Boden, nährte Pflanzen und floss ins Grundwasser. Wassertröpfchen wurden zu Strömen und taten sich zusammen, um auf ihrem letzten Weg zum Meer, aus dem sie gekommen waren, einen Fluss zu bilden.

Winde zerbrachen morsche Äste und entwurzelten ältere Bäume und öffneten so das Laubdach, damit neuere, jüngere und lebendigere Pflanzen eine Chance hatten, zu wachsen. Pflanzensetzlinge wurden viele Li von ihrem Ursprungsort davongetragen und treibender Löwenzahn und Stachelsamen breiteten sich auf den Ebenen und in Wäldern aus.

Und ja, die Katastrophen nahmen zu. Blitze schlugen ein und entfachten Brände auf allzu trockenen Landstücken. Baue und Bäume wurden zerstört, was Behausungen von Tieren entblößte und massenweise Insekten starben, während die Winde wüteten. Auch die Menschen blieben von den Launen des Schicksals und der Wut des Sturms nicht verschont. Ungepflegte Mauern stürzten ein und einstürzende Balken spießten Sterbliche auf.

Aber auch das war nötig. Alles und jeder wurde alt und starb. Sogar die Unsterblichen, denen Wu Ying nacheifern wollte, konnten ums Leben kommen. Die Unsterblichkeit war nur ein Zustand unendlicher Jugend, verbesserter Heilung und der Möglichkeit, über Jahrtausende zu leben.

Alle Dinge vergingen und ihr Ableben ernährte die Jungen und Heranwachsenden.

Die wahre Unsterblichkeit, einen alterslosen, unsterblichen, unmöglichen Traum, zu suchen, war eine Perversion des wahren Daos, den nur die Dämonen und dunklen Sekten in Erwägung ziehen würden.

Als die Stürme weiterzogen und Wu Yings Moment der Erleuchtung schwand, verlängerte er seinen Aufenthalt in seiner Kultivationshöhle, dachte über das nach, was er gelernt hatte, und verfütterte das Verständnis, das er erlangt hatte, an die Aufkeimende Seele in seinem Kern. Er benutzte dieses Verständnis, um die fließenden Körperformen der Sieben Winde weiterzuentwickeln und mit seinem Kampfkunststil zu kombinieren, während er die Anfänge des dritten Schlags kreierte.

Sein Verständnis wuchs genau wie die Seele in ihm und anstatt wieder loszustürzen, kultivierte sich Wu Ying und zog das Wind-Chi um sich tief ein, während er sich in der Höhle verschanzte. Er füllte die Speicher in seinem Dantian in dem Wissen, dass er noch eine Schicht brauchte, wieder auf.

Wu Ying beschleunigte den Prozess, indem er die Pillen schluckte, die er besorgt hatte, und wandte sich eine Weile von der Körperkultivation ab. Im Schneidersitz saugte er Chi ein und um ihn herum wurden die Winde über dem Hügel, in dem sich seine Kultivationshöhle befand, seltsam und unberechenbar. Es entstanden Geschichten über die veränderte Landschaft und das Ausströmen von Chi, unaspektiertes und des Feuers und Metalls, das einige spürten und denjenigen zugutekam, die die richtige Ausrichtung hatten.

Mit der Zeit kamen ansässige Kultivatoren zum Hügel, um auf ihm zu trainieren und die komplexen Energien darunter einzusaugen. Es hatte nur einen kleinen Nutzen, aber von denjenigen auf den frühen Stufen der Kultivation wurde selbst dieser kleine Nutzen heiß begehrt.

Kämpfe wurden ausgetragen, Kultivatoren der Körperreinigung traten gegeneinander an und fochten um einen Platz auf dem Hügel, wo das Chi immer mehr zunahm. Sie hielten aus, bis Kultivatoren der Energiespeicherung eintrafen, diese Individuen vertrieben und sie nach unten verwiesen. Es war ein reiner Glücksfall, dass die Energie, die sich ansammelte, zu gering war, als dass sich ein Kultivator der Kernformung darum kümmerte.

Und während all dieser Zeit sprossen Pflanzen, die vom Wind hierhergebracht wurden, auf den Hügeln und ihren Hängen und waren froh, in dieser veränderten Umgebung wachsen zu dürfen. Mit der Zeit wurde die Energie in der Atmosphäre stärker und konzentrierter. Metall- und Erd-Chi waren im Überfluss vorhanden und vermischten sich mit dem Wasser-Chi darüber und der Energie, die Wu Ying heranzog und abstieß.

Monate wurden zu Jahren, während Wu Ying sich hier niederließ, sich von den Vorräten in seinen Ringen und den Pillen der Nahrung, die darin waren, ernährte. Frisches Gemüse, gemahlener Tofu, Bohnen und jeweils ein Häufchen Reis hielten ihn am Leben. Mit der Weiterentwicklung seiner Körperkultivation nahmen seine physischen Bedürfnisse ab. Alles nur, damit er sein Wachstum fortsetzen, dem Moment der Erleuchtung und des Verständnisses nachjagen und seine Chi-Reserven auffüllen konnte.

Bis sich endlich eine neue Schicht für seinen Kern gebildet hatte.

***

Die Erde bebte, als der Boden, der lange bedeckt gewesen war, aufbrach. Gras und Wurzeln teilten sich, Erdschichten stiegen auf und dunkle, lehmige Erde wurde der Sonne ausgesetzt. Kurz danach polterten die Felsen, die den Eingang der Höhle verschlossen und versteckt gehalten hatten und kullerten den Hang hinunter. Staubwolken durchzogen die Luft, während ein warmer Wind aus der Höhle drang und feuchte und modrige Luft ausstieß.

Neun Menschen, von denen die meisten fahrende Kultivatoren waren, sprangen bei dieser plötzlichen Veränderung des Ambientes auf die Beine. Während der letzten Wochen hatte die Energie, die sich um den Hügel herum gebildet hatte, ihren Höhepunkt erreicht und war stärker geworden und zusätzliches Chi hatte sich aufgebauscht. Nur die Besorgung und Aufstellung einer Formation der Chi-Eindämmung und Anreicherung hatten dafür gesorgt, dass anderen die Veränderung im Energiefluss nicht aufgefallen war.

Die glücklichen Neun starrten auf die Staubwolke und versammelten sich automatisch in der Nähe der Hügelspitze und um ihr stärkstes Mitglied, eine Kultivatorin, die zwei kurze Sicheln bei sich trug. Sie trat einige Schritte vor und kniff die Augen zusammen, während sie abwarteten, was wohl heraustreten mochte.

Wu Ying, der wegen des Lichts die Augen leicht verengte, verließ die Höhle. Sein Austritt wurde von Wind angeführt, um den Staub von seinem Körper fernzuhalten. Er runzelte die Stirn, als er herauskam und sein spiritueller Sinn breitete sich schnell aus, um die Umgebung zu bedecken. Seine Lippen spannten sich an, während sein Sinn an Kultivatoren und der Formation vorüberzog.

Schon bald spürte und schätzte er die Details der Formation durch den Energiefluss ein. Er presste die Lippen noch weiter zusammen und Unzufriedenheit machte sich auf seinem Gesicht breit, als ihm die Auswirkungen seiner Kultivation bewusst wurden. Er ignorierte die neun Kultivatoren, von denen einige überraschte und gewagte Worte vor sich hin flüsterten, und schoss in die Luft, um den Fluss des Chis zu beobachten.

"*Hun dan*, ich bin wahrlich ein Idiot", stieß Wu Ying aus, als ihm all die Effekte seiner unabgeschirmten und zügellosen Kultivation klar wurden. "Je stärker ich werde, desto leichter ist es, mich aufzuspüren. Ich muss mir wirklich einige gute Formationen der Tarnung kaufen."

Es war nur Zufall gewesen, dass er einen Ort gefunden hatte, der abgeschottet genug war, sodass kein Kultivator mit ausreichender Stärke hergekommen war, um ihn zu überprüfen. Es zeugte von noch mehr Glück, dass die Kultivatoren, die von den Veränderungen, die er verursacht hatte, erfahren hatten, gierig genug gewesen waren, um die Angelegenheit für sich zu behalten, wodurch die Information nur regional weitergegeben worden war. Und zu guter Letzt hatte er noch weiteres Glück gehabt, dass niemand dieser Ansässigen die Stärke oder das Wissen gehabt hatte, um den Eingang seiner Kultivationshöhle ausfindig zu machen.

Die Kultivatoren unter ihm waren verstummt. Die einfache Tatsache, dass er in der Luft schwebte, reichte aus, um den enormen Unterschied ihrer Kultivationsstärken zu verdeutlichen. Neben der Schichtung seines Kerns und der Verbesserung seiner Windkultivation war Wu Ying noch stärker geworden. Er war gewiss stärker als jeder Kultivator der Kernformung auf der mittleren Stufe. Vielleicht konkurrierte er sogar mit denjenigen an ihrer Spitze.

Allerdings musste er zugeben, dass er sich dessen nicht sicher war. Stärke war nicht nur eine Sache von Chi-Reserven und physischen Fähigkeiten, sondern auch des Dao-Verständnisses, der Waffen und des kämpferischen Könnens. Es würde ein Klingengefecht benötigen, um seine wahre Stellung zu ermitteln.

"Ich frage mich, ob irgendwo ein Turnier im Gange ist ...", sagte Wu Ying beiläufig zu sich selbst.

Dann lachte er kurz. Welche Art von Königreich oder Sekte würde die nötigen Finanzen haben, um ein Turnier für Kultivatoren der Kernformung auszutragen? Welcher Ort konnte einer Gruppe aus Kultivatoren der Kernformung standhalten, die gemeinsam und entschlossen kämpften? Nur ein wahrhaftiger Narr würde solch wandelnde Katastrophen in seine Gefilde einladen. Und welcher Kultivator mit einem aufgeblasenen Ego würde überhaupt bei einem solchen Wettkampf mitmachen?

Wu Ying verwarf diese müßigen Gedanken, unterbrach den Fluss des Chis, der ihn oben hielt, und ließ sich nach unten sinken. Es schien, dass er denjenigen dort unten etwas Beachtung schuldete. Schließlich hatten sie das Geheimnis seiner Kultivationshöhle bewahrt, auch wenn das in ihrem eigenen Interesse gewesen war. Man könnte meinen, dass die Waage im Gleichgewicht war, aber Wu Ying war von Meister Cheng unterrichtet worden. Und obwohl er nicht die Ansicht seines Meisters oder der Fee Yang zum Karma hatte, hatte er dennoch einen Funken von Verständnis aufgeschnappt.

"Ihr seid die Anführerin?", fragte Wu Ying, der nahe der Gruppe landete. Ein paar Dutzend Schritte entfernt, weit genug, damit sich die Gruppe nicht bedrängt und verängstigt fühlte.

"Verehrter Kultivator ..." Mit einem schnellen Blick nach hinten presste die Frau die Lippen aufeinander, während die gesamte Gruppe einen Schritt zurück machte und sie alleine vor Wu Ying stehen ließ. Sie verbeugte sich kampfkünstlerisch vor Wu Ying, wodurch sie ihre Waffen in den Händen behalten konnte, obwohl sie an der Rückseite ihrer Unterarme ruhten. "Ich fühle mich so *geehrt*. Mein Name ist Xia Tung Mei."

"Winterpflaumen?" Wu Ying musste das Lächeln unterdrücken, das sich auf seinem Gesicht breitmachte. Scheinbar hatten ihre Eltern einen Sinn für Humor.

"So haben meine Eltern mich genannt", meinte Tung Mei, die sich weiterhin verbeugte und durch ihre aufeinandergefalteten Hände sprach.

"Erhebt Euch. Ich sehe keinen Sinn in diesen Formalitäten", befahl Wu Ying.

"Ich danke Euch, ehrenwerter Kultivator. Jedoch haben wir sehr profitiert –"

"Wenn auch unwissend", warf einer der Kultivatoren im Hintergrund flüsternd ein.

"– von Eurer Anwesenheit und Kultivation. Wir würden Euch gerne als unseren Wohltäter bezeichnen, wenn es Euch beliebt."

"Nicht doch. Ich habe ebenfalls profitiert." Er kniff kurz die Augen zusammen, bevor er auf die drei Personen im Hintergrund zeigte. "Ihr drei. Ihr habt den Pfad der Körperkultivation betreten. Im Inneren ist ein Becken, in dem noch Reste übrig sind. Benutzt es, wenn es zu den Formen passt, die ihr ausgewählt habt. Die Flüssigkeit potent, wenn auch gemindert, also gebt gut Acht." Er ignorierte die drei, als sie sich verbeugten, und zeigte auf einen weiteren Mann am rechten äußeren Rand. "Euer Studium des Jians könnte von dem Schwertabdruck profitieren, den ich innen an den Wänden hinterlassen habe. Studiert ihn gut, aber denkt daran, dass mein Stil anders ist als der Eure."

Noch eine tiefe Verbeugung. Fünf waren noch übrig. Zwei davon waren Körperkultivatoren, keiner von ihnen mit wirklichem Talent, weil sie beide in ihren frühen Zwanzigern waren und kaum durch ihre dritten und vierten Meridiane der Körperreinigung gebrochen waren.

Er sprach zuerst denjenigen an, der den vierten Meridian geöffnet hatte. "Euer vierter Meridian und Dantian wurden durch Euren letzten Versuch eines Durchbruchs beschädigt. Nehmt das ein" – mit einer Handbewegung flog ein kleines Pillenfläschchen zu ihm – "ruht Euch aus, entspannt Euch und erholt Euch. Und hört auf, zu drängen. Wenn Ihr Glück habt, könntet ihr einen weiteren, gereinigten Meridian erhalten, aber Ihr habt Eure Grenzen erreicht."

"Nein! Das kann nicht sein. Bitte, verehrter Kultivator. Ich muss unbedingt durchbrechen", flehte der Mann und schlug die Hände aufeinander. Wenn so ein großer Mann, ein Mann, dessen breite Schultern und gebräunte Haut – zusammen mit der Axt an seiner Hüfte – von seinem Beruf zeugten, auf diese Weise bettelte, dann musste er wirklich verzweifelt sein.

"Warum?"

"Es gibt da einen Mann ... der Cousin des Lords. Er kam vorbei. Ich ..." Der große Mann sprach langsamer und verschluckte sich an seinen Worten.

"Müsst Euch für jemanden rächen?", beendete Wu Ying den Satz für ihn.

"Nein!", rief der Förster überrascht aus. "Nein. Ich muss mich seiner nur würdig erweisen."

"Oh." Wu Ying blinzelte und der Faden einer alten Geschichte wurde aufgewühlt. Er nahm sich einen Moment, um die Fassung zurückzugewinnen, während einige der anderen den Mann mit finsteren Blicken bedachten und eine Person etwas über Hasenliebhaber flüsterte. "Ich ... nun. Ich habe nichts weiter anzubieten als eine Empfehlung und vielleicht ist er nicht der beste Partner für Euch, wenn Ihr in Eurem derzeitigen Zustand nicht ausreichend seid."

Der Förster runzelte die Stirn, aber Wu Ying machte gezielt weiter. Es gab einige Dinge, die er nicht geradebiegen konnte, nicht in den kurzen Augenblicken, die er hier hatte. Also.

"Was Euch angeht." Wu Ying beäugte den letzten Körperreiniger, ehe er seufzte. "Gebt es auf. Ihr habt es zu lange ruhen lassen. Dieser Pfad ist nichts für Euch. Nicht in diesem Leben."

Der Mann knirschte mit den Zähnen und wurde durch diese unverblümte Bewertung wütend. Aber er wagte es nicht, zu widersprechen, nicht in der Öffentlichkeit. Und vielleicht, hoffte Wu Ying, wusste er tief in seinem Herzen, dass er ihm die Wahrheit gesagt hatte, die alle anderen nicht hatten aussprechen wollen.

"Und ihr drei ..." Wu Ying ließ seinen Blick über sie gleiten. Sie waren alle auf der Stufe der Energiespeicherung. Sie alle hielten ihre Waffen mit der

Sicherheit von Kampfkunstspezialisten. "Kommt mit. Ich brauche einen Sparringspartner und ihr drei werdet ausreichen."

Die Anweisung, dass sie so viel wie möglich aus dem Übungskampf mitnehmen sollten, blieb unausgesprochen. Genau wie er einst der Sparringspartner eines Kultivators der Kernformung gewesen war, vor auch so langer Zeit.

***

Die Sichel mit der linken Hand auf der Klinge nach unten drücken und Winkel und Richtung so verändern, dass sie verfehlen würde. Nicht nur seinen Körper, sondern auch seine Roben. Es gab keinen Grund, seine Kleidung zu beschädigen. Sein Jian in der anderen Hand parierte ein Guandao, das nach unten sauste, hoch oben. Sein ausgestreckter Arm drehte sich herum und wurde fast vollkommen ausgestreckt, damit sein Körper die Wucht des Schlages abfing, sodass er ihn durch seine Füße ableiten konnte. Eine ordentliche Form, obwohl er ihn mit reiner Stärke hätte zur Seite schlagen können.

Das linke Bein gerade nach oben ziehen, bevor er austrat, es nach vorne ausstreckte und beim Kontakt mit seiner Hüfte drückte. Es war kein ordentlicher Schlag, denn ein solcher Angriff würde seine Sparringspartner töten – oder zumindest schwer verletzen –, sondern mehr ein Drücken, um Tung Mei nach hinten taumeln zu lassen. Sie schlug mit ihrer anderen Sichel zu, während sie fiel. Eine Bewegung, die beinahe auf seinen Fuß traf, als er ihn zurückzog.

Dann näherte sich der dritte Gegner und entfesselte mit seinen beiden Streitkolben eine Reihe von Schlägen. Das schwere Gewicht der Waffen drohte, jede schwächere Waffe zu beschädigen und abzunutzen und klägliche Verteidigungen unter der geballten Macht eines Erdkultivators zu zerschmettern.

Wu Ying beschloss, auszuweichen, denn Erde mochte zwar mächtig sein, aber sie war langsam. Selbst mit deutlich verringerter Kultivation waren seine Gegner langsam. Nur, indem er gegen drei von ihnen kämpfte, verschaffte dies Wu Ying die Herausforderung, nach der er suchte, während er daran arbeitete, sein Verständnis zu Ende zu verfeinern.

Der Wandernde Drache, eine Fortsetzung und Anpassung des Long-Familienstils, befand sich noch in Arbeit. Die Form fußte auf dem Vertrauten, aber hatte mit der Zeit die Bewegungsformen der Sieben Winde, den erweiterten Satz der Bewegung und Distanz und die beinahe übernatürliche Fähigkeit, sich durch den Raum zu bewegen, miteinander kombiniert.

Es war diese Fähigkeit, die er jetzt am meisten einsetzte, und aus der Regungslosigkeit in eine Bewegung explodierte und den Raum durchquerte, sodass es den Anschein hatte, dass er plötzlich an seinem Ziel auftauchte. Die Bewegungstechniken überquerten den dazwischen befindlichen Raum auf eine Weise, die der Physik trotzten, wie jetzt.

Ein ausscherender Streitkolben fuhr rechts nach unten. Wu Ying schob sich zur Seite und schien sich durch den herabfahrenden Streitkolben selbst zu bewegen, um auf der anderen Seite wieder aufzutauchen, den Streitkolbenkämpfer zu umgehen und vor dem Kämpfer mit der Stangenwaffe zu stehen. Eine Handfläche erhob und senkte sich, um die Brust zu berühren und wurde dann nach unten gedrückt. Der Mann mit dem Guandao flog nach hinten und zu Boden, wo er abprallte, während Wu Ying wieder zurücktrat und sich wieder einmal durch den Angriff des Streitkolbens bewegte, um hinter ihm aufzutauchen.

Dann folgte noch ein Schlag mit derselben, erhobenen Hand, die zwischen Schulterblätter hämmerte und seinen Gegner ausgestreckt nach vorne fallen ließ. Für die Kultivatoren, die sie beobachteten, mochte Wu Ying wie eine Brise aussehen, aber in Wu Yings eigenen Augen versagte er ein ums andere Mal.

Denn die Schritte zwischen den Verschiebungen und das Hindurchschlüpfen waren nichts anderes als ein Trick. Er konnte nicht zum Wind werden – dieser Weg blieb ihm für den Moment versperrt. Vielleicht für immer. Alles, was er tat, war sich so schnell zu bewegen, seine Gliedmaßen und Körperteile zu biegen und zu verdrehen, um Angriffen um Haaresbreite auszuweichen, sodass es so wirkte, als würde er durch den Angriff gleiten.

Die drei Kultivatoren kämpften sich wieder auf die Beine und atmeten schwer und angestrengt. Wu Ying stand alleine da und blickte erneut zum Himmel. Um die Zeit, die Jahreszeit, den Moment einzuschätzen. Dann senkte er seine Waffe und steckte sie in die Scheide.

"Eine letzte Form. Seht genau zu. Und verteidigt euch gut", flüsterte Wu Ying leise, aber seine Stimme war dennoch laut genug, dass alle sie hörten.

Die dritte Form, die immer noch in ihrer Entstehungsphase war. Er würde nicht die Klinge selbst benutzen, sondern sich auf die Bewegungen konzentrieren. Mit einer Hand an seiner Seite machte er einen Schritt nach rechts und öffnete damit seine Hüfte, als sich sein Fuß zur Seite bewegte. Seine rechte Hand schoss nach oben und seine Roben flatterten im Wind, während er der Bewegung seines Fußes folgte und die Drehung vollendete. Sein Fuß, die Hüfte, Schulter, der Arm und sein anderer Fuß bewegten sich nicht nur einmal, sondern mehrmals schnell hintereinander, wodurch er sich jedes Mal schneller drehte.

Der Drache windet sich.

Der Wind, der von der kleinsten Anwendung von Dao und Chi angelockt wurde, eilte herbei, um seine Befehle zu verfolgen. Die Luft stieß voran, ein sich schlängelnder Wind, der auf das Dreiergespann traf, während sie sich bereitmachten. Der Angriff warf sie zur Seite, anstatt sie wie erwartet frontal zu treffen, sodass die drei aufeinander fielen.

Wu Ying wusste, dass er sich weiterdrehen würde, drehen und seine Schritte und die Bewegung seines Arms anpassen würde. Er kombinierte die Bewegungen seines Armes mit einem Sprungangriff und stand still, um den schneidenden Wind hervorzurufen, der sich nur in Boden und Fleisch verbiss. Anstatt dessen hörte er auf sich zu bewegen und ließ den Wind abklingen. Er spürte, wie seine Lungen beim Atmen brannten und seine Haut aufgewühlt wurde, als das himmlische Chi in ihm pochte.

Nein, keine weiteren Bewegungen.

Noch eine unvollständige Form wegen seines oberflächlichen Verständnisses. Der Schaden, den er versuchte, zurückzuhalten, entwich und machte die Haltung seiner Füße und das Ziel seines Angriffs riskant. Die Welt drehte sich mit jedem Augenblick und war doch unendlich veränderbar.

Die Natur kümmerte sich nicht um die Pläne des Himmels und die geordneten Vorgaben, die er für die Art und Weise, wie die Welt existieren sollte, verlangte. Die Natur war nichts weiter als ein Teil des wahren Daos, und dieser war stumm und unumstößlich, unendlich und allumfassend. Das konnte nicht geändert werden und obwohl er alles umfasste, war der Wandel überall. Die Natur interessierte es nicht, wenn jemand versuchte, sie zu dominieren, denn die Natur entzog sich immer der Kontrolle[25].

Wu Yings Stil musste die widersprüchlichen Vorschriften des Himmels und des wahren Daos durchqueren. Einen leitenden Pfad finden, der sich dem himmlischen Kummer und den Launen der Natur entziehen würde.

Er atmete langsam aus und kehrte in die Gegenwart zurück. Die Kultivatoren um ihn herum rappelten sich auf. In den Gesichtern einiger war Ehrfurcht und Bewunderung zu sehen, anderen hatte sich die Angst und der Respekt tief ins Herz eingebrannt.

Sein Kopf drehte sich gen Osten, wo ein einsamer Fischer mit gebrochenem Herzen zurückgelassen worden war.

Und er spürte das Ziehen eines anderen Windes, der hartnäckiger als sonst war. Er rief nach ihm, verlangte nach seiner Aufmerksamkeit, seiner Anwesenheit. Er kam aus Norden, aber sein Herz gehörte in den Süden. Die letzte Richtung, die er noch nicht erkundet hatte.

Wu Ying warf einen letzten, langen Blick nach Osten und ließ die Ranken der Sehnsucht in seinem Herzen los. Manche Dinge sollten nicht sein.

Dann, bevor die Kinder noch weitere Fragen stellen konnten, sprang er in den Himmel und ließ sich vom Wind tragen. Richtung Süden.

---

[25] Eine Paraphrase von Vers 29 und 30 des Tao Teh Ching.

Kapitel 39

Der Tempel, der auf der Spitze des Berges lag, türmte über der sattgrünen Landschaft. Das Gebäude war nicht hoch genug, um vom Nebel auf dem Berg berührt zu werden, noch gab es nennenswerte Wasserquellen oder Wasserfälle, um für genug Feuchtigkeit zu sorgen, um es zu verbergen. Stattdessen stand der Tempel ruhig da, ein stiller Wächter, der über die Gehöfte und Dörfer in der Umgebung wachte.

Der Tempel der Gnädigen Göttin war für die Schönheit seiner Landschaft, aber auch für die zwölf Meter hohe Statue der Göttin auf seinem Hof bekannt. Es gab unzählige Geschichten über den Tempel und die Statue, die davorstand. Wie ein marodierender Fuchsgeist der Stufe der Aufkeimenden Seele die Umgebung verwüstet hatte und die verbliebenen Dorfbewohner in den Schutz des Tempels getrieben hatte. Als er kurz davor war, die Überlebenden zu verschlingen, war die Statue in einem grellen Licht erstrahlt, das die Verletzungen der Dorfbewohner geheilt und den Fuchsgeist besänftigt hatte. Der nun beruhigte Fuchsgeist war zu den Füßen der Statue gegangen und hatte sich tief vor ihr verbeugt, bevor er sich am Sockel der Statue zusammengerollt und die Dorfbewohner fortan nie mehr bedroht hatte.

Manche erzählten sich, der Fuchsgeist sei an diesem Tag gestorben, andere meinten, er sei zum Wächter des Tempels geworden und wieder andere sprachen davon, wie der Geist letztendlich verendet war oder seine Knochen zum Verrotten zurückgelassen hatte, während er weiterhin die Statue und die Umgebung behütete oder zu den Himmeln aufgestiegen war.

Die mannigfaltigen Geschichten, die man Wu Ying auf seinem Weg Richtung Süden erzählt hatte, hatten sein Interesse geweckt. Umso mehr taten dies die Geschichten der amtierenden Wächter, die ein Gasthaus und einen Handelsposten außerhalb des Tempels betreiben. Ein Ort, wo sich Waren und Wunder, die selbst einen Kultivatoren der Kernformung zufriedenstellten, häuften, wo man Geschäfte und einen neutralen Treffpunkt unter den wachsamen Augen der Eigentümer finden konnte.

Wenn man sich auf der Straße zum Tempel bewegte, war es unmöglich, das erwähnte Etablissement zu übersehen, weil es so erbaut und der Landschaft hinzugefügt worden war, dass es in seiner Gänze einigen öffentlichen Gebäuden Konkurrenz machte. Die Front aus Holz hatte zwei

Haupteingänge – einen für das Gasthaus und einen für den Handelsposten. Während der Handelsposten voll mit Kunden war, war der Eingang und das Innere des Gasthauses still und abgedunkelt. Ein scharfer Kontrast zu dem Gasthaus am anderen Ende der Straße.

Wu Ying schloss sich dem Strom aus Pilgern und Dorfbewohnern an, stieg zum Tempel hinauf und hielt mit den anderen inne, um die Schönheit des Gebäudes zu bewundern und die Stille und die Aussicht auf sich wirken zu lassen, bevor er eintrat. Obwohl Dutzende andere Gläubige dort waren, umgab das Gebäude und seine Ländereien ein ruhiges und nachdenkliches Schweigen.

Die Statue von Guan Yin ragte hoch auf und grüßte Wu Ying, als er den Hof betrat. Vor ihr stand eine gigantische Gebetsurne. Stufen, die es den Leuten erlaubten, um sie herumzugehen und Räucherstäbchen zu platzieren, sorgten dafür, dass die Gläubigen den Inhalt der Urne ständig vermehrten, während andere Gebäude direkt hinter und zu beiden Seiten der Statue weitere himmlische Götter beheimateten.

Wu Ying nahm seinen Platz hinter den Gläubigen ein, nahm drei Räucherstäbchen aus der bereitstehenden Schachtel und warf eine Handvoll Münzen als Bezahlung hinein, ehe er die Stäbchen anzündete. Während er sie mit beiden Händen hielt, verbeugte er sich dreimal vor der Göttin und murmelte ein stummes Gebet für ihre Fürbitte für all diejenigen, die er verloren und die er getötet oder in irgendeiner Weise verletzt hatte, vor sich hin.

Für einen Augenblick geriet sein Geist durch die Erinnerungen an die Kämpfe, in die er verwickelt worden war, und die Leben, die er auf seinem Weg nach vorn genommen hatte, in Aufruhr und zerstörte die friedliche Harmonie des Tempels. Er spürte, wie heißer Atem seine Lippen passierte, als er keuchte und versuchte, einen weiteren Angriff zu blocken, während er sich auf ihrer Flucht gegen Li Yao drückte, spürte den schneidenden Wind und Sand, als er in einem Sturm aus Winden tanzte, während ein wahnsinniger General über ihm stand und die verzweifelten Versuche in letzter Sekunde, seine Freunde zu retten, während der stechende, faule Gestank eines dämonischen Gläubigen seine Nase erfüllte.

Er durchlebte diese Momente erneut, einen nach dem anderen. Fühlte, wie sich Schweiß an seiner Augenbraue sammelte, das Zittern seiner Muskeln, weil er erschöpft war, die Tötungsabsicht, die drohte, ihn zu zerreißen. Wu Ying war so mit seinen Erinnerungen beschäftigt, dass er ihn unbewusst ausstieß, bevor ein Licht ihn umhüllte.

Für einen kurzen Augenblick schlug sein Geist zurück und kämpfte gegen den sanften Druck an, der ihn aus seiner Vergangenheit lockte. Dann, als würde er eine Blume von einem überfüllten Baum pflücken, rüttelte er ihn abermals wach, seine Tötungsabsicht flachte ab und er kam wieder zu Bewusstsein. So plötzlich wie die Präsenz erschienen war, verschwand sie auch wieder, sodass Wu Ying mit einer Menge aus Gläubigen, die ihn misstrauisch anblickten, in der Gegenwart zurückblieb.

Wu Ying konnte sich nur tief zur Entschuldigung verbeugen. Als er sich wieder erhob, kniff er die Augen zusammen, während er die Statue der Göttin betrachtete. Nur wenige aus dem Pantheon über ihnen mischten sich in die Welt der Sterblichen ein. Selbst der Küchengott, derjenige, der über den Herd und das Heim wachte und Sterbliche ausspionierte, handelte nur wenig und gab nur seine geflüsterten Geheimnisse weiter.

Wenige Unsterbliche wurden auf der Ebene der Sterblichen tätig, vielleicht, um ihnen den Herzschmerz zu ersparen, mit ansehen zu müssen, wie immer wieder dieselben Fehler gemacht wurden. Vielleicht, weil ein Kind unter der ständigen Beobachtung und den übervorsichtigen Blicken ihrer Eltern nicht zu seiner vollen Stärke heranwachsen konnte. Oder vielleicht, weil sie versuchten, die Fehler der Vergangenheit nicht zu wiederholen, da sie einst selbst unter Sterblichen gewandelt waren.

Doch die Göttin der Gnade widersetzte sich solchen Überlegungen. Sie stand zwischen den Ebenen des Himmels und der Erde und vermittelte stets zwischen dem erbarmungslosen Urteil des Schicksals und den menschlichen Schwächen. Unter allen Unsterblichen, die durch die himmlischen Hallen wandelten, war sie deswegen womöglich diejenige, die am meisten geliebt wurde.

Er atmete den Duft des Räucherstäbchens, des Weihrauchs, Sandelholzes und Zimtes, aus dem diese spezielle Sorte bestand, ein. Er trat vor, sobald Platz war und steckte die Stäbchen in das Kohlenbecken, bevor er sich noch einmal vor der Statue verbeugte und ging.

Er überließ die anderen Gläubigen ihren Gebeten, während hinter ihm der erstickte Schluchzer einer Mutter und ihres Ehemannes erklang, und wandte sich nach Links zum Tempel der Götter der Hölle. Dort wiederholte er den Vorgang, verbrannte Räucherstäbchen und bat um ihre Gnade.

Der einzige Unterschied war, dass Wu Ying eine große Menge an Papiergeld kaufte und verbrannte, als er neben einem riesigen Steinkessel mit Feuer anhielt. Er bot seinen Ahnen, dann seinem Meister und Yu Kun im Besonderen, eine Opfergabe dar. Er stellte sicher, dass er für diejenigen, die er vielleicht vergessen hatte, für die Geister jener, die niemanden hatten, der sich um sie kümmerte, noch mehr verbrannte. Wu Ying beobachtete, wie das silberne Papier verbrannte und hoffte, dass es ihre spirituelle Schuld schmälern würde.

Eine Linderung des Leidens, für die vielen, für die Verlorenen.

Dann, nachdem er seine Pflicht als treuer Sohn und Freund erfüllt hatte, ging er weiter. Es gab viele Tempel, die er heute besuchen musste, und noch einen letzten Ort zum Abschluss. Dieser Ort passte mit seiner stillen Betrachtung aller vorüberziehender Dinge, mit seinem Glauben an die Gnade für all diejenigen, die verstorben waren, und all jene, die sich immer noch abmühten, zu ihm.

Ausgerechnet an diesem Tag.

***

Das Innere des Gasthauses war genauso ruhig, wie es gewirkt hatte, mit Fünkchen von Licht, die durch den offenen Fensterspalt und die weit geöffnete Tür hineindrangen. Doch ob unbewusst oder bewusst, keiner der anderen Gläubigen beschloss, das Gebäude zu betreten. Stattdessen stillten sie ihren Hunger mit den Erfrischungen im Gasthaus am anderen Ende der Straße.

Zwar war es still, aber das Gasthaus war nicht leer. Als Wu Ying nach dem Gastwirt suchte und nach drinnen trat, verriet sein spiritueller Sinn ihm die Anwesenheit der anderen Gäste. Zwei saßen beisammen und schlürften mit ihren Köpfen über eine Schriftrolle mit Poesie aus ihren Schüsseln mit Nudelsuppe. Der dritte saß in diagonalem Winkel zur Tür, in den Schatten versteckt und gegenüber den Küchen zu Wu Yings Linken, neben dem angrenzenden Eingang zum Handelsposten. Diese Gestalt trug einen großen, gewebten Bambushut, der tief nach unten gezogen war, auf dem gebeugten Kopf und ein Schwert lehnte an seiner Schulter.

Eine stumme, nachdenkliche Gruppe. Sie alle stießen jeweils eine gefährliche Atmosphäre aus und die Kontrolle über ihre Auren war so makellos, dass die Winde, die hier sanft wehten, die Gestalten umgingen. Drei Personen in diesem Raum und jede einzelne davon war ein Kultivator der Kernformung.

"Ah! Entschuldigt, dass ich Euch habe warten lassen, geschätzter Gast. Kommt, kommt. Setzt Euch hin, wo Ihr möchtet." Der Gastwirt erschien aus der Küche, dessen Türen er mit seinem Rücken aufstieß, bevor er mit einer Schüssel Nudelsuppe mit Rindfleisch in der einen und einer Schüssel mit gekochten Schweineinnereien in der anderen Hand herumwirbelte.

"Ich danke Euch, Laoban[26]." Wu Ying schaute zu den Gerichten, die der Mann trug, und nickte dann in ihre Richtung. "Dasselbe für mich. Und Tee."

"Natürlich, natürlich!" Der Gastwirt nickte und ein breites Grinsen breitete sich auf seinem leicht rosigen Gesicht aus. Er ging weiter, um dem einsamen Schwertkämpfer in der Ecke sein Essen zu servieren und Wu Ying konnte nicht anders, als die Art zu bemerken, wie sich der Laoban bewegte. Die einfache Gleitbewegung, die er benutzte, um über den Boden zu schweben, jeder Schritt perfekt ausbalanciert und kein einziger Tropfen Suppe, der verschüttet wurde.

Wu Ying beschloss, keinen Kommentar abzugeben und nahm knapp hinter der Mitte des Raumes Platz, sodass er die verschiedenen Eingänge im Blick behalten konnte. Davon gab es einige – die Tür, durch die er gekommen war, die geöffnete Schiebetür zwischen dem angrenzenden Handelsposten und dem Gasthaus und die Tür zur Küche. Der Eingang zum Handelsposten war nach wie vor geschäftig. Die Händlerin und ihre Diener

---

[26] Chinesische Bezeichnung für "Chef" oder "Gastwirt". Sie wird oft als eine Form der Anrede und Vertrautheit gegenüber Ladenbesitzern und ähnlichen verwendet.

sprachen mit ihren Kunden und bedienten sie mit zügiger Effizienz. Sie gingen nur kurz in den Lagerbereich hinter der Theke, bevor sie mit den gewünschten Gütern zurückkamen, und blieben ständig in Bewegung.

Irgendetwas an den zwei Angestellten, der Ladenbesitzerin und dem Laoban, störte Wu Yings Wahrnehmung und ließ ihn leicht die Stirn runzeln, während er sie beobachtete. Er dachte immer noch darüber nach, was es sein konnte, als der Laoban mit seiner Nudelsuppe mit Rindfleisch und Schweineinnereien und einem dritten Teller mit gedämpften und gebratenen Teigtaschen mit Schweinefleisch zu ihm kam.

"Sie sind wirklich bezaubernd, oder?", meinte der Laoban gut gelaunt. Wu Ying lehnte sich etwas zurück und gab dem Mann mehr Platz, die Schüsseln abzustellen, während er den Duft der Teigtaschen einatmete. Sein Blick fiel auf die Teigtaschen, aber seine Gedanken wurden unterbrochen, als der Gastwirt weitersprach. "Meine Frau und meine Töchter."

"Das sind sie in der Tat, Laoban. Wirklich bezaubernd und elegant." Wu Ying lächelte, weil sowohl das irritierende Detail aufgeklärt wurde und auch, um zu zeigen, dass er keine Bedrohung darstellte. Denn er hatte die Warnung gehört, die sein Gegenüber mit seinen Worten ausdrücken wollte. "Ihr könnt Euch wirklich glücklich schätzen, dass Ihr so gesegnet wurdet."

Der Laoban senkte seine Stimme und flüsterte: "Es wäre besser, wenn ich einen Sohn hätte, hm? Aber solches Glück habe ich nicht." Sein Grinsen kehrte plötzlich zurück. "Andererseits erwarte ich nicht, dass ich ihnen in naher Zukunft kein großes Erbe bieten kann. Also ist es so vielleicht am besten, was?"

Wu Ying nickte sprachlos. Der muntere Gastwirt lachte über seinen eigenen Witz, entfernte sich, um den Teller mit Teigtaschen am Tisch der anderen beiden Kultivatoren abzustellen, und ließ Wu Ying mit seinem Essen alleine. Ein seltsamer Mann, aber andererseits war das der Grund gewesen, warum er hierhergekommen war.

Einige Stunden später, als der Handelsposten endlich seine Türen geschlossen hatte und die Gläubigen zurück zu den Gasthäusern und anderen Unterkünften in der Nähe geeilt waren, betrat die Ladenbesitzerin das Gasthaus. Wu Ying trank alleine eine Kanne Wein, während er wartete.

Die Ladenbesitzerin schlenderte herein, schloss die Türen zu ihrem Handelsposten und überließ es ihren Töchtern, die Inventur abzuschließen, die Gegenstände zu sortieren, die sie angekauft hatten, und sich um weitere profane Aufgaben zu kümmern, die zur Führung des Geschäfts gehörten. Sie ging zu dem einsamen Schwertkämpfer, setzte sich neben ihn und unterhielt sich mit leiser Stimme mit ihm.

Wu Yings Wind wurde etwas aufgewühlt und wollte die Worte der Ladenbesitzerin ohne zu Fragen an seine Ohren tragen, wurde aber zurückgestoßen. Es war, als hätte sich eine Mauer aus Willenskraft und Dao um sie gebildet, die den Wind zwang, nutzlos an den Wänden des Raumes entlangzutreiben.

Wu Ying nippte an seinem Wein, drückte gegen den verirrten Wind und rief ihn zu sich. Es war ehrenlos, ein Gespräch zu belauschen, insbesondere, wenn das aus müßiger Neugier geschah, aber der Wind kümmerte sich nicht um solche sterblichen Manieren. Während der Wind verstummte, bemerkte Wu Ying, wie die Ladenbesitzerin schnell einen scharfsinnigen und aufmerksamen Blick auf ihn warf. Ein unbehaglicher Schauer fuhr durch ihn und Wu Ying schaute wieder zu den Türen und Fenstern, ehe sie ihren Blick abwandte.

"Mehr Wein, verehrter Gast?" Der Laoban erschien kurz darauf und grinste breit. "Oder vielleicht ein Abendessen?"

"Abendessen", antwortete Wu Ying. "Was habt Ihr vorbereitet und würdet Ihr empfehlen?"

"Ah, nun. Natürlich haben wir noch mehr Teigtaschen. Aber für das Abendessen heute haben wir eine neue Lieferung an frischem Karpfen und Süßwassergarnelen erhalten. Ich würde das zusammen mit einer Portion Kai-lan aus unseren Gärten und gedämpften Bambusreis empfehlen", erklärte der Mann begeistert.

"Der Fisch. Ist er gedämpft oder gebraten?", fragte Wu Ying.

"Beides", antwortete der Laoban. "Aber meine Empfehlung ist gedämpft. Er ist sehr frisch. Es wäre eine Verschwendung, ihn zu braten, wenn Ihr frischen Fisch wertzuschätzen wisst. Und um alles abzurunden, würde ich die beschwipsten Garnelen vorschlagen."

Wu Ying nickte zustimmend und der Mann eilte mit einem Grinsen zu den beiden anderen Kultivatoren. Zu seiner Enttäuschung lehnten sie sein Angebot ab und beglichen stattdessen ihre Rechnung, während ihre Blicke weiterhin auf seiner Frau fixiert waren. Die Frau hatte gerade ihre Geschäfte mit dem Schwertkämpfer abgeschlossen und gab ihm ein kleines Päckchen, das in ihren Händen erschien, bevor sie aufstand und zu den zweien schlenderte.

Sie nahm vor den beiden Platz, versperrte ihre Sicht auf den Schwertkämpfer, der das Gebäude verließ, und lächelte sie an. "Ehrenwerte Gäste. Ich muss euch fragen, ob ihr mit unseren Regeln vertraut seid?" So wie sie ihre Stimme erhob, wollte sie sichergehen, dass Wu Ying sie ebenfalls hören konnte.

"Selbstverständlich, großartige Frau." Der erste Kultivator stand hektisch auf, was ihm sein Freund schnell nachmachte, und beide verbeugten sich tief. "Wir hatten nicht vor, Euch zu beleidigen. Wir haben selbst eine kleine Frage an Euch und waren nur ungeduldig."

"Gut. Denjenigen zu schaden, die auf unser Grundstück kommen oder es verlassen, ist äußerst unerwünscht", erklärte die Frau unbekümmert mit einer gut gelaunten Stimme. Kurz darauf blickte sie auf die Schriftrolle, über die sie den gesamten Nachmittag gebrütet hatten, und begutachtete leise die Abschnitte. "Ist es das, was euch beschäftigt?"

"Nein, nein. Das ist nur Teil einer müßigen Debatte", mischte sich der zweite Gelehrte ein und verbeugte sich nochmal. "Wenn ich dürfte …" Als sie nickte, bewegte er seine Hand über die Schriftrolle, ließ sie verschwinden und dafür ein anderes Dokument erscheinen. "Es sind diese Karte und diese Abhandlung. Wir glauben …"

Seine übrigen Worte wurden übertönt und plötzlich abgeschnitten, als die Inhaberin ihren Dao ausbreitete und die Unterhaltung abdämpfte. Wu Ying drehte sich weg, weil er nicht dabei erwischt werden wollte, wie er sie beobachtete oder belauschte. Denn ihre Warnung war recht deutlich gewesen.

Er hob seinen Weinbecher an, schwenkte ihn und nippte daran, dann runzelte er die Stirn, als er schmeckte, wie lauwarm er war. Mit einer Handbewegung nach unten zu der Flasche Wein, die in einem warmen Bad lag, kanalisierte er Feuer-Chi dort hinein, um das Wasser wieder zum Kochen zu bringen. Es war nicht länger schwer, sein Chi auf diese einfache Art zu verändern und es auf eine solch ungezielte Weise zu benutzen, nicht auf seinem derzeitigen Level der Kultivation. Sogar das verbrauchte Chi – und das war eine beachtliche Menge davon – machte auf dieser Stufe wenig aus. Was ihn als Kultivator der Energiespeicherung erschöpft hätte, war jetzt nur eine geringe Ausschüttung an Energie.

Die Nacht war vollständig hereingebrochen, bis die Unterhaltung zwischen der Inhaberin und den beiden Kultivatoren beendet war, und Wu Yings Essen war serviert worden, das er zum größten Teil verspeist hatte. In der Zwischenzeit waren die Töchter hinzugekommen und hatten mit ihrem Vater zu Abend gegessen, bevor sie in den Hinterhof verschwunden waren. Wu Ying spürte den Fluss von Chi, als sie mit ihrer abendlichen Kultivationssitzung begannen.

Endlich widmete sich die Frau Wu Ying, nachdem die anderen beiden, die sich verbeugt und der Frau mit jedem Satz gedankt hatten, gegangen waren. Er richtete sich leicht auf, aber dann wurde die Vordertür aufgestoßen. Wu Ying lehnte sich reaktionsfreudig zurück und seine Hand fiel auf den Griff seines Schwertes, als der Neuankömmling nach drinnen stolperte.

***

"Laoban, Laobaniang[27] Yang, es ist lange her." Der Mann, der nach drinnen taumelte, war in Lumpen gekleidet. Über die zerrissene und zerfledderte Tunika eines einfachen Bürgers, die er trug, waren tiefsitzende Schmutz- und Ölflecke verteilt. Ein großer, schmutziger Hut verdeckte sein Gesicht, an dessen einer Seite Bambusstreifen fehlten, er aber dennoch den Großteil seines Gesichts verdeckte.

Wu Ying kniff die Augen zusammen, denn der Gestank des Mannes erfüllte den Raum und durchdrang alles. Mit einem leichten Schub von Wu

---

[27] Laobaniang – weiblicher Gastwirt / Frau eines Ladeninhabers.

Yings Dao und Kontrolle der Winde wurde die Luft von ihm abgestoßen und der Gestank von seinem Essen ferngehalten.

"Bettler Soh", sagte die Gastwirtin Yang und drehte sich leicht, um den Mann anzulächeln. Sie zuckte kurz mit den Fingern und plötzlich verschwand der Druck, den Wu Ying verspürt hatte, um den Gestank des Mannes abzufangen und sie übernahm die Last. "Da seid Ihr wieder."

"Natürlich. Wie ich sehe, seid Ihr auch immer noch verheiratet."

"Und Ihr habt immer noch nicht gebadet", meinte der Laoban Yang, der aus der Küche kam. "Wenn wir damit fertig sind, das Offensichtliche zu benennen, dann möchte ich Euch daran erinnern, dass Ihr wisst, dass ich es nicht mag, wenn Ihr ohne gebadet zu haben hierher kommt."

"Ah, es gab keinen Regen! Die letzte Woche war so trocken wie eine Wüste."

Wu Yings Augenbraue zuckte. Es würde ihn überraschen, wenn der Mann im vergangenen Jahr je eine Badewanne gesehen hatte. Trotzdem beschloss er, zu schweigen, weil er den unsichtbaren Kampf der Daos und der Willenskraft fühlen konnte, der in der Umgebung ausgetragen wurde und eine Welt über seiner eigenen war. Er bekam Gänsehaut, die Haare standen ihm allesamt zu Berge und ein unsichtbarer Druck schnürte ihm die Brust zu, was das Atmen erschwerte.

Es war eine Überraschung, dass ein einziges Individuum mit beiden Kultivatoren der Aufkeimenden Seele in ihrer eigenen Domäne konkurrieren konnte. Es schien, dass der Bettler Soh kein gewöhnlicher Kultivator der Aufkeimenden Seele war, obwohl er einer war, der ungewöhnlicherweise ein Bad nötig hatte.

Der stille Druck nahm zu und zwang Wu Ying, zurückzuschrecken. Er strengte seinen Dao an und ließ Energie in seine Aura fließen, sodass seine Verteidigung gestärkt wurde. Leider war der Unterschied zwischen einem vollwertigen Kultivator der Aufkeimenden Seele und einem Kultivator der Kernformung auf der mittleren Stufe erheblich und ein großer Teil des Drucks zwängte sich durch seine Aura hindurch und in seinen Körper. Die pochenden Kopfschmerzen wurden stärker und ein Hauch von Wärme berührte seine Lippen.

Als Wu Ying seine Nase und Lippen berührte, riss er überrascht die Augen auf, weil er Blut spürte. Er legte den Kopf in den Nacken, presste seinen Nasenrücken zusammen und übte Druck auf die kleine Verletzung aus, während er weiter schluckte, weil der Zug auf seine Ohren und um seinen Kopf weiter zunahm. Er wusste, dass dies kein Luftdruckunterschied, nichts so weltliches, war. Das war ein Aufeinanderprallen von Daos. Eines, das ihn langsam tötete. Eines, das ihn bereits getötet hätte, wäre er nicht sowohl Körper- als auch Seelenkultivator.

"Ranghöhere ...", krächzte er, den Kopf nach wie vor im Nacken und mit tränenden Augen. Seine Stimme war zu leise und die Worte drangen gerade so aus seiner Kehle. Er versuchte es noch einmal, diesmal lauter, indem er seinen Dao aufforderte, ihm zu helfen und die Winde herbeirief.

Drei Köpfe drehten sich schnell um und sahen Wu Yings immer verzweifelter werdenden Gesichtsausdruck und das Blut, das durch seine Finger tropfte. Zwei der Köpfe richteten sich auf den Eindringling und Zorn stieg in ihnen auf. Der schleichende Druck, der sich aufgebaut hatte, wurde noch stärker und jetzt sickerte Blut aus Wu Yings Augen.

"Das reicht!" Eine Hand streckte sich zur Seite aus und aus der Küche kam ein Küchenmesser angeflogen und landete in der Hand des Laobans Yang.

Der Bettler beäugte das Messer und den Fächer, der in der Hand der Inhaberin erschien, dann wippte er mit dem Kopf und der Druck verschwand plötzlich. Er stieß ein leises, schmerzvolles Ächzen aus und sein Rücken krümmte sich, als läge auf einmal ein Gewicht auf seinen Schultern.

"Ich entschuldige mich. Offenbar war ich wirklich rücksichtslos", sagte der Bettler Soh und zog den abgenutzten Hut nach oben. Wu Ying war überrascht, unter dem Hut dunkle, sanfte Augen, die ihn anblickten, rötlich braune und verschmutzte Wangen und lange, graue Barthaare, die seitlich an seinem Gesicht herabhingen, zu sehen.

"Geht baden", befahl die Inhaberin Yang, deren ehemals professionelles und heiteres Auftreten abgekühlt war. "Ihr wisst, wo der Trog ist. Wir werden reden, wenn Ihr zurück seid."

Der Bettler Soh verzog das Gesicht, bevor er mit seinem Kopf nickte, den Raum verließ und seinen Gestank mit sich nahm. Ein Wind – der nicht unter Wu Yings Kontrolle stand – erwachte zum Leben und verbannte die üblen Überreste nach draußen, während sie über ihre Schulter hinweg mit ihrem Ehemann sprach.

"Schau nach unseren Töchtern, Liebling. Ich werde mich um unseren Gast kümmern."

"Unsere Töchter!", schrie der Laoban Yang kurz auf und verschwand blitzschnell durch den Eingang zur Küche und die Hintertür.

Die Inhaberin Yang schaute geduldig dorthin, wo ihr Ehemann verschwunden war, und schlenderte zu Wu Ying, der seinen Stabilitätssinn zurückgewann, nun, da der unsichtbare, unbehagliche Druck verschwunden war. Trotzdem durchfuhr ihn ein Angstschauer, weil ihm bewusst war, dass er nur in der Schwebe, aber nicht ganz fort, war.

"Er ist so ein Narr. Unsere Töchter haben sicher eine Verteidigungsformation aktiviert, als der Bettler Soh aufgetaucht ist. Schließlich ist das nicht das erste Mal, dass er vor seiner Ankunft über die Stränge schlägt", murmelte die Inhaberin Yang, während sie Wu Yings Hand von seiner Nase wegzog. Zu Wu Yings Entsetzen tauchte sie ein Stofftuch in den Wein und säuberte sein Gesicht. Das Blut hatte bereits aufgehört, zu fließen. "Manchmal haben Männer das Gefühl, dass sie sich unnötigerweise einer Sache stellen müssen, weil sie glauben, dass es unter ihrer Würde ist, wegzulaufen." Der Ton der Inhaberin Yang war spitz. "Meint Ihr nicht auch?"

"Ja", stimmte Wu Ying ihr zu. Er war dankbar, als sie ihre Hand von seinem Gesicht nahm.

Sie lächelte ihn an und flüsterte: "Schon viel besser." Dann setzte sie sich neben ihn und schob sanft die nun kalten Teller mit ihren Fingerspitzen beiseite.

"Ich muss mich auch entschuldigen, dass ich im Weg war. Hätte ich das gewusst ..."

"Wärt Ihr gegangen?" Eine grazile Augenbraue hob sich.

"Ja."

"Gut, aber es wäre unhöflich gewesen, zu gehen, ohne Eure Rechnung zu bezahlen." Als Wu Ying zu stottern begann und versuchte, zurückzurudern, brach sie in schallendes Gelächter aus, was ihm zeigte, dass sie ihn neckte. "Es war unsere Schuld, dass wir uns einem alten Streit hingegeben haben, während wir einen Gast haben."

"Ich –"

Wu Ying wurde vom Laoban unterbrochen, der wieder zu ihnen kam. Der Mann stapfte ohne sein Messer herein und der dunkle Schatten, der vorher auf seinem Gesicht gelegen hatte, war überwiegend verschwunden.

Stattdessen schaute er zu Wu Ying, bevor er sich seiner Frau zuwandte. "Unseren Töchtern geht es gut. Sie haben die Formationen im Hinterhof aktiviert. Unsere Älteste hat mich sogar gescholten, weil ich ihre Kultivationssitzung gestört habe." Er schnitt eine Grimasse. "Das wusstest du, oder?"

"Das habe ich."

"Dann –"

"Und ich wusste, dass es dir keine Ruhe lassen würde, bis du dich dessen selbst versichert hast", unterbrach sie ihn mit einem schelmischen Lächeln. "Wie der übervorsichtige Vater, der du bist."

"Das bin ich nicht." Der Laoban Yang verschränkte seine Arme und schmollte.

"Wer war es, der Yang Mu ihr erstes Jian gekauft hat, als sie zwei Jahre alt war?"

"Aber sie hatte geweint ..."

Die Inhaberin, deren belustigter Blick auf Wu Ying fiel, sagte: "Also, was könnte ein solch faszinierender junger Mann von uns wollen?"

"Nun, euer Ruf –"

"Seid still. Wir brauchen keine lobenden Worte –"

"Ich schon!", warf der Laoban Yang ein.

"– sondern müssen wissen, was Ihr braucht. Was können wir tun, Junge, um Euch auf Eurer Kultivationsreise zu unterstützen?"

Wu Ying, der bereits von ihrem mütterlichen, überzeugenden Ton beruhigt und von seiner bisherigen Angst abgebracht worden war, nahm einen tieferen Atemzug, spürte das leichte Stechen in seiner Nase, und sprach los. Und das, obwohl er wusste, dass ein Teil dieser Ruhe von ihrem Dao stammte. Derselbe Dao, der ihn beinahe zermalmt hatte.

Kapitel 40

Der Bettler Soh kam gut eine Stunde später zurück und beschwerte sich darüber, dass er das Wasser mehrere Male hatte austauschen müssen. Irgendwie schaffte er es, trotzdem schmuddelig und ungepflegt auszusehen, obwohl er gebadet hatte, und auf seinem Gesicht, seinen Händen und nackten Füßen waren immer noch Reste von Schmutz. Dennoch war sein Gestank deutlich vermindert und die Lumpen, die er trug, rochen nicht mehr so übel und waren nur noch dreckig.

Wu Ying und die Inhaberin saßen über den Tisch gebeugt. Das Geschirr war abgeräumt worden und ein frischer Krug Wein stand aufgewärmt neben ihnen. Auf dem Tisch waren einige Pillen, Talismane und Formationsflaggen ausgelegt, die die Inhaberin zusammengetragen hatte, nachdem sie Wu Yings Bitte gelauscht hatte. Ihre Hände bewegten sich über die Gegenstände, während sie dem Kultivator eine Erklärung gab.

"... verschleiernde Formation aus der Sekte des Regenbogenschals. Sie sind bekannter für ihre Illusionsformationen, aber kürzlich ist eines ihrer niederen Mitglieder auf den Meisterrang aufgestiegen und sie haben ihren Kundenstamm durch verschleiernde Formationen ausgeweitet. Deshalb trennen wir uns im Vergleich mit den anderen mit einem beachtlichen Rabatt von ihnen."

"Die Wirksamkeit ist auf demselben Niveau?", fragte Wu Ying.

"Natürlich. Sind sie geeignet?" Nach seinem Nicken machte sie weiter. "Nun, die Pillen, nach denen Ihr gefragt habt, sind alle gewöhnlich." Wu Ying warf ihr einen ungläubigen Blick zu, dann erklärte sie: "Für einen Kultivator der Kernformung. Eure Methode der Seelenkultivation ist nicht besonders stumpf, also sind Eure Anforderungen recht einfach. Die Bedürfnisse Eurer Körperkultivation jedoch ..."

Wu Ying lächelte etwas grimmig. "Ich verstehe. Ich musste fragen."

"Danke für Euer Verständnis. Es kommt selten vor, dass wir nichts Passendes für einen Kunden haben, aber in diesem Fall, mit einem Windkörper auf Eurem Level, nun, ich würde nicht sagen, dass es noch nie vorgekommen ist, aber –"

"Es kommt dem nahe genug, dass ich mich kaum an das letzte Mal erinnern kann, als ich jemanden wie Euch getroffen habe", fügte der Bettler

Soh hinzu, als er zu ihnen schlenderte, einen Blick über Wu Yings Gegenstände warf und verächtlich schnaubte.

"Gibt es ein Problem mit meinem Einkauf, Herr?", erkundigte sich Wu Ying neugierig. Nach diesem Kampf der Willenskraft war er mehr als bereit dazu, über jede mögliche Beleidigung des Mannes hinwegzusehen, um nach einer Perle der Weisheit zu suchen. Schließlich ging Stärke nur allzu oft mit Wissen einher.

"Eine Verschwendung von Geld", meinte der Bettler Soh, setzte sich ohne Aufforderung hin und schenkte sich einen Becher Wein ein. Er behielt den Krug in der Hand, kippte den ersten Becher hinunter, schenkte sich noch einen ein, leerte auch diesen in einem Zug und schenkte sich dann einen dritten Becher ein, ehe er den Krug zurück in das heiße Wasser stellte. "Schlaft unter den Sternen. Vertraut auf Eure Instinkte, um die Monster fernzuhalten oder dass Ihr aufwacht, bevor sie Euch erreichen. Verschmutzt nicht Euren Körper, um Eure Seele zu stärken, und ihn dann weiter – nur auf eine andere Weise – zu verschmutzen, damit Ihr Euren Körper reinigt und stärkt, nur um den Kreislauf wiederholen zu müssen."

Wu Ying legte den Kopf schräg. "Das stimmt, aber welche andere Möglichkeit bleibt mir?"

"Der einzige Grund, warum es keine andere Möglichkeit gibt, ist, dass ihr Kinder es immer eilig, eilig, eilig habt", antwortete der Bettler Soh. "Ihr habt es eilig, eure Meridiane zu reinigen und euren Kern zu formen, um eure Seele aufzuziehen. Ihr habt es eilig, Stärke zu erlangen und verwendet nie wirklich Zeit darauf, tatsächlich etwas zu lernen."

"Also seid Ihr ein Ketzer?", fragte Wu Ying.

Der Bettler Soh grunzte. "Nur jemand aus den orthodoxen Sekten würde diejenigen, die sich weigern, ihren eingeschränkten Regeln zu folgen, als ketzerisch bezeichnen." Sein Blick huschte über Wu Yings Roben und seinen Körper, bevor er weitersprach. "Allerdings bin ich überrascht, zu sehen, wie jemand mit Eurer Erfahrung ihrem Dogma folgt."

"Meiner Erfahrung?"

"Der Wind und die Erde erzählen von Eurer Vergangenheit, von den Reisen, auf denen Ihr wart. Von der Reise, die Ihr antreten wollt", sagte der Bettler. "So unratsam sie auch sein mag."

"Unratsam?", fragte der Laoban Yang, der zu ihnen kam und sich neben seine Frau stellte, wobei er aus Reflex eine Hand auf ihre Schulter legte.

"Er plant, nach Süden zu gehen", erklärte der Bettler Soh.

"Ah", murmelte der Laoban, während die Inhaberin ihre Lippen fest zusammenpresste.

Wu Ying, der von dem Themenwechsel überrumpelt wurde, schaute die drei stirnrunzelnd an. Zwei Dinge, die der Bettler gesagt hatte, hatten ihn überrascht, das erste war ... "Ihr sprecht zum Wind und der Erde?"

"Wind, Erde, Wolken, Himmel, Regen ..." Der Bettler grinste. "Habt Ihr geglaubt, Ihr seid einzigartig? Ich bewege mich unter den Himmeln, mit der Welt um mich herum. Warum sollte ich nicht meinen engsten und besten Freunden lauschen?"

Wu Ying hatte keine Antwort darauf. Er wusste, dass er nicht einzigartig war, obwohl nur wenige auf dieselbe Weise mit den Elementen interagierten. Dennoch, zu hören, wie ein Ketzer vom selben sprach und ihm vorwarf, zu orthodox zu sein ... das brachte Wu Ying zum Grübeln. Er hatte so viel Zeit damit verbracht, außerhalb der Sekten umherzureisen und für sie zu arbeiten, und doch war er dafür verbannt worden, dass er ihre Befehle missachtet hatte. Selbst sein eigener Pfad als Körperkultivator zählte nicht zur orthodoxen Methode des Aufstiegs.

Die Worte des Laobans durchbrachen die Stille. "Ob nun ketzerisch oder orthodox oder fahrend, es ist alles dasselbe. Wir alle wandeln auf dem Pfad des Aufstiegs und jeder Pfad ist genauso einzigartig oder ähnlich wie der Pfad davor."

"Das sagen die dualen Kultivatoren", meinte der Bettler Soh. "Viele würden auch euren Weg eine Perversion nennen, da ihr den direkten Weg verlassen habt, um eine Familie zu gründen und ein Gasthaus zu führen."

"Die meisten, die genau das gesagt haben, wurden weit zurückgelassen oder sind gestorben", sagte die Inhaberin Yang. "Eine duale Kultivation wird zwar von den meisten orthodoxen Sekten nicht akzeptiert, aber sie ist genauso wirksam."

Wu Ying runzelte die Stirn und erinnerte sich an ein paar Sekten, die sich für die duale Kultivation als ihre Hauptmethode des Aufstiegs eingesetzt hatten. Da sie sogar noch seltener als Schwertkultivatoren – für die man einen passenden Partner finden musste – war, wurde sie dennoch als orthodoxe Methode angesehen.

"Runzelt nicht so die Stirn, Kind", sagte der Bettler Soh. "Nur, weil Ihr die Dinge auf eine Weise gelernt habt, bedeutet das nicht, dass sie in allen Königreichen zutreffend ist."

"Aber die duale Kultivation wird in mehreren Königreichen praktiziert", merkte Wu Ying an. "Wie kann sie dann nicht gleich akzeptiert werden?"

"Das ist eine Diskussion unter denen von uns, die auf den höchsten Stufen sind", antwortete der Bettler Soh und grinste leicht. "Wisst Ihr, viele von uns denken, dass diejenigen, die eine duale Kultivation befürworten, das auf eine Weise tun, die den Kultivationspfad anderer abschneiden."

Wu Ying blickte zu dem Paar, das mit stummer Geduld abwartete.

Der Bettler Soh sprach weiter: "Man braucht nur kurz nachzudenken, um die Probleme der dualen Kultivation zu erkennen. Man hat euch vermutlich ebenfalls davor gewarnt, als ihr damit begonnen habt. Viele Formen der dualen Kultivation benötigen einen willigen, lebenslangen Partner. Wie einfach findet man so jemanden?

Dann gibt es da natürlich noch die Sorge, dass der besagte Kultivationspartner hinter einem zurückfällt – oder stirbt oder auf andere Weise geht. Was passiert dann? Zieht man ein weiteres Kind bis zu seinem Level auf? Oder sucht man nach jemand anderem, der genauso viel verloren hat?" Der Bettler Soh schnaubte. "Wenn es schwer – sogar schon fast unmöglich – ist, alleine auf die höchste Stufe der Kultivation aufzusteigen, wie viel schwerer ist es dann, wenn man zwei Seelen hat, die dies gleichzeitig tun?"

"Aber ist die duale Kultivation nicht stärker? Schneller?", betonte Wu Ying.

Denn das war der allgemeine Tenor, denn die Eigenschaften von Yin und Yang beider Kultivatoren glichen sich einander aus und die Kultivationspfade und der Chi-Fluss verbundener Partner stellten sicher, dass dieselbe Menge an Zeit und Energie effektiver genutzt wurde. Die Auswirkungen sollten sich gegenüber jeder normalen Kultivationsmethode mehr als verdoppeln.

"Und da haben wir den Standpunkt Eurer orthodoxen Sekte. Schnelligkeit! Effizienz! Der Spurt nach oben, um noch schneller nach unten zu fallen."

Diese bissigen Worte ließen Wu Ying seine Lippen stark kräuseln. Er schaute das Paar an und konnte folgende Frage nicht zurückhalten: "Und was denkt ihr?"

"Der Bettler Soh hat nicht unrecht." Der erwähnte Mann grinste, das Grinsen verschwand aber, als der Laoban hinzufügte: "Wir sind nicht das beste Beispiel. Die duale Kultivation war effizient und nützlich für uns. Durch sie konnten wir stärker als unsere Konkurrenz werden ... aber wir haben auch mit demselben Eifer beschlossen, dem Aufstieg nicht mehr hinterherzujagen." Daraufhin grinste er leicht. "Obwohl ich manchmal glaube, dass die Herrin, die unseren Stil geschaffen hat, beabsichtigt hat, dass er auf diese Art verwendet wird. Um zusammen zu leben und die Kultivation gemeinsam zu verfolgen, in Frieden und Harmonie, mit einer Familie."

"Die duale Kultivation ist stark und ich kann mir nicht vorstellen, dass ich ohne meinen Ehemann so weit aufgestiegen wäre." Sie drückte sich einen Moment in seine Hand. Diese selbstverständliche Zurschaustellung von Zuneigung ließ Wu Ying blinzeln. "Trotzdem ist sie nicht perfekt und ideal. Die duale Kultivation neigt dazu, in Sekten und von anderen ausgenutzt zu werden. Ah Soh beschwert sich zwar über die orthodoxen Sekten, aber weil sie so streng sind, führt das zu weniger Missbrauch. Nur wenige ketzerische, duale Kultivationssekten überleben lange genug, weil es viele Gelegenheiten zu solch einem Missbrauch gibt."

"Die freizügigeren ausgenommen ...", ergänzte der Bettler Soh und lächelte lüstern. Er beugte sich vor und fixierte Wu Ying mit einem verschwörerischen Blick. "Habt Ihr sie besucht? Ich wette, Ihr wärt dort ziemlich beliebt. Ihr habt gutes Yang-Chi und mit Euren sekundären Aspekten des Feuers und des Holzes könntet Ihr gut mit vielen ihrer Mitglieder arbeiten."

"Seid nur darauf vorbereitet, wegzurennen", meinte der Laoban Yang und lachte kurz. "Manchmal werden sie mit ihren Forderungen zu übermütig. Es macht zunächst Spaß, gefesselt zu werden, aber ... uff!" Er stöhnte und fasste sich an den Magen, wo seine Ehefrau ihn mit dem

Ellbogen geboxt hatte. "Ja, Liebling. Ich entschuldige mich, dass ich so unhöflich war." Als er zurücktrat, ergänzte er mit leiser Stimme: "Aber seid dennoch bereit, wegzurennen."

"Derlei Orte sind selten so kompliziert, wie mein Ehemann sie gerne darstellt –"

"Es braucht nur einen ..."

"– und können recht spaßig sein. Nun, in meiner Jugend –"

"Wart Ihr ziemlich begehrt", beendete der Bettler Soh den Satz. "Ihr hattet Dutzende Verehrer und regelmäßige Besucher und Eure Laterne brannte immer hell. Aber als Ihr den alten Mann Yang getroffen habt, habt Ihr beschlossen, alles aufzugeben." Er schnaubte. "Es gibt keinen Grund, das Kind mit alten Geschichten zu langweilen."

Die Inhaberin Yang warf dem Bettler Soh einen bösen Blick zu. Dieser weigerte sich, wegzuschauen und zwang sie letztendlich, sich wegzudrehen, um mit Wu Ying zu sprechen, anstatt den vorangegangenen Zwischenfall zu wiederholen. "Letzten Endes ist die duale Kultivation eine Frage des Schicksals. Wenn Ihr jemanden findet, der Euer Herz höherschlagen lässt, dann möchtet Ihr nicht aufsteigen und diese Person verlieren. Wir denken, das ist es, wonach unsere Vorgänger, diejenigen, die die Methoden zur dualen Kultivation erschaffen haben, wirklich gestrebt haben. Ein Weg, um mit denjenigen aufzusteigen, die man liebt. Denn welchen Sinn gibt es ohne sie im Himmel?"

Bevor er diese tiefgründigen Worte sacken lassen konnte, störte der Bettler Soh die Atmosphäre, indem er lachte. Die Inhaberin seufzte und legte ihren Kopf in eine Hand, während sie darauf wartete, bis der Mann fertig war.

Er hörte schon bald auf, zu lachen. "Hübsche Worte." Er stockte und legte den Kopf schräg. "Und für diejenigen, die wirklich ihre Liebsten finden, vielleicht sogar wahr."

Der Laoban Yang nickte in Anerkennung an die netten Worte des anderen Mannes.

"Aber für die meisten von uns ist es mehr als ausreichend, einen Bruchteil des wahren Daos zu fassen zu bekommen. Wir brauchen niemand anderen, um unser Leben zu erfüllen, weil der wahre Dao unendlich ist.

Meine Gefährten sind die Sonne und der Regen, der Mond und die Sterne und die Erde, auf der ich gehe. Etwas anderes brauche ich nicht."

"Und habt Ihr nicht", fügte der Laoban Yang hinzu.

Der Bettler Soh grinste, bevor er seinen Becher Wein leerte und sich erneut einschenkte. "Alles, was ich brauche, gibt mir der wahre Dao – und Freunde wie ihr. Worum mehr kann ich schon bitten?" Eine Sekunde später wies er auf den leeren Weinkrug. "Außer nach mehr Wein!"

Wu Ying beobachtete, wie sich die drei in etwas stürzten, was wie ein vertrauter Streit wirkte und sich über die unterschiedlichen Pfade stritten, während mehrere Flaschen mit Pflaumenwein aus der Küche geholt wurden. Es war faszinierend, ihnen zuzuhören, wie sie den wahren Dao, ihre eigenen Pfade und wie diese Pfade sich entwickelt hatten, besprachen. Und obwohl es ihm keine Blitze der Erleuchtung oder eine weitere Schicht bescherte, wurde er trotzdem in ihren Bann gezogen. Er warf nur manchmal etwas ein, denn er wagte es nicht, sie zu oft zu unterbrechen, weil er verstand, dass seine Erkenntnisse verglichen mit diesen Ranghöheren oberflächlich waren.

Aber ...

Zum ersten Mal seit langer Zeit war Wu Ying gelassen, hörte zu und lernte von anderen, die so viel mehr Erfahrung als er hatten.

***

Es war wenig überraschend, dass sich das Gespräch über Daos, Philosophien und Elemente bis spät in die Nacht zog und die Zahl der Flaschen aufgewärmten Weins immer weiter zunahm. Obwohl die Lichter des Gasthauses noch brannten, lange nachdem das Gasthaus am anderen Ende der Straße geschlossen hatte und die sterblichen Gäste gegangen waren, störte niemand ihre Unterhaltung. Der dezente Druck der Anwesenheit nicht nur eines oder zweier, sondern gleich von drei Kultivatoren der Aufkeimenden Seele genügte, um selbst den stumpfsinnigsten Sterblichen fernzuhalten.

Schlussendlich ebbte das Gespräch ab und das alte Thema war nicht nur ein, sondern drei weitere Male aufgegriffen worden. Nachdem der dritte Krug des Geist und Erinnerung Zerstörenden Giftweines – von Wu Ying nur zaghaft und mäßig – leergetrunken worden war, saßen die drei Kultivatoren der Aufkeimenden Seele stumm da und genossen ihre gegenseitige Anwesenheit. Der Duft von gerösteten Erdnüssen, in Alkohol und Gewürzen angebratenen Bohnenquarkhaut, die danach gedämpft worden war, und die Überbleibsel der frisch gebackenen Brötchen vermischte sich mit dem starken Geruch des vergifteten Pflaumenweins, was Wu Ying dazu verleitete, noch einen Schluck zu nehmen.

Er schob den Becher entschlossen von sich. Sein Kopf drehte sich bereits und sein Chi wurde aufgewühlt, als es gegen das Gift ankämpfte.

"Schon fertig?" Der Bettler Soh, der den vergifteten Wein aus seinem persönlichen Lager zur Verfügung gestellt hatte, grinste Wu Ying an. "Ihr habt Euren dritten Becher kaum angerührt."

"Entschuldigt mich, Ranghöherer." "Einige von uns sind nicht so verknallt", lallte Wu Ying. "Euer Getränk ist zu stark. Es brennt ein Loch in den Tisch, ganz zu schweigen von meinen Innereien."

"Ha! So erkennt man guten Wein."

"Seid nett, Ah Soh", tadelte die Inhaberin Yang ihn. "Er ist nur vom Kern. Wäre er nicht auch ein Körperkultivator, würde ich ihn nicht einmal daran nippen lassen. Dieser Wein ist für diejenigen auf unserem Level, nicht dem seinen."

"Wäre er ein Giftkultivator, dann könnte er ein solch einfaches Getränk ohne Probleme vertragen." Mit einem Hicksen ergänzte der Bettler Soh: "Und noch mehr Beitrag leisten!"

"Wäre er ein Giftkultivator, würde ich ihm diesen Wein vielleicht gar nicht erst vorsetzen", sagte der Laoban Yang schniefend. "Die meisten von ihnen können nicht kontrollieren, was sie ausstoßen! Als der letzte hier war, musste ich den Tisch, seinen Stuhl und alle Utensilien einlagern und mein Privatzimmer für einen ganzen Monat verschlossen lassen, während die Reinigungsformation ihre Arbeit getan hat."

"Aber er hat all das mit einem Dutzend dieser Flaschen bezahlt, die Ihr nicht teilen wollt", meinte der Bettler Soh mit etwas lamentierender Stimme. "Wisst Ihr, wie schwer es ist, ein anständiges Getränk zu bekommen?"

"Nicht sehr schwer für Euch mit Eurem Immervollen Weinkürbis!"

Wu Ying zuckte leicht überrascht. Dann wurde ihm klar, dass sie nicht über die Kultivationsmethode des Bettlers Soh sprachen, als er sah, wie dieser den Weinkürbis an seiner Seite umklammerte. Trotzdem blieb seine Bewegung nicht unbemerkt und musste sich erklären.

Als er damit fertig war, brach der Bettler Soh in Gelächter aus und schlug auf den Tisch. "Ihr, Ihr, Ihr habt meinen Weinkürbis zu einer Kultivationsmethode und dann zu einer Windtechnik gemacht? Wirklich?"

"Ich war es nicht, der ihn zu einer Kultivationsmethode gemacht hat, das war schon geschehen", antwortete Wu Ying steif.

"Zeigt es mir, zeigt es mir!"

"Ich ..." Wu Ying zögerte, wodurch der Bettler Soh ihm einen finsteren Blick zuwarf. "Das kann ich nicht. Wir erlauben anderen nicht, Kultivationsschriften zu sehen, die wir erhalten."

"Dumme Orthodoxe mit ihren dummen Regeln!", fluchte der Bettler Soh. "Zeigt mir, was Ihr aufgeschrieben habt. Im Gegenzug werde ich es aufbessern. Ihr könnt die verbesserte Version Eurer Sekte geben, wenn – falls – Ihr dorthin zurückkehrt."

Trotzdem zögerte Wu Ying.

"Es ist ein gutes Angebot", meinte die Inhaberin Yang und legte eine Hand auf seinen Arm. "Entgegen seines Aussehens ist Ah Soh ein Genie unter Genies." Sie verzog das Gesicht. "Er wäre sogar noch großartiger, wenn er mit dem Trinken aufhören würde."

"Meine Genialität kommt erst durchs Trinken!", erklärte der Bettler Soh und klopfte mit der Faust auf den Tisch.

"Nein, Ihr seid einfach ein Säufer."

"Schnell. Bevor sie sich da hineinsteigern", bat der Laoban Yang Wu Ying inständig. "Der Wiederaufbau ist immer so anstrengend."

Der Druck stieg bereits an, während sich die beiden nicht nur mit Worten, sondern auch mit ihren Daos widersprachen. Anstatt in den Kampf zwischen den zweien verwickelt zu werden, holte Wu Ying die Bambusrolle hervor, auf die er die Details – und seine Anpassungen – notiert hatte, denn der Schmerz durch ihre erste Begrüßung war immer noch pochend.

Der Druck verschwand auf der Stelle, der Bettler Soh schnappte sich die Schriftrolle und rollte das Dokument auf dem Tisch auf. Die Reste ihres

Essens und die Getränke wurden gerade rechtzeitig vom Laoban Yang aus dem Weg geräumt. Ohne zu fragen war die Inhaberin Yang aufgestanden und zur anderen Seite des Tisches gegangen, um mit gekräuselten Lippen über der Schulter des Bettlers Soh darin zu lesen.

"Oh, das ist raffiniert! Den Wirbelsturm anstelle des Strudels zu verwenden. Und hier gibt es Anzeichen darauf, dass es anstatt zu einem Zyklon auf ... ein weiteres Gebiet ausgeweitet wird", murmelte sie und las weiter. "Weniger Kontrolle, aber schwerer zu verfolgen. Ja, das könnte besser funktionieren, aber warum wird es nur auf eine Richtung fokussiert?"

"Mein Krug sammelt Wasser aus der Umgebung und bedient sich am elementaren Konzept des Wassers und des Alkohols selbst", sagte der Bettler Soh und fuhr mit einem schmutzigen – wie war er so schnell wieder schmutzig geworden? – Finger über die ersten Zeilen. "Dieser Autor hat nie verstanden, dass die Flasche und die Dao-Konzeptionen die Barriere darstellen. Schaut hier, er lässt die Aura die ganze Arbeit machen. Zeitverschwendung."

Binnen Sekunden hatten sie zwei Schreibpinsel in der Hand und schrieben übereinander hinweg und auf das Dokument, fügten etwas hinzu oder veränderten etwas, ohne Wu Ying um Erlaubnis zu fragen. Manchmal argumentierten sie laut darüber, welche Veränderung besser war, während die anderen zwei verwirrten Männer sie beobachteten.

"Wird das ... funktionieren?", fragte Wu Ying, der noch nie zwei Kultivatoren so miteinander diskutieren gesehen hatte.

"Natürlich. Das ist meine Frau!", antwortete der Laoban Yang mit gespielter Empörung. Nach kurzer Zeit zuckte er mit den Schultern. "Schon gut. Sie wird es mich zuerst versuchen lassen und es dann weiter präzisieren." Als Wu Ying ihn ungläubig anschaute, grinste er. "Das ist Teil meiner eigenen Gabe. Ich kann einen ... hmmm ... Klon meiner selbst beschwören. Eine Schattenform, die viele Dinge für mich austesten kann, bevor ich mich auf etwas festlege."

Wu Yings Augen leuchteten bewundernd, während er die drei betrachtete. Er war so weit gekommen und doch schien es, dass sich die Reise, die vor ihm lag, noch viel weiter erstreckte. Und obwohl diese drei hier besonders waren, war die Spitze vielleicht nicht so einsam, wie sie zu sein schien. Noch war sie frei von Freundlichkeit.

"Fertig!"

Die Schriftrolle flatterte durch die Luft und flog in Richtung des Laobans, der sie mit geschickten Fingern auffing. Seine Augen huschten schnell über die Worte und er runzelte nur an manchen Stellen die Stirn, bevor er nickte und sie beiseitelegte. Einen Augenblick später sah es so aus, als würde er sich verschieben, als hätte sich ein zweites Abbild von ihm über ihn gelegt, das durchsichtig war, aber leicht seitlich stand.

Einen Atemzug später spürte Wu Ying das Zerren und Ziehen des Chis. Es wurde binnen Sekunden sanfter und verschwand aus seiner Wahrnehmung, als sich der Fluss des Chis in der Umgebung wieder normalisierte. Nur, wenn er seine Sinne weiter ausbreitete und darauf achtete, konnte er den langsamen, aber mächtigen Fluss spüren, wo Energie aus mehreren Li Entfernung auf den Laoban zufloss. Da es von so weit herkam, schlüpfte es an seinen Sinnen vorbei, obwohl es sich auf den Mann konzentrierte.

Aber der Fluss war nicht völlig gleichmäßig. Manchmal gab es Hubbel und er wurde plötzlich schneller oder langsamer, was die Veränderung des Chis umso deutlicher machte. Noch alarmierender war das Blut, das angefangen hatte, aus der Nase der Schattenform zu triefen, und dann ein paar Minuten später der gequälte, blutige Husten.

Schließlich hörte der Laoban auf, nahm einen Pinsel und hielt seine Notizen auf einem neuen Stück Papier fest. Das Bambusdokument war jetzt zu sehr mit Worten gefüllt, als dass er dort seine Kommentare aufschreiben konnte. Der Bettler Soh ignorierte all dies, während er direkt aus seinem Weinkürbis trank und die Inhaberin die Worte las, die ihr Mann aufschrieb, und schlussendlich nickte.

"Oh, ich verstehe. Ja, den sechsten und elften Meridian so kurz nacheinander zu kreuzen, um das Chi fließen zu lassen, kann für Probleme sorgen ... warum haben wir hier den Magenmeridian verwendet? Richtig, weil ein gewisser, sturköpfiger Greis vergisst, dass dies kein Weinkürbis, sondern ein Körper ist!"

Sie flüsterte etwas vor sich hin, holte einen neuen Zettel hervor und schrieb. In ihre Worte waren alle Erkenntnisse der Gruppe eingeflossen. Während Wu Ying sie beobachtete, spürte er, wie ihn ein Finger in die Seite stupste und der Bettler Soh ihn unvermittelt anblickte. Sein Gesicht war viel zu nahe und sein Atem war so stark, dass Wu Ying fühlte, wie sein Kopf leichter wurde und ein schmales Rinnsal Blut aus seiner Nase floss, als der giftige, ätzende Atem auf sein Gesicht traf.

"Ja, Ältester?", fragte Wu Ying und wich zurück.

"Ihr fragt Euch, warum, richtig?"

"Ich ..."

"Es ist in Ordnung. Ich würde das ebenfalls tun. In meinem Fall war es die Langeweile." Er zeigte auf das Paar, das leise miteinander debattierte. "Ich tue was ich will, wann ich will. Das ist mein Weg, versteht Ihr?" Wu Ying nickte, weil ihm irgendwie klar geworden war, dass eine Laune für einen Mann, der sich weigerte, sich selbst von kleinen Dingen wie einem Dach über dem Kopf, persönlichem Besitz oder Hygiene zu binden, kein unerwarteter Grund war. "Diese beiden wandeln auf einem edelmütigeren Pfad. Einem gefährlichen, findet Ihr nicht auch?"

Wu Ying konnte ein Nicken nicht unterdrücken. Denn es war zwar schön und gut, edelmütig zu sein, aber es gab Menschen, die sich grundlos einfach nur nahmen. Und noch mehr wären verärgert, wenn die Großzügigkeit aufhören würde, und würden noch mehr verlangen.

"Nur wenige, die unsere Stufe erreichen, sind so spendabel. Das können sie nicht sein, weil sie zulassen, dass ihre Daos sie einschränken, was ihre Sicht beschränkt und ihre Seelen mit Regeln und Vorschriften fesselt", erklärte der Bettler Soh. "Aber diese beiden geben immer weiter. Die Großzügigkeit, ohne etwas zurückzuerwarten, ist Belohnung genug. Richtig?"

Die letzte Frage stellte er mit brennender Inbrunst. Die für gewöhnlich blutunterlaufenen, roten Augen, die vom Alkohol vernebelt wurden, waren plötzlich stechend. Wu Ying fühlte es, das unsichtbare Gewicht eines Urteils, die geschärfte Klinge einer Henkerswaffe, die über ihm schwebte. Seine Gedanken überschlugen sich und seine Intuition erzählte von einem bevorstehenden Abend, an dem er seine Augen schließen würde, um einzuschlafen und nie wieder aufzuwachen, wenn er eine falsche Antwort gab.

Für einen Mann, der nichts hatte, den es nicht nach materiellem Besitz sehnte, hielt dieser Mann umso stärker an solch immateriellen Gütern, die er hatte, fest. Wie Freundschaften und warme Nächte unter dem Dach eines anderen, wo man die Stunden mit Trinken und Reden verbrachte.

Doch trotz all der Gefahr, die Wu Ying spürte, fühlte er eine unerbittliche Verlockung aus dem Inneren, ein Ziehen in seiner Seele, das ihm ehrliche Worte entlockte. Die Worte, die aus seinem Mund kamen, waren seine eigenen, aber er hatte sie nicht bewusst gewählt. "Es ist möglich, dass sie nichts erwarten, aber es entsteht dennoch eine Schuld. Die Fäden des Karmas und die Höflichkeit verbindet alle, ob wir nun nach ihrer Gabe suchen oder nicht. Nur diejenigen, die alle solche Fäden meiden, können solchen Verbindungen entkommen, und dadurch hoch oben als Einsiedler leben. Oder sie erreichen ihr Ziel wegen einfacher menschlicher Gefühle nicht."

"Ha! Aus dem Mund eines Kindes." Der Bettler Soh lehnte sich zurück und befreite Wu Ying aus dem Seelenzauber, den er auf ihn gelegt hatte. Er hatte Wu Yings Verteidigung mit solch einer Leichtigkeit umgangen, dass er ihn bis jetzt nicht bemerkt hatte.

Wu Yings Gespür verriet ihm, dass da noch mehr Findigkeit war. Ein vergifteter Wein, der ihm verabreicht worden und der erste Schritt gewesen war, seine Schutzmaßnahmen zu passieren. Er torkelte nach hinten, verstärkte unbewusst seine Aura und stoppte den Energiefluss, sodass sein Dao und das Wind Chi erneut schützend um ihn wirbelten. Natürlich kam das zu spät und der Reis war am Stängel verdorben, aber er tat es trotzdem.

"Ah Soh! Hört auf, den Jungen zu ärgern", mischte sich der Laoban Yang ein, der von dort aufschaute, wo er immer noch an seinen Kommentaren arbeitete. Oder, jetzt, da Wu Ying zuschaute, eigentlich den Fluss des Chis und der Meridianpunkte aufzeichnete, wo die Energie konzentriert werden musste. "Er ist ein Guter. Oder habt Ihr die Geschichten über den Sammler des Sattgrünen Wassers nicht gehört?"

"Geschichten neigen dazu, zu übertreiben", meinte der Bettler Soh. "Schaut nur, wie sie über mich sprechen."

"Stinkend, ungehobelt, mittellos." Die Inhaberin Yang hielt inne und lächelte dann. "Ich sehe nichts Unwahres daran."

"Scharfzüngige Frau."

"Stinkender Bettler."

"Geldgieriges Weib."

"Betrunkener Narr."

Wu Ying schrie auf. Die zwei drehten sich zu ihm um und sahen, dass er sich an den Kopf fasste. Sie hörten auf und zuckten gleichzeitig reuevoll zusammen, weil sie ihren spirituellen Druck wieder entfesselt hatten, und beide zogen ihre Energie zurück. Aber diesmal waren ihre vereinte Stärke, seine vorangegangenen Verletzungen und die große Menge an Alkohol – mit Chi verstärkt und vergiftet –, die sie konsumiert hatten, zu viel.

Sein Kopf prallte am Tisch ab, bevor er ganz zu Boden rutschte. Durch seine geschädigten Ohren hörte Wu Ying alarmierte Worte klingeln und fiel endlich in Ohnmacht.

Kapitel 41

"Ihr habt Euch gut geschlagen", sagte der Laoban Yang und beäugte Wu Ying, als er aus der Benommenheit seiner Kultivation erwachte. Der ältere Mann saß auf einem der vielen Felsen, aus denen der Felsgarten bestand, und hockte im Schneidersitz auf der scharfen Spitze.

Es waren einige Tage vergangen, seit Wu Ying das Bewusstsein verloren hatte. Seitdem hatte man ihm aufgezwungen, sich im Gasthaus zu erholen und die neu strukturierte Methode des Immervollen Weinkrugs zu trainieren. Zum Glück hatte es keine weiteren Kämpfe gegeben, nachdem der Bettler Soh am nächsten Morgen gegangen war und sich mit einem halben Dutzend gerupfter und geschmorter Hühner und einem Topf voll gekochtem Reis verdrückt hatte.

"Ich danke Euch." Wu Ying atmete einen Mund voll trüber Luft aus und beobachtete, wie sie verschwand und von einem Windstoß davongetragen wurde und stand mit einer fließenden Bewegung auf. "Die neue Technik ist ungemein stärker als das Original. Ich muss zugeben, dass mich der Aufschrieb des Meisters Soh immer noch beschäftigt."

"Ha! Habt Ihr immer noch keinen passenden Namen gefunden?" Der Laoban Yang klopfte sich auf den rechten Schenkel. Seine Bewegungen verursachten nicht einmal das leiseste Wackeln, während er auf seinem eigenartigen Platz kauerte. "Sicherlich habt Ihr doch zuvor schon einmal Techniken benannt."

"Nur eine", gestand Wu Ying.

"Hm", machte der Laoban Yang. "Ich schätze, Ihr seid noch jung ..."

"Und damit beschäftigt, mich zu kultivieren", meinte Wu Ying und erinnerte sich an die Bemerkung des Bettlers Soh. "Techniken zu kreieren und zu benennen stand nicht besonders weit oben auf meiner Liste." Er zuckte mit den Schultern. "Ich fürchte, ich habe kein Talent dafür."

"Es ist nichts falsch daran, in die Fußstapfen seiner Ranghöheren zu treten. Die Erschaffung von Techniken ist nichts weiter als eine Ansammlung an Wissen, die sich mit Blitzen der Erkenntnis vermischt." Er wies auf das leere Gasthaus und den geschäftigen Handelsposten. "Manche sind darin talentierter als andere. Ich selbst habe nur etwa ein halbes Dutzend verfasst."

Wu Ying senkte anerkennend seinen Kopf, obwohl er entschied, nicht anzumerken, dass ein halbes Dutzend keine geringe Zahl war. Andererseits war der Vergleich ein Spaßverderber und es würde sicher jedem Sorgen bereiten, mit einem Genie wie seiner Frau zu leben und mit dem berüchtigten Bettler Soh befreundet zu sein.

"Aber um auf das eigentliche Thema zurückzukommen ..." Der Laoban stützte seinen Kopf auf einer Hand ab und brummte nachdenklich. "Wie wäre es mit dem Kultivationssturm des Drachen?"

"Ich befürchte, ich würde eine solch schwache Verbindung zu sehr beanspruchen", meinte Wu Ying. "Jedenfalls gibt es so viele Texte mit Drachen im Namen, dass er einfach in Vergessenheit geraten würde."

"Stimmt, stimmt. Also keine Pflaumenblüten, Lotus, Phönixe, Regenfall, Feuer oder Wasserfälle. Oder etwas, das mit dem Himmel oder der Hölle oder deren Umsturz zu tun hat."

Wu Ying nickte bestimmt.

"Schwierig, schwierig. Ich habe meine Technik einfach nach mir benannt ..." Der Laoban Yang grinste. "Die Familientechniken der Yang ist mehr als ausreichend!"

"Die Faust der Yang-Familie. Der Fuß der Yang-Familie. Der Wurf der Yang-Familie. Die verschluckten Teigtaschen der Yang-Familie!"

"Ja, ja, ja, ja ... wartet!" Der Laoban drehte sich auf seinem Platz um, bewegte sich zu schnell und fiel nach unten zu Boden.

"Der Alkoholkonsum der Yang-Familie. Die Darmreinigung der Yang-Familie."

"Das war eine wichtige Technik!", wehrte sich der nervöse Vater und fuchtelte auf seinem Platz am Boden hilflos mit den Händen.

"Die Flammenkontrolle der Yang-Familie", beendete Yang Mu – die älteste Tochter – die Aufzählung, während sie aus dem Gasthaus trat. "Habe ich irgendetwas vergessen, Vater?"

"Du solltest einem Fremden nicht unsere Techniken verraten", beteuerte der Laoban, stand auf und klopfte sich den Staub ab.

"Unser Gast wird es niemandem verraten. Er ist wohlerzogen, hat einen guten Ruf und genießt ein hohes Ansehen bei den Stämmen, Sekten und fahrenden Kultivatoren", zählte das Mädchen auf, wobei sie die Hände in die

Hüften gestemmt hatte und ihren Vater böse anschaute. "Im Gegensatz zu jemandem, der ein Gasthaus führt, das die ganzen Gewinne seiner Ehefrau verschlingt!"

Der Mann stieß ein langgezogenes Seufzen aus und klammerte sich an seine Brust. Er wandte sich zu Wu Ying und sagte: "Seht Ihr, was passiert, wenn die Kinder erwachsen werden? Sie wenden sich gegen einen. Ach, ich erinnere mich an eine Zeit, in der meine kleine Mu auf mich zugerannt kam, ihr blanker Hintern im Wind geflattert hat und sie mein Bein hochgekrabbelt ist, noch bevor ihre Mutter damit fertig war, sie anzuziehen! Jetzt ist alles, was sie tun kann, mich zu beschuldigen, die Liebe meines Lebens zu betrügen."

Die Tochter lief rot an, zuckte mit einer Hand und ließ einen Metallpfeil auf ihren Vater zufliegen. Er fing ihn problemlos ab, aber nicht, ehe Yang Mu auf dem Absatz kehrt gemacht hatte und davonstolziert war.

"Ich scheue mich, das anzumerken, aber sind Eure Worte vielleicht mit ein Grund, warum sie sich so gegen Euch stellt?", fragte Wu Ying sanft. Er hatte nicht den Drang, sich zwischen die Familie zu stellen, aber sie waren mehr als großzügig ihm gegenüber gewesen, sodass er eine gewisse Pflicht verspürte.

"Oh, mit Sicherheit! Aber Yang Mu hängt seit Monaten mit ihrer Kultivation fest. Sie muss einen neuen Weg beschreiten, um Erleuchtung zu erlangen, aber weigert sich, das zu tun. Sie ist durch Liebe und Rücksicht an diesen Ort gebunden, also muss ich sie zum Gehen bewegen." Er neigte den Kopf zur Seite und schaute Wu Ying an. "Ganz anders als jemanden, der nicht stillstehen kann. Ihr seid schon zum Aufbruch bereit, oder?"

"Ich ..." Wu Ying zögerte, dann nickte er. "Das bin ich. Ich habe die Grundlagen der Technik des Sturmatems gemeistert. Den Rest kann ich üben, während ich unterwegs bin."

"Der Sturmatem. Seid Ihr gerade eben darauf gekommen?" Als Wu Ying nickte, tat dies auch der Mann. "Das gefällt mir."

Wu Ying honorierte seine Worte, während er seine Sinne in sich schickte, um die Technik zu überprüfen. Die tiefe Spirale, die Energie zu ihm zog, war verschwunden, auch aus seinem Dantian und seinen Meridianen. An ihrer statt entsprang der Sturm weit außerhalb seiner selbst und bediente sich durch kleinste Spuren seines Chis und seiner Dao-Intention an der äußeren Umgebung.

Die Wind-Energie in der Umgebung, die er so berührte, bewegte sich, wie er es befahl, und bildete einen Strudel, der viele Li breit war, sodass seine Bewegung für andere nicht wahrnehmbar war, solange sie nicht wussten, wonach sie suchen mussten. Das Ende des Strudels bildete Wu Ying, aber man würde es als eine kleine Steigerung der Kultivationsgeschwindigkeit wahrnehmen, je näher man ihm kam und das Wind-Chi der Umgebung würde sich immer weiter auf ihn einstimmen.

Auf diese Weise war er für die meisten unsichtbar, wenn er auf Wu Ying zufloss, und drang in seiner Gänze in seine Form ein und floss ohne Hindernis durch seine Aura und seinen Körper. Er musste nicht länger andere Formen von Chi abstoßen, denn die Art, die er benötigte, war bereits auf dem Weg zu ihm.

Genau wie der eigentliche Kürbis war der neue Sturmatem ebenso subtil wie mächtig und erhöhte im Vergleich mit seiner vorherigen Technik die Geschwindigkeit von Wu Yings Bewegungen als auch seiner Kultivation um das zwei- oder dreifache.

Noch wichtiger war, dass diese neue Methode nicht aufzuspüren war. Anders als seine alte Methode, die Wu Ying oft nicht mehr benutzen konnte, wenn er in der tiefen Wildnis war, aus Angst, dass Seelenbestien des Kerns oder der Aufkeimenden Seele ihn bemerken könnten. Jedenfalls in der Theorie. Denn noch hatte er sie nicht auf die Probe gestellt.

"Wo werdet Ihr hingehen?", fragte der Laoban.

"Nach Süden", antwortete Wu Ying mit einem schwachen Lächeln. "Der Wind ruft mich."

"Ah." Der Laoban verzog das Gesicht. "Die Gerüchte darüber, was im Königreich der Dai vor sich geht, sind beunruhigend."

"Ich muss zugeben, dass ich sie nicht gut kenne", meinte Wu Ying. Er hatte vorgehabt, weitere Informationen zu sammeln, während er weiter nach Süden ging und örtliche Buchläden und Bibliotheken zu besuchen, um dazuzulernen. Schließlich hatte er diese Lektion gelernt. Allerdings war die Inhaberin nicht die richtige Person, von der er solch profane Informationen bekommen könnte.

Jedenfalls hatte er das geglaubt.

"Unsere Geschichte mit ihnen ist kompliziert. Manche betrachten sie als nichts weiter als ein weiteres, zersplittertes Königreich aus der Zeit des Gelben Herrschers. Andere jedoch halten sie für Barbaren. Ihre Bräuche sind nicht die unseren, obwohl sie viele Ähnlichkeiten teilen." Der Laoban winkte das Thema ab. "All diese Dinge sind für jemanden wie Euch unwichtig. Wichtiger ist, dass sie nur dem Namen nach ein Königreich sind, aber eigentlich aus einer Ansammlung an Städten bestehen, die das umliegende Land kontrollieren, während sie einen wild wuchernden Wald zurückhalten. Ein Wald, der dämonische und Seelenbestien in größerer Zahl hervorbringt als viele als natürlich bezeichnen würden."

Wu Ying erinnerte sich jetzt an die Unterhaltung darüber, wie viele Bestiensteine der Monster, die die Grenzen zivilisierter Orte überschritten hatten, die nach Norden kamen. An Geschichten von Wäldern, die über Nacht nachwuchsen, und Holzfällerdörfern, von denen man nichts mehr hörte und die von fahrenden Händlern leer und mit blutverschmierten, verbliebenen Häusern vorgefunden wurden.

"Also erinnert Ihr Euch an die Geschichten.

"Ja. Aber ich habe mir vorgestellt, dass sie viel weiter als die Dai entfernt liegen ...", gab Wu Ying zu.

"Ha! Nur ein Wanderer wie Ihr würdet eine Entfernung von einigen tausend Li als kurz erachten."

Für eine solche Anschuldigung gab es keine passende Antwort, also zuckte Wu Ying mit den Schultern.

"Nun, jedenfalls ist es die Grenze – und die verzauberten Wälder, die in der Nähe sind –, in der eine beachtliche Zahl an Steinen auftaucht. Das hat die Königreiche nahe der Grenze wohlhabend und arrogant werden lassen", erklärte der Laoban. "Aber auch das ist nicht das, was uns beschäftigt."

"Was ist es dann, Ranghöherer?"

"Gerüchte über etwas Dunkleres, das im südlichen Wald heranwächst. Etwas Gefährliches. Meine Frau hat es in den Steinen gesehen, die wir aus dem Süden erhalten. Mehr dämonische Steine als früher. Größer und noch korrumpierter. Gewissermaßen verzerrt. Nur nützlich, um die grundlegendsten Formationen mit Energie zu versorgen." Er schüttelte den Kopf. "Normalerweise würde ich nicht einmal über solche Gerüchte sprechen. Die meisten unserer Gäste werden nie so weit nach Süden reisen, oder haben, wenn sie das tun, eine Möglichkeit, es mit eigenen Augen zu sehen. Aber ..."

"Ich bin ein Sammler. Und ich gehe dorthin, wo die dämonischen Bestien hingehen."

"Ja."

Wu Ying senkte sein Haupt und flüsterte Dankesworte, hörte aber auf, als der Laoban eine Hand hob.

"Ich habe eine letzte Bitte."

Wu Yings Magen verkrampfte sich, denn er wusste, was der Mann fragen würde. Sein Kopf drehte sich und fragte sich, ob all seine Großzügigkeit und all die Fürsorge, die ihm entgegengebracht worden war, und selbst die Abmachungen Teil eines ausgeklügelten Plans waren. Dann verdrängte er diese lieblosen Gedanken, um ihm zuzuhören.

"Haltet ein Auge nach Schwierigkeiten offen. Wenn das, was wir festgestellt haben, eine unnatürliche Veränderung, eine Neigung zum Dämonischen ist, dann bitten wir Euch, zu tun, was Ihr könnt."

Wu Ying atmete leicht aus, weil er die Worte hörte, die er befürchtet hatte. Aber zur selben Zeit fühlte er, wie der himmlische Wind wehte und diese scharfe, erbarmungslose Struktur mit sich brachte. Er drückte gegen seine Roben, drang in seinen Körper ein und bedrängte seine Seele mit seinen Forderungen.

Die Befehle des Himmels, die durch die Winde von jenen dort oben zu ihnen getragen wurden. Eine Anweisung, etwas Garstiges, etwas Dunkles im Süden aufzuspüren. Und vielleicht eine letzte Belohnung – ein Verständnis für den Wind, den er so lange gesucht hatte, ein Gespür für seine Vielschichtigkeit.

Denn wie konnte er den Himmeln hinterherjagen und sich doch nicht ihren Befehlen beugen?

Der Laoban bemerkte Wu Yings Zögern und sprach weiter. "Faules Fleisch sollte man abschneiden und entsorgen, lange bevor es das Gericht verdirbt. Wenn man es nicht beachtet, wird es nur schlimmer. Am besten kocht man das Fleisch gleich richtig, ehe es den Rest der Vorratskammer ruiniert.

"Natürlich. Genauso ist es mit der Wurzelfäule", stimmte Wu Ying zu. "Ich werde gehen und wenn das Schicksal mich auf den richtigen Pfad führt und der Wind auf solche Weise weht ..."

"Guter Mann." Eine große Hand legte sich auf Wu Yings Schulter, bevor der Laoban zurücktrat und wieder nach drinnen ging. "Ich werde meiner Frau sagen, dass Ihr uns bald verlasst. Sie wird traurig sein, dass Ihr geht, aber auch dankbar, dass Ihr Euch die Sache anschaut. Es ist schwer, einen Laden zu führen, wenn alle eintreffenden Waren minderwertig sind."

Wu Ying schniefte und beobachtete, wie der Mann wieder ein profitgieriges Gesicht aufsetzte. Er und seine Frau mochten zwar kein Teil einer orthodoxen Sekte sein – obwohl Wu Ying auch daran seine Zweifel hatte–, aber sie waren ohne Zweifel mehr als nur ein Händlerpaar.

Ein ungewöhnliches Paar, das ungewöhnliche Kundschaft anzog. Aber das war schließlich der Grund gewesen, warum er hierhergekommen war.

***

"Ich danke Euch dafür, dass Ihr Euch bereit erklärt habt, Euch mein kleineres Problem anzusehen, dass ich nur noch schwer unbefleckte Kerne bekomme", sagte die Inhaberin Yang nicht einmal eine Stunde später. Die zwei saßen in einem Privatzimmer und die Waren, die sich Wu Ying angesehen hatte, waren vor ihnen ausgebreitet. "Aber Ihr versteht natürlich, dass ein Geschäft ein Geschäft ist?"

"Das tue ich." Wu Ying ließ den Blick über die Formationen vor ihnen gleiten. Er hatte die Verschleierungsformation beiseite gelegt, damit er sich erholen konnte. Sie hatten sich auch über eine einfache erdaspektierte Schutzformation – Die Umarmung der Erde – unterhalten und beschlossen, dass sie über ihn wachen sollte. Es war eine unansehnliche Formation, die die Erde selbst einbezog, um eine schützende Kuppel zu bilden, aber sie hatte den Vorteil, dass sie – wegen ihrer Eigenschaften – günstig und wiederverwendbar war. Jetzt diskutierten sie über die letzte Formation, die

Wu Ying vorhatte, zu kaufen. "Aber sicherlich könnt Ihr noch etwas am Preis machen."

"Bei einer Tötungsformation, die aus der Dao-Konzeption eines Daokämpfers auf der Stufe des Herzens erschaffen wurde, der auf dem Pfad des Blutes und des Gemetzels gewandelt ist?" Die Inhaberin Yang schüttelte bestimmt den Kopf. "Glaubt Ihr, solche Formationen sind einfach herzustellen oder zu bekommen? Dass die Nachfrage nach ihnen nicht hoch ist?"

"Natürlich nicht. Aber wie wirksam ist sie, wenn er nur das Herz des Daos erlangt hat?", fragte Wu Ying. "Ich selbst habe das Herz des Jians erreicht. Es ist nicht so selten ..."

"Da spricht das Schwertgenie! Nicht einmal einer unter tausend Kampfkunstkultivatoren erlangt das Herz seiner Waffe. Und Ihr sprecht, als wäre es so einfach wie Gold unter einem Stein zu finden."

"Man muss einfach nur genug Steine anheben."

"Dann schnitzt Euch Eure eigene Jian-basierte Tötungsformation!"

"Vielleicht werde ich das."

Ihre Finger berührten den Rand der Formationsflagge und sie wirkte, als ließe seine bissige Antwort sie zögern. "Ist Euch klar, was Ihr da verlangt? Diese Formation kann sogar jemanden auf der Stufe der Aufkeimenden Seele töten. Sie kann nur einmal eingesetzt werden, aber wenn ein Formationsmeister das richtig tut, wird sie auf jeden Fall denjenigen töten, der in ihrer Mitte ist." Sie neigte ihren Kopf zur Seite und fügte hinzu: "Wenn Ihr sie einsetzt, würde diese Person wahrscheinlich nur schwer verletzt werden. Dennoch kann es ein lebensrettender Gegenstand sein, den man in der Hinterhand hat. Wenn Ihr nicht der wärt, der Ihr seid, wenn Euer Herz nicht so rein wäre ... dann würde ich sie nicht hergeben. Auch jetzt habe ich große Sorge."

Wu Ying senkte anerkennend sein Haupt. Gute Taten, die man weit und breit verbreitete, neigten dazu, überraschende Früchte zu tragen. Doch das hatte auch dafür gesorgt, dass er in der Nacht geflohen war, wenn andere versuchten, ihn zu bestehlen. Und so weiter. Und so fort.

"Ich verstehe, Inhaberin Yang. Aber ich weigere mich, den Süden zu betreten und zu tun, was Ihr wollt, ohne zumindest ein paar Dinge zu haben, die mein Überleben sichern."

"Wir könnten einen Fluchttalisman zur Verfügung stellen", antwortete die Inhaberin Yang. "Wir haben unzählige Seelenpferde – sogar eines des Mondlichtreiters. Und dann gibt es da die Erdtunnel der Zehntausend Schritte, oder wenn ihr einen hölzernen Weg bevorzugt, der Talisman des Baumes und der Wurzel."

"Erzählt mir mehr."

Wu Ying hörte zu und gewann schnell ein Verständnis. Der Seelentalisman des Mondlichtreiters war nichts weiter als eine Variante des grundlegenden Talismans des Seelenpferdes, der nachts am stärksten war. Mit ihm konnte man sich so schnell wie das Mondlicht selbst bewegen, jedenfalls pflegte der Erschaffer das zu behaupten. In Wahrheit war das Seelenpferd des Mondlichts, das der Talisman beschwor, nur dreimal schneller als ein gewöhnliches Seelenpferd. Oder etwa so schnell wie Wu Ying, wenn er die *Windschritte* benutzte.

Der Talisman der Erdflucht wirkte durch die Kontrolle der Dao-Konzeptionen des Erschaffers und würde Wu Ying für ungefähr zehntausend Schritte über den Boden ziehen. Er würde ihn aus einer unmittelbaren Gefahrensituation befreien, solange er auf dem Boden stand, ihn dort hineinsaugen und in die von ihm gewünschte Richtung leiten.

Der Talisman des Baumes und der Wurzel war ähnlich, aber sein letztendlicher Austrittspunkt war willkürlicher, weil die Pflanzen durch eine Wurzel oder irgendeine Art von vernetzten Zweigen miteinander verbunden sein mussten. Kleinere Lücken konnten übersprungen werden, aber das verbrauchte die Energie im Talisman.

"Die sind gut. Ich nehme den Fluchttalisman der Erdtunnel der Zehntausend Schritte. Und vielleicht den Talisman der Einen Wurzel, wenn er nicht zu teuer ist." Leider würde die Effektivität beider Talismane etwas abnehmen, wenn sie von jemandem mit einem Windkörper benutzt wurden. Aber weil niemand erwarten würde, dass jemand mit einer solchen Fähigkeit derlei Talismane besitzt, empfand er sie als lohnenswert. "Aber ich will immer noch die Tötungsformation."

Die Inhaberin stieß ein langgezogenes, frustriertes Schnauben aus und nickte. "Oh, na dann gut. Ich berechne Euch dafür immer noch meinen vollen Preis, müsst Ihr wissen."

Als Wu Ying nickte, lächelte sie leicht. Der Preis war schwindelerregend – eine große Zahl der Kerne, die er auf seinen Reisen erhalten hatte und viele seiner selteneren Pflanzen. Auch durch die Jahre, die er in der abgeschotteten Kultivation verbracht hatte, war nur das wieder nachgewachsen, was er davor verloren hatte, sodass er nach diesem Handel ziemlich mittellos war. Jedenfalls, bis noch ein paar Jahre vergangen waren und er sein Lager wieder nachgezüchtet oder er etwas Selteneres gefunden hatte.

Wobei die Reise in den Süden, wenn er ehrlich war, von großem Vorteil sein könnte.

"Was braucht Ihr noch, Kultivator Long? Noch ein Schwert?"

Wu Ying schaute auf das einzige Schwert auf Seelenlevel, das er bei sich trug. Es war über die Jahre abgenutzt worden, war aber immer noch in gutem Zustand. Zum Glück hatte er nicht versucht, es gegen etwas zu Hartes einzusetzen – wie die Schuppen eines Drachen. Abgesehen von dem kürzeren Schwert, das er vom Viscount bekommen hatte, fehlte es im tatsächlich an Schwertern auf geeignetem Level. "Ein Jian von gleicher Qualität, wenn Ihr eines habt. Zwei, wenn der Preis stimmt."

"Und einen Bogen?"

Wu Ying schüttelte den Kopf. Er hatte es wieder einmal abgelegt, einen Bogen zu benutzen. Seit er stärker und schneller geworden war, brauchte er keine Fernkampfwaffe mehr. Es war vergebene Liebesmüh, zu versuchen, einem Kernkultivator ebenbürtig zu sein, der sich auf den Bogen spezialisiert hatte, zumindest hatte er das im Norden gelernt. Es war besser, sich auf sein Training zu konzentrieren.

"Gewiss. Warum würde der Wind einen Bogen brauchen?" Sie nickte. "Ich weiß, dass Ihr keine Rüstung braucht, denn wir haben einen Blick auf das erhascht, was Ihr unter Euren Roben tragt."

Überraschenderweise war die Smaragdrüstung, die er sich besorgt hatte, gut dafür geeignet, um regelmäßig getragen zu werden, da er sie gut unter seinen Roben verstecken konnte. Außer natürlich, er fiel wegen eines wiederholten Zusammenpralls der Daos von Kultivatoren der Aufkeimenden Seele und weil er vergiftet wurde, in Ohnmacht.

"Die Korallendrachenschuppen werden mir gute Dienste leisten", stimmte Wu Ying zu. Natürlich waren es keine echten Drachenschuppen, sondern nur ein beliebter Name für die filigrane Handwerkskunst der Schuppenrüstung. "Ich bin dankbar, dass ich sie habe."

"Das solltet Ihr auch sein. Ein Heiligen-Jian ... Ich habe drei hier, aber ich bin nur bereit, eines davon an Euch abzutreten. Ein Händler muss einen Vorrat für all seine Kunden halten und wenn Ihr vorhabt, meine Tötungsformation mitzunehmen ...", meinte die Inhaberin Yang mit einem kurzen, geheimnisvollen Lächeln.

Wu Ying lächelte zurück und schüttelte den Kopf. "Es stimmt, dass es mir gefällt, Schwerter zu sammeln, Ranghöhere Yang. Aber ich bin weder ein Schwertheiliger noch ein Schwertfanatiker. Ihr könnt mich nicht mit weiteren Klingen bestechen, nicht, wenn das bedeutet, dass ich ein lebensrettendes Mittel aufgeben muss."

Sie lachte und lehnte sich zurück. "Bin ich so einfach zu durchschauen? Ein Baby im Wickeltuch liest mich wie ein Meisterhändler. All meine Jahre der Erfahrung sind nur noch Asche vor Euren Augen."

"Und jetzt spielt Ihr den Dummkopf." Doch Wu Yings Lippen verzogen sich trotzdem zu einem leichten Lächeln. "Vielleicht hättet Ihr mich überlisten können, wenn ich nicht beobachtet hätte, wie Ihr dasselbe mit dem Meister Soh und Eurem Ehemann gemacht habt." Er nickte in Richtung ihrer Hand, die sie zwischenzeitlich von der Tötungsformationsflagge genommen hatte. "Noch wollt Ihr nicht wirklich, dass ich ohne diese Formation gehe. Ich glaube, Ihr habt wie ich eine Ahnung, dass ich sie brauchen werde. Oder etwas noch stärkeres."

Seine gewagten Worte wurden mit Schweigen belohnt, ehe die Frau seufzte. "Ihr sprecht die Wahrheit. Ich habe eine Vorahnung in mir, dass wir Euch bitten, mit Schweinefett eingeschmiert in die Höhle des Tigers zu gehen."

"Umso besser, den Tiger nach draußen zu locken, oder?"

"Und doch müsst Ihr noch den Durchbruch schaffen."

"Ich bin ein Körperkultivator, Ranghöhere. Ich entwickele mich anders", antwortete Wu Ying und berührte seine Brust. "Obwohl ich auch die Seele kultiviere."

"So wie wir alle. Ihr seid weise, dass Ihr sie beide entwickelt. Aber das, was da kommen mag ..." Sie schloss ihre Augen, dann öffnete sie sie wieder und schob die Flaggen zu ihm. "Bleibt sitzen. Ich hole das Jian, dann werden wir über den endgültigen Preis sprechen."

Wu Ying nickte und beobachtete, wie sie ging. Unbewusst zog er die Tötungsformation näher zu sich. Vielleicht war es die Intuition, eine Vorhersage des wahren Daos, oder ein Hinweis der Himmel. Er wusste nur, dass er sie auf seiner Reise brauchen würde.

Und nicht nur das.

***

Der Tempel erhob sich hinter seinem Rücken. Er hatte ihn und die Statue der Göttin der Gnade noch einmal besucht, obwohl sein Besuch kurz gewesen war. Die Winde des Himmels wehten stark an diesem Ort und schoben ihn nach Süden, während sie von dunkleren Geheimnissen flüsterten, die es zu hören gab. In der Gegenwart der himmlischen Befehle und bösen Omen fand Wu Ying erneut Erleuchtung. Sein Gespür für die Winde des Himmels wurden endlich stark genug, sodass er ihre Anwesenheit aufspüren konnte.

Er konnte sie nicht verstehen oder begreifen, nicht ganz. Aber zum ersten Mal hatte er ein Gefühl dafür, für die Spuren des Windes in seinem Geist und seiner Seele. Hier, wo eine Familie aus Kultivatoren mit den gemeingültigen Bräuchen brach, wo sie lebten und lachten und wie Sterbliche füreinander sorgten, hatte er den Willen des Himmels gefunden.

Jetzt ging er mit großen Schritten auf der Straße entlang und beschloss, diese Reise zu Fuß zu beginnen. Er machte eine Pause, als er um die Ecke bog, und warf einen langen Blick hinter sich. Er berührte seinen neuen Ring der Aufbewahrung – er war viel größer und leichter und er hatte ihn gegen viele der kleineren Ringe eingetauscht, die er in seinen Kämpfen in den letzten Jahren errungen hatte. In ihm befanden sich die Formationen, Fluchttalismane und Pillen, die er gekauft hatte.

Er streichelte den Seelenring der Welt an seiner anderen Hand. Sein erster und frühester bedeutsamer Fund. Er würde später mit dem neu erworbenen Jian trainieren, um ihm den gebührenden Respekt entgegenzubringen. Um sein Verständnis für die Waffe zu erweitern, um an seinen Formen zu arbeiten.

Wu Ying atmete aus, schaute zum Himmel, blendete die Stimmen aus, die aus dem Handelsposten und von den Gläubigen, die an ihm vorbeigingen, kamen und hörte stattdessen dem Wind zu. Er spürte die Veränderung in der Luft, den schweren Druck, der auf seinen Schultern lastete und das drängende Flüstern, das kein Flüstern war. Er nahm sogar den Geruch von etwas Ranzigem wahr, etwas Verdorbenes wie angebranntes Öl und vergammeltes Fleisch, als der südliche Wind dies bei sich trug. Geisterhafte Finger strichen über sein Gesicht und an seinem Hals entlang. Ein kleiner Vorgeschmack auf das, was noch auf ihn zukam.

Gerade genug, um ihn in Alarmbereitschaft zu versetzen.

Wu Ying fühlte, wie die Sonne auf sein Gesicht schien. Er war während des letzten Jahrzehnts und seit er die Sekte verlassen hatte stark geworden. Er hatte seinen Kern geschichtet und ein Verständnis und eine Akzeptanz für die fünf sterblichen Winde erlangt. Er hatte sich mit dem himmlischen Wind weiterentwickelt und war im Inbegriff, den letzten unsterblichen Wind zu begreifen.

Seine eigene Schwertform bildete sich jeden Tag weiter. Eine Bewegung hatte er perfektioniert und zwei andere waren dabei, zu erblühen. Er hatte unzählige Werkzeuge und Waffen, eine schillernde Rüstung und Kultivationstechniken und Übungen, die es ihm ermöglichten, mit dem Wind zu tanzen und unentdeckt durch die dunkelsten Wälder zu reisen.

Er hatte viel in diesen Jahren erreicht.

Und jetzt, schien es, war seine Flucht vor den Strapazen des Himmels und der Hölle vorbei. Er würde nach Süden reisen und nach dem Problem suchen, ganz gleich, was er dem Laoban gesagt hatte. Er würde etwas über den besorgniserregenden Anstieg an Dämonenbestien herausfinden und für ihre und die Auslöschung derer sorgen, die zu ihrer Entstehung beigetragen haben mochten. Er würde die Welt in Ordnung bringen.

Denn der Himmel befahl und der Mensch folgte. Andernfalls würde sich alles wandeln und vergehen.

###
Das Ende von *Die dritte Dimension*
Hier geht es zum Bonusepilog:
https://www.mylifemytao.com/?page_id=9139
Verfolg Wu Yings Reise weiter in Der dritte Schnitt!

Nachwort

Nun, es war eine Menge Arbeit, dieses Buch zu Ende zu bringen. Es ist mit Abstand das längste Buch zu *Ein Tausend Li* und ich hoffe, es wird auch das längste bleiben. Anders als die anderen Bücher ist es eher ein Reisebericht, der die zehn Jahre umfassen soll, die Wu Ying als Kernkultivator verbringt und in denen er die fünf Winde und sein enormes Wachstum meistert. Deshalb musste ich eine Reihe an Kurzgeschichten schreiben, die mit der Haupthandlung verbunden sind, sodass der Leser Wu Yings gesamte Reise versteht, während ich die Vielschichtigkeit des Universums von *Ein Tausend Li* aufzeige.

Ich hoffe wirklich, dass euch das Buch genauso gefallen hat, wie ich Gefallen daran hatte, es zu schreiben. Das nächste Buch – *Der dritte Schnitt* – wird weitaus angespannter sein, denn es konzentriert sich auf Ereignisse, die schwerwiegende Folgen für Wu Ying und die Sekte des Sattgrünen Wassers haben werden.

Ja, ich habe die Sekte in der Tat nicht vergessen. Sie wird ab Buch 10 (und vielleicht sogar davor!) wieder einen Auftritt haben.

Wie immer danke ich euch von ganzem Herzen für die Unterstützung und freue mich, dass ihr Wu Yings Reise zur Unsterblichkeit folgt. Bitte hinterlasst eine Rezension und schaut euch meine vielen anderen Werke an, wenn ihr die Zeit dazu findet.

Buch 9 wird lange über Patreon verfügbar sein, bevor es auf die üblichen Buchhändler erscheint. Außerdem gibt es dort einen kostenlosen Roman, der von einem jugendlichen Meister Cheng handelt. Alle Abonnenten des Action Fantasy Book Club haben Zugriff darauf.

Der beste Weg, um weitere Informationen darüber zu erhalten, woran ich gerade arbeite oder schreibe, ist nach wie vor mein Newsletter.

Auf Wiedersehen im nächsten Buch!

– Tao

Über den Autor

Tao Wong ist ein kanadischer Autor, der in Toronto lebt und am besten für seine postapokalyptische LitRPG-Serie *Die System-Apokalypse* und *Ein Tausend Li*, einer chinesischen Xianxia-Fantasyserie, bekannt ist. Seine Werke wurden in Form von Hörbüchern, Taschenbüchern, gebundenen Büchern und als eBook veröffentlicht und auf Deutsch, Spanisch, Portugiesisch, Russisch und in andere Sprachen übersetzt. Er wurde für den UK Kindle Storyteller award 2021 für sein Buch *Ein Tausend Li: Die zweite Sekte* in die engere Auswahl genommen. Wenn er nicht gerade schreibt oder arbeitet, dann trainiert er seine Kampfkünste, liest und erträumt sich neue Welten.

2019 wurde Tao zum Vollzeitautor und ist Mitglied der SF Canada, der Science Fiction and Fantasy Writers of America (SFWA) und der ALLI.

Wenn ihr Tao direkt unterstützen wollt, schaut auf seinem Patreon vorbei – die Vorteile für Patrons beinhalten eine Vorschau zu all seinen Büchern, vollen Zugriff zu Kurzgeschichten seiner Serien und andere exklusive Vorteile.

- Tao Wongs Patreon
  https://www.patreon.com/taowong

Zu Updates zu dieser und anderen seiner Buchreihen (und besonderen One-Shot Erzählungen), besucht bitte seine Website: https://www.mylifemytao.com

Abonnenten von Taos Mailingliste erhalten exklusiven Zugang zu Kurzgeschichten aus dem Universum von Ein Tausend Li und der System-Apokalypse. https://www.mylifemytao.com/newsletter-eintragen/

Ich leite ebenfalls eine Facebook-Gruppe zu den Themen Wuxia, Xianxia und insbesondere zum Thema Kultivationsromane. Wir würden uns freuen, wenn du uns beitrittst:

- Progression Fantasy-, Kultivations- und LitRPG-Romane auf Deutsch
  https://www.facebook.com/groups/kultivationsundlitrpgromane
- meiner Kultivationsroman-Gruppe auf English für weitere Empfehlungen und zur Diskussion über die Ein Tausend Li Reihe bei
  https://www.facebook.com/groups/cultivationnovels/

Weitere tolle Informationen über LitRPG-Serien findest du in den Facebook-Gruppen:
- Deutschsprachige LitRPG
  https://www.facebook.com/groups/deutsche.litrpg/
- GameLit Society

https://www.facebook.com/groups/LitRPGsociety/
- LitRPG Books

https://www.facebook.com/groups/LitRPG.books/

Glossar

Auraverstärkungsübung – Kultivationsübung, die es Wu Ying ermöglicht, seine Aura zu kontrollieren und sein Chi in sich zu halten, was seine Kultivation effizienter macht und den meisten den Eindruck vermittelt, dass seine Kultivation auf einem niedrigeren Level als tatsächlich ist.

Klingenenergie/-chi – Eine bestimmte Art von Energie, die von Kultivatoren genutzt wird, die ein Verständnis für ihre Waffe entwickelt haben. Kann für höheren Schaden projiziert werden.

Körperreinigung – Die erste Stufe der Kultivation, in der der Kultivator seinen Körper von angesammelten Verunreinigungen reinigen muss. Insgesamt hat sie zwölf Stufen.

Cangue – Ein hölzerner Pranger, in den Kopf und Arme weit genug voneinander entfernt platziert werden, sodass der Gefangene sich nicht selbstständig ernähren kann.

Cao – Fuck

Kätti – Eine Gewichtseinheit. Ein Kätti entspricht etwa eineinhalb Pfund oder 604 Gramm. Ein Tael ist 1/16tel eines Kättis.

Chi (oder Qi) – Ich benutze hier das kantonesische Pinyin anstelle des üblicheren Mandarin-Pinyin. Chi ist Lebenskraft/-energie und durchdringt alle Dinge im Universum, ganz besonders fließt es durch Lebewesen.

Chipunkte (auch bekannt als Akupunkturpunkte) – Stellen im Körper, die, wenn sie getroffen, gedrückt oder anderweitig berührt werden, den Fluss des Chis beeinflussen können. Die traditionelle Akupunktur nutzt diese Punkte im positiven Sinne.

Cì Kè (刺客) – Menschen, die in Kampfkünsten trainiert sind, die für Meuchelmorde und das Spionieren gedacht sind. Dazu zählen Gifte, Tarnung, die Verschmelzung mit der Dunkelheit und vieles anderes.

Congee – Chinesischer Reisbrei. Am besten kocht man ihn mit Brühe, obwohl auch reines Wasser ausreicht. Acht Portionen Wasser oder Brühe auf eine Portion Reis geben und kochen, bis der Reis breiig ist. Fleisch, Fisch und andere Zutaten können hinzugefügt werden, um für Geschmack und zusätzliche Nährstoffe zu sorgen.

Kernformung – Die dritte Stufe der Kultivation. Wenn der Kultivator genügend Chi angesammelt hat, muss er einen "Kern" komprimierten Chis bilden. Die einzelnen Stufen der Kernformung reinigen und stärken den Kern.

Kultivationsübung – Eine ergänzende Übung, die die Handhabung von Chi im Körper eines Individuums verbessert. Kultivationsübungen sind den Kultivationsstilen untergeordnet.

Kultivationsstil – Eine Methode, um Chi im Körper eines Individuums zu manipulieren. Es gibt tausende Kultivationsübungen, die sich für unterschiedliche Konstitutionen, Meridiane und Blutlinien eignen.

Dào – Wörtlich übersetzt bedeutet dies "der Weg" (wird auch Tao gesprochen). Der wahre oder größere Dao beschreibt den allumfassenden Dao, den einen natürlichen Weg oder Pfad. Wird er nur als Dao bezeichnet, beschreibt er einen diesem untergeordneten Pfad oder untergeordnete Wahrheit.

Dāo – Ein chinesischer Säbel. Er ähnelt mehr einem westlichen Kavalleriesäbel, ist aber dicker und oftmals einschneidig. Er ist an seinem Ende gebogen, wo er dicker wird, was der Waffe zusätzliche Effizienz beim Schneiden verleiht.

Dantian – Der menschliche Körper hat insgesamt drei Dantian. Der am meisten bekannte ist der untere Dantian, der direkt über der Blase und ein Zoll tief im Körper liegt. Die anderen beiden befinden sich hinter der Brust und der Stirn, diese werden allerdings weniger oft genutzt. Man sagt, der Dantian ist das Zentrum des Chis.

Dunkle Sekten – Sie werden als "böse" Sekten betrachtet. Ihre Kultivationsmethoden und Daos nutzen dunklere Emotionen und beinhalten oftmals Blut- oder körperliche Opfergaben und das Stehlen des Chis von anderen.

Dämonische Sekten – Dämonische Sekten ziehen ihre Kraft nicht aus dem Chi der natürlichen Welt, sondern aus der Dämonenebene. Sie sind zwar nicht zwingend böse oder zerstörerisch wie die Dunklen Sekten, aber viele Dämonische Sekten werden aufgrund des Schadens, den ihre Anwesenheit in der natürlichen Ordnung der Welt verursachen kann, von Orthodoxen Sekten gejagt.

Die Sekte der Doppelten Seele und des Doppelten Körpers – Eine orthodoxe Sekte mit einer unorthodoxen Herangehensweise der Rekrutierung, die sich auf die Entwicklung von Individuen mit ungewöhnlichen Zusammenstellungen von Körper und Seele spezialisiert hat.

Drachenatem – Eine Chi-Projektionsattacke aus dem Familienstil der Long.

Elemente – Die Chinesen kennen traditionell fünf Elemente: Holz, Feuer, Erde, Metall und Wasser. Innerhalb dieser Elemente können zusätzliche Subelemente auftauchen (Beispiel – Luft bei Chao Kun und Eis bei Li Yao).

Energiespeicherung – Die zweite Stufe der Kultivation, bei der die kreisenden Meridiane der Energiespeicherung geöffnet werden. Diese Stufe erlaubt es Kultivatoren, ihr Chi zu projizieren, wobei die Menge des gespeicherten Chis und die projizierte Menge vom Level abhängig ist. Es gibt insgesamt acht Level.

Ketzerische Sekten – Sekten, die unorthodoxe Daos oder Kultivationsmethoden praktizieren. Diese ketzerischen Sekten konzentrieren sich unter Umständen auch auf eine andere Weise auf ihre Kultivation als die "orthodoxen" Sekten.

Huài dàn – faules Ei

Hún dàn – Bastard

Jian – Ein geradliniges, zweischneidiges Schwert. In der Moderne als "Taichi-Schwert" bekannt. Es wird zumeist als Stichwaffe verwendet, obwohl es auch als Schnittwaffe verwendet werden kann.

Jianghu (Jiāng hú) – Wörtlich übersetzt bedeutet es "Flüsse und Seen", ist aber ein Begriff, der für die "Welt der Kampfkünste" in Wuxia-Geschichten (und dieser Geschichte) gebraucht wird. Im modernen Sprachgebrauch kann der Begriff auch die Unterwelt bezeichnen oder anderen Formen der Diskussion wie der "Jianghu-Schule" hinzugefügt werden, um bestimmte gesellschaftliche Grenzen zu erörtern.

Li – Ein Li entspricht in etwa eineinhalb Kilometern. Eine traditionelle chinesische Maßeinheit zur Distanzmessung.

Der Jian-Stil der Familie Long – Eine Schwertform, die in Wu Yings Familie weitergegeben wird. Sie besteht aus vielen Schnitten, dem Kämpfen in vollem Maße und schnellen Richtungsänderungen.

Lord Wen – Yin Xues Vater. Die Familie Wen ist eine Zweigfamilie von Adeligen, die im benachbarten Staat der Wei ihren Ursprung hat und übergelaufen ist.

Medizinische Bäder – Der Prozess, ein Bad aufzubereiten, in den man seinen Körper tauchen kam, um den Körper des Kultivators zu stärken oder zu verstärken. Man benutzt viele verschiedene spirituelle Kräuter und Rezepte, die oftmals auf spezifische Körpereigenschaften angepasst werden.

Meridiane – In den traditionellen chinesischen Kampfkünsten und der Medizin sind die Meridiane die Flussbahnen des Chis durch den Körper. In der Traditionellen Chinesischen Medizin gibt es zwölf primäre Meridianflussbahnen und acht sekundäre Energieflüsse. Ich habe diese Meridiane für die ersten beiden Stufen der Kultivation eingesetzt.

Die Bergbrechende Faust – Die erste Form, die Wu Ying in der Bibliothek der inneren Sekte erhalten hat. Sie zeichnet sich durch konzentrierte und einzelne mächtige Schläge aus.

Aufkeimende Seele – Die vierte und letzte bekannte Stufe der Kultivation. Kultivatoren formen eine neue, unberührte Seele, die in den Dao getaucht wird, den sie gestaltet haben. Diese neue Seele muss in den Himmel aufsteigen und sich auf jeder Stufe dem Himmlischen Kummer stellen.

Der Trittstil der nördlichen Shen – Eine Trittform, die Wu Ying in der Bibliothek der Sekte erlernt hat. Es ist sowohl ein Griff- als auch Trittstil für den Nahkampf.

Orthodoxe Sekten – Die verbreitetste Art von Sekten. Sie werden durch die Kultivationstypen, die sie durchführen, von anderen Typen unterschieden.

Qinggong – Wörtlich "leichte Fähigkeit". Es stammt aus dem Baguazhang und ist im Prinzip wire fu – auf Wasser rennen, auf Bäume klettern, auf Bambus entlanggleiten etc.

Eisenverstärkte Knochen – Defensive, physikalische Kultivationstechnik, die Wu Ying trainiert und die Stärke und Verteidigung seines Körpers steigern soll.

Sekte – Eine Gruppe gleichgesinnter Kampfkünstler oder Kultivatoren. Generell herrscht innerhalb der Sekten eine Hierarchie. In einer Sekte teilen sich die Schüler oftmals in zentrale, innere und äußere Schüler auf, mit den Sektenältesten über ihnen und den Patriarchen der Sekte über allen.

Die Sekte der Sechs Jade – Rivalisierende Sekte der Sekte des Sattgrünen Wassers, die sich im Staat der Wei befindet.

Faust der Sieben Diamanten – Die fundamentalste Faustform der Sekte des Sattgrünen Wassers, die den Mitgliedern der äußeren Sekte beigebracht wird.

Der Staat der Shen – Der Staat, in dem das erste Buch spielt. Er wird von einem König und lokal von Lords regiert. Der Staat der Shen besteht aus unzähligen Grafschaften, die von lokalen Lords beherrscht und von Ministern verwaltet werden. Es ist ein gemäßigtes Königreich mit starken Regenfällen und einer Vielzahl an Flüssen, die durch Kanäle miteinander verbunden sind.

Der Staat der Wei – Das feindliche Königreich, das an den Staat der Shen grenzt. Die beiden Staaten befinden sich im Krieg miteinander.

Tael – Eine Währung. Eintausend Kupfermünzen entsprechen einem Tael.

Tai Kor – älterer Bruder

Die Sekte des Sattgrünen Wassers – Die mächtigste Sekte im Staat der Shen. Die Sekte, der Wu Ying derzeit angehört.

Wu Wei – Ein Konzept des Taoismus, das mit "Untätigkeit" oder "Nichtstun" übersetzt wird und sich auf die Idee bezieht, dass eine Handlung ohne Anstrengung ausgeführt wird. Will heißen, dass sie sich im perfekten Einklang mit der natürlichen Welt befindet.